dtv

»Die Liebe wollte ihr nicht glücken. Sie war nicht einem treu, sondern zweien, sie rannte zweien weg, um es mit einem dritten zu versuchen. Sie schwankte zwischen dem Eingeständnis, nun einmal so zu sein, wie sie war, und der Sehnsucht, doch einmal anders sein zu können.« Äußerlich ist Evas Leben beinahe idyllisch: Ein Haus mit Garten am Rand von Berlin, drei Kinder, ein Mann, der einen künstlerischen Beruf hat. Sie ist auch nicht unglücklich. Aber die Offenheit, mit der sie anderen Menschen begegnet, macht sie immer wieder zum Spielball des Lebens. Und so steht sie eines Tages in ihrem vierzigsten Jahr vor einem Bild des Malers Edvard Munch in der Stadt Bergen und fühlt sich wie vom Blitz getroffen. Die Reise wird eine andere Eva zurückbringen. Eine Eva, der langsam deutlich wird, wie sehr ihr Leben, ihr Wesen und Empfinden mit Kunst und Musik verwoben sind, eine Eva, die beginnt, nach dem geheimnisvollen Verschwinden ihrer Mutter vor zwanzig Jahren zu fragen.
»Ein kluges, berührendes Buch – ein Plädoyer für die Freiheit und eine Hommage an die Kunst.« (Nürnberger Nachrichten)

Tanja Langer, 1962 in Wiesbaden geboren, lebt seit zwanzig Jahren in Berlin. Sie inszenierte und verfasste Theaterstücke, bekam drei Töchter und arbeitet seither als Journalistin und Schriftstellerin. Ihr erster Roman ›Cap Esterel‹ (dtv 13379) wurde 1999 veröffentlicht, drei Jahre später folgte ›Der Morphinist oder Die Barbarin bin ich‹. 2008 erschien der Roman ›Nächte am Rande der inneren Stadt‹ (dtv 24569). Zuletzt verfasste Tanja Langer das Libretto für die Oper ›Kleist‹ von Rainer Rubbert, die im Frühjahr 2008 uraufgeführt wurde. Die Autorin erhielt Auszeichnungen und Stipendien und ist Mitglied des deutschen P.E.N. Weitere Informationen unter: www.tanjalanger.de.

Tanja Langer

Kleine Geschichte von der Frau, die nicht treu sein konnte

Roman

Deutscher Taschenbuch Verlag

Von Tanja Langer
sind im Deutschen Taschenbuch Verlag erschienen:
Cap Esterel (13379)
Nächte am Rande der inneren Stadt (24659)

Ungekürzte Ausgabe
Juni 2008

www.dtv.de
Umschlagkonzept: Balk & Brumshagen
Umschlagbild: ›Der Tanz des Lebens‹ (1900) von Edvard Munch
(VG Bild-Kunst, Bonn 2008) / akg-images
Satz: Fotosatz Reinhard Amann, Aichstetten
Druck und Bindung: Druckerei C. H. Beck, Nördlingen
Gedruckt auf säurefreiem, chlorfrei gebleichtem Papier
Printed in Germany · ISBN 978-3-423-13658-7

Meiner Mutter
und
zur Erinnerung
an meinen Großvater (1893–1986)

Wir leben in vielen Räumen,
hören viele Stimmen.

1. Kapitel

Lose Enden

Tuttiliebe

In ihrem vierzigsten Jahr geriet für Eva das Leben durcheinander, als sie in Bergen vor einem Bild des berühmten Malers Edvard Munch stand. Eigentlich hatte das Durcheinander schon früher begonnen, vielleicht war es schon immer dagewesen. Ein geradezu regelmäßiges Durcheinander jedenfalls herrschte in Evas Liebesleben, obwohl sie nun schon seit fast zehn Jahren mit Stefan verheiratet war, einem Klarinettisten.

Eva wäre ihm gern treu gewesen, doch wie mit den Männern vor Stefan, vor ihrer Ehe, kam ihr immer etwas dazwischen, und stets blieb sie verwirrt und traurig zurück. Die Liebe wollte ihr nicht glücken. Sie war nicht einem treu, sondern zweien, sie rannte zweien weg, um es mit einem dritten zu versuchen. Sie ließ sich Horoskope stellen, die sie sofort wieder vergaß, und sprach viele Wochen und Monate lang mit ihrer persönlichen Stadtindianerin. Sie schwankte zwischen dem Eingeständnis, nun einmal so zu sein, wie sie war, und der Sehnsucht, doch einmal anders sein zu können. Sie ließ sich von ihrer Freundin Nora die Karten legen; und Nora, die sie kennengelernt hatte, als sie beide jung waren und sich auf Noras Rücken ein langer, kastanienbrauner Zopf kringelte, hatte schon damals gesagt: »Meine Liebe, du möchtest so gern treu sein, ich sehe es dir an.«

Und Eva hatte auch mit Nora geschlafen und dem Mann, der früher in Nora verliebt gewesen war und nun Eva liebte, alle drei zusammen in einem Bett. Eva hatte gespürt, wie zart eine Frau sein kann. Sie hatte Nora geküßt, bis ihr von so viel Nähe und Ähnlichkeit schwindelig wurde, und genau in diesem Augenblick war Robert in die Wohnung gekommen und hatte sich dazugelegt. Später, als es Robert längst nicht mehr gab, hatte sich ihr Gespräch immer wieder um Evas Neigung gedreht.

»Du hältst es eben mit der Tuttiliebe,« sagte Nora. Nora war eine sehr belesene Person und hatte dieses schöne Wort bei Jean Paul aufgeschnappt. »Die Liebe zu vielen«, erläuterte sie, »um nicht zu sagen zu allen. Es handelt sich um eine Art Generalverliebtheit.«

Doch Eva wollte keine rechte Freude daran haben.

»Was ist so schlimm daran, viele Männer zu lieben?« fragte Nora und rollte sich eine Zigarette.

»Nichts«, antwortete Eva.

»Warum macht es dich dann so traurig?« fragte Nora weiter und leckte den Rand des Papierchens.

»Ich hänge so an jedem«, sagte Eva und sah ihre Freundin aus aufrichtig bekümmerten, grün gesprenkelten Augen an. »Ich bin jedem verwachsen wie das Moos dem Baum, an den es sich schmiegt.«

Nora kicherte.

»Das Dumme ist nur«, sagte Eva, »daß in meinem Herzen Platz für eine komplette Baumschule ist.«

»Soso«, machte Nora spöttisch und zündete die Zigarette an, »lauter junge Tännchen, oder was?«

»Naja«, sagte Eva, »kannst auch sagen, ein ganzer Wald.«

Nora lachte.

»Du bist gemein!« sagte Eva, fing aber auch an zu kichern.

Nora klemmte die Zigarette zwischen ihre schmalen, hübschen Lippen und begann, die Karten zu mischen.

»Ich verstehe immer noch nicht, was dich daran stört«, sagte sie.

»Nichts.«

»Mann, du schaffst mich. Wo ist dann das Problem?«

»Das Problem ist ...« Eva zögerte. »Das Problem ist, wenn ich mich von einem losreißen muß wegen des andern.«

»Wer sagt denn, daß du das mußt?«

»Meine Haut«, sagte Eva, verdutzt von ihrer Antwort.

»Hm«, machte Nora und legte die Karten vor Eva auf den Tisch. »Wir machen das Geheimnis der Hohenpriesterin. Zieh deine neun Karten.«

So ging das wieder und wieder. Und Eva hatte gesehen, wie Nora sich das Haar kürzer schnitt, wie sie verschiedene Männer liebte, mit denen sie nicht zusammenleben wollte, und wie sie ein Mädchen bekam von einem, mit dem sie auch nicht die Wohnung teilen wollte. Sie hatten studiert, Eva Kunstgeschichte, Nora Psychologie, und beide die Berufe erlernt, mit denen sie jetzt ihr Geld verdienten. Nora arbeitete als Sexualberaterin und Eva im renommierten Berliner Auktionshaus Spoerli. Die Freundinnen hatten manchmal mehr und manchmal weniger Zeit miteinander verbracht, doch der Faden war nie abgerissen. Immer wieder hatten die beiden Frauen in Noras kleiner Küche gesessen, an deren Wänden lauter Filmplakate und Fotografien von schwarzhäutigen Jazzmusikern hingen, und auch von Noras Eltern, als sie jung waren. Nora hatte sich mit unveränderlicher Geste eine Zigarette gedreht, sie angezündet und mit der ebenso unveränderlichen Geste, die Eva so liebte, die Tarotkarten gemischt und auf den Tisch mit dem blauen Wachstuch gelegt. Sie hatten über alles geredet, über Therapien und Männer und Glück und Unglück und Sex und keinen Sex. Und immer wieder hatte Nora gesagt: »Meine Liebe, du möchtest so gern treu sein, ich weiß es. Du weißt nur nicht, wie du das anstellen sollst.« Und Eva hatte geheiratet und Kinder bekommen, die sie liebte, und sie hatte sich so sehr bemüht, alles gut und richtig zu machen, und die ganze Zeit hatte es ein solches Durcheinander gegeben in ihrem Herzen. Noras Haare wurden langsam grau, früher als Evas, weil sie vier Jahre älter war, und Nora band ein buntes Tuch hinein, und manchmal färbte sie das Haar, und sie saßen in der Küche und tranken Espresso und deuteten die Karten.

Bis Eva in ihr vierzigstes Jahr kam. Da geschahen merkwürdige Dinge.

(1)

In jenem Jahr fegten zwei schwere Orkane über Europa hinweg. Der eine mitten im Sommer, der sehr heiß war und voller Regen, und der andere im Herbst, als der Ätna auf Sizilien ungewöhnlich heftig spuckte und eine große Aschenwolke nach Catania schickte. In jenem Sommer trat die Elbe in der Region Mitteldeutschlands weit über ihre eingegrenzten Ufer, riß Dörfer mit sich fort und überschwemmte ganze Landstriche. Menschen wurden von Bäumen erschlagen, Häuser zerstört, und allmählich sickerte ins Bewußtsein der Bewohner der Alten Welt, daß die Natur sich in ihrer Macht zeigte und sie daran erinnerte, daß auch sie nur ein Teil von ihr waren, ein Teil der Natur.

Doch zunächst, am Anfang dieses bewegten Jahres, genaugenommen im März und kurz vor Ostern, war es nur ein unangenehm kalter Wind, der durch die Gassen von Agrigent im Süden Siziliens fegte.

Und
  oh die kalten Winde von *Agrigento*,
  sie fuhren listig unter das weiße Papiertuch, das über die ge-

blümte Tischdecke gelegt und unzureichend befestigt war, und hoben Eva, die ihren Mann ansah, sein schönes blasses Gesicht mit den dunkel melancholischen Augen, fort von diesem Tisch, wirbelten sie hoch in die Luft, fegten sie weg wie eine trotz Achtsamkeit in ein Unwetter geratene Kohlmeise, von einer Bö erfaßt, weil er ihrem Blick wie hundertfach zuvor nicht begegnete, warum auch immer nicht begegnete, aus Gründen, die sie herausfinden würde, in diesem Jahr, das wollte sie, unbedingt, denn wieder und wieder geschah es ihr, daß sie hinausfiel aus seinem Blick, mit aussetzendem Herzen ins Weltall hinein

nein

so weit nun doch nicht

nur in die Luft geschleudert zu den Wolken

flog sie hoch

fand, nach dem ersten Schrecken, federleicht, einen Weg, schmiegte sich in freundlichere Lüfte und wurde für einen Moment zu dem, was man den kleinen Meisen nachsagt:

liederlich, lose und frech.

Und oh die kalten Winde, die unter das gleißende Weiß des Papiertuches gefahren, ließen sie dort wieder fallen, wo die Bedienung, die stark nach Parfüm roch, es mit glänzenden Klammern feststeckte.

Eva steckte ihr aufgelöstes, dunkles Haar wieder fest und sah auf die Speisekarte und das Leben, das in Gestalt ihrer drei Kinder Lucie, David und Sina am Tisch saß und nach Nudeln verlangte. Sah Stefan, ihren Mann, der träumte, wer weiß wohin, die Freundin, Sibylle, mit ihrem kurzen blondierten Schopf, und daneben Ludwig, Sibylles Mann, mit dem unvermeidlichen *Leatherman* am Gürtel, seinem Taschenmesser, der seine Freude für den Tag kundtat, jungenhaft aufgekratzt und väterlich sonor, der fröhlich wissen wollte, welchen Wein bei diesem Essen im Freien, an diesem ersten sonnigen Urlaubstag auf Sizilien, ganz in der Nähe der alten Tempel. Und

Eva sah die Gören der beiden, die hampelten und quietschten, lachte und sagte jaja, und Salat auch noch, und Vorspeisen auch, und sie schob ihn weg, den Kratzer im Hals und im Herzen. Sie hatten alle gerötete Gesichter von der Sonne, was machte da schon ein bißchen Wind?

Fortunas Rad dreht sich, dachte Eva, du steigst hinauf, du fällst hinunter, und: *how we suffer from our vanity,* wie es in dem Song hieß, den sie auf der Fahrt im Taxi zum Flughafen gehört hatte, gestern oder vorgestern. *Wie leiden wir an unserer Vergänglichkeit*, übersetzte Eva es sich in Gedanken, oder mußte es *Eitelkeit* heißen, wie früher, als beide Begriffe noch eng miteinander verknüpft waren?

Sie rieb Lucie und David mit Sonnencreme ein. Liebevoll ließ sie die Finger über die zarte Haut ihrer beiden jüngeren Kinder fahren und küßte sie. Sie band Lucie ein Kopftuch um das Haar, das dunkel war und lockig wie ihr eigenes, drückte sie fest an sich und küßte sie noch einmal. Die Vierjährige lachte, machte sich los und rannte zu den anderen Kindern. So sind sie, die kleinen Damen, dachte Eva und sah ihrer Jüngsten verliebt hinterher. Sie war zufrieden und fand sich philosophisch gestimmt.

Wir sind Kinder, wir werden erwachsen, und kaum haben wir begriffen, daß unsere Jugend vorbei ist, kollern die Hormone und sagen: Du hast den Zenit überschritten. Schau in den Spiegel und sag, was du vom Leben noch erwartest. Du bist ein Kind gewesen, setzt Kinder in die Welt, du siehst sie heranwachsen. Du überprüfst deine Träume, all das, was wir uns mit zwanzig erhofften, mit dreißig erstrebten, und findest dich wieder in einem dichten Gestrüpp von Kompromissen. Wir jonglieren mit Eifersucht und Neid, wir kämpfen gegen Hader und schwindende Illusionen, wir kehren Gefühle unter den Teppich und werden von ihnen beherrscht, in der Liebe, der Ehe, dem Beruf. Wir zanken und versöhnen uns mit Eltern oder Freunden, und unter alldem wuchern unverändert Hoffnungen und die unerschöpfliche Sehnsucht nach Leidenschaft.

Wir sehen uns an, und die anderen, und müssen begreifen: Das ist das ganz normale Leben.

Verflucht, dachte Eva, wo bin ich jetzt wieder hingeraten?

Die beiden Ferienwohnungen, die sie von Berlin aus angemietet hatten, lagen auf einem Hügel, über den der Wind pfiff, in einem nüchternen Neubau, der im Prospekt vom Besitzer als romantischer Bauernhof bezeichnet worden war. Daneben standen zwei wacklige Baracken, und hinter dem Haus war ein schiefer Anbau an die Rückwand geklatscht. Keine Pflanze, kein blühendes Kraut, das sich lebenslustig aus einer Blechbüchse rankte. Ein geradezu feindseliger Verzicht auf Ästhetik. Der Besitzer, Signor Giovanni, ein kräftiger Mann mit schwieligen Händen, führte sie eine roh gezimmerte Treppe hinauf und schloß eine Tür aus Spanplatten auf. Eva würgte Tränen herunter. Sie war fassungslos. »Frühstück auf der idyllischen Terrasse mit Blick auf Olivenhaine« hatte der alternative Reiseführer versprochen.

»Wo ist die Terrasse?« fragte sie Signor Giovanni. Die anderen standen um sie herum. Evas Gesicht war hochrot.

»Aber Signora, bei diesem Wetter!«

»Wir haben eine Wohnung mit Terrasse vereinbart«, insistierte Eva.

»Wo ist die Terrasse?«

Stefan, der mit zwei Reisetaschen in der Hand verlegen einen halben Meter entfernt neben Eva stand, ahnte, was kommen würde. »Nun geh doch erst mal die Zimmer angukken«, sagte er, und dann drängten sich vier Erwachsene und fünf Kinder in der weiß gekachelten schmalen Küche.

»Einer soll wohl auf dem Sofa in der Küche schlafen«, sagte Stefan.

»Null Atmosphäre«, schnaufte Eva. »Ich bleibe keine fünf Minuten hier. Das ist die reine Abzockerei.«

»Vielleicht ändert sich der Eindruck, wenn die Sonne rauskommt«, sagte Sibylle.

»Ich sehe das überhaupt nicht ein«, sagte Ludwig. »Wir haben die Bude bezahlt, wir bleiben hier.«

»Wir könnten bestimmt etwas viel Schöneres finden«, sagte Eva. »Ich kratze doch nicht mein Geld zusammen, um auf Sizilien in einer *Bude* zu sitzen!«

»Wir machen doch sowieso Ausflüge«, sagte Ludwig, »und nachts schlafen wir. Da siehst du doch gar nichts. Rechne doch mal den Verlust, dafür können wir jeden Abend essen gehen.«

Dreimal doch war dreimal zuviel.

»Ich will aber nicht jeden Abend essen gehen«, zischte Eva, von Ludwigs Ton noch mehr gereizt. Sie starrte ihn mit geradezu haßerfüllten Augen an. »Ich will es im Urlaub nicht schäbiger haben als zu Hause.«

»Dann mußt du beim nächsten Mal etwas mehr investieren!«

Eva und Ludwig standen sich gegenüber wie Kampfhähne. Sibylle und Stefan sahen sich besorgt an.

»Immer mußt du mit dem Geld kommen, verdammt noch mal. Wer weiß, wann wir je wieder das Geld haben, um nach Sizilien zu fliegen.«

»Wir haben hier gebucht«, sagte Ludwig, »wir bleiben hier.«

»Ihr bleibt hier«, sagte Eva und reckte Ludwig das Kinn entgegen.

»Genau«, sagte Ludwig, ebenso halsstarrig wie Eva, »wir bleiben hier.«

Sibylle war dem Heulen nah. Immer mußte Ludwig so rechthaberisch sein! Im entscheidenden Augenblick tat er so, als wäre er in der Klinik. In der Klinik mußten alle ihm gehorchen, er war der Chef der Abteilung. Es war wirklich scheußlich hier. Sibylle spürte, wie sich ihr Magen verkrampfte. Sie sah den schönen Urlaub mit ihren Freunden jäh scheitern und blickte Stefan hilfesuchend an.

Stefan sagte nichts; er mußte nur in Evas hochrotes Gesicht sehen und wußte Bescheid. Sie zitterte; das schwarze Haar stand ihr vom Kopf, die grünen Augen waren Schlitze.

Eva klopfte an die dünne, hellhörige Wand und knurrte.

»Dieser schwäbische Altphilologe mit seiner dicken Frau und ihrer dünnen Schwester wird mir den ganzen Urlaub vermiesen. Hört doch das Geschwätz nebenan, wie laut die reden! Ausgerechnet! Da hätten wir ja gleich nach Stuttgart fahren können!«

Ihre Tochter Sina, neuneinhalbjährig, kicherte. Sie streckte den Finger gen Fenster. »Tolle Aussicht«, sagte sie, Augenbraue hoch, Augenbraue runter. »Gewächshäuser mit Plastikwelldächern.«

»Können wir raus?« maulten David und Lucie, die beide an Evas Beinen hingen.

Eva zerrte Schubladen und die Türen des Einbauschrankes auf, knallte sie wieder zu. »Abgezählte Bestecke, dieser Geizhals! Ohne Terrasse, da bin ich eingesperrt, da werden wir hier sitzen und nackige dünne Wände anglotzen, als wären wir in einer pseudowestrenovierten Hütte im tiefsten Adlergebirge!«

»Die Hausbesitzerin spricht«, entfuhr es Ludwig.

»Ludwig!« rief Sibylle. »Jetzt hör aber auf!«

Ludwig zog den Reißverschluß seiner Lederjacke langsam zu, trat von Eva gefolgt hinaus, betrachtete gründlich den gestückelten Anbau, die Baracken neben dem Haus, die sich in den pollenwirbelnden Wind duckten, deren Ärmlichkeit kein freundlicher Anstrich zu übertünchen versuchte. Kein bißchen Illusion, und ringsum nur halb geeggte graue Felder mit aufgeworfenen Erdkrusten und drei mickrigen Olivenbäumen, die auf Sonne warteten.

Signor Giovanni kam mit Handtüchern die Treppe heraufgewieselt. Siegessicher lachte er: »Sehen Sie, das Wetter ist nichts für die Terrasse, Signore! Und das soll so bleiben!«

Das war nun das endgültige Aus. Denn ausgelacht zu werden, das haßte auch Ludwig. »Wir ziehen um«, sagte er. »Wir ziehen um, auch wenn es finanziell ein Verlust ist. Wir gehen das Risiko ein.«

Und so kurvten sie, Abenteuer und Risiko genießend, durchs Umland von Sciacca. Eva fragte Bauern nach privaten Unterkünften, »*Agriturismo*«, nicht zu teuer. Die Bauern hielten ihr duftende, frisch geerntete Bohnen unter die Nase und schickten sie in die Orangen- und Zitronenhaine, zu Häusern zwischen Akaziensträuchern, vor denen Hunde kläfften, aber keiner rauskam, nur einmal eine Frau, der es leid tat, alles besetzt, und dann, nach siebzehn Feldern und Hainen und Häusern, die hier unten am Meer viel freundlicher wirkten als oben auf dem unwirtlichen Berg, schrieen die Kinder, wir wollen raus, wir müssen Pipi, wir haben keine Lust mehr, im Auto zu sitzen.

Und wie es der Zufall wollte, oder ein gütiger Stern, war da ein schönes altes Haus, ohne Schild, und die Kinder sprangen heraus und liefen herum, und die vier Erwachsenen standen und guckten schon müde vor Ernüchterung. Das Haus war verschlossen, die Läden, die Türen, doch da kam ein kleiner blauer Fiat, eine ältere Frau stieg aus, verwunderte sich lachend über die vielen Gäste und schloß ihr geschwungenes Eisentor auf. Sibylle schubste Eva, Eva nahm sich ein Herz, erzählte von Irrfahrt und Wünschen, zeigte auf die Kinder, die durch die Büsche hopsten, und sah die Signora bittend an. Die lachte noch einmal, winkte sie herein, und alle stiegen die Treppe zum oberen Teil des Hauses hinauf, in dem sich, wie hätte es anders sein können, zwei Wohnungen für Gäste befanden. Die Signora sagte, wir vermieten nur an Freunde, und nannte einen freundschaftlichen Preis, und Eva jubilierte. Eine riesige Terrasse, schrie sie, und seht mal, wie charmant, lauter alte Möbel aus Holz, und Bilder an der Wand! Und sie lobte alles und herzte die Signora. Zwei Stunden bat die sich aus, dann sei alles bereit.

Eva und Stefan hatten Ludwig und Sibylle in den Ferien kennengelernt, am Strand von Ibiza, kurz nachdem sie in das Haus mit Garten in Kleinmachnow gezogen waren, am Rande von Berlin. Die Kinder hatten zusammen gespielt, und die Erwachsenen hatten sich unterhalten. Ludwig war leitender Onkologe in Berlin-Mitte, und Sibylle hatte eine Praxis für Allgemeinmedizin in Neukölln. Sie fanden es »spannend«, daß Stefan als Klarinettist in der Komischen Oper (auch im ehemaligen Ostteil der Stadt) arbeitete und Eva mit Kunst und Antiquitäten zu tun hatte. Wieder in Berlin, hatte man sich getroffen; es war so praktisch mit den Kindern. Sibylle und Ludwig, die selbst in Schöneberg im vierten Stock wohnten, kamen fast jeden zweiten Sonntag zu Eva und Stefan »aufs Land«.

Und jetzt, es war ihr zweiter Ferientag, saßen sie in Agrigent auf einer Terrasse mit großartigem Blick und warteten auf ihr Essen.

»Nachher gucken wir uns die Tempel an«, sagte Ludwig, noch immer leicht angespannt, weil er klein beigegeben hatte. Er zog seinen Kulturreiseführer aus der Lederjacke.

»Ja, Ludwig, machen wir.« Eva lächelte ihr strahlendstes Lächeln, Ludwigs Zugeständnis quittierend. Sie nahm dafür sogar ihre Sonnenbrille ab.

»Ich möchte aber auch gern Geschäfte ansehen«, sagte Sibylle, »nicht gleich soviel Kultur!«

Sibylle hatte sich fest vorgenommen, ihre Garderobe um ein paar schicke Kleider zu erweitern und nicht zuviel zu essen, damit sie auch in die neuen Kleider hineinpassen würde. Heute allerdings wollte sie ihr erstes Essen im Freien unbeschwert genießen. Es war kühler auf Sizilien, als sie gedacht hatten. Sibylle trug ein Jackett zu ihren Jeans und hatte einen rosa Seidenschal um den Hals gewickelt. Sie sah zu Eva hinüber. Eva trug schwarze Wollstrumpfhosen und einen bunten Rock, der ihre Knie umspielte. Darüber hatte sie einen noch bunteren Strickpullover an, der unter der blauen Windjacke hervorsah. Sie sah aus wie ein Schulmädchen. Irgend etwas an ihr war stets verrutscht, falsch geknöpft oder hatte ein Loch.

Den Männern gefiel das. Den Männern gefiel Eva überhaupt. Das Quecksilbrige, die runden Arme. Sibylle bewunderte und beneidete Eva. Eva aß sorglos, Eva ging unbekümmert auf Menschen zu, Eva änderte alles, was ihr nicht paßte. Und heute wirkte sie besonders vergnügt. Kein Wunder. Sie hatte gewonnen.

»Kriegen wir nach dem Essen ein Eis, Mama?« fragte Fabian und schmiegte sich an Sibylle. Fabian war ein zappeliger, neugieriger Junge und hatte ständig Appetit auf Süßes.

»Jaja«, sagte Sibylle und sah sich nach dem Lärm um, der von der Straße vor dem Restaurant kam. Bauarbeiter fuhren mit einem Lader voller Sand vor. Es wirkt so, als wären Eva und Ludwig das Paar, dachte sie. Die beiden diskutierten schon wieder miteinander über die Reihenfolge der Besichtigungen. Sibylle ärgerte sich kurz, beobachtete dann aber die kräftigen, fröhlich sich zurufenden Männer.

Eva verriet nicht, wie sehr Ludwigs »Hausbesitzerin« sie gefuchst hatte. Jedesmal, wenn sie auf das Haus hin angesprochen wurde, liefen merkwürdige Verteidigungsreden durch ihren Kopf.

Seit fünf Jahren lebte sie inzwischen mit Stefan und den Kindern in dem Haus in Kleinmachnow am südlichen Rand von Berlin, einer freundlichen, grünen Siedlung, in der es überwiegend Einfamilienhäuser mit Gärten gab, aus den zwanziger und dreißiger Jahren, und, seit der Wende, auch einige Blocks mit Reihenhäusern. Der Ort war ein kinderreiches Paradies am Rande der großen Stadt; viele arbeiteten in Berlin, ob sie nun schon immer dort wohnten oder durch die zahlreichen Besitzveränderungen hinzugezogen waren. Evas Vater hatte Eva das Haus überschrieben. Es war das Haus ihrer Großeltern gewesen und durch Rückübereignung wieder in den Besitz der Familie gekommen. Evas Schwester Anka, die nur fünfzehn Monate jünger war und eine Vagabundin, hatte auf ihren Anteil am Haus verzichtet.

Sie hatte sich lediglich eine Summe vom Vater als Unterstützung zusagen lassen, »für den Fall, daß ich es brauche«. Sie schaffte es gut ohne Hilfe, fand immer neue Jobs und schien überhaupt wenig Geld zu brauchen, um glücklich zu sein. Wegen der Kinder war es naheliegend, daß Eva und Stefan in das Haus zogen. Eva hatte sich zunächst gesträubt; sie fühlte sich unangenehm festgelegt, nun auf immer in einem Haus zu wohnen, noch dazu außerhalb der Stadt. Du mußt ja nicht, hatte ihr Vater gesagt, ich meine, für immer. Wenn du es nicht aushältst, kannst du es sagen. Dann vermieten wir es eben.

Darauf konnte Eva sich einlassen. Heizöl, Wasser, Strom und Instandsetzungen fraßen eine Menge, und Evas und Stefans Einkommen war nicht riesig, auch wenn Stefan fest angestellt war. Solange die Kinder klein waren, konnte Eva nur unregelmäßig für das Auktionshaus Spoerli arbeiten. Noch dazu sparte Eva, die es immer in die Ferne zog, an allen Ecken und Enden, um einmal im Jahr verreisen zu können.

Die Bedienung im geblümten Kleid brachte Pasta und Limonade für die Kinder, Tintenfische, eingelegte Sardinen, gebackene Pflaumen in Speck, Salat, Brot und Wein für die Erwachsenen. Man stieß an, verteilte das Essen, lachte und freute sich. Blinzelte in die Sonne, tauschte Plätze, holte Sonnenbrillen heraus und Taschentücher für die verschnupften Nasen. Dünne Servietten flatterten, Blechbesteck lag leicht in der Hand, Evas Haare flogen, sie hielt sie fest, wenn sie die Gabel in den Mund schob und ihren kleinen Ärger fort. Sie aßen Spaghetti mit Sardellenpaste, und die Kinder redeten und redeten, von den wunderbaren Hühnern im Hof bei der Signora, und sie gackerten selbst vor Vergnügen und schlugen mit den kindlichen Flügeln. Und während die Kinder plapperten und spachtelten, freuten sich die Erwachsenen über das wunderbare Essen und blickten über die barocken Dächer der Stadt, gebrochenes Gelb, weiches Ocker, stumpfes, schönes Rot, aufglänzende silbergrüne Dachziegel, wie durchscheinend gemacht von den Jahrhunderten. Sie hingen ihren Gedanken nach. Das ist ja der Vorteil, wenn man mit alten Freunden reist: man muß nicht immerzu reden.

Stefan las an der Fassade gegenüber auf einem ovalen Schild mit Pfeil »*Teatro in vicolo*«. Er wünschte sich, nach dem Essen diesem Schild zu folgen, die steilen Treppen und Gassen hinunterzuspringen und zu entdecken, wo es war und was sie dort spielten. Er spürte ein Ziehen in der Brust und im Bauch und sah sich selbst als jungen Musiker, mit seinem Instrumentenkoffer in der Hand. Er war in Prag gewesen als Student, in Budapest, Paris und Rom, und hatte immer Ausschau gehalten nach diesen Gäßchentheatern und Winkeltheatern, von Familien oder Freunden betrieben, eigensinnig, ohne viel Geld. Vielleicht mochte er diese kleinen Orte, weil er selbst aus einem eher dörflichen Stadtteil Berlins kam, Kladow, am westlichen Ufer des Wannsees, auf dessen anderer Seite Eva groß geworden war.

Sein Vater war Dachdeckermeister; die Mutter hatte sein Talent entdeckt und gefördert. Zuerst hatte er Flöte gespielt; im Schulorchester dann Klarinette. Durch seinen Onkel hatte er einen Soloklarinettisten gefunden, der ihn unterrichtete und für die Aufnahme in die Hochschule der Künste vorbereitete.

Stefan liebte den Geruch enger Garderoben, nach Puder, Parfüm, Staub und Schweiß, mit vollgepferchten Kleiderstangen, auf denen sich Kostüme für Jahrhunderte drängten. Deshalb spielte er neben und nach dem Studium in Off-Theatern, bis ihn Mitte der neunziger Jahre sein ehemaliger Professor der Komischen Oper empfahl. Da Eva zum zweiten Mal schwanger war, war Stefan glücklich: Er wurde als zweiter Klarinettist engagiert. Zu Anfang war das Haus für Stefans Empfinden zu groß, allein das Orchester umfaßte hundert Mitglieder, doch mit der Zeit schien es für ihn auf ein überschaubares, familiäres Gehäuse zusammenzuschrumpfen. Die anderen Musiker waren wie er Einzelgänger und unkomplizierte Familientiere zugleich, die sich in der Gruppe wohl fühlten und verbargen, sich anschmiegten und dabei zurückzogen. Du hättest gut in ein mittelalterliches Kloster gepaßt, sagte Eva zu ihm, wenn sie mit seiner Eigenbrötelei nicht zurechtkam, du kommst mir manchmal vor wie ein Mönch mit Klarinette. Wie sollte ich anders Musik machen, gab Stefan zurück, und so gesehen hatte er natürlich recht.

»Auf die Ferien!« hob Ludwig überraschend das Glas, und »auf die Ferien!« riefen alle, nun doch erleichtert, daß einer zu reden anfing. Der Wein funkelte in der Sonne und ein bißchen schon in den Köpfen, und Eva griff das Gespräch der Kinder auf, die ihre Nudeln mampften.

»Mein Vater«, fing sie an, »als er klein war, so alt wie du, Sina, und du, Fabian, also neun, hat seiner Mutter einmal ein paar Küken geschenkt. Das war kurz nach dem Krieg, und er hatte sie von einem Bauern bekommen.«

»Welcher Krieg?« fragte Sina, die jeden Abend darum kämpfte, die »Tagesschau« mitsehen zu dürfen, was Eva wegen der vielen Grausamkeiten kurz vor dem Einschlafen ablehnte.

»Der mit dem Hitler«, sagte Eva, die andererseits den Kindern keineswegs die Schreckensgeschichte ihres Landes vorenthielt. »Er bekam sie für irgendeinen Dienst auf dem Feld oder im Stall. Das war damals richtig was wert, so eine Handvoll Küken.«

»Mama, mach doch mal den Hitler.«

»Nein, Sina, nicht hier.«

»Warum nicht hier?«

»Jedenfalls hielten sie die Küken in der Küche, in der sie auch schliefen, zu fünft, meine Oma und ihre Söhne, mein Papa, also Opa, und meine Onkel, Onkel Justus, Onkel Peter, na ihr wißt schon«, sagte Eva und hatte plötzlich das Gefühl, von einem dieser Onkel zum anderen geworfen zu werden.

»Es war alles ganz winzig, müßt ihr wissen« (zu den Kindern), »die Küken wohnten in einer alten Kartoffelkiste.«

»Können wir auch Hühner haben?« fragte Jennifer, Sibylles und Ludwigs zweites Kind, gerade sieben, mit ihrer lauten, rauhen Stimme.

»In unserer Wohnung im vierten Stock?« rief Ludwig. »Du spinnst wohl!«

Schon wieder das Haus, dachte Eva.

Das Haus stand nur wenig entfernt von dort, wo sich früher die Mauer zwischen Westberlin und der DDR entlanggezogen hatte. Damals war es linientreuen Parteigängern vorbehalten gewesen, in dieser Gegend zu wohnen, in der man am nächtlichen Himmel hin und wieder rote und gelbe Leuchtkugeln aufblinken sah und die Scheinwerfer, die die Stacheldrahtzäune am Todesstreifen abschweiften, um Republikflüchtlinge anzuleuchten. In der nahe gelegenen Hakeburg war eine Parteischule der SED für künftige Spitzenfunktionäre untergebracht, aus der politische Berühmtheiten hervorgegangen waren.

Einige von den »Ehemaligen« wohnten noch immer in dieser Ecke, und sie beäugten mißtrauisch die Westler, die nun kamen und die Geschichte auf den Kopf stellten und ihren Nachbarn die Häuser wegnahmen und ihre Existenz bedrohten. Eva hatte für sich beschlossen, daß es in Ordnung war, daß sie nun in dem Haus lebte, das ihre Großeltern vor dem Zweiten Weltkrieg gebaut und sicher mühsam abbezahlt hatten. Sie wußte nicht allzuviel über diese Großeltern, die die Eltern ihrer Mutter gewesen und früh verstorben waren. Die Kindheit, die ihre Mutter in diesem Haus verbracht hatte, schien ihr weit weg und schwer zu fassen; also vergaß sie die meiste Zeit, daß ihre Mutter in genau diesen Wänden geatmet, gegessen und gespielt hatte. Daß sie durch diese Straße zu ihrer Schule gelaufen war, in den dreißiger Jahren. Es fehlte einfach das Gespräch darüber. Als sie in das Alter kam, in dem man beginnt, die Eltern nach ihrer Geschichte zu fragen, war ihre Mutter schon nicht mehr da.

So blieb das Haus selbst ein noch unerschlossener Gedächtniskörper, in dem sie unter den typischen blaßrosa und gelb gemusterten Osttapeten zunächst das Zentralorgan der ehemaligen DDR, das »Neue Deutschland«, und darunter die Tageszeitung der Nazis, den »Völkischen Beobachter« von den Wänden gekratzt hatten. Unmöglich, hatte Eva mit dem Spatel in der Hand gedacht, daß dies das Fleckchen sein soll, an dem meine Füße in die Erde wachsen. Trotzdem, oder vielleicht gerade deshalb pflanzte sie Holunder, Ranunkel und Jasmin (Brombeeren wucherten wie von selbst), sammelte Brennesseln und Regenwasser in einer abgenutzten Tonne für eine Jauche gegen Blattläuse.

Stefan hatte es gefallen, hierherzuziehen. Zum einen arbeitete er mit vielen Kollegen aus dem ehemaligen Osten und fand es selbstverständlich. Zum anderen hatte er die DDR gut gekannt, von seinen Großeltern, die in Brechts Buckow am Schermützelsee, kurz vor Frankfurt an der Oder, eine Gartenwirtschaft betrieben hatten. Es gab einen Geruch, der ihn an seine frühen Kindertage dort erinnerte und den er mochte, genau wie das Gefühl, daß in diesen Straßen die Zeit langsamer vorangeschritten war. Als speicherten sie den atmosphärischen Rest eines friedlicheren, vergessenen Deutschlands vor der Teilung und vor dem Nationalsozialismus.

Die Kinder liebten den wilden Garten mit den alten Bäumen und den Tümpel mit den Enten gleich nebenan. Manche Nachbarn lugten noch immer skeptisch zwischen den Gardinen hervor, wenn Eva Besuch bekam, wenn junge Frauen mit undisziplinierten Kindern aus ihren Autos sprangen und krakeelten. Wenn Eva ihren Bürgersteig nicht rechtzeitig fegte oder laut rufend im Nachthemd durch den Garten Lucie oder

David hinterherlief oder Stefan abends auf der Terrasse Klarinette spielte. Das fanden die Nachbarn allerdings auch ganz schön.

Eva schob das Haus fort und Ludwigs Sticheleien und erzählte munter weiter.

»Die Küken wuchsen und wuchsen, und bald wurde ihr Gehege zu klein, die Küche wurde zu klein, das heißt, sie war ohnehin sehr klein, und außerdem stank es nach Hühnern, das durfte auf keinen Fall sein.«

»Warum durfte das nicht sein?« fragte Fabian.

»Weil ihre Oma Hemden wusch«, erklärte Sibylle.

»Wieso hat sie Hemden gewaschen?«

»Um Geld dafür zu kriegen.«

»Von wem?« fragte David, der sich auch an der Unterhaltung beteiligen wollte.

»Von den Leuten, für die sie die Hemden gewaschen hat«, antwortete Sina ihrem kleinen Bruder. Sie tat genervt, doch sie liebte solche Gespräche.

»Warum haben die Leute ihre Hemden nicht selber gewaschen?«

»Das weißt du doch«, sagte Eva ungehalten, und Sibylle sagte: »Die Leute hatten keine Waschmaschine, nun laß sie doch mal zu Ende erzählen.«

»Und die sollten nach Waschpulver und Stärke duften und nicht nach Hühnerkacke.«

»Wer?«

»Die Hemden!« schrieen Sibylle und Eva und fingen an zu kichern.

Ludwig schüttelte den Kopf. Er konnte sich nicht mehr wehren, er fing an zu lachen. »Du bist ein Huhn, Eva, hör auf mit dem Quatsch!« rief er und rieb sich vor Vergnügen den Bart.

»Nicht aufhören!« brüllten die Kinder.

Stefan schmunzelte und sagte gar nichts. Er genoß das Essen, die Sonne und den Wein.

»Was haben sie also gemacht?« fragte Sibylle, als sie vom Kichern wieder Luft bekam. Sie stopfte eingelegte Paprikascheiben in den Mund und trank einen Schluck Wein. Sie wurde rot, weil einer der Männer, die neben der Terrasse Sand schippten, ihr schöne Augen machte. Tatsächlich! Sibylle vergewisserte sich, ja, er zwinkerte ihr zu, nicht Eva, obwohl doch Eva, wie Sibylle dachte, viel hübscher war als sie, mit ihren vielen dunklen Locken, aber nein! Er meinte sie! Ihr Haar war hell! Das war ein echter Vorteil hier im Süden. Hätte sie es nicht so kurz geschnitten! Fiele es ihr wieder weich ins Gesicht! Sie würde sie wieder wachsen lassen, ja, das war eine schöne Idee, und plötzlich freute sie sich, weil sie merkte, daß sie endlich an etwas anderes als an die Praxis dachte.

»Sie haben sie geschlachtet«, sagte Ludwig trocken. Seine Augen leuchteten jetzt hellblau, er hatte viele Fältchen, und seine Augenbrauen tanzten. Die linke Augenbraue war geteilt; als Kind war er vom Fahrrad auf einen Stein gestürzt und hatte genäht werden müssen, was er damals mit Interesse verfolgt hatte, um anschließend selbige Operation an der Puppe seiner Schwester Hilde auszuprobieren.

»Nein, nein, nein«, rief Eva, »das hätten sie niemals getan!«

Sibylle dachte an die Zeit, als sie zum letzten Mal in Italien gewesen war, mit ihrem Rucksack und einem Zelt, wo waren sie nur hin, diese Tage, so frei und mutig war sie gewesen, und die Männer hatten sie angesehen, allerdings ein bißchen zu gierig für ihren Geschmack und mit einem Hauch Verachtung, so hatten sie ihr nachgepfiffen, aber sie hatte sich zur Wehr gesetzt, strenger Blick, mach die Fliege, aber *presto*, zwanzig Jahre war das her, zwanzig ...

»Sie haben den Hühnern auf dem Dach des Hauses ein Gehege gebaut«, sagte Eva und trank ihren Wein aus.

... Jetzt war es eindeutig anders, ihre dunklen Augen sahen sie aufmerksam an, voller Respekt, denn ...

»Das ist doch nicht dein Ernst! Auf dem Dach?« (Ludwig)

... sie hatte zwei Kinder an der Hand.

»Sie haben ihnen ein hübsches, ordentliches Gehege gebaut oben auf dem Dach des Hauses!« Eva lachte.

... Belästigt worden war sie nie, Sibylle, und der einzige Mann, der ihr nahe kam, auf dem *Campeggio* in *Firenze*, als es in Strömen regnete und sie mit dem abgebauten Zelt und dem Rucksack auf der überdachten Terrasse saß und heißen Kaffee schlürfte und auf die Stadt sah und sich fragte, wieso sie so ein Pech haben mußte. Da war er aufgetaucht, braungebrannt mit hinreißenden Augen und Muskeln, und wie der die weißen Zähne beim Lächeln ...

»Und alle Lüneburger Passanten haben hinaufgezeigt und gesagt: Das sind die Hühner von Frau Greta.«

... Aus Südafrika war der gekommen, aber ein Weißer, der ihr leise auf afrikaans ins Ohr sang und leider leider ...

»Einmal ist ein Huhn aus dem Gehege geklettert, wer weiß, wie«, sagte Eva, »und ist vom Dach gefallen.«

... gleich am nächsten Abend eine andere ansah ...

»Da hat Greta –«

... und nicht nur das, ins Zelt ist er verschwunden mit der anderen, wo er doch die Nacht zuvor mit ihr, und noch nicht mal besonders gelungen, zu schnell für sie, die sich zum erstenmal im Sturm so hatte einnehmen lassen, aber mit ihr ist er dann durch Florenz gelaufen und nach Elba gefahren...

»also meine Oma, beschlossen, die Hühner doch lieber bei einem Bauern unterzubringen.«

... und sein Freund war mitgekommen, der eigentlich viel netter war und sie tröstete, hätte sie sich mal an den gehalten, sie war so dumm gewesen und einfach diesem Lächeln erlegen ... Jetzt aber genug, sie trank noch einen Schluck, die Sibylle, das war nicht wieder vorgekommen, so eine Nummer, noch einen Schluck, das war so lange her, aber irgendwie schön war es doch und sie würde alles wieder genauso machen und –

Erleichtert von dieser Einsicht lächelte sie dem Bauarbeiter zu, der oben auf dem Transporter stand.

»In allen Filmen«, sagte Ludwig und bestellte Kaffee, »in allen Filmen, die in der Zeit nach dem Krieg spielen, verdienen die Frauen mit Hemdenwaschen Geld.«

»In welchem denn zum Beispiel?« fragte Sibylle, nun wieder im Hier und Jetzt.

Die Kinder hatten nun genug und sprangen vom Tisch auf. Sina und Fabian führten die Bande an, »dürfen wir?« riefen sie kurz über die Schulter, und schon waren sie los, auf Erkundung. Sina nahm ihre kleine Schwester Lucie an die Hand, David und Jennifer trotteten hinterher.

»Naja«, sagte Ludwig.

»Es tut auch nichts zur Sache«, Eva jetzt wieder, etwas spitz, »er will nur sagen, daß das Schicksal meiner Großmutter nicht so außergewöhnlich ist, wie ich mir das einbilde.«

»Nein, nein«, sagte Ludwig.

»Müßt ihr denn immer vom Krieg reden?« meldete sich Stefan plötzlich. Er haßte solche Gespräche. »Laßt uns mal lieber gucken, welche Tempel –«

Eva zog nur einen Mundwinkel hoch und sagte: »Erzähl uns doch mal von deiner Großmutter, Ludwig!«

»Miststück!« sagte Ludwig und lachte.

»Jetzt hört doch endlich auf!« rief Sibylle eifersüchtig, und Stefan wollte los, die Rechnung bitte, heute zahlen wir, ihr das nächste Mal, und die Kinder gerufen, und noch mal schnell zu den *bagnos*, Händchen waschen und ihr wißt schon, und nein, Eis gibt's später, wie sind wir eigentlich auf das Thema gekommen, jetzt aber erst mal die Treppen hinunter, mitten hinein in die fremde Stadt mit ihren Winkeln und Mörderecken.

Vielleicht tat Eva ihren Nachbarn unrecht, wenn sie in ihren Gesichtern Ablehnung vermutete; aber es war nicht leicht, mit ihnen ein Gespräch anzufangen und eine andere Meinung von ihnen zu gewinnen. Sei's drum, das würde schon kommen. Es war genug los. Am Haus, das vor Unordnung, Türenschlagen und Kinderstimmen pulsierte, hätte vieles repariert werden müssen. Der Putz war grau von den Jahren, an der Vorderseite wucherte wilder Wein. Siebzig Jahre war es alt, und überall zog es durch die klappernden Doppelfenster. Die Dielen hatte Eva abgeschliffen und geölt. In der Küche hatte sie den blauschwarzen Terrazzoboden glänzend geschrubbt. Das Haus hatte zwei Stockwerke und ein spitzgiebliges Dach; nach hinten zum Garten hin gab es eine Terrasse.

Du, Eva, sagte Sibylle manchmal, den Zaun müßt ihr machen. Er sieht richtig einladend aus, so viele Latten sind weg! Ist gut, lachte Eva, wenn Ludwig mir dabei hilft! Und dann lachten alle drei, weil Ludwig nur darauf wartete, etwas ausbessern zu dürfen, auch wenn Stefan mit ihm zankte, wie man was richtig zu tun hätte. Ludwig war Arzt durch und durch. Ob gebrochene Zehen, abgerissene Puppenarme oder lockere Wegplatten, er konnte alles. Er zog seinen *Leatherman* aus dem Etui am Gürtel, klappte das passende Utensil auf und los ging's. Stefan spielte lieber mit den Kindern; Sybille und Eva kochten große Essen; und dann lehnte sich Sibylle am langen Tisch im Garten zurück und sagte: Sieht es hier nicht aus wie in einem französischen Film?

Zwei Apfelbäume, ein Kirschbaum, kurz: Das Haus war ein geselliger Ort. Die Kinder tobten im Garten oder spielten am benachbarten Tümpel, daß sie Kinder wären, deren Eltern gestorben wären, und daß sie sich nun allein durchschlagen müßten. Die leibhaftigen Eltern unterdessen bosselten, lasen und plauderten. Sibylle stritt fast jedesmal mit Ludwig darüber, daß sie schrecklich gern auch ein eigenes Haus hätte. Wir müssen die Praxis abbezahlen, sagte Ludwig, der Wiederholung nicht müde werdend, du hast sie unbedingt gewollt, und ich lege mich dafür krumm. Ich mache Nachtschichten und bin fast ständig im Bereitschaftsdienst, hör auf, mich auch noch mit dem Haus zu nerven.

Tatsächlich trug Ludwig außer seinem *Leatherman* stets den Pieper an der Hose, der ihm signalisierte, daß er im Krankenhaus gebraucht wurde. Wenn er auch nicht »aufs Land« ziehen wollte: Er kam gern zu Eva und Stefan. Vielleicht wegen Eva. Sie hatte sprühendes dunkles Haar. Ihre Augen hatten die Farbe eines sommergrünen Waldes, und ihre Haut war hell und zart. Sie trug Kleider und Röcke, die ihren runden Po betonten, und sie bewegte sich wie ein niemals alt werdendes Mädchen. Ludwig, den sie mit ihrer Spottnatur nicht verschonte, mochte ihren Witz, auch wenn er ihn selbst traf; er lachte dann heftig und stoßweise. Er ließ sich auf ihre Zipperlein ein, ihr Bauchzwicken hier und den verspannten Nacken da, gab Ratschläge oder pustete Bedenken fort, doch: Wär ich verheiratet mit dir, entfuhr es ihm, könnt ich dich nicht ertragen!

Sibylle klagte nie, sie hatte eine ausdauernde, wachsame Natur, und nicht umsonst liebte Ludwig ihre feine Kühle, die stets ein Geheimnis für sich bewahrte. Ludwig wunderte sich, wie gelassen Stefan mit seiner Frau umging, ja, manchmal hatte Ludwig den Eindruck, daß Stefan ihre Reize einfach übersah, ihr wippendes Auf und Nieder; nun gut, dachte er, sie leben schon zehn Jahre zusammen, da vergißt man hin und wieder, sich anzuschauen.

Dabei verhielt es sich mit Stefan einfach so: Er nahm Eva wie Sonne und Regen und Wind.

Ludwig selbst, nebenbei bemerkt, achtete auch nur halb auf Sibylle, sonst hätte er gewiß registriert, daß ihr Gesicht sich verschlossen hatte mit der Zeit. Daß in ihren blauen Augen mit dem türkisen Schimmer etwas Undurchdringliches erschien, etwas wie von abgelegten Träumen.

(2)

Sizilien war kalt, die Vögel froren. Zogen die Wolken fort, brannte die Sonne; schoben sich Wolken vor die Sonne, fröstelten sie. Nach drei Tagen hatten alle einen Sonnenbrand, die Kinder husteten und die Erwachsenen schnieften. So hatten sie sich das nicht vorgestellt, ihre Osterferien im Süden. Mittags tranken sie Weißwein und abends Rotwein. So halten wir die Bakterien in Schach, sagte Ludwig. Ludwig mußte es wissen, er war schließlich Arzt. Allerdings war es Eva, die kleine braune Flaschen mit weißen Kügelchen aus ihrer homöopathischen Reiseapotheke nahm, sie auf dem Tisch in einer Reihe aufstellte und ihre Notizen in einem vollgekritzelten Heft mit den Symptomen der Kinder verglich.

»Ärger bei kaltem Ostwind«, murmelte sie. »Aconitum. Ist der Schleim dick und gelb?« fragte sie Jennifer.

»Hast du Durst oder eher nicht?« fragte sie David.

Und die Kinder nickten und schüttelten den Kopf, widersprachen sich in ihren Angaben und ließen die Kügelchen in ihren kleinen Mündern zergehen.

»Kann ich auch ein leckeres Placebo haben?« fragte Ludwig und biß sich auf die Lippen.

»Los jetzt«, sagte Stefan, »wir gehen vor dem Essen noch mal raus!«

Und alle Kinder zogen Schuhe und Jacken an und rannten ihm hinterher.

»Ich lege mich mal hin, wenn ihr nichts dagegen habt«, sagte Sibylle und verzog sich.

Ludwig hatte das Kochen übernommen. Er packte alles auf die bunte Tischdecke, Salat, Tomaten, eingelegte Paprika, Spaghetti, Hackfleisch. Eva kämpfte mit dem Heizofen und den Tränen. Sie zog die Nase hoch und versuchte an ihre Großmutter zu denken, die so tapfer gewesen war und fünf Kinder allein großgezogen hatte und es von der Hemdenwäscherin zur Reinigungsinhaberin gebracht hatte.

Ludwig beobachtete sie aus den Augenwinkeln. Er spürte die Spannung, die von ihrem Rücken ausging, und verstand selbst nicht, was ihn an Eva so aufbrachte. Es mußte seine Angewohnheit sein, sich zu behaupten; er mußte jeden Tag beweisen, daß er sich durchsetzen konnte. Eva erinnerte ihn an die Zeiten, als er das lockige Haar bis über die Schultern trug und in der dicken Lederjacke mit seinem schweren Motorrad zur Uni und später zum Krankenhaus fuhr. Als er seine Stelle als Assistenzarzt angetreten hatte, war er im rot-weiß gestreiften Komplettlederanzug und dem Helm in der Hand auf der Station aufgetaucht. Vielleicht sah Eva noch diesen unbeschwerten Ludwig in ihm, er konnte nicht darüber nachdenken, ohne daß es ihm weh tat. Er versorgte die Familie; er legte Geld für die Kinder an. Sie kauften nur gesunde Lebensmittel; sie verreisten. Manchmal aber erzählte er Eva und Stefan von seinem besten Freund, der als »Arzt ohne Grenzen« in die Krisengebiete dieser Welt zog, nach Bosnien, Afghanistan, Pakistan. Dann schüttelte Ludwig den Kopf und sagte etwas wehmütig: Er braucht das wohl.

»Soll ich dir helfen?« fragte er Eva, die den Ofen nicht anbekam.

»Du kannst mir nicht helfen«, gab Eva zurück. »Hilf dir lieber selbst.«

»Mensch, Eva.«

Alle Energie wich aus Ludwig. Er ließ seine Arme herabhängen, mit dem Messer in der einen, der halb geschälten Möhre in der anderen Hand.

»Ist doch wahr.«

Eva drehte sich langsam um. Er sah, daß ihre Augen gerötet waren.

Verdammt. Sie zog die Nase hoch.

»Ich –«

Sie sahen sich an. Fang du an, dachte Ludwig.

Gib du mal nach, dachte Eva, gib mir ein Zeichen.

»Tut mir leid«, würgte Ludwig heraus, »ich weiß nicht, was das ist.«

»Der Urlaub wird ein Desaster, Ludwig, wenn wir so weitermachen.«

Eva drehte das Feuerzeug in ihren Händen. Wenn wir uns

jetzt einfach küssen könnten, wäre alles gut, schoß es ihr durch den Kopf, und dann sah sie Ludwig an und mußte lachen. Ich finde ihn überhaupt nicht erotisch, dachte sie, er ist ein Bär, der sich erkältet hat.

»Wieso lachst du jetzt?« Sein Ton wurde leicht autoritär. Sie lacht mich aus, dachte er.

»Nein, nein«, sagte Eva, als hätte sie seine Gedanken gelesen, »ich dachte nur gerade, wie komisch wir beide sind.«

»Komisch?« Er wurde wütend, sein Nacken verspannte sich.

»Weil wir uns immer zanken müssen, wie zwei Kinder.« Eva sagte es freundlich.

Du legst das Kind in mir frei, dachte Ludwig und erschrak. Wie kam er dazu, solche Sätze zu denken? Sie hatte ihn auf seine Kindheit schon direkt angesprochen. Aber seine Großeltern waren gestorben, und mit den Eltern hatte er gebrochen. Warum, hatte Eva gefragt. Wegen Geld, hatte er geantwortet, war aufgestanden, *ich nehme mir jetzt mal den tropfenden Wasserhahn vor*, und im Bad verschwunden.

»Ich helf dir und du hilfst mir, was hältst du davon?« sagte Ludwig schließlich.

»Komm, gib mal her.«

Eva überließ ihm das Feuerzeug. Er drehte die Gasflasche zu, wieder auf, ließ den Zünder ein paarmal anspringen, bis er die Flamme des Feuerzeugs annahm. Die Flamme verteilte sich über die sichtbare Fläche des Brenners, glimmte hinter dem Metallgitter violett auf.

»Es sieht schön aus, findest du nicht?«

»Ja«, sagte Ludwig. »Es ist schön, daß du immer auf die schönen Dinge aufmerksam machst.«

Der Ofen brannte gleichmäßig.

»Schön, schön, dann machen wir jetzt mal ein schönes Essen, ja?«

Ludwig entkorkte eine Flasche Rotwein.

»Komm«, sagte er, »wir trinken einen Schluck.«

Sie kicherten, und dann standen sie nebeneinander und schnippelten das Gemüse, froh, diese Klippe genommen zu haben. Auch wenn beide das Gefühl hatten, etwas unter den Teppich zu kehren, von dem sie nicht einmal hätten sagen können, was es eigentlich war.

Als Sibylle aufwachte, war es still. Beim Einschlafen hatte sie Ludwig und Eva nebenan klappern hören. Sie zog eine bequeme Hose und einen Pullover an und ging über die Terrasse in die Küche. Draußen duftete es nach Zitronen und Orangen, irgendwo unter den Bäumen hörte sie die Stimmen der Kinder. In der Küche war niemand, für das Abendessen stand alles bereit. Sibylle kochte Tee und freute sich: über das alte Büfett, den Wasserhahn aus Bronze, das tiefe viereckige Waschbecken aus weißer Keramik, die Steine, die als Arbeitsfläche dienten, die Kacheln. Dinge konnten sie glücklich machen, und wie so oft hatte sie den Wunsch, sie mit nach Hause zu nehmen und dort alles genauso zu gestalten wie in den Häusern, in denen sie leihweise wohnten.

Sie setzte sich an den Tisch und genoß es, einen Moment für sich zu haben. Sie war erschöpft. Von der Sonne, die brannte, von den Wolken, die Kälte mit sich brachten. Vom An- und Ausziehen der Jacken, von den bellenden Winden. Mit einem Mal war sie müde von ihrem ganzen Leben. Sie wollte gerade den Kopf auf den Tisch legen und ein bißchen heulen, als die Kinder hereinpolterten. Sie schrak hoch. Die Kinder wollten nur ein paar Kekse, dann rannten sie wieder fort.

Sibylle sah hinaus auf die Terrasse. Das letzte Sonnenlicht fiel auf den Holztisch mit den Zitronen, den Korb mit den Mandeln, den Stein, mit dem man die Mandeln aufschlagen konnte. Sie hatte am Morgen einige probiert. Die Mandeln schmeckten frisch, hinterließen aber ein beißendes Kribbeln auf Zunge und Gaumen, das bis zur Kopfhaut hinaufzog wie die Sehnsucht danach, allein zu leben.

Im Alltag hatte Sibylle kaum Zeit zum Nachdenken. Immer mußte sie ihre Aufmerksamkeit auf die Patienten richten, die Kinder, Ludwig, und oft hatte sie kein Gefühl mehr für sich selbst. Die Tage waren angefüllt mit den Geschichten anderer. Manchmal diskutierte sie abends mit Ludwig besondere Fälle. Hast du den neuen Säureblocker ausprobiert? Was ist aus der stillenden Mutter mit dem Brustkrebs geworden? Soll ich den Schmerzpatienten in die Klinik einweisen? Nur wenn Eva und Stefan sie danach fragten, erzählten sie von ihrem Alltag und ihren Patienten. Einmal – es ging um ein krebskrankes Kind – hatte Ludwig dabei fast geweint.

Sibylle fühlte den heißen Tee in ihrer Brust hinunterlaufen. In ihr hämmerte die Frage, wie das Leben wohl aussehen könnte ohne Ludwig, ohne die Kinder, womöglich sogar ohne die Praxis. Diese Frage befiel sie hin und wieder, ohne Not, mehr aus einer allgemeinen Müdigkeit heraus. Sie suchte ein Bild für dieses andere Leben, doch je mehr sie sich anstrengte, desto heller und leerer wurde die Fläche in ihrem Kopf, bis sie brannte und schmerzte. Dann gab etwas in ihr nach, und allmählich drang das in sie ein, was sie sah: Die Terrasse, die Zitronen, die Mandeln. Das Licht verschwand, sie konnte zusehen, wie die Farben entwichen. Der Olivenhain war schon fast schwarz. Am Horizont leuchteten Lichter auf, eine blinkende Kette.

Sibylle fiel ihre erste Reise ein, an die sie sich überhaupt erinnern konnte. Vier oder fünf Jahre alt war sie damals, in Jugoslawien, und das, woran Sibylle dachte, waren die bunten Lichterketten, die auf der Terrasse des Hotels aufgehängt waren und im Wind schaukelten. Sibylle erinnerte sich an den Kellner, der sie bedient hatte und mit ihr und den anderen Kindern manchmal am Nachmittag im Wasser getobt und Ball gespielt hatte. Sie erinnerte sich an die Freundin ihrer Mutter, Gerti, die mitgefahren war, samt ihren zwei rotzfrechen kleinen Mädchen. Natürlich hatte es dem Kellner gefallen, den Tisch mit den beiden hübschen Frauen und ihren lebhaften

Töchtern zu bedienen. Sibylles Vater war »unabkömmlich«, wie die Mutter es mit spitzen Lippen nannte.

Sibylle fiel das Wort wieder ein, das sie als Kind oft gehört hatte. Es hatte ihr gar nichts ausgemacht, mit der Mutter allein zu verreisen, im Gegenteil, sie liebte diese Reisen. Ihre Mutter schaffte es, einem Neckermannpauschalurlaub in weitläufigen, damals noch eleganten Hotelanlagen den Hauch eines Abenteuers zu verleihen. Sie war entspannter als zu Hause, machte Unsinn mit den Kindern und kicherte ununterbrochen mit Gerti. Später hatte sich Gerti das Leben genommen, und ihre Mutter hatte wochenlang geschluchzt und »ich begreife das nicht, ich begreife das nicht!« gerufen. Gerti hatte sich ohne jede Ankündigung aus dem Fenster des fünften Stocks geworfen.

Sibylle wollte nicht an diesen Tod denken. Sie konzentrierte sich auf das Bild ihrer lachenden Mutter in einem pinkfarbenen Kleid mit weißen Blumen darauf. *Vera.* Eine typische Gestalt der sechziger Jahre, mit hellrosa Lippenstift und passendem Nagellack; sie hatte Sibylle mit zweiundzwanzig bekommen und wirkte sehr jung. Als kleines Mädchen war Sibylle von allem fasziniert, was zu ihrer Mutter gehörte, ob es die weiße Lacklederhandtasche war, in der es nach Parfüm roch und Mentholzigaretten, oder ihre Armbänder, mit denen sie klapperte, oder ihre Aufregung, kurz bevor abends Sibylles Vater nach Hause kam. Sie toupierte sich das Haar, zog sich ein anderes Kleid an, fluchte und rauchte eine Zigarette nach der anderen.

Ob meine Tochter mich auch so neugierig ansieht? Ich habe noch nie darüber nachgedacht. Jenni war ein hellhäutiges Kind mit einem Puppengesicht; wenn sie den Mund öffnete, erschraken alle, weil ihre Stimme ungewöhnlich tief war. Sie war tolpatschig und verletzte sich oft; wenn irgendein Kind aus Versehen in ein Schwimmbecken fiel, war sie es. Daß sie aber auch kein bißchen anmutig ist, regte sich Sibylles Mutter manchmal über ihr Enkelkind auf. Es traf Sibylle jedesmal wie ein Messerstich. Sie grübelte weiter über das Verhältnis ihrer Eltern zueinander. Es war ihr, als dächte sie an fremde Menschen. Warum war Mama immer so aufgeregt, bevor Papa nach Hause kam? Weil er launisch war und sie nie wußte, in welcher Stimmung er käme? Oder weil sie so verliebt in ihn war?

Es lag schon so lange zurück.

Es roch nach Zitronen und Meer. Der Streifen über dem Horizont war dunkelblau bis violett, darüber bildete sich ein schmales ausgefranstes Band von zartem Orange, der Himmel öffnete sich in lichtem Blau. Der Abendstern. Sibylle stellte sich an die Tür zur Terrasse und wünschte, die anderen würden nicht wiederkommen. Nicht so bald. Sie hatte das Gefühl, einer wichtigen Sache auf der Spur zu sein. Zu nah wollte sie ihr aber auch nicht kommen. Sie sah, wie der violette Streifen dunkler wurde und blaugraue Wolken sich wie Nachtschatten herabsenkten.

»Wie gut die Zitronen riechen!« rief Sina. »Hier, Papa, riech mal! Und wie dick die sind!«

Die neunjährige Sina hielt Stefan eine dicke Zitrone hin. Sie hatte seine dunklen, etwas tiefliegenden Augen, und seinen vollen roten Mund, sie gab sich manchmal verschlossen wie er (was Eva aufregte), und sie himmelte ihn an. Stefan roch an der Frucht und rief: »Toll!« Er vergötterte Sina, seine Älteste, sein erstes Kind, in das er sich verliebt hatte von Anfang an.

Stefan hatte mit allen fünf Kindern das Grundstück der Signora verlassen. Überall hingen reife Zitronen und Orangen an den Bäumen. Sie waren Trampelpfaden gefolgt, vorbei an den Zäunen der benachbarten Häuser, die sich hinter hohen Azaleenbüschen verbargen. Sie hatten Gehege mit Gänsen, Ziegen und einem Esel gefunden und waren von einem Hund verjagt worden. Die Kinder rannten umher, kletterten auf Mäuerchen am Rand der Haine, sprangen hinter die Bäume, sammelten Steine und Stöckchen, spielten mit Stefan Verstecken und waren von allem begeistert. Stefan blieb immer wieder stehen und sah zum Meer hinunter oder in die Berge hinauf. Er sog die würzigen Gerüche ein, Pinien, Olivenbäume, Zitrusfrüchte.

Nett hier, dachte er. Im Kopf hörte er Mozarts Klarinettenkonzert. Obwohl es zu den meistgespielten Stücken gehörte, liebte er es. Er mochte die Intervallsprünge, die Anordnung der Dreiklangfiguren. Die Melodie, die so einfach und komplex war, daß er jedesmal vor Bewunderung aus dem Häuschen geriet, wenn er sie hörte oder spielte. Er sah auf die weich geschwungenen Hügel, das dunkle Grün der hohen Zedern, das hellere Grün der Olivenhaine, das Ocker der Felder, das letzte Graublau des Meeres, Flächen, wie von einem Maler rhythmisch aneinandergefügt.

Stefan fing an zu pfeifen. Hier gehört das Konzert hin, dachte er, hier auf einen der Hügel. Wie die Hügel die Wellenbewegung des leuchtenden Meeres aufnahmen! Er folgte den Linien, mit einer großen Bewegung des Armes drehte er sich langsam um sich selbst. Hier die chromatischen Läufe, dachte er, *damdadada*, und hier der Dialog der Klarinette mit der ersten Violine, *dadadadaa*! Stefan fiel die Reihe ungleicher Zypressen ins Auge, die die Plantage der Signora schützte. Wie eigenwillig sie vor den Hügeln in den Himmel ragten! Wie sie sich im Winde bogen, ohne zu brechen! Eva hatte recht, hier war es schöner als bei dem fiesen Alten auf dem kalten Berg. Darin verstehen wir uns, dachte Stefan, wir mögen dieselben Landschaften. Eintönige Weiten schrekken uns. Immer aufgeregter war sie geworden, als sie sich im Auto dem Meer genähert hatten. Zypressen werden für Särge benutzt, hatte Eva erzählt, und Schiffsmöbel, weil sie so dauerhaft sind, und ihr Duft ist heilsam, und wie sie duften! Sina hatte ihm im Rückspiegel zugezwinkert und mit den Augen gerollt, *Mama wieder*, und Eva hatte gerufen: Ein ganzes Orchester hast du da, mit Dicken und Dünnen! Der lange Hagestolz da, der ist wie euer Cellist, und die da ... Und sie alle hatten gelacht.

Stefan hörte die Stimmen der Kinder zwischen den Bäumen und die der Klarinette in seinem Kopf, wie sie jetzt im Adagio den Aufschwung zur Phrase nahm, *babababa*, und die Streicher antworteten, und weiter kletterte ihr Gesang in die Höhe, erhob sich, um erneut in das Tutti der Streicher hinabzutauchen. So lieblich war diese Musik, liebenswürdig geradezu, wie die Landschaft, die ihn umgab. Wie nah sie beieinanderlagen, das Schöne und der Tod! Mozart hatte das Konzert in A-Dur zur selben Zeit geschrieben wie sein Requiem, keine zwei Monate, bevor er starb. Stefan machte dieser Gedanke nicht traurig, im Gegenteil, er nahm die Dinge, wie sie kamen, und er liebte ihre Vielfalt.

(3)

Am Abend aßen die Kinder schnell ihre Nudeln, die Augen fielen ihnen zu. Die Erwachsenen brachten sie ins Bett, setzten sich in die Küche, aßen Fisch und Salat und tranken Wein.

»Habe ich euch eigentlich schon mal von meinem Optiker erzählt?« fragte Sibylle.

»Der mit dem Verhältnis?« fragte Eva freudig.

»Genau.«

»Hast du. Gibt's denn was Neues?«

»Naja. Seine Frau hat es rausgekriegt.«

»Auweia.«

»Sie kommt auch zu mir, schon seit Jahren, und jetzt kam sie, angeblich wegen Schwindelanfällen. Die Schwindelanfälle waren aber nur ein Vorwand. Eigentlich wollte sie sich bei mir ausweinen.«

»Und die Geliebte«, fragte Eva, »die kommt doch auch zu dir, oder?«

»Alle kommen zu mir!«

Die beiden Paare lachten.

»Dann weißt du es ja von allen Seiten«, sagte Stefan. »Das ist bestimmt interessant.«

»Vor allem, wenn du sie siehst. Das traust du denen gar nicht zu. Sie ist eine ganz biedere Frau, immer in geraden Rökken und Strickjacke, mit so einem komischen hellblauen Regenmantel mit Goldknöpfen. Sie hat einen kleinen Schreibwarenladen.«

»Und er?« fragte Eva.

»Soll ich noch eine Flasche aufmachen?« Ludwig war schon aufgestanden.

»Er wirkt auch eher konventionell.«

»Das tut offenbar nichts zur Sache.«

Ludwig machte das Licht aus, nur die Kerzen auf dem Tisch und auf der Anrichte leuchteten. Alle hatten von der Sonne gereizte Gesichter.

»Ich sehe sie in ihrem hellblauen Regenmantel zum Hermannplatz hinuntergehen«, begann Eva. »Sie geht die Straße hinab, vorbei an den Dönerläden, den Ramschläden, den Supermärkten. Sie hält den Mantel mit ihren Händen zu. Niemand würde vermuten, daß sie darunter nackt ist. Sie ist fünfzig Jahre alt, hat getöntes, gewelltes Kurzhaar, trägt sonst gerade Röcke und Strickjacken. Sie wirkt älter als diese intellektuellen Fünfzigjährigen, für die die Zeit stehenzubleiben scheint. Viele Leute kommen in ihr Schreibwarengeschäft. Sie eilt die Straße entlang, als habe sie etwas einzukaufen, in der Mittagspause. Niemand achtet auf sie, der eine oder andere Kunde grüßt sie, mit den Augenbrauen, die in die Höhe gezogen werden, einem Nicken. Ihr Herz rast, auch nach einem Jahr, nach zwei Jahren. Sie kennt den Hintereingang, die Höfe, die sie durchqueren muß. Sie kann schließlich nicht jeden zweiten oder dritten Tag vorn zum Optiker hineinspazieren.«

Eva trank einen Schluck, die anderen sahen sie gespannt an.

»Sie sind beide verheiratet, seit langem schon. Die Ehen sind nicht schlecht. So ist es. Sie kannten sich schon länger, als es anfing. Sie kam, weil sie eine Brille brauchte. Er sah ihr in die hellen Augen. Die Augen, ein wenig müde zunächst, wurden lebendig. Ein bißchen schüchtern am Anfang. Sie mußte ihn ansehen, bei jeder Brille, die er ihr aufsetzte. Sie spürte seine trockenen Hände, er spürte ihr weiches Haar. Sie roch sein After-shave, er ihren Geruch, das viele Papier, Sandelholz und etwas wie süße Marmelade. Sein Haar war ungepflegt im Nacken; er ließ es schneiden. Er besorgte Briefpapier bei ihr; sie holte die neue Brille. Sie kam wieder, nach zwei Tagen, bat ihn, den Bügel fester zu stellen. Er kaufte ein Stempelkissen und Büroklammern; sie benötigte ein Tuch zum Polieren der Brille. Er kaufte Filzstifte zum Auszeichnen der Ware; und ihr fiel nichts mehr ein. Sie legte die Brille mehrmals so zur Seite, daß sie hätte herunterfallen können. Ein Kunde hätte etwas darauf ablegen und sie zerbrechen können; nichts geschah. Eines Tages rannte sie ihn fast um, als sie mittags vom Bäcker kam. Er sah sie an, sie ihn, und sie gingen über Hinterhöfe in seinen über Mittag geschlossenen Laden. Hinten hatte er einen Ruheraum, mit einem alten, mit Kord bezogenen Sofa. Sie küßten sich. Sehr lang. Sie mußte gehen, es war kurz vor halb drei. Sie fand den Weg am nächsten Tag allein. Und so ging es weiter. Er kannte jede Hautfalte von ihr, und sie wußte jede von ihm.«

Alle schwiegen in den Raum hinein. Eva, dachten sie, oder auch nicht, was rührst du nur an diese Sachen.

Denn die Paare reden über Gott und die Welt, doch über ihre Sehnsucht reden sie nicht. Das traut sich keiner zu sagen, was ihm fehlt, oder ihr, nach zehn Jahren zusammen oder fünfzehn, ist doch 'ne Menge, was uns verbindet, ist nicht schön, all die Trennungen, von denen man so hört, da sind wir anders, und das finden wir gut. Gibt doch auch Freundschaft und 'ne gewisse Zärtlichkeit und manchmal auch mehr, wir haben zweimal die Woche Sex, nur was für einen, und wir zweimal in drei Monaten, man sagt, das sind in jeder Ehe solche Phasen, leichte Beruhigung, leichte Flaute, o.k., das gibt sich wieder, dafür sind die Ferien ja auch da, was dagegen zu unternehmen. Und so gucken die beiden Paare, wie das bei den andern wohl so ist, und lauschen, ohne es zu wollen, was da passiert in der Nacht, und würden gern mal fragen, wie es so läuft, naja, im Bett, und überhaupt. Und sie trösten sich mit Blicken, das ist halt das Leben, was willst du mehr?

Sie machen Ausflüge und gehen auf den Markt, wo es frischen Fisch gibt, von den Fischern, Eimer voll, Sardinen, Wolfsbarsch, Makrelen, silbern schimmernd mit glasigen Augen, und russischen Salat und Salami und Käse, alles auf Sizilien gewachsen, geerntet und gerollt. Sie gehen ins schwefelhaltige Schwimmbad, und die Eheringe von allen werden blaß vom bösen stinkenden Schwefel und bekommen erst später ihre Farbe zurück im stürmischen Wind am Meer, da sammeln sie Steine am Strand von Capo Bianco. Und überall wartet das Osterfest, überall Palmwedel und die Fenster geputzt und Schaufenster geschmückt, und – Mama guck doch mal so ein großes Ei! Fast so groß wie ich, schreit David – in glänzendes buntes Papier gewickelt, weil doch das Küken aus dem Ei schlüpft wie der Herr Jesus einst aus dem Grab, und nun so ein Riesenei, als hätten die Sizilianer Sorge, daß es dem Herrn Jesus in einem kleinen zu eng werden könnte, er soll es doch recht bequem haben, in diesem riesengroßen Ei, mit Schokolade und Pralinen drin, aber leider, leider, nein, so eins kaufen wir lieber nicht.

Und Eva, die sich auskennt mit so was, wie sollte es auch anders sein, mit den vielen Großmüttern und Großvätern, Eva sagt, in Böhmen, da wirft man die Karfreitagseier übers Haus, dann ist es geschützt vor Donner, Sturm und Blitz, und die Eier vom Gründonnerstag, die faulen nicht, die helfen beim Zahnen und bringen Glück, und die Kinderchen, denen man sie schenkt, die lernen plappern wie die Hühner gackern, und alle gackern, weil sie spinnt, die Eva, und sie jonglieren mit den Eiern von den Hühnern der Signora und köpfen sie und bewundern den köstlichen tiefgelben Dotter. Und abends dürfen die Kinder die Hühner in den Stall treiben, und die Großen fragen sich lachend, wann er es wohl macht, der Hahn, mit den Hühnern. Zum Eierlegen begleitet er die Damen einzeln, aufgeregt und stolz, in den Pappkarton und einen alten Autoreifen.

Da ist es! Am Morgen ist David hinunter, im Schlafanzug und ohne Socken in den Schuhen, obwohl es kalt ist und die Mama schimpft, wenn sie ihn so sieht, aber er will als erster runter, und nun hockt er da im Stroh, das klebt, von braunen Sachen, die die Hühner machen, und da ist es, groß und von schönster Farbe, nicht so weiß oder braun wie zu Hause in den Pappschachteln, nein, zart und schimmernd liegt es da, mit einem Federchen dran und bißchen was Braunem und einem Hälmchen Stroh. Und David mit seinen dunklen Locken überm roten Gesicht und den wachen grünen Augen wagt es kaum, das Händchen auszustrecken, es könnt ja vielleicht doch ein Küken drinne sein, da kamen sie ja her, die Küken, aus der zerbrechenden Schale des Eis. Manchmal auch Dinosaurier und Schlangen, das wußte er, er war ja schon fünfeinhalb! Dieses Ei roch ein bißchen komisch, es kam aus dem Bauch der Henne ob es wohl aus dem Loch kam aus dem die Kacke kam oder einem anderen er war sich nicht so sicher ein bißchen eklig war das schon aber er kam auch aus Mamas Bauch und fand das nicht so eklig fand seine Mama schön und warm. Dieses Ei jedenfalls würden sie nicht zu essen kriegen! Und David nimmt das Ei mit allergrößter Vorsicht und trägt es klammheimlich und beflissen zu seinem Bett, zu seinem Kissen, und legt es darunter. Dort will er es brüten.

(4)

Am Karfreitag fegten die Wolken über den Himmel und der Wind pfiff, als brächte er Schnee. Sie fuhren nach Caltabelotta auf den Berg hinauf, *Kaltebulette* brüllten die Kinder und schon wieder Autofahren, können wir nicht hier unten bleiben, aber als sie die knusprigen Croissants in die dicke süße Schokolade im Café *Europeo* tunkten, waren auch sie zufrieden. Vier Löffel, und sie waren satt. Die Männer aus dem Ort, den Festtagsvorbereitungen entflohen, tranken an der Theke Espresso und verwunderten sich, was nur los war mit diesem Wetter, in diesem vermaledeiten Jahr. Draußen stand ihnen der Atem vor dem Mund, und sie wickelten sich ihre neuen Schals um die Ohren wie die alten schwarzgekleideten Frauen im Dorf. Palmwedel steckten den Kreuzzug ab, die steinigen Wege hinauf zur Kirche, von der herab man weit über die Landschaft und das Meer sah. Ich wär so gern nach Caltanisetta, seufzte Sibylle, ich auch, rief Eva, zur Prozession mit Blasmusik und großen Figuren aus Pappmaché. Aber es ist zu weit, sagte Ludwig, und die Kinder würden schlappmachen, fügte Stefan hinzu, und so kehrten sie nach ihrem Frühstück nach Sciacca zurück.

In Sciacca raste der Windgott wütend durch die Straßen, jagte zornig und eifersüchtig auf den jungen schönen Gottessohn seine Wolken über den finster grauen Himmel, fauchend und brüllend. Die alten Frauen trugen Wollmäntel und die jungen Jeansmäntel mit künstlichem Pelzbesatz. Die alten Herren steckten ihre Schals in die Kragen, elegant wie Marcello Mastroiani im Kino. Sibylle schämte sich für ihre rote Jacke; auch Eva leuchtete weithin in Orange; die Kinder wirkten schmuddelig rosa und grün. Man sieht gleich, daß wir Fremde sind, sagte sie zu Eva, das sieht man doch sowieso, gab Ludwig zurück. Er sah die gutgekleideten Menschen, den bescheidenen Reichtum des Städtchens. Kaum zu glauben, dachte er, vor nicht allzu langer Zeit war Sizilien arm und abgebrannt gewesen. In zu vielen Autos hatte man abgeschnittene Köpfe gefunden, kaum ein Tourist hatte sich hergewagt. Ludwig hatte gezögert, Eva hatte ihn beschwatzt. Prozesse gegen die Mafia hatte es gegeben, Verurteilungen, so hatte sie gesagt, und langsam trete Ruhe ein. Ja, hatte Ludwig gesagt, und im Sommer werden Flüchtlinge aus Nordafrika angeschwemmt. Ja, hatte Eva gesagt, und zu uns kommen sie aus Tschetschenien im Tiefkühlwagen.

Ludwig suchte nach einem Kiosk mit deutschsprachigen Zeitungen und fragte sich, was er sehen konnte und was nicht. An den Kassen gab es Belege, ließ man sie liegen, rannte der Verkäufer hinterher. An den Straßenecken sah man schwarzweiße Autos mit der Aufschrift *Guardia di finanza*. Keine teuren Läden, aber auch kein Ramsch wie in den Fußgängerzonen in Frankfurt an der Oder oder Bromberg, wo er zu Tagungen gewesen war.

»Kommst du, Ludwig?« rief Sibylle. »Es geht schon los.«

Eine stille Menge schloß sich vor ihnen in der Straße zusammen, setzte sich langsam in Bewegung. Jennifer hustete, Fabian jammerte.

»Ich habe keine Lust«, sagte Ludwig, »ich bleibe hier.«

»Warum willst du denn nicht?« flehte Sibylle. Eva und Stefan gingen schon vor, an den Händen ihre Kinder.

»Du weißt, daß ich Prozessionen albern finde. Ich gehe zu Hause auch nicht zu Prozessionen. Was soll ich da?« Ludwig knurrte. Er packte Fabian an der Hand; Sibylle umklammerte die von Jenni.

»Niemand geht zu Hause zu Prozessionen«, gab Sibylle zurück.

Am Morgen hatte das Paar sich schon darüber gestritten; Ludwig hatte Sibylle abgefertigt: Gott ist ein Vorwand für Kriege und für Streber, hatte er gesagt, und damit basta. Wenn du jeden Tag Patienten in der Röhre hättest – Hör mir auf, ich weiß, was du siehst, beim Röntgen, hatte Sibylle gesagt, du bist ein echter Held, und: Kernspintomographie, hatte Ludwig zurückgegeben, Kernspintomographie. Allem Gezanke zum Trotz hatte Sibylle gehofft, er würde seine Meinung noch ändern. O ja, Sibylle hatte ein großes Potential zu hoffen. Auch nach siebzehn Jahren Ludwig.

»Geh nur«, sagte er, »wir treffen uns nachher am Parkplatz. Ich will mir eine Zeitung kaufen. Ich nehme die Kinder mit, es ist viel zu kalt. Sie kriegen noch Fieber. Außerdem habe ich Fabian versprochen, uns nach einem Laden für Taschenmesser umzusehen. Wir gehen in ein Café.«

»Die Kinder können sich das ruhig ansehen«, sagte Sibylle. Sie legte ihr schmeichelndstes Gesicht auf.

»Kannst du nicht mir zuliebe mitkommen?« fragte Sibylle.

»Nein, nein, nein«, sagte Ludwig.

Sibylles Magen verkrampfte sich. Ihre Miene entglitt, zusammen mit dem Vorsatz zu bitten.

»Nie kannst du einfach mal mir zuliebe etwas tun«, sagte sie. »Du willst überhaupt nichts mit mir teilen, nur wenn es dich interessiert, ansonsten nicht ein winziges Etwas, du bist dermaßen stur, es kotzt mich an.« Sibylles Ton war schneidend wie der Wind. Sie erschrak über ihre Worte, doch in diesem Augenblick haßte sie ihn. Ludwig schüttelte den Kopf, sein Gesicht versteinerte, undeutbar.

»Du blöder Macho«, zischte sie, »du bist genau wie dein Vater.«

Ludwig drehte sich um, mit Fabian und Jenni an der Hand, und Sibylle wurde von Menschen gedrängt, die sich der Prozession anschlossen.

»Ludwig!« rief sie. »Verdammt noch mal, Ludwig!«

Aber Ludwig ging fort, und Sibylle ließ sich drängen.

An den Straßenrändern zwischen den alten Gemäuern standen die Menschen und warteten auf den Christus aus Holz. Kam er, bekreuzigten sie sich. Eva sah in ihre erwartungsvollen, ernsten Gesichter. Sie bekreuzigten sich wie die Fischer, die Eva in den letzten Tagen beobachtet hatte, überrascht von dieser Geste, wenn sie den Hafen von Sciacca verließen und an der großen Madonna aus hellem Gips vorbeifuhren. Zu ihren Füßen rote Nelken, orange leuchtende Orchideen und weiße Rosen, ein ewiges Licht im roten Plastikbecher mit Goldrand. Der Fischer stand vorn am Bug und wartete, bis er den äußersten Punkt der Mole erreichte, an dem sie auf ihrem Sockel stand, und das Schiff den Schutz des Walls verließ. Dort erst schlug der Fischer das Kreuz. In diesen Tagen tobte der Sturm heftig um die Insel. Es war dringend nötig, um Schutz zu bitten.

Eva, die an Gott wie an einen Herrscher aus einem fernen Jahrhundert dachte, beneidete den Fischer. Er hat die Madonna, dachte sie, und wie zärtlich ist seine Geste, mit dem ganzen Körper ihr zugewandt, wie er mit der Hand Stirn, Magen, Schulter links, Schulter rechts berührt und zum Schluß mit den Fingern die Lippen. Oh, sie beneidete ihn, wie er sich anvertraute, diesem mütterlichen Wesen, und sie beneidete ihn um seinen Glauben, die Madonna würde an ihn denken, wenn er draußen auf dem Meer war, und ihn mit ihren ausstrahlenden Gedanken zurückbringen, hierher in den sicheren Hafen. Und die Madonna wuchs und wuchs und Eva sah sie über den Dächern der Stadt, wie sie ihr zulächelte und nickte.

Eva drückte feste Sinas Hand und schniefte ein bißchen. Es roch nach Weihrauch, und der Wind war scharf, ihr Näschen war rot und gereizt. Sie drehte sich um, suchte Stefan in der schweigenden Menge; er war weit hinter ihnen, mit David und Lucie, und Eva, die mit Sina weitergeschoben wurde, wußte: Er würde die Kinder tragen, wenn sie nicht mehr konnten, ihr Heiliger Christophorus. Der Mönch mit der Klarinette.

Sina wiederum drückte Evas Hand, die Hand ihrer Mutter. Sie zog sie durch die Menge, sie wollte ganz dicht heran an den Christus, den sie hoch über den Häuptern der Menschen sah, von hinten, im blauen Gewand, die gebückte Gestalt unter dem Kreuz. Sie wollte die Männer sehen, die ihn auf einem Karren zogen, und sie wollte das Kind sehen, dessen Stimme sie singen hörten. Eine hohe, einzelne Stimme, der der Chor der Menge antwortete.

»Was singt das Kind?« fragte Sina.

»Psst.« Eva legte die Hand an die Lippen und beugte sich zu Sina herab. »Sie singt die Stationen des Kreuzgangs. Dies ist die erste Station.«

Mama hat keine Ahnung, dachte Sina, Mama hat alles vergessen, dabei hat sie es in der Schule gelernt, sie hat es mir erzählt. Bei einem Lehrer mit weißen Haaren und halb blind, aber Ohren wie eine Fledermaus. Manchmal liest sie uns aus der Bibel vor und läßt uns Bilder in ein Heft malen, und dann wird sie wütend auf Gott und sagt, so geht das nicht, dieser Gott ist nicht gerecht. Aber Jonas und der Wal, das findet sie schön, und den heiligen Franziskus. Den hat sie mal gesehen, in Italien, in einem tiefen Blau, hat sie gesagt, und die Sterne waren darauf verstreut, in einer uralten Kirche.

Und Sina zieht Eva und sie kommen der Sache näher, und Sina sieht neun Sängerinnen und vor dem Karren mit dem Jesus, den sie nur halb sieht, eine Frau, die keine Schuhe trägt. Sina ist verblüfft. Barfuß geht sie auf dem kalten Boden, mit dicken Waden und knotigen Füßen. Wie ein Habicht. Die Zehennägel krallen sich in den Boden, sie sind silbergrau lakkiert. Sieht komisch aus zu dem feinen Rock. Ihre Stimme ist laut, und Sina begreift: Es ist gar kein Kind! Sie ist es, die singt. *»Gesu, in quest' ora ...«* Jesus, in dieser Stunde der Verzweiflung, hat Mama gesagt. Und alle gucken die zwei Mädchen an, so alt wie ich, höchstens zehn, mit Ohrlöchern und Ohrringen, die hinter der Habichtfrau gehen, stolz und gerade und auf den Händen ein Kissen aus Samt. So etwas habe ich noch nie gesehen, denkt Sina.

Stefan der Mönch sang wie ein Kind in der Kirche, seine dunklen Augen leuchteten. Frauen sahen ihn an; ein schöner Heiliger, mit Kindern an der Hand. Jetzt weiß ich, dachte er, woher Verdi das hat, dieses Fern-Nah des Chores, und dann die einzelne Stimme. Beeindruckend, wenn noch dazu der heulende, verrückte Wind mitsingt und kein Mensch spricht, zwischen den hohen Mauern aus alten Steinen. Als wären wir der Chor auf einer riesigen Bühne und das Städtchen eine Kulisse.

Der Himmel war düster und schwer.

Stefan hielt die Melodie sicher und klar. Er freute sich zu singen; es war immer dieselbe tiefe Freude, die er empfand, wenn er Musik hörte oder machte. Stefan hatte das sonderbare Empfinden, er könne sich auf diese Menschen verlassen, die ihren Kummer dem Christus aus Holz hinterhertrugen und auf Erlösung hofften. Acht ältere Männer schoben den Wagen mit dem Jesus die steilen Gassen hinauf und hinab. Sie schwitzten. Jesus selbst schleppte sein Kreuz. Alle wirkten aufgeregt. Ein Mann ging vor dem Karren her und feuerte den Gesang an; wenn die Menge zu leise wurde, erhob er die Stimme, »*Gesu, in quest' ora!*«

Stefan entdeckte Sibylles hellen Kopf in der Menge; er konnte nicht sehen, welches Kind sie an der Hand hatte. Er winkte ihr, doch sie reagierte nicht.

Sibylle war wütend auf Ludwig. Ihr Magen war hart und schmerzte. Sie war allein. Jennifer hatte sich losgerissen und war hinter Ludwig und Fabian hergerannt. Eva war zu weit vorn; sie hatte gerade noch ihre dunklen Locken gesehen. Stefan hatte sie nicht entdecken können. Sibylle fühlte sich elend; sie lief weiter mit der Menge fremder Menschen und war von allem abgeschnitten. Sie fühlte nur die Kälte vom Boden an ihren Füßen und dachte an ihre einsamen Nächte als Mädchen, als sie sich von Gott verabschiedet und lange Gespräche mit ihm darüber geführt hatte. Hinduismus, hatte sie zu Gott gesagt, Buddhismus, Islam: Wieso glaubst du eigentlich, daß du der einzige bist? Gott hatte geschwiegen. Du hast mich als Kind nie getröstet, hatte Sibylle gesagt. Du hast dich in der Dunkelheit meines Zimmers breitgemacht, zwischen den Puppen und dem Wandschrank, und hast mich angesehen. Ich habe dich gar nicht gesehen, ich habe deinen Blick *gefühlt*. Bis ich dir alles sagte. Was ich falsch gemacht hatte. Wen ich verpetzt hatte. Daß ich Mama geärgert hatte. Daß ich die Hausaufgaben in der Pause abgeschrieben hatte. Daß ich zwei Stücke Kuchen gewollt hatte. Du hast mich immer nur angesehen, und ich wußte, daß ich anmaßend und ungerecht war.

Dann war Gott verschwunden. Sibylle aber hatte lange nicht aufgehört, mit ihm zu diskutieren. Er machte sich nicht mehr die Mühe zu erscheinen; nun richtete sie sich selbst, strafte sich selbst und diskutierte mit sich allein, hinein in die grausame Leere der Nächte, die ihre Nerven reizte und gegen vier Uhr früh Säure in ihren Magen pumpte.

Eva und Sina bogen mit der Menge um eine Kurve hinunter zur großen Piazza, an der die Kreuzigung stattfinden sollte. Der Wind war schneidend kalt, hier, wo die schützenden Häusermauern sich öffneten und den Blick auf das Meer freigaben, das mit heller Gischt in hohen Wellen gegen die Ufermauern schlug. Von den anderen Seiten des Platzes waren ebenfalls Menschen herbeigeströmt, alles ging in Ruhe, ohne Gedrängel. »*Gesu, in quest' ora.*«

Eva rieb Sina und sich die kalten Ohren, sie sahen das Podest mit dem Kreuz. Es wurde still. Der Gekreuzigte war am Ziel, zwölf Stationen waren besungen. Die Menge wartete. Vorn, auf dem Podest, standen zwei Männer vom Fernsehen. Einer, mit rotem Gesicht und grauer Sportjacke, trug die Kamera auf der Schulter. Der andere, im Jackett, Zettel in der Hand und Sprechgerät, eine dünne, starre Linie vom Ohr zum Mund, schubste mit dem Fuß Kabel herum. Was hatten sie hier zu suchen? Eva knurrte. Zwei Priester in ihren schwarzen

Gewändern kletterten hinauf. Unterhalb des Podestes Bewegung, ein Mann, in weißes Tuch eingehüllt, wird auf einer Bahre hochgestemmt. Sie würden doch keinen lebendigen Mann ans Kreuz nageln? Eva wurde nervös. Die Menge war unglaublich still, man hörte das aufgepeitschte Meer und den wilden Wind. Hinter dem Podest schlug vor den Fenstern Wäsche gegen die Mauern, und hinter den Scheiben drängten sich Familien.

Eva geriet in Panik, ihr Körper zitterte. Womöglich fand sich in Sciacca in jedem Jahr einer, der das Mitleiden so unmittelbar hervorrufen würde, wie es nur denkbar war? Dann wollte sie auf keinen Fall, daß Sina dies sah. Sina zog schon an der Jacke.

»Mama, heb mich hoch.«

»Nein.«

»Mama, heb mich hoch!«

Eva stemmte das Kind auf die Hüfte, zu groß, zu schwer, sie trug Sina sonst nicht mehr.

Die Bahre kommt auf das Podest.

»Was machen sie mit dem Mann, Mama?«

Eva schwitzt. Ihr Herz puckert in den Ohren. Die Männer stellen die Bahre vor dem Kreuz ab, schlagen ein Kreuz, der Kopf des zu Kreuzigenden fällt von der einen Seite zur anderen. Der Mann mit der Kamera gerät in Unruhe, richtet sein Gerät auf den Mann.

»Der Arme«, sagt Sina.

Eva starrt ungläubig nach vorn, sie wünscht, jemand würde den Kameramann herunterstoßen. Die beiden Geistlichen bekreuzigen sich. Sie ziehen das weiße Tuch vom Körper des Mannes. Eva will das Kind unbedingt absetzen, aber Sina verstärkt den Druck ihrer Beine um Evas Hüfte.

»Er ist ja nackt«, sagt Sina fassungslos, und »du sollst das nicht sehen«, sagt Eva und legt Sina die Hand vor die Augen. Doch Sina klammert sich an sie und schiebt ihre Hand fort.

»Ich will sehen, Mama.«

Das Kind will sehen, das Kind hat ein Recht zu sehen.

»Der Arme«, sagt Sina.

Evas Fußsohlen schmerzen am kalten Boden. Da sieht sie, der Kopf bewegt sich, fällt zur Seite, der Hals ist aus einer weichen Stoffmasse, die Figur ist aus Holz geschnitzt. Aus Holz ist der Mann, so täuschend lebendig, das bärtige Gesicht fahl und eingefallen, und Sina sagt noch einmal: »Der Arme!«

»Er ist aus Holz«, sagt die Mutter, und »trotzdem« das Kind.

Vorn steigen die beiden Priester auf die Leitern, die von hinten am Kreuz lehnen.

»Hat man den richtigen Jesus auch so aufgehängt?«

Eva nickt.

»Warum?« fragt Sina, jemand macht »Sch!«, in diesem Moment wuchten die Männer den Jesus hinauf. Die Arme baumeln an den Seiten hinab und der Kopf fällt auf die Brust. Inzwischen sind auch die beiden Mädchen auf das Podest gestiegen, mit ihren roten Kissen. Je ein Helfer bekreuzigt sich, nimmt einen langen Nagel und reicht ihn dem Geistlichen oben auf der Leiter, der eine links, der andere rechts. Sie ziehen die Arme an einem Seil hoch, legen die Handinnenflächen nach außen an das Holz, stecken die Nägel in die dafür vorgesehenen Löcher und klopfen mit einem Hammer dreimal aufs Holz – ein Aufstöhnen geht durch die Menge – und dann auf den Nagel. Eva erwartet, daß jemand spricht oder singt. Es bleibt ruhig. Die beiden Geistlichen sind mit zwei langen roten Bändern beschäftigt. Der eine, jung und dicklich, wickelt das Band um den Arm der Figur und bindet am Handgelenk eine Schleife. Das soll wohl das Blut sein, das aus der Wunde fließt. Der ältere Geistliche sieht ihm zu, das Band fällt ihm aus der Hand, er beugt sich nach unten, jemand reicht ihm das Ende.

Eva setzt Sina ab, ihr tut alles weh. Schließlich gelingt es dem Geistlichen, die erforderliche Schleife am Handgelenk zu binden. Die Menge atmet hörbar auf, alle drehen sich um, einfach so, und gehen nach Hause, in die Geschäfte, zu Freunden und Familien.

Der Christus von Sciacca hing am Kreuz.

(5)

Der Wind tobte nachts wieder. Er schien im Rhythmus der Brandung gegen das freistehende Haus zu schlagen. In der Nacht zuvor war es das Klappern der Fensterläden gewesen, zugleich ein starkes Johlen und Pfeifen. Sibylle lag wach neben Ludwig. Manchmal schnarchte er ein bißchen auf, sonst atmete er gleichmäßig und ruhig. Sie hatten miteinander geschlafen, Barmherzigkeit und Milde, und nun dachte Sibylle an die Läden in Berlin, in denen man Votivtafeln und Madonnenbilder als Deko kaufen konnte. Kitsch in Anführungszeichen, Mißachtetes, Vergessenes, Vermißtes, heimlich eingeschleust in Küche, Kneipe, Klo. Mit Ironie geht alles, und keiner merkt mehr, wenn es ernst wird.

Sie hatten miteinander geschlafen, es war wie immer gewesen, vertraut. Sibylle hörte, wie der Wind einen Ast gegen das Dach schlug, wie er wieder an den geschlossenen Läden rüttelte und flüsterte. Sie betrachtete im schwachen Mondlicht, das durch die Läden hereinfiel, Ludwigs schlafendes Gesicht. Die vom Aufliegen auf dem Kissen leicht gequetschte Haut, die geschwungene Oberlippe, die angestrengte Partie der Brauen. Geräusche waren so schwierig in Worte zu fassen, am besten verstand sich Stefan darauf, der Wortkarge. Als Musiker hatte er ein feines Gespür und ein reicheres Vokabular dafür als andere. Sie würde ihn morgen fragen. Vielleicht lag auch er wach? Sibylle wurde munter. Bisher hatte sie ein wenig gedöst, bei ihrem Lauschen, jetzt war ihr Körper in Spannung geraten.

Sie stand leise auf und ging in die Küche, sie wollte etwas trinken. Wollte kein Licht anknipsen. Auf dem Tisch standen sicher noch die Kerzen, in Wäscheklammern geklemmt.

Sibylle lächelte über die Wäscheklammern. Die Wäsche hatte im Wind geflattert, am Morgen, sie hatte ihr zugesehen. Wenn sie ein Haus hätte, würde sie die Wäsche auch draußen im Garten aufhängen. Das Wäscheaufhängen im Freien, die Bewegungen, mit denen sie sich nach den Wäschestücken im Korb bückte, wie sie sich hochstreckte zur Leine, wie sie die Arme hob und wieder senkte, wie sich auch ihr Kleid an ihrem Körper hob und senkte, dabei über die Haut streichelte, das war etwas anderes als das blöde Hocken vor der Waschmaschine zu Hause, wenn sie die Wäsche herauszerrte und in den daneben stehenden Trockner stopfte. Das Flattern der Haare im Wind, das Flattern der Wäsche, sie tastete nach Streichhölzern, zündete eins an, erschrak. Am Tisch, in der Dunkelheit, saß Stefan.

Bevor sie etwas sagen konnte, begann er leise zu sprechen:

»Er heult im Rhythmus des Meeres, hörst du das? Klatsch, klatsch, klatsch. Wie die Brandung, so schlägt er an die Hauswand, klatscht auf die Zypressen, überall. Heute pfeift er nicht so laut wie letzte Nacht.«

Sibylle hatte die Kerzen angezündet. Sie setzte sich, griff nach dem Pullover, der über der Stuhllehne hing, zog ihn über. Die Wärme des Heizofens hing nur noch als Erinnerung im Raum.

»Die Zypressen schützen das Haus gar nicht vor dem Wind«, sagte Stefan, »er kommt nie von dieser Seite. Wenn wir bei uns zu Hause wären, käme es uns gar nicht kalt vor, was?« Er lachte, stand auf, holte zwei Gläser und die angebrochene Weinflasche von der Kommode.

»Oder magst du lieber etwas Heißes?«

»Etwas Heißes«, sagte Sibylle, »ja, etwas Heißes, ich bin von diesem Tag noch ganz durchgefroren, und im Schlafzimmer ist es eisekalt.«

»Ich mach dir eine heiße Milch mit Honig.«

Sibylle nickte, verwirrt. Sie hatte sich noch nie mit Stefan allein in einem Zimmer befunden, höchstens mal bei Eva und Stefan zu Hause, wenn sie in der Küche etwas für ihre Familienessen vorbereiteten. Sie mustert ihn verstohlen, während er den Topf leise auf den Herd stellt, das Gas anzündet, Tassen aus dem Schrank holt. Sie sieht Stefan, der sich vorbeugt, und denkt an die Zypressen. Sie waren gepflanzt worden, in einer Reihe, und einfach hochgewachsen, so alt wie sie selbst, Holz, voller Wasser in den feinen Maserungen, Treibstoff, Geruch. Stefan war auch hochgewachsen, schlank, bis auf den Bauchansatz. Er hatte kurzes, dichtes dunkelbraunes Haar, ein schmales Gesicht, in dem der weiche, große Mund herausstach. Jetzt liegt ein Schatten über dem Gesicht; der Bart von einem Tag.

»Ich denke nach«, sagt er. »Sie bauen vielleicht das Orchester ab.«

»Oh«, sagt Sibylle.

»Ich könnte unterrichten, an der Hochschule, zusätzlich. Zur Sicherheit, falls es mich trifft. Andererseits haben sie mir vorgeschlagen, die erste Klarinette zu übernehmen. Klingt widersprüchlich, ist aber so.«

»Das freut mich, das Angebot.«

»Ich weiß nicht, was ich machen soll. Ich würde weniger Zeit haben.«

»Hm.«

»Wegen der Proben, der Verantwortung, den Stunden und all dem. Der jetzige erste Klarinettist zieht nach New York, deshalb. Matthias und ich verstehen uns blendend, blind könnte man sagen. Ich weiß nicht, ob ich seinen Platz einnehmen will. Es ist eine sonderbare Vorstellung.«

Er rührt in der heiß werdenden Milch.

»Wenn du Stunden geben müßtest, würde das auch Zeit kosten«, sagt Sibylle. »Wovor hast du also Angst?«

»Ich weiß nicht. Vor dem Neid vielleicht, der vielen Arbeit, es ist jetzt schon viel. Es sind schwierigere Partien, in manchen Stücken jedenfalls, und als erste Klarinette bist du regelrecht ausgesetzt in den Solopartien. Du kannst dir keinen Fehler erlauben.«

»Aber es sind sicher schöne Partien, die du dann spielen könntest. Das macht doch auch Spaß, oder?«

Und sie reden miteinander, trinken Milch mit Honig, ein Kindergetränk, das sie oft zubereiten, nur nicht für sich selbst, ein wenig sonderbar, in der Nacht, und draußen heult nun doch der Wind. Sie stellen fest, daß sie beide oft den zweiten Platz eingenommen haben, im Orchester, bei der Prüfung, im Krankenhaus und früher im Sport.

»Das fällt mir zum erstenmal auf«, sagt Stefan, »jetzt, wo du es sagst, und jetzt, wo mir zum ersten Mal ein erster Platz angeboten wird.«

»Meinst du, wir waren nicht gut genug, um die ersten zu sein?« fragt Sibylle. »Oder glaubst du, wir hatten eine Hemmung? Was denkst du, warum sind wir immer auf dem zweiten Platz gelandet?«

»Vielleicht sind wir nicht ehrgeizig genug. Vielleicht würde uns der dritte Platz glücklicher machen«, sagt Stefan, »dann hätte man nicht das dumme Gefühl, knapp vorbei ist auch daneben.«

Sibylle lacht. »Aber jetzt hast du doch Glück!«

»Das ist so eine Sache mit dem Glück«, sagt Stefan und denkt an die langen Heizungsrohre in den unterirdischen Gängen der Oper, die nach altem Osten riechen, nach Linoleum und Kohleöfen, obwohl gar nicht mit Kohle geheizt wird.

Und plötzlich denkt Sibylle, daß sie eine elende Hochstaplerin ist. Daß sie genauso lügt wie die Frauen nach der Geburt, wenn sie sagen, alles war prima, und erst nach genauem Fragen über Dammrisse reden, über ihr Gefühl zu versagen, wenn Wehenverstärker die Geburt beschleunigen mußten oder sie aus Angst vor dem Schmerz um eine Periduralanästhesie gebeten hatten, um es hinterher bitter zu bereuen. Warum nur denke ich das, denkt sie weiter, er denkt so etwas sicher nicht. Er übt jeden Tag, er macht etwas Richtiges. Ich hingegen ... Sie streicht sich nervös über ihr kurzes Haar. Betrachtet seine muskulösen feinnervigen Hände.

»Du hast recht, ich bin bestimmt nicht ehrgeizig genug«, sagt sie und fragt sich, ob das denn wirklich stimmt, genau in diesem Augenblick, sie hat es sich immer so zurechtgelegt, was sie da gerade nach außen hin behauptet. Sie selbst hatte bei ihren Geburten nach ihrer Mutter geschrieen. Mama. *Aah* ist gut, hatte die Hebamme gesagt, ob *Allah* oder *Mama* ist egal, Hauptsache *Aah*, das macht das Becken weit. In der Klinik hatten viele Frauen nach Allah gerufen. Es war allerdings eher ein diskretes Stöhnen als ein Schreien gewesen. Was für schöne Kinder Sie haben, Signora, hatte heute ein Passant zu ihr gesagt.

»Weißt du was«, platzt es plötzlich aus ihr heraus, »ich finde es gräßlich, daß wir gestern die Prozession mit der Madonna verpaßt haben. Ich fühle mich regelrecht unerlöst!«

»Unerlöst?« Stefan zieht die Augenbrauen hoch.

»Lach ruhig.«

»Ich lach gar nicht.«

Sibylle lacht.

»Stimmt«, sagt sie. »Du lachst gar nicht. Nach der Trauer müßte irgendwie die Freude kommen, die Versöhnung. Obwohl ich doch gar nicht mehr glaube, aber so habe ich das blöde Gefühl, auf der dunklen Seite der Geschichte steckengeblieben zu sein.«

Stefan lächelt und nickt. »Ich verstehe, was du meinst.«

»Außerdem habe ich mich wahnsinnig über meine Mutter aufgeregt. Ich habe sie gestern angerufen und ihr von der Prozession erzählt, ich dachte, sie würde sich freuen, früher lag ihr immer daran, daß wir in die Kirche gehen, daß wir die Kinder taufen und das alles, aber weit gefehlt! Weißt du, was sie gesagt hat?«

»Na?«

»*Da seid ihr ja wohl mehr aus kulturellem Interesse hin!* Ganz spöttisch!«

»Naja«, sagt Stefan langsam, »ist ja vielleicht nicht ganz falsch.«

Über schwierige Mütter spricht er nicht so gern, schon gar nicht mitten in der Nacht. »Mach dir nichts draus, vielleicht –«

»Ich weiß auch nicht. Ich rege mich immer so auf über sie.«

»Barmherzigkeit, Verzeihen, Frieden, lieber Jesus, gib uns ...«

Jetzt lachen sie beide. Genau, denken sie, wir brauchen alle ein bißchen Barmherzigkeit.

»Weißt du, was Lucie gesagt hat? Lucie hat gesagt: Ostern ist eine Geschichte von Krankheit, Mitleid und Tod. Vollkommen ernst.«

»Was für ein ulkiges Kind.«

»Ja.«

Und sie schweigen und denken an ihre Kinder. Nicht nur Lucie war fasziniert von den vielen Votivkästen, die in die Mauern der Häuser eingelassen waren. Die Kinder betrachteten die bunt bemalten Madonnenfiguren aus Holz oder Plastik und die Beigaben, die zu ihren Füßen lagen: Ketten, Geldstücke, Konfitüregläser, Schnuller, Armbanduhren, einmal sogar eine Schachtel Zigaretten. Da will sich wohl einer das Rauchen abgewöhnen, hatte Sina trocken kommentiert, und die Erwachsenen hatten gelacht. Bei der ersten, die sie entdeckt hatten, hatte Jennifer mit ihrer rauhen Stimme gefragt: Wieso heißt sie Madonna? Das ist doch eine Sängerin. Je nun, hatte Eva gesagt, das Bedürfnis der Menschen nach Anbetung bahnt sich immer neue Wege.

Ein ulkiges Kind, denkt Stefan, immer wenn Lucie Mozart im Radio hört, setzt sie sich still daneben und faltet die Hände.

»Für mich ist die Praxis ideal«, sagt Sibylle, wie abschließend, »keine Konkurrenz. Ich bin meine eigene, und die anderen, die trifft man ja selten.«

Und sie stockt und zweifelt an allem, schon wieder, was ist das nur. Vielleicht war sie einmal anders? Ihr kommt ein Foto in den Sinn, von ihrer Konfirmation. Seltsam betont sieht sie zum Altar, als wollte sie irgend jemandem beweisen, wie andächtig sie bei der Sache ist. Und sie denkt daran, daß ihr Vater damals schon eine Weile tot war und ihre Mutter gerade ihren zweiten Mann, Friedrich, geheiratet hatte. Ihre Mutter war Rundfunksprecherin. Eigentlich hatte sie Schauspielerin werden wollen; als Sibylle zur Welt kam, hatte sie ihre Ausbildung abgebrochen.

»Ich habe immer nur ans Spielen gedacht, nie an die Position«, sagt Stefan. »Ich hatte keine Lust auf den ganzen Druck. Ich müßte mich die ganze Zeit behaupten, wenn ich der Erste wäre, müßte rechtfertigen, daß ich diesen Platz verdiene. Ich müßte noch mehr üben als jetzt. Ich hätte noch weniger Zeit für die Kinder, ich weiß nicht, ob ich das alles will.«

Stefan reibt sich die Augen, die ganze Müdigkeit des Sichbehauptenmüssens hinter der Brille, er nimmt sie ab.

»Ich sehe dich jetzt ganz verschwommen«, sagt er, sieht ihr aber gerade in die Augen, mit einer Art Aufmerksamkeit jenseits des Sehens.

Überraschend, ohne Brille hat er etwas Nacktes, Wehrloses für Sibylle. Erotisch, denkt sie, verletzlich, anziehend, weich. Sie kennt ihn mit Kontaktlinsen, aber das ist etwas anderes, wie er sich jetzt vor ihr verwandelt.

»Manchmal ist es angenehm, die Dinge nicht zu genau wahrzunehmen, kennst du das?« Er lächelt, dabei ist eine große Traurigkeit in den Falten um seinen Mund, etwas Hineingekratztes, das da nicht hingehört und doch irgendwie hineingeraten ist. Das sie mit einer kleinen Geste gern wegwischen würde. So und so.

»Ja«, sagt sie leise, »wenn man alles immer ganz genau sieht –«

Sie kichert, fährt sich mit der Hand an den Mund, jetzt hat sie ihn verraten, jetzt hat sie ihn tatsächlich verraten, ihren

Ludwig, der nebenan ruhig atmet. Ob wohl Eva auch so eine begabte Schläferin ist? Stefan grinst. Er versteht die Anspielung, den Röntgenblick, die analytische Begabung Ludwigs. Er ahnt, wieviel ihm entgeht, wieviel er nicht mitkriegt, nicht mitkriegen will. Vom anderen weiß man es manchmal besser als von sich selbst.

»Zuviel sehen«, sagt er und weiß plötzlich gar nicht mehr, von wem er da spricht, »kann manchmal heißen, gar nichts zu sehen, stimmt's?« Und er lacht, verhalten, irritiert.

»Weißt du was«, sagt er und stützt die Arme auf dem Tisch ab, um sich hochzuschieben, »wir sollten jetzt besser schlafen gehen.«

Sie stehen auf, jetzt beide, schieben leise die Stühle zurück. Pusten die Kerzen aus, Wachs schwappt aufs Wachstuch, bis auf eine, die nimmt er in die Hand.

Sie stehen kurz beieinander, sehr dicht. Er nimmt ihre Körperwärme auf, sie seine, sie schließen die Augen, sehr kurz.

Sie hat den Wind die ganze Zeit vergessen. Jetzt ist er wieder da, sie hört ihn klappern und heulen.

Stefan hält die Kerze für den kurzen Weg zu den beiden Zimmern, zwei Schritte, drei, zu den Türen, ihr letztes Flakkern wirft unruhige Figuren in den Raum, erlischt.

2. Kapitel

Ohrensausen und Vergänglichkeit

(1)

»Bist du allein?«

»Ja.«

»Bist du noch im Nachthemd?«

»Ja.«

»Ich liege noch im Bett, mmh.«

»Ich mache mir gerade einen Kaffee.«

»Ich denke an dich. Rate mal, was da passiert.«

Eva hörte Karl am anderen Ende schnurren. Seine Stimme war schläfrig träge. Sie goß Wasser in die Kaffeekanne. Sie klemmte den Hörer zwischen Schulter und Ohr und beschmierte ein Brot mit Butter. Sie war maulfaul. Karl stöhnte.

»Kommst du heute nachmittag? Ich will mit dir schlafen.«

Eva fiel das Telefon von der Schulter (wegen des Schmierens), sie fing es im Flug auf. »Ich muß jetzt Schluß machen, Karl, ich muß mich fertig machen.« Sie biß ins Brot und drückte das Sieb herunter. Karl rief jeden Morgen an.

»Kommst du?«

»Ich weiß nicht.«

Eva rechnete. Bis um drei würde sie im Auktionshaus arbeiten. Sie müßte sich etwas ausdenken, weshalb sie später nach Hause käme.

»Ich könnte nur kurz, ich muß auch sehen, ob ich die Kinder unterbringen kann«, sagte sie und goß sich Kaffee ein.

»Besser kurz als gar nicht«, säuselte Karl. »Mein Schwanz ist ganz hart.«

»Du armer Mann«, sagte Eva. »Na gut, ich komme, so um halb vier.«

Es hat Zeiten gegeben, dachte Eva, da hätte ich es nicht erwarten können. Da bin ich in meinem Leben herum wie ein Tiger im Käfig.

(2)

Orizzonte, Meridiano, Giovanni Colombo. Sibylle betrachtete die Fotos der Schiffe im Hafen von Sciacca, die diese Namen trugen. Es war noch früh, aber mild, ein schöner Morgen Ende April. Sie mußte erst am Nachmittag in die Praxis, ins hektische Neukölln, das ihr nach den Ferien häßlich und heruntergekommen erschien. Sie saß in ihrer neuen roten Jacke aus Sizilien auf der Bank vor der Apostel-Paulus-Kirche und wartete darauf, daß eines der Cafés öffnen würde. Sie hatte ihren rosa Schal ins Haar gebunden, weil es sich dann so anfühlte, als wäre es länger, und trug eine Sonnenbrille. In Neukölln genierte sie sich, wenn sie sich zurechtmachte. Hier nicht. Es war ein Stadtteil für alle.

Sie sah von den Fotos auf. In den Straßen war nicht viel los. Auf dem Balkon des Hauses gegenüber saß eine Katze. Die Fenster waren leer, die Leute schliefen noch. Die Ozonschicht wurde dünner, die Arbeitslosigkeit nahm zu, nächste Woche würde Sibylles Mutter kommen und für Wirbel sorgen, doch hier schliefen die Dreißig- bis Vierzigjährigen am Morgen bis um zehn. Ab elf würden sie herauskommen und frühstücken gehen. Sie verdienten ihr Geld im Schlaf. Dachte Sibylle. Und erschrak: Ich sehe ja genauso aus!

Sibylle schämte sich oft, wenn sie nichts Nützliches tat. Dafür gab es keinen Grund, sie arbeitete viel, von neun bis vier in der Praxis und abends zu Hause, wenn sie Abrechnungen machte, oder am Wochenende eine Fortbildung. Auf dem Heimweg holte sie die Kinder ab, die von acht bis nachmittags um fünf eine Ganztagsschule besuchten, kaufte mit ihnen zusammen ein und kümmerte sich um Familie und Haushalt. Ludwig kam meistens erst spät aus der Klinik.

Die einzigen, die hier am Morgen unterwegs waren, waren einige türkische Frauen mit Kopftuch. Sie gingen mit ihren Einkaufstaschen zu den Obst- und Gemüsegeschäften, um schwer beladen und leicht schwankend wieder nach Hause zu laufen und offenbar Unmengen von durchaus gesunden Speisen zuzubereiten. Sie hatten etwas Zeitloses, wie ihr Stadtteil. Unbeschadet von den Wirren der Zeit, immer in Mode und jenseits der Mode, jeden Wandel sanft verwandelnd: so war Schöneberg. Ludwig liebte es sehr. Er wollte auf keinen Fall wegziehen. Hier im alten Westen, zwischen den belebten Straßen mit den Bioläden und Kneipen, indischen und italienischen Restaurants, afrikanischen Bars, neuen Bagelläden und alten Dönerimbissen, fühlte er sich jung und zugehörig. Jederzeit konnte er losgehen, ins *Gioccosa* um die Ecke, auf einen Cappuccino, den die Kellnerin mit ihrem Piercing in der Unterlippe für ihn besonders breit »Kappuuutsch« aussprach. Oder mit der Familie auf eine Pizza ins *Gioia*, gleich gegenüber, an warmen Sommerabenden. Sie konnten draußen sitzen; niemand störte sich an den Kindern; andere hatten auch welche.

Manchmal stand Ludwig, kurz bevor er loszog, auf dem Balkon. Sah wie ein Feldwebel mit vorgerecktem Brustkorb stolz lächelnd auf das Häusermeer, die Dächer der Jahrhundertbauten, die ihn, und das war von unschätzbarem Wert, in keiner Weise an die grauenhaften Reihenhäuser in Recklinghausen erinnerten, wo er großgeworden war. Er wußte nicht, wie sehr er in dieser Haltung seinem Vater glich, einem korrekten, gut aussehenden Bundeswehroffizier, mit dem er seit Jahren nicht gesprochen hatte. Manchmal gucken uns die Eltern aus der Kopfhaut, gerade wenn wir uns weit entfernt von ihnen glauben.

Ludwig zog nach solchen Blicken über die Dächer ein geringeltes oder gestreiftes T-Shirt an, fuhr mit der Hand durch die sich allmählich ausdünnende, daher kürzer geschnittene Lockenpracht, die er jeden Abend durch eine Massage mit Birkenwasser pflegte. Er sprengte etwas After-shave ins Gesicht, faßte kurz an den Gürtel, ob *Leatherman* und Pieper fest saßen, lief ungeduldig die Treppen hinunter, um dann gemächlich durch die Straßen seinem Ziel entgegenzuschlendern.

Sibylle liebte diese Auftritte Ludwigs. Zugleich war etwas in ihnen, das sie wütend machte, das sie nicht zu benennen wußte und das sie hin und wieder zu spöttischen Bemerkungen hinriß. Ein kleiner Neid vielleicht? An guten Tagen küßte Ludwig sie einfach auf die krause Stirn und zog sie mit; an schlechten fertigte er sie mit ein, zwei kühlen Sätzen ab, was sie wiederum mit einem knappen *jetzt sprichst du wie dein Vater* quittierte, worauf Ludwig die Tür zuschlug und verschwand. Rituale sind etwas Wunderbares.

Ich fühle mich nicht jung, wenn ich die jungen Dinger in den Kneipen sehe, dachte Sibylle jetzt auf ihrer Bank in der Ende-April-Sonne. (Sie sah ausgesprochen elegant aus, mit Tuch und Brille, was bedeutete da schon *jung*?) Sie hatte die Kinder zur Schule begleitet und war langsamer als sonst durch die Straßen zurückgegangen. Schlendernde Frau am Morgen, an den Bäumen erstes Grün, so zart und fein, daß das Sonnenlicht hell und tanzend hindurchfiel. Ein einzigartiges Licht. Sie hatte die milde Luft eingeatmet, war verdutzt stehengeblieben: Die Schuhreparatur hatte das Fenster umdekoriert. Ein einziges Paar roter Frauenschuhe stand da. Auf der ganzen Fläche vor dem altmodischen, halbhohen Vorhang, der die Einsicht in den Laden verhinderte. (Alles auf alt zu trimmen war eine neue Mode.) Die Schuhe wirkten klobig, mit schweren Absätzen, wie eigentümliche Gefäße. Worauf warteten sie? Auf ein Paar Frauenfüße? Nein. Die roten Schuhe sahen so aus, als warteten sie auf etwas anderes, Größeres. Ganz allein standen sie da im Fenster und warteten.

Sibylle hatte sich regelrecht losreißen müssen. Sie hatte ihre Bilder im Fotogeschäft abgeholt; es machte schon um acht Uhr auf. Die Gesichtsfarbe des Verkäufers wurde immer gelblicher. Er sollte einmal seine Leber untersuchen lassen, hatte Sibylle gedacht, sich aber jeden Kommentar verkniffen. Ludwig hatte selbstverständlich eine Digitalkamera, von Ebay, doch Sibylle hielt an ihrem alten Fotoapparat fest und hoffte, daß es nicht allzubald unmöglich werden würde, Abzüge machen zu lassen.

Sie hatte keine Lust, nach Hause zu gehen. Unordnung wartete dort auf sie, schmutzige Wäsche und Rechnungen. Sibylle haßte Unordnung. Das Au-Pair sollte erst einmal aufräumen. Zu dumm! Sie hatten gar kein Au-Pair mehr! Plötzlich bekümmerte sie der Gedanke, daß sie die nächsten zehn, zwanzig Jahre nach Neukölln in die Praxis fahren müßte. Neukölln war auch so unordentlich. Sibylle stand noch immer unter dem Schock der Rückkehr aus Sizilien. Jedesmal, wenn sie aus den Ferien in ihre Altbauwohnung zurückkehrte, erschrak sie. Wie improvisiert alles wirkte, sie kühl und ausdruckslos ansah. Jedesmal begann sie eine Diskussion mit Ludwig, wie sehr sie sich ein eigenes Haus wünschte, und wie anders dort alles sein würde. Dann nahm der Alltag wieder Besitz von ihr, die Wohnung füllte sich mit Leben, sie vergaß.

Sie würde sich um eine Putzfrau kümmern müssen. Jetzt aber wollte Sibylle erst einmal hier auf der Bank sitzen, den schönen Morgen genießen und ihre Fotos betrachten. Sie las noch einmal die Namen der Schiffe im Hafen von Sciacca und dachte an ihre nächtliche Unterhaltung mit Stefan. Ihr Puls beschleunigte sich. Sie schloß die Augen hinter den dunklen Gläsern, wartende rote Schuhe blitzten auf, Stefans schmales Gesicht mit dem auffallenden, roten Mund. Sie sah sich in seiner

Umarmung. Schüchtern, scheu, voll Wärme, so wie sie es hin und wieder träumte. Eine innige Umarmung, keine hitzige, sexuell aufgeladene. Aus solchen Träumen erwachte sie zufrieden und melancholisch zugleich. Sie lösten ein ähnliches Gefühl aus wie ihre Tagträume vom Leben auf dem Land, die ihr aus unerfindlichen Gründen peinlich waren, trotz der ewigen Diskussionen über ein Haus, genauso wie Ludwigs Wunsch, eines Tages auszuwandern; sie empfand eine leise Scham, als handelte es sich um die Aussteigerwünsche eines halbwüchsigen Jungen, der sie mit rauh-quietschender Stimme in die Klasse krächzte. Eines Erwachsenen nicht würdig, dachte sie.

Aber trugen nicht alle Menschen ein solches Bild von sich selbst im Innern? Ein Sehnsuchtsbild, das alles in sich verdichtete, was man gern sein wollte, wie man das Leben gern verbringen wollte? Für die eine war es eine Schlittschuhläuferin, die im altmodisch langen Mantel, die Hände in einen Muff gesteckt, auf einem See ihre Achten fuhr, ihre Spuren ins Eis kratzend, das in der Sonne leise knackte, vorwärts, rückwärts, der Atem in der kalten Luft vor dem Mund. Einer anderen war es die Schwimmerin, die sich geradlinig durchs schimmernde hellblaue Wasser bewegte.

Und für sie selbst? Sibylle mußte nicht lange nachdenken. Für sie selbst war es die Reiterin, die auf einem braunen, gelenkigen Pferd durch Wald und Wiesen galoppierte, das heißt, es war vor allem das körperliche Gefühl, an das Sibylle dachte, den beweglichen Rücken des Tieres unter sich, mal ruppiger, mal weicher. Sie dachte weniger an die Landschaft, die sie durchquerte, (obwohl sie oft den Frühlingswind wußte, junges Grün), sondern vor allem das Gefühl ihres Körpers auf dem des Tieres, in der intensiven Bewegung, die Muskeln des Pferdes, das Auf und Nieder beim Traben, das Nachgeben und wieder Anpressen ihrer Beine.

Ihre Versuche, diesem Bild eine Wirklichkeit zu geben, waren im letzten Jahr gescheitert. Sie hatte vor dem sechshundert Kilogramm schweren Wesen Angst bekommen, das nervös von ihr geführt an den Zügeln ging und auf jedes Geräusch reagierte. Das sie schubste und versuchte, vorneweg zu gehen, während der Reitlehrer ihr von hinten immer wieder zurief, sie müsse unbedingt führen. Die Angst, die fast eine Art Ehrfurcht war, hätte sie vielleicht mit der Zeit überwinden können, nicht jedoch die Reaktion ihrer Haut und Schleimhäute: Nach fünf Minuten begann sie zu niesen, was das Pferd mit gespitzten Ohren schadenfroh zur Kenntnis nahm, und nach einer halben Stunde breitete sich ein gräßlicher Ausschlag auf ihrem Hals, im Gesicht und an ihren Unterarmen aus, juckend und rot. Daß die Nase ständig lief und sie in Gegenwart des amüsierten Pferdes schniefen und niesen mußte, hätte sie hingenommen, doch die Quaddeln, die sich rasch zu Erhebungen auswuchsen, waren unerträglich. Sie dankte dem Lehrer, verabschiedete sich und bedauerte es zutiefst, diese Sehnsucht in der Phantasie verschließen zu müssen.

Sibylle dachte plötzlich, daß es eine hübsche Idee wäre, die Freunde zu einer Art Urlaubsnachbereitung einzuladen, zu einem Essen. Sie steckte die Fotos in die vollgestopfte Tasche, grub ihr Handy heraus und tippte Evas Nummer ein. Drückte auf den roten Knopf, bevor es klingeln konnte. Sie spürte ein sonderbares Sausen im Ohr.

Es hatte ihr gefallen, mit Stefan über Musik zu reden und nicht immerzu über medizinische Probleme. Ludwig wurde in Evas Gegenwart oft angenehm gelöst, er lachte oder brummte wie ein Bär. Sie hatten miteinander geschlafen. Sie hatte dabei an »Die vierte Hand« von John Irving gedacht, worin dem Helden ein Löwe die Hand abbiß. Genaugenommen hatte sie an den Arzt gedacht, der ihm die Hand wieder annähte. Irving erzählte hundert Seiten lang nur von ihm, als hätte er den Mann mit der Hand ganz vergessen. Das fand Sibylle zunächst verwirrend, dann aber schön. Sie vertraute Irving, las alle seine Bücher. Sie las überhaupt gern Neuerscheinungen.

Sibylle spürte Tränen aufsteigen. Sie spürte, daß sich ihr

Bauch aufblähte. Seit ihrer Rückkehr litt sie an Verstopfung. Sie wollte auf keinen Fall darüber grübeln, weshalb und wieso; sie würde mit dem Kaffee ihr probates Mittel herunterspülen, sanft und zuverlässig. Sie wollte an etwas Schönes denken. Sie wollte die Ferien noch ein wenig nachwirken lassen, bevor sie zu ihren Kranken in Neukölln fuhr.

Sie zwang sich, an den Markt von Sciacca zu denken, auf dem sie die frischen Fische geholt hatten, an den Geschmack der Vorspeisen in dem Restaurant, in dem sie den letzten Abend gefeiert hatten, die Wanderung, die sie an einem der wärmeren Tage am Strand unternommen hatten. Immer wieder tauchte Stefans Gesicht auf, sein Lächeln, seine Bescheidenheit, seine Aufmerksamkeit, wenn er ihr am Tisch einschenkte oder den Salat reichte. Er hatte nicht geflirtet, gerade deshalb konnte sie es genießen; keine beunruhigenden Gefühle kamen auf und machten den Urlaub mit den Freunden kompliziert. Das Leben fühlte sich oft genug verworren und unüberschaubar an; sie liebte es, wenn alles seine Ordnung hatte. Manchmal allerdings beschlich sie die leise Frage, ob dies denn wirklich alles sein sollte.

Sie holte das Heft ›Arzt und Kunst‹ aus ihrer Tasche und blätterte darin. Es war erstaunlich, wie manche ihrer Kollegen die Zeit fanden, großformatige Bilder zu malen. Wann machten sie das bloß? Einer malte Frauen, die an Geräte angeschlossen waren und dabei ihre Formen verloren wie die Sanduhren von Dalí in der Wüste; einer zerschnitt mit dem Pinsel magere Körper und fügte sie in schrillen Neonfarben neu zusammen; und eine Hautärztin, die auf dem Foto die Zähne bleckte, malte naive Köpfe, aus denen unheimliche Rankpflanzen wucherten und in deren Augen sich öde Hochhäuserblocks spiegelten.

Sibylle blätterte schnell fort von diesen Bildern und wandte sich den medizinischen Reportagen des Magazins zu. Die Tabellen waren optisch aufgepeppt, und die Berichte über Tests mit Naturheilpflanzen lasen sich, als handelte es sich um Expeditionen ins ewige Eis. Sibylle fing an zu lachen. Was für einen Vogel hatten sie denn da aufgetrieben, für den die Beschreibung von gastrointernen Vorgängen ein Abenteuer war? Sie würde Ludwig am Abend daraus vorlesen; er lächelte immer abfällig, wenn sie über die pflanzlichen Mittel sprach, die sie ihren Patienten empfahl. Sie las eine Menge Bücher über alternative Medizin und Hausmittel. Sie versteckte sie unter dem wackligen Sofa, das sie aus ihrer Studentenbude in ihr Zimmer in der gemeinsamen Wohnung mitgebracht hatte. Dort lagen auch, hinter den anderen versteckt und von Staubmäusen bedroht, Bücher mit Titeln wie ›Krankheit als Chance‹, ›Der Körper – dein Weg‹, ›Die Weisheit der Steine‹ und ähnliche Werke, die Ludwig ohne Zögern als esoterische Scheiße bezeichnen würde.

Plötzlich fand Sibylle es ärgerlich, wie oft Ludwig über sie spottete. Plötzlich dachte Sibylle noch intensiver an Stefan, der mit ihr so freundlich über die Madonna von Palermo gesprochen hatte, eine Holzfigur, die bei einer Geburt aus Mitgefühl für die werdende Mutter echte Tränen geweint hatte.

Das nächste auf Hochglanzpapier besprochene Mittel war das Keuschlamm, das *agnus castus*, eine altbewährte Heilpflanze in sämtlichen Fällen von Hormonstörungen. Der Autor genierte sich, von Gebärmüttern und Brüsten zu sprechen. Sibylle las Verächtlichkeit heraus. Sibylle war es schon oft aufgefallen, daß Männer, die über Menstruationsbeschwerden schrieben, etwas Süffisantes oder etwas Mitleidiges hatten. Als haftete den Worten etwas Unerlaubtes, gar Glitschiges an. Auch bei Unfruchtbarkeit und den hormonellen Umstellungen auf dem Weg in die Wechseljahre schien eine gewisse Verunsicherung zu herrschen, welcher Ton denn der angemessene sei. Noch schlimmer wurde es allerdings zu Sibylles Vergnügen, ging es um die delikaten Störungen der Erektion. Erst dank des bewundernswerten Einsatzes des ehemaligen Fußballers Pélé konnte das Problem öffentlich angesprochen werden, das heißt in Anzeigen und Fachartikeln.

Sibylle liebte das keusche Lamm. Sie gab es Frauen, die sich Kinder wünschten. Sie nannte es aus Jux Keu-Schlamm. Schließlich erhöhten alle möglichen Arten von Schlamm die Fruchtbarkeit. Im letzten Jahr hatte sie eine Schauspielerin als Patientin gehabt, die glaubte, an einer Magen-Darm-Grippe zu leiden. Die Schauspielerin war schwanger. Mit Zwillingen. Sie war ganz aus dem Häuschen geraten. Sie erzählte Sibylle, daß sie jahrelang trotz heftigen Kinderwunsches nicht schwanger geworden sei. Sie könne es gar nicht begreifen. Sie habe in den letzten Monaten hart gearbeitet. Sie spiele die Marie in Büchners ›Woyzeck‹ an mehreren Abenden in der Woche. Sie müsse bei jeder Vorstellung für längere Zeit in einem Schlammloch auf der Bühne liegen.

Sibylle hatte angefangen zu lachen. Der Schlamm, hatte sie gerufen, es liegt am Schlamm! Die Schauspielerin hatte etwas beleidigt reagiert, war jedoch am Ende des Jahres mitsamt ihren Babys zu Sibylle gekommen. Sie berichtete ihr kichernd, daß das Theater in diesem Jahr einen enormen Sonderposten für Schwangerschaftsvertretungen aufzubringen hatte. Sie konnte gar nicht mehr aufhören zu lachen (die Hormone). Drei Maries, die sie vertreten hatten, waren ebenfalls schwanger! Sibylle witterte einen potenten Woyzeck hinter dieser ungeheuren und offenbar alle Beteiligten überraschenden Kinderschwemme. Doch diese Umstände zu erkunden war ihr leider nicht vergönnt.

Das Keuschlamm war wie der ebenso keusche Mönchspfeffer äußerst effektiv, wenn den Frauen vor der Menses die Brüste zu platzen schienen und sie über alles und nichts in Tränen ausbrachen oder Kopfschmerzen aus heiterem Himmel bekamen, wenn ihre Eier, unregelmäßig produziert, allzu lebhaft sprangen und sie an allem verzweifeln ließen, auf dem holprigen Weg ins Alter. Derselbe Mönchspfeffer, der jungen Frauen zu Kindern verhalf, half ihnen später kostenoptimiert, mit dem Keine-Kinder-mehr-kriegen-Können klarzukommen. Sibylle war jetzt zweiundvierzig und spürte manchmal gewisse Veränderungen. Zu gegebenem Zeitpunkt würde sie für sich selbst auf jene Mittel zurückgreifen.

Zunächst aber sah sie voller Freude, daß die Cafébesitzerin an der Ecke die Türen ihres Reiches aufschloß; sie konnte es kaum erwarten, eine schöne Schale sanft gerösteten Kaffee mit perfekt geschäumter Milch zu trinken und – was sie sich nur zweimal im Monat gönnte – ein buttrig knuspriges Croissant hineinzutunken.

Aufgeregt und nun doch mit einer gewissen Entschlossenheit kramte sie ihr Handy aus dem vielseitigen Inneren ihrer Handtasche. Sie rief Eva an und lud sie und Stefan auf dem Band, das ansprang, zum Fondue am Samstag ein. Die Fotos seien fertig. Sie ließ Stefan grüßen. Sie spürte wieder das Sausen im Ohr und wurde ein bißchen rot.

(3)

Eva saß im Nachthemd auf ihrem und Stefans Bett. Sie hatte die Vorhänge aufgezogen und das Fenster geöffnet. Die Vögel zwitscherten. Die Luft strömte angenehm in den Raum. Sie hörte das Telefon klingeln. Das Band sprang an. Sie hatte nach dem kurzen Gespräch mit Karl Kaffee, Brot und Tageszeitung ins Bett mitgenommen. Sie überflog die üblichen Kriegs- und Krisenberichte, das übliche Wir-kennen-das-schon-alles im Kulturteil. Heute brachte Stefan die Kinder in die Schule und in den Kindergarten; sie mußte erst um zehn bei Spoerli antreten. Eva war gereizt bei der Vorstellung eines hektischen Rendezvous mit Karl.

Karl Ebeling war sechsundfünfzig Jahre alt, Gebrauchtwagenhändler und viel in Osteuropa unterwegs. Er hatte eine Halbglatze, die Eva äußerst anziehend fand, ein Meerjungfrauentattoo am rechten Oberschenkel, sehnsüchtige graue Augen und so eine Art, die Hände an Evas Beinen heraufwandern zu lassen, die sie immer wieder »aber Herr Karl!« seufzen ließ. Sie hatten seit vier Jahren ein Verhältnis. Am Anfang hatte es Eva fast den Verstand gekostet; sie fühlte sich, als hätte man ihr die Haut abgezogen, nackt, empfindlich, aufgewühlt. Die Kinder waren noch klein und forderten alles von ihr; ihre Nächte waren unterbrochen; durch die ständige Übermüdung geriet sie in einen luziden Zustand, in dem sie sich um so mehr nach körperlicher Liebe sehnte. Ihre Erfüllung erforderte allerdings eine abenteuerliche Organisation des Alltags.

Eva war sich sicher, daß Karl sich in sie verliebt hatte, weil ihr Busen so dick war; sie hatte Lucie damals noch gestillt, sie war gerade fünf Monate alt. Karl hatte ihren Busen hingebungsvoll gestreichelt. Als der Busen wieder kleiner wurde und Eva vom vielen Streß ganz dünn, bevorzugte Karl es allerdings, sie mit Blick auf ihren Rücken zu lieben.

Karl hatte angehalten, als sie mit einem geplatzten Reifen am Straßenrand zwischen Berlin und Kleinmachnow stand. Sie hatten den Reifen gewechselt, tiefe Blicke und die Telefonnummern. So hatte es begonnen. Es hatte leidenschaftlich begonnen. Eva hatte gedacht, Karl würde der Vater ihres vierten Kindes. Sie hatte es Stefan gesagt. Es wird vorübergehen, hatte Stefan gesagt, bleib bei mir. Dann hatten sie vor dem Fernseher gevögelt. Ich will nicht, daß du dich trennst, hatte Karl gesagt. Und sie hatten in seinem großen, frisch bezogenen Bett gevögelt. Und so war es geblieben. Karl hatte zwei erwachsene Kinder und lebte von seiner Frau getrennt. Er hatte sich nie scheiden lassen.

In der letzten Zeit schien es für Eva immer schwieriger zu werden, Zeit für den Herrn Karl zu finden. Seine Wohnung fing an, seltsam zu riechen, nach Staub und abgestandener Luft.

Eva warf die Zeitung auf den Boden und blätterte ungeduldig in einem Kunstband über August Macke. Sie suchte etwas. Wüßte sie nur, was. Rastlos überlegte sie, wohin sie als nächstes gern reisen würde und welches Zimmer im Haus sie in den Farben Mackes streichen könnte. Als könnte sie damit gegen das seltsame Gefühl angehen, das sie seit einiger Zeit immer wieder befiel, sich zu schnell oder zu langsam durch das Leben zu bewegen. Sie betrachtete ihre Höhle, in der sie sich in letzter Zeit oft fortträumte oder sich einrollte und schlief.

Die Wände des Zimmers waren in einem warmen Braunton gehalten, Schrank und Nachtschränke aus dunklem Holz, und über dem Bett schwebte ein Baldachin, den sie in einem satten Orange gefärbt hatte und an dessen Seiten rostrote Gaze in großzügigem Schwung herabhing, in der vermutlich Heerscharen von Staubmilben hausten und sich über sie lustig machten. Goldgemusterte, grüne und orange Kissen türmten sich am Kopfende, die Tagesdecke lag seit Tagen zerknüllt am Fußende. An den Wänden hingen neben dem mit Lebensratgebern, Romanen und Reiseführern vollgestopften Bücherregal asiatische Münzpuppen, die sie keineswegs aus Bali mitgebracht, sondern vom Flohmarkt am Siebzehnten Juni, und ein türkischer Kelim, den sie zur Hochzeit geschenkt bekommen hatten. Die Nachttischlampen waren aus buntem Glas und für abendliches Lesen zu funzelig. Hinter dem Bett an der Wand hatte sie durchschimmernden Stoff aufgehängt, der den Zeltcharakter des Ganzen betonen sollte. Ja, ein Zelt für liebende Nomaden sollte dieses Bett sein, eine Insel in der Brandung des Gewöhnlichen, ein Ort des Rückzugs für erregte Begegnungen zwischen Mann und Frau, die sich immer wieder neu voller Lust und Zärtlichkeit entdeckten. Die aus diesem geheimnisvollen Raum der Seufzer und flüsternden Stimmen an die Oberfläche des Alltags auftauchten und mit strahlender Energie Schulbrote, Waschmaschinen, Steuererklärungen, Aldieinkäufe und Orchesterproben bewältigten.

So etwa hatte sich Eva es jedenfalls gedacht, und allen Ernüchterungen zum Trotz konnte und wollte sie von dieser Hoffnung nicht lassen. Nach Ermutigung suchend sah sie zum Lüsterweibchen hinauf, das oben an der Decke schaukelte, eine alte Schiffsfigur in der Form eines beschwanzten Meerweibchens, dessen nackter Oberkörper zart geschnitzt war und dessen Augen sie unternehmungslustig anzublitzen schienen.

Anka hatte ihr die Figur zum fünfunddreißigsten Geburtstag geschenkt, sie hatte sie in einem alten Trödelladen in Hamburg gefunden. Ihre Schwester Anka, die nur fünfzehn Monate nach Eva auf die Welt gekommen war, hatte zu dieser Zeit zwei Semester am Institut für Meeresbiologie in Hamburg Vorkehrungen zum Schutz bedrohter Meerestiere studiert, bevor sie sich in Tübingen mit der Bedeutung wasserreinigender Pflanzen für Rieselfelder in extrem trockenen Ländern befaßte. Sie hatte sich mit neunzehn in den militanten Greenpeace-Aktivisten Leon verliebt und sich bei mehreren spektakulären Einsätzen mit ihm anketten lassen: Vor das EU-Parlament in Brüssel gegen den Robbenfang, an das Eingangstor des neuen Reaktors in Wackersdorf, an das Geländer des Walfischbeckens im Kopenhagener Zoo, an eine Erdölstation in der Nordsee. Nachdem Leon sie eines Nachts im Schlaf mit Handschellen an sein Bett gekettet hatte, hatte sie ihn umgehend verlassen. Eine Serie von Paläontologen und Recyclingexperten war gefolgt. Anka zapfte ihr Wissen an, stellte das ihre nicht kleinlich zur Verfügung und beglückte sie mit ihrer unkomplizierten Körperlichkeit.

Wenn sie sich verliebte und wenn es zu Ende ging, rief sie Eva an. Sie redete dann ohne Punkt und Komma. Wenn sie »Evachen« ins Telefon flötete, wußte Eva, daß sich Ende und Anfang der Liebe unglücklich überschnitten und Anka bald mit ihrem Rucksack vor der Tür stehen würde. Anka fand es praktisch, bei den Männern zu wohnen. (»Wozu soll ich eine eigene Wohnung haben, wenn wir die Nächte ohnehin zusammen verbringen? Für tagsüber brauche ich keine Wohnung, ich bin unterwegs!«) So ergaben sich hin und wieder obdachlose Übergangssituationen. (Sie zahlte übrigens immer einen Anteil an der Miete.) Eva freute sich. Sie liebte ihre kleine Schwester über alles, und auch Sina war begeistert von ihrer ulkigen Tante. Im Gegenzug konnte Anka Eva entlasten, sie hütete die Kinder, damit sie schnell und ohne die drei im Wagen oder auf dem Arm einkaufen konnte, sie bot Zubettgehbetreuung, wenn Stefan in der Oper war und Eva einmal zu Nora, Karl oder einem anderen Menschen wollte.

Anka hatte ein Bett auf dem Dachboden. Sie hatten dort zwei Paar Lederschlittschuhe gefunden, die für die Kinder zu groß und den Schwestern zu klein waren, und einen alten Pappkoffer mit Spielzeug, von dem sie nicht so recht wußten, ob dies aus den dreißiger Jahren oder aus der DDR der fünfziger Jahre zurückgeblieben war: ein Kochherd, Autos, ein aufziehbarer Blechfrosch. Sie hatten alles aufgehoben, und nur, wenn Anka kam, durften die Kinder dort oben spielen. Damit es etwas Besonderes blieb. In Ankas Abwesenheit betrat niemand diesen verstaubten Raum voller Spinnweben und Insektenleichen, und Eva putzte ihn erst, wenn ihre Schwester sich ankündigte. Anka hatte dort eine Kiste deponiert, in der sie ein paar wichtige Gegenstände ihres Lebens aufbewahrte: ihre ersten selbstgekauften Bergsteigerstiefel, ihr erstes Mikroskop, Pflanzen- und Tierbücher aus der Schulzeit, die Vogelbücher ihrer Mutter, Fotos von ihren Freunden, Briefe, Fahrkarten. Während Eva zum Ballettunterricht gehüpft war, hatte Anka es vorgezogen, mit Gummistiefeln durch den Schlamm zu waten. In dem Jahr, in dem Eva ihr Praktikum bei Sotheby's in London absolvierte und lernte, Antiquitäten zu katalogisieren und zu archivieren (um später bei Frau Spoerli besonders gründlich Silber putzen zu können), studierte Anka die Endlichkeit der Ozeane und die Prognostik von Umweltkatastrophen.

Du bist ein Wandervogel wie Mama, sagte Eva manchmal. Laß mich mit Mama in Frieden, sagte Anka, fort ist fort. Nur in seltenen Momenten, wenn es sehr spät war und sie alles durchhatten und sehr viel getrunken, flüsterten die beiden jungen Frauen miteinander über ihre Mutter, die so gern in den Wäldern umhergelaufen und eines Tages nicht mehr wiedergekommen war. Zwischen Weihnachten und Neujahr, Schnee war gefallen, getaut, gefallen. Anka war siebzehn, Eva kurz vor dem Abitur. Doch sonst wollte Anka vom Vogelweh ihrer Mutter nichts wissen, so wie Eva nicht über ihre Liebeswirren sprach.

Eva nickte dem Lüsterweibchen zu. »*No risk, no fun*«, seufzte sie und stand auf. Keiner ihrer Kollegen, keine ihrer Kolleginnen bei Spoerli würde sich so einrichten wie Eva. Bei ihnen waren Möbel, Vorhänge und Teppiche in einem einheitlichen, eleganten Stil gehalten; Biedermeier wurde bevorzugt. Eva war ohnehin eine Ausnahmeerscheinung in der Branche, in der die meisten dem eigenen Geschlechte zugetan und ohne Nachwuchs waren und sich daher gern und mit einer gewissen Milde in der Stimme nach Evas Kindern erkundigten. Eva war sich nicht sicher, ob diese Nachsicht ihr galt, die ihrem Fortpflanzungsdrang so offenkundig nachgab, oder ihnen selbst, die ihm auf immer entsagt hatten. Nur Frau Spoerli senior, die immerhin eine Tochter und diese auch in ihr Geschäft eingebunden hatte, lächelte manchmal melancholisch, wenn sie darüber sprach, daß sie nun wohl keine Enkel mehr bekommen würde. Ihre Tochter nämlich, über deren Entstehen wenig bekannt war, liebte Frauen.

Die reinen leuchtenden Farben Mackes paßten so wenig in Evas schummriges Schlafzimmer wie sie selbst an diesem Tag ins hell ausgeleuchtete Auktionshaus, in dem dreißig Kronleuchter blinkten und die übereinander ausgelegten Teppiche, die dicht an dicht gehängten Bilder, die Vitrinen mit dem Silber, den Gläsern und dem Porzellan, die Meisterstücke aus dem achtzehnten Jahrhundert, die Schreibkommoden und Sekretäre aus dem neunzehnten, die Schränke und Kommoden aus dem Süddeutschen, Norddeutschen und die filigranen Sitzmöbel aus Frankreich so gut es ging beleuchteten. Sie beleuchteten auch, leider etwas fahl, die Gesichter der Besucher, die sich an den Tagen vor der Auktion in den Ausstellungsräumen drängten. Sie ließen ihre Falten schärfer hervortreten und machten ihre Haare, die spärlicher wurden, einzeln sichtbar, darunter die weißliche, manchmal schuppige Kopfhaut, und sie zeigten jeden Fussel und jede abgewetzte Stelle an zu lange getragenen Jacken und Mützen. Tatsächlich kamen im Herbst und Winter, bis ins Frühjahr hinein, auffallend viele Mützenträger zu Spoerli. Es waren graue, noch häufiger aber karierte Sportmützen mit einem schmalen Schirm über der Stirn, die die Männer trugen, und oft paßte der Stoff zu den ebenso auffallend häufig bevorzugten karierten Tweedjacken, unter denen nicht selten noch eine karierte Weste hervorlugte. Die jüngeren Männer kamen in Kordhosen und Rollkragenpullovern, im Sommer in offenen Hemden. Aber jetzt, Ende April, war es noch recht frisch.

Recht frisch hatte Frau Fanny Schattenfroh, die langjährige, unentbehrliche, wenn auch zu Kapriziösem neigende Angestellte von Elsbetha Spoerli, diese Woche ihr Haar aufschwärzen lassen, und viel Festiger verhalf der beachtlichen Hochfrisur zu energischem Stand, während Spoerli die Jüngere seit Jahr und Tag ihre immer dünner werdenden Haare offen trug, als wäre sie ein siebzehnjähriger Hippie. Die Tochter wirkte wie der blasse Schatten der imponierenden Mutter, und es schien, als erkämpfte sie sich ihr Daseinsrecht jedesmal erneut, wenn sie hinter dem Computer Platz nahm, um die Kalkulationen des Hauses zu betreuen. Wieland, der nur wenig älter war als Eva, hatte die Haare gleich ganz geschoren, und Albrecht pflegte einen altmodisch vollen, langsam ergrauenden Studentenschnitt der späten Siebziger. Tatsächlich hatte er Kunstgeschichte studiert, aus seinem Studentenjob war eine feste Anstellung im Hause Spoerli geworden.

Evas Blick blieb in der letzten Zeit häufiger an der Haarpracht anderer Menschen hängen; sie verzeichnete die Spuren des Verfalls und der Täuschung, während sie mit sich selbst noch an jedem Morgen vor dem Spiegel haderte, ob sie dem beginnenden Verlust ihres rostbraunen Tons mit Cremes entgegentreten sollte. Sie beobachtete auch, wie sich die Zähne der Menschen veränderten, wie sie einen gelblichen, in höherem Alter bräunlichen Schimmer annahmen, wie Lücken dämmerten und Kappen golden aufblitzten. Sie registrierte eine gute Pflege ebenso erbarmungslos wie eine nachlässige, und vielleicht war es diese allmählich obsessiv werdende Beschäftigung mit dem natürlichen Verfall, die ihren Widerwillen gegen das mit alten Dingen angefüllte Auktionshaus erregte. Als suchte sie nach einem Ausgleich, sah sie sich auf ihren Wegen nach Häusern um, die aus Glas und Beton gebaut waren. Doch wozu, sie hatten ihr Häuschen aus den dreißiger Jahren, das bestenfalls den Anbau einer verglasten Veranda, viel nötiger jedoch einen neuen Anstrich vertragen könnte. Seltsam, früher war es gerade die Patina des Vergangenen, die sie zu ihrer Arbeit verlockt und ihr Freude bereitet hatte, ob Schmuck, getragene Kleider vom Flohmarkt oder angestoßene Möbel. Nichts Neues, Unbenutztes mochte sie, mit Ausnahme von Büchern. Bei Büchern hatte sie es am liebsten, wenn sie noch in ihrer Plastikfolie eingeschweißt waren, wenn sie sie als erste öffnen und abziehen durfte, wenn sie an den Seiten schnuppern konnte, die noch nach dem Druck rochen.

An diesem Morgen spähte sie geradezu verzweifelt nach jüngeren Menschen. Sie wäre schon mit einem dieser kinderlosen Paare in ihrem Alter zufrieden gewesen, in deren *Salon* genannten Wohnzimmern Kronleuchter hingen und die immer noch eine ausgefallene Recamière oder einen aparten Sekretär suchten, auf dem sie die in Silber gerahmten Porträts ihrer Familie oder beeindruckend große Vasen mit Lilien, Gladiolen und anderen einst verborgene Sinnlichkeit signalisierenden Gewächsen aufstellten.

Eva ließ die Blicke schweifen.

Fanny Schattenfroh war offenbar wild entschlossen, den Frühling beherzt anzugehen. Sie trug ein giftgrünes Kleid, das ihre reifen Formen hervorhob; an ihren Ohrläppchen, die allmählich labberig wurden wie die eines indischen Elefanten, glitzerten zwei Diamanten mit Jadeeinlage, passend zum Kleid, in der Form zweier verspielter Delphine. Das Gesicht hatte sie mit rosa Rouge und etwas zu hellem Puder bestäubt, und ihren Gang bestimmten spitze grüne Schuhe, die Eva an das angestrengte Lächeln der Callas denken ließen. Vielleicht hatte sie Krach mit Spoerli der Jüngeren gehabt; die beiden ließen einander links liegen, und Spoerli die Jüngere sah sorgenvoll aus. Die beiden ungleichen Frauen hatten sich im Bund gegen die Seniorin miteinander befreundet. Brigitta Spoerli die Jüngere lebte allein; ergebnislos suchte Eva in ihrem Gesicht nach früherer Schönheit; eine unglückliche Liebe, so munkelte man, habe es mit dreißig verwüstet. Jedesmal, wenn Eva sie ansah, murmelte sie die einzigen Zeilen eines Liebesgedichts, die sie sich jemals hatte merken können:

»Wenn vierzig Winter deine Stirn umdrängen,
der Schönheit Flur voll Furchen steht, verheert,
und deiner Jugend Kleid, dran so viel Augen hängen,
ist Plunder, Kram, und keinen Groschen wert.«

Worüber sie nicht nachgedacht hatte, war die Tatsache, daß es in Shakespeares Sonett um die endliche Schönheit eines Menschen ging, der offenbar nicht im Gesicht seines Kindes fortleben wird oder will, sondern nur in den Versen eines Dichters, der dies an anderer Stelle eine rechte Verschwendung schalt.

Zu Anfang herrschte an diesem Morgen wenig Betrieb; ein hanseatischer Händler beschäftigte Eva seit einer dreiviertel Stunde damit, jeden Meißenteller, jede Meißenschale, jeden Meißenkrug einzeln aus den Vitrinen zu holen und ihm zu zeigen. Er war zum erstenmal da und offenbar von einem Jagdfieber befallen, das ihn überraschte und verzückte. Seine zerfurchten Wangen glühten, das weiße, wallige Haar, das sich unordentlich im Nacken kräuselte (vermutlich hatte er keine Frau, die ihn regelmäßig von hinten sah und zum Friseur schickte), leuchtete geradezu, und manchmal mußte er sich mit einem weißen Stofftaschentuch den Schweiß von der gewölbten Stirn wischen.

Er hatte sich aus dem Internet die Listen der Auktion ausgedruckt (offenbar wußte er nicht, daß Spoerli den eigens für jede Auktion hergestellten Katalog gern verschickte) und ging nun alle Positionen mit Eva durch. Er stellte sich immer dichter neben sie, wenn sie sich ein wenig recken mußte, um eine Schale oder einen Obstteller vorsichtig aus dem oberen Teil der Vitrine zu nehmen. Zu allem Überfluß mußte sie ihm noch die Kammer zeigen, in der all jene geblümten und mit Gold verzierten Tassen, Teller, Suppen- und Beilagenschüsseln in hohen Metallregalen aufbewahrt wurden, die in längst verblichenen Großfamilien an Sonntagen die Tafel zum Durchbiegen gebracht hatten. Geschirre, auf und in denen köstlicher Fisch, duftende Kartoffeln, die nach baltischem oder friesischem Großgrundbesitz schmeckten, geschmorte Möhrchen, Kalbsbraten mit Pilzsoße und andere Leckereien darauf gewartet hatten, vorgelegt, vertilgt, verspeist und verdaut zu werden, um daraufhin gestapelt, gesäubert, erneut gestapelt und fortgeräumt zu werden, und für die in den offiziellen Ausstellungsräumen unbedingt Platz geschaffen werden müßte, da doch das Interesse an großbürgerlicher bis adliger Lebenskultur in den letzten Jahren deutlich wiedererwacht war.

Nicht nur das. Seit einiger Zeit schossen in der Stadt Adlige selbst wie Pilze in einem feuchten Spätsommer aus dem Boden; vorbei waren die Jahre des inneren Exils, in denen man seinen Titel besser verschwieg und die Stammbaumtafeln auf dem Speicher verwahrte. Sie kamen aus allen Winkeln, beriefen sich auf verarmte Vorfahren im Ostpreußischen, insbesondere im famosen Baltikum, in dem es von kultivierten Großtanten und -onkeln nur so wimmelte; eine Region, die es fast mit der berühmten Bukowina aufnehmen konnte, in der angeblich die Hühner mit ihren Krallen Hölderlinverse in die sandige Erde kratzten. Die Adligen trafen sich zum Austausch von Osterrezepten und Pomeranzenschnaps, schmähten Nestbeschmutzer, die es wagten, anstößige Romane über ihre Kreise zu veröffentlichen (ja, auch Frau von Plessen fand ihre Nachfolgerinnen), und trugen auf ihre stets die Form wahrende Weise zum kulturellen Aufschwung der Stadt das Ihrige bei. Eva beneidete sie um ihre Kenntnis einer um Jahrhunderte zurückreichenden Familiengeschichte. Und natürlich verliebte sie sich immer wieder in zauberhaft gebildete Wesen, die es unter ihnen gab und denen ein letzter stiller Rest eines längst untergegangenen Europas anhaftete wie ein leichtes, sehr altes und doch immer noch verführerisches Parfüm.

Ob liebenswürdig oder eingebildet, sie alle brauchten ordentlich Geschirr. Denn Erbe hin, Erbe her, die meisten materiellen Dinge waren im Krieg verlorengegangen, und bei den beliebten kulinarischen Großtreffen wollte man schließlich nicht von Ikea-Tellern speisen. Auch wenn es nicht möglich war, dieselben Stücke in den Händen zu halten wie einst Tante Liliane oder Großmutter, sollten sie wenigstens daran erinnern. Aus all diesen Gründen und in jedem Fall also hätte Frau Spoerli gut daran getan, für diese Dinge draußen Platz zu schaffen, damit sie, Eva, nicht mit hanseatischen Händlern hier in der engen Kammer ihren Mittwochvormittag verbringen mußte. Die Haltung des Hanseaten wurde immer fiebriger, er beugte sich immer mehr vornüber, zu Evas nicht besonders dickem, noch dazu von ihrem dezenten grauen kurzen Spencer versteckten Busen. Eva spürte seinen Atem, der nach gestrigem Salat mit feingehackten Zwiebeln roch, und plötzlich hatte sie genug.

»Ich muß mich einen Moment entschuldigen«, sagte sie, und drängte den Mann aus der Kammer, der ein entsetztes »aber wir sind doch noch gar nicht fertig« ausstieß.

»Ich muß mich um eine Kundin kümmern, die sich angekündigt hat, ich werde meinen Kollegen bitten, er wird dann mit Ihnen in die Kammer zurückgehen.«

Er wird dort sieben Leichen finden, dachte sie grimmig, von sieben durch Evahand gemeuchelten Hanseaten, und sie zerrte den aufgeregten Mann hinter sich her zu Julius Rehweiler, den sie flehend ansah.

»Herr Rehweiler ist unser Experte für Porzellan«, sagte sie, und Herr Rehweiler (der im übrigen eine seinem schläfenmelierten Alter modisch angemessene Kurzhaarfrisur trug) begriff. Es machte ihm nichts aus, den Kunden zu übernehmen, und Eva verschwand erst einmal in der Toilette (es gab nur eine). Sie haßte sie, weil sie aus dem Kanal nach männlichem Urin roch (eine Behauptung Evas, über die es regelmäßig Streit gab). Sie liebte sie, weil es der einzige Raum in diesem Haus war, in dem sie für einen kurzen Augenblick allein sein konnte. Sie lauschte ihrem eigenen Plätschern, puderte die Nase, zog den Lippenstift nach, sprach einen Bannfluch auf den Hanseaten und sich selbst halblaut Mut zu und warf sich wieder ins Getümmel.

Inzwischen war es voll. Eva sah sich um; die üblichen älteren Herrschaften, er mit Brille, vor einem Landschaftsbild oder dem Kupferstich eines historischen Berliner Gebäudes oder Parks in die Hocke gehend, seiner Gattin Nummer und Eindruck diktierend, dabei die benachbarten Aktdarstellungen kennerhaft begutachtend, sie, seine Anmerkungen in einen flachen Taschenkalender eintragend, freundlich und amüsiert, weil sie genau wußte, wohin seine Blicke schielten, und sie es ihm gönnte, von ganzem Herzen, denn auch zu ihr war er aufmerksam und liebevoll, was kümmerten sie die nackten frischen Dinger auf den fremden Bildern, sollte er nur Lust gewinnen, es würde ein charmanter Nachmittag, nach dem Likörchen oder dem Sherry. Sympathische Menschen, fand Eva, diese waren ihr die liebsten Kunden, unaufdringlich, respektvoll, und manchmal kauften sie sogar, obwohl sie immer wieder lächelnd sagten: Das können wir uns sowieso nicht leisten, aber schön ist es trotzdem, und die in Eva immer die Frage wachriefen, ob sie so ihr Leben verbringen könnte, mit diesen zahlreichen Beschäftigungen, die der Mensch sich so sucht, um seine Zeit zu gestalten. Sparen, um schöne Dinge zu kaufen, schöne Dinge suchen, in schönen Dingen leben, sie abstauben und pflegen, alle drei Monate bei Spoerli vorbeischauen, einmal unter der Woche zum Vorbereiten, und dann noch einmal am Samstag, wenn die eigentliche Versteigerung stattfand.

Manche fangen früh damit an, dachte sie und beobachtete Meierling, ein hohes Tier in der Senatsverwaltung, der gerade hereinkam, wie immer im dunkelblauen Mantel, korrekten Hosen mit Bügelfalte und den guten Budapester Schuhen. Er grüßte in unbestimmte Richtungen, klappte seinen Schirm zusammen und verstaute ihn in der großen Vase im Eingang. Er lief ein wenig hektisch an Möbeln und Bildern und Frau Schattenfroh vorbei, die gerade in Hoffnung auf einen Handkuß des hohen Besuchs ihre Rechte leicht vorgestreckt hatte. Wer weiß, welchen wichtigen Termin er vorgeschützt hatte, um vom Alexanderplatz hierherzueilen und nach Gegenständen Ausschau zu halten, für die er am Samstag die Hand heben würde. Er mußte eine riesige Wohnung haben oder aber Stühle als Geburtstagsgeschenke mitbringen, so viele Stühle hatte er in den letzten drei Jahren erstanden, zumeist Biedermeier, nicht zu teuer, aber auch nicht die ganz billigen, mit glänzenden gestreiften Bezügen, geschwungenen Beinen und aus eher dunklem Holz, Mahagoni oder Kirsche. Oder er stattete sein Büro damit aus, das wußte Eva nicht, damit er in den holzgetäfelten Räumen des mit der Stilsicherheit des alten

Ostens ausgestatteten Roten Rathauses wenigsten ein kleines Fleckchen Erhabenheit und an bessere Zeiten anknüpfendes Geschichtsbewußtsein vorfinden würde.

Meierling war ein attraktiver Mann, dessen Frisur Eva auf ungemütliche Weise an Filme der dreißiger Jahre erinnerte und deren Farbe er gewiß auch schon hin und wieder auffrischte; er gehörte zu jenen Homosexuellen, die ihre Neigung offenbar als leichten Makel empfinden, den sie durch besonders konventionelle Umgangsformen wettzumachen suchen. Da mochte Eva lieber Typen wie Wieland oder Rehweiler, die entweder kein Aufhebens darum machten oder einen lustvollen Hang zum Exzentrischen zeigten. Nun ja. Frauen machten Aufhebens um ihre Sexualität, warum sollte man dies den Männern nicht auch zugestehen.

Meierling stand jetzt nervös vor der Vitrine mit den Varia und ließ sich zu Evas Überraschung von Albrecht ein silbernes Schminkkästchen von Boucheron, 1935, zeigen. Eva konnte es von weitem erkennen, weil sie die Vitrine eingeräumt hatte. Es war wunderschön, sie hatte es von allen Seiten bewundert. Blumen und Vogelmotive waren aus dem Silber ausgestanzt und an manchen Stellen vergoldet; innen, wenn man es aufklappte, gab es zwei leere Lippenstifthüllen, zwei aufklappbare Fächer für Puder und Rouge sowie ein Abteil für drei, vier Zigaretten und ein kleines Feuerzeug. Vom aufklappbaren Spiegel fehlte die Hälfte. Ein Gegenstand, den zu tragen jeder Frau den verruchten Charme einer Marlene Dietrich brachte; ungewöhnlich für einen Verwaltungsbeamten. Hatte sie sich in ihm getäuscht? Hatte er eine heimliche Geliebte? Hatte er einen Geliebten, der sich hin und wieder mit weiblichen Utensilien schmückte? Würde dieser das Etui im »Wintergarten« bei einer Vorstellung dezent aus der Tasche ziehen, um mit einem Blick in den halben Spiegel die Personen in seinem Rücken zu beobachten?

Womöglich war es ein Künstler, den Meierling verehrte und in dessen Garderobe er nach dem Ende der Vorstellung oder, noch reizvoller, in der Pause, ein Rendezvous hätte? Würde er mit seinen gepflegten Händen dem geschminkten Mann – oder doch einer Frau – in der engen Korsage an den seidenbestrumpften Beinen entlangtasten dürfen, um das Geschlecht zu erkunden? Würde er sein Gesicht unter dem Tüllrock vergraben und mit erhitztem Kopf und zerzaustem Haar wieder auftauchen, während der Artist dabei das Kästchen in den Händen hin- und herwenden würde? Das war gemein. Eva korrigierte ihre Phantasie. Natürlich wäre der Artist verzückt von Meierlings Künsten und würde nur einmal leise stöhnen, es ist Zeit, komm, die Pause ist gleich zu Ende. Meierling stand lächelnd vor Eva, Eva sah sein Zahngold, seinen weichen Mund.

»Ich habe heute leider nicht viel Zeit«, sagte er.

»Ich weiß«, entfuhr es Eva, »die Pause ist zu Ende.«

Meierling zog fragend die Augenbrauen zusammen. »Welche Pause?« Er schüttelte ihr kräftig die Hand und verließ eilig das Auktionshaus. Und Eva wandte sich einer langjährigen Kundin zu, die lächelnd auf sie zukam, während sie den jungen Mann in schwarzen Jeans im Auge behielt, der ein wenig zu lange vor der geöffneten Vitrine mit den silbernen Feuerzeugen stand.

Es war wie eine Sucht, sich immerzu Geschichten auszudenken. Früher hatte Eva sich zu jedem Gegenstand, der durch ihre Hände ging, eine Geschichte ausgedacht. Zuvor aber hatte sie die Leute befragt, die die Gegenstände brachten, woher sie sie hätten, was sie damit verbänden, bis Frau Spoerli sie eines Tages beiseite nahm.

»Liebes Kind«, hatte sie gesagt und sie über ihre Brille hinweg mitleidig angesehen, »die Leute werden ihre Liebe zu den Dingen wiederentdecken, wenn Sie sie so befragen. Dann pakken sie sie wieder ein und schleppen sie nach Hause. Das wäre doch nicht in unserem Sinne, oder?«

Von einer geradezu unerträglichen Flut von Vorstellungen

wurde Eva befallen, wenn ganze Nachlässe ins Haus kamen, wenn sie die Zusammenstellung all der Dinge sah, die ein Mensch sein Leben lang gesammelt und um sich herum zu einem Universum gemacht hatte. Schwindelig war ihr davon geworden. Aber nach ein paar Jahren geschah etwas, das sie lachen machte: Sie erkannte in den Nachlässen Gegenstände wieder, die die Verstorbenen im Hause Spoerli gekauft hatten. So schließt sich der Kreis, hatte sie damals festgestellt. Und irgendwie hatte sie das beruhigt.

Sie räumte am Ende dieses Besichtigungstages die Vitrinen aus und half, sie in der Reihenfolge in den Aufbewahrungsräumen unterzubringen, in der sie bei der Auktion abgerufen würden, das heißt rückwärts, die letzten Nummern zuerst. Früher, früher, daß ich dieses blöde Wort so oft denke, als wäre ich mit allem fertig. Der Vormittag hatte sie selbst überrascht. Wann hatte sie zuletzt bei der Arbeit an heimliche Rendezvous gedacht? Wann zuletzt hatte sie sich mitten unter den umherschauenden Menschen gewünscht, einer der temperamentvollen Teppichhändler vernaschte sie in der Kammer, an den wackeligen hohen Regalen? Hatte sie nicht einmal mehr Wünsche? Was war denn los mit ihr? Sie kannte sie alle, nur zu gut, den eleganten Herrn Muamer mit dem dicken Silberring, den ungepflegten Herrn Dcindcíc, der ein Albaner war, den sichtbar alternden Herrn Wridlitschek, der neuerdings mit immer jünger werdenden Frauen kam. Früher hatte sie sich so etwas vorgestellt, und nicht nur vorgestellt, wie sie ein Bein hochzog und um einen schlang, diesen oder jenen fremden Mann, und sie hatte sogar hin und wieder daran gedacht, wenn sie mit Stefan schlief, und wenn sie kam, dann hatte sich über ihr das gute Porzellan in Flugscheiben und fliegende Untertassen verwandelt und war schmetternd und klirrend zu Boden gekracht. So liebte sie doch das Leben! Laut und ungehorsam, voller Scherben, an denen sie sich schneiden konnte, auch wenn sie darüber lachte. Und was tat sie? Sie sortierte alten Krempel!

Stefan hatte leider nicht viel übrig für irgendwelche Aufregungen beim Sex; er brauchte Platz und Ruhe, machte sich aber lustig über Eva, wenn sie im Schlafzimmer Kerzen anzündete. Eva wußte nicht, wie schwer er die Sache mit Karl nahm; manchmal plagte sie ein schlechtes Gewissen; manchmal wurde sie wütend über Stefans Gelassenheit und zweifelte an ihrem Mann, sie fragte sich, ob er all seine erotischen Phantasien wirklich abgeschafft und vergraben hatte. Das wäre in der Tat bedenklich, aber sie hatte keinen großen Ehrgeiz, seine Vorstellungskraft zu wecken oder ihn mit irgendwelchen Strategien zu verführen. Er hatte zu oft nein gesagt, sollte er damit anfangen. Manchmal fing er ja an damit, aber jetzt war sie mit Neinsagen beschäftigt, und irgendwann würden sie alt und grau zusammen im Bett liegen und über die verlorene Zeit jammern, und dann würde sich Stefan über sie beugen und mit sanften Lippen küssen und er würde viel langsamer kommen als jetzt und alle Stellen wissen, die er bei ihr zu berühren hätte, kurz, sie würden ein spätes, aber erfülltes Liebesleben haben. Seit Nora vom Koffer ihres Vaters erzählt hatte, den er einmal bei ihr vergessen und in dem sie eine Packung Kondome gefunden hatte, wußte Eva: Es gab ein Liebesleben auch mit siebzig.

So oder so, schloß Eva ihre wirren Gedanken, die Dinge brauchen alle viel zu lange, um wieder ins Gleichgewicht zu gelangen. Sie knöpfte ihren grünen Mantel zu, band das gestreifte Tuch um, warf allen Kußhändchen zu und verließ das Haus Spoerli. Was soll's, dachte sie und lief, plötzlich grundlos vergnügt, durch die nachmittäglichen Straßen zur S-Bahn, auf dem Weg zu einem kurzen Stelldichein mit Karl.

(4)

»Die Musik ist von allen Künsten die flüchtigste, und doch hinterläßt sie bleibende Eindrücke. Sie bewegt die Seele, sie klingt nach. Sie ist die rätselhafteste der Künste und dem Erotischen die nächste. In diesem Sinne, genug gedacht.«

Tobias, der Mann mit der Es-Klarinette, warf eine Münze in den Kaffeeautomaten und grinste, jaja, machten Stefan, Ernst, Tobias und Matthias, so isses. Das war die Klarinettengruppe. Sie standen in der Probenpause im gelbgestrichenen Flur, der nach Zigaretten und Putzmittel und einer undefinierbaren Substanz roch, die sie Musikerschweiß nannten. Die Klarinetten, die Bläser, die Geiger, alle standen sie herum oder saßen auf den Metallstühlen, die wie Gartenstühle aussahen, bissen in ihre Stullen, tranken Automatengetränke und scherzten. Ihre Probenzeit war streng reglementiert: alle eineinhalb Stunden eine Pause von fünfzehn Minuten. Tobias war klein und hatte vorwitzige kleine Augen; er trug rote Hemden und rote Pullover und gab sich gern rebellisch. Er war Stefans ältester Freund in der Komischen Oper; ein munterer, etwas bissiger Mann Ende Dreißig. Mit ihm saß Stefan am liebsten in der Kantine, wenn sich bei Premierenfeiern alle anderen im Foyer unter die Gäste mischten. Sie spielten auch privat zusammen; mit von der Partie waren Ernst, der Baßklarinettist, und ein Klarinettist von der Deutschen Oper. Sie spielten in Kneipen in Berlin, in alten Schlössern in Brandenburg, sie spielten Klassik und Modern, von Bach bis Brubeck.

Tobias' Ausführungen bezogen sich augenzwinkernd auf das sich anbahnende Verhältnis zwischen dem Bratschisten Heinrich und der nervösen Flöte, wie sie sie nannten, Elena. Sie war erst dreiundzwanzig und neues Ensemblemitglied. Sie hatte glühende Wangen und helles langes Haar. Auch Stefan fand sie nett. Sie hatte ihn schon kindlich offen angelächelt. Er war ein gutaussehender Mann. Um die Wahrheit zu sagen, Elena schwankte noch zwischen Heinrich und Stefan. Zu beider tief melancholischen Augen fühlte sie sich hingezogen; beider Blick löste in ihr den unwiderstehlichen Impuls aus, sie retten zu wollen. Ja, auch die jungen Frauen von heute waren nicht frei von dieser Krankheit. Allein, es fehlte Elena noch an Erfahrung. Es mußte sich zeigen, ob sie auf ein weiteres Wahrnehmungsorgan als ihre Augen würde vertrauen können, um zu erkennen, daß Stefan keineswegs so melancholisch war wie sein Blick es glauben machte (ein Irrtum übrigens, dem selbst seine Frau Eva aufsaß).

»Willkommen«, sagte Ernst, der diese letzte feine Witterung aufgenommen hatte, zu Elena, »im Bäumchen-Bäumchen-Wechsel-dich-Verein.« Elena, zu romantisch wiederum für diese Art der Desillusionierung, fand die Bemerkung des älteren Kollegen nicht komisch. Sie fand die älteren Kollegen überhaupt eher unkomisch. Sie wandte sich ab, zu einem anderen Grüppchen, und sah sich von Heinrich freundlich und offen begrüßt.

»Mensch, Ernst«, sagte Stefan, »jetzt hast du sie vergrault!«

»'s ist besser so«, seufzte Ernst und sah dem Mädchen gewichtig hinterher. Tobias verbeugte sich zu Ernst hin. »Habe Dank, habe Dank, du Retter guter Seelen.« Er schubste Stefan vielsagend an.

»Na, weißt du«, sagte Stefan. Er wurde rot.

Ernst war ein Mann mit trockenem Humor. Er hielt gern Vorträge über allgemein menschliche Themen. Kürzlich erst hatte er seine Freunde bei mehreren Flaschen Bier über das wichtige Thema der Heimlichkeiten belehrt.

»Viele Menschen haben Geheimnisse«, hatte er gesagt und sich über die wachsenden Geheimratsecken gestrichen, »manche verheimlichen ihren Partnern oder sich selbst Träume und Wünsche oder Sorgen, und manche Menschen verheimlichen sich selbst, ungücklich oder verliebt zu sein. Manche verheimlichen ihren Kindern, wie es war, als sie gezeugt wurden. Manche Mütter verheimlichen ihren Kindern, daß es einen Mann gegeben hat, den sie sehr liebten, lange bevor sie zur

Welt gekommen sind, und der fortgegangen ist, um Geld zu verdienen oder das Leben zu lernen. Und der zu spät zurückgekommen ist, als diese Mutter nämlich aufgegeben und den Vater ihrer Kinder geheiratet hatte, die dann späterhin natürlich glaubten, dieser sei die große Liebe ihres Lebens.«

»O Mann, du machst mich fertig«, hatte Stefan gesagt, »wie kann man nur so komplizierte Gedanken haben! Du bist schlimmer als Eva!«

Ernst hatte gekichert. »Das kam früher öfter vor, als du glaubst«, sagte er. »In unserer Generation ist die Liste derer, die wir liebten, freilich etwas länger. Fällt sie deshalb mehr oder weniger ins Gewicht? Das vermag ich nicht zu sagen. Manche verheimlichen ...«, und er hatte unverdrossen seine Gedanken ausgebreitet.

Tatsächlich war es nicht leicht, irgendwelche Liebeshändel in der Oper geheimzuhalten, wenn man täglich so eng miteinander arbeitete. Die Kollegen deckten einander gegenüber den Gesponsen daheim; untereinander aber waren sie wachsam und eifersüchtig. Obwohl sie immerhin hundert waren (die Sängerinnen und Sänger, Regieassistenten, Bühnenarbeiter und so weiter waren eine Welt für sich, grenzüberschreitende Verbindungen waren eher die Ausnahme), waren die Kreuzungsmöglichkeiten begrenzt. Sie liebten Witze. Witze entkrampften komplexe Verhältnisse. Witze über die anderen Musikergruppen zum Beispiel. Geigerwitze. Bratschenwitze. Die Bratscher galten als die Ostfriesen unter den Musikern. Das war ungerecht, aber was ist an Witzen schon gerecht. Es gab auch Witze über Sex. (»Was ist das Gemeinsame an einem Bratschensolo und einer vorzeitigen Ejakulation?« – »Du fühlst es kommen, und du kannst nichts dagegen machen.«) Witze, wenn es sein mußte, über Gott. Witze über Gott und die Neue Musik kamen am besten.

Aber zurück zum Getränkeautomaten an diesem Morgen im April. Den hatten wir fast vergessen.

»Na, Matthias, haste die Koffer schon gepackt?« Ernst wandte sich an den ersten Klarinettisten, Stefans Freund und engsten Mitmusizierenden. Sie wirkten wie Brüder, waren beide groß und dunkelhaarig. Wenn sie spielten, wiegten sie ihre Oberkörper immer parallel zueinander hin und her, wie Schilf im Wind. Matthias winkte ab.

»Mach's mir nicht schwerer, als es ist«, sagte er.

»Was mußte dich auch in eine amerikanische Mieze verlieben«, sagte Tobias, »hier gibt's doch nette Mädels wie Sand am Meer.«

Alle lachten. Tobias hatte seit Jahren keine Freundin gehabt; die Frauen fanden seinen bissigen Humor schrecklich.

»Erzähl doch mal«, sagte Matthias.

»Wir Klarinettisten«, sagte Tobias grinsend, »sind gemütliche, nette Menschen, freundlich und introvertiert. Wann werden die Frauen das endlich begreifen?«

»Die Frauen begreifen es«, sagte Ernst, »das ist es ja. Sie wollen lieber einen ekelhaften Macho. So einen wie dich!«

Alle lachten. Sie führten dieselbe Unterhaltung alle vier Wochen.

»Apropos. Wie war's überhaupt in Sizilien?« fragte Tobias.

»Nett«, sagte Stefan, »ganz nett.«

Seine Freunde nickten. Bei Gelegenheit würde er sicher mehr erzählen. Ein dürrer Leptosom schlurfte vorbei, in Jeans und Holzfällerhemd, er krümmte seinen Oberkörper mit dem leichten Bauch, so daß er aussah wie ein S, das spazierengeht. Ein bißchen wie Karl Valentin.

»Schmidt ist im Anmarsch«, sagte Stefan, »es geht weiter.«

Der Probensaal brummte. Es war ein heller, großer Raum, der früher als Ballettsaal gedient hatte, in der Mitte ein großes, flaches Podium aus Holz. Hundert Musikerinnen und Musiker saßen auf ihren Plätzen und stimmten ihre Instrumente. Es war ein ohrenbetäubender Lärm. Manchmal steckten sich die Musiker Dämpfer in die Ohren. Der Lärm durchlief den ganzen Körper, alles vibrierte. Stefan mochte diesen Zustand. Er schob die Ärmel hoch und schnitzte ein neues Blatt für das Mundstück zurecht. In der kühlen Jahreszeit trug er bei den Proben dickere und dünnere schwarze Rollkragenpullover; er fror leicht, wenn er lange saß und nicht so häufig Einsätze hatte. Da fiel schon mal der Kreislauf ab. Er mußte oft warten. Er hörte dann zu. In seinem geöffneten Koffer steckte ein Foto von Lucie, David und Sina und ein Bild mit einem Klarinettisten, das Sina mit fünf für ihn gemalt hatte (die meisten Instrumentenkoffer sahen aus wie eingerichtete Wohnzimmer, angefüllt mit Souvenirs).

Otar Georgidis, der georgische Gastdirigent, kam im verknitterten, grauen Polohemd und ungebügelten, weiten, grauen Hosen; auch sein graues Haar war unordentlich gelockt, sein Gesicht schlaflos, verlebt, mit markanten Magenfalten zwischen Nase und Mund. Er beugte sich leicht vor, als hörte er mit dem Oberkörper. Stefan fand seine Augen rätselhaft, halb träumend, halb wach, halb nach innen, halb nach außen gewandt. Er erkannte nicht, wie ähnlich sie seinen eigenen waren.

Georgidis schlug mit dem Taktstock gegen den Notenständer und begann. Sie bereiteten die Premiere von Schostakowitschs Oper ›Lady Macbeth von Minsk‹ vor. Georgidis ging zügig durch das Stück; er mußte zwischendurch noch zu Proben mit den Londoner Philharmonikern.

»Er macht alles so schön locker und trocken«, sagte Stefan zu Ernst, »das gefällt mir.«

Ernst nickte. Er machte Notizen in seine Noten.

»Ich finde ihn ein bißchen schnell, aber o.k. Jedenfalls ist er nicht so ein Karrieretyp wie unser Petrowicki«, sagte Ernst und fuhr mit dem Taschentuch über die sich lichtende Stirn. Ernst schwitzte leicht. Auch Stefan war mit den Noten beschäftigt. Er sah durch, was der Vorgänger an Notizen hinterlassen hatte, und markierte sich die schwierigen Stellen und längere Pausen.

»Kannst du dir da ein Zeichen machen«, sagte er zu Matthias, der neben ihm saß. Bei längeren Pausen machten sie sich gegenseitig auf ihre Einsätze aufmerksam. Für alle Fälle.

»Ist gut«, sagte Matthias.

Das Orchester war unruhig. Sobald einer die Zügel lockerließ, wurden die Musiker von einem unwiderstehlichen Drang befallen, ein Schwätzchen nach links und eines nach rechts zu halten. Die Trompeten, die durch die Bank gemusterte Hemden zu gemusterten Jeans und Vorne-kurz-hinten-lang-Frisuren (»Vokuhila«) trugen, tauschten Termine aus; sie hantierten mit ihren Kalendern.

»Die Trompeten und Hölzer zuerst, bitte. Wir machen alles *verry fast, verry harrd. Taajajam*«, sagte Georgidis, »*ropopopo* muß das hier kommen.«

Er sprach ein Kauderwelsch aus Englisch, Russisch und Deutsch, durchzogen von italienischen Bezeichnungen.

»*It's so great to be with such good musicians*«, sagte er, »*so we can do something special.* Wir machen die letzte Note der Phrase als ein schönes *rubato.*«

»Was meint er?« fragte Tobias. »Ick kann keen Englisch.«

»Er sagt, du bist ein Supertyp und sollst super spielen.« Ernst fühlte sich als ältester Holzbläser verantwortlich. Er kannte Tobias' Anwandlungen.

»Wie's in den Wald reinruft, so schallt es heraus.«

Tobias kicherte. Tobias brauchte eine gewisse Autorität, dann fühlte er sich glücklich und frei. Georgidis machte ihn nervös. Stefan hingegen mochte diese Art. Er fand den Georgier sympathisch, unprätentiös. Sie spielten den Anfang der Oper, als handelte es sich um Zirkusmusik, wobei der ganze Zirkus besoffen war. Ein großer schwankender Clown. Nicht so pathetisch wie Stefan es von Plattenaufzeichnungen her kannte. Die Ouvertüre schwankt und eiert, dachte er, wie das Sowjetreich schon damals.

»*Staccatissimo molto*«, rief Georgidis, »*hahaha*«. Er stieß das *hahaha* aus und horchte. »Nein, nein, nein, das war zu schnell! Noch mal! Die Piccolo war sehrrr schön, *tatitatatam*!«

Die Geiger waren dran, andere tuschelten.

»Schschsch«, machte Georgidis, ließ sich aber nicht aus der Ruhe bringen. »Die Baßtrompete kann hier lauter!«

»Die Trompeten sind zu laut«, rief einer der Geiger.

»Die Tuttischweine haben immer was zu meckern«, sagte Ernst.

Er wartete auf seinen Einsatz. Tuttischweine wurden die Geiger genannt. Sie galten als die Herdentiere des Orchesters: Eine Herde von ganz großen Künstlern, wie Ernst gern erklärte.

»*Hopp hopp hopp*«, feuerte Georgidis dieselben an, »*molto molto brrr.*« Er federte dabei und sprang.

»Er denkt wohl, sie sind Pferde«, sagte Tobias.

»Hahaha«, sagte Stefan. Er versuchte sich auf die Musik zu konzentrieren. Es war ein aberwitziges, hochkomplexes Stück. Es war schwierig, alles zu hören, wenn man drin war. Er haßte es, wenn die anderen so wenig dabei waren.

»Das *pizzicato* gut so. Wir machen alles ganz kurz, nur an bestimmten Stellen machen wir es lang, wenn es hingehört. *Verry harrd, verrry fast.* Wir spielen das zwischen *sentimental* und *comique*. Ja? Am Anfang *senza emotions*, später *piano dolce.*«

Er dirigierte mit verhaltenen Bewegungen des Stocks, dafür sprang sein kräftiger Körper mit, der seltsam entspannt wirkte, fast als würde er vergnügt auf einem Trampolin hopsen. Zugleich war er vollkommen bei sich. Ein sonderbares Schauspiel. Er wirkte so, als wäre er da und ganz woanders. Tobias machte das verrückt; Ernst beobachtete das Geschehen abwartend; Matthias war gleichmütig wie immer; Stefan fühlte sich ausgesprochen wohl und angesprochen. *Senza emotions.* Ohne Gefühl. Später leise, süß. Er muß uns nicht dauernd zur Aufmerksamkeit zwingen, dachte er, er vertraut auf die Musik und uns. Das heißt, Stefan empfand so, er dachte selten in Worten. Ohne Worte dachte er: Das mag ich.

Die Posaunen spielten volle Kraft.

»Das ist Konvention«, rief Georgidis, »das können wir ganz anders!«

Er ist wirklich gut: Stefan hörte es, empfand es als Schwingung, er nimmt Schostakowitsch beim Wort, er nimmt ihn auseinander, die extremen Wechsel und Sprünge. Es fing an, ihm Spaß zu machen. Die ganze Zerrissenheit seiner Zeit kommt zum Vorschein, dachte er, es ist phantastisch. Die Oper war Anfang der dreißiger Jahre entstanden und gleich nach den ersten Aufführungen von Stalin abgesetzt worden. Sie war zu anarchisch, sie konnte womöglich anarchische Kräfte mobilisieren.

»Hab ich Mozart gehört? War da eben Mozart?«

Alle lachten. Die Posaunen spielten leiser, *decrescendo*.

»Die Trompeter sind schon wieder zu laut«, rief die erste Geige, ein begabter, artiger junger Mann.

»Stimmt gar nicht! Die Geigen sind zu laut«, rief jetzt einer der Trompeter. Unterdrücktes Gekicher.

»Jajaja. Das muß so sein. Ist es möglich, das etwas tiefer zu spielen? So jetzt Celli und Fagotti *fortissimo*, Geigen *pianissimo*.«

»Was gibt das denn?« Tobias funkelte angriffslustig mit den Augen, er machte einen Buckel wie ein aufmüpfiger Zwerg. Irgend etwas provozierte ihn. »Warum kann das nicht ein Russe dirigieren? Das ist ihr Schostakowitsch.«

»Du alter Rassist«, sagte Ernst, »jetzt halt mal deinen Schnabel.«

Tobias und Ernst waren in der DDR großgeworden. Stefan nicht. Er hatte nur seine Großeltern in der Märkischen Schweiz gehabt (die mit der Gartenwirtschaft).

Tobias machte Grimassen. Es gab Gemurmel. Stefan verfolgte gebannt die Entwicklung. Die Musik hatte etwas Beunruhigendes. Schostakowitsch hatte die Oper geschrieben, bevor er nach altkommunistischer Manier Selbstkritik üben und allem westlichen »Formalismus« abschwören mußte. Damit das Volk mich versteht und liebhat und versteht, daß ich es verstehe und liebhabe. So hatte er es – sinngemäß – dem ZK-Plenum in einem offenen Brief geschrieben.

Die Sänger kamen herein, in Jeans und karierten Hemden. Sie setzten sich auf die Stühle seitlich des Podiums und lasen die Zeitung oder tuschelten. Frau Blomstedt, die Sopranistin, stellte sich auf der anderen Seite des Orchesters in Position. Sie trug schwarze Hosen und einen wild gemusterten schwarz-weißen Pullover. Ihr Haar war blond gesträhnt und kurz, ihr Gesicht hart ausformuliert. Auf der Bühne trug sie oft schwarze Perücken. Sie war sehr zierlich und hatte eine enorme Stimmkraft; selbst in Phrasen, bei denen Schostakowitsch die Dissonanzen aufs Äußerste zuspitzte. Sie paßte gut in die Rolle der eigenwilligen Katerina, die es in ihrem eingeengten Leben krachen läßt. Die aus dem Milieu herauswill und dafür über Leichen geht. Sie hielt beim Singen die gefalteten Hände halb an die Wange, halb über das Ohr gelegt. Es war, als holte sie die Kraft aus der Hüfte: an bestimmten Stellen schleuderte sie sie in abgehackten Bewegungen vor, fast unheimlich sah das aus. Stefan mochte sie gern. Er trank manchmal einen Kaffee mit ihr. Oder einen Wein. Aber nicht so gern in der Kantine; denn über Musiker, die mit den Sängerinnen zusammensaßen, wurde gelästert. Gewisse Barrieren sollten doch geachtet werden.

Der lange Mann alias Karl Valentin im Holzfällerhemd kam herein. Schmidt. Er sang den Schwiegervater von Lady Macbeth. Er stellte sich neben das Orchester, schob das Becken noch weiter vor als beim Spazierengehen, kreuzte die Arme vor der Brust und setzte ein.

»Sie ist so jung«, schmetterte er, »sie ist so toll. Sie kann nicht schlafen, weil sie so jung ist / und voller Begierden.«

Die Musiker unterdrückten nur schwer ein Lachen. Zu lachen war das Ende. Viele Dirigenten fühlten sich verschaukelt, wenn Musiker lachten.

»Wäre ich nur jünger / nur zehn Jahre jünger / ja dann / heiße Nächte hättest du dann / die würd ich dir machen / da wär ich scharf drauf.«

Damen und Herren prusteten los. Georgidis ließ den Taktstock sinken und lachte selbst. Frau Blomstedt war rot geworden. Die Klarinetten schubsten sich an und schielten zu Heinrich dem Bratschisten, der verzückt die nervöse Flöte ansah, die lächelnde Elena. Er war auch rot geworden. Die Geigerinnen, japanisch, tschechisch, deutsch, kicherten.

»Nu guck nich so kritisch, Ronald«, sagte Herr Schmidt todernst zu seinem Kollegen, der neben ihm stand. Ronald sang den Gatten, seinen Sohn also. Herr Schmidt grinste. Er war nicht böse über das Gelächter. Er war es gewohnt. Er wußte, wie ulkig er aussah, wenn er sang. Er war gern komisch.

»Wir wiederholen das noch mal, Detlev«, sagte Georgidis, »aber wir nehmen den Liebhaber gleich dazu, wir machen gleich alles hintereinander weg, ja, Jochen?«

Georgidis sah sich um. Jochen war der Liebhaber.

»Jochen is aufm Klo«, sagte Detlev gedehnt und verursachte eine neue Lachsalve. Er sang noch dreimal den tollen Alten, »die würd ich dir machen, da wäre ich scharf drauf«, er sang es dreimal anders, hitzig, elegisch und schrill. Stefan mochte das Schrille am liebsten. Dann kam eine Passage, die die Klarinetten einleiteten und begleiteten: Katerina gab dem Alten vergiftete Pilze zu essen. Weil er ihr nachstellte und sie tyrannisierte.

»Katerina«, sagte Georgidis, »*gives Pilze with poison to him, and here* die Klarinette *gives us the aaahhh.*« Er markierte großes heftiges Bauchkrümmen, alle lachten erneut. Die Probe eierte mittlerweile selbst wie besoffen. Alle freuten sich schon darauf, wenn Katerina den Gatten erstechen würde. Wegen des Liebhabers. Ronald spielte sein Erstochen-Werden wie eine Slapstickeinlage.

Stefan setzte die Klarinette an. Gut, daß er das neue Blatt aufgewickelt hatte. Es kam sehr leicht. Er spielte etwas schneller als Matthias und Ernst, von Tobias zu schweigen. Sie setzten ab.

»Mist«, fluchte Ernst.

»Sie waren zu langsam, macht nichts.« Georgidis sah sie an, nickte.

Sie spielten zwei Phrasen, der Dirigent hörte zu.

»Die Es-Klarinette muß am Anfang viel schneller, kürzer. Mal bitte allein.«

Tobias spielte etwas schneller.

»Schneller«, sagte Georgidis.

Tobias spielte.

»So etwa, jetzt im einzelnen gedehnter.«

Stefan sah mitfühlend zur Seite. Georgidis war offenbar ein Seismograph, der sich versteckte. Es war immer wieder verblüffend, daß den Dirigenten nichts entging. Tobias' Gesicht war so rot wie sein Pullover. Er fühlte sich ertappt. Er bockte. Er wischte die Klarinette aus. Er versuchte Zeit zu gewinnen.

»Hier steht aber nur *forte*«, sagte er.

»Jajaja. *Karascho*. Gut. Steht da. Aber ich. Verstehen Sie, *small lips, but legato*! In der zweiten Version hat Schostakowitsch das *crescendo* weggenommen, deshalb leise, zart und ein bißchen traurig.« (Manchmal sprach Georgidis wunderbar deutsch.)

Tobias knurrte.

»Traurig oder schnell, ja wat denn nun?«

Georgidis sah ihn an. Er legte kurz den Kopf nach hinten, ganz kurz, eine winzige Geste, die man manchmal an balkanischen Männern sieht, hey du, was willst du, sieh dich vor.

Tobias spurte. Die Klarinetten spielten alle noch einmal zusammen. Stefan hatte das Gefühl, er könnte diese Passage der ersten Klarinette auch gut beherrschen; vor Schostakowitsch hatte er jedenfalls keine Angst, er lag ihm. Es war allerdings ein alter Hut, daß die zweite Klarinette dachte, sie sei besser als die erste ... Ach! Was mußte er immer so zögerlich sein! Sibylle hatte recht: Es würde ihm Spaß machen!

Georgidis zuckte mit den Achseln. Es ist zu banal, um sich darüber aufzuregen, deutete Stefan sein Mienenspiel. Dieser Mann gefällt mir, dachte er, ganz ohne Worte, wirklich, immer mehr.

(5)

Am Samstag darauf war Auktion. Eva hatte den Wecker gestellt. Stefan schlief noch, er hatte Abendproben gehabt. Die Kinder stritten sich bereits lautstark im Wohnzimmer um die Legoplatten, die sie als Unterlage für ihre Häuser und Bauernhöfe brauchten. Das Frühlingslicht fiel angenehm weich in den großen Raum im Erdgeschoss.

»Nicht so laut«, sagte Eva, »Papa schläft.«

»Blöde Kuhen«, schrie Lucie (sie sagte Kuhen statt Kühe, sie liebte dieses Wort). Lucie stand auf dem Stuhl und schrie die andern beiden an. Sie hatte nur ein Hemdchen an. Eva setzte Wasser auf, ging die Treppe wieder hoch und holte Unterhosen, Strumpfhosen und ein T-Shirt für Lucie.

Aber Lucie wollte keine Unterhose anziehen. Eva deckte den Frühstückstisch und hielt ihr jedesmal, wenn sie an ihr vorbeikam, ein anderes Exemplar vor die Nase.

»Die mit der Naht mag ich nicht!« sagte Lucie. Eva zeigte ihr eine andere.

»Die ist zu eng! Die gehört Sina! Die hat doofe Blümchen!«

»Jetzt hab ich aber genug«, sagte Eva, »dann bleibst du eben nackt. Ich muß jetzt etwas essen, ich muß heute arbeiten.«

Eva brachte heiße Milch und Kakao und schmierte Brote für die Kinder. Zwischendurch nahm sie einen Schluck aus ihrer Tasse. Sina und David erläuterten ihr mit immer hitziger werdenden Stimmen den Verlauf ihres Streites.

»Ich hatte die grüne Platte zuerst«, sagte David.

»So«, sagte Sina spitz, »wie kommt es dann, daß sie auf dem Boden lag, ganz allein, als ich sie fand?«

David haßte Sinas Ironie, er verstand sie nicht.

»Ich hatte sie zuerst«, schrie er.

»Blöder Kerl!« Sina warf ihr Marmeladenbrot nach David.

Eva schlug auf den Tisch. »Sina!« brüllte sie. »Es reicht!«

David heulte, stürzte zu Eva, die gerade noch die Tasse absetzen konnte, und krallte sich an ihr fest.

»O nein, bitte nicht!«

Evas Strumpfhose riß.

»Scheiße!«

Stefan tauchte auf.

»Morgen.«

Eva schubste David fort, küßte Stefan flüchtig auf die Wange, »Morgen«, und rannte an ihm vorbei in den Keller, um eine schmutzige Strumpfhose aus dem Wäschekorb herauszusuchen. Nora rief an, hörte das Geschrei und wurde von Stefan vertröstet. Eva kam wieder hoch, mit rotem Gesicht.

»Scheiße«, sagte sie, »ich muß in zwanzig Minuten los.«

»Das sagt man aber nicht«, sagte Sina. Sie zog einen Schmollmund.

Evas Vater rief an und wollte mit Elke (seiner Lebensgefährtin) zum Abendessen kommen; auch er wurde vertröstet.

»Dein Vater sagt dir einen schönen Gruß«, sagte Stefan, »früher hättest du immer gemeckert, daß er keine Zeit für die Familie hat, und jetzt, wo er sie anbietet, willst du gar nichts mehr davon wissen.«

»Alles zu seiner Zeit«, knurrte Eva. »Er denkt immer, jetzt ruf ich, dann hüpfen alle. Blöder Kerl.« In Wirklichkeit bedauerte sie es; sie freute sich, wenn ihr Vater vorschlug, zu ihnen zu kommen.

»Das sagt man aber nicht«, sagte David.

Stefan blieb die Ruhe in Person; er stieg über Spielsachen, den schlafenden Kater und Wäschekörbe; er trug Eva den

Kaffee hinterher und beruhigte David, den er auf dem Arm hielt. Der Kater, den alle Katerchen nannten, schlief am liebsten mitten im Weg, je lauter es war, um so tiefer schien er zu schlafen. Es beruhigte ihn, wenn alle da waren. Die Katze hingegen, Madame Butterfly, saß beleidigt auf dem Fensterbrett und sah hinaus.

»Ich habe Hunger«, sagte Lucie, die inzwischen mit noch immer nacktem Popo auf dem Stuhl saß, »ich will kalten Kakao.«

»Och, Lucie«, sagte Eva, »jetzt habe ich die Milch extra heiß gemacht.«

»Warme Milch riecht komisch.«

Lucie brummte. Stefan summte. Lucie summte mit. Lucie sang viel. Sie saß oft vor dem Radio und sang mit. Eva mußte ihr zeigen, wie der Schallplattenspieler und der CD-Player funktionierten. Lucie legte sich Musik auf (am liebsten Mozart) und tanzte dazu. Sie konnte stundenlang zuhören und tanzen.

»Was habt ihr probiert?« fragte Eva, während sie ihre Strumpfhose anzog.

»Wiederaufnahme ›La Bohème‹.«

»Wie schön!«

›La Bohème‹ war eine von Evas Lieblingsopern. Sie mußte jedesmal heulen. Sie fing damit an, wenn Mimi Marcel ansang »Wir sind uns fremd« und hörte nicht mehr damit auf, bis Mimi starb und der Vorhang fiel. Es war so furchtbar. Jedesmal.

»Es gibt so vieles, was ich dir möcht sagen«, sang Eva. Lucie klatschte.

»Wie war's?«

Sie schnürte ihre Stiefeletten und küßte Lucie, die ihren warmen Kakao brav getrunken hatte und ihr jetzt helfen wollte. Sie hielt ihr das Brot hin, damit Eva abbeißen sollte.

»Gut. Herr Liang war bester Laune. Er hat sich mal wieder mit Rohrhammer angelegt. Diesis ist kaine Pohobbe fühü die

Bühüne, diesis ist aine Pohobbe fühü das Oochesta«, machte Stefan Herrn Liangs Akzent nach. Er mochte die vielen Dialekte und Sprachen im Haus, und er mochte Herrn Liang. Rohrhammer war der langjährige Regieassistent des Hauses. Er stritt mit fast jedem Regisseur. Er drohte bei jedem Streit zu gehen, machte eine Kurve durch den Publikumsraum und kam zurück zur Bühne.

Eva kicherte, die Kinder freuten sich. In ihrer Vorstellung arbeitete Papa in einem großen Haus mit niedrigen Gängen und dicken Rohren, aus denen Musik quoll.

»Verdammt«, sagte Eva, »ich muß los!«

Sie küßte alle am Tisch, warf einen Blick auf das Durcheinander im Raum und ging. Sie wußte, es würde genauso aussehen, vielmehr schlimmer, wenn sie nach Hause käme; aber die Kinder würden mit Stefan einen wunderbaren Tag erleben. Sie seufzte tief, hörte Stefan und die Kinder ›O Himmel‹ singen und verließ das Haus, mit dem Brot in der Hand. Draußen roch es nach Frühling, das Gelb der Forsythien leuchtete.

Eine dreiviertel Stunde später betrat Eva in der Stadt das Auktionshaus, als ginge sie nun ihrerseits zu einer Opernpremiere. So viele Auktionen sie schon erlebt hatte, so aufgeregt war sie jedesmal aufs neue. Sie trug ihr wirres Haar fest zusammengebunden und hochgesteckt, eine Minute der Konzentration im Rückspiegel ihres alten grauen Volvo (»eine fahrende Müllhalde«, hatte Sibylle einmal zu Ludwig gesagt), zu einem grauen Kostüm, dessen Jacke kleine Schößchen bildete. Frau Spoerli senior kam frisch vom Friseur; ihr weißes Haar war hoch aufgetürmt; an ihrem faltigen Hals prangte eine Kette mit böhmischen Granaten. Nicht so kleine Steine waren dies wie an der Kette, die Eva von ihrer Großmutter hatte, sondern dicke Rosetten reihten sich aneinander. Sie war eine respekteinflößende, elegante Erscheinung mit ihren preußisch geformten achtzig Jahren.

Das Auktionshaus füllte sich. Blondierte, zugeschminkte

Damen klapperten bereits in ihren hohen Absätzen über das abgewetzte Parkett oder zeigten nackte Füße in flachen, sportlichen Pumps. Sie trugen Hosenanzüge oder hatten Pullover um die Schultern geschlungen wie auf dem Golfplatz, und ihr Haar war kurz oder mit goldenen Spangen im Nacken zusammengehalten. Es gab auch blondierte Männer, blond das Deckhaar, grau der herausgeschossene Haaransatz. Eva sah ihnen an, ob sie für sich kauften oder Händler waren, wie das zerknautschte Dackelgesicht in der ebenso zerknautschten karierten Jacke; er sah aus wie eine geschrumpfte Ausgabe von Peter Falk alias Colombo. Ständig kamen und gingen Leute, saturierte junge Männer mit hochgeschlagenen Kragen, gelangweilte Gattinnen mit Seidentüchern, dickliche Männer in Lederjacken mit aufgedunsenen Gesichtern und protzigen Uhren am Handgelenk, oder dieser alte Herr, der immer kam, ohne je etwas zu kaufen, der, das wußte Eva, sein Vermögen verspielt hatte und nun dastand, mit einem Koffer in der Hand, die Schnalle zugetuckert, der Griff zerborsten, das Schloß abgerissen, und Schweißperlen auf der Stirn. Einmal Zocker, immer Zocker, da läßt sich gar nichts machen. Eva bot ihm manchmal nach der Auktion einen heißen Kaffee und Kekse an.

Leise rauschte die Klimaanlage, immer wieder klingelte ein Handy. Ein alter Herr setzte sein rosafarbenes Hörgerät ein. Eva, Albrecht und Rehweiler flankierten Frau Spoerli senior, die auf einem Podest mit einem Stehpult stand, und bedienten die Telefone; Spoerli junior hatte wie immer am Computer Platz genommen; neben ihr Frau Schattenfroh, heute im papageiengelben Kaftan mit wattierten Schultern und Perlengehängen in den Ohren. Bald war die Auktion in vollem Gange. Die Schlepper schleppten Tische, Kommoden und Stühle herein; bei den Asiatica rannten die Leute nach vorn, nahmen die Gegenstände in die Hände, kommentierten. Zahlen wurden aufgerufen.

»Gehen wir weiter?« fragte Frau Spoerli senior launig, »ihr

Zuschlag mit 200, ham wir«, »nee, unter 130 fangen wir gar nicht an, zurück damit.«

Der Hammer fiel, ein Mann rief »485«.

»Nee«, sagte Frau Spoerli senior, »wennse jetzt erst bieten, tut mir leid, das kam zu spät«.

»Ich habe den Zuschlag«, rief ein anderer.

»Jawoll« antwortete die Chefin, spannte ihre Halsmuskeln an und reckte den Kopf vor, als wollte sie ihn kurz aus dem Rumpf herausschrauben, »300, Ihr Zuschlag, wir sind ganz korrekt, und tschüs«, nickte sie den Trägern zu, das nächste Möbel, das nächste Bild, »zum ersten, zweiten, dritten.«

So ging es munter fort. Albrecht machte ein wichtiges Gesicht, wenn er einem Kunden den Zettel mit dem Zuschlag brachte, vorbei an den dichtgedrängten Reihen mit den Plastikklappstühlen, die schmalen Lippen ernsthaft gewellt.

»Nehmen Sie weg«, tönte Frau Spoerli senior, »dekorieren Se se schon mal für die nächste Auktion«, und die Gemeinde kicherte, es war ein Hin und Her der Stimmen und des Gelächters, in einem eigentümlichen, von Frau Spoerli senior dirigierten Rhythmus. Eva liebte diese Musik, und Wieland bewegte sich zu ihr, mit zusammengekniffenem Hintern, wie ein Balletttänzer, durch den Gang zwischen den Stuhlreihen.

»Ach, was haben wir denn hier Schönes«, hörte Eva und lachte, »eine Olympiaplakette von 1936! Na so wat Schönes aber auch! Na kieken Se mal, wie jeschmackvoll die Prägung!«

Die Seniorchefin kicherte. Die beiden Schlepper hielten das Samtkissen mit der Medaille hoch und machten betont ernste Mienen.

»Na, da hab ick ja ooch mitjeturnt« – der Saal lachte, besonders die Älteren –, »nee, im Ernst, damals in der Schule, da mußten wa alle antreten, ick war ne jute Läuferin« – anerkennendes »so, so« im Saal – »ich hab leider keine Medaille gekriegt, nur in der Masse mitjeturnt.«

Frau Spoerli blühte auf, wenn sie halb berlinerte und sich

halbwegs um ein ordentliches Hochdeutsch bemühte. Die Stammkunden feuerten sie an, applaudierten.

»Na, nu is aber jenuch mit die alten Jeschichten. Zum ersten, zweiten, dritten.«

Die Träger in ihren weißen Kitteln schmunzelten, brachten Schatullen aus dem 18., Kistchen aus dem 19. und allerlei Schnickschnack aus dem 20. Jahrhundert, Meerschaumpfeifen, Freimaurerdegen, erotische Drucke aus Japan.

»Mmh, sehr fein, eine echte Rarität. Na, meine Herren?!«

Frau Spoerli senior sah über ihre tiefsitzende Brille fragend hinweg in den Raum.

Die Herren beugten sich nach vorn und hoben ihre Hände.

»Was sind denn das für Petschaften«, amüsierte sich die Olympionikin. »Oh, ein Samowar, da is ja sogar alles dran, fehlt nix, na, wie wär's?«

Manch einer fing nervös zu schmatzen an, wenn das Jagdfieber ihn packte. Die ersten Teppichhändler rückten an; kleine Männer mit dicken Brillanten und goldenen Ringen an den kräftigen Händen, breitbeinig, in ausgewaschenen Jeans, kurzgeschorene Häupter, Gesichter wie Krater und Felslandschaften, Kroatien, Albanien, Rußland. Paschas, dachte Eva, neuerdings ganz abgeklärt, dabei unattraktiv bis sonst wohin. Ein besonders umfangreicher Händler schnaufte laut, als er sich setzte. Manche müssen allen verkünden, daß sie da sind. Rehweiler zog die Wangen angewidert nach innen. Die älteren Händler, Perser und Türken, wirkten gepflegter. Sie nickten Eva zu. Es roch immer intensiver nach After-shave.

»Is ja schön, daß sich alle freuen«, rief Frau Spoerli senior in den entstehenden Tumult, »sich wiederzusehen, aber wir müssen jetzt rasch hintereinander, wir haben noch einiges vor!«

Und streng sah sie auf ihre Armbanduhr. Frau Spoerli senior machte nach vier Stunden eine kurze Pause, in der sie eine Tasse löslichen Kaffee trank.

»Der Staub«, entschuldigte sie sich, »ich muß mich sonst zu oft räuspern.«

Eva bewunderte sie dafür. Sie selbst mußte immer mal heimlich hinausgehen und in einen Kokosriegel beißen, ein Glas Wasser herunterstürzen oder ein Stück Schokolade in den Mund schieben. An den Dingen klebt eine Geschichte, dachte sie, man spürt sie. Die Musik hat eine Geschichte, auch wenn nicht jede Musik eine Geschichte erzählt. Sie sagt sie im Wechsel von Noten und Stille. Die Architektur spricht ohne Worte. Bilder vermitteln eine Empfindung, wie eine Geste. Sie dachte daran, wie sehr sie es mochte, wenn die Dinge zur Sprache kamen, und lächelte Frau Spoerli an.

(6)

Nach der Auktion (»Ich komme dann direkt«) fuhr Eva zu Karl. Sie rannte die Treppen zu seiner Wohnung hinauf und zog noch vor der Tür die Jacke aus. Sie küßten sich atemlos (vom Treppehochrennen), sie legte ihre Nase an seinen Hals, dessen Haut weich und zart war, er schob den Rock ihres Kostüms hoch.

»Laß das andere an«, sagte er und legte sie vorsichtig auf sein Bett. »Du bist bestimmt ein bißchen müde von deiner Arbeit.«

Er streifte ihr langsam Strumpfhose und Höschen herunter und betrachtete Eva anerkennend. »Das sieht sehr schön aus«, sagte er und öffnete die eigene Hose.

Danach lagen sie nackt im Bett und Eva sah die grün gestreiften Vorhänge an und dann sprachen sie über das Bild, das sie vom Bett aus an der Wand sahen: Karls Mutter hatte es ihm geschenkt, eine Landschaft aus verschieden grünen Feldern. »Sie war depressiv«, sagte Karl, »sie hatte fünf Kinder und neigte zu Depressionen.«

»Warum?« fragte Eva und schmiegte sich an ihn. Karl streichelte ihr Haar. Er schmeckte sie und streichelte sie unermüdlich und ausdauernd. Er redete nie über seine Geschäfte; er erzählte von seinen Reisen und seiner Familie; seinen zahlreichen Tanten, Onkeln, Brüdern und Schwestern, die über die ganze Welt verteilt waren. Eva hörte ihm gern zu. Sie roch auch gern seinen Schweiß. Über ihnen ging jemand hin und her.

»Ich weiß es nicht«, sagte Karl. »Ich war der Jüngste, für mich hatte sie nie Zeit. Einmal bin ich auf allen vieren über den Flur zur Wohnung unserer Nachbarn gekrochen. Die Nachbarin hatte keine Kinder.«

»Auf allen vieren?« fragte Eva. »Daran kannst du dich erinnern?«

»Nein, natürlich nicht, nur an das Gefühl. Meine Geschwister haben mir das erzählt.«

»Armer kleiner Karl«, flüsterte Eva und streichelte sein Gesicht. Karl hatte den Kopf an ihren Hals gelegt und die Hand auf ihren Bauch.

Erschöpft und leicht staubig riechend kam Eva bei Ludwig und Sibylle in Schöneberg an, die außer Eva und Stefan noch ein weiteres Paar eingeladen hatten, ebenfalls Ärzte, die sie noch nicht kannte. Zu Hause hütete ein junges Mädchen aus der Nachbarschaft die Kinder.

Eva stieg das holzgetäfelte Treppenhaus hinauf und dachte an ihre eigene Zeit in Mietshäusern. Sie und Stefan hatten in verschiedenen Bezirken gewohnt, meistens in den Hinterhöfen. Sie hatte es geliebt, den anderen Leuten in die Fenster zu schauen, sie stellte sich vor, heimlich in ihren Räumen zu sitzen und ihnen zuzuhören. Sie fand so vieles an den Menschen unbegreiflich. Unbegreiflich blieben ihr auch Ludwig und Sibylle. Sie mochte sie sehr, sie waren so anders, das machte sie neugierig, doch stets blieb da eine unerklärliche Zurückhaltung, anders als mit Nora. Sie hatte sich noch nie allein mit Sibylle verabredet. Ludwig wie Sibylle bewunderten Stefan, den Musiker, und gerieten manchmal in einen Verteidigungszwang, der Eva und Stefan überraschte. Eva hielt bei jedem Treppenabsatz kurz an und warf einen Blick aus dem Fenster hinaus in die erleuchteten Wohnungen hinein, in denen sich die Leute für ihren Abend fertig machten, Fleisch und Gemüse schnitten, Salat zupften, eine Flasche entkorkten, sich umzogen oder einfach auf dem Sofa vor dem Fernseher gammelten. Krisen kommen und gehen, dachte sie, an manchen Dingen ändert sich nichts.

»Die Fotos gucken wir uns beim nächsten Mal an«, flüsterte Sibylle im Eingang und küßte Eva aufs Ohr, »wegen der anderen.«

Seit Sibylle auf neue Weise an Stefan dachte, trieb sie auch etwas Neues zu Eva hin, was sie zugleich fernhielt. Es war eine Art erotischer Identifikation. Küßte sie Eva, berührte sie die Haut, die Stefans Haut berührte. Umarmte sie Eva, hatte sie den Körper im Arm, der Stefans Körper nah war. Sie konnte nicht ahnen, wie selten es solche Berührungen zwischen den beiden gab.

»Wo sind die Kinder?« fragte Eva, etwas verwirrt von der ungewohnten Körperlichkeit der sonst eher spröden Freundin. »Es ist so ruhig.«

»Sie schlafen bei Freunden. Hübsch, der Mantel. Grün steht dir gut.« Sibylle half Eva aus dem Mantel.

»Danke. Wie praktisch, ich meine mit den Kindern. Ist Stefan schon da?« fragte Eva. Sie warf einen flüchtigen Blick in den Garderobenspiegel. Sie hatte die Haare bei Karl eilig hochgesteckt. Ihr Mund leuchtete, ganz ohne Lippenstift.

»Du bist die letzte«, sagte Sibylle und ging beschwingt vor Eva ins Wohnzimmer.

Sibylle und Ludwig wohnten seit Jahren in dieser Wohnung; doch jedesmal hatte Eva den Eindruck, als wäre es nicht ihre Wohnung. Die Einrichtung war wild zusammengewürfelt, ohne miteinander verwachsen zu sein; ein violett-schwarz gemustertes Sofa stand im hinteren Teil des Raumes, davor ein Glastisch, daneben eine Stehlampe mit Aluminiumfuß und einem großen halbrunden Kegel aus Milchglas, die mit der für Evas Empfinden zu hellen Deckenbeleuchtung konkurrierte. Mit modernen Möbeln kannte Eva sich nicht aus, aber wie sie Ludwigs Hang zu extravagantem Understatement kannte, war es ein teures Stück. Günstig erstanden freilich, bei Ebay, wie das Gemälde eines alten Neuen Wilden, das über dem Sofa an der Wand hing und einen Mann darstellte, der auf dem Kopf stand. Er war mit harten schwarzen Strichen konturiert, sein Penis baumelte zwischen den Beinen herunter, worin Eva den Baselitz-Epigonen ausmachte.

Eva begrüßte Ludwig und Stefan mit einem Kuß und schüttelte dem Ärztepaar die Hand. Martina und Hartmut.

»Du bist ja so schick heute«, sagte Ludwig, »im Kostüm!«

»Arbeitskleidung«, sagte Eva und zog die Jacke aus. Ihre helle Bluse war leicht zerknautscht.

Der Tisch im vorderen Teil des Raumes, von dem der lange Flur zur Küche abging, war mit schwarzen Tellern und bunten Papierservietten gedeckt. Soßen und Senf standen in Schraubgläsern neben gestückelten Karotten und Gurken und den Platten mit Fleisch. Eva war enttäuscht; sie hatte ein Käsefondue erwartet. Sie setzten sich sofort zu Tisch und begannen, die Spieße mit dem Fleisch in das siedende Öl zu tauchen. Es roch stark.

»Biokalb, Biolamm, Bioschwein«, sagte Ludwig.

Ludwig schenkte Rotwein in die großen runden Gläser. Biowein. Was sonst.

Langsam kam das Gespräch in Gang. Was machst du, woher kommt ihr, ach so, ach ja, wie schön.

Sibylle wirkte sehr aufgeregt; ihre Wangen glühten. Sie trug ein enganliegendes schwarzes Kleid mit rosafarbenen Zacken am Ausschnitt und hatte die Haare anders frisiert. Sie leuchtet, dachte Eva, sie sieht weicher aus als sonst. Ob sie schwanger ist? Na, wer weiß. Ludwig hatte ein rotes Hemd angezogen, das locker über die Jeans hing; in seinem äußersten Zugeständnis an modischen Schick hatte er sich stets etwas von der Auflehnung gegen die Recklinghauser Eltern bewahrt, die er spießig nannte. Zusammen mit dem Bunsenlicht unter dem Fonduetopf und den Schraubgläsern verbreitete er eine Atmosphäre, die Eva an Campingplätze denken ließ. Sie war müde, die Dämpfe verursachten ihr nach dem sauerstoffarmen Tag Kopfschmerzen. Sie war froh, daß die anderen sprachen, über Abrechnungsmodalitäten, Punkte, Computersysteme, Streß mit Kollegen in den Krankenhäusern und die ständigen Reformen der Gesundheitsreform. Das Ganze wirkte wie ein Schlagabtausch, um ihre Positionen, ihre Bedeutung in der ärztlichen Hierarchie und ihre Haltungen in medizinischen Grundfragen zu klären. Martina und Hartmut waren im Osten aufgewachsen und hatten dort auch ihre Ausbildungen absolviert; er war Anästhesist. Eva schätzte ihn auf Ende Fünfzig. Martina war Anfang Vierzig. Sie hatte eine gynäkologische Praxis in Neukölln, Sibylle überwies ihr hin und wieder Patientinnen.

Stefan, der wie zu einer Orchesterprobe einen schwarzen Rollkragenpullover angezogen hatte, hatte die Ärmel hochgeschoben und fuhr sich mit der Hand immer wieder in den Kragen; sein sonst so blasses Gesicht war von der Wärme und vom Essen von einer leichten Röte überzogen. Er wanderte nach innen, das sah Eva. Wenn ihn etwas nicht interessierte, bewegte er sich mit seiner Konzentration einfach in eine ihr unbekannte Richtung. Tatsächlich dachte er auch jetzt an nichts: er dachte an die Fleischstückchen, die er auswählte, er schmeckte sie auf seiner Zunge, er überlegte, in welche Soße er sie tunken sollte, er hörte zu.

Ob auch er sich ein wenig über ihren Freund wunderte, den sie sonst nur privat erlebten, fragte sich seine ruhelose Eva weiter. Natürlich merkte man Ludwig den Bestimmer an, in seiner Art, immer ein wenig zu dozieren, wenn er etwas reparierte oder erklärte, wie er die preiswertesten Angebote im Internet auf ihre Tauglichkeit einzuschätzen wußte. Manchmal wurde Stefan etwas spitz, wenn sie allzuviel auf Ludwigs praktisches Wissen gab und ihm verzückt lauschte. Im Grunde aber sahen beide in Ludwigs Einmischungen seine Freundschaft, seine liebenswürdige Bitte, ihm mit einer Aufgabe einen Platz zu geben. Als ob er nur da sein dürfte, dachte Eva, wenn er etwas Nützliches leistet. Hier, mit diesem anderen Arzt, sahen sie ihn zum erstenmal in einem Umfeld, in dem er offenbar unter starkem Konkurrenzdruck stand.

Plötzlich sah Hartmut, ein hagerer Mann mit starken Augenrändern, Eva belustigt an. »Und du arbeitest also in einem Auktionshaus?«

Sie hatten sich zu Anfang darauf geeinigt, sich zu duzen, und doch berührte es Eva seltsam, von ihm so angesprochen zu werden. Sie fand Hartmuts Falten traurig, aber schön, sie erzählten von schlaflosen Nächten und wirren Erinnerungen, die unerwartet in den grüngestrichenen, diffus ausgeleuchteten Krankenhausgängen Gestalt annahmen, auf ihn zutraten und ihn ansprachen und fortgeschickt werden mußten; Geschwister, die jung gestorben, eine fliehende Mutter mit Kindern an der Hand, Volkspolizisten, die ihn streng ansahen, ungeheilte Patienten, die ihm auflauerten. Eva sah Feuer und Keller und stille Dörfer mit kopfsteingepflasterten Straßen, auf denen Kinder spielten, bis die Sonne unterging, und sie spürte einen unangenehmen Druck auf der Brust und trank etwas. Vielleicht kamen die Schatten von den vielen Zigaretten, die er rauchte; er hatte es erwähnt, daß er gleich nach dem Essen mal auf den Balkon rausmüsse, weil Sibylle und Ludwig es wegen der Kinder in der Wohnung nicht duldeten.

Eva kaute das Fleisch herunter und tänzelte innerlich. Sie hatte, bevor Hartmut sie ansprach, gerade an Karl gedacht und sich gefragt, weshalb sie in letzter Zeit oft traurig wurde, wenn sie mit ihm zusammen gewesen war. Es war doch eigentlich immer schön, auch heute. Plötzlich hatte Eva Sehnsucht nach ihrer Schwester, die sich in Bolivien herumtrieb und das Leben in Müllstädten erforschte.

»Eva, träumst du?« Sibylles Stimme. Eva kehrte mühsam in den Raum zurück. Hartmut sah sie erwartungsvoll an.

»Entschuldigt bitte«, sagte Eva.

Die meisten Leute hatten eine merkwürdige Scheu vor Auktionshäusern. Sie hielten sie für elitär, etwas für Frauen, die täglich ihre Brillanten wechselten und deren Häuser in Hochglanzzeitschriften abgelichtet waren. Oder sie dachten an staubige Räume, in denen aus der Mode gekommene Möbel vor sich hin dämmerten. Sie hatten auch eine Scheu vor Eva, wenn sie hörten, daß sie in einem Auktionshaus arbeitete.

»Heute gingen die Teppiche schlechter als sonst«, sagte sie etwas mürrisch, »und Frau Schattenfroh hat kein Wort mit Spoerli junior gewechselt. Spoerli senior hat Witze über ihre Teilnahme bei der Olympiade 1936 gerissen, und bei den japanischen Drucken gab es einen regelrechten Wettkampf.«

»Spoerli senior ist die Chefin«, sagte Stefan.

Hartmut sah Eva spöttisch an.

»So eine Frau wie du«, sagte er, »zwischen dem alten Plunder, das zieht bestimmt Kundschaft, was?«

Ludwig sah so finster drein, als wollte er mit dem Motorrad über den Tisch rasen wie ein Halbstarker über den Campingplatz. Eva zog die Augenbrauen hoch.

»Du kannst mich ja mal da besuchen. Dann hast du Ludwig etwas voraus.«

Hartmut wich überrascht zurück, Ludwig wollte schon aufbrausen, doch Eva zwinkerte ihm zu. Ludwig lachte: »Jaja, unbedingt!«

Sibylle stand abrupt auf und begann laut, die Teller zusammenzustellen. Martina, die bis dahin zurückhaltend gewesen war, begann mit großem Elan von einem Kollegen zu erzählen.

»Er hat seine gesamte Praxiseinrichtung in Auktionshäusern ersteigert, stellt euch vor, Tische, Stühle, Teppiche, alles. Am Anfang hatte er kein Geld und fand es da günstiger; und später hat es ihm Spaß gemacht.«

»Ich kenn den Typ genau«, sagte Eva, »den gibt's öfter, solche Typen gehören zu den Stammkunden. Die können nicht mehr aufhören, die sind wie Spieler.«

Martina war offensichtlich erfreut, daß sich die Situation wieder entspannte. »Genau«, sagte sie, »jetzt kann er nicht mehr aufhören damit und weiß nicht mehr, wohin mit dem Kram. Ich glaube sogar, daß er manchmal Stühle an Patienten verkauft. Seine Praxis sieht aus wie ein vollgestopftes Wohnzimmer, aber für die Patientinnen scheint das gerade einen Reiz zu haben. Ein interessanter Mann übrigens, er ist auf Fertilisation spezialisiert.«

»Fertilisation?«

»Alles, womit du keine Probleme hast«, sagte Ludwig eine Spur zu ironisch zu Eva, der nichts dazu einfiel und die sich plötzlich wünschte, ins Kino gegangen zu sein oder mit Stefan allein in einer Pizzeria zu sitzen. Es nervte sie, daß die Männer ihre Gockelei auf sie ausdehnten; sie fühlte sich wie eine Dame in einem Schachspiel, zum Einsatz gebracht und herumgeschoben. Außerdem rumorte der Herr Karl noch seltsam in ihr.

»Alles, was mit Fruchtbarkeit zu tun hat«, ergänzte Sibylle, die mit einem Tablett aus der Küche zurückkam und den Tisch weiter abräumte. Eva stand auf, um ihr zu helfen, doch sie winkte ab.

»Unerfüllter Kinderwunsch, Samenspender, Hormonbehandlung, in-vitro- –«

»Er hat also mit Unfruchtbarkeit zu tun«, sagte Stefan.

»Wie du es nimmst.«

Unvermittelt stand Ludwig auf, kam auf Evas Seite des Tisches und küßte sie. »Tut mir leid, Eva, ich wollte heute nicht streiten, ich weiß auch nicht, was wieder in mich gefahren ist.«

Eva nahm seine Hand. »Es war doch gar nichts«, murmelte sie verwirrt, »es war doch nur so wie immer.«

Und ihr Herz, das schon ein böses spitzes Maul gemacht hatte, öffnete sich voll Wärme. Sie sah Ludwig an, seine blauen Augen und den nicht sehr vollen Bart, und lächelte scheu wie ein Mädchen, dessen Papa wieder gut mit ihr ist.

Unterdessen hatte sich Stefan an Martina gewandt. Er zwinkerte. Wegen der Kontaktlinsen, behauptete er. Hunde, die bellen, beißen nicht, dachte Eva, die es sah. Sie war sich dabei allerdings keineswegs sicher.

»Du kannst uns sicher erklären, was es mit der Stammzellenforschung auf sich hat«, sagte Stefan, »ich würde es gern verstehen.«

Martina nickte ernsthaft. Anders als Ludwig sah sie die neusten Entwicklungen skeptisch; was sie jedoch mehr noch als die Herstellung künstlicher Embryonen zu Forschungszwecken beschäftigte, waren die jungen Menschen, die als erste Retortenbabys gezeugt worden waren und nun nach ihren Spendervätern zu suchen begannen.

»Kürzlich ist eine junge Frau zu mir gekommen, um sich eine Spirale setzen zu lassen. Sie war merkwürdig verhalten, als habe sie etwas auf dem Herzen, und dann hat sie gefragt, wie sie an die Information herankommen könne, wer ihr Vater gewesen sei. Ihre Mutter will es ihr nicht sagen, und sie will auch keinen Streit mit ihr anfangen. Wer will das schon. Aber sie wüßte es so schrecklich gern, was für ein Mensch er wäre, ihr Vater.«

»Was spielt das denn für eine Rolle«, sagte Ludwig, »sie hatte doch einen Vater, der sie großgezogen hat, das ist ihr Vater. Ich glaube nicht, daß das irgend etwas bringt. Gene werden völlig überschätzt.«

»Hatte sie denn einen Vater? Das kannst du doch gar nicht wissen«, sagte Stefan, ungewohnt ärgerlich. (Der weggerannte Vater seiner Mutter saß ihm manchmal quer auf dem Nacken, ein böser Dämon, dem er womöglich ähnlicher war, als er dachte.)

»Was ärgert dich denn daran?« fragte Eva.

»Nichts.«

»Aber natürlich ärgert dich etwas!«

»Nein, ich finde es nur so seltsam, daß man immer von den sogenannten normalen Verhältnissen ausgeht. Es gibt so viele alleinerziehende Mütter.«

»Ja«, sagte Sibylle, »und es gibt ganz viele alleinerziehende Mütter, die verheiratet sind. Weil die Männer die ganze Zeit arbeiten und bestenfalls Wochenendväter sind, wie zum Beispiel Herr Dr. Ludwig Pätzold, Herr des Krebses und Leiter der onkologischen Station in der –«

»Jetzt wirst du aber ungerecht, Sibylle, ich bin doch wirklich oft zu Hause!«

Evas seismographischer Apparat kam auf Touren. Da war etwas im Gange. Blitzschnell sah sie zu Stefan, der in seinem Teller verschwand, dann zu Ludwig. Ludwig war tiefrot geworden. Das mochte er gewiß nicht, vor allen anderen von Sibylle angegriffen zu werden. Martina und Hartmut wichen zurück, als wollten sie sich unsichtbar machen. Wie Kinder, wenn sich die Eltern zanken. Wir sind gar nicht da, und wir platzen vor Neugier, was jetzt wohl kommt.

»Ach, weißt du, Ludwig«, sagte Sibylle vollkommen entspannt, von ihrem Mut beflügelt, mit einer kleinen Geste über das Haar, »wir haben uns schon so an die Abwesenheit der Männer gewöhnt, wir merken das im Grunde gar nicht mehr. Ich meine, es stört uns nicht.«

Eva, hellwach, sah Sibylle verwundert an. Woher kam denn nun dieser rebellische Zug an ihr? Sie sah zu Stefan. Sie sah zu Ludwig. Ludwig stand schon, nahm leere Flaschen vom Tisch und floh in die Küche. Eva stand auf, raffte zwei letzte Gurkengläser und folgte ihm.

»Laß doch«, sagte Sibylle, »Ludwig, laß doch. Renn doch nicht weg.«

Eva war Ludwig direkt auf den Fersen. In der Küche legte sie ihm die Hand auf die Schulter.

»Ludwig!« Sie dachte, er würde platzen. Er drehte sich um, alle Spannung wich, er ließ die Schultern fallen, die Mundwinkel, das ganze Gesicht, alles, und sah sie traurig an.

»Weißt du was«, sagte er, »sie hat recht. Und weißt du, was noch schlimmer ist: Ich leide darunter! Aber was soll ich denn tun? Verdammt noch mal, was soll ich tun?«

Eva umarmte ihn wie ein Kind. Er liebte sie in diesem Moment, das fühlte sie, er liebte sie so, daß er sie fest an sich drückte.

»Ist ja gut«, sagte sie, »ist ja gut. Du machst es, so gut du kannst, ich weiß das.«

Eine Liebe, die sie teilte, der sie antwortete, in der Küche zwischen Töpfen, Salatschüsseln und ungespülten Tellern. Sie hätte am liebsten geheult. Sie wäre am liebsten selbst von ihm getröstet worden. Weil es eine vollkommen unkörperliche, und dabei den Körper vollkommen durchdringende Liebe war, eine Liebe, die keine Sprache finden konnte und die beide traf. Gab es womöglich auch eine körperliche Liebe, die nicht erotisch war oder nicht sexuell? Verwirrend war das, so oder so.

Und oh, Ludwig hatte seine innere Auster schon wieder zugeklappt. Verflucht, diese Männer aber auch, vielleicht aber auch zum Glück, wer weiß, wer weiß das alles schon.

»Los, komm«, sagte Eva und schniefte ein bißchen, wie es ihre Art war, »wir gehen jetzt zurück und machen uns einen lustigen Abend.«

Warum eigentlich, dachte sie, warum sage ich das? Warum bleiben wir nicht einfach hier in der Küche und betrinken uns mit Schnaps?

»Geh schon«, sagte Ludwig und kippte Essensreste von den Tellern in den Mülleimer, »ich komme gleich.«

»Nicht gleich«, sagte Eva, »sofort!«

»Nicht, was du denkst«, sagte Ludwig, »ich muß mal wohin.«

»Erst mitkommen, dann pinkeln, los«, und Eva schubste ihn und drückte ihm die Nachtischschüssel in die Hand, und sie gingen zum Tisch zurück, als hätten sie etwas ausgefressen, sehr zum Vergnügen der anderen.

»Hast du von dieser Untersuchung gelesen, nach der dreißig Prozent aller Kinder in Ehen außerehelich gezeugt wurden?« fragte Sibylle gerade Stefan. Sie war ganz munter. Sie verteilte Teller für die Mousse au chocolat. Martina und Hartmut waren begeistert. Es war besser als Fernsehen. Gleich würde es Bekenntnisse hageln.

»Was?«

»So viele?«

»Nein!«

»Doch!«

Nein, nein, doch keine Bekenntnisse, völlige Fehleinschätzung, alles vorbeigeflogen, wäre ja noch schöner. Sie sahen sich alle an und fingen an zu lachen. Die Klippe war genommen, die Situation gerettet oder wie man sonst noch sagen könnte, obwohl es eigentlich hübsch wäre, mal was anderes, so eine kleine Eskalation, aber gut, man wollte sich doch einmal erholen und amüsieren und überhaupt, das war doch alles gar nicht wirklich. Und na! rief Eva, wenigstens sehen unsere Kinder Ludwig und Stefan ähnlich, und der Abend wurde lustig, weil die Männer lieber Witze machten und Komplimente, als sich allzusehr auf den Gedanken einzulassen, daß *paternitas semper incerta*, oder Vaterschaft nur eine legale Fiktion, und daß es vielleicht gut sein könnte, die ganze Fortpflanzerei abzukoppeln vom Natürlichen, unter Kontrolle zu bringen in Gläsern und Labors und künstlichen Gebärmüttern. Und die gleichzeitig erschraken und es doch nicht wollten, nein, nein, um keinen Preis, denn sie liebten ihre Mütter, ihre Wärme, ihre Kälte, ihre Haut und ihren Duft, und allem zum Trotz und überhaupt eben doch und vielleicht sogar ihre Frauen. Und die Frauen wollten nicht, daß ihre Männer zweifelten und traurig würden ob ihrer schrumpfenden und trotz allen Vorsitzen und leitenden Posten womöglich fraglichen gesellschaftlichen Bedeutung und ihre Lust verlören an allem und ihnen, zumal und weil sie selber Angst hatten vor dem, was sie sein könnten, wenn sie einmal zupacken würden und die Augen aufsperren und hören, was in ihren Ohren klang wie der Gesang vergessener Sirenen, und ein richtiger Kampf beginnen würde mit den Männern, und zwar nicht über die Einteilung des Haushaltsgeldes und wohin sie in die Ferien fahren würden und wer sich wieviel Stunden um die Kinder zu kümmern hätte und wessen Arbeit wichtiger wäre und überhaupt, sondern um etwas ganz anderes, richtig Großes, Verwirrendes und Unbekanntes. Und Eva sah Stefan an, und Stefan trank noch ein Glas und noch eins, du lieber Himmel, wie würde sie den nur nach Hause kriegen, am besten, sie übernachteten hier, und er fing an zu erzählen, redete und redete, über Opernregisseure und Dirigenten und Diven, ihre Eigenheiten und die Kostüme, die er bei der Vorstellung nur sehen konnte, wenn sie an den vorderen Rand der Bühne kamen, und die er sich sonst vorstellen mußte, wenn er gerade mal nicht spielte, sondern auf dem Blatt die Noten mitlas oder sich hinreißen ließ, mit der Baßklarinette Ernst zu scherzen, der so gern Vorträge hielt, wie erst kürzlich über Heimlichkeiten, und Sibylle lachte und Martina lachte und Hartmut lächelte Eva an und entpuppte sich als freundlicher Kerl und Eva sah Ludwig an und Ludwig Eva und Stefan redete und drehte sich und dehnte sich und lachte auch, und keiner konnte sagen, ob er es nun merkte oder nicht, daß Sibylle ihm die ganze Zeit ganz besonders schöne Augen machte, die sich ihrerseits vollkommen sicher war, er erzählte all dies nur für sie.

3. Kapitel

Reisende I – Wilhelm in Paris: Die Nase

(1)

Das Auktionshaus Spoerli hatte seit vielen Jahren einen Stammkunden, einen älteren, eigenwilligen Opernsänger, der sich als Interpret Neuer Musik einen Namen gemacht hatte und der, solange er wichtige Partien in Opern von Berg, Hindemith, Henze und Nono sang, seine Neigungen zum eigenen Geschlecht unter dem Deckmantel öffentlich gemachter Amouren verbarg, die seinem weiblichen Publikum (und auf dies kam es an in seinem Fach!) genügend Freiräume für Träume ließen. Hätte er einer anderen Generation angehört, hätte er sich freier verhalten können und unter seinen Zuhörern zahlreiche Gleichgesinnte gewußt. So ist es mit den Zeiten, die sich ändern.

(Hier bricht nun diese Figur herein wie ein neuer Bekannter manchmal in unser Leben, verwirrend, ablenkend, unverzichtbar. Man könnte glauben, die Erzählerin neige wie ihre Heldin zum Seitensprung.)

Wilhelm von Herzberg hatte in seinem Leben so viel und so erfolgreich gesungen, daß er ein gewisses Vermögen angehäuft hatte. Dieses verwendete er umsichtig und genießerisch darauf, seiner Liebe zur bildenden Kunst als Sammler Ausdruck zu verleihen. Er favorisierte Interieurs des achtzehnten Jahrhunderts, den belgischen und englischen Symbolismus. Er bewunderte den Norweger Edvard Munch (wir kommen Evas

Sache näher!), von dem er einige Skizzen und zwei kleinere Gemälde besaß. Sein ganzer Stolz aber war eine Skulptur von Giacometti, die er als junger Student bei einem Aufenthalt in Paris als Geschenk erhalten und deren Besitznahme, besser gesagt, ihre Umstände, den Beginn seiner Sammelleidenschaft markiert hatte.

Wilhelm von Herzberg war einige Jahre nach dem Ende des Krieges nach Berlin gekommen, um an der Hochschule für Musik das Studium des Gesangs aufzunehmen. Er hatte das Glück, einen privaten Gesangslehrer zu finden, Paul Hermann, der ihn mit der Musik der Wiener Schule vertraut machte, mit Schönberg, Berg und von Webern. Diese Musik war in der Hitlerzeit als »entartet« geschimpft und verboten worden; die Wiederaneignung der Tradition nach diesem Bruch entwikkelte sich (gerade an den Hochschulen) nur sehr langsam, weshalb es bald zu einer kuriosen Gleichzeitigkeit mit den Arbeiten ganz junger Komponisten kam.

Wilhelm war fleißig und zeigte sich so aufgeschlossen, daß Hermann ihn im März 1954 zur konzertanten Uraufführung von Arnold Schönbergs Oper ›Moses und Aaron‹ nach Hamburg einlud. Es war ein Ereignis, nicht nur für Wilhelm, denn noch eine ganze Weile nach dem Krieg wollte ein breiteres Publikum von Schönberg nichts wissen, ja, manch ein akademischer Lehrer nannte seine atonale Musik hinter vorgehaltener Hand »verjudet«. Wilhelm teilte Hermanns Abscheu vor dieser Haltung.

Im Herbst desselben Jahres nahm Hermann Wilhelm mit nach Paris. Es sollte dort ein kleines, fast konspiratives Treffen junger Musiker geben, bei dem man sich mit den Möglichkeiten des Gesangs befaßte und austauschte: Hugo Wolf und Anton Webern standen auf dem Programm, Claude Debussy und Olivier Messiaens.

So war Wilhelm mit zweiundzwanzig Jahren zum erstenmal nach Paris gekommen. Er war glücklich, in der Stadt zu sein.

Sie erschien ihm fast wie eine Idylle gegenüber dem nüchternen Berlin, das noch immer von den Zerstörungen des Krieges geprägt war, auch wenn es von einer nervösen, fast fieberhaften Lebensintensität glühte.

Paris erschien Wilhelm demgegenüber gelassen, obwohl doch auch hier die geistige Elite die Erschütterungen des letzten Jahrzehnts zu bewältigen hatte. Was sie mit viel Wein, Kaffee und Gänseleberpastete auch tat. Man erörterte die *conditio humana* in ausschweifenden Gesprächen in Cafés, in denen man sich so luftig wie andauernd einrichtete, wie in den billigen, kargen Hotelzimmern, die den Denkern, Dichtern und Musen als Unterkunft dienten. Von diesen unbehausten Männern und Frauen, die dem bürgerlichen Leben eine Absage erteilten, hatte Wilhelm in Berlin gehört, und daß in Paris all die Worte und Begriffe erfunden wurden, die auch in Berlin ihren unaufhaltbaren Einzug hielten: *Abgrund, Scheitern, Existenz*.

Während Wilhelm in musikalischer Hinsicht ausgesprochen aufgeschlossen war, zeigte er diesen philosophisch bestimmten Wörtern gegenüber eine eigentümliche Resistenz oder unwillige Abneigung, was ihn von manchen Debatten, die seine jungen Kollegen führten, ausschloß. Er war an diesen Dingen so wenig interessiert wie an den schwarzen Rollkragenpullovern, die nun links und rechts vom Rhein viele trugen. Diese Mode erinnerte ihn an Beerdigungen (die Farbe) und Sportanlagen (die Uniformität). Zum einen wegen der unangenehmen Gerüche (Angstschweiß, Putzmittel). Zum anderen wegen zwei weiterer Assoziationen, die für ihn zu diesen gesellschaftlich aufschlußreichen Orten der Reihen (Grabsteine bilden Reihen, Garderobenhaken bilden Reihen), die in der Musik doch so eigenwillig gewendet wurden, gehörten: der Tod seines Vaters, der gestorben war, als er sieben Jahre alt war, und die rohen Kameraderien seiner Mitschüler, deren Spottlust ihn in den nackten verschwitzten Garderoben traf, wenn sie ihm über die blonden Locken fuhren oder mit spöttischer Übertreibung seine mädchenhaft zarte Haut bewunderten. Wenn er sich von ihrem Wettbewerbsgehabe und Muskelspiel ausgeschlossen und verletzt sah, diesem merkwürdigen Einverständnis über eine Idee von Männlichkeit, in die hineinzuwachsen sie offenbar allesamt beabsichtigten.

Eine Männlichkeit, die, wenn und weil die Väter aus dem Kriege nicht zurückgekommen waren, sich aus der Phantasie entwickelte. In dieser Phantasie wurde der kaum gekannte reale Vater mit der Figur eines allmächtigen Übervaters und der eines vollkommenen Versagers (Nicht-Helden) vermischt. Darin bot sich kaum eine Orientierung für das Leben. Dieses wurde von den Müttern bewältigt, tüchtig, aber einsam. Nützlich und bewundert einerseits, gesellschaftlich geächtet andererseits, wenn sie sich, was vorkam, einen Kerl ins Haus holten, von dem sie nicht abhängig waren.

In den Fällen, in denen die Männer zurückkamen und den Frauen die gewonnene Selbständigkeit mit ihrer Impotenz dankten, wuchs sich jene Idee von Männlichkeit ebenfalls zu einem seltsamen Phantom aus, das aus Leugnung und Lügen und verfälschten Voraussetzungen bestand. Diese beiden Vorstellungen von dem, was ein *richtiger Mann* sei, die weit über die Nachkriegszeit hin Wirkung taten, trübten jedenfalls den Blick für die Zärtlichkeit, die zwischen den Geschlechtern immerhin auch eine Möglichkeit darstellt.

Wilhelm, den das Verhalten der meisten Jungen in seinem Alter befremdete, hatte ein hohes Maß an Zärtlichkeit von seiner Mutter erfahren. Dieser Zärtlichkeit und Liebe zwischen seiner Mutter und ihm verdankte sich Wilhelms Abneigung gegenüber den großen intellektuellen Schlagworten seiner Zeit, auf die wir somit zurückkommen.

1. *Abgrund.* Abgründe kannte Wilhelm zur Genüge dank der Verzweiflung, die seine über alles geliebte Mutter immer wieder befiel, wenn sie sich der Liebe ihres Mannes erinnerte und sich nicht wie andere über sein Verschwinden hinwegzutrösten wußte, es vielleicht nicht einmal wollte, hätte es ihr

doch mit der Überwindung auch den endgültig einzugestehenden Verlust an Zärtlichkeit und Erregung gebracht, die sie noch immer zutiefst bewegten, wenn sie an ihn dachte. Auch Wilhelm wollte nicht am Verlust seines Vaters rühren, den er so früh erlitten hatte.

2. *Scheitern.* Das Scheitern war Wilhelms Sache nicht, weil er seiner geliebten Mutter damit einen weiteren großen Kummer zugefügt hätte. Abgesehen davon arbeitete er gern und hart, er liebte das Fortschreiten, das Besserwerden; und natürlich strebte er jene Meisterschaft an, die ihn wieder zurückführen würde zu jener Unbekümmertheit, die er als Junge empfunden hatte, wenn er mit seiner Mutter zusammen sang.

3. *Existenz.* Die Welt zeigte sich heiter, der Krieg war vorbei; alles, was Wilhelm trieb, waren Lust, Neugier und Freude. Die Existenz als problematisch zu denken, was politisch gesehen gute Gründe hatte, schien ihm unsinnig. (Vielleicht verstand er hier etwas miß.) Das Leben war aufregend und schön. Er fühlte es bis in die letzte Pore seiner Haut und in die Tiefe seines Knochenmarks hinein, und er sah sich selbst keineswegs in irgendwelche Löcher oder womöglich das *Nichts* geworfen. Es kribbelte ihn überall, und alle um ihn herum spürten das; sie bekamen Lust, ihn anzufassen, und wollten von ihm angefaßt werden, was ihn vor der heraufziehenden Gefahr der Isolation immer wieder bewahrte. Denn anders als seine rüden Mitschüler von einst mochten die Kolleginnen und Kollegen an der Musikhochschule seine blonden Locken und seine weiche Haut. Sie waren selbst Menschen, die in der Kunst eine ursprünglich vorhandene Weichheit des Gemüts zu retten suchten, die im sogenannten normalen Leben einer gewissen Härte zu weichen hatte. Wilhelms Kindlichkeit war noch radikaler als die der anderen, die bereit waren, diesen oder jenen unnützen Zug ihrer Seelen dem Erfolg unterzuordnen, sie hatte etwas Überstrahlendes, und die meisten begaben sich entzückt in den Sog seines Wesens.

Es täuscht sich, wer hinter alldem einen oberflächlichen

Menschen vermuten würde; Wilhelm war zutiefst empfänglich für Wahrnehmungen aller Art. Er war mitfühlend und hellhörig; und er verspürte aufgrund seiner körperlichen Empfindsamkeit, einer oft »weiblich« genannten Weichheit (die sich die Frauen seiner Zeit kaum leisten konnten) eine tiefe Trauer um die Vergänglichkeit aller Dinge und Augenblicke. Allein daß ein Lied zu Ende gesungen war, konnte ihn zu Tränen rühren; daß ein junges Mädchen, das soeben an ihm vorbei eine Straße hinuntergelaufen, um die Ecke verschwunden war, ließ sein Herz schmerzlich pochen.

Wegen dieser melancholischen Unterströmung in seiner Seele war Wilhelm die eigene Jugend unheimlich. Sie verwirrte ihn, sie bezwang ihn mit einem Ungestüm, das ihm jedes Gefühl für eine Dauer nahm, nach der er sich sehnte. Das Leben hatte ihm noch nicht gezeigt, was ihn später leiten würde: »Ausdauer schafft Dauer.« Dies hätten die Worte sein können, die er auf einen Zettel geschrieben an seinen Spiegel über dem Waschbecken in seinem möblierten Zimmer in Berlin-Charlottenburg hätte hängen können. Aber abgesehen davon, daß er es ja noch nicht wußte, wäre Wilhelm niemals auf eine solche Idee verfallen. Er kämpfte manchmal gegen seine eigene Empfindsamkeit und überließ sich geradezu entschlossen dem Treiben des Lebens von Tag zu Tag. Er sog alles in sich auf wie ein Schwamm und brachte es gefiltert von seiner Sinnlichkeit, auf deren Grund jene Melancholie lag, wieder heraus.

Genau diese melancholisch gefärbte Sinnlichkeit sah Jean-Louis Tessier, als er den jungen Mann in seiner Galerie beobachtete, der erstaunt um die Skulpturen Giacomettis herumging, die dünnen, gestreckten Figuren, die stürzenden, schreitenden, vereinzelten Menschen aus dunkler Bronze, die selbst in der Anordnung zur Gruppe etwas Vereinzeltes hatten. Er betrachtete sie mit einem Entsetzen, das den Galeristen tief berührte, bis er vor einer Porträtbüste stehenblieb und sich seine Gesichtszüge überraschend aufhellten. Erleichterung, Aufatmen,

Lächeln, dann ein fast unbändiges leises Lachen. Tatsächlich. Da stand der schöne junge Mann mit der auffallend geraden Körperhaltung, den hellen kurzen Locken und der schneewittchenweißen Haut vor der Porträtbüste und lachte. Unvermittelt durchfuhr ihn eine Bewegung, die sich auf Jean-Louis als Reflex übertrug: Er fuhr mit der Hand aus und faßte mit den Fingern in die überdimensionalen Nasenlöcher. Das hatte Jean-Louis noch nie erlebt! Er hing mit seinen kinegraphischen Wellen an dem jungen Mann, es war, als spräche dessen Körper, den er über die Entfernung von drei, vier Metern spürte, mit diesen Nasenlöchern, als wäre er energetisch angeschlossen, als wären sie lebendig, der Eingang zu einem anderen Menschen, der ihn entzückte und fröhlich machte.

Jean-Louis befiel eine ungeheure Erregung, er fühlte sich aus seinen Denk- und Wahrnehmungsmustern heraus- und zu diesem jungen Mann hingerissen; er wollte sofort in dessen Nähe, in dessen Wärme, an dessen Haut. Der Mittfünfziger, der es gewohnt war, sich selbst mit freundlichem Abstand zu sehen, den Alter und Erfahrung mit sich gebracht hatten, registrierte es mit Erstaunen und einer Bangigkeit, die sein Herz flattern ließ und ihm eine Hitze unter die Kopfhaut schickte.

Was aber ging denn nun in Wilhelm vor sich, diesem feinen, ungestümen jungen Mann? Was freute ihn so an dieser Nase? Diesem sonderbaren Außenposten des Gesichts? Dem Witterungsorgan, auch Knorpeltelegraph genannt? (Wir vollziehen jetzt einen dieser Zeit und Kunst der frühen fünfziger Jahre angemessenen Perspektivwechsel.)

Wilhelm war auf einem Spaziergang vor seiner Probe im Opernviertel (er stellte sich vor, eines Tages in der Opéra de Paris zu singen, nicht ahnend, daß sie viel zu verstaubt für ihn war) auf dem Boulevard des Capucines gelandet. Neugierig betrachtete er Geschäftsauslagen und sah in die Fenster der Galerien hinein. Er entdeckte von außen eine sonderbare Büste, die ihn magisch anzog. Er betrat schüchtern den hellen

Ausstellungsraum und pirschte sich an sonderbaren Figuren vorbei, die wie von Kinderhand mit nassem Sand getröpfelt wirkten, und stellte sich vor den seltsamen Kopf. Der langgestreckte Schädel saß auf einem ebenso langen Hals. Beide waren, von vorn betrachtet, schmal und dünn. Es schien Wilhelm, als flöhe das Gesicht von der Nase aus nach hinten weg. Gleichzeitig sah er es ganz genau, in allen Details, bis hin zu den großen Ohren. Wilhelm war verdutzt. Was war das? Ein Mann, obwohl seine Lippen sehr voll waren. Ein Lächeln, in dem etwas Gequältes aufschien. Die Nasenflügel waren riesig. Er sah in die Öffnungen hinein; es war äußerst verwirrend.

Er ging um die Skulptur herum. Auch von der Seite, obwohl breiter als die Front, sah das Gesicht schmal aus, der Ausdruck war offener, rätselhafter. Von vorn wirkte es am stärksten. Das Licht spielte mit der aufgerissenen Oberfläche und bildete Krater, Flüsse, Einstürze, die ihn anzogen. Die Augen schienen nur Höhlen zu sein, dann wieder sahen sie ihn an, als wäre alles da, der Augapfel, die Iris, die Pupille. Eine unerträgliche Spannung befiel Wilhelm und aus dieser heraus der Impuls, die Skulptur zu berühren. Er griff dem Mann in die Nase.

Jean-Louis näherte sich diskret. Wilhelm, noch ganz mit der Nase befaßt, konnte sein Eau de Toilette riechen. Erschrocken zog er die Hand zurück.

»Entschuldigung«, sagte er, in fleißig erlernter Aussprache.

»Aber das macht doch nichts«, sagte Jean-Louis.

Er hatte graumeliertes Haar, war glatt rasiert und strahlte die Souveränität eines Mannes aus, der nichts zu befürchten hat. Der abgesichert im Leben stand, gestaltet von ihm, wie er es sich wünschte. Wilhelm war sofort beeindruckt; zugleich witterte er wie in jedem Menschen etwas Weiches, Sehnsüchtiges.

So begann das Gespräch mit Jean-Louis, der weit davon entfernt war, auf den Preis des ungewöhnlichen Stücks zu sprechen zu kommen. Er fühlte sich überhaupt nicht wie sonst, als Galerist gegenüber einem Kunden. Er half Wilhelm zunächst aus seiner Verlegenheit und berichtete ihm, daß der Bildhauer Giacometti aus einem Dorf in der italienischen Schweiz komme. Er habe das Vergnügen gehabt, ihn und seine Frau Annette im Café *La Coupole* am Montparnasse kennenzulernen. Dort habe Giacometti auch sein bescheidenes Atelier in der Rue Hypolite Mandrain. Annette fege es mit ungeheurer Eleganz, eine Schürze über dem geraden Rock, im kurzärmeligen Rollkragenpullover und einer lässig in den Mundwinkel geklemmten Zigarette. Erst später würde er Wilhelm anvertrauen, daß mit den beiden etwas nicht stimmte. Giacometti ging häufig ins Bordell. Dies gehörte zum Künstlersein dazu wie das Talent.

Wilhelm lachte wie ein Kind, er freute sich über die Aufgeschlossenheit und das Wissen des Galeristen. Er mußte sich jedoch an dieser Stelle verabschieden: die Proben riefen.

»Kommen Sie doch morgen wieder«, sagte Jean-Louis.

»Bestimmt«, rief Wilhelm im Gehen.

Pünktlich fand er sich am nächsten Tag wieder ein. Wanderte, vertrauter mit dem sachlich gestalteten Ausstellungsraum, um die Büste herum. Jean-Louis erkundigte sich nach den Gründen für den Aufenthalt des jungen Deutschen. Es lag auf der Hand, daß Wilhelm ihn zum Konzert am Abend einlud, bei dem er einige Lieder von Hugo Wolf singen würde. Wilhelm platzte fast vor Stolz, daß er im berühmten Théâtre Marigny singen durfte; denn dort fand das Treffen statt. Alle kannten Madeleine Renauld und Jean-Louis Barrault, denen das Theater gehörte, aus dem Film ›Les enfants du paradis‹. Wilhelm hatte ›Die Kinder des Olymp‹ fünfmal gesehen.

Beim Liederabend saß Jean-Louis im Parkett. Er erlebte zwischen sich und Wilhelm, der sang, eine unendliche, unüberbrückbare Entfernung, die sich in der Hitze seines Verlangens gleichzeitig aufzulösen schien. Zwischen ihm und dem begehrten Menschen saßen zahlreiche andere mit ihrem Verlangen, ihrer Sehnsucht, ihren Enttäuschungen und Bitterkeiten. Sie alle fühlten sich berührt vom Gesang dieses unschuldigen jungen Sängers, seiner Lebensliebe und dem spürbar in ihm angelegten Wissen. All dies strömte aus ihm heraus, umgab das Publikum wie ein Halo, wickelte es ein wie das Haar einer persischen Märchenfigur Körper und Seele ihres Geliebten. Es schien, als erlaubte die Maske der Lieder dem Sänger, seine innersten Züge aus sich heraustreten zu lassen, wie in einem Schutzmantel, der die Person verhüllt und ihr Wesen dadurch befreit.

Über diesen einzigartigen Vorgang hatte Jean-Louis oft mit den Schauspielern gesprochen, die er kannte. Darüber hatte er gern nachgedacht, wenn er von geselligen Diners allein in seine Wohnung heimkehrte. Hier nun fand er all seine Erwägungen auf besondere Weise verwirklicht. Wie zum erstenmal – denn die Liebe läßt vieles neu erscheinen – traten ihm diese Zaubermittel der Kunst unmittelbar entgegen.

Wilhelm aber fühlte sich von allem beflügelt; von den Tagen, die er hier erlebte, von den andersartigen Gerüchen dieser Stadt, vom hellen, grauen Licht in den Straßen, in dem alle Schattierungen und Feinzeichnungen genau hervortraten. Zarter und differenzierter, wie ihm schien, als im etwas kruden dunkelgrauen Licht Berlins. Ja, es waren beides graue Städte, von einem schönen, lebendigen und warmen Grau; doch das Pariserische Grau war leichter und eleganter, das empfand Wilhelm so, und er hatte es am Nachmittag in einem Café sitzend seiner Mutter geschrieben.

Meine liebe kleine Mama, Du bekommst heute nur ein paar kurze Zeilen, denn ich bin mit den Proben und dem Erkunden dieser Stadt, wie Du Dir leicht denken kannst, überaus beschäftigt. Ich wünschte, Du wärst hier bei mir und könntest dieses wunderbare Licht bewundern. Das Licht hier, liebste Mama, würde Dir gefallen. Es ist, als lauerten tausend Ge-

schichten darin, die am Abend herauskommen wie schläfrige Tiere, die erst in der Dunkelheit munter werden. Ich küsse Dich, bis morgen, Dein Willemchen.

Wilhelm sang an diesem Abend ein wenig rücksichtslos seinem begleitenden Pianisten gegenüber; er war jedoch vorbehaltlos in seiner Hingabe an die Musik, an die Gedanken eines anderen, des Komponisten, in denen er ganz er selbst sein und sich selbst vergessen konnte. Er sah nach der Auseinandersetzung mit Schönberg die Lieder Hugo Wolfs in einem neuen Licht. Er übersetzte sich diese Erkenntnisse in seinen eigenen Gesang. Einen Gesang, den er zugleich erzeugte und bestaunte, der ihm einen ungeahnten Raum in dieser Gleichzeitigkeit eröffnete: ein Moment der Ewigkeit in einigen wenigen Takten. Etwas Ver-rücktes und Ver-rückendes war in dieser Selbstdistanzierung, die zugleich eine Steigerung des Ganz-bei-Sich-Seins war. Und dieses Ver-rücktsein trug ihn mit jedem Satz weiter. Er fühlte die Gegenwart des atemlos lauschenden Publikums, für das er die eigenwilligen Lieder Hugo Wolfs in ihrer ganzen Schönheit erschloß. Er sang aus dem ›Italienischen Liederbuch‹:

»Nun laß uns Frieden schließen, liebstes Leben,
zu lang ist's schon, daß wir in Fehde liegen.
Wenn du nicht willst,
will ich mich dir ergeben.«

Das Pariser Publikum vergaß, daß hier ein dem einstigen Feindesland angehörender Mensch sang, dessen Landsleute in Uniform die Stadt vier Jahre lang besetzt und am Ende beinahe zerstört hatten. Diese Zuhörer hatten zu viel Liebe zur Kunst und zum Leben, um nicht eigene Prioritäten setzen zu können. Beim zweiten Lied begriff auch der begleitende Pianist, daß es sich hier um eine Glücksstunde handelte; er gab seinen Widerstand auf, mit dem er an den getroffenen Verabredungen zunächst festhaltend, sich gegen Wilhelm gewehrt hatte. Er vertraute dem Sänger und hielt eine eigene Linie durch, ein Balanceakt, den Wilhelm erkannte und der die beiden für Jahre miteinander verbinden sollte.

»Wie viele Zeit verlor ich, dich zu lieben!
Hätt ich doch Gott geliebt, in all der Zeit«

sang Wilhelm, als wüßte er alles, vom Leben und der Liebe und der Zeit, als sähe er es sozusagen wie vom Grabe aus betrachtet und doch (und gerade deshalb) voller Hoffnung.

Nach dem Konzert feierte Wilhelm mit seinen Kollegen bis in den Morgen. Er lernte den jungen Komponisten Pierre Boulez kennen, der mit ihnen aß und der im Théâtre Marigny im Jahr zuvor die »domaine musicale« eröffnet hatte, einen Ort für zeitgenössische Musik. Wilhelm sperrte Ohren und Augen auf. Boulez platzte vor Energie, er hatte einen schönen vollen Mund und etwas Ungezähmtes. Er war keine Dreißig. Er erzählte, daß er alles, was er je von einem Lehrer hatte lernen können, in drei Jahren gelernt hatte. Mehr könne man gar nicht lernen, denn dann müsse man alles selber machen! Und Boulez sprach von den befreienden Prinzipien, die er untersuchte.

Meine liebe Mama, Du wärst sehr stolz auf mich gewesen gestern abend. Das heißt, es ist ja nur einige Stunden her. Ich habe so gern gesungen und so schön, alle haben es gesagt. Hinterher sind wir ausgegangen und haben gefeiert, bis es hell wurde. Gerade sind wir zu unserem Hotel in der Rue Mouffetard zurückgekehrt, und unter dem großartigen Himmel, der vom Dunkelblauen kommend immer heller wurde, wehte uns der Geruch der ersten Croissants in unsere Nasen. Bevor ich mich schlafen lege, schreibe ich Dir, denn ich bin so aufgeregt und glücklich. Ich umarme Dich, Dein W.

PS: Dank Deiner Geduld schlage ich mich bestens im Französischen!

Wilhelm fiel in die Laken, die seine erhitzte Haut kühlten, und schlief sofort ein. Tatsächlich war es seine Mutter gewesen, die sich für seinen Französischunterricht eingesetzt hatte. Als Kind hatte sie ihm französische Lieder vorgesungen, was offiziell verboten war, weshalb diese Lieder ganz dem privaten Raum gehörten, den Wilhelm so gern mit seiner Mutter teilte. Später hatte sie ihm am Abend vorgelesen, Pierre Loti, George Sand, La Fontaine, und während des Krieges, als sie ohne ihre Bücher leben mußten, hatten sie versucht, sich diese Geschichten in Erinnerung zu bewahren, indem sie sie sich gegenseitig erzählten.

Wilhelms Mutter kam aus einer veramten adligen Familie; sie hatte sich in Wilhelms Vater, einen ebenfalls adligen, mittellosen Organisten verliebt; beide gaben alles für die geistige Erziehung ihres Kindes. Ein hübsches Kind, mit seinem Stubsnäschen, das es von der Mutter geerbt hatte wie das weiche Haar. Wir haben nichts, sagte sie, unsere Herkunft bedeutet nichts; was wir haben, ist, was wir uns mit Disziplin als Bildung aneignen. Wir können auf unser Äußeres achtgeben und unsere Manieren. Sie achtete darauf, daß er für seine Klavierstunden regelmäßig übte; sie förderte und forderte ihn; und zur Belohnung – so empfand es Wilhelm in jedem Fall – las sie ihm vor. Nichts liebte Wilhelm so sehr, als ihrer angenehmen, vollen Stimme zu lauschen, sich von ihr in andere Welten entführen zu lassen. Nur das gemeinsame Singen war noch beglückender; im Wald, auf den Wiesen, zu Hause. Denn beim Singen ließ Wilhelms Mutter ihrer ungezähmten Seite freien Lauf, auch noch, nachdem der Vater so schrecklich früh ums Leben gekommen war.

Seiner Mutter verdankte es Wilhelm, daß er jede Gelegenheit nutzte, etwas zu lernen; daß er Museen besuchte, um die Traditionen zu erfassen, und Galerien, um sich mit dem Gegenwärtigen zu unterhalten.

Während Wilhelm seiner Mutter die letzten Gedanken vor dem Einschlafen schickte, konnte Jean-Louis nicht schlafen. Er wanderte in seiner großen, elegant eingerichteten Wohnung umher, nahm diesen oder jenen Gegenstand in die Hand und grübelte. Nach langer Zeit hatte er durch Wilhelm etwas wiedergefunden, was er fast schon verloren hatte, sublimiert und verwandelt in die Strategien des Kenners und Händlers: sich von der Kunst in Frage stellen zu lassen.

Am nächsten Abend, der für das Ensemble frei war, fragte Jean-Louis seinen neuen Freund Wilhelm sehr höflich, ob er ihm sein bevorzugtes Restaurant zeigen dürfe. Wilhelm, der nun wußte, in welchen Verhältnissen Giacometti lebte, bat ihn, ein recht einfaches Lokal auszusuchen, einfach, aber typisch. »Einfach, aber typisch«, lächelte Jean-Louis, »das entspricht ganz und gar meinem Geschmack.«

Sie aßen in der Rue Faubourg-Montmartre, nicht weit entfernt vom berühmt-berüchtigten *Moulin Rouge*, im quirligen Quartier zu Füßen von Sacré-Cœur, im traditionsreichen Restaurant *Chez Berthier*. Es war ein riesiger Saal, der Wilhelm sehr beeindruckte, und sie saßen wie in offenen Abteilen zweiter Klasse eines Zuges der Jahrhundertwende, allerdings auf roten Ledersitzen statt auf Holzbänken. Jean-Louis stellte das Menü zusammen, Jakobsmuscheln (vor denen Wilhelm einen leichten Ekel empfand, die ihm fast wider Willen jedoch schmeckten), Möhrensuppe à la Renoir, Rotwels und Lamm, und er suchte einen alten Bordeaux aus.

»Giacometti fängt an, einen gewissen Erfolg zu haben«, griff Jean-Louis Wilhelms Begeisterung auf. »Er geht gern aus. Er ißt immer nur in Cafés. Zum Frühstück bestellt er zwei gekochte Eier mit zwei Scheiben gekochtem Schinken, er trinkt zwei Gläser Rotwein dazu und zwei Tassen Kaffee.«

Wilhelm, glücklich und aufgeregt wie noch nie, rief:

»Rotwein zum Frühstück?«

Und während Wilhelm die lebhafte Atmosphäre genoß und die Kleidung und Gestik der Pariser studierte, erzählte Jean-Louis, daß mit Frühstück mittags um halb zwei gemeint war, weil Giacometti in der Nacht, wenn er genügend durch die Bars gestreift war und mit seinen Freunden geredet hatte, sich wieder an die Arbeit machte, bis zum Morgen, und dann erst schlafen ging.

»Es ist das menschliche Gesicht«, sagte Jean-Louis, »das ihn fasziniert. Im Café zeichnet er immerzu.«

»Nur Gesichter?« fragte Wilhelm und betrachtete neugierig Jean-Louis' Gesicht. Er fragte sich, ob Jean-Louis seiner Mutter ähnlich sah oder seinem Vater. Er wirkte seltsam elternlos auf ihn.

»Auch Gegenstände. Die Tasse, das Glas, den Tisch. Er sagt, er versuche zu verstehen, was er sieht.«

Das hatte Wilhelm in diesem Augenblick nicht nötig. Er spürte die Wirkung des ungewohnten Weins, er fühlte sich berauscht vom Interesse des angenehmen älteren Mannes, gerührt von dessen Aufmerksamkeit, vor allem aber von einem ungekannten, eigentlich verrückten Gefühl (verrückt, weil es selbstverständlich hätte sein müssen): sich unendlich jung zu fühlen. Zum erstenmal im Leben Wilhelms öffnete sich eine Schneise in diesem schrecklichen Fluß des Vorbei und Endlich. Die Zukunft lag ausgestreckt und verheißungsvoll vor ihm. Er hätte das so nicht sagen können, es lag in diesem Rausch, der ihn ergriff. Er war glücklich und offen.

Auch Jean-Louis badete in diesem Rausch, den er auslöste, auch er fühlte sich jung. Sehr jung. Als fielen Enttäuschungen von ihm ab, wegen denen er sich nach und nach hinter eine Schutzmauer verzogen hatte. Ohne große Bitterkeit, einfach so, als Maßnahme, nicht allzu beschadet und doch mit angenehmen Empfindungen durchs Leben zu kommen. Wieder hatte er den Wunsch, Wilhelm anzufassen. Er traute sich nicht, wartete ein wenig, genoß die Steigerung dieses Wunsches und, was dem Älteren eher möglich ist als einem jungen Menschen, genoß dieses leichte Anbranden, ohne gleich zum Ziele kommen zu müssen.

Dies wiederum entspannte Wilhelm. Er erzählte dem aufmerksamen Galeristen von seinem Studium und seinem für die Moderne engagierten Lehrer Hermann. Er erzählte ihm von Schönbergs Oper ›Moses und Aaron‹, die ihn in Hamburg zutiefst beeindruckt hatte. Der Tanz um das Goldene Kalb, die Auseinandersetzung der Brüder um die Sprache und den Glauben. Die Aufregung, als Aaron das Volk für sich gewann und Moses resignierte, er habe den Glauben, aber nicht die Sprache: *O Wort, das mir fehlt.*

»Wissen Sie«, sagte Wilhelm, entzückt, einmal so sprechen zu können, »plötzlich kam mir die Musik, die ich bis dahin kannte, so entsetzlich alt vor.«

Jean-Louis und Wilhelm zuckten bei diesen Worten gleichzeitig zusammen. Vor Schreck und wie um ihn zu versichern, ließ Wilhelm seine Hand auf Jean-Louis' gepflegte Linke fallen, um sie sofort wieder zurückzuziehen. Wie weich und zart war diese Hand!

»Ich meine«, setzte er schnell hinzu, »ich meine, sie schien aus einer anderen Zeit zu kommen, einer Zeit, die so weit weg lag, weit vor meiner Geburt.«

Jean-Louis lächelte gequält. Er hätte gern seinen Kopf an Wilhelms Schulter gelegt.

»Bach, Händel, Schubert, Brahms: diese Art, wie man sie interpretierte, kam mir plötzlich so süßlich vor, so idyllisch, so wie die Welt doch nicht ist, sondern so, wie man sie in hundert Kurorten vor einem senilen Publikum gespielt hat.«

Jean-Louis entglitten die Gesichtszüge.

Wilhelm fragte sich, was er tun sollte. Er spürte, daß mit Jean-Louis etwas im Gang war, das er nicht beabsichtigt hatte. Er legte ein zweites Mal die Hand auf Jean-Louis' Hand, zog sie zurück: Womöglich machte er damit alles noch schlimmer.

»Jedenfalls«, rief er, »Schönberg hat etwas ungeheuer Befreiendes, Zeitgemäßes! Dabei ist er doch eigentlich schon ein

Klassiker! Genauso wie Webern und Berg, man muß sich das einmal vorstellen! Was wird erst, wenn wir das zu hören bekommen, was meine Altersgenossen komponieren?!«

Jean-Louis registrierte eine seltsame Lust aus der Bangigkeit aufsteigen. Eine befremdliche Lust, die aus seiner Verletzung oder besser seiner Verletzlichkeit heraufwuchs. Ihn überkam der Wunsch, seine Zähne in Wilhelms jungen Hals zu graben. Ihn fest und verlangend zu beißen. Ihn überkam die tiefe Lust, sich von Wilhelm körperlich nehmen zu lassen, sich ihm hinzugeben. Sich ihm zu unterwerfen. Es war ein verstörender Zug in dieser Hingabe. Jean-Louis' Kopf schwirrte. Wenn er nicht augenblicklich aufstünde und fortginge, würde er den Verstand verlieren. Er konnte nicht aufstehen. Statt dessen fragte er:

»Was haben Sie denn empfunden, als Sie dieses Stück zum ersten Mal hörten?«

»Ich ... ich war vor allem neugierig«, fing Wilhelm etwas verunsichert an. Er hatte das Gefühl, irgend etwas nicht mitbekommen zu haben. »Diese Stimme aus dem Dornbusch, die Schönberg aus sechs Solostimmen gebaut hat, hat mich zutiefst beeindruckt. Wie die Stimmen regelrecht einen Busch bilden, als dreidimensionales Klanggebilde, daß sie also überhaupt einen Raum herstellen, das fand ich unglaublich faszinierend.«

»Ich finde, das klingt sehr verstörend.«

Wilhelm sah ihn überrascht an. »Verstörend?« fragte er. »Ich weiß nur, daß mir diese Musik weh tat, als ich sie zum ersten Mal hörte.«

Jean-Louis nickte. Wilhelm schwieg. Etwas an Jean-Louis verwirrte ihn. Seine Begeisterung wich einer großen Ratlosigkeit.

»Es ist nichts Schlechtes, wenn ich sage, es ist verstörend«, lenkte Jean-Louis ein, der spürte, daß Wilhelm zurückwich. »Es ist im Grunde wichtig, daß man so etwas empfinden kann, durch die Musik. Oder die Kunst.«

»Ja«, sagte Wilhelm, wieder näher kommend, »es ist unerhört! Es ist doch dieser Schock, der so verblüfft, nicht wahr?«

»Ja, so könnte man es sehen. Wissen Sie, ich habe lange nicht über Gott nachgedacht. Natürlich ist die ganze abstrakte Kunst wie eine Inversion des Gottesgedankens zu lesen«, sinnierte Jean-Louis, während er mit dem Löffel Kreise in die Crème Caramel zog.

»Das ist mir nun etwas zu abstrakt«, sagte Wilhelm. Er war schon etwas zu angetrunken für komplizierte philosophische Dinge. Er hatte keine Lust, über Gott zu sprechen.

»Was denken Sie?« fragte Jean-Louis, den diese Überlegung zu fesseln schien. »Gibt es Parallelen dazu in der Musik?«

Wilhelm stotterte. »Ach, wissen Sie ...«

Metaphysik strengte ihn furchtbar an.

»Vielleicht«, fing er zögernd an, »ist ... diese ganze Sucherei nach dem Absoluten ... sei es nun Gott oder sonst was ... es ist mir ein bißchen peinlich zu sagen ... ich weiß, daß es für die Komponisten ein wichtiges Problem ist ... aber ... es kommt mir vor, als wäre das so eine typische ... nun ja ... eine sehr männliche Frage ... dieser Hang zur Transzendenz ... aber ich ... das ist mir alles so fremd ... verzeihen Sie mir ... mir genügt es im Grunde, die Klangfarben dieser Oper zu hören, ihre rhythmischen Bewegungen ...«

»Ich weiß nicht«, sagte Jean-Louis etwas ungeduldig. Er überlegte fieberhaft, was Wilhelm mit *männlich* meinen könnte. »Ich wollte eigentlich darauf hinaus, daß die moderne Kunst die Negation Gottes thematisiert und damit auf ihn bezogen bleibt. Die Leere ist das große Thema der Kunst! Und sie wird es noch eine ganze Weile bleiben.«

O Gott, o Gott, dachte das arme Willemchen, jetzt sind wir aber in einer Sackgasse gelandet.

»Ich persönlich kann mit Gott nicht soviel anfangen«, setzte Jean-Louis hinterher, der plötzlich sah, wie verwirrt Wilhelm war.

»Ich auch nicht!« rief Wilhelm erleichtert. »Ich kann auch nicht soviel mit Gott anfangen!«

Und als hätte er endlich etwas gefunden, das ihn und Jean-Louis retten würde, nahm er seinen Gedanken wieder auf, während er sich gleichzeitig fragte, warum er das Wort »retten« dachte, das gehörte doch eigentlich schon wieder zu Gott, oder vielleicht zur Seefahrt. Er war ganz hübsch durcheinandergeraten vom vielen Wein! Bestecke klapperten auf Tellern, Gläser klangen, Menschen waren bunte Flecken. Jean-Louis' Augen flehten ihn an. Wilhelm, jetzt mach etwas!

»Ich wollte vorhin noch sagen«, sagte Wilhelm, »daß ich die Musik der älteren Komponisten sehr schätze. Es ist doch so, daß die Gefühle der Menschen, von denen sie sprechen, sich im Grunde nicht geändert haben! Ich habe viele alte Lieder mit meiner Mutter gesungen!«

Wilhelm strahlte nun so unwiderstehlich, daß Jean-Louis begriff, wie sehr er sich bemühte, seine Bangigkeit wegen des Altersunterschieds zu zerstreuen. Daß Wilhelm offenbar auch von einer besonderen Erregung befallen war. Jean-Louis sah Wilhelm an, dessen Nasenflügel vibrierten, und biß sich auf die Zunge. Er hätte sagen mögen, daß sich die Lebensbedingungen seit Puccini oder Verdi doch erheblich verändert hätten. Daß die Vereinzelung der Menschen eine viel größere geworden wäre. Daß Giacometti doch genau dies in seinen stürzenden Figuren zeigen wolle. Doch Jean-Louis hatte das Gefühl, daß er sich mit diesen Sätzen fort von Wilhelm treiben würde, fort von seinem liebenswürdigen Versuch, etwas zu versöhnen, das sich nicht versöhnen ließ: seine Endlichkeit. Sein Alter. Seine schreckliche Vergänglichkeit. In der und aus der heraus kein Gott ihm helfen konnte. Über die ihn allerhöchstens, und sei es in einem Moment der Illusion, die Berührung, die Haut dieses jungen Mannes hinwegzutrösten vermochte, der ihm so glühend und schön gegenübersaß.

Jean-Louis sah Wilhelm an. Er schien ihm unerreichbar wie ein Fabelwesen. »Und zu welchem Schluß für den Umgang mit diesen verschiedenen Welten und Zeiten bist du ... sind Sie nun gekommen?«

Wilhelm konnte genügend gut französisch, um den feinen Unterschied der Anrede nicht überhört zu haben. Er war alles andere als ein Fabelwesen. Er rieb sich mit einer raschen Geste die Nase. Er war begeistert von der Melancholie dieses wunderbaren älteren Mannes, und in einer Mischung aus Verwunderung und Aufregung spürte er sein Herz zwischen den Beinen pumpern, an der Wurzel seines Penis.

»Also«, sagte er, von einer Welle der Zärtlichkeit überflutet, »so denke ich: Gilt denn nicht mehr, was Verdi, Mozart, Brahms ausgedrückt haben? Ist das denn vorbei? Nein! Natürlich nicht!«

Jean-Louis nahm Wilhelms Hand und küßte sie. Wilhelm zog die Hand nicht weg.

Von da an war alles sehr einfach. Nach dem Essen hakte Jean-Louis Wilhelm unter, sie wanderten am *Moulin Rouge* vorbei durch die immer enger werdenden Straßen, die zu Gassen wurden, Montmarte hinauf. Sie schlenderten an den lebendigen Cafés und Menschen vorbei, bunte Flecken in einer strahlenden Nacht. Jean-Louis zeigte Wilhelm die angeleuchtete Sacré-Cœur, den Weg zu seiner Wohnung und zu seinem Schlafzimmer, und dort zeigte er ihm seine Liebe voller Zärtlichkeit. Wilhelm ließ alles atemlos und zugleich ruhig atmend geschehen, bis auch in ihm der Impuls erwachte, sich dem anderen zu zeigen.

So lernte Wilhelm die Liebe kennen. Jean-Louis brachte sie ihm erst sanft, dann stürmisch entgegen. In den wenigen Tagen ihrer Bekanntschaft entbrannte eine Leidenschaft, von der sich schwer sagen ließ, was sie mehr entfachte, die Gespräche, die sie mit Worten führten oder die ihrer Häute, eng aneinandergelegt, schwitzend, wach, aufnehmend, ja, lauschend.

»Daß ich das noch erleben darf«, murmelte Jean-Louis am

Morgen, wenn er neben Wilhelm, der ein wirklich schön gebauter Mann war, erwachte und seine Haut küßte und sein helles, weiches Haar streichelte.

Wilhelm fuhr mit der Métro zur Station Montparnasse und suchte die Rue Hypolite Maindron. Er trank schräg gegenüber von Giacomettis Wohnung Kaffee in einer Kohlenhandlung. Er stellte sich vor, wie Annette Giacomettis Socken wusch, wie sie die Katzen streichelte, die vom Hof ins Atelier kamen. Wie sie ohne Schürze, sehr aufrecht, für ihren Mann Modell saß. Als Wilhelm schließlich vor der Tür im Hinterhof stand, an der ein Stück Pappe mit dem Namen Giacometti hing, kam ein Mann über den Hof.

»Giacometti ist nicht da«, sagte er, »er ist in La Stampa und kommt erst in ein paar Wochen zurück.«

Wilhelm betrachtete eingehend den schmalen Hof, an dessen Ende eine steile, schräge Treppe zu einem anderen Stockwerk oder zum Nebenhaus führte. Er betrachtete die kaputten Fensterrahmen, den bröckelnden Putz, die ausrangierten Schemel und Tische in der Ecke unter der Treppe. Er sah die eingetrockneten Tonreste auf dem Boden und beschloß, möglichst viele Stücke und Opern von zeitgenössischen Musikern zu singen. Er würde das Neue und Radikale wagen, für sich und seine Zeit. Auch wenn er mit Verdi und Puccini viel leichter Karriere machen könnte. Er ahnte, daß die jungen Komponisten, von denen Hermann ihm erzählt hatte, Stockhausen, Henze und andere, in der Welt der Musik eine Antwort finden wollten auf die Zerstörung, die so früh in ihrer aller Leben eingegriffen hatte. Er fühlte den heißen Wunsch, die Musik voranzubringen. Es war, als legte er in diesem schäbigen Hinterhof des fremden Künstlers ein Gelübde ab.

Aufgeregt und glücklich fuhr er zurück zu Jean-Louis.

Er weinte, als er abreisen mußte.

»Ich komme wieder«, sagte er.

Um zu singen, dachte Jean-Louis traurig, nicht auf Besuch. Jean-Louis wußte genug über künstlerische Menschen. Er sah die Karriere seines Freundes unaufhaltsam auf ihn zukommen und ihn von sich forttreiben. Die Büste Giacomettis war für ihn unverkäuflich, und seit Wilhelm sie mit seinen Blicken und Händen berührt hatte, fiel es ihm noch viel schwerer, sich davon zu trennen. Und doch hatte er sie zum Gare de L'Est mitgebracht, umsichtig eingewickelt, in einen stabilen Koffer gepackt, die leeren Räume mit Stoffen und Papieren ausgestopft.

Heute, mit seinen siebzig Jahren, dachte Wilhelm von Herzberg oft an seine Geschichte mit Jean-Louis. Seine blonden Haare waren schlohweiß geworden, und er hatte, ohne daß es ihm bewußt war, in Auftreten und Kleidung eine gewisse Ähnlichkeit mit dem Galeristen entwickelt. (Er sah ein bißchen aus wie Jean Cocteau.) Er bedauerte, daß er nie wieder zu Jean-Louis gefahren war und daß er nie die Gelegenheit gesucht hatte, Giacometti persönlich kennenzulernen. Er hätte es nicht erklären können. Er hatte Jean-Louis aufrichtig geliebt, und damals auf der Fahrt nach Deutschland, im abgewetzten roten Samt des *Paris-Moscou*, in dem ihm ein russischer Kellner trotz kalten Krieges freundlich *tschai* anbot, heißen Tee, hatte er sich nichts anderes gewünscht, als mit diesem Menschen sein Leben zu verbringen. Er konnte nicht sagen, was geschehen war. Er erinnerte sich an den jungen Mann, der er einmal gewesen war, der so begeistert alles Neue in sich aufgenommen hatte, daß er das Gestrige dabei vergaß. Nicht, daß er bald eine neue Liebe gefunden hätte. Es war die Arbeit, es war die Begegnung mit dem Komponisten Luigi Nono, dessen Ernsthaftigkeit und Großzügigkeit ihn in den Bann zog; es war ein Engagement nach dem anderen. (Denn neben seiner Leidenschaft für die Neue Musik verdiente er sein Geld mit klassischen Opern, die nach wie vor die Repertoires der großen Häuser bestimmten.) Vielleicht war es auch die stille Angst, daß es nicht mehr so sein würde wie zu Beginn, kehrte er in Jean-Louis' Arme zurück. Ja. Im Grunde seines Herzens ahnte Wilhelm, daß er eine Heidenangst vor der Liebe bekommen hatte, nachdem er sie auf so wunderbare Weise kennengelernt hatte. Daß er mit seinen zweiundzwanzig Jahren, ohne es zu wissen, dem mißtraute, was er später Dauer nannte und dessen Infragestellung ihn auf den ersten Blick Giacometti hatte lieben lassen. Die Zerbrechlichkeit der Zeit. Die Veränderlichkeit und Zerbrechlichkeit des Menschen in der Zeit.

Und nun, da er alt geworden war und wußte, daß das Leben sehr viel länger dauerte, und überhaupt erstaunlich viele Dinge ihre Kontinuität bewiesen, auch wenn sein Gefühl am Morgen dies noch immer in Zweifel ziehen mochte, seufzte er hin und wieder und fragte sich, ob er alles richtig gemacht hatte.

Und manchmal erfüllte er sich einen Wunsch.

So wie jetzt. Er wollte die Gelegenheit einer ungewöhnlichen Verkaufsausstellung in Bergen nutzen, um einen farbigen Holzschnitt von Edvard Munch zu ersteigern.

Eine Landschaft, in der eine Allee nach hinten ins Offene führte.

4. Kapitel

Reisende II – Eva in Bergen: Frau in drei Stadien

(1)

Das Schicksal jedoch wollte es, daß Wilhelm von Herzberg just in der Woche, in der er nach Bergen fahren sollte, um die Lithographie von Munch zu ersteigern, beim Spaziergang zum Zeitungskiosk auf einem feuchten Hundehaufen ausrutschte und sich die Bänder des linken Fußgelenks riß. Das ist die Strafe, dachte er, wenn man es sich zu gut gehen läßt, und rief aufgeregt im Auktionshaus Spoerli an. Er verlangte nach Fräulein Eva, die er von Anbeginn in sein Herz geschlossen hatte und Fräulein Eva nannte, obwohl sie eine verheiratete Frau und Mutter war. Er schilderte ihr seinen Kummer, und gewohnt, mit Hilfe ihrer Stimme am Telefon manche Auktion *in absentia* zu bestreiten (er in Mailand, sie in Berlin-Charlottenburg), bat er sie, für ihn die Reise nach Bergen zu unternehmen. Auf seine Kosten, selbstverständlich, mit einer hübschen Beteiligung und großzügigen Spesen, das verstehe sich von selbst. Auch mit Frau Spoerli wollte er sprechen, sie würde ihm als gutem alten Kunden, ja als Freund des Hauses geradezu, diesen Wunsch nicht abschlagen können.

(2)

Und so stand Eva am Hafen von Bergen, sah auf die Schiffe, spürte den Regen, für den die Norweger angeblich siebenunddreißig verschiedene Wörter besaßen, und war erstaunt über die leuchtenden Farben der Holzhäuser, die dicht gedrängt am Hafen standen und ihr wie eine Kulisse aus einer fernen Zeit erschienen. Vor langer, langer Zeit hatte sie mit ihren Eltern und Anka einmal Ferien in Norwegen gemacht. Natürlich hatte Herr von Herzberg es so eingerichtet, daß sie Zeit für einige Besichtigungen finden würde; sogar eine Fahrt durch den Hardanger-Fjord war geplant; und Stefan und die Kinder waren so nett gewesen, ihr zu der Reise zuzureden.

Bevor sie die Galerie aufsuchte, in der die Versteigerung stattfinden würde, wollte sie sich vorbereiten. Sie kannte sich mit dem Maler Munch nicht besonders gut aus; sie hatte schon in der Schule seinen ›Schrei‹ etwas überspannt gefunden und nicht verstanden, warum viele ihrer Mitschüler dieses ewige Postkartenmotiv so liebten.

Bergen war grau und naß. Die Leute trugen Regenschirme; die Einheimischen ließen sich von den Gästen leicht unterscheiden: Sie kümmerten sich nicht um den Regen. Sie hatten noch nicht einmal besondere Regenmäntel an. Der Regen hörte manchmal auf, wurde stärker, wieder geringer. Eva verspürte wenig Lust, in der feuchten Stadt herumzulaufen. Ihre hübschen grünen Schuhe hatten schon Flecken. Jetzt hatte sie endlich einmal Zeit für sich allein, mußte keine Kinder an der Hand hinter sich herziehen oder Nasen putzen, und dann so ein Wetter. Und auch noch ein Maler, der sie nur mäßig interessierte. Nun ja. Eva war zuverlässig. Eva hatte einen gewissen Ehrgeiz. Sie wollte sich als Kennerin zeigen. Für den Fall. Also steuerte sie mit dem Stadtplan in der Hand zielstrebig die Museen an.

Die Bilder von Munch waren auf mehrere Häuser verteilt, nach den verschiedenen Sammlern; Eva fand das unökonomisch. Warum konnten sie die Bilder des berühmtesten Malers Norwegens nicht in ein Haus packen wie in Oslo? Etwas ungeduldig nahm sie sich die *Bergen Billedgalleri* und die *Stenersen Samling* vor. Eigentlich liebte sie es, in Museen zu gehen. Sie sah sich auch gern die Menschen an, die sich immer besonders kunstbewußt zu kleiden versuchten; sie konnte stundenlang die Outfits der Mädchen und Frauen bewundern, die alle zeigen wollten, daß sie selbst wandelnde Kunstwerke waren, *Lebenskunstwerke* sozusagen, kurz *LKWs*.

Nach mehreren Stunden der Besichtigung saß sie jetzt im sehr urbanen Coffee-Shop des *Contemporary Art Centre* und trank einen sehr urbanen Caffè latte zu einem höchst urbanen Preis. Ihr schwirrte der Kopf; sie hatte eine wilde Mischung gesehen. Russische und griechische Ikonen, norwegische Impressionisten, die sie nicht kannte, Krogh, Dahl, Tidemann. Norwegische Bauern- und Bürgerstuben aus dem achtzehnten und neunzehnten Jahrhundert; etliche Klassiker der Moderne, Picasso, Rauschenberg, Warhol. Nur ganz wenige Munchs. Dafür, immerhin, eine ordentliche Sammlung Paul Klee. Den mochte Eva.

Sie saß auf einem hohen Hocker und starrte durch die Glaswand nach draußen in den Regen. Es wurde schon dunkel, sie hatte den Eindruck, als wäre es noch gar nicht richtig hell geworden. Es würde vielleicht niemals hell hier. Sie trug ein blaßgrünes Kleid mit braunen Sprenkeln, das Anka ihr geschenkt hatte, eine Bernsteinkette und eine graue Strickjacke und kam sich nicht sehr städtisch vor. Die Aufregung, nach Jahren zum ersten Mal allein zu reisen, ohne Kinder, ohne Stefan, noch dazu mit einem ernsthaften Auftrag, wich einem Anflug von Heimweh und Erschöpfung. Sehnsüchtig beobachtete sie ein Paar mit zwei kleinen Mädchen, die munter über die Stühle des Cafés turnten. Es war vier Uhr am Nachmittag. Zu Hause würde sie jetzt Tee kochen und Brote schmieren. Sie hätte sich gern ausgeruht. Die Museen schlossen um siebzehn Uhr; sie mußte sich also aufraffen, um das letzte Gebäude aufzusuchen, die *Rasmus Meyer Collection*. Bisher war die Ausbeute an Munch-Bildern nicht sehr groß. Natürlich gab es einen glaubhaften Nachweis über die Echtheit des zu verhandelnden Bildes, und doch war es ratsam, es mit anderen Bildern Munchs aus eigener Anschauung vergleichen zu können. Also los, sagte sich Eva.

Tatsächlich hatte die *Rasmus Meyer Collection* den größten Bestand an Munch-Bildern. Eva wanderte durch die Säle. Sie gähnte. Die Luft war schlecht. Sie sah seltsam soghafte Landschaften. Meistens am Meer. Sie schienen in kräftigen oder düsteren Farben zu zerfließen, obwohl harte Konturen sie hielten. Frauen und Männer standen allein oder in kleinen Grüppchen beieinander. Sie hatten keine Gesichter, nur Farbflecken. Mädchen und Frauen lungerten auf Brücken herum. Häuser hatten böse Augen als Fenster. Unsichtbare warfen schwere Schatten in nächtliche Schneelandschaften. Knorrige Bäume krümmten sich. Hier kamen der Betrachterin Passanten entgegen, ein Abend auf einer belebten Straße. Die Passanten wirkten wie Gespenster, die selber Angst hatten. 1892 stand da.

O Gott, o Gott, dachte Eva, ich brauche ein Stück Schokolade. Die Luftveränderung. (Was sonst.) Sie kramte vergeblich in ihrer Handtasche.

Sie blieb vor dem nächsten Bild stehen. Ein dunkel gekleideter Mann mit dunklem Haar hockte am dunkelvioletten Meer, den dunklen Kopf in die Hand geschmiegt, der Strand ein braunes Band mit hellbraunen großen Flecken und grün-braunen Haufen. Die Haufen kauerten mit lauernden Augen.

Eva dachte eine Sekunde an Herrn Karl und seine depressive Mutter. Sie seufzte, drehte sich um, ging auf ein Bild zu, das am Ende des Saals leuchtete. Eine junge Frau mit dem Rücken zur Betrachterin (zum Betrachter, selbstverständlich). Sie schwebte im Hellblauen (ein undurchdringliches Hellblau), das Eva Strand und Wasser nannte. Strenggenommen waren es nur Farbflächen. Die junge Frau trug ein langes weißes Kleid und hatte keine Füße, deshalb war nicht klar, ob sie im Wasser oder auf dem Sand stand. Ihr hüftlanges, in den Gürtel geschobenes Haar schimmerte rotorange. Engel oder Selbstmörderin, schön und traurig. Ein Fräulein an dem Meere stand. Vor ihr eine dunkelgrüne Fläche. Vielleicht die langsam zurückkehrende Flut, die sie aufnahm, vielleicht auch die sich zurückziehende Ebbe.

Eva überblickte die Bilder in diesem Saal. Fahle Sonnen, blasse Monde. Das ganze Leben in diesen Bildern hat etwas Ebbehaftes, dachte sie, selbst wenn mehrere Figuren beieinanderstehen, wirken sie voneinander getrennt. Getrennte Farbfelder. Ein hellgrünes Gesicht, ein grellgelber Hut, ein roter Fleck als Haar. Die Farbflecken und -striche bildeten Rhythmen. Wenn sie die Augen halb schloß, begannen sie zu tanzen. Das war reizvoll; doch sie sträubte sich dagegen. Etwas an diesen Bildern war Eva unangenehm. Selbst das Leuchten, als könne man durch die Farben hindurch die helle Leinwand sehen. Die Stimmung. Sie kroch ihr unter die Haut; sie spürte eine Verspannung im Rücken wachsen, sich verteilen. Sie wollte das nicht, sie schob es weg. Der Fondueabend bei Sibylle und Ludwig blitzte in ihrem Gedächtnis auf, Sibylles Aufgekratztheit, Stefans Redelaune. Der Moment in der Küche, mit Ludwig.

Sie ging weiter. Munch hatte lauter Akte von hinten gemalt, und von der Seite. Als wollte er in sicherer Entfernung bleiben. Feigling. Die Frauen wirkten fremd, unnahbar. Das ärgerte Eva. Da, Munchs Schwester Inger, an einem Sommertag. Hinter ihr das Meer, Wolken am Himmel. Streng im weißen, hochgeknöpften Kleid. Das Gesicht unter dem Hut bläulich angelaufen. Ein bißchen Manet, ein bißchen französischer Impressionismus, konstatierte in Eva die sachliche Kunsthistorikerin, die sich offenbar gerade verabschiedete.

Inger, die Schwester, hatte die Hände zusammengelegt, verschlossen, den Blick in die Ferne gerichtet. War sie schuld an Munchs Unglück? Welche verbotene Liebe hatte es da gegeben? Welche Abweisungen, welche Eifersucht? Dieser Munch hatte ein Problem mit den Frauen, so viel war klar. Hier stand eine im halbausgezogenen Kleid und raufte sich das Haar, der arme Mann hockte zusammengekauert in der Ecke, dort kokettierte eine halbnackt im roten Négligé mit einem Mann im Garten, und im Vordergrund starrte ein anderer Mann mit grünem Gesicht und aufgerissenen Augen den Betrachter an; ›Eifersucht‹ hieß der Titel. Eva wich zurück. Sie fragte sich, wieso der gute Wilhelm von Herzberg überhaupt eine Landschaft von Munch wollte. Dieser Maler paßte doch gar nicht zu einem Mann von so klarem Verstand, der so viele Stücke zeitgenössischer Musik gesungen hatte und wunderbar erklären konnte, was serielle Musik war. Was wollte der ausgerechnet mit einer schwermütigen Munch-Landschaft?

Vielleicht sollte sie das Bild gar nicht ersteigern. Vielleicht sollte sie sich eine Ausrede einfallen lassen. Zu teuer, irgend etwas. Nein, das ging nicht, es war ihr Auftrag, daran konnte sie nichts ändern.

Sie wanderte weiter.

Munchs Männer hatten kein Glück. Alles ging schief. Alle litten. Einem hatte es das Herz herausgerissen: Es wucherte als feurigrote Blume vor ihm, während er die tropfend rote, blutige Hand an seine Brust drückte. Eva fand es eklig. Unheimlich. Anziehend. Das Bild hieß ›Loslösung‹. Erstaunlich, fand Eva, für die damalige Zeit, daß eine Frau den Mann verläßt. Die Frau im hellgelb-weißlichen, mädchenhaften Kleid schwebte fort von ihm, zum Wasser hin; ihr langes Haar, ein unordentlicher Pinselstrich, hielt noch die Verbindung zu ihm aufrecht. Vielleicht wollte sie nur nichts von ihm wissen. Das Graphische und das Malerische lagen in einem eigentümlichen Wettstreit, doch es war, als habe Eva ihren Sinn für dieses spannungsreiche Verhältnis genau in dem Moment verloren, in dem sie davon gepackt wurde. Sie geriet in eine seltsame Verwirrung. War Munch am Ende schwul? Einer von diesen frauenfeindlichen Schwulen, die es nicht einmal sich selbst eingestanden? Hatte Herr von Herzberg deshalb eine

Schwäche für ihn? Im Eingang des Museums hatte sie in einem Katalog geblättert; da hatte es Fotos gegeben. Fotos von Munch, seiner Familie und einigen Damen. Besonders auffallend das Doppelporträt von Munch und einer schönen, großen Frau namens Tulla.

In Evas Kopf kreisten Gedanken und Fragen, gegen die sie sich sperrte, die sie nicht denken wollte, die sie nervös machten und – mit einem Mal: unendlich müde. Ihre Schritte wurden immer schwerer; sie schleppte sich die Treppen zum dritten Stock des Museums hoch. Bald würde es schließen, es waren kaum noch Menschen da; die Luft war verbraucht. Ihre eigene auch. Es roch nach feuchten Kleidern und Haaren. Ganz Norwegen schien ihr durchfeuchtet zu riechen. Sie fühlte sich auch schon ganz aufgeweicht.

Im Treppenhaus warf Eva einen unwilligen Blick auf ein Selbstporträt Munchs. ›Selvportrett 1909‹. Sie konnte nicht fortgehen. Er sah sie an. Ungehalten, fragend. Blaue Augen, eins dunkler als das andere. Eins blinder als das andere. Eins wach, eins tot. Na. Er saß auf einem Stuhl, in dunklem Anzug. Die linke Hand eine riesige herunterhängende Klaue. Der Zeigefinger komisch ausgestreckt (wie ein schlaffer Schwanz, dachte sie). Der Hintergrund löste sich in wirren gelben, roten, grünen und blauen Linien auf weißem, durchleuchtendem Grund auf; er selbst, das heißt sein Anzug, war ebenfalls in blauen und schwarzen vertikalen Strichen zusammengehackt. Das verhieß nichts Gutes. So etwas Zerhacktes. So ein zerhackter Seelenzustand nach all der Melancholie. Da braucht er gar nicht so sortiert zu gucken, dachte Eva, mit steifem Kragen und Bändel am Hals, und vorzugeben, er wäre völlig in Ordnung! Na! Da erzählten diese wirren Linien etwas anderes! Die schickten geradezu einen Gruß an Herrn van Gogh!

Sie betrat den nächsten größeren Saal.

Ein riesiges Bild hing da, an der ganzen Wand nur eines.

Sie ging automatisch darauf zu.

Schockiert blieb sie stehen.

Sie starrte auf das Bild und fühlte, wie ihr Kreislauf ruckartig absackte. In letzter Sekunde ließ sie sich auf das samtbezogene Bänkchen in der Mitte des Raumes fallen.

Eine riesige nackte Frau kam auf sie zu.

Bot sich ihr an.

Lächelte unverschämt und aufreizend.

Hatte die Arme im Nacken verschränkt. Bot ihre Brüste an.

Sex. Reiner Sex.

Eva sah Sternchen.

Die nackte Frau in der Mitte des Bildes war so groß wie sie selbst. Sie war splitternackt, ihr Körper bog sich, ihre Haut vibrierte. Weiß, Rosa, Braun, ein schmuddeliges, zugleich zartes Gelb. Farbe modellierte ihren Bauch und ihre Beine. Sie hielt die Arme hinter dem seitlich geneigten Kopf, hinter rotem wildem Haar. Weiße Striche formten die Knie gegen Gelblich-Grün; und schwarz umrandet waren ihre Augen. Wie geschminkt. Wie man früher Huren schminkte. Auf Bildern. Sie lächelte. Herausfordernd. Selbstsicher. Süß. Der Mund, grellrot, leicht geöffnet, lasziv lächelnd im hell leuchtenden Gesicht.

Zugleich lag über allem ein Schatten.

Die Frau stand mit breit hingestellten Beinen, ihren ganzen kräftigen Körper vor- und hochgereckt. Eva starrte sie an. Ein kraftvoller, vor erotischer Energie platzender, ein potenter Frauenkörper. Keine Allegorie. Reine Verführung. Geradezu unanständig, diese Nacktheit. Meine Herren, dachte Eva, meine Herren.

Sie fuhr sich ins Haar. Wer sie gesehen hätte, hätte sich gewundert. Eine aufgeregte Frau, die vor einem Bild die Gesichtsfarbe wechselte, von weiß zu rot zu weiß. Wäre sie eine Katze gewesen, hätten ihr die Haare zu Berge gestanden.

Eva schloß die Augen, riß sie wieder auf. Sie strengte sich an, ihren Blick von der strotzenden Weibsperson weg nach links zu richten: Dort gab es wieder ein junges Mädchen im weißen wallenden Kleid. Wie ausgeschnitten. Ausgeschnitten und unnahbar. Ihr Gesicht war eingedetscht, die Nase nur angedeutet im Profil. *Wie ein Tierchen.* Den augenlosen Blick hatte sie auf das Meer gerichtet, blondes Haar schlängelte sich weit nach unten. Sie hielt Blumen in den Händen, ihre Bewegung war anmutig, tänzelnd. Klarer Fall, dachte Eva, die nach Worten suchte, eine Unschuld. Links Unschuld und rechts? Rechts von der potenten Eva in der Mitte, in der dunkleren Hälfte des Bildes, des Lebens, beunruhigend nah bei ihr: eine gealterte Frau. Im schwarzen Kleid. Mit eingefallenen Wangen, dunklen Augenhöhlen. Der Mund ein Strich.

Das ist der Tod, dachte Eva. Der Tod, der die Sünde bestraft. Das ist ihr Tod. Das ist mein Tod. Sie ist dem Tod ganz nah. Gleich hat er sie.

Eva saß auf dem Bänkchen vor dem Bild und konnte den Blick von der Frau in der Mitte nicht nehmen. Dieses Aufmüpfige in ihr. Ihr Geschlecht war deutlich zu sehen. Zwischen ihren Beinen, aus diesem haarlos wirkenden Schamhügel heraus, floß etwas herunter. *Als würde sie pinkeln. Nein.* Mittleres Rotbraun. Der schmale Stamm eines Baumes, der hinter ihr stand. Sehr phallisch, natürlich. Dieser gemeine Munch. Dieses Mistviech. Da hat er ihr ja was Schönes zwischen die Beine gerammt, dachte Eva, außer sich.

Das verrückte Bild ließ sie nicht los. Es war, als wäre sie im Bild und draußen zugleich. Außen rechts sah sie einen Mann, halb im Wald, zwischen den Bäumen. Die Augen schamhaft nach unten gerichtet. Eine dunkle Gestalt mit bleichem Gesicht. Wieder so ein verstörter Typ, dachte Eva grimmig, er hat es aufgegeben, das ist klar, vor ihm flackert wieder eine riesige rote Feuerblume. Das kaputte Herz. Das kannte sie jetzt schon. Ein Ungetüm. Eine Farblache. Ekelhaft, formlos. Evas Herz raste, und die Gedanken in ihrem Kopf rasten ebenfalls. Wie unglücklich sie sich plötzlich fühlte.

Eva stand auf, um den Titel des Bildes zu lesen. Sie las, was ihr Körper längst begriffen hatte: *Kvinnen I tre stadier*. Frau in drei Stadien. Des Alters natürlich. Des Lebens. Frau in drei Lebensaltern, das brauchte Eva sich nicht zu übersetzen, das erfaßte sie auch so, die Junge, die Mittlere und die halbtote Alte.

Und die in der Mitte, es gab keinen Zweifel: das war sie selbst. Vom Alter her. Nicht mehr jung. Voll im Saft, verführerisch. Nicht mehr zart, dafür sehr sinnlich.

Und gleich neben ihr, sehr dicht: Verfall, Alter, Tod.

Schluß, Aus, Ende.

Eva wußte nicht, was sie mehr alarmierte, diese Kraft, diese Herausforderung, diese offensichtliche, geradezu aggressive sexuelle Präsenz – oder dieses Jetzt oder Nie, dann bist du tot, und was ist dann?

Es klingelte laut. Die Besucher wurden gebeten, das Museum zu verlassen. Eva schrak auf. Sie wollte nicht fort und war doch erleichtert, gehen zu müssen. Sie sah das Bild ein letztes Mal an, als erwachte sie aus einem Alptraum. Sie riß sich zusammen, versuchte, es sich sachlich einzuprägen. Sie nahm die Helldunkelaufteilung zur Kenntnis, den Stein zu Füßen der jungen Frau, den geschwungenen und wie ausgeschnittenen Farbstreifen des Strandes, die Finsternis des Waldes, in der die Farben erloschen schienen. Sie notierte den gesenkten Kopf des Mannes, das verhärmte Gesicht der Alten und sah noch einmal der herausfordernden Eva in der Mitte ins Gesicht, *wie zum Greifen*, mit ihrem vor Verlangen vibrierenden Körper.

Dann rannte sie die Stufen hinunter, griff Mantel, Tasche, Regenschirm und lief auf die belebten Straßen hinaus. Sie lief durch die große Fußgängerzone an den Geschäften vorbei zum Hafen, an den Häusern vorbei, den Schiffen, bis zum Ende, wo die Straße schon aus dem Zentrum hinausführte. Sie lief ohne zu sehen, und als ihre Füße schmerzten und sie trotz des schnellen Laufens fror, lief sie wieder zurück, vom Hafen aus zu ihrem Hotel in der Kong Oscars Gaten.

(3)

In der Hotelbar trank sie drei »Lumumbas«, Kakao mit Rum, hintereinander, noch im nassen Mantel, den Schirm zwischen den Knien, die Tasche auf dem Schoß, dann fuhr sie im Fahrstuhl nach oben, warf sich in die kühlen Laken ihres Hotelbetts und weinte hemmungslos. Nie wieder würde sie losziehen können wie einst, nie wieder würde sie sich sicher sein können, daß die Männer ihren Verführungskünsten erliegen würden, nie wieder würde sie in den Genuß heißer Küsse und aufgeregt geflüsterter Worte kommen. Nie wieder, schrie die Stimme in ihrem Ohr, die sie vergebens mit dem Hotelzimmerkissen zu ersticken suchte. Die Stimme schrie noch lauter und lachte häßlich, was für eine abgetakelte, eingebildete Schabracke du bist, du hast nicht einmal gemerkt, wie es um dich steht. Hast immer nur die anderen angestarrt! Den Verfall der anderen! Nun guck doch mal deine eigene Haut an! Wie sie weich geworden ist, ja, guck deine Orangenhaut an und deine grauen Haare! Und Eva, die immer sehr gründlich war, heulte über ihr Leben und alles, was sie falsch gemacht hatte, und alle Männer, die sie so schrecklich geliebt und dann doch verlassen hatte, denn, das muß man der Aufrichtigkeit halber erwähnen, meistens war sie es gewesen, die weggerannt war. Und das war nun die Strafe für die Wegrennerei! Sie hatte ihr Leben schon zu Ende gelebt. Sie war eine Mama und für die Kinder da und sonst war nix mehr los in ihrem dem Alter und Verfall preisgegebenen Leben! Denn neben der wilden Eva von Munch, da stand der Tod, ganz dicht, er saß ihr praktisch schon in den Knochen, und wie die Eva auf dem Bild hatte sie selbst den Zenit überschritten. Das sagte doch das Bild! Kaum biste da, isses vorbei! Es war vorbei! Alles!

Eva schüttelte es, sie klemmte den Regenschirm fester zwischen ihre Beine und schubberte sich daran und merkte zu ihrem Entsetzen, daß sich da überhaupt nichts rührte. Alles blieb still und eingetrocknet und statt dessen floß es aus ihren

Augen, ihrer Nase, ihrem Mund, Traurigkeit und Rotz und Tränen. Eva begriff nichts mehr, sie spürte nur, daß im Innern etwas aufriß, sie fortriß, in ein Nichts, das sie in schwarze Löcher jagte, aus denen sie nie wieder herausfinden würde, weil die Jugend vorbei war, hundertfach vorbei, weil sie keinen Sex mehr haben würde, weil das die Hormone waren, weil sie mit den Männern nicht klarkam. Mit Stefan nicht und Karl nicht, mit der ganzen Situation, zwischen zwei Männern, die sich nicht vom Fleck rührten und sie beide nicht wollten, nicht ganz, nicht für sich allein. Und deshalb würde sie Karl gleich bei ihrer Rückkehr sagen, daß sie sich nicht mehr sehen sollten, obwohl es doch immer ganz schön gewesen, wenigstens war ihr Körper gefragt; er begehrte sie und verführte sie immer wieder. Aber das wollte sie nicht mehr, diese blöden halben Sachen. Wer war sie denn, daß er sie nicht ganz wollte, mit Haut und Haar? Nein, nein, sie wollte keine Geliebte mehr sein! Aber vor allem: Sie wollte nicht alt werden! Sie haßte das Alter! Sie hatte das schon immer gehaßt, dieses Vergehen der Zeit in den Gesichtern der Menschen! Entsetzen! Sie haßte all die frustrierten vertrockneten Weiber im Fitneßstudio, die mit Ingrimm ihre nutzlosen Körper trainierten, sicher waren sie nutzlos, sie konnte es ihnen ansehen. Oft genug alberte sie mit Anka herum, über diese Frauen, wenn sie hin und wieder mit ihrer Schwester ihren eigenen Körper in Bewegung brachte. Wenn sie zusammen auf der Holzbank in der Sauna hockten wie die Vögelchen auf der Stange und leise tuschelten: Die hat Sex, die hat keinen, das sieht man gleich, und manchmal hatte Eva das Gefühl, daß es nicht die Dünnen mit den harten Muskeln waren, die welchen hatten, sondern die unbekümmerten rundlichen alten Mädchen, die sich sorglos und ohne jede Scham durch die Garderobe bewegten, mit dem Goldkettchen am Ärmchen und großen weichen Brüsten. Die hatten irgendwie Glück, und sie hatte keins, und nun sollte sie selbst alt werden und keinen dicken von Babys bewohnten Bauch mehr haben, nur Speckröllchen und Orangenhaut! Das war die

Wahrheit. Sie merkte es doch, wenn sie jetzt ihre Regel bekam, vorher dieser Absturz der Hormone, Kopfweh, Übellaunigkeit, neuerdings sogar beim Eisprung, völlig überflüssig, aber dafür Kopfweh und eine ganz schlimme Laune! Am Ende ging es überhaupt nicht um Sex, was hatte sie schon vom Sex, sie konnte Sex haben, soviel sie wollte, vielleicht war es ja gut so, wenn das jetzt mal aufhörte.

Und Eva fiel und fiel, und plötzlich fragte sie sich, was denn früher war, sie konnte sich gar nicht mehr erinnern, was war ihr Leben vor den Kindern? Was war überhaupt ihr Leben? Sie sah es nicht mehr! Was hatte sie nur getrieben? Sie biß ins Kissen und schlug auf die Matratze. Alles verschwand. Und sie vergaß, wozu sie leben sollte, und alles versank in einer Grauzone, bis sie mitten in ihrem Durcheinander von Herz und Hirn vom Schlaf übermannt wurde.

Sie schlief, die arme kleine Eva, im feuchten schlammfarbenen Regenmantel auf der zerknautschten blauen Tagesdecke des großzügigen Hotelzimmers mit den hohen Decken, den rotgestrichenen Wänden neben denen, an denen goldgrün gemusterte Tapeten schimmerten, dem eleganten Ensemble von hellem Sofa und Sesseln. Schlief eingerollt, den Regenschirm zwischen den angewinkelten Beinen, dem hochgerutschten zerdrückten blaßbraunen Kleid. Das Meischen, das so hübsch war und so traurig. Wie sie dalag, im Hotelzimmer in Bergen, statt sich die Stadt anzusehen, in einem Fischlokal Muscheln zu essen und alte und junge Herren anzulächeln. Das Meischen, das nun vor Angst zittern würde, die Männer könnten das Meischen nur noch mitleidig anlächeln, wie man eine verflossene Schönheit anlächelt, nachsichtig und bedauernd, ach, die Vergänglichkeit des Lebens, da war sie, ungeschminkt und voller Schrecken, und so lag sie in den vor Einsamkeit zerwühlten Decken, und der Regenschirm steckte noch immer nutzlos zwischen ihren Beinen wie der Baumstamm zwischen den Beinen der Eva auf dem Bild von Munch. Und er verwandelte sich in ein Rinnsal, das aus Eva herausfloß und immer breiter und größer und länger wurde, das sich um sie herum auf dem Bett verteilte, das herausströmte und sich vom Bett herab auf den grünen Teppich durch das Zimmer schlängelte wie ein Bach, der an Fahrt gewinnt in seinem holprigen Bachbett, durch das er stürzt. Und es sah aus, als leckte dieser Lumumbabach, der aus Eva floß, den Boden auf, leckend und züngelnd und dürstend. Und zugleich sah die große Schlange aus Kakao aus wie ein geheimnisvolles Muster, wenn man es von oben betrachtete, aus der Perspektive des Lüsterweibchens oder eines unsichtbaren Beobachters oberhalb des Bettes, in dem Eva lag wie eine unbewegliche Skulptur aus Verzweiflung, Lumumba und Erschöpfung.

Herrje!

Eva schlief und träumte, oder auch nicht, sie schlief, und vielleicht war es etwas ganz anderes, was sie an diesem Bild getroffen hatte als das Alter, an dieser Eva mit den lüsternen schwarzgeschminkten wilden Augen, dem herausfordernden hochgereckten Kinn, diesen geöffneten Hüften, diesen kräftigen Schenkeln, die in den Boden wuchsen oder aus ihm heraus, die da etwas lebte, was Eva so überwältigte, erschütterte und angriff, und die doch so merkwürdig ausgeschnitten und isoliert in der Mitte des übergroßen Bildes stand.

Aber der Mensch ist ein langsames Wesen und alles braucht so seine Zeit, bis es heraufdämmert aus den Untiefen unseres inneren Lebens.

(4)

Als sie erwachte, war es elf Uhr am Abend. Der Regen hatte vierundsiebzigmal seine Konsistenz gewechselt, es war dunkel und kühl, und Eva wußte zunächst nicht, wo sie war. Sie sah verstört das Laken direkt vor ihren Augen, die dickbauchige

Lampe, die dunkelrot gestrichene Wand, das Fenster, durch das eine Leuchtreklame ihren bläulichen Schimmer hereinwarf. Sie wollte wieder einschlafen. Sie schloß die brennenden Augen, sie erinnerte sich an ihren Schock, wie man sich beim Erwachen nach einer Narkose allmählich daran erinnert, daß man eine Spritze bekommen hat und in einen OP gefahren wurde. Sie spürte einen starken Druck auf ihrer Blase, drei Lumumbas drückten da, sie hatte Lust, sie herauslaufen zu lassen, sie stellte sich den Strahl bräunlich vor, wie den Kakao, und dann wollte sie sterben, und man würde sie finden, in Regenmantel und Lumumbalache, eine verbrauchte alte Frau, gestorben am Anblick eines Gemäldes und einer Überdosis Alkohol.

Plötzlich standen Sina, David und Lucie an ihrem Bett. Sahen sie fragend an. So wie in den seltenen Fällen, wenn Stefan nicht da war und sie den Wecker nicht hörte oder abends zu spät schlafen gegangen war oder zuviel Wein getrunken hatte, mit Anka, Nora, Karl oder sonstwem. Mama. Du mußt aufstehen. Sie sahen Eva an, im Vertrauen darauf, daß sie die Knochen aus dem Bett hieven würde, daß sie ihr verwuscheltes Haar nach hinten streichen und ihr »na dann, es hilft ja nichts« sagen würde.

Eva stand auf. Sie duschte ausgiebig, trocknete sich ab, föhnte ihr Haar, zog sich ihr blaues Kleid an und trockene Strumpfhosen. Trank drei Gläser Wasser aus der Leitung. »Wasser hilft immer, sagen die Indianer«, sagte sie zu ihrem Spiegelbild im Bad.

Sie setzte sich an den zierlichen Sekretär ihres wunderschönen Hotelzimmers und betrachtete ihn. Schlecht kopiert, dachte sie, aber sympathisch. Ich bin nichts anderes als eine schlechte Kopie, und ich weiß noch nicht einmal wovon. Sie schlug die Mappe auf, in der hinter den Preislisten feines Briefpapier festgesteckt war, mit dem Signet des Hotels. Sie blätterte im Restaurantführer und hatte keine Lust hinauszugehen. Sie wollte nicht nachsichtig belächelt werden. Sie hatte keinen Appetit. Bleistift und Kugelschreiber lagen neben der Mappe. Eva drehte den Bleistift in den Händen. Sie lächelte über die goldene Aufschrift auf dem blauen Untergrund und nagte daran wie als kleines Mädchen, wenn sie über einer Rechenaufgabe brütete.

Alle Zeit gehört Gott, schrieb sie auf das Papier.

Und dann dachte sie an Robert, den Freund ihrer Studienzeit, als sie Anfang Zwanzig war und das Vergehen des Lebens auch schon schrecklich fand. Das Vergehen der Tage, der Nächte, der Stunden, die alle unwiederbringlich vorübergingen. Sie wußte nicht, woher das kam, die meisten in ihrem Alter störten sich nicht daran, sie fühlten sich offenbar frei und unbefangen vor dem weiten Gelände der Zukunft. Manchmal vergaß sie diese Angst, so wie sie überhaupt manchmal von einer unerklärlichen Freude gepackt wurde; auch mit Robert damals gab es Zeiten der völligen Sorglosigkeit, in denen sie nichts fragte, nichts verlangte, sich treiben ließ, bevor sie dann allmählich in befremdliche, beunruhigende Regionen mit ihm gerutscht war.

Sie hatte lange Zeit nicht an Robert Hellmann gedacht; als er sich mit einer Frau zusammengetan hatte und sie sich ein einziges Mal verabredet hatten, hatten sie sich am Ende in den Armen gelegen und wild geküßt. Dann hatte er ihr einen Brief geschrieben, daß sie sich nie mehr sehen dürften, daß er sich nun etwas Neues aufbauen müsse, daß sie für seine Freundin ein Phantom der Vergangenheit sei, das sich immer zwischen sie drängte, im Bett, im Kopf, überall. Und sie hatte die Tränenspuren auf seiner runden, nach links geneigten Schrift gesehen, und sie hatte sich geärgert und gedacht, daß er nicht besonders konsequent sei, und dann hatte ihr diese Frau leid getan, daß sie so einen nahm, der doch noch immer eine andere liebte. Und sie hatte so getan, als wäre es für sie überhaupt kein Problem, Robert zu küssen, wo sie doch mit Stefan zusammen war; sie hatte das fein säuberlich getrennt, verschiedene Welten, in denen sie lebte, so war das, ganz einfach, das war doch die männliche Logik, warum sollte das für sie nicht auch funktionieren? Sie fand es schön, ihn zu küssen, gefahrlos gewissermaßen, ihre Körper reagierten wie damals hitzig und vertraut aufeinander, und sie konnte wieder aufhören damit und weggehen, eingegrenzt in ihr Leben, ihre Haut, und nach Hause gehen zu ihrem Mann.

Das ist der Tod, dachte Eva, wenn die Erinnerungen wie in einem Film ablaufen, dann stirbst du. Sie stand auf, durchquerte das Zimmer, an dem sie sich nun gar nicht freuen konnte, und nahm sich eine Flasche Whisky aus dem kleinen Hotelkühlschrank. Sie aß die beiden Pralinen, die darauf lagen, und kramte in ihrer Tasche nach der Probepackung Zigarillos, die sie bei irgendeinem Restaurantbesuch mitgenommen hatte. Sie setzte sich auf einen der großen Sessel, trank den Whisky und rauchte den Zigarillo. Sie stand wieder auf, drehte am Radioknopf neben dem Bett und suchte, fand nichts. Damals hatten sie Billy Bragg gehört, Tom Waits und Suzanne Vega, und sie hatte sich in Robert verliebt. Sie holte die nächste kleine Flasche Whisky aus dem Kühlschrank (drei gab es). Der Whisky schmeckte gut.

»Du bist lange um mich herumgeschlichen«, sagte Eva der Lampe auf dem Sekretär. Sie kicherte. »Du hattest einen Freund, du hast gewartet, war auch nicht schwer, hast in der Nachbarschaft gewohnt. Meine Wohnung war klein, sie lag Parterre, und alle Planken waren weiß lackiert. Du hast mir gezeigt, wie man mit dem Ofen heizt, da hätte ich schon vorsichtig werden müssen. Doch wozu? Es war ja doch nur eine Frage der Zeit.«

Alle Zeit gehört Gott, las Eva auf dem Briefbogen. *Es ist alles eine Frage der Zeit*, kritzelte sie darunter. Und legte den Kopf auf das freundliche Papier.

Sie hatten sich kennengelernt, wie das so geht. Der Freund sagt, ich habe einen Freund, mit dem gehen wir ins Kino, er schreibt auch manchmal Gedichte, und ich hab ihm schon gesagt, laß bloß die Finger von ihr. Von ihr, ich fleh dich an, laß die Finger. Dann standen sie auf der Straße, Eva, der Freund und der Freund des Freundes, der Film war vorbei, und sie schubsten unsichtbare Dinge auf dem Bürgersteig herum. Ein Blick, das ist er also, der Robert, und es war alles nur eine Frage der Zeit. Sie halfen ihm, die Wohnung zu renovieren, sie hing am Fenster und beseitigte den alten, brüchigen Lack mit Schleifpapier, sie konnte das, er sah das. Eine Wohnung wurde frei, im Haus nebenan, frag doch mal. Sie suchte was, das wußte er, und bald zog sie ein. Der Freund, der erste, der hat es auch gesehen, er trat von selbst den Rückzug an, wie sie das wütend machte, ohne zu kämpfen. Er wußte, es hätte nichts genutzt. Sein bester Freund kam manchmal in der Früh und warf das Holz für sie in den Ofen. Er holte sie ab, wenn sie irgendwo saß, nicht weit weg, in einer Kneipe. Er stand in ihrer Tür und sagte nicht viel. Und später sagte er, du bist so schön, und sie knallten gegen eine Wand, lagen im Flur auf dem harten, kalten Boden, auf dem Fell im Zimmer oder, auch das kam vor, auf dem weißen Laken ihres Betts.

Es war nicht leicht, es war die schlimme Sorte. Unerbittlich, hart und haltlos. Jede Zärtlichkeit ein Schlag.

Oft, wenn er nicht da war, lag sie auf dem Bett und wartete. Sie wartete, daß sie seine Schritte die Treppe hochkommen hörte. Sie wartete, daß sich der Schlüssel in ihrer Wohnungstür drehte. Sie sah gelbe Lichter, weiße Lichter, und sie wartete, als wartete sie seit hundert Jahren, als wäre sie ein alter Stein. Die Zeit, die sonst raste, blieb stehen. Sie wartete, bis sie die Tür zum Hof quietschen hörte. Sie wartete, bis ihr die Zeilen, die sie zu lesen versuchte, vor den Augen verschwammen, weil die Tränen aus den Augen liefen. Sie konnte nichts dagegen tun. Sie rutschte tiefer und tiefer hinab in ein uraltes, entsetzliches Warten. Das in ihr steckte, namenlos, und das sie schreien ließ, wenn Robert schließlich kam.

Einmal bin ich aufgewacht neben dir, murmelte Eva lautlos, inzwischen quer auf dem Sessel mit Flasche Nummer drei. Es war der kälteste Winter seit Jahrzehnten in Berlin. Zwanzig Grad minus, fünfundzwanzig. Die Küche war nicht zu benutzen, ich kochte Tee auf dem Ofen, mehr brauchte ich nicht. Wir hatten ›Nostalghia‹ gesehen, am Abend, von Tarkowski. Wie einer mit der Kerze in der Hand durch einen Raum voller Wasser watet. Es steht ihm bis zum Knie. Er sucht einen Ort, mit dem ihn Erinnerungen verbinden, mehr weiß ich nicht mehr. Es war ein großes Bild, dieser Mann in dem einsamen, leeren Haus, und überall Kerzen und herzzerreißende Musik. Ich dachte daran beim Erwachen neben dir. Ich hörte es tropfen. Das ist der Film, dachte ich, komisch, ich habe noch gar nicht geschlafen. Du hattest die Augen fest geschlossen, die dunklen Wimpern auf deiner blassen Haut, den Kiefer fest zusammengepreßt. Ich stand auf und ging frierend durch den Flur. Ich drehte den Schalter in der Küche. Das Wasser stand, nicht bis zum Knie, vielleicht bis zum Knöchel. Ich drehte das Licht wieder aus. Ging zum Bett. Legte mich neben dich, deine warme, trockene Haut. Es hörte nicht auf zu tropfen. Da hab ich dich geweckt, geh doch mal gucken, hab ich gesagt, ich weiß nicht, ob ich träume, und dann waren wir beide wach.

Die Tapeten, siebenfach geklebt, fielen langsam von der Decke. Vielfarbig rollten sie an den Wänden langsam herunter.

Du bist in den Keller gerannt, nicht ich, hast den Haupthahn abgedreht. Ich dachte noch immer, ich seh den Film, den von Tarkowski, ›Nostalghia‹.

Und später, ein paar Monate nur, hast du mit dem Messer in der Hand in meiner Küche gesessen.

Ich war dir nicht gewachsen, schrieb Eva im Hotelzimmer in Bergen auf das schöne Hotelzimmerbriefpapier, dir nicht und mir. Ich wußte nicht mehr, wer ich bin. Konnte nicht denken ohne dich, nicht essen, nicht schlafen, nicht lernen. Mit dir konnte ich es auch nicht, da konnte ich nur eins. Wir sprachen ohne Worte. Jetzt sehne ich mich danach: nach diesem Sprechen ohne Worte.

(5)

Am nächsten Morgen erwachte Eva mit einem Kater (schon der zweite!). Das Nichts (das Wilhelm so unbegreiflich war), in das sie gestürzt war, hatte sich ihr als Erinnerung an Robert gezeigt. Das Gefühl der Leere war geblieben, bis tief in den traumlosen Schlaf hinein. Sie bekam die Augen kaum auf, und als sie sie öffnete, starrte sie lange an die weiße Decke und wunderte sich, nicht ihren Baldachin zu sehen. Sie schielte, ohne den Kopf zu sehr zu bewegen, nach links und sah den bauchigen Fuß der Lampe. Den kannte sie irgendwoher, dahinter die grüngemusterte Tapete. Wozu sind diese Dinge da, fragte sie sich. Sie schloß die Augen, nein, dachte sie, nicht aufwachen.

Es war schon zu spät. Der Schrecken war da, die seltsam erregende Verstörung, die ihr seit gestern unter die Haut gefahren war, ins Fleisch und in die Knochen, seit dem Besuch im Museum. Das Hotelzimmer kam ihr vor wie eine Kulisse, sie war eine Schauspielerin, die einsprang und sich zurechtfinden mußte. Der Raum kam ihr gewöhnlich und irreal vor, gespenstisch in der gepflegten unpersönlichen Zweckmäßigkeit, die vorgab, dem Gaste heimelig zu sein, eine anschmiegsam benutzbare dreidimensionale Fläche für immer neue Projektionen. Was für ein Quatsch, dachte sie. Ich will nicht, murmelte sie in die Decke, die sich ungewohnt gestärkt und hart auf ihre verschwitzte verknautschte Haut legte. Sie zog sie über den Kopf, bitte nicht, dachte sie.

»Du mußt«, sagte sie laut, »es hilft alles nichts.«

Doch ihr Wahlspruch für schwere Morgenstunden bewirkte hier gar nichts. Nichts hievte sie aus dem Bett, denn kein Kind war da und wollte frühstücken und für das Leben da draußen zurechtgemacht werden.

»Du bist nicht hier«, sagte sie halblaut ins Dunkel unter der fremden Decke, als säße da jemand, der ihr zuhörte, vielmehr, als säße dort diejenige, der sie es zu sagen hätte, als wäre es gar nicht sie selbst, »du bist nicht hier, um über dich und deine sentimentalen Anfälle nachzudenken. Du hast keine Ferien. Man hat keine Ferien vom Leben, nein, nein. Du mußt aufstehen und dich duschen (ob das Wasser echt sein würde, richtig naß?) und gut anziehen, damit du selbstsicher und charmant einen Deal für Herrn von Herzberg abschließen kannst, auf dessen Kosten du hier im Bett liegst und die Zeit verplemperst, statt die Gelegenheit zu nutzen, diese interessante Stadt, in der es ständig regnet, kennenzulernen. In der alte Männer über junge Frauen lächeln, die gar nicht mehr jung sind. Das hat er dir doch schenken wollen, nebenher, nun sei nicht so undankbar, er ist ein guter Kunde schon seit langem und vielleicht sogar ein väterlicher Freund.«

In diesem Moment fiel Eva auf, daß sie nicht an Karl gedacht hatte. Sie erschrak schon wieder. Was war denn nur mit ihr los? Sie dachte doch immer an Karl, gleich nach dem Aufstehen, so wie sie an den Morgenkaffee dachte, auf den sie sich freute. Sie zog die Decke vom Kopf und setzte sich auf. Ich habe ihn vollkommen vergessen, dachte sie. Ihn und Stefan auch. Ich verstehe mich selbst nicht mehr. Wer bin ich? Wer bedeutet mir etwas? Sie sah die Muster auf den Vorhängen hüpfen; sie hatte sich zu schnell aufgerichtet.

»Es hilft alles nichts«, jammerte sie, »mein Kopf, mein Kopf.«

Sie kletterte langsam aus dem Bett und kroch auf allen vieren zu ihrer Handtasche, um nach einem Alka Seltzer zu sehen. Sie kroch ins Bad, zog sich am Waschbecken hoch, ließ Wasser in den Zahnputzbecher und sah zu, wie sich die Tablette auflöste. *Blub blub, blub blub, oh what a relief it is.* Sie hatte diese Zeilen einmal in einer Reklame in England gehört.

Im Frühstückssaal roch es wunderbar nach frischem Kaffee und gebratenem Speck. Nicht für Eva. Eva betrachtete angeekelt Lachs, gekochten Schinken, Rührei und geräucherten Kabeljau auf dem Büfett. Ihr Magen sagte *Nein.* Sie kannte ihren Magen. Er mußte überlistet werden. Sie entschied sich für Käsebrötchen und Kaffee. Es half. Ein bißchen. Die Leute um sie herum klapperten, redeten, aßen und tranken, als wäre alles gut.

Ich bin Auktionatorin, dachte sie, und Kunsthistorikerin. Ich habe gelernt, meine Gedanken zu ordnen. Ich handle seit Jahren mit Kunstgegenständen, Zeichnungen, Aquarellen, Gemälden. Ich gehe oft ins Museum. Ich brauche noch einen Kaffee.

Eva bekam noch einen Kaffee. Norweger tranken viel Kaffee. Er stand überall auf den Tischen in Thermoskannen. Er war ein bißchen dünn.

Eva konnte sich nicht daran erinnern, daß ein Bild sie jemals so getroffen hatte wie das Gemälde von Munch. Seine Bilder alle zusammen. Vielleicht war die Kunst für sie durch die vielen Verhandlungen über ihren Wert schon zu einem Gegenstand geworden wie die Möbel es waren, die Puderdosen oder chinesischen Vasen. Gegenstände, deren Alter, Herkunft und Wert sie festzulegen hatte. Natürlich liebte sie diese Gegenstände; sie betrachtete sie zärtlich; sie empfand noch immer eine Ansprache in den Radierungen. Doch wie aufgeregt hatte sie früher auf Bilder reagiert! Wie war sie elektrisiert, ja hin und wieder sogar erotisiert worden von der Intensität der Farben, von den Strichen einer Lithographie, als spürte sie die Bewegungen des Künstlers! Es war ihr oft, als streichelten sie ihre Haut, als kämen sie direkt auf sie zu, als führen sie ihr unter die Haut, die Kopfhaut, um dort Blitze und Sprünge auszulösen. Wie entzückt sie von allem gewesen war! Wie in der Kindheit, als der Grießbrei so unglaublich süß schmeckte, oder die ersten Brombeeren oder das Brausepulver, und als das Gras roch wie verrückt.

Ob ihre Kinder das auch so empfanden? Dieses: alles neu, alles intensiv? War für sie die Welt so aufregend, wie sie es für sie damals gewesen war? Hatte die Welt aufgehört, es für sie, Eva, zu sein? Sina schien ihr oft so abgebrüht, so wenig erstaunt, so, als kennte sie schon alles. Oder vieles. Sie sagte oft, daß sie sich langweilte, lungerte um sie herum, und gerade wenn Eva sich ein Spiel oder eine Beschäftigung überlegt hatte, verschwand Sina im Garten oder in ihrem Zimmer oder bei Lucie. Die Lehrerin hatte gesagt, es läge am Alter, die Kinder lernten die Zeit kennen, gerade in solchen vermeintlichen Leerläufen. Es wäre wichtig, daß sie lernten, mit der Langeweile umzugehen. Sie müßten sich dabei ausruhen, noch dazu.

Eva konnte sich nicht daran erinnern, sich in diesem Alter gelangweilt zu haben. Vielleicht hatte sie es vergessen, wie vieles andere auch. Und doch: auch von Büchern sagte Sina, sie langweilten sie. Eva erinnerte sich deutlich, daß sie alle Bücher gefressen hatte, ohne Unterschied. Vielleicht war es einfach das Harry-Potter-Syndrom; danach war kein Buch mehr so spannend wie dieses. Entsetzlich. Sina kämpfte sich trotzdem durch die Klassiker der Kinderliteratur, las ›Tom Sawyer‹ und ›Der kleine Lord‹; doch sie sprach davon, als wäre sie von diesen Helden durch eine undurchdringliche Mauer getrennt. Vielleicht waren die Jungen einfach nur aus einer anderen Zeit.

Wie bin ich darauf gekommen, darüber nachzudenken, was Sina liest? Ach ja, dachte Eva, während sie die vierte Tasse Kaffee in sich hineinschüttete, wegen der Langeweile. Sie verschluckte sich und fing an zu husten. Sie sah mit Entsetzen das

Wort *Langeweile* an die Wand des Frühstückssaals geschrieben, auf die schöne weiße Tischdecke, die vor ihr lag, auf die Bretter der Molen von Bergen, auf die Flügel des Flugzeuges, das sie hierhergetragen hatte, sie sah es auf den weißen Wölkchen am Himmel über dem noch gar nicht gesehenen Fjord, und sie stöhnte laut auf. Besorgt eilte die Kellnerin zu ihr.

»Ist alles o.k.?«

Eva sah sie verstört an; es war, als fiele sie aus einer anderen Daseinsebene in den Frühstückssaal zurück; sie hatte das Gefühl, mit dem Körper auf etwas Hartem aufzuprallen.

»Nein, nein«, sagte sie, »ja, ja, alles ist in Ordnung.«

Es ist alles in Ordnung. Ich habe nur soeben festgestellt, daß ich mich in meinem Leben langweile. Ich bin so gut wie tot, alt und vertrocknet. Wenn ich die Kinder fertig großgezogen habe, kann ich ruhig sterben, weil ich sowieso schon tot bin.

Sie rannte die Treppe hoch zu ihrem Zimmer, das sie mit erneutem Schluchzen bis in die letzte Ritze ausfüllte. Es war nicht auszuhalten! Was sollte sie nur machen? Sie mußte zur Auktion in die Galerie! Sie suchte nach ihrem Handy. Sie wußte nicht, wen sie anrufen sollte. Karl schlief meistens noch um diese Zeit. Er würde unwillig reagieren oder aber schläfrig mit ihr turteln, weil er eine Morgenerektion hatte. Vielleicht wäre er auch nett und besorgt, um Gottes willen, würde er sagen, was ist passiert. Dann würde sie noch mehr heulen, aufgeweicht von der Wärme in seiner Stimme. Nora! Bei der Arbeit. Anka? Zu weit weg. Sibylle! Sehr komisch. Sibylle, diszipliniert wie immer, duftend und gepflegt in Rosa, wäre damit beschäftigt, die Kinder zur Schule zu bringen und an tausend notwendige Dinge auf einmal zu denken zwischen Haushalt und Praxis. Das hätte ihr gerade noch gefehlt, eine Eva in Bergen, die, statt sich zu amüsieren, wegen eines großformatigen Bildes von Edvard Munch heulte, einem Maler, der schon lange tot war. Tot wie sie bald, wie sie jetzt schon.

Es war so gräßlich, daß die Leute alle starben! Warum

konnte er nicht mehr am Leben sein? Sie könnte zu ihm gehen, an seiner Tür klingeln, sie könnte ihm eine Ohrfeige geben und ihn anschreien, ob er sich denn überhaupt keine Gedanken gemacht hätte, was seine blöden Bilder mit den Leuten anstellten, die sie betrachteten?! Was er sich überhaupt dabei gedacht hatte, seine Ängste, seinen Horror aufs Papier zu bringen, seine Eifersucht und sein Ausgeschlossensein? Ohne einen Ausweg daraus zu zeigen? Ohne der Betrachterin Luft zum Atmen zu geben? Das sind ja gar keine ordentlichen Kunstwerke, Herr Munch, könnte sie brüllen, so wie sie das an der Uni gelernt hatte, Kunstwerke nämlich, die ganz transparent und durchlässig sein müssen, weil der Künstler sich selbst durch und durch kennen muß, weil es nämlich dann erst richtige Kunst ist, wenn man in der Klemme auch den Ausweg sieht und nicht diesen Käfig, in den er, Herr Munch, sie, Eva aus Berlin, ein Jahrhundert später zerrte und sperrte!

So, und dann hätte Eva die Genugtuung, daß Herr Munch, der noch das Rasiermesser in der Hand hätte und ebenso schlaftrunken wäre wie sie selbst, erbleichen würde. Daß er stottern würde, daß er das nicht gewollt hätte. Daß es ihn ganz unangenehm berührte, wo er doch nur versucht hätte, das, was er empfand und sah, so genau wie möglich auf die Leinwand zu bringen.

Und Eva würde erneut schreien wie ein zänkisches Marktweib, das seinen Fisch mit einer geballten Ladung Wut an die Leute bringen will, ohne zu wissen, was sie an dem armen unschuldigen ihr doch den Lebensunterhalt sichernden Fisch so wütend machte, daß sie das ja alle sagten, die Herren Künstler, daß sie ja nur das festhalten wollten, was sie empfänden oder sähen. Sie hätte jetzt endgültig die Nase voll; er könne doch nicht behaupten, daß ihm das nicht klargewesen wäre, daß seine Wüterei mit dem Pinsel Wirkung haben würde. Mit Absicht hätte er das so gemacht, mit voller Absicht, und er würde es genießen, sie dermaßen aus dem Häuschen zu bringen.

Herr Munch, der ein jähzorniger wie schüchterner Mann war, schwieg betroffen. Was sollte er sagen? Daß sie sein Bild angriff, war ja gerade so, als griffe sie ihn selbst an, als trete sie in die aufgerissene Wunde, die er doch da gemalt hatte, nicht anders und nicht besser könnend. Voller Bangigkeit, seinem Gefühl Luft zu machen, Bangigkeit deshalb, weil genau das immer verboten war, seinem Gefühle Luft zu machen! Schon Tante Karin, die immer gesagt hatte, komm, Kind, du darfst mir alles erzählen, war bleich oder rot oder zornig oder bestürzend traurig geworden, wenn er ihr einmal gesagt hatte, was ihn wirklich beschäftigte. Er hatte sich dann eine Strategie zugelegt, ihr alles mögliche zu erzählen, das ganz echt und wahr aussah und ihm einen geheimen Innenraum beließ, in den weder sie noch der inquisitorische Vater eindringen konnte, dieser grauenhafte protestantische Gewissenserforscher, den er so liebte und der so wunderbar Geschichten erzählen konnte. Und doch war dieser Zugriff später immer zu bekämpfen gewesen, wenn er den Pinsel und die Palette in die Hand nahm, wenn er innerlich darum kämpfte, seine Empfindung überhaupt erst einmal freizulegen, ihr einen Raum zu geben, gegen diese Inquisition, gegen das halbherzige »ich verstehe dich doch« der Tante, die ihn großzog, die ihn im Grunde unterstützte, ihn zur Malerei ermutigt hatte. Vor allem gegen die gesamte Welt da draußen, die ihn verfolgte und quälte, die Malakademie, die Kritiker, und die, die sich einst seine Freunde genannt und ihn doch verraten hatten. Und deren fratzenhafte Seelen wie die Fortsetzung dieser besitzergreifenden, jähzornigen Seite seines Vaters waren. Um sein Leben hatte er gekämpft, um sich gegen all das durchzusetzen. Und nun stand diese erhitzte junge Frau vor ihm und griff ihn dafür an, daß er nicht zu jeder Zeit seines Lebens die eigenen Zirkel, Verstecke und Empfindungen glasklar durchschaut und durchschaubar gemacht hatte! Es war niederschmetternd; zugleich kochte Wut in ihm hoch.

»Es ist doch Ihr Problem, junge Frau«, brachte er schließlich zwischen zusammengehaltenen Zähnen hervor, »wenn mein Bild in Ihnen so viel auslöst.«

Eva blieb der Mund offen stehen.

»Es ist mein Problem?«

»Ja«, sagte Munch, zunächst beruhigt, daß sie mit dem Zetern kurz innehielt. »Ich habe es so gut gemacht wie ich konnte.«

»Ja«, schnaufte Eva, »das sagt sich so. Aber Sie haben als Künstler doch eine Verantwortung!«

Munch rang um Fassung. Eigentlich ist sie eine hübsche Frau, dachte er, so zornig und lebendig. Ihn selbst hatte der Zorn immer nur wie ein häßliches, verzerrendes Tier befallen; sie aber glühte von einer ungeheuren Lebendigkeit und Schönheit. Von etwas, das zeigte, daß ihr nichts gleichgültig war, vor allem aber nicht seine Kunst. Er lächelte.

»Was gibt es denn jetzt zu lächeln?« fragte Eva, die nicht mehr wußte, wie sie die durcheinanderfallenden Gefühle und Gedanken in ihrem armen malträtierten Hirn zu fassen bekommen sollte.

»Sehen Sie, junge Frau, ich freue mich.«

»Sie freuen sich? Das kann ja wohl nicht Ihr Ernst sein.«

»Doch, meine Dame, ich freue mich, daß Ihnen mein Bild nicht gleichgültig ist. Dennoch erfüllt es mich mit Traurigkeit, daß Sie nicht anerkennen wollen, welche Mühe und Überwindung es mich gekostet hat, das, was mich bewegt hat, zum Ausdruck zu bringen.« In welchen Taumel mich die Farben dabei gebracht haben, dachte er still für sich, welche Angst und welche Lust, die Genauigkeit zu erreichen, die das Bild verlangte.

»Doch doch, das tue ich«, sagte Eva wie aus der Pistole geschossen, obwohl sie sich genau in diesem Moment auf unangenehme Weise ertappt fühlte. »Ich tue das, aber ich muß Ihnen sagen, Sie verhalten sich da irgendwie fahrlässig. Es gibt einfach überhaupt keinen Ausweg in diesem Bild, wir bleiben darin eingesperrt, gleich neben der Eva in der Mitte steht eine Frau, die nur den Tod bedeuten kann!«

»Es gibt keinen Ausweg«, sagte Munch, der ein wenig über die naive Lesart des Bildes lächeln mußte, aber nur ein wenig. »Es gibt aus dieser Misere keinen Ausweg. Nicht aus unserer Endlichkeit, nicht aus der zerstörenden Kraft der Eifersucht, nicht aus der Tödlichkeit des Sich-Ausgeschlossenfühlens. Sie müssen das zur Kenntnis nehmen und Ihre eigenen Schlüsse daraus ziehen. Und nun entschuldigen Sie mich, ich habe zu tun.«

Munch, der doch eben noch gelächelt hatte, schlug die Tür zu.

(6)

Munch war noch lange hinter der Tür stehengeblieben, die er Eva vor der Nase zugeschlagen hatte.

Sein Herz raste, er fühlte es wie etwas, das in ihm war und zugleich nicht sein eigenes, nicht in ihm; er hörte es wie hinter einer Wand aus Kork oder Watte; es war die einzige Form, es wahrzunehmen, seit er irdischen Maßstäben zufolge verblichen war. Verblichen war auch seine Haut, durchscheinend war sie geworden, wie der hauchdünne Farbaufstrich direkt auf die Leinwand, den er am meisten geliebt hatte. Bei dem er alles auf eine Karte gesetzt hatte: Es wird oder das Bild ist zerstört. Farbe, die Licht war, oder das Nichts.

Auch das Rotblond seines Haars war blaß. Es war nicht grau wie am Ende seines Lebens, denn der wahre, lebendige, die Zeiten überdauernde Munch hatte widerspenstiges, rotblondes Haar. So war es, so ging man in die Ewigkeit ein (wenn auch etwas ausgeblichen): in der Blüte der Jahre, auf der Höhe der Schaffenskraft. Zum Glück! dachte Munch oft. Schlimm genug, daß es die ganzen gräßlichen Fotos seines Alters gab, auf denen sich die Mundwinkel wie eine umgekippte Mondsichel nach unten zogen und die gesamte Verbitterung preisgaben, gegen die er sich nicht hatte wehren können. Zum Glück! dachte er immer wieder, und es erfüllte ihn mit einer gewissen eitlen Zufriedenheit: Zum Glück sieht man mich noch vor dem Verfall. Ein Stich zuckte durch seine Brust bei diesem Gedanken. Er wurde bestraft, für seine Eitelkeit. Wieder ein Tag mehr, dachte er, wann werde ich es begreifen. Einen Tag mehr für jeden sündigen Gedanken: So lange dauert die Hölle.

Einmal hatte er mit seinem Vater gestritten, über die Dauer der Hölle.

»Tausend Jahre dauert sie«, hatte er gesagt, »das ist entsetzlich lang.«

»Nein«, hatte der Vater entgegnet, »tausendmal tausend Jahre!«

»Das ist ja lächerlich«, hatte Edvard gesagt, »tausend Jahre sind doch schon entsetzlich lang!«

Er war damals dreizehn oder vierzehn Jahre alt, und tausend Jahre umfaßten eine Zeitspanne, die er sich nicht vorstellen konnte.

»Du hast überhaupt keinen Begriff von der Ewigkeit«, hatte der Vater gesagt, und seine Augen hatten jene sorgenvolle, dunkelgrüne Färbung angenommen, die Edvard so gut kannte und fürchtete. Es war zu spät, um einzulenken. Tausend Jahre Hölle für ein paar menschliche Sünden!

»Tausendmal tausend Jahre«, hatte der Vater gereizt erklärt, »sind nur ein Bild, ein Ausdruck, die Veranschaulichung dessen, was der Mensch gar nicht denken kann. Philosophen und Theologen und Dichter haben sich den Kopf darüber zerbrochen, da werden wir beide es nicht so ohne weitere Anstrengung verstehen. Tausendmal tausend: Das soll heißen ohne Ende.«

»Du willst mich doch nur kleinkriegen!« war es aus Edvard herausgeplatzt. »Du willst mir die Ewigkeit androhen, damit ich pariere!«

Der Streit hatte eine seltsam kreisende, eiernde Form angenommen. Als schlingerten sie in einem Boot in einem Wasserstrudel.

Munch konnte sich jetzt nicht mehr genau erinnern, wie sich der Streit entwickelt hatte. Ihm fehlten die einzelnen Worte; er war sich sicher, daß er sie bereits in jenem Augenblick nicht mehr hatte hören können, weil alles ihm verschwommen war. Weil das Wort »tausend« angefangen hatte, in seinen Ohren zu sausen. Der Vater hatte zu schreien begonnen, er selbst hatte geschrieen, und irgendwann hatte er es nicht mehr ausgehalten und war auf die Straße gerannt. Türenschlagen! Türenschlagen! Das hatte er schon immer gekonnt. Das hatte ihm der Vater beigebracht, das saß ihm in Fleisch und Blut.

Langsam wanderte er durch den schmalen grauen Gang zur Küche. Rot hatte er sie gemalt, braun und gelb: die Hölle. Beklommen, im Schneckentempo bewegte er sich, als liefe er gegen einen schweren Widerstand in der Luft an. Er erlebte die Rückkehr damals, als er nach langem Umherlaufen nach Hause gekommen war. Er erlebte alles noch einmal, bei klarem Bewußtsein, eigenartig vertraut und mit der gleichen Spannung wie damals, er erlebte es so, als wäre es das erstemal, und zugleich wußte er, daß alles sich wiederholte. Es war betäubend und stechend, das Grauen schlechthin, diese Zwangsläufigkeit, mit der sich das Entsetzliche wiederholte. Es war unmöglich, den Ausgang der Situation als etwas beruhigend Bekanntes zu erleben, geschweige denn einzugreifen und den Ablauf zu verändern. Er fiel in die Pein des Jungen zurück, wie durch einen Tunnel, er war Edvard in der Pubertät, Edvard, der den Vater abgöttisch liebte, und Edvard, der sich gegen den Vater auflehnte, einen ungeheuerlichen, unbegreiflichen Widerwillen gegen ihn wachsen spürte.

Als er damals ins Haus gerannt war, hatte er gleich die Treppe zum Zimmer des Vaters genommen und die Tür geöffnet, bevor ihn der Mut und seine Sehnsucht nach Versöhnung wieder verließen. Der Vater hatte vor dem Bett gekniet. Er hatte den Oberkörper auf das Bett geworfen. Er hatte die Hände gefaltet und zur Wand erhoben, an der ein Kreuz hing. Er hatte geflüstert, geschrieen und gemurmelt: Edvard hatte die Worte mehr geahnt als verstanden.

»Vater«, hatte er leise gesagt. Und aufgegeben. Er war auf sein Zimmer gegangen, hatte in einer eigentümlichen Versenkung Papier und Stifte hervorgeholt und den betenden Vater gezeichnet. Er hatte um sein Leben gezeichnet; er hatte um das Leben seines Vaters gezeichnet. Er hatte gezeichnet, um den Eindruck zu begreifen und um ihn loszuwerden. Es hatte in seinem Kopf gebrannt und in seinen Fingern; es brannte die Fläche der Hand, mit der er das Papier berührte. Er dachte an die Lampe, die ihr gelbes Licht auf das weiße Nachthemd des Vaters geworfen hatte. So lange war er fortgewesen! Daß der Vater schon im Nachthemd war! Das Licht war so mild, eine solche Milde hätten sie beide gebraucht. Das Licht war die Rettung, Licht war Farbe, was sonst, Farbe war Licht. Also hatte er den Farbkasten genommen und die Farbe entschlossen auf die Zeichnung gesetzt: So kam ein wenig Milde für sie herein, für sie beide!

Munch, als er jetzt an der Küchentür stand, hätte gern die Tränen geweint, die ihm damals über die Wangen gelaufen waren. Die schwerste Strafe in der Ewigkeit, dachte er, ist die, daß ich nicht malen kann. Damals war er über seinem Bild in Kleidern eingeschlafen.

Er setzte sich in die Küche auf den Stuhl und betrachtete den blankgescheuerten Tisch aus Holz. Er sah zum Fenster; es regnete heute nur mäßig, ohne Unterbrechung. Manchmal schien der Himmel seine undurchsichtige Grauschicht ein wenig aufzulösen, dann wurde es gleich wieder dunkel. Wie er dieses Dunkel haßte, das alle Farben schluckte! Er hatte sich daran gewöhnt, die allmählichen Veränderungen des Himmels zu benennen, als malte er sie; er hatte gelernt, die Farben auszusprechen, die er auf der Palette mischen würde, um jene Veränderungen zu malen. Er hatte sich die Aufgabe gestellt, die feine Schraffur des Regens in Gedanken zu zeichnen. Er dachte ununterbrochen über das Sehen nach. Was sehe ich, bevor ich erkenne, was ich sehe? Wie nehme ich diesen Vorgang in das Bild hinein?

Heute war alles anders. Diese junge Frau hatte vor seiner Tür gestanden. Niemand hatte ihn jemals hier aufgesucht, niemand, der noch »lebte«.

Vor ihm auf dem Tisch stand der kalte Kaffee, eine halb ausgetrunkene Flasche Wein, das schmutzige Glas. Er hielt das Rasiermesser noch immer in der Hand, der Seifenschaum war längst auf seiner Haut eingetrocknet. Seltsam. Gleich als er die junge Frau, die sicher nicht mehr ganz jung war, aber so wirkte, vor seiner Tür gesehen hatte, war der Gedanke an seinen Vater in ihm aufgetaucht, oder besser gesagt, dieses Gefühl, das sich für ihn mit der Erinnerung an seinen Vater verband. Vielleicht war es ihr hitziges Temperament. Sie hätte gut in unsere Familie gepaßt, mit ihren geraden Schultern, ihrer Haltung, ging es ihm durch den Kopf, und doch ... sie war auch anders. Nicht so verschlossen wie die Schwestern, Inger und Laura, oder Tante Karen. Ihre Haut war hell und durchscheinend, obwohl die Wangen erhitzt und gerötet waren, es war die Haut des achtzehnten Jahrhunderts, sehr schön. Sie hatte sich so frei bewegt, sie hatte aufrecht vor ihm gestanden, in dieser eigenartigen Kleidung, die die Menschen draußen offenbar trugen, in synthetischen Farben, die ihn schmerzten. Die grünliche Schlammfarbe ihres Mantels, eine scheußliche Mischung aus falschem Veroneser Grün und irgendeinem unreinen, billigen Gelb. Sie sollte besser Blau tragen. Blau wäre schön.

»Du wirst dich doch nicht wieder verlieben«, hörte er eine vertraute Stimme.

»Bitte nicht«, sagte er, »bleib mir vom Hals!«

Zu spät. Vor seinen bekümmerten Augen entstand aus dem Nichts eine Gestalt. Als sei sie zuvor unsichtbar gewesen und würde nun langsam sichtbar gemacht, so wie sich auf dem Papier in der Lauge nach dem Belichten eines Negativs allmählich das Bild zeigt. Zuerst sah er ihre Umrisse, ihren weiten, gebauschten Rock, die knappe Jacke, die Silhouette ihres Vogelkopfes mit dem schiefsitzenden kleinen Hut. Dann füllten sich die Umrisse, Körper und Gesicht zeigten sich, traten ihm entgegen, präzisierten sich, bis sie dasaß, aufreizend grinsend, mit aufgeworfenen Lippen, die Augenbrauen spöttisch hochgezogen: Tulla. Tulla im gleichen Lebensalter wie er, auf der Höhe ihrer Schönheit, Tulla in der Erscheinung, in der er sie geliebt und gehaßt hatte, Tulla Larsen. Sie tauchte auf und nahm Farbe an, blaß wie auf einer Lithographie, der Rock schwarz, die Jacke dunkelgrau, das Haar rot, heller als seins, etwas blond, die Augen grün.

»Tulla«, sagte Munch, »das Schlimmste an der Ewigkeit bist du.«

»Du hattest es fast schon vergessen, stimmt's?« Tulla spitzte den Mund. Hühnerarsch hatte er diesen gespitzten Mund immer genannt.

»Das Schlimmste an der Ewigkeit und die Gewißheit, in der Hölle gelandet zu sein. Du bist die Hölle. Geh weg.«

»Tut mir leid, Munch«, sagte Tulla und zog die Nadel heraus, die den Hut an ihrem hochgesteckten Haar befestigte, »heute ist unser Tag.«

Sie legte den Hut ab.

»Heute ist unser Tag sowenig wie alle anderen Tage«, knurrte Munch.

Er saß am Tisch, die Knie zusammengepreßt, und wollte nicht sehen, was er sah. Er versuchte, sich auf die fremde Frau an seiner Tür zu konzentrieren. Ihre Schädelform unter dem dichten Haar, den weichen Verlauf der Linie von den Ohren über die Kieferknochen zum vorgereckten kleinen Kinn, ihre rundliche Nase mit den leicht geöffneten, empfindlichen, neugierigen Nasenlöchern. Fataler Einfall!

Tulla grinste.

»Du weißt doch, daß ich dann deutlicher werde«, sagte sie, »hast du das noch immer nicht verstanden?« Tatsächlich wurden ihre Farben intensiver. Sie lachte.

»Natürlich habe ich das verstanden.«

Das waren die Regeln. Dachte er an bestimmte Menschen, Frauen genaugenommen, die Zärtlichkeit, die sie ihm geschenkt, die Pein, die sie ihm bereitet hatten, die Lust: tauchte Tulla auf. Nahm Gestalt und Farbe an und saß bei ihm am Tisch in der Küche und raubte ihm die Ruhe. Er hätte so gern an die Fremde gedacht, einfach so und ohne Plan. Hätte sich ihr dunkles Haar vergegenwärtigt, ihre Haut, ihre klaren, wütenden Augen.

»Sie hatte etwas von einer Undine«, sagte er und kicherte, »etwas Feuchtes.«

»Da haben wir es«, sagte Tulla, »das liebst du ja.«

Sie verbarg ihre Verwirrung. Sie wußte, daß er an eine Frau dachte, doch sosehr sie sich auch anstrengte, es wollte sich kein Bild der Frau herstellen. Das war neu. Das mißfiel ihr.

»Du hast ein Versteck vor mir gefunden«, entfuhr es ihr. Und »Verdammt«, denn sie hatte sich verraten.

Munch bemerkte die Verwirrung in Tullas Zügen. »Was hast du?« fragte er. Mitfühlend. Die Freundlichkeit und Wärme ihr gegenüber entstanden unabhängig von seinem Willen.

Tulla hatte schöne hohe Wangenknochen, eine markante Nase und einen stets bewegten schmalen Mund. Ihre Augen wurden von großen Lidern oftmals halb bedeckt; es verlieh ihr selbst im Zorn etwas Melancholisches. Sie konnte böse und hochmütig aussehen, doch diese großen Lider vermittelten etwas Wehrloses. Erotisches. Anziehendes. Munch haßte seine Anfälligkeit für diese Augen.

»Nun?« sagte Tulla, »was fangen wir jetzt an?«

Munch begriff, daß etwas Unbekanntes im Gang war. Er lauerte.

»Die Alten hatten recht«, begann er, »wenn sie die Liebe mit einer Flamme verglichen.«

»Du lenkst ab«, unterbrach Tulla ihn, »das kenne ich in- und auswendig.«

»Wir kennen alles in- und auswendig«, sagte er, »was wir hier miteinander sprechen.«

»Trotzdem.«

»Denn die Liebe«, fuhr er fort, »hinterläßt genau wie die Flamme –«

»– auch nur einen Haufen Asche«, ergänzte Tulla. »Na und? Soll ich mir jetzt die Haare raufen?«

Sie saßen fest. Sie konnte nicht wie sonst seine Gedanken lesen! Sie wußte nicht, was und vor allem wer ihn beschäftigte! Das hatte es noch nie gegeben!

»Gib es zu«, sagte sie. »Du behältst etwas für dich.«

»Ich weiß nicht, wovon du sprichst.«

»Du hast ein Geheimnis vor mir, du willst es mir nicht sagen.«

Sie quetschte ein paar Tränen in ihre Augen. Sie konnte das gut. Er wußte es. Alles wußten sie voneinander, sie hatten schon zu Lebzeiten alles voneinander gewußt, und hier, in der Ewigkeit, konnten sie sogar die Gedanken des anderen lesen. Was sie nicht daran hinderte, immer neue Wege zu erfinden, dieser Offenlegung auszuweichen. Munch schwieg. Er sah sie versonnen an. Das war sein Trick. Es wirkte, als sähe er sie zärtlich an; hinter diesem Blick konnte er an alles mögliche denken. Ohne daß es auffiel. Es hielt nie lange; doch dieses Mal schien es, als könne er vor Tulla die fremde Frau verbergen. Er hatte etwas für sich allein gefunden; er wollte es um keinen Preis hergeben. Tulla fühlte es.

»Ich bring dich um«, sagte sie. Ihr Gesicht hatte eine Spur Farbe verloren. Sie war kreidebleich und sah sehr schön aus.

Haßerfüllt, aber schön, dachte Munch. Schön, weil sie mir ausgeliefert ist. Weil sie mich liebt.

»Es gibt nichts, Tulla, du weißt doch, daß wir alles voneinander wissen.«

Sie pochte mit der Hand auf den Tisch wie eine ungeduldige Gouvernante.

»Du ziehst dich zurück! Es ist unmöglich! Wie hast du es diesmal geschafft?«

Es war ihr alter Streit, der sich in der Ewigkeit wiederholte. Tulla hatte immer in sein Inneres eindringen wollen, wie der Vater. Sie war pietistisch erzogen, mit dem gesamten System der Gewissenserforschung, mit dem der Vater ihn und später er sich selbst gequält hatte. Munch wußte nicht, ob Tulla an Gott glaubte oder nicht. Was sie jedoch wie eine zweite Natur angenommen hatte, war die genaue Beobachtung des Seelischen: seines Seelischen.

»Du entkommst mir nicht«, sagte Tulla feindselig.

Sie starrten einander an. Draußen nieselte es, das schwache Licht streifte Tullas Haar. Ihr Gesicht verschwamm, und die Zeit blieb stehen.

(7)

Eva lief durch die Straßen einer ihr unbekannten Stadt in einer unbekannten Zeit, zwischen den Jahrhunderten, in denen sich Menschen begegneten oder nicht, in denen sie sich über diese Zeitachse hinweg liebten oder nicht. Da schlug dieser Mann ihr einfach die Tür vor der Nase zu und ließ sie stehen. Es war ihm vollständig egal, was die Leute mit seinen Bildern machten. Er freute sich gewiß, wenn sie vor dem Bild so in die Knie gingen wie sie; ja, er zwang sie in dieselbe Falle, in der er sich selbst befand, und war nicht willens, dafür geradezustehen! Sie kochte vor Wut und Enttäuschung. Es war, als stieße er sie in einen finsteren Wald mit knorrigen, unheimlichen Bäumen, wie er sie gemalt hatte, mit Augen und Fangarmen. Am liebsten hätte sie diesen Munch umgebracht.

Plötzlich befiel sie eine eiskalte Ruhe. Sie zog die Augen zu Schlitzen zusammen. Sie begann in Gedanken Zahlen zu schreiben, die sie für die Blätter Munchs auszugeben bereit wäre. Sie analysierte diese Blätter, die sie noch nicht einmal gesehen hatte, deren Beschreibung sie nur kannte, und taxierte ihren Wert, *und so und so und so*, schrie es ihn ihr, gellend und böse, und es war, als steche sie in die Radierungen hinein, steche die Zahlen, die sie wert waren, mitten in ihr papierenes Herz. Da hast du deinen Wert, Herr Munch, grollte sie, hier steht es schwarz auf weiß, mehr gibt es nicht, und wenn du dich im Grab zerreißt, und die Gefühle, die Gefühle, die lassen wir jetzt einmal schön beiseite!

Am Hafen roch es nach fauligem Wasser und Fisch. Es nieselte. Weiße Schiffe fuhren ein und aus, Fähren nach Deutschland und England. Die rot, rostfarben und braun gestrichenen Häuser leuchteten. Touristen mit albernen Regenkäppis fotografierten den Markt mit den Elchen aus Stoff, Trollen in verschiedenen Größen mit riesigen Nasen und struppigem Haar, den angeblich handgestrickten Wollpullovern, Regenschirmen in allen Farben, schillernden Fischen und lebendigen Hummern. Eva hatte in zwei Tagen zwei Regenschirme gekauft und verloren. In der Galerie gab es eine Vorbesichtigung der Auktionsstücke. Das erleichterte sie. Bis zur eigentlichen Versteigerung am nächsten Tag würde sie wieder fit und gefaßt sein. Sie nahm es sich fest vor. Sie würde abends eine Kleinigkeit in einem netten Restaurant essen, keinen Alkohol trinken und früh schlafen gehen.

Die Galerie war eine der renommiertesten Norwegens. Eva kaufte zwei Kataloge, fand die Landschaft, die Wilhelm von Herzberg haben wollte, und studierte sie; sie entdeckte ein paar reizvolle Porträts der Lübecker Familie Linde und einen Zyklus von Lithographien, der ›Alpha und Omega‹ hieß und die Geschichte der ersten Menschen erzählen sollte. Es dampfte von den hereintretenden Menschen mit ihren feuchten Mänteln und Schuhen, von ihren vorfreudig und erregt schwitzenden Körpern, von der Hektik, die das Jagdfieber ausmacht, und diesem kalten Schweiß, den es gab, wenn sie sich zwangen, aus den Dingen, die sie liebten, eine Ware zu machen.

Eva hörte das gierige Schmatzen und Schnalzen, das sie so gut kannte und das sie beruhigte. Sie sah sich um, registrierte die Anwesenden, schätzte ihre Möglichkeiten ein, wohl wissend, daß es noch andere Boten der Reichen gab, wie sie, die das Feilschen für sie übernahmen. Einige Besitzer und Sammler waren anwesend, und Eva schätzte sie um ihrer Offenheit willen, sich zu zeigen und hineinzubegeben, in das Spiel mit dem Geld. Sie standen zu dem, was sie waren, wie Wilhelm von Herzberg auch. Denn er wäre ja hier, wäre er nicht in den Hundehaufen getreten.

(8)

Wie gern hätte Munch gehabt, daß die fremde Frau länger geblieben wäre. Er hätte gern ihre Farben aufgenommen, ihre Formen, die sich unter dem Mantel verbargen. Er mußte sich auf sie einlassen, wie bei einem Porträt, bei dem er etwas erwischte, was sonst im verborgenen blieb. Er wollte etwas wissen. Er brauchte das. Und jetzt kam niemals mehr jemand zu ihm. Außer Tulla.

Ich Idiot, dachte er, ich habe der Fremden die Tür zugeschlagen! Natürlich war Tulla aufgetaucht, diesen Augenblick ausnutzend, ungebeten, er hätte es sich denken können, daß sie diese Gelegenheit beim Schopfe packen würde, auch dies war Teil des Höllensystems, zu ahnen, wann der andere einen schwachen Moment hatte. Allerdings hatte er noch nicht herausgefunden, was es für Tulla eigentlich bedeutete: er tauchte niemals bei ihr auf, immer kam sie nur zu ihm! War das denn ihre Strafe? Munch war überrascht. Darüber hatte er tatsächlich noch nie nachgedacht. Was dies alles für Tulla hieß. Er hatte überhaupt noch nie über sie als eigenständige, von ihm unabhängig existierende Person nachgedacht.

»Bist du im Himmel oder in der Hölle?« fragte er sie, aus seinen Gedanken auftauchend.

Doch Tulla war nicht mehr da.

Eine schreckliche Unruhe befiel ihn. Er schlug den Kopf auf die Tischplatte. Wie lange habe ich daran festgehalten, daß das abgeschossene Fingerglied das Schlimmste wäre, das Tulla mir zugefügt hat! Er betrachtete seine linke Hand; zwei Glieder des Mittelfingers fehlten. In seiner letzten dramatischen Auseinandersetzung mit Tulla hatte sich der Revolver gelöst. Der Schuß hatte den Finger getroffen.

Tulla hatte oft vor seiner Tür gestanden. Immer wieder. Er hatte es ihr verboten. Er hatte sie angeschrieen. Er hatte sie geschlagen, bis sie weinend seine Knie umschlang, er sie hochhob und wider Willen leidenschaftlich küßte. Er küßte sie und wurde hineingezogen in ihren weichen warmen Mund, gegen den er sich wehrte. In den Zimtgeruch ihres Haars. Er spürte die Erregung, die er nicht wollte und gegen die er sich sperrte, wenn sie ihre Hand geschickt in seine Hose schob und ein triumphierendes Glitzern in ihre Augen trat. Er stieß sie auf das Kanapee, riß ihre Röcke hoch, er verschlang und überschwemmte sie mit Küssen, fühlte ihre Haut unter seiner Zunge brennen, er drückte ihr Gesicht nach hinten und drängte sich in sie hinein. Sie verkeilten sich ineinander, rissen und zerrten aneinander, sie gingen ineinander auf. Sie lachend, gurrend, stöhnend; er voll überlegener Freude, wenn sie nur noch tonlos keuchte. Ihr Sieg, wenn er losließ, in heftigen Wellen seine Hüften gegen ihre werfend. Es galt Auge um Auge, Zahn um

Zahn. Wer gab wem mehr Lust, wer konnte sich zurückhalten, wer gab sich vor dem anderen hin? Die zärtliche, lustvolle Verschmelzung ohne den Anflug des Willens oder der Macht hatte es nur am Anfang zwischen ihnen gegeben, er hatte sie gemalt und in Holz geschnitten, wieder und wieder.

Der Anfang. Wie sie sich zum erstenmal getroffen hatten. Mathilde Larsen, hieß es, Tochter des Weinhändlers Larsen, sieh dich vor, eine Frau mit Ansprüchen. Im Café, mit den Freunden, Krogh, Heiberg, Jaeger. Sie kam herein im eng geknöpften schmalen Kleid, die Brust flach eingesperrt wie eine Amazone, die Bewegungen im schwingenden Rock ungestüm. Über das Herrische darin hatte er hinweggesehen, oder, genauer, er hatte es gesehen, ohne es sich einzugestehen. Er gestand sich nicht ein, daß es ihn reizte. *Wein für alle!* hatte sie gerufen und ihr Hütchen auf den Tisch geschleudert. (Später wurden es übertrieben große Hüte mit Blumen, die sie über die Krempe wuchern ließ.) Das Ungezähmte an ihr lockte ihn, der helle, biegsame Hals, den sie beim Lachen freilegte, ein wenig vulgär, wie ein Hund seinen Hals dem anderen, der sagen will: Ich unterwerfe mich.

Ich unterwerfe mich, hatte Munch gedacht. Es war, als griffe sie in seine Knochen und holte das Mark aus ihnen heraus. Als nähme sie sein Herz und betrachtete es wie Salome das abgeschlagene Haupt Jochanaans, liebevoll, verlangend und ohne jedes Bewußtsein, es ihm abgeschlagen zu haben, oder, in seinem Fall, ihm das Herz herausgerissen zu haben, das er malen würde als blutende Blume. So wie Salome nicht wahrhaben wollte, daß die Lippen, die sie endlich küssen durfte, einem abgeschlagenen, leblosen Kopf angehörten.

Das alles war Tulla. Mathilde.

Er beneidete sie um ihre finanzielle Freiheit. Ihre Verwöhntheit, ihren Glanz. Ihre eigenartige Hingabe.

Tulla rührte an eine Lebenslust, die er gekannt hatte, vor dem frühen Tod der Mutter. Die Mutter, die ihn angesehen und gelacht, die ihn an sich gedrückt hatte, zärtlich und unbeschwert. Tullas Haut: als berührte er die Haut der Mutter. Er wurde verletzlich. Kindlich. Wie sie ihn manchmal küßte. Schamlos. Vollkommen. Erschreckend. Er mußte diesen Schrecken mit Wein im Zaume halten. Die Mutter hatte manchmal auch kalte, abweisende Augen gehabt.

Warum nahm er überhaupt eine Beziehung zu einem anderen Menschen auf? War es nicht besser, immer nur zu arbeiten?

Er hatte gearbeitet. Besessen. Hunderte von Bildern hatte er gemacht. Männer und Frauen, Frauen und Männer. Ineinander verschlungen. Küsse bis zur tödlichen Verstrickung. Paare, Einzelne. Amor und Psyche. Der Kuß. Von der Sehnsucht entmachtet. Charlotte Corday, die Marat ersticht. Manche hatten darin eine Philosophie sehen wollen, eine Philosophie der Geschlechter. Er hatte eine Erfahrung zum Ausdruck bringen wollen. Das war etwas anderes.

Unvermittelt hatte Munch die sonderbare Idee, diese fremde erhitzte Frau, die ihn am Morgen vor der Tür verflucht hatte, könnte ihm helfen.

(9)

Eva lief durch die verwinkelten, krummen Straßen von Bergen. Sie sah die Menschen an, denen der Regen offenbar nichts ausmachte. Niemand hetzte, alle machten einen freundlichen Eindruck, die Geschäfte wirkten ansprechend. Sie würde eine Karte an Anka schreiben, später, beim Warten auf das Essen. Sie steckte ihre Nase in Konditoreien und Trödelläden, sie wanderte durch helle Kaufhäuser. Sie kaufte ein paar herabgesetzte Anziehsachen für die Kinder, bunte Schreibblöcke und Stifte, die anders aussahen als zu Hause. *Tre barn*, drei Kinder habe ich, zeigte sie der lachenden Verkäuferin. Sie spähte in geöffnete Eingangstüren von Restaurants, studierte aushängende Speisekarten, drückte das Gesicht gegen Scheiben, musterte die Klientel, entspannte sich. Das Laufen tat ihr gut, etwas fiel von ihr ab; sie begann, die Häuser anzusehen, die ihr gefielen, überschaubar, aus bunt gestrichenem oder weißem Holz. Sie schüttelte den Kopf. Sie dachte an ihre Mutter, wie so oft, wenn sie in einer unbekannten Umgebung begann, eine Orientierung zu gewinnen (was so oft allerdings nicht vorkam). Du hast dich immer verlaufen, sagte sie im stillen zu ihrer Mutter. Im Wald genauso wie in der Stadt. Wo hast du nur deinen Kopf gehabt? Ich glaube, wir waren vier oder fünf, als wir lernten, uns Wege zu merken. Merkt euch Dinge, hast du gesagt, damit ihr den Weg findet! Du hast es uns gesagt und konntest es selbst nicht. Wir machten uns ein Spiel daraus, merkten uns Ampeln, Bäume, Geschäfte und im Wald Bänke, Sträucher, Lichtungen. Anka und ich sind perfekt im Kartenlesen. Du hast dich auf uns verlassen können, wir haben den Weg vom See nach Hause gefunden, und wir haben dich überallhin gelotst.

Eva dachte an einen Holzschnitt von Munch. Ein Sterbezimmer. Familie, ein kleines Kind vorn im Bild.

Eva sah Bilder eines Hauses am Meer. Sah Badetücher im Schilf. Schweinekoben, ein weißgestrichenes Holzhaus. Die Ferien in Norwegen lagen so weit zurück. Es war irgendwo im Süden des Landes gewesen. In einem Vogelschutzgebiet. Ihre Mutter hatte Vögel geliebt.

Komisch, dachte Eva. Wir wissen nicht einmal, ob sie tot ist.

(10)

Munch irrte durch die Straßen von Bergen. Er kannte die Wege, auch wenn sich vieles in der Stadt verändert hatte. Unsterbliche waren davor geschützt, die Außenwelt zu deutlich wahrzunehmen; allerdings galt ja die Regel, die zugewiesenen Räume nicht zu verlassen. Es würde tausend Tage Verlängerung zur Strafe dafür geben.

Nie wäre er auf die Idee verfallen, seine Wohnung zu verlassen. Was sollte er dort draußen? Schon zu Lebzeiten hatte er sich oft verborgen, hatte nichts wissen wollen von dem, was draußen geschah, hatte seinen Verfolgungswahn gefürchtet.

Er lief nach seinem inneren Wegweiser durch die Stadt; er richtete sich nach dem Stadtplan seiner Zeit, sich darauf verlassend, daß in seinem Heimatland ein Jahrhundert nichts ausmachte. Er spürte einen Widerstand; daß und wie er es geschafft hatte, das Haus zu verlassen, war unklar. Er hatte Angst, die altbekannten Gesichter zu sehen, Krogh oder Jäger; vielleicht hatte sie ein ähnliches Schicksal ereilt wie ihn; vielleicht irrten auch sie hier durch die Straßen und erlebten die schwierigsten Stationen ihres Lebens noch einmal. Vielleicht aber würden sie ihm auflauern, um ihn erneut zu beleidigen.

Er sah schemenhafte farbige Flecken, keine Gesichter. Er suchte nach Evas schlammgrünem Mantel. Schließlich zog es ihn zum *Café de l'Opéra*.

Er sieht Eva allein am Tisch sitzen. Er geht hinein, baut sich vor ihr auf. Sie sieht durch ihn hindurch. Er verbeugt sich schüchtern. Keine Reaktion. Sie kann mich nicht sehen, denkt er. Vielleicht kann sie mich nur sehen, wenn sie an mich denkt.

Einige Gläser Rotwein hat sie hinter sich. Zum Essen, hat sie gedacht. Das erste Glas hat gerade für den Salat mit Meeresterrine gereicht, der Lachs hätte auf dem Trockenen schwimmen müssen, also das nächste, so kommt eins zum andern. Sie beobachtet die jungen Menschen im Café um sie herum, die ihr Haar in Strähnen in die Stirn kämmen und wie Puppen aussehen. Morgen auf dem Markt, denkt Eva, kaufe ich Pullover für die Kinder. Und kleine Elche. Sie betrachtet den Tisch mit dem weißen Tuch. Salz- und Pfefferstreuer bilden ein Dreieck mit der Wasserflasche. Brotstücke liegen darauf wie die großen weißen Steine auf den Bildern von Munch.

»Darf ich mich setzen«, fragt Munch und setzt sich. Evas Jacke fällt vom Stuhl, der junge Kellner hebt sie auf, will sie an Munchs Stuhllehne hängen, Eva greift danach, bestellt wieder Wein.

»Ich habe auch gern getrunken«, sagt Munch.

»Ich trinke gar nicht gern«, sagt Eva und kichert.

»Ach«, sagt Munch, »ich habe richtig gern getrunken. Ich habe manchmal schon am Morgen getrunken, dann gab es am Tag keinen Streit.«

Munch schweigt.

»Was wollen Sie?« fragt Eva.

»Das Blau Ihres Kleides ist sehr schön«, sagt Munch. »Sie sollten dazu eine helle Kette tragen, Koralle oder Fischbein. Wie heißen Sie?«

Eva sieht ihn bekümmert an. Es hat keinen Sinn, denkt sie, sich dagegen zu wehren. Ich bin in Bergen, und morgen früh kaufe ich ein Bild von Edvard Munch, das ist nun nicht mehr aufzuhalten. Sie sieht ihn an. Eigentlich sieht er ganz nett aus, denkt sie.

»Eva«, sagt sie. »Ich heiße Eva.«

»Eva! Ein schöner Name«, sagt Munch begeistert, »ein exemplarischer Name. Ein klassischer Frauenname.«

Er strahlt sie an. Es klappt, denkt er.

»Ein Name, den zu tragen eine richtige Aufgabe ist.«

»Was für eine Aufgabe?«

»Wieso fragen Sie mich das?«

Eva wird ungeduldig. Sie möchte ihm die Hose runterziehen, um zu sehen, ob da noch etwas los ist.

»Sie haben es doch gesagt.«

Gleich wird sie wütend und das Gespräch ist beendet, denkt Munch. Was wollte ich überhaupt?

»Ich glaube«, sagt Eva, »ich weiß gar nichts mehr.«

»Nicht weinen, Eva.«

»Wollen Sie auch etwas trinken?«

»Ich trinke nicht«, sagt Munch, »ich habe zuviel getrunken«, sagt es in der Hoffnung, das Gespräch auf das zu lenken, was ihn hergetrieben hat.

»Ich habe davon gehört«, sagt Eva.

»Tatsächlich?«

»Tatsächlich. Es gehört zu Ihrer Legende.«

»Hm«, seufzt Munch gequält, »können Sie sich vorstellen, wie unangenehm es ist, eine Legende zu haben?«

»Sie haben keine Legende«, sagt Eva, »Sie *sind* eine, und deshalb sind Ihre Bilder sauteuer, aber er will sie kaufen, und deshalb kaufe ich morgen eins.«

Ein Maler der letzten Jahrhundertwende mit blassem rotblondem Haar und eine Frau, nicht mehr ganz jung, aber glühend, wie leicht wäre es, sie einander in die Arme zu jagen! Es riecht, wie es in Kneipen riecht, nach Rauch und Wein und Knoblauch und Fisch und etwas angebrannt Karamelligem, und die Leute schwitzen vor Sehnsucht, einander in die Arme zu fallen, und dann, was dann?

Eva sieht sich genötigt, Wilhelm von Herzberg zu verteidigen.

»Er versteht etwas von Kunst. Er ist ein Opernsänger.«

»Ich fand es immer großartig, wenn die Käufer in mein Atelier kamen«, sagt Munch und trinkt aus Evas Glas. »Im Atelier hast du die Macht. Da kannst du jeden abblitzen lassen. Kannst sagen: Nein. Das Beste: irgendeine dumme Frage und du – schweigst.«

»Na, zum Glück ist das ja passé«, sagt Eva, zutiefst befriedigt. Böses Mädchen.

»Und er ist keiner dieser Sammler, die auf dem Klo neben den anderen Sammlern stehen und vergleichen?«

»Wieso auf dem Klo?« Eva trinkt etwas Wasser. Sie reibt sich die Nase, rutscht auf dem Stuhl hin und her. Zieht die Jacke an.

»Männer vergleichen immer beim Pinkeln, Sie wissen schon.«

Eva nickt. »Klar«, sagt sie. »Nein«, schiebt sie hinterher.

»Ich kenne diese Sorte«, sagt Munch, und sein Mund bildet eine umgekippte Mondsichel, seine Augen eine graue Schlucht. »Es sind Geschäftsleute, Bankiers, Bauherren, manchmal erfolgreiche Ärzte, und sie sagen gern: Bei dieser oder jener Ausstellung hab ich das Bild reingegeben. Das ist meins. Mein Munch, sagen sie. Sie reden so, als wüßten sie alles über die Kunst und von der Kunst, und natürlich wären sie selber gern Künstler, und deshalb schlagen sie dir auf die Schulter und sagen: na, mein Guter, im Grunde sind wir doch alle Künstler, jeder auf seinem Gebiet, hoho, schöpferisch tätig, nicht wahr. Und in ihren Köpfen rattern die schöpferischen Rechenmaschinen, die ganze Zeit, und sie taxieren jeden, der reinkommt mit diesem Blick: wieviel verdient er, wieviel Schulden, wie teuer sind seine Schuhe, was ist seine Stellung, was sein Einfluß in unserer Gesellschaft, und wie das rattert in ihren Köpfen. Und dann reden sie besonders gern mit dir über die wunderbare Freiheit, die du hast im Leben. Und gleichzeitig haben sie gar keinen Begriff von Freiheit außer dem, daß sie sich alles leisten können, was sie wollen. Deshalb hängen sie ihre Frauen mit Schmuck voll. Damit es jeder sehen kann. Das ist wichtig. Daß alle es sehen können. Weibchen zum Bumsen holen sie sich woanders, oder Jungs, je nachdem. Aber die Gattinnen brauchen sie, für den Schmuck, den ganzen Plunder aus kaltem Stein und Gold.«

Eva sieht Munch erstaunt an.

»Sie kommen ja richtig in Fahrt«, sagt sie, »aber so einer ist

Herr von Herzberg nicht«, und plötzlich liebt sie den alten Herrn, als wäre er ihr Vater, richtig heiß wird ihr von dieser Liebe, und sie fragt sich, wieso sie sich eigentlich nie mit ihm getroffen hat, außerhalb des Auktionshauses. Eva zieht die Jacke wieder aus.

»Nein«, sagt Munch und lacht, »der ist sicher ganz anders.«

»Sie machen sich über mich lustig«, sagt Eva.

»Nein. Wissen Sie, woher ich das weiß? Er hätte nicht so eine geschickt wie Sie es sind.«

»Was bin ich denn für eine?« rutscht es Eva heraus. Das war kokett, denkt sie. Wir reden so, als kennten wir uns schon ewig.

»Ich kann Ihre Gedanken gar nicht lesen«, sagt Munch übermütig.

»Das wäre ja noch schöner«, sagt Eva. Jetzt hat er etwas Zärtliches geradezu. Ich muß aufpassen, der wickelt mich sonst um den Finger. »Sie werden diese Tulla ganz hübsch auf Trab gehalten haben«, entfährt es ihr.

»Was?« Nun ist Munch überrascht.

»Naja«, sagt Eva, »seit wir hier zusammensitzen, haben Sie mir ungefähr siebzehn Launen gezeigt. Jetzt zum Beispiel werden Ihre Augen ganz kühl. Sie beobachten mich, Sie machen mich zum Objekt, zu einer, die Ihnen zu nahe tritt und die Sie unbedingt in die Hand kriegen müssen, mit dem Bleistift, der Kohle, dem Pinsel.«

Munch will widersprechen, dann grinst er, entscheidet sich für eine andere Strategie. »Sie durchschauen mich«, sagt er. Läßt den Kopf sinken. Peilt wie ein kleiner Junge von unten nach oben, ob sie ihm gut ist oder böse.

Eva schüttelt den Kopf.

»Ich kann Tullas Gedanken lesen«, sagt er und sieht sich um, ob sie ihm nicht doch gefolgt ist. »Nicht auszudenken«, sagt er, »wenn sie uns hier sähe, sie ist höllisch eifersüchtig, ein Riesentheater, der nächste Skandal.«

»Es gibt keinen nächsten«, sagt Eva, »kein Schwein interessiert sich hier dafür.«

Eva erschrickt über ihre Worte. Munch schaut sich um, der Blick wandert weit nach innen. Vielleicht sieht er in den Menschen, die hier sitzen, die Gestalten seiner Jugendzeit, die Männer in ihren dunklen Anzügen, mit den kleinen Schleifen um den Hals, die Frauen mit ihren geschnürten Kleidern und den Handschuhen, die sie ausgezogen und vor sich auf den Tisch gelegt haben. Die Bohème von Christiania. Der Maler Christian Krogh, sein Freund, der schreibende Hans Jaeger... wie hatte er gesagt in seiner »Stadt der freien Liebe« ... zu früh geborene Kinder der Zukunft ... lebenshungrige ... heimatlose ... landsflüchtige ... die sich auflehnten gegen die Verkrustungen ihrer Zeit.

Eva befällt die Angst, dieses Gespräch könnte aufhören, abreißen.

»Bitte bleiben Sie«, sagt sie flehend, »ich rede so gern mit Ihnen.«

»Wirklich?« fragt Munch, und er beginnt zu erzählen. Von Tulla, der Frau, die nicht treu sein kann. Von der Katze, die mit zwei Mäusen spielt. Wie er sie zum erstenmal gesehen hat. In Christiania in der Kneipe.

»In Christiania?« Eva wird bei diesem Thema etwas mulmig.

»So hieß Oslo früher. Muß ich Ihnen denn alles erklären.« Munch wird unwirsch, das Gespräch strengt ihn an.

»Erzählen Sie, ich werde Sie nicht unterbrechen.«

Und er erzählt. Von Tullas schönem langen Haar, von ihrem energischen Gang und ihrer verrückten Liebe zu großen Hüten und ihrem Wunsch, ein Kind mit ihm zu haben, von ihrem schmalen, ausdrucksvollen Mund und von ihrem ewig dauernden Streit. Von ihrer Besessenheit, alles von ihm wissen zu wollen. Von ihren Launen. Von ihrer Macht über ihn, ihrer körperlichen Macht. Von seiner Panik, nicht arbeiten zu können, wenn sie sosehr Besitz von ihm ergreift.

»Sie müssen mir helfen«, sagt er.

»Aber wie?«

»Sie kommt jetzt immer wieder und quält mich mit der Vergangenheit. Ich kann es nicht ändern. Sie war so verrückt danach. Sie wollte mich an sich binden, mit allen Mitteln. Und gleichzeitig hat sie es mit allen anderen getrieben, nur um mich zu ärgern. Um mir zu beweisen, wie stark sie war. Durch halb Europa bin ich geirrt wegen ihr. Ich war auch in Berlin.«

»Ich weiß«, sagt Eva.

»Sie wollte unbedingt ein Kind von mir. Die Bilder waren meine Kinder«, sagt er, »ich konnte keine richtigen haben.«

»Das klingt so, als müßten Sie mal zur Paartherapie.«

Eva ist es peinlich, diesen Satz gesagt zu haben. Zu spät.

»Einer was?« fragt Munch.

»Einer Paartherapie.«

»Was ist das?«

»Muß ich Ihnen alles erklären?«

Sie lachen beide. Eva trinkt noch ein Glas Wein.

»Ein Paar«, erklärt sie »hat Probleme, so wie Sie mit Tulla. Sie gehen zu einem Seelendoktor und bereden das mit ihm.«

»Wie Doktor Freud, ja? Zu zweit? Wie soll das denn gehen?«

»Eigentlich geht es darum, daß der Therapeut das Paar miteinander ins Gespräch bringt. Sie geben ihm Geld dafür, damit das Gespräch auch richtig was wert ist und jeder sich anstrengt.«

»Oh«, sagt Munch, »das brauchen Tulla und ich nicht. Im Gegenteil. Das wollen wir nicht. Wir reden ununterbrochen.«

Eva denkt an ihre eigene Paartherapie mit Stefan nach der Sache mit der Opernkuh und wie sie in der Praxis des Therapeuten Gegenstände aufgebaut hatten, um ihre Herkunftsfamilien darzustellen. Und wie sie den ganzen Raum mit bunten Plastikquadern, Bällen, Kissen, Holzwürfeln und allem möglichen vollgestellt hatten, bis in die hinterste Ecke, weil alle so unendlich weit voneinander entfernt waren. Und sie beneidet Munch um seine verrückte Zeit, in der er hundert Bilder malte von der schwierigen Liebe zwischen den Männern und den Frauen, zwischen Mann und Frau, und wieviel poetischer erscheint ihr das als das Herumschieben von Kissen und Plastikgegenständen. Oder die Phantasiereisen zu zweit, die doch immer nur das eine sagen: wie wenig sie einander sagen können und wie blutig gekratzt und müde ihre sehnsüchtigen Herzen davon sind.

Sie zieht die Nase geräuschvoll hoch und kommt sich schrecklich verloren und dumm vor. Alles kommt ihr dumm vor, die ganze Welt, in der sie lebt und in der es für alle so wunderbare Lösungen gibt und in der doch nichts funktioniert, weil die Menschen eben keine funktionierenden Sachen sind.

»Was war mit Max Linde? Das war doch ein guter Sammler?« fragt sie, eher mechanisch. Sie hat Lindes Porträt am Morgen in der Galerie gesehen, Munchs Mäzen in Lübeck, ein Augenarzt.

»Ich kann nicht über Linde sprechen, ich bin jetzt erschöpft. Ich muß zurück. Ich dachte, Sie helfen mir mit Tulla.«

»Mit Tulla«, sagt Eva leise, »ich kann mir ja nicht einmal selber helfen. Vielleicht«, sie zögert –

Sie sieht ihn an. Tulla die Treulose, denkt sie, wenn er wüßte –

»Vielleicht?« drängt Munch.

»Wir schließen jetzt«, sagt der junge Kellner zu Eva und legt ihr die Rechnung hin.

»Max Linde war in Ordnung«, sagt Munch, unruhig um sich blickend. »Er liebte Männer und wußte es nicht. Kaufen Sie ›Alpha und Omega‹. Da ist alles drin. Es war schön mit Ihnen. Ich hätte Sie gemalt.«

(11)

Der Blick über den Fjord war außerordentlich. Blau, Grau und Grün schimmerten in den verschiedensten Abstufungen, ein leichter Schleier ließ den Übergang zwischen dem Wasser und den sich dahinter erhebenden Bergen zerfließen. Oben auf den Spitzen leuchtete der Schnee und darüber der einmal ausnahmsweise strahlend blaue Himmel. Das Licht hatte eine unglaubliche Intensität, alles erschien bis auf weite Entfernungen hin messerscharf gezeichnet. Es war ein weiter Weg von Bergen, aber Wilhelm von Herzberg hatte Eva aufgetragen, diese Reise durch den Kvinneheradsfjord in den Hardangerfjord hinein unbedingt zu unternehmen.

Der Tag war klar, aber stürmisch. Eva war erstaunt, wie stürmisch es in einem Fjord werden konnte und wie hoch das Schiff war. Die Landschaft schien ungeheure Ausmaße zu haben. Sie stand draußen an der Reling im Wind. Er ließ ihren Mantel flattern und zerrte und riß an ihren Haaren. Er sprühte Feuchtigkeit hoch vom Wasser. Er blies ihr ins Gesicht und führte einen wilden Tanz auf. Einen närrischen, eigenwilligen Tanz, der einen fast vergessenen Teil ihres Selbst weckte.

Sie sah Schiffe den Fjord kreuzen, in der Ferne verblassen, im Näherkommen Konturen gewinnen. Robert tauchte in ihren Gedanken auf wie diese Schiffe, die aus dem Nichts heranzusegeln schienen. Gestern, oder war es vorgestern gewesen, in ihrem seltsamen Rausch, hatte es sich so angefühlt, als hätte er sie verlassen. Jetzt fiel ihr ein, daß sie diejenige gewesen war, die den Schlußstrich gezogen hatte. Ein wenig gewaltsam, das wußte sie, und mit einem entsetzlich schlechten Gewissen. Wie sollte sie auch begründen, weshalb sie den Menschen, dem sie sich mit Haut und Haar ausgeliefert fühlte, unbedingt verlassen mußte? Um mich nicht zu verlieren, hatte sie gesagt, und sie hatte herzzerreißend geschluchzt, während sein Gesicht versteinerte. Die Blässe, die sie liebte, wurde zur Bleiche, die Haut, deren Zartheit sie so gern berührt hatte, spannte sich bis zur Unerträglichkeit über den Backenknochen, die Augen, die unendlich weich werden und plötzlich stahlhart funkeln konnten, zogen sich in ihre Höhlen zurück. Eva erinnerte sich schmerzlich an diesen Augenblick. Es war, als sehe sie der Verwandlung in eine Totenmaske zu; ein entsetzlicher *horror vacui* befiel sie. Sie stürzte, sie stürzte und wußte nicht, woran sich festhalten. Doch sie blieb bei ihrem Entschluß. Robert stand auf, sie hatten in ihrer Küche gesessen, und er sagte nur einen Satz: Du kannst dich nicht von mir trennen, wenn ich es nicht will.

Er verließ die Wohnung und ließ Eva zitternd zurück. Sie bekam eine Heidenangst. Sie stellte sich vor, wie er ihr mit einer Pistole auflauerte. Sicher hatte er sich längst eine besorgt; sie lag irgendwo unter seinen akkurat in die Schublade geräumten Socken. Er war ein ordentlicher Mann; alles in seiner Wohnung hatte seinen Platz; über ihren Hang zur Unordnung hatte er oft den Kopf geschüttelt. Die Teefilter, der Wasserfilter, der Luftbefeuchter. Die Buchreihen, die Schallplatten, die CD-Reihen. Der graue Teppichboden, der Allergikerstaubsauger. Und dann diese Handschrift. Nach links gerichtete, ausgeprägte, runde Buchstaben. Robert schrieb Gedichte, voller Gespenster. Alles zum Äußersten gespannt. Pornographische Phantasmen und Gewaltphantasien, die Eva erregten und erschreckten. Auch Liebesgedichte waren dabei, natürlich, die von seiner Leidenschaft für sie sprachen und seiner Zärtlichkeit.

Jetzt, da sie die Bilder von Munch im Kopf hatte, sah sie ihn wie die Figuren, in denen der Maler sich selbst als einen eifersüchtigen Ausgeschlossenen zeigte. Eine ganze Reihe gab es davon, auch in der Galerie. Immer stand einer da, mit schmerzverzerrtem Gesicht, aufgerissenen Augen, bleich, einem Bärtchen, wie es die jungen Männer heute wieder trugen. Er war zum Betrachter hin gerichtet, ohne diesen anzusehen, was dem Betrachter oder der Betrachtenden sofort denselben Horror vermittelte, den die Figur selbst empfand. Im Hintergrund war ein Paar zu sehen. Eine Frau im geöffneten Mantel, einem Hauch von einem Mantel, ein rotes Gewebe, ein Schleier, darunter nackt. Ihr Gegenüber, im Viertelprofil, fast nur von hinten, ein Mann. Irgendein Mann, ohne besondere Attribute. Ein Mann, eine Frau, eine absolute Situation. Und sie, wie auf einer Party, kokett in der Haltung, plaudernd, leichthin, verführerisch. Die Katze, die mit zwei Mäusen spielt.

So sieht er die Frauen, hatte Eva gedacht. Gemeine Projektionen! Aber ach, was half dies klappernde Wort als eine Deutung von Seelenzuständen?! Munch lebte in einer Zeit, in der man so nicht gesprochen oder gedacht hatte. Da gab es die rasende Eifersucht, dieses Gefühl der Ausgeschlossenheit, da gab es diese Ohnmacht, die den Wunsch zu töten an die Oberfläche heraufbrachte. Das war so und Punkt und schwierig genug.

Heute malt kein Maler solche Bilder, dachte Eva. Alle retten sich in die Abstraktion. Und wenn es einmal figürlich wird, geht es um Politik, nicht um Gefühle. Der Mensch in der Masse. Alle rennen zur Therapie, und jede Frauenzeitschrift weiß genau Bescheid über alles.

Eva wurde langsam kalt, auf dem Schiff, im Fjord und im Wind. Was war denn das jetzt? Sie hatte doch immer mit Dankbarkeit an ihre Therapeutin gedacht? Sie war doch der gute Engel, der dich ansieht, der aushält, wenn du ihm die Böse-Mutter-Projektionen, die mit der richtigen Mutter wiederum gar nicht mehr so viel zu tun hatten, an den Hals schickst! Die Mutter, die in den Wäldern spazierenging, ohne Ankündigung, allein. Die wiederkam, nach drei Stunden, nach zwei Tagen. Die Mutter, die wunderbar lachte. Die Mutter, die eines Tages, es war zwischen Weihnachten und Neujahr, Schnee war gefallen, getaut, gefallen, von einem ihrer Spaziergänge in den Wald nicht zurückkam.

Eva schüttelte sich. Bitte nicht so viel denken, beschwor sie sich, und zugleich dachte sie an den armen, ausgeschlossenen Munch, (sie dachte eine Sekunde auch an Stefan, den sie doch eigentlich betrog, was sie so nie benennen würde), vor allem aber dachte sie an Robert. Er hatte sie, die ohnehin wartete, zu kontrollieren begonnen. Wann kommst du, wann gehst du, mit wem, wohin. Jeden einzelnen Gedanken wollte er wissen, jede winzige Regung, die er auf ihrem Gesicht zu sehen glaubte, wollte er in Worte gefaßt hören. Jede Phantasie, jeden Traum. Was denkst du, fragte er nach einem Film, und er begnügte sich nicht wie die meisten mit einem *gut* oder *schön* oder *langweilig*. In sie drang er, wie ging es dir in dieser Szene, an wen hat dich der Schauspieler erinnert, hat dich diese oder jene Szene erregt oder erbost? Eva keuchte unter dieser Belagerung, sie fing an zu husten.

Robert spionierte ihr nach. Er unterstellte, daß sie etwas mit einem Studenten aus ihrem Seminar hatte. Sie hatte nichts mit ihm. Sie verabredete sich mit ihm, aus Protest. Sie bekam Lust, etwas mit ihm anzufangen.

Sie begann zu lügen, als könnte sie damit ein wenig Freiheit gewinnen. Sie durchschaute es alles nicht, aber sie fühlte es. Ihr Körper reagierte, untrüglich, ihre Scheide blieb trocken, wenn Robert sie berührte. Manchmal begriff er, und er setzte seine Zärtlichkeit ein. Bekam diese weichen Augen, denen sie nicht widerstehen konnte, und, schlimm für sie, doch unmöglich, sich dem zu entziehen, etwas Bettelndes. Eva gab nach, ihre Vagina machte wieder mit, sie liebte ihn ja, doch immer heftiger wurde ihr Widerwille und immer unfähiger fühlte sie sich, aus dieser Falle herauszukommen. Sie bekam Kopfschmerzen, und diese Kopfschmerzen waren es, die sie zum Arzt und zu ihrer Therapeutin geführt hatten. Zu Robert sagte sie darüber kein Wort. Er spürte es. Er vermutete einen Konkurrenten und tobte. Er packte sie morgens unter der Dusche und zwang ihr Küsse ab, deren Hitzigkeit sie unter Tränen erregten, und die einen so tiefen Selbstekel und eine solche Verwirrung in ihr auslösten, daß sie sich am liebsten aus dem Fenster gestürzt hätte. Sie nahm den Rest ihrer Selbstbehauptung zusammen und verließ ihn.

Wenige Tage danach, er hatte sich erstaunlich ruhig verhalten, sie war verwundert, nichts von ihm zu hören, war sie spät nach Hause gekommen. Sie hatte mit Nora einen Wein getrunken und mit ihr geredet. Sie öffnete die Tür im Hof und sah sofort, daß Licht in ihrer Küche brannte. Ich habe wohl vergessen, es auszumachen, dachte sie. Die Tür war nicht abgeschlossen, sie stutzte ein weiteres Mal. Ihr Herz raste im Hals, sie machte die zwei Schritte zwischen Eingangstür und Küchentür und erstarrte. Robert saß am Küchentisch und sah sie an. In der Hand hielt er ein Messer. Er kam auf sie zu, holte aus und rammte das Messer mit voller Wucht in den Türrahmen. Die Klinge zersprang.

Eva schloß die Augen. Sie sah die blutigen Herzen auf Munchs Bildern, sah die Blutlachen und Flüsse. Ihr Körper fühlte sich wie weggefegt an. Tränen schossen ihr in die Augen. Sie spürte, wie sie von einem Schütteln gepackt wurde, wie damals im Türrahmen, als Robert längst an ihr vorbei aus der Wohnung geschossen war. Sie klammerte sich an der Reling fest, die Knie weich, und starrte in die kreiselnden, strudelnden Wellen. Ein gewaltiger Sog zog sie ins dunkle, gischtige Wasser –

»*Are you okay?*«

»*Are you okay?*« Eine Stimme aus unendlichen fernen, aus der unendlich entfernten, längst vergessenen Menschheit drang an ihr Ohr.

»*Are you okay, lady?*« Wer konnte das sein? Wer rief sie, wer tauchte auf aus den vergessenen Gefilden des Mitgefühls und der Anteilnahme, die es doch längst nicht mehr gab? Ein Widergänger aus einem anderen Jahrhundert, ein neues Munchphantom? Eva fühlte, wie eine Hand ihren Arm packte und sie mit sanftem Druck von der Reling wegführte. Sie hatte immer noch Schwierigkeiten, die Augen zu öffnen und herauszukommen aus diesem inneren Land, das voller Gefühle und unkalkulierbarer Gefahren und doch ihr Zuhause, ihr Eigenes, ihr Un-Heimlichstes war. Die Stimme sprach mit ihr.

»*You should not stay so close to the railing*«, hörte sie, »*once you get seasick, you should stay away.*«

»*Stay away from my window*«, sang Eva unvermittelt, »*stay away from my backdoor, too*«, und die Stimme lachte.

»*Joan Baez, I know that song. Stay awaywayway*«, sang die Stimme, und nun glaubte Eva vollends, den Verstand zu verlieren, denn zu ihrer inneren Stimme, die sie kannte, gesellte sich eine neue, männliche. Plötzlich roch es nach Speck und Kaffee, und verdutzt öffnete sie die Augen.

»Oh«, sagte sie. »Sie sind ja echt.«

Ein braungebrannter Mann mit tiefblauen Augen sah sie belustigt und überrascht an.

»Natürlich bin ich echt«, sagte er auf deutsch. »Und Sie sind es auch. Sie sind auf der Fähre von Gjermundshamn nach Rosendal, es ist ein stürmischer Tag und sie wurden soeben von einer besonders gemeinen Form der Seekrankheit befallen.«

»Besonders gemeinen?«

»Ja. Sie äußert sich nicht mit der leicht erkennbaren Übelkeit vom Magen her, die kann aber gleich kommen«, lachte er, »die zeigt sich in einer Art Übelkeit im Kopf, den Gefühlen.«

Eva sah ihn erstaunt an.

»Sie sprechen so gut deutsch.«

»Danke. Viele Norweger sprechen gut deutsch. Setzen Sie sich, ich hole Ihnen einen Kaffee.«

Gehorsam und dankbar setzte sich Eva an einen der grauen Tische. Sie sah sich um. Leute sahen hinaus auf das bewegte Wasser. Leute gaben ihren Kindern zu trinken und süße Bonbons gegen den Seegang. Leute rauchten Zigaretten, redeten, lasen die Zeitung, sahen sich um.

Sie war am Leben. Der fremde Mann hatte sie gerettet. Sie war verwirrt und hatte Angst, die heimtückische Seekrankheit noch nicht überwunden zu haben. Aber da kam er und setzte ihr einen Kaffee und Eier mit Speck vor die Nase.

»Ich kriege nichts runter«, sagte sie.

»Zwingen Sie sich, es wird Ihnen guttun.«

Er kannte offenbar ihren Magen. Er selbst hatte gebratene Fische und einen gräulich-roten glatten Käse auf dem Teller. Eva nahm einen Schluck Kaffee.

»Mir wird schlecht«, sagte sie.

»Essen Sie, los.«

Der Mann ließ nicht locker. Er nahm Evas Gabel, schob Ei darauf und führte es ihr an den Mund.

»Ich heiße Johan«, sagte er, als ob sie das überzeugen könnte, sich von einem fremden Mann füttern zu lassen. Plötzlich gab etwas in ihr nach. Sie öffnete den Mund, kaute, schluckte. Sperrte den Mund wieder auf, wie ein Vögelchen, das sich von der Mutter das vorgekaute Essen von ihrem Schnabel in den eigenen schieben läßt.

»Meisje weint«, hieß ein Bild von Munch.

Meisje sperrte den Schnabel auf und kaute Rührei mit Speck. Langsam beruhigte sich das Schwindelgefühl in ihrem Kopf. Sie lächelte ein bißchen. Johan wollte ihr die Gabel in die Hand drücken. Sie schüttelte den Kopf. Er grinste. Er fütterte nun im Wechsel sie und sich selbst. Er benutzte dieselbe Gabel. Er sah sie an, spöttisch und liebevoll.

»Sind Sie Arzt?« fragte Eva.

Johan lachte.

»Wie kommen Sie denn darauf?«

Eva zuckte mit den Achseln. »Naja –«, sagte sie.

»Weil ich das weiß?«

Sie nickte, trank eigenständig Kaffee.

»Mehr«, sagte sie, »mehr Kaffee, bitte.«

Johan zog die Augenbrauen hoch und ging zum Tresen. Es ist ja alles so teuer hier, dachte Eva, ich muß ihm gleich das Geld dafür geben.

Johan hatte einen schönen Gang. Seine Hüften wirkten gelenkig und seine Schultern waren gerade und locker zugleich. Er war nicht sehr groß, und er war, wie die meisten Norweger, leger und wetterfest gekleidet, in blauen Hosen, blauer Jacke, grünem Wollpullover. Als er wieder an den Tisch kam, zog er die Jacke aus. Am Hals hatte er ein paar Falten, er mochte vielleicht fünfundvierzig Jahre alt sein. Vielleicht auch etwas älter. Eva schielte auf seine Hand. Helle Haare, kein Ehering.

Das Meisje lächelte unvermittelt.

Johan sah sie an.

»Sind Sie allein im Urlaub?« fragte er.

Eva begann zu erzählen. Sie erzählte, weshalb sie in Bergen war, und sie erzählte von den Bildern Munchs. Von denen, die sie gekauft hatte, und von denen, die sie im Museum gesehen. (Ihre Begegnung mit Munch selbst ließ sie aus.) Johan hörte gut zu, er fragte, er lachte aufmunternd, und Eva fühlte sich aufgehoben. Ja, sie fühlte sich in der Anwesenheit ihres Retters, wie sie ihn innerlich nannte, geborgen, und sie schüttelte über sich selbst den Kopf, was für ein Mädchen sie eigentlich war. Aber sie ließ es geschehen.

Die Fahrt dauerte eine Dreiviertelstunde, die Eva wie drei Stunden vorkam. Sie stand jetzt fester auf dem Boden der Fähre; sie war mit Johan wieder an Deck gegangen und freute sich über die Aussicht, die allmählich grüne Anhöhen zeigte. Auch der Wind legte sich, je näher sie der anderen Seite des Fjords kamen, die als besonders geschützt und sonnig galt, auf der erste Pfirsich- und Apfelbäume blühten.

Johan Ellefsen war Ingenieur. Er entwickelte mit Wasserstoff betriebene Fahrzeuge.

»Manchmal, wenn es mich packt«, sagte er, »gehe ich für zwei Monate auf einen Erdölbohrturm in der Nordsee. Eine harte, aber gut bezahlte Arbeit.«

»Ist das nicht sehr einsam?« fragte Eva und bewunderte Johans Haut, in die sich Wind und Wetter eingegraben hatten.

»Völlige Isolation«, sagte er, »ein winziger Lebensraum, zwei, drei andere Männer, eher stille Typen. Wir spielen Karten und machen Witze. Männerwitze, über Gott, und Sex. Die ewigen Fragen eben«, er lachte, »das kommt da draußen nach zwei Tagen. Aber ich komme bei mir selber an. Und das Geld, das ich dabei verdiene, reserviere ich für Reisen.«

Johan Ellefsen hatte keine Familie, keine Frau, keinen Lebenspartner.

Und Eva, die schon dabei war, ihre weiblichen Fühlerchen auszustrecken, begriff schlagartig, daß sie schon wieder dabei war, einem Einsiedler in die Fänge zu gehen, einem weiteren einsamen Wolf, wie es Robert einer gewesen war und, auf ganz andere Weise, Stefan, den sie völlig vergessen hatte. Sie zog ihre Hand zurück, es war zu spät, ihre Augen machten diese entzückenden Fältchen und ihr Mund lachte dieses zauberhafte Lächeln, das das Liebesspiel einleitete und vorbereitete und das Eva ebensowenig aufzuhalten wie Johan ihm zu widerstehen gewußt hätte.

Sie sahen zusammen die Baronie Rosendal an, ein weißes Schloß aus dem achtzehnten Jahrhundert mit einem berühmten Rosengarten. Johan, der wie die meisten seiner Landsleute seine Heimat kannte und liebte, zeigte und erklärte ihr alles und kaufte Kuchen für sie, den hausgebackenen, und fütterte sie hingebungsvoll und erfreut, was für ein Meisje ihm da so unverhofft zugeflogen war. Eva ließ alle Bedenken fahren. Wie unbekümmert konnte sie sein! Wie lebendig und frei und sorglos und neugierig! Wie intensiv sie alles wahrnahm, den Farbklang der sanften Blaugrautöne auf dem Fjord und später dann die Klangfarben der Griegschen Musik. Denn zurück in Bergen zeigte Johan ihr Edvard Griegs Villa, in der ein Konzert stattfand. Er zeigte ihr das Komponierhäuschen im Garten, ganz hinten, in das der Komponist dem Klappern und Plappern im Haus entfloh und in dem er seine Füße auf einen Schemel unter dem Schreibtisch stellte und ungestört an den Schnee in den Bergen denken konnte, aus denen er gekommen war. An die Landschaft seiner Kindheit, aus der er die Töne holte, die sich in seinem Herzgedächtnis mit neuen Eindrücken berührten und entstanden. Wenn er sie nicht notierte, legte er sich auf die Chaiselongue, sackte in einen kleinen Halbschlaf, in dem die

Töne sofort aufstiegen, und dann, so dachte sich Eva es jedenfalls, sprang er einfach auf, setzte sich hin und schrieb Noten.

Eva betrachtete Johans faltige Haut, sein Haar, das an den Schläfen grau und sonst hellbraun war, und sah ihm tief in die Augen. Sie schrieb eine Postkarte an Wilhelm von Herzberg, *mit innigstem Dank für diese aufschlußreiche Reise*, nachdem sie einige Zeit auf dem Kugelschreiber herumgekaut und in den Nieselregen und ins Grün vor dem Museum gestarrt hatte. Sie schrieb Nora eine Postkarte mit den Worten *bin glücklich, frag nicht, warum*. Sie kaufte für Stefan eine Postkarte und eine CD mit norwegischem Jazz und für die Kinder ein Set mit Muscheln. Sie ließ sich von Johan ausführen und mit Garnelen füttern, während er ihr alles erzählte, was sie wissen wollte, und vieles mehr. Und später erwies er sich als ebenso wunderbarer Zuhörer wie Erzähler mit seinen Fingerkuppen und seiner Zungenspitze und seinem gesamten beweglichen Körper, und Eva rieb sich die Augen und wußte gar nicht, wie ihr geschah, Haut an Haut.

(12)

Warum malen Maler nackte Menschen?

(13)

Meine Liebe zu dir wirft mich in eine Einsamkeit, aus der ich nur durch den Verzicht auf dich hinausfinde.

Ich gehe ohne Ruhe in meinem Zimmer umher. Ich kann nicht malen, nicht zeichnen. Ich warte auf die Spannung, die eigene Stimmung, den Sprung, aus dem heraus allein ich arbeiten kann.

»Du willst mir den Pinsel führen«, sagt Munch.

»Nein«, sagt Tulla und lächelt.

»Was willst du«, fragt er.

»Ich will alles«, sagt sie. »Ich will mit dir leben, mit dir reisen, ich will alles wissen von dir, was du denkst, was du fühlst, was dich bewegt. Ich will alles mit dir teilen. Auch meine Gedanken.«

Sie küßt ihn.

Er hat Angst.

Der Vater. Die pietistische Inquisition.

Die gespenstisch leeren Augen der Mutter.

Eines Morgens überrascht Tulla ihn im Atelier. Das Modell steht nackt neben dem Stuhl mit dem Korbgeflecht; er hat gerade angefangen, sie schweigen, es läuft gut. Er geht mit der Farbe direkt auf die Leinwand.

Tulla stürzt herein, zerrt das Mädchen an den Haaren zum Paravent.

»Zieh dich an«, schreit sie und schlägt ihr die Kleider um die Ohren. »Geh!«

Das Mädchen sieht Munch an, nimmt ihre Kleider und rennt hinaus. Munch schweigt, sein Kinn bebt vor Zorn. Tulla baut sich vor ihm auf und zieht sich aus. Erst nervös und hastig reißt sie sich die Knöpfe auf, reißt fast die Ärmel von der Jacke, den Rock. Sie fixiert Munch, der immer noch schweigt. Sie verlangsamt die Bewegungen, spielt aufreizend mit den Verschlüssen ihres Mieders, öffnet es, schiebt die Brüste hoch. Munch sieht sie kalt und böse an.

»Laß das«, sagt er gepreßt. Er steht versteinert, Palette und Pinsel noch immer in der Hand. »Du hast überhaupt nichts begriffen. Du begreifst überhaupt nichts.«

Tulla lacht ihr vulgärstes Lachen. Sie löst ihr Haar, sie wiegt sich in den Hüften, kreist mit dem ganzen Körper.

»Mal mich«, schreit sie, »du brauchst keine Modelle! Komm, komm her, du mieser kleiner Künstler!«

Er legt Palette und Pinsel auf den Tisch, beherrscht. Unheimlich. Er zieht die graue Kitteljacke aus, hängt sie sorgfältig an den Haken.

Tulla tobt, wirft ihm die Hüften ruckartig entgegen.

Munch nimmt den Mantel, verläßt den Raum, schließt leise die Tür.

Sie peitschen einander hoch, wieder und wieder. Sie fallen übereinander her. *Die Geilheit einer Frühlingsnacht*, schreibt er, *ist schuld daran*. Seltener ist es: Das Verschmelzen ihrer Häute; die Aufgelöstheit, mit der sie einander liebkosten, seine Zunge in ihrem Mund, als wäre es ihre Vagina, seine Zunge in ihrer Vagina, als wäre es ihr Mund; seine Zunge überall in ihrem Gesicht, als wäre es ihr Körper; seine Lippen auf ihrem Bauch, in ihren Achseln. Ihre Lippen, still aneinandergelegt. Eine warme forttragende Lust, derer er sich schämt, mehr noch, als wenn er zu den Huren geht, was er nicht begreift. Eine Zartheit, fast kindliche Zärtlichkeit, aus der eine tiefe Erregung aufsteigt, in der sie ihre Brüste zusammenpreßt und sie ihm zeigt, ihm zum Kuß anbietet. Eine Erregung, die ihn hemmungslos stöhnen läßt, die Hände auf ihren Hüften.

»Du willst die Verschmelzung«, sagt sie, »und dann schließt du die Tür zu deinem Atelier.«

Sie öffnet seine Hose, um seinen Kopf zu öffnen. Er öffnet ihren Schoß, um seine Gedanken verschlossen zu halten. Sie gibt sich hin, erschöpft von seinem Widerstand, und plötzlich tut auch er es. Sie erschrickt, zieht sich zurück, er tobt. Sie rennt fort, flirtet mit anderen. Er folgt ihr wie ein Hund. Sie tritt ihn. Er wimmert. Er klammert sich um ihre Knie, sie schlägt seinen Kopf. Er kriecht mit dem Kopf unter ihren Rock, er gräbt sich zwischen ihre Beine, läßt die Zunge in ihre warmen Hautlappen hinein, bis sie anschwellen und ihm die Feuchtigkeit über das Gesicht läuft und sie schreit und sich fallen läßt. Haut und Haar.

Irgendwann geht es nur noch um Macht.

Er sperrt sie in seinem Zimmer ein und rennt ins Atelier. Er muß trinken. Er arbeitet wie besessen, alles, was hochsteigt. Mutter und Tochter. Tod der Mutter. Landschaften in Gesichtern, Gesichter in Landschaften. Weiße Nächte. Licht in der Dunkelheit, Tageslicht, Nachtlicht. Farbe, Farbe, Farbe. Aufbrechende Linien. Fratzen. Kinder.

Und manchmal

kriecht ihm aus Tullas Schoß eine andere entgegen: Milly.

Milly kriecht ihm entgegen, lächelt traurig, murmelt: Verräter.

In aller Kunst ist Verrat.

(14)

In einem der Kataloge über Munch, die Eva in Bergen gekauft hatte, fand sie, als sie im Flugzeug darin blätterte, ein Gedicht von Richard Dehmel, den Munch um die Jahrhundertwende in Berlin kennengelernt hatte. »Wie hab ich mich nach einer Hand gesehnt, / die mächtig würd in meine passen! / Wie hab ich mir die Finger wund gedehnt! / Die ganze Hand, die konnte niemand fassen! / Da ballt ich sie zur Faust.«

Eva trank einen Whisky. Der Platz neben ihr war frei. Sie zog die Schuhe aus und lehnte sich in den Sitz. Ihr Körper dachte an die beiden Nächte mit Johan. Ihr Körper hatte so eine eigene Art zu denken. Ihr undefinierbarer, unruhiger Rest, von dem sie nicht sicher war, ob es nicht auch ihr Körper war, fragte sich, ob der Körper in seiner Wahl des Liebespartners die Sache mit der *ganzen Hand* nicht kapierte, nach der sie sich doch offensichtlich sehnte.

Sie hatte es Johan nicht erlaubt, sie zum Flughafen zu bringen, obwohl sie es sich gewünscht hatte. Sie wollte die Reise nicht zu sehr an ihn koppeln. Das würde es ihr in Berlin schwerer machen, daran zu denken. Jedenfalls hatte sie sich am Abend vor ihrer Abreise so etwas zusammengereimt. Johan hatte sie in ein Taxi gesetzt und ihr aus der dunklen Gasse hinterhergewunken, vor seinem Haus, in dem sie die Nacht verbracht hatte, wenn auch nicht die ganze, denn sie hatte den Wecker auf fünf Uhr gestellt. Sie mußte noch zum Hotel, in dessen Safe die Drucke lagen, und sie mußte ihre Sachen holen. Sie mußte duschen, etwas Frisches anziehen und sich für ihre Heimkehr wappnen.

Eva sah aus dem Fenster auf die Wolken.

Sie würde doch nicht ihre Kinder nehmen, Stefan verlassen, das Haus verkaufen und bei Spoerli kündigen, um zu Johan Ellefsen nach Norwegen zu ziehen? In ein Land, in dem es siebenundvierzig Wörter, oder waren es siebenundzwanzig, für Regen gab? Was mußte sie denn jetzt wieder mit der Denkerei anfangen? Die ganze blöde Denkerei half ihr gar nicht. Und die ganze Alleinseierei hatte sie auch satt. Dieses ewige Sich-Aufteilen. Hier ein bißchen Vertrauen, hier ein bißchen Gespräch, hier ein bißchen Liebe, hier ein bißchen Sex. Kein Wunder, daß sie nachts mit geballten Fäusten schlief.

Dehmel zog für sich den Schluß: »Gib mir die Kraft, einsam zu bleiben.« Das ließ sich leicht sagen, es war ja auch nur ein Gedicht. Ob der Dichter im Leben auch so heldenhaft war und sich in die Einsamkeit zurückgezogen hatte? Davon wußte sie nichts. Sie wollte es auch gar nicht wissen. Nicht noch ein Künstler oder Dichter. Sie mußte sich erst einmal von Munch erholen. Es war schon alles verrückt genug. Munch wäre, abgesehen vom Dauerregen, der sie wahrscheinlich depressiv machen würde, obwohl die Leute vergnügt und entspannt wirkten, aber wer weiß, dem Anschein war ja nie zu trauen, jedenfalls Munch wäre ein echter Grund, nicht zu Johan nach Bergen zu ziehen.

Sie mußte aufhören, Whisky zu trinken. In den schwierigsten Phasen ihrer Therapie hatte sie auch Whisky getrunken, in der Zeit, in der sie sich von Robert getrennt und noch nicht den Beschluß gefaßt hatte, aus dem Haus auszuziehen. Sie mußte dringend aus seiner Nähe weg. Ihre Therapeutin, eine zugewanderte Berlinerin mit viel Humor, hatte ihr dazu geraten. Eva mußte lachen. Die Therapeutin (die Verena Glücksmann hieß) war in der Zeit, seit sie zu ihr ging, fünfmal umgezogen. Sie saß zwischen den Umzugskartons, die immer labriger wurden, packte die immer gleichen großen Bilder aus und stellte sie an die Wand. Sie bepflanzte den Balkon mit neuen Pflanzen und lebte unübersehbar aus den Kisten, und doch machte sie auf Eva den Eindruck einer durch und durch wohlsortierten Person. Erst später fand sie heraus, daß die Therapeutin aus einer Flüchtlingsfamilie kam und sich auf diese Weise in der Welt am wohlsten fühlte: immer auf der Reise zu sein.

Die Menschen sind nicht logisch, dachte Eva, deren Gedanken vom Alkohol gelockert die Bahnen wechselten, und wir gehen alle nicht auf in den Erklärungen der Psychologie. Viele ihrer Freundinnen gingen zur Therapie, und alle hatten sich einen Jargon angewöhnt, an dem sie mühelos diejenigen erkennen konnten, die hingingen, und diejenigen, die nicht hingingen. Eva war damals eine der ersten gewesen, die hingingen. Inzwischen rannte die halbe Elternschaft der Schule in Kleinmachnow zu einer Paartherapeutin, alle zur selben.

Das hatte ihr Bettina kürzlich erzählt, als sie Sina bei ihr abholte. Sina war mit Lisa befreundet, Bettinas Tochter, und auch Bettina ging mit ihrem Mann Hans zur Paartherapie, weil er eine andere gehabt hatte und sie sich gedacht hatten, das wäre ein Zeichen. Ein Zeichen der Vernachlässigung. Ein Zeichen, nun doch mal etwas zur Rettung der Ehe zu unternehmen. Sie liebte Hans, das sagte sie. Hans, der gerade auf der Veranda auf der Leiter stand und eine neue Markise anbrachte. Ihre Augen waren seltsam ausdruckslos geworden, als sie Eva anvertraute, daß er nach einem Jahr der Unterbrechung schon wieder eine Affäre hatte. Eva war allerdings erstaunt. Dieser schüchterne Mann mit den sehnsüchtigen Augen! Dem hätte sie das gar nicht zugetraut! Andererseits: Diese sehnsüchtig blickenden Augen waren ihr auch schon aufgefallen, als er Lisa einmal bei ihr abgeholt hatte. Sie erinnerte sich, daß sie bei sich gedacht hatte, er sei gewiß ein sehr zärtlicher Mann und da habe Bettina aber Glück.

Wie war sie denn darauf gekommen? Ach ja. Dehmel. Robert. Die Einsamkeit. Die Ehe war offensichtlich die moderne institutionalisierte Form der Einsamkeit. Die Zeit des Expressionismus war die Zeit der wilden Ehen. Sie hingegen waren brave Mitglieder einer braven Gesellschaft, und lief irgend etwas nicht so, wie es sollte, schoben sie Gegenstände im Raum herum. Wegen des Verbotenen und Verschwiegenen, das sich seit Generationen in den Familien breitmachte. Dick und fett machte es sich da. Mit den Generationen war es eine komplizierte Sache. Denn wegen der Nazis waren sie alle von ihren Vorfahren abgeschnitten. Weil die Nazis es mit den Ahnen *übertrieben* hatten, wie Anka es einmal salopp gesagt hatte (dabei war es ihr bitterernst), das heißt, weil die Nazis sechs Millionen Menschen *wegen ihrer Herkunft* umgebracht hatten und weil sie von allen »Ahnenpässe« gefordert hatten, um ihre blutsbedingte Existenzberechtigung nachzuweisen, hatten alle nach dem Krieg die Schnauze voll gehabt von diesen Dingen. Über *Ahnen* wurde nicht gesprochen, und Stammbäume wurden als ideologischer Ballast verdammt. So war es noch zu Ankas und Evas Schulzeit gewesen.

Aber Ahnen hatten ihr eigenes Leben, das sah man ja jetzt. Jetzt mußten sie in Form von Kissen und Kisten rekonstruiert werden, zumal die Großfamilien auseinandergefallen waren und niemand mehr richtig zusammenhängende Geschichten erzählen konnte und niemand mehr so genau wußte, welche Sünden welche Uroma begangen hatte, und sie doch so eine wichtige Rolle für das Hier und Jetzt spielten, diese alten Verhältnisse. Die leibhaftigen Großeltern lebten meistens weit weg oder gar nicht, und im Grunde ging es gar nicht um die Wirklichkeit, sondern um die Phantasien!

Die Familienaufstellung war noch einen Zacken schärfer; man mußte nicht über Monate und Jahre in mühsamer Kleinarbeit den eigenen Verschlingungen auf die Spur kommen; es reichten ein oder zwei Wochenenden. Man stellte keine Kisten, sondern Leute auf: Du bist die Oma, die so streng war, du bist der Opa, der mich ignorierte, du bist der Vater, dessen Tochter ich nicht bin, was ich aber gar nicht wußte, du bist der Vater, der ständig fremdging, und du bist die Mutter, die sich zwischen mich und den Vater stellte, und dann betrachteten alle zusammen die Konflikte, sagten *echte* Sätze, die zeigten, wie die Verhältnisse waren, sagten Sätze, die zeigten, wie sie sich doch die Verhältnisse wünschten, heulten alle zusammen und gingen heim. Und dann? Davon hatte ihr noch niemand etwas berichtet.

Eva verlor den Faden. Diese viele Denkerei in letzter Zeit machte sie noch ganz kirre, worum war es noch gegangen? Ach ja, die Ehe und die Probleme, genau. Das Fazit von alledem hieß doch nicht anders als: Alles mußte professionalisiert werden! Weil sie alle zu bescheuert waren, ihre Eheprobleme alleine zu lösen. Sie konnten sie noch nicht einmal erkennen! Überhaupt *Probleme*!

Eva spürte einen Lachkoller nahen. Was waren sie auch alle so beschränkt? Das war ja grauenhaft! Sie fing an zu kichern. Warum schrie denn keiner einfach: Ich liebe dich nicht mehr, geh weg, ich such mir eine andere! Das hatten die Leute vor dem ersten Weltkrieg doch auch schon gemacht, na gut, zugegeben, in den höheren Kreisen und bei Künstlern. Waren da nicht viele mehrmals verheiratet? Hatten Kinder von unbekannten Vätern? Schliefen mit diesem und mit jenem, aber nacheinander, nicht wie in den sechziger Jahren, diese Freiheit war ja inzwischen auch verschissen, oder verrufen, wie man wollte. Alma Mahler war dreimal verheiratet, oder waren es fünfmal? Richtig, mit Kokoschka, das war nur eine *Affäre*. Eine Affäre. In Italien hatte man Affären und blieb schön verheiratet, das wußte sie aus italienischen Filmen. Da gingen die Männer fremd, wenn die Frauen schwanger waren oder mit dem neuen Baby so beschäftigt, daß die armen Männer rausflogen, aus dem Gefühl, aus den Armen, aus dem Bett, na und? Da gingen sie eben mal zu einer anderen. Dann wurde tüchtig Zeter und Mordio geschrieen, und dann kehrte der Gatte mit Blumen zurück und alles war in Butter. Eva schüttelte den Kopf: Was wurde eigentlich aus der anderen? Na, so eine Brüllerei und zur Ordnungruferei und Verzeihung kam heutzutage nicht mehr vor, nicht in ihrer Umgebung. Stefan jedenfalls hatte damals nicht daran gedacht, ihr Blumen mitzubringen, nach der Sache mit der Opernkuh. Vielleicht war es ja eine Frage des *Milieus*? Stefan kam aus einer Handwerkerfamilie, sie selbst war die Tochter eines Kaufmanns und einer undurchschaubaren Mutter, die ihre Zeit darauf verwandte, durch die Wälder zu streifen. O nein! Nicht an die Mutter denken!

Eva sah die Stewardeß hilfesuchend an, die glücklicherweise mit dem Mittagessen kam. Das wurde auch langsam Zeit, Whisky als Aperitif war doch etwas heftig. Aus was für einer Familie Wilhelm von Herzberg wohl kam? Sie müßte ihn einmal fragen. Und Robert? Roberts Vater war Techniker, Elektrotechniker, er hatte eine eigene kleine Firma, Verkauf und Reparaturen. Robert trug einen Ohrring, den damals sonst nur Schwule trugen, und exzentrische Haarschnitte, die Blitze auf den Hinterkopf zeichneten. Dazu Windjacken. Eva war Roberts Herkunft genauso egal wie seine Kleidung; sie liebte seine Bewegungen, die Anspannung, die eine eigene erotische Ausstrahlung für sie ausmachte. Sie liebte seinen weichen Blick vor allem, seine empfindlichen Lippen, die zarte Haut unter dem kräftigen Bartwuchs, den er nur mit zwei Rasuren am Tag bändigen konnte.

Jetzt dachte sie ja schon wieder an Robert!

Eva lächelte einen älteren mitreisenden Herrn an, *bitte lenk mich ab*, während sie das Putenfleisch zerschnitt, aber was hilft's, dachte sie, nun denk ich so lange an Robert, bis ich ein für allemal durch bin mit ihm. Das Putenfleisch ließ sich nicht so leicht zerschneiden, wie es wohl gedacht war; es lief eine Sehne mitten durch das Stück, Eva glitt mit dem Messer aus und ein Fetzen Fleisch flog vom Teller in den Mittelgang, wo es die Stewardeß mit einer Serviette diskret aufhob und fragte, ob sie einen anderen Teller bringen sollte. Eva schüttelte den Kopf, sie hatte ohnehin keinen Appetit mehr auf geschlachtetes Tier. Sie zerdrückte wie für ihre Kinder die rund geschälten Kartoffeln in der mit Soßenfix zubereiteten Soße und aß den Möhrensalat mit Konservierungsmitteln.

Der Möhrensalat schmeckte genauso wie der Möhrensalat, den sie damals in der Mensa der Technischen Universität immer gegessen hatten, aus den komischen hellgrauen Platten, die in Felder unterteilt waren. Eva hatte immer Salat gegessen, obwohl sie eine Stunde später meistens schon wieder Hunger bekam. Robert aß auch Salat, Robert war militanter Vegetarier. Er liebte Rimbaud. Er wollte selbst gern ein Dichter sein. Er war geradezu vernarrt in die Idee, ein Dichter zu sein. Er zitierte ihr Gedichtzeilen von Rimbaud, während er seine zierlichen schmalen Hände über ihre ach so empfindliche Haut gleiten ließ. Die Exzeßhaftigkeit des Lebens, die er sich vorstellte und die sich im Schreiben reproduzieren würde, fand er auf die Spitze getrieben durch ihre Konterkarierung in seinem mit Brittafiltern gefilterten Wasser, mit dem er Tee zubereitete, natürlich Bio-Darjeeling aus der Tee-Offensive für fairen Welthandel. Er glaubte an die Spaltung der Lebensräume, die Eva kurioserweise mit den Männern lebte und die gerade begann, ihr außerordentliche Schwierigkeiten zu bereiten. Er sah in dieser Aufspaltung von sich selbst in den Studierenden oder später arbeitenden Ingenieur und den geheimnisvollen Dichter andererseits den Garanten für die künstlerische

Freiheit, für ein Gelingen. Unabhängig zu sein in der Kunst. Kafka hatte schließlich auch am Tage als Angestellter einer Versicherungsanstalt gearbeitet, um sich nachts *mit den Zähnen am Schreibtisch festzuhalten* und von seinen Nicht-Versicherungen oder Ver-un-sicherungen zu schreiben, wobei ihm die Sicherungen offenbar ein paarmal durchgegangen waren. Eva machte gern diesen Witz, der Robert zur Raserei brachte. Einmal hatte er sie nach Prag geschleppt, das heißt, er hatte sie, als sie diesen blöden Witz gemacht hatte, gerade an der Hand in Prag, das sie sich ansehen wollten, wohin sie gereist waren, noch vor der Wende, und er hatte sie über den sonnenbeschienenen Friedhof zu Kafkas Grab gezerrt. Entschuldige dich bei ihm, hatte er geschrieen, entschuldige dich bei mir! Eva hatte gezittert, Robert war kalkweiß geworden, ihr wurde jetzt noch weich in den Knien, wenn sie nur daran dachte. Sie hatte geglaubt, er würde sie würgen, er würde sie auf Kafkas Grab werfen und auf ihr herumtrampeln oder ihren Kopf gegen den Grabstein schleudern. Sie hatte entsetzliche Angst vor Robert gehabt. Was beschwerte sie sich eigentlich? Stefan schrie nicht und Stefan schlug nicht, nur manchmal schrie sie, weil sie seinen Gleichmut nicht ertrug.

Die Stewardeß nahm Eva das Tablett mit den Resten ihres zermetzelten Mittagessens fort und stellte ihr Apfeltarte und Kaffee hin. Eva sah neue Schwierigkeiten in der Zerteilung des Essens auf sich zukommen, und da der ältere Herr, der auf der anderen Seite des Gangs saß, sie ohnehin keines Blickes würdigte, nahm sie die gefährliche Tarte in die Hand und biß beherzt hinein.

Nee, Robert, dachte sie, das wär' nicht gutgegangen, so oder so. Am Ende war der abgründige Robert nicht ins Ausland gegangen, um in Mittelamerika oder sonstwo Brücken zu bauen; er war *fest* im Amt für Umweltschutz und wachte dort über die mögliche Verseuchung von Böden durch Mülldeponien. Eva glaubte nicht, daß er unter einem Pseudonym Gedichte schrieb, in seinem Haus im Norden von Berlin, das er mit seiner Freundin gekauft hatte und nun neben seinen Lebensversicherungen abbezahlte.

Vielleicht sind wir uns alle ähnlich in unserer Art, nicht zurechtzukommen, dachte Eva, ähnlich in unserer komplizierten Liebe zum Leben.

Und dann schlief sie einfach ein.

Das Flugzeug, in dem Eva so viel grübelte, geriet in kein Unwetter, es fand seinen Weg störungsfrei und brachte seine Fracht wohlbehalten zur Erde. Am Flughafen standen Stefan und die Kinder mit Blumen. Alle warfen sich Eva an den Hals, und Eva freute sich riesig. Sie faßte alle auf einmal an der Hand und fuhr mit ihnen nach Hause. Sie bemühte sich, ihr geheimes Leben in Bergen wegzudenken, doch es wollte und wollte ihr nicht gelingen.

5. Kapitel

Weiße Flecken

(1)

Etwas aber ist noch nicht gesagt worden. Daß nämlich Ludwig Sibylle hin und wieder schlug. Er mußte sie, um sie erregend zu finden, auf irgendeine Weise erniedrigen, und weil sie sich im Laufe ihres Zusammenseins siebzehn Festungsringe um das Herz gezogen und vierunddreißig Sandsäcke um ihre Seele herum ausgelegt hatte, blieb ihm nichts anderes übrig, als körperlich dagegen vorzugehen. Ludwig haßte sich selbst, wenn er sie schlug, doch er konnte nicht anders, es brach aus ihm heraus wie seine Gier nach Mehlspeisen, die er wider besseres Wissen in sich hineinstopfte. Er kam aus einer Familie, die zum Übergewicht neigte; jedesmal, wenn seine Schwestern und sein Bruder zu Ostern oder Weihnachten anrückten, mit Bündner Fleisch, Bergkäse, Rotwein und fertigen Kuchen aus der Schweiz (sein Bruder Heinrich hatte eine Schweizerin geheiratet und sich in der Nähe von Zürich niedergelassen), redeten alle erhitzt über Diäten, belagerten die Küche, übernahmen das Regiment, hielten Vorträge über gesunde, kalorienarme Speisefolgen, um am Ende Unmengen von Pfannkuchen, mehlgeschwitzten Soßen und sahnigen Torten zu vertilgen. Sie lachten rauh dabei, und zu später Stunde trat ein liebevoller Schmelz in ihre Augen, dem Sibylle, geschwächt von der feindlichen Übernahme, ebenso verfiel wie sie sich zuvor gegen sie alle nicht zu wehren gewußt hatte. Jedesmal nahm sie sich vor, *dies alles*, wie sie es nannte, nicht mit sich geschehen zu lassen; und jedesmal räumte sie wieder das Feld, brachte keinen Bissen herunter, ärgerte sich über Ludwig, der sich in Kopfschmerzen oder irgendeine Übelkeit zurückzog, und jedesmal war sie wieder begeistert, wie rührend Onkel und Tanten mit den Kindern juxten und lachten und sangen, wie sie sie überhäuften mit Geschenken und Zuwendungen.

Oft schlug Ludwig sie, wenn die Familie abgereist war und *dies alles* sie in einer verwirrten und verwirrenden Leere zurückgelassen hatte. Wenn sie müde alle Spuren beseitigt hatten und nebeneinander auf dem Sofa saßen, fix und fertig, voll ungereimten Zorns, voll noch ungereimterer Sehnsucht. Wenn sie sich ansahen und fast so etwas wie Zärtlichkeit oder Verlangen in ihnen aufzusteigen begann. In solchen Momenten brach Ludwig einen Streit vom Zaun, warf Sibylle vor, ihrem Schwager zu tief in die Augen geblickt zu haben, unfreundlich zu seiner Schwester gewesen zu sein, ohne Verständnis für ihn. Weiß der Teufel, was er sich ausdachte. Im Grunde war es gleichgültig, Sibylle wußte das so gut wie er, sie wußte, was kommen würde, worauf das alles hindeutete, und manchmal hatte sie Lust aufzustehen, sich auszuziehen und selbst einen Gürtel zu holen. Statt dessen hockte sie erstarrt auf dem Sofa, widersprach ihm in bitteren Worten, bis sie beide aufsprangen und Ludwig ausholte und ihr ins Gesicht schlug. Er schlug sie auf den Rücken und den Brustkorb, er schlug sie manchmal auch ohne jeden Besuch, einfach so, und wenn er sich genug vor sich und ihr ekelte, fiel er über sie her, vergrub seine Zähne in ihrem Bauch, leckte ihre Haut mit dem Ingrimm eines Verlassenen und drang so überwältigend tief und geschickt in sie ein, daß sie sich in seine verzweifelte Liebe und ihre widerspruchsvolle Erregung fallen ließ und voller Lust stöhnte.

Es war entsetzlich, vor allem die Tage danach. Denn sie konnten diese Form ihrer Leidenschaft nicht akzeptieren; sie schämten sich und konnten nicht darüber reden. Es war eine Sackgasse, und Sibylle legte einen weiteren Festungsring um sich, und Ludwig kam mit einem praktischen Geschenk, und beide taten so, als wäre alles bestens und nichts Besonderes vorgefallen, und sie hofften, daß die Kinder von alledem nichts mitbekommen hatten, in der Nacht. Die Kinder bekamen alles mit, wenn nicht in der Nacht, so am Tag, denn Kinder bekommen solche Atmosphären mit, auch wenn die Eltern sich aus ganzem Herzen wünschen, es wäre nicht so. Und die kleinen Menschen ziehen auch schon mal eine Burgbrücke hoch und wappnen sich für ihr späteres Leben, das dem der Eltern irgendwann ähneln würde, ob sie es wollten oder nicht. Selten fanden diese Eltern hier sich in einem vertraulichen Gespräch, im Grunde gerade mal so oft, daß sie beide nicht aufgaben, sich aneinanderzuklammern. Sibylle wünschte sich, diesen Kreislauf zu durchbrechen, doch ihr war, als würde sie dann von keinem mehr geliebt werden und abstürzen; also rettete sie sich in ihre Möglichkeiten und freute sich daran, anderen Menschen zu helfen.

(2)

Als Eva am Tag nach ihrer Rückkehr die Kinder zur Schule und in den Kindergarten brachte, hatte sie den Eindruck, die Natur hätte in ihrer Abwesenheit einen Sprung gemacht. Der Frühling war nicht mehr zu übersehen; der Wald, in dem die Schule lag, war ein helles, leuchtendes Grün; die Apfelbäume schoben erste weiße Blüten hervor; Eltern und Kinder, die aus den Autos kletterten, hatten leichte Mäntel oder Jacken an und freuten sich über das endgültige Ende des langen Winters. Eva begrüßte andere Mütter und Väter. Von weitem sah sie Margot und Hinrich. Sie standen fast jeden Morgen so beieinander, ein wenig vom Parkplatz der Schule entfernt, und sprachen miteinander. Margot war mit Sebastian verheiratet und Hinrich mit Ria.

Einmal, als sie zusammen Tische für die zweite Klasse abhobelten, hatte sie Ria gefragt: »Und wie geht's der Ehe?« – »Welche Ehe?« hatte Ria gesagt und böse gelacht.

Eva fielen in letzter Zeit oft Paare auf, die nicht miteinander verheiratet waren und am Wegrand vor der Schule standen und intensiv miteinander sprachen.

»War die Reise schön, Eva?«

»Ja, die Reise war schön. Tausend Dank.«

»Deshalb frage ich nicht. Hatten wir Erfolg?«

»Großen Erfolg.«

Wilhelm von Herzbergs Stimme klang so freundlich; Eva fühlte sich unendlich getröstet.

»Ich erzähle Ihnen alles am Freitag.«

»Ich lasse etwas für uns kochen, ist Ihnen das recht?«

»Ja, das ist mir recht.«

Eva hatte noch eine Stunde, bevor sie zu Spoerli fahren mußte. Sie räumte das Frühstücksgeschirr vom Tisch, wischte die Krümel fort, fegte den Boden, auf dem Wollreste und Papierschnipsel lagen, stapelte in der Küche Töpfe, Pfannen und Salatschüsseln, die das Spülbecken füllten, auf die Abtropffläche, ließ die Schultern sinken und beschloß: später. Sie stellte fest, daß keine Tabs für die Spülmaschine mehr da waren, und schrieb sie auf die Einkaufsliste. Sie wanderte durch alle Zimmer und sammelte schmutzige Wäsche ein. Sie schob mit dem Fuß Spielsachen am Boden herum und sagte sich: später. Sie ging in ihr Zimmer, um sich umzuziehen, und sah auch hier Unordnung. Kleiderhaufen, schmutzige und saubere durcheinander, das ungemachte Bett, Staub, der im Licht des müden Tages träge durch die Luft schwebte. Sie verließ das Zimmer, stand unentschlossen im Flur, sah in Stefans Zimmer, das von

Notenheften übersät war. Stefan überließ ihr den ganzen Haushalt. Er kümmerte sich nur um die Kinder und räumte manchmal die Geschirrspülmaschine aus. Wann hätte er auch mehr tun sollen?

Plötzlich sehnte Eva sich nach einem kleinen Kind, mit dem sie reden konnte, dem sie das Laufen und Sprechen beibringen konnte. Was für ein Schwachsinn, dachte sie, schlaflose Nächte, noch mehr Wäsche, noch mehr Durcheinander, noch mehr Herumfahren.

Sie hockte sich auf die Treppe und sah durch das Flurfenster hinaus in die Kiefer. Der Himmel dahinter war blau. Die Vögel tschirpten. Warum bekamen die Leute Kinder? Sie dachte daran, wie sie sich manchmal an Sina oder David schmiegte. Eine Berührung, ein Blick, und sie war glücklich. Mit Anka war das so, und mit Karl. Aber wann war es das letzte Mal so mit Stefan gewesen?

Verdammt.

Jetzt fing dieser Grübelzwang wieder an. Das war ja grauenhaft. Eva wollte das nicht. Alles sollte so weitergehen, wie es war. Was, wenn sich hinter dieser schockhaften Angst vor dem Älterwerden eine ganz andere verbarg? Was, wenn –

Eva haßte Lebenslügen. An Lebenslügen litten nur die anderen. Nicht sie. Nur zu. Sie fühlte Stiche in der Herzgegend, das war ja wieder typisch, gleich dieser Hang zur Übertreibung. Aber es stimmte: Diese schöne, mühelose, innige Nähe, die sie mit den Kindern, Karl und ihrer Schwester teilte, gab es mit ihrem Ehemann nicht.

Seit wann war das so? Und warum? War es womöglich schon immer so gewesen? Hatte sie es nur nicht bemerkt? Sie liebte ihn doch? Wie verrückt, Verhältnisse hin, Liebschaften her! Sie hatte immer Sehnsucht nach ihm! Rannte sie einem Phantom hinterher? Was sollte sie nur tun? Bestimmt hatte es diese Nähe früher mit Stefan gegeben, bestimmt! Sie konnte sich nur nicht daran erinnern! Es schien ja schon seit längerem unmöglich, sich einfach zu berühren. Warum nur? Eva fühlte eine Anspannung im unteren Rücken und ein Würgen im Hals.

Der faule Kater maunzte. Madame Butterfly rieb ihr Kinn an Evas Knie. Eva kraulte sie, raffte sich auf und ging in die Küche. Sie gab den beiden Tieren Futter. Das Futter stank nach Fisch. Sie inspizierte den Kühlschrank, notierte, was fehlte. Das Haus war still. Sie hörte es still sein. Als wartete es. Als sähen die Wände sie erwartungsvoll an. Sie schleppte Wäsche in den Keller und sortierte sie in die Maschine. Sie füllte einen Überweisungsschein für den Zahnarzt aus und einen für die Heizölfirma. Das Telefon klingelte. Im Wäschekorb. Sie drückte den Knopf, sagte ihren Namen und hörte ein leises Rauschen in der Leitung.

»Meisje?«

O Gott.

»Hier Johan.«

Evas Herz sackte in die Waschmaschine, verschwand in der Trommel, schloß die Klappe von innen und drehte den Knopf auf Durchspülen.

»Johan. Wie nett! Wie geht es dir?«

Warum rufst du an, dachte sie, laß mich bitte, bitte in Ruhe. Laß mich in meinen Alltag zurückfinden, sonst schaffe ich das nicht.

»Ich denke an dich. Hattest du einen guten Flug?«

»Ja, danke, außer dem Putenfleisch, das hatte eine Sehne.«

»Und keiner hat es dir zerlegt?«

Eva kullerten schon die ersten Tränen aus den Augen. Verdammt. »Und keiner hat es mir zerlegt«, schluchzte sie laut auf.

»Aber Meisje!«

»Johan!«

Es lief ihr heiß durch den Körper, die Hitze stieg ihr durch die Brust in die Stimme, sie mußte sich zusammenreißen, keine Liebesseufzer zu machen und keine Liebesworte zu sagen. Bergen war wieder da, überschwemmte sie wie der Regen, die Bilder, der verrückte Munch.

»Johan, ich muß jetzt aus dem Haus, zur Arbeit.«

»Ist gut, ich wollte dir nur sagen, daß es so schön war mit dir.«

»Ja, Johan, es war auch schön mit dir.«

»Darf ich dich wieder anrufen? Ist diese Uhrzeit gut?«

Eva nickte, Eva schüttelte den Kopf, Eva schwieg.

»Eva?«

»Ich weiß nicht, Johan. Gib mir zwei Tage Zeit, bitte.«

»O.k., Meisje. Ich rufe dich in zwei Tagen wieder an.«

Eva stellte das Radio sehr laut und schminkte sich vor dem Spiegel im Flur. Im Radio lief ›Gimme shelter‹ von den Rolling Stones. Das Radio ist der Freund und Helfer aller armen Hausfrauen, dachte Eva. Und ich bin die *Emma Bovary* des Äthers. Laß mir meine Illusionen, bitte.

Auf der Kommode unter dem Spiegel lagen in Seide und Karton verpackt Munchs Bilder. Eva nahm sie und drückte sie vorsichtig an sich.

(3)

Manchmal beruhigt sich alles. Munch und Tulla gehen Hand in Hand durch die Straßen von Christiania. Sie besuchen Restaurants, essen allein, turteln. Sie besuchen Lokale, in denen sie die Freunde treffen. Führen einander vor. Hier, meine Schöne. Hier, mein begabter Künstler. Meine Gesellschaftsmieze, meine Salonsalomé. Mein Geliebter, mein Besitz. Sie lacht, er lacht. Sie läßt die Augen einen Moment zu lang in Heibergs Augen, nur so, zum Spaß, nur zu sehen, was geschieht, und sie greift nach Munchs Hand. Munch erzählt von einem neuen Modell, aber er küßt sie aufs Ohr.

Das Karussell dreht sich weiter.

Die Jahrhundertwende erregt alle. Alle wollen ein wilderes,

freieres Leben. Die freie Liebe, von der alle reden, gibt es nicht. Die Liebe macht aus mir einen Gefangenen, denkt Munch.

»Es ist zu Ende«, sagt er.

Sie sitzt, als hätte sie nichts gehört. Bürstet ihr Haar.

Er schreit, sie solle gehen.

Sie bürstet ihr Haar.

Er schlägt sie; sie lächelt.

Er schweigt; sie ritzt mit einem Messer in die Haut auf seiner Hand.

»Es ist zu Ende«, sagt sie. Ist nicht zu sprechen. Verreist.

Er kann nicht arbeiten, läuft durch die Straßen, sucht sie. Rennt zu jedem einzelnen, bei dem er sie vermuten kann. Er sieht sie in den Armen Heibergs, in Kroghs Bett, zu Jägers Füßen.

Er findet sie nicht. Die Freunde lachen ihn aus.

Die Eifersucht hat ein grünes Gesicht, ein rotes.

Er starrt nach draußen, auf den Tanz des Lebens; er starrt nach drinnen, wo ihm etwas nicht zuteil wird. Er hat Angst, daß es ihn fortreißt.

Er hat es schon einmal erfahren, bei Milly. Die erste Frau in seinem Leben. Drei Jahre älter als er, verheiratet. Mit seinem Vetter Carl. Sie hatte geweint, weil sie ihren Mann nicht verlassen konnte.

Damals machte er ›Das Mädchen und der Tod‹, als Holzschnitt. Der Tod tanzt mit dem Mädchen, er küßt es. Der Tod, das ist er selbst, er stirbt in diesem Kuß. Er ist das Mädchen, das vom Tod geküßt wird. Er war gestorben in Millys Umarmung, weil er sie nicht ganz haben konnte. Weil sie sich ihm nur hingab bis zu der Grenze, an der ihr Dasein als Ehefrau begann. Eigentlich hätte *er* weinen sollen. Doch er tröstete sie, und dafür, daß er sie trösten durfte, liebte er sie noch mehr. Ihr langes Haar umschloß sie beide, es war, als wüchsen sie in ein Fell hinein. Ihre Hände hatte sie vors Gesicht geschlagen, wie Pfötchen.

Wie Pfoten hatte er sie später mit der Nadel in die Platte geritzt, mitsamt dem Muster der Tapete in dem Zimmer, in dem sie sich heimlich getroffen hatten. Das war in Berlin, als er die Lithographie entdeckte und die Alpträume, in denen sich alte und neue Liebeswirren in ihm überlagern, auf die Platten kratzte. Eine nach der anderen, gekratzt, gerissen, geritzt, die Flächen immer neu befragend, die Perspektiven ständig verändernd, die Spannung zwischen freier und geritzter Fläche immer anders setzend, erstaunt über diese Vielfalt. Milly ist der Tod, der küßt, und Milly ist das Mädchen, das vom Tod geküßt wird. Und Milly ist nicht mehr Milly, und Edvard nicht mehr Edvard, in diesen Bildern, in denen etwas Eigenes, Neues, Fremdes ensteht.

Kann eine solche Liebe hinübergeführt werden in das gewöhnliche Leben? In die einfachen Dinge, die der Tage und der Nächte?

Er bearbeitet Kupferplatten. Kalte Nadel. Aquatinta, reine Ätzung.

Er versucht eine Flächentechnik, ohne Linien. Das Figürliche wird zum Vorwand, um dann wieder das Figürliche radikaler zu fassen.

Er ist erfinderisch. Zersägt den Holzstock. Geht mit Tusche und Kreide auf den Stein. Präpariert Zinkplatten. Reißt, sticht. *So und so.*

Legt Farben darüber, nimmt mehrere Steine dafür. Schwarz, Stahlblau, Bordeaux. Mit den Farben nimmt Munch es genau. Er tobt, wenn sie nicht so werden, wie er es wünscht. Er zerstört ganze Auflagen.

Kann sie nicht bezahlen. Der Drucker tobt.

»Tulla«, murmelt Munch auf der Pritsche im Atelier. War er noch er selbst beim Malen? Er brannte, und er trank. Um das Brennen nicht zu fühlen. Doch er brannte immer mehr. Wohin mit all denen, die wir geliebt haben? Er hatte etwas bei Milly verloren.

Ich male nicht, was ich sehe, ich male, was ich sah.

»Ich bin schwanger«, sagt Tulla.

»Von wem?« lacht Munch höhnisch. »Von Heiberg oder von Krogh?«

Und Munch macht die Madonna mit den Embryonen am Bildrand.

Er hat sie schon einmal gemacht, dieses Mal zeigt er sie auch; es ist ein wahnsinniger Skandal, es ist das Jahr 1900.

Tulla will die Ehe. Munch tobt. Er liebt Tulla, er liebt das Kind, und dafür, daß er sie liebt, haßt er sich. Die *Geilheit*, aus der ein Kind hervorgehen soll.

»Ich will kein Kind«, sagt er. »Ich kann kein Kind haben. Meine Anlagen sind schrecklich, ich habe die nervöse Heftigkeit von meinem Vater, unsere Anlagen sind nicht fürs Leben gemacht.«

»Ich liebe dich«, sagt Tulla, »es ist mein Kind.«

»Meine ganze Familie ist verrückt«, sagt er, »meine Mutter starb früh, wir sind zu schwach. Sophie starb jung, sie und Mutter waren schwach, sie starben an Tuberkulose, so heißt das, wenn du zu schwach bist für dieses Leben. Laura ist verrückt, du kannst sie im Asyl besuchen. Sie verbringt ihre Tage damit, aus dem Fenster zu starren, auf den Tisch, das Muster der Tapete. Mein Vater: Besessen, frömmlerisch, zu zart für einen Mann, unfähig, mit dem Geld umzugehen, mitleidig bis zur Selbstaufgabe. Jähzornig. Nein, nein.«

»Du bist egoistisch«, sagt Tulla.

»Ja«, sagte Munch, damit sie sich beruhigt, und weil er es denkt: »Ich bin egoistisch. Ich will malen. Ich kann nur das. Wenn du mich liebst, dann gehst du weg.«

Ich bin egoistisch, denkt er und weint. Ich bin ein Mädchen, sie ist der Mann. Ich bin das Mädchen, das ich zeichne im Hemd. Hingabe. Schwimmen in der Haut. Sprechen mit der Haut. Ein Mann darf das nicht! Er wird der Mann mit dem Zylinder, der auf dem Sofa sitzt und nach draußen sieht, in die Mittsommernacht, deren Licht das halbe Zimmer ausfüllt. Er teilt alles ein, den Raum, die Platte, die Leinwand. Ordnungen herstellen, Ordnungen zerstören. Molluskenweich kommt der Mann auf das Sofa, das Licht, das von draußen hereinfällt, durchkreuzt er. Dort lauert der Tod, sagt das als Schatten auf den Boden geworfene Fensterkreuz. Dort ist das Leben.

»Ich habe kein Geld«, sagt Munch, »ich kann für ein Kind nicht sorgen.«

»Du brauchst kein Geld. Ich habe Geld.«

»Ja«, schreit Munch, »das Geld deines Vaters. Alles kannst du mit dem Geld deines Vaters! Wie stellst du dir das vor? Soll ich die Frau sein und du der Mann?«

»Wie reaktionär du bist, Munch.«

»Für ein Kind ist es eine Katastrophe, wenn die Eltern nicht fest im Leben stehen«, sagt Munch. »Ich bin wie mein Vater. Ich komme nicht zurecht. Nur in der Kunst –«

»Ich stehe fest im Leben«, unterbricht Tulla.

»Ich habe als Kind geschwächelt. Ich will das nicht weitergeben. Ich will mich nach niemandem richten. Ich will malen. Die Bilder sind meine Kinder. Andere will ich nicht. Geh fort! Mit dir kann ich nicht malen.«

»Aber Munch, sieh dir doch an, was du in den letzten Monaten geschafft hast!«

Tulla ist außer sich.

Munch ist außer sich.

Tulla verliert das Kind.

Und Munch malt die Madonna, das Bild der Empfängnis, lustvoll der Blick der nackten Frau, unheilig, und am Bildrand die schwimmenden Spermien und schwebenden Embryonen.

Tulla verlor das Kind. Vielleicht war sie niemals schwanger. Zuvor aber nimmt sie ihm ein Versprechen ab, über das keiner von ihnen beiden jemals spricht. Niemals. Sie wird es ihm vorwerfen, er wird darüber klagen, Jahre später, in der Nervenheilanstalt.

Ich male nicht, was ich sehe, ich male, was ich sah.

(4)

Am Nachmittag tobten Sina, Lucie und David im Garten herum; andere Kinder aus der Nachbarschaft kamen herüber. Die Forsythien blühten, es roch nach Flieder und Magnolien. Eva hatte den langen Holztisch unter dem alten Kirschbaum saubergefegt, den Kindern Saft und Kuchen hingestellt und sich mit ein paar Büchern oben auf die Veranda gesetzt. Von dort hatte sie einen guten Überblick; hier saß sie windgeschützt und konnte sich mit dem Gutachten befassen, das sie für Frau Spoerli über einige Bilder zu erstellen hatte. Sie waren aus den dreißiger Jahren, Landschaften eines gewissen ter Hell, der von Oberfranken bis Norddeutschland die Heimat gemalt hatte, um sie in Berlin zu verkaufen. Einige dieser Bilder waren nun in einem privaten Nachlaß wieder aufgetaucht, und Eva sollte herausfinden, welchen Wert sie hatten. Frau Spoerli hatte ihr die Unterlagen am Morgen mitgegeben.

»Das können Sie doch zu Hause erledigen, Kindchen«, hatte sie gesagt. Die Leute hatten immer so eine Vorstellung von diesem Zu-Hause-Arbeiten. Eva schüttelte den Kopf. Sie haßte die bunten Werbefotos, auf denen glückliche Babys zu sehen waren, die auf Mamas Schoß vor dem Computer saßen. Die Babys würden Mama zum Computer sagen. Sie würden sich vermutlich mit dem Summen des Computers identifizieren und selber summen. Oder sie würden es hassen und alle Computer zerstören, weil sie ihnen Mamas Aufmerksamkeit entzogen hatten. Von Mamas Gefühlen mal zu schweigen. Sie hatte jedenfalls immer so eine aufgeweichte Sehnsucht inwendig empfunden, wenn sie eines ihrer Babys auf dem Arm gehabt hatte. Statt sich auf die kunsthistorischen Abhandlungen zu konzentrieren, kritzelte Eva auf ihre Zettel und grübelte. Sie spürte ein leises Ziehen im Unterleib, das sie Johan, und eine Unruhe, die sie dem Frühling zuschob.

Das Telefon klingelte; es lag neben ihr auf dem Tisch. Sina kam gelaufen. Sie liebte es, Gespräche anzunehmen. (Das Telefon war auch so eine Sache. Besonders Handys. Die jungen Mütter schoben den Kinderwagen und sprachen mit abwesenden Menschen. Das mußte so ein Baby doch verwirren. Ja. Eva war eine altmodische Person, durch und durch.)

»Laß es bitte«, sagte Eva.

»Warum denn?« Sina sah sie erstaunt an. Sie drückte ihre Knie durch und schob den Bauch in ihrem gelben T-Shirt vor.

»Ich habe keine Lust, mit jemandem zu reden«, sagte Eva, »ich muß arbeiten.«

»Und wenn es für mich ist?«

»Dann wird sie sich noch mal melden.«

»Woher weißt du, daß es eine sie ist? Es kann doch auch Felix sein?«

»O.k., Sina, los, hau ab, ich muß mich konzentrieren.«

Sina linste auf Evas Papier.

»Aber Mama, du malst doch nur!«

»Mensch, Sina, ich denke nach!«

Eva schubste ihre Große. Sina ließ nie locker. Sie liebte sie dafür. Aber jetzt war es gerade ungünstig. Sina trollte sich.

Eva ging ins Wohnzimmer und hörte das Band ab. Niemand. Aufgelegt. Sie setzte sich wieder auf die Terrasse.

Sie zeichnete die Bäume und die Kinder im Garten. Sie trank kalten Tee und Wasser im Wechsel, sie war wie ausgetrocknet.

Sie hatte Stefans Stimme im Ohr: Solange du bei mir bleibst, ist mir egal, was du machst.

Dann hörte sie Karls Stimme: Ich will keine Kinder mit dir großziehen, ich will nur ein paar Stunden in der Woche mit dir zusammensein.

Er rief jeden Tag an. Heute morgen hatte Eva ihn aufs Band sprechen lassen. Sie hatte sich in Bergen etwas vorgenommen.

Sie sah in den blühenden Garten. Sie betrachtete die roten Tulpen, die blauen Vergißmeinnicht, die gelben Ranunkelbüsche. Es war alles so schön. Sie wühlte gern in der Erde. Sie würde neue Pflanzen setzen. Sie saß still auf dem Stuhl. Sie hatte einen weißen Fleck in ihrem Inneren. Er wuchs. Er hatte keinen Namen. Er tat weh. Die Kinder rannten und versteckten sich, kamen auf die Wiese mit Spielsachen für den Sandkasten. Die Welt war schön, alles war gut. Sie hatten Arbeit, die Kinder waren gesund. Sogar der mufflige Nachbar hatte sie heute freundlich gegrüßt, als er den Bürgersteig fegte.

Der weiße Fleck dehnte sich aus.

Eva dachte an das erste und das zweite Jahr ihrer Beziehung mit Karl. Sie hatte ständig innerlich Reden gehalten. Gegen die Moral und für ihr Bedürfnis, gegen ihr Bedürfnis und für die Moral. Mit Moral meinte Eva das Gefühl, Stefan weh zu tun. Mit Bedürfnis ihren Wunsch, mit zwei Männern glücklich zu sein. Sie pochte trotzig auf ihr Recht, glücklich zu sein. Wenn sie mit Karl im Bett lag und er leise mit ihr sprach, wenn sie in seiner Wanne duschte und er sie in ein Handtuch wickelte, sie umarmte, über ihr Haar strich. Wenn sie zu Hause mit Stefan über ihre Freunde und die Kinder redeten und sie nebeneinander im Kino saßen und die gleichen Ansichten hatten.

Aber Karl zog sich immer wieder zurück, sogar im Bett, plötzlich war er woanders. Eva hatte es ihm nicht übelgenommen; nach dem ersten Schmerz über diese Entfernung hatte sie ihn akzeptiert, wie er war. Ihn, Karl, der ihr manchmal so nahekam und sie meinte. Der darüber erschrak und es wieder durchstreichen mußte, wie einen fehlerhaften Satz auf einer Tafel, der Tafel, die das Gehirn war, die Landschaft der Liebe, weiß der Teufel, mit einer Bemerkung, die Distanz schuf, einer Geste. Dem Bestehen darauf, ihre Ehe nicht zerstören zu wollen. Unzerstörbare Liebe, unzerstörbare Ehe. Und irgendwann hatte sie angefangen, jedesmal, wenn sie mit Karl zusammen gewesen war, ihre Gefühle einzusammeln wie ihre umherliegenden Wäschestücke. Jetzt begriff sie es.

David stand neben ihr. Er zupfte an ihrem Ärmel. Der weiße Fleck zog sich ein wenig zurück.

»Mama, die Stützräder sollen ab. Mach die Stützräder ab, ich will ohne.«

Eva riß sich aus ihren Gedanken. Ihr war etwas schwindelig, als sie aufstand. Sie ging zum Geräteschuppen und suchte nach dem Schlüssel, mit dem sie die Stützen abmontieren konnte.

»Hilfst du mir?« drängte David. Sie sah ihren Sohn an. Seine Wangen waren rot, vom Toben, von der Frühlingssonne, seine braunen Augen hatten einen entschlossenen Glanz. Nach den Ferien auf Sizilien hatte er eine Zeitlang energisch verlangt, sie sollten Hühner halten. Er hatte unbedingt eines der Eier von der Signora mit nach Berlin nehmen wollen. Er hatte seiner Mutter jedoch nicht gesagt, daß er auf das baldige Ausschlüpfen des von ihm bebrüteten Kükens wartete. Eva hatte sich geweigert, Hühner anzuschaffen, und ihn auf Kaninchen vertröstet. Er wartete genauso geduldig auf diese Tiere wie auf das Küken in seinem Ei.

»Komm«, sagte Eva und streichelte David den dunklen Lockenkopf. Er lächelte. Lucie kam angetobt. Lucie war eifersüchtig.

»Will auch«, rief sie, und schon lief sie wieder hinter Ina her, dem Nachbarskind. Die Welt ist groß, man kann sich leicht in ihr verlieren. Die Kinder spielten so ausgelassen; Eva war erleichtert, daß sie unter ihren Stimmungen offenbar nicht litten, daß sie es manchmal gar nicht mitbekamen. Und meistens ließ sie sich anstecken, hörte auf, gründlich nachzudenken, und das Leben ging einfach weiter, und sie wartete auf die große Überraschung zwischen Stefan und ihr, damit es außer der glücklichen Familie auch noch ein glückliches Liebespaar gab, das wäre doch am einfachsten und am schönsten, und sie wünschte es sich so sehr, und oh! wie gut sie deshalb im Warten war!, sie wartete ja nun schon einige Jahre.

»Schneller!« schrie David, der wild in die Pedale trat, während Eva das Rad am Gepäckträger festhielt.

Wie liebte sie diesen kleinen Jungen! Dem wollte sie wirklich nicht den Vater wegnehmen, nein, sie wußte doch, wie entsetzlich es ist, wenn ein Elternteil plötzlich fehlt, obwohl, Stefan wäre ja nicht weg, aber irgendwie doch, aufhören, schrie sie sich selbst zu, aufhören, und sie schlug den Gedanken weg und dachte innerlich ganz laut: wie lustig sie es miteinander hatten, alle zusammen! Sie waren doch eine schöne Familie, die zusammenhielt, ihnen passierte das nicht, wie den anderen, daß sie auseinandertrieben wie Eisschollen in einem reißenden Strom bei der Frühlingsschmelze. Eva schob David schneller an, sie rannte und lachte.

»Laß los, Mama«, schrie David, und Eva ließ los, der kleine Junge stürzte mitsamt dem Fahrrad, lachte und rief »noch mal!«

Sina kam mit dem Telefon in der Hand angerannt.

»Papa!«

Sie drückte Eva den Apparat in die Hand. Eva wurde rot.

»Stefan, hallo!«

Sie liebte seine Stimme; sie weckte in Eva Hoffnung. Jedesmal. Eine zutiefst kindliche Hoffnung.

»Hallo, Eva. Wie geht es euch?«

»Gut, gut, wir üben gerade ohne Stützen. Stell dir vor, der Alte von nebenan hat mich heute gegrüßt!«

Der Garten blühte und grünte.

»Ist ja ein Ding!« Stefan lachte. Seine Stimme durchdrang Eva wie ein Wärmestrahl. »Hör mal, die Probe hat länger gedauert. Das heißt, ich habe mit Tobias noch was umgeschrieben, für morgen. Ich komme nicht mehr, es lohnt sich nicht. Ich würde nur hin- und herfahren.«

Eva hörte im Hintergrund die Geräusche der Theaterkantine. Klappern von Geschirr, Stimmen, Gelächter, Durchsagen. Sie kannte den Geruch gut; nach Kaffee und Essen, Zigarettenrauch, verbrauchtem Parfüm und etwas, das im Gebäude hing und das sie *ostig* nannte; sie war oft in der Oper mitgewesen. Stefan hatte am Abend Vorstellung; der Weg nach Hause dauerte fast eine Stunde. Manchmal kam er nach der Vormittagsprobe nach Hause und blieb bis zum Spätnachmittag, bis er zur Vorstellung mußte.

»Schade.«

»Machs gut.«

»Du auch.«

Eva ließ das Telefon sinken. Sie sah die Blüten des Kirschbaums und den alten Schuppen an, als hätte sie etwas vergessen, was sie ihnen gern gesagt hätte. Das Sonnenlicht schob sich faul über das ausgetrocknete, spröde Holz. Der Schuppen mußte dringend gestrichen werden. Oder lasiert. Eva wandte sich wie eine Schlafwandlerin David und dem blauen Fahrrad zu.

Sina und ihre Freundin Clara hatten das Kommando übernommen und schoben David unter lautem Gebrüll an.

»Laß uns das machen, Mama, laß uns!«

Eva wurde nicht mehr gebraucht. Sie ging in die Küche mit dem alten, graublau gesprenkelten Terrazzoboden und hätte sich gern wie die alte Eva gefühlt, aufgegangen im Hier und Jetzt. Als sie David angeschoben hatte, hatte sie einen Moment lang alles vergessen. Wie sagte Nora immer: *»Just now is enough.«* Das hatte sie von einem Buddhisten gelernt: »Jetzt hab ich aber genug«, hatte Eva kichernd übersetzt. »Nein«, hatte Nora gesagt, »*jetzt* ist genug.« – »Sag ich doch«, hatte Eva gelacht.

Sie kochte frischen Tee. Heute gab es keine Stullen, sondern Kuchen. Sie wartete auf das Klicken des Wasserkochers. Die Sonne fiel in die Küche und warf bewegliche Schatten auf die Flächen. Eva sah es und sah es nicht. Sie sah die »Frau in drei Stadien« von diesem verdammten Munch. Die herausfordernde Eva und der Tod, der gleich um die Ecke lauerte, wenn man erst mal so alt war wie sie. Sie hatte das Bedürfnis, sich ihre vergangenen Jahre als zusammenhängende Geschichte zu erzählen. Als ob sie dann begreifen könnte, was ihr ständig entglitt. Etwas war aufgerissen und wollte nicht zur Ruhe kommen. Sie dachte an ein anderes Bild von Munch, »Mann und Frau«. In einem Kuß hatten sich ihre Gesichter ineinander aufgelöst. Ihre Gedanken wanderten zurück zum Ende ihres zweiten Jahres mit Karl. Nein, dachte sie, so werde ich es nicht mehr machen wie damals, als diese blöde Lücke entstanden war, zwischen Karl und Stefan, die reglos ausharrten, während ich aufgeladen war und nicht wußte, wohin mit mir! Dieser Johan (sie schluckte), das war das letzte Mal, im Grunde bin ich ganz ruhig und still geworden und will nur in Ruhe meine Kinder großziehen und keine Lücken mit Affären stopfen. Nein, nein, das hört jetzt ein für allemal auf! Es gibt noch andere Dinge im Leben!

Vor Evas innerem Auge tauchte ihr Chemieheft aus der Schulzeit auf. Sie sah in ihrer säuberlichen, großen Handschrift die Großbuchstaben, die die Elemente bezeichneten. Helium, Wasserstoff, Sauerstoff. HE, H, O. Um die Großbuchstaben herum waren Striche gezeichnet, die Valenzen. Dort dockten andere Elemente an. Wenn noch kein Element an einem Strich stand, war die Valenz unbesetzt. Das würde sich schnell ändern. Denn Elemente, so hatte sie gelernt, hatten die Tendenz, sich zu verbinden.

Ich leide an unbesetzten Valenzen, dachte Eva, das ist es. Und goß das heiße Wasser in die Kanne.

Die letzte Lücke hatte sie mit Martin gefüllt, einem Kunden bei Spoerli. (Zwischendurch hatte sie mit einem bosnischen Schriftsteller geschlafen, der ein einziges Mal bei Spoerli aufgetaucht war. Aber das zählte nicht.) Martin Wildeman war außerordentlich intelligent und ehrgeizig; er machte Karriere bei einer großen Zeitung. Er hatte einen herausfordernden Blick, dem sie nicht widerstehen konnte, seine Stimme am Telefon war wie rohe Seide. Sie hatte mit ihm eine heftige Liebschaft angefangen, geradezu vorsätzlich, ohne es zu wissen (so raffiniert war bestenfalls ihr Unterbewußtsein oder ihr geheimes Denkorgan), vielleicht, um von Karl wegzukommen oder von Stefan oder von beiden. Sie hatte sich von diesem Mann in eine Höhle mit roten Satinbezügen schleifen lassen, die angeblich seinem Freund gehörte. Sie hatten sich stundenlang vor einer scheußlichen Spiegelwand geliebt, und wieder hatte Eva erleben müssen, daß ein Mann ihr nur auf halbem Weg entgegenkam. Daß er vor Anstrengung vibrierte, sich nicht loszulassen, ihr keine Liebesworte zu sagen, außer dem immer wieder geflüsterten »Süße, Süße, Du«.

Nora hatte sie ausgelacht. »Du naives Mädchen! Du hast noch immer nicht begriffen, wie die Welt funktioniert!«

Tatsächlich. Eva war fassungslos. Wie konnte ein Mann so intensiven Sex mit ihr haben, stundenlang, und dann panikartig aufschreien, weil sie die einzige logische Konsequenz daraus zog: mit ihm durchzubrennen. Er wollte das auf gar keinen Fall! Er wollte nur in diesen geliehenen Laken mit ihr Liebe machen! Für einige Wochen war sie besinnungslos gewesen. Karl gegenüber hatte sie sich allerlei Ausreden einfallen lassen.

»Paß nur auf«, hatte Nora gesagt, »wenn einer kommt, der dich wirklich will, mit Haut und Haar, dann rennste schneller, als du gucken kannst.«

»Blöde Kuh«, hatte Eva geknurrt.

Einmal hatte Martin sie auf offener Straße geohrfeigt, nachdem Eva ihn provoziert hatte. »Du traust dich ja doch nicht«, hatte sie gesagt.

Sie war betrunken und verzweifelt, sie hätte Stefan gern so begehrt oder geliebt, was bedeutete ihr in diesem Moment schon der Unterschied, wie diesen Mann, der sie ohrfeigte und der ihr dabei näherkam als Stefan in all den Jahren ihrer kameradschaftlichen Liebe.

»Wie ungerecht«, hatte Eva geschluchzt, »wie ungerecht!«

All die sorgsam erarbeitete Nähe! All die Mühen, sich zu verstehen! Sie zerbröselten in einem solchen Moment der Erregung, der Aufregung, der reinen Chemie, der Erschütterung, die einfach da war, mühelos, radikal, irrational.

Eva fand es grauenhaft. Mein Liebesleben, so dachte sie, während sie auf die Gartenidylle im Frühling sah, unterliegt offenbar lauter Mißverständnissen! Hätte sie mit Martin leben müssen, sie hätten einmal im Monat das Mobiliar zertrümmert und aus dem Fenster geworfen. Sie hätten auf dem nackten Boden gevögelt, und es wäre ein Kampf ohne Ende gewesen. Vielleicht war er ja doch verliebt in sie. Aber vielleicht war das nur ihre Bovarysche Phantasie. Sie hatten es jedenfalls nicht soweit kommen lassen. Als Eva drängte, beendete Martin kurzerhand das Verhältnis. Er war schließlich ein erwachsener Mann.

Nora hatte ihr den Kopf gewaschen.

»Du verstehst das nicht«, hatte sie beim unvermeidlichen Espresso in ihrer Küche erklärt und eine neue Zigarette gerollt, »solche Männer leben davon, cool zu sein. Je cooler und abgefuckter sie sein können, desto erfolgreicher.«

»Martin ist nicht cool.«

»Nein? Wie kommt er dann dazu, dich anzurufen, wann er Lust hat, beim Mittagessen oder wenn du die Kinder badest? Und dann sagt er auch noch, guck, das ist das wahre Leben? Und wehe, du rufst ihn an, wenn es dir gerade einfällt?«

»Stimmt«, gab Eva zu, »ich hab ihn mal auf einer Fete erwischt, er war außer sich. Meine Frau hätte dran sein können, hat er gesagt.«

»Na, siehst du. Wahrscheinlich hat es ihm sogar einen Kick gegeben.«

»Aber im Bett ist er so hingebungs-«, sagte Eva.

»Mensch, Mädel, er hat doch alles unter Kontrolle. Du kommst, nicht er.«

»Aber er hat wirklich etwas Inniges, er ist ganz –«

»Süße, du nimmst das anders auf als er. Er meint das anders. Er erlaubt sich das in Ausschnitten. So, daß es nicht überhandnimmt. Das gehört sozusagen zum Erfolgsimage dazu.«

»Du bist so gemein.«

»Eine tolle Geliebte, und am Wochenende mit Frau und Kind im Garten sitzen und eine Havanna rauchen, ich seh's richtig vor mir, und daran denken, was für ein schickes geheimes Doppelleben man führt. Dafür wird man in unserer Gesellschaft gelobt, dafür gibt's fette Punkte. Oder nein, besser noch, er hockt drin am Schreibtisch und sieht die Familie draußen. Und schreibt was richtig Cooles. Über die Helden der Einsamkeit.«

»Du machst mich fertig, Nora. Ich dachte, er wäre in mich verliebt. Du könntest das auch alles von mir sagen.«

»Ach du! Du willst doch, daß er mit dir durchbrennt, hast du das vergessen?«

Diese *Erschütterung* jedenfalls hatte genau sechs Wochen gehalten. Eva hatte sich nicht ausreden lassen, daß er so verliebt in sie sei wie sie in ihn. Über Karl hatte sie sich keine Gedanken gemacht. Zu Karl ging sie einfach weiter und liebte ihn, als wäre nie etwas geschehen.

Ich bin genauso wie diese Typen, dachte sie jetzt, am Nachmittag unter dem Kirschbaum, die Welt ist groß, man kann sich leicht in ihr verlieren. Es war schon einige Ewigkeiten her. Zwei Jahre. Oder waren es drei?

Ein halbes Jahr lang hatte Eva bitterlich geweint und sich über Stefans Geduld aufgeregt. Dann hatte sie sich wieder auf den Weg zu ihm gemacht.

(5)

Nun war noch eine andere Person auf dem Weg zu Stefan: Sibylle.

Sie hatte Ludwig gesagt, sie würde ihre Freundin Kerstin treffen, und hatte sich statt dessen eine Karte für die Komische Oper gekauft. Es gab Puccini, ›Tosca‹, und sie wußte, daß Stefan im Orchester spielen würde. Sibylle hatte ihr Lieblingskleid angezogen, es war kurz, schmal und dunkelgrün, und sie hatte sich ein zartrosa Tuch um die Schultern gelegt. Sie hatte in den vergangenen Wochen nicht aufgehört, an Stefans blasses Gesicht zu denken, obwohl sie es vor sich selbst zu verbergen suchte. Als Eva heute mittag angerufen und eine Verabredung fürs Wochenende vorgeschlagen hatte, war sie ausgewichen.

»Schade«, hatte Eva gesagt. »Seid ihr sauer? Ist etwas nicht in Ordnung? Wir haben uns seit dem Fondue gar nicht mehr gesehen! Es war doch alles o.k.?«

»Nein, nein, wir sind nicht sauer, es gäbe gar keinen Anlaß«, hatte Sibylle sie zu beruhigen versucht. Tatsächlich war sie hin- und hergerissen, ob sie der Freundin nah sein wollte oder lieber nicht. Sie empfand eine seltsam innige Verbindung mit Stefan. Eine Gewißheit, ein leichtes Brennen. Sie hatte Evas Irritation herausgehört.

»Naja«, hatte Eva traurig gesagt, »aber übernächste Woche wieder?«

Sibylle hatte einen unangenehmen Druck im Magen gespürt und jenes leichte Sausen im Ohr.

Sie war früh dran. Sie hatte den Nachmittag frei; Fabian und Jenni waren bei Freunden und würden auch dort übernachten. Ludwig hatte Nachtdienst. Sie schlenderte Unter den Linden entlang. Sie mochte die Weite dieser Allee. Den hellen Sandweg in der Mitte. Die großen repräsentativen Botschaftsgebäude links und rechts aus den Zeiten der DDR. Die russische Botschaft, die georgische. Die Linden dufteten süß. Frauen klapperten in hochhackigen, spitzen Schuhen an ihr vorüber. Viele waren stark geschminkt, mit hellblauem Lidschatten, Kajal und kräftigem Lippenstift; Sibylle hörte sie russisch in ihre Handys sprechen, mit ihren Begleitern deutsch. Oft waren es ältere Männer. Sibylle sah sich Schaufenster in der Französischen Straße an. Die Mode wurde heller, weniger Armee, mehr Rüschen.

Sibylles Körper richtete sich auf, ohne Anstrengung, ohne Selbstbeeinflussung. Ihr Gang wurde federnd. Sie bemerkte, wie die Männer sie ansahen, und sie freute sich des Lebens. Sie war überrascht von sich selbst, so vergnügt war sie; sie erlebte einen regelrechten Anfall von Lebensfreude, wie schon lange nicht mehr. Irgend etwas bekümmerte sie sonst immer. Bei jedem Brief, den sie erhielt, dachte sie, es sei eine schlechte Nachricht, eine Mahnung, eine ungeduldige Patientin, ein Vorwurf. Wenn sie den Anrufbeantworter abhörte, rechnete sie mit Katastrophen, den Kindern war etwas in der Schule passiert, sie hatten sich den Kopf aufgeschlagen, den Knöchel verrenkt, den Lehrer beleidigt.

Sie bummelte durch die *Galeries Lafayette*. Sie hörte die Musikberieselung in den hell beleuchteten Verkaufsräumen nicht, sie hörte ein altes Liebeslied im Inneren, *What the world needs now, is love, sweet love*. Sie nahm die drängelnden Frauen nicht wahr, die neugierigen Männer, die zwischen den Regalen mit den bunten BHs und Höschen herumpirschten, sie vergaß fast, daß sie in einer Stunde in die Oper gehen würde. Sie schwebte. Ludwig interessierte sich nicht für Unterwäsche, sowenig wie für neue Haarschnitte. Er hatte gelernt, beides zu loben, weil Sibylle sich über seine Ignoranz beschwert hatte. Lachsrosa, Hellblau, Taubengrau, aparte Schnitte, Spitzeneinsatz: Sie hielt die teure Wäsche in der Hand, wendete sie hin und her, fühlte den Stoff, verglich die Farben, die ihr leuchtend und verführerisch erschienen. Sie sah in den Spiegel und fand sich lebendig, ihre Haut gut durchblutet, ihre Augen strahlend.

Sie dachte an den Spaziergang in Sizilien, als Eva und Ludwig kochten und sie mit Stefan und den Kindern durch die Felder lief, der vorletzte Abend war es gewesen, das Licht der Dämmerung hatte schon über den Bäumen gelegen und sie immer dunkler gezeichnet. Wenn ich etwas so spielen kann, wie ich es mir vorstelle, hatte Stefan gesagt, bin ich glücklich. – Ich beneide dich darum, hatte sie geantwortet, ich habe so etwas nie empfunden.

Sibylle hatte noch nie daran gedacht, Ludwig zu betrügen. Das Herz schlug ihr bis zum Hals, als sie allein die Treppen der Komischen Oper hinaufging. Das Gebäude war von außen ein nüchterner, heller Kasten; innen gab es roten Samt, eine geschwungene Freitreppe und goldglänzende Kronleuchter. Die Männer kamen in legeren Sommerhosen, die Frauen im Satinkleid, das billig war und teuer wirken sollte, oder umgekehrt.

Die meisten kamen, um sich eine altmodische Oper anzusehen mit einer Musik, die sie kitschig nannten und die in Wirklichkeit hochkomplex war, und von der sie nicht genug bekommen konnten. Was sie hinter ihren kritischen Anmerkungen zur Inszenierung verbargen (jeder konnte und wollte da mitreden) oder ihrer Bewunderung für die Sängerinnen und Sänger, insgeheim erleichtert, sich nicht irgendwelchen atonalen oder womöglich elektronischen Klängen gegenwärtiger Musik aussetzen zu müssen. Bei Puccini hatte man die Erlaubnis, vom Alltag eine Pause zu machen. Ein wenig in den großen Gefühlen mitzuschwingen.

Aus diesem Grund war Puccini für Schönberg der *Gottseibeiuns*; weil für ihn Worte und Klänge noch eine Einheit bildeten und die Sprache kein Material geworden war, obwohl doch die Welt dem gar nicht mehr entsprach. Dabei waren sie praktisch Zeitgenossen, Giacomo Puccini und Arnold Schönberg, und die ›Tosca‹ war im selben Jahr entstanden wie einige Werke Munchs, nämlich 1900 (nur um eine Übersicht zu gewähren, auf welchen Kunst- und Gefühlsraum wir uns hier beziehen). Puccini, der in den Tönen die psychologische Wahrheit auslotete, galt manchem in der musikalischen Welt als illustrativ, als »rhetorisch«. Das redete wie verrückt sozusagen, alles bedeutete etwas, und das galt als unfein und rückwärtsgewandt für die nachfolgenden Komponisten, die den Faden mehr oder weniger abreißen ließen (und sich an Schönberg hielten), weshalb diese Linie des Belcanto über die Operette ins Musical mündete. Ausgerechnet Kurt Weill interessierte sich immerhin für Puccini, was wiederum Brecht gefiel, der einmal sagte, Schönberg klinge wie »Lehár rückwärts gesungen«.

Sibylle interessierte sich nicht für diese Zusammenhänge unterbrochener Traditionen; sie interessierte sich vor allem für Stefan, den Mann ihrer Freundin. Tosca war für sie eine exzentrische Opernsängerin, die aus Liebe zu einem ebenfalls exzentrischen Maler namens Cavaradossi einen Polizeibeamten namens Scarpia tötete. Das hatte sie schnell zu Hause nachgelesen. Es war ihr gar nicht wichtig. Sie hatte zunächst nicht einmal darauf geachtet, welche Oper gegeben wurde. Sibylle besuchte die Oper etwa so wie das Kino. Filme, Romane und Musik dienten als Gefühlsverstärker. Zum Abtauchen in ungelebte Innenräume, ein gefahrloses Schwelgen.

(Sie kann von Glück reden, daß sie von einer moderneren

Oper verschont wird; wir hätten ein großes Vergnügen darin gefunden, sie zum Beispiel in die ›Oper Nummer 1‹ von Boris Blacher zu schicken, oder, noch besser, in ›Neues vom Tage‹ von Paul Hindemith, eine wunderbare Oper aus dem Jahre 1928, in der es um die nüchterne Schönheit des Alltags und die Ehe- und Scheidungsprobleme der Berliner Westendschickeria geht, mit einer Badewannenarie über die Vorzüge von Kohleöfen, inclusive mordsmäßigem Schaum. Da wäre es aber Essig mit dem schönen *Abtauchen*.)

Bevor überhaupt etwas geschehen war, hatte Sibylle schon ein schönes schlechtes Gewissen. Aufgeregt ging sie die Treppe mit dem roten Teppich hinauf und kam sich vor wie im Film. Nicht echt. So echt wie lange nicht. Sie kaufte ein Programm. ›Tosca‹ spielte vor dem Hintergrund der Französischen Revolution. Sie war in Berlin 1907 zum ersten Mal gespielt worden; bei der italienischen Uraufführung, 1903 in Mailand, hatte der große Caruso den Maler Cavaradossi gesungen.

Sibylle las, daß ›Tosca‹ eine Oper über die Bedrohung der Liebe durch den brutalen Zugriff der Macht sei, dissonanzenreicher und schwieriger als ›La Bohème‹, und stöhnte. Daß Puccini immer Frauen in den Mittelpunkt stellte, die in einer von Männern beherrschten Welt *zerbrachen*. Großartig. Daß die Vorlage für die Oper ein Theaterstück für die Schauspielerin Sarah Bernhardt gewesen war. Eine richtige Diva.

Sibylle dachte sofort an ihre Mutter. Ihre Mutter wäre gern eine Diva gewesen. Ihre Mutter hatte sie oft mit ins Theater genommen, weshalb sie selbst es später immer gründlich gemieden hatte.

Sibylle fühlte sich oft von ihrer Mutter verfolgt. Sie war das einzige Kind. Sie sah ihrer Mutter sehr ähnlich. Weil sie ihrer Mutter sehr ähnlich sah, hatte diese immer gedacht, ihre Tochter wäre wie sie. Sie hatte ihr bis in die Studienzeit hinein Anziehsachen gekauft, die ihr selbst gefielen und in denen Sibylle sich wie verkleidet fühlte. Als Sibylle die Praxis kaufte, war sie gekommen, hatte sich alles angesehen und vorgeschlagen, wie sie sie einrichten könnte, was sie alles verändern müßte. Sibylle war ihr in allem nachgekommen. Ihre Mutter war weltgewandt und geschickt. Außerdem schäkerte sie mit allen. Sie folgte ihrer Tochter in die Praxis, nach Sizilien, und jetzt auch noch in die Oper. Sibylle fand das nicht amüsant. Zur Ablenkung spähte sie ängstlich, ob irgendwelche Bekannten in Sicht waren.

Beim ersten Klingelzeichen ging sie in den ersten Rang hinauf. Sie hatte eine teure Karte gekauft, in der Mitte, in den Logen. Sie setzte sich. Sie sah auf die Bühne und in den Orchestergraben, der noch leer war. Ihr Atem ging so schnell, daß sie dachte, man müßte ihn hören. Die ersten Musiker kamen in schwarzen Anzügen und weißen Hemden mit ihren Instrumenten. Sie stellten ihre Noten auf die Ständer, blätterten darin, stimmten die Instrumente und plauderten mit den Kolleginnen und Kollegen. Sibylle schloß die Augen halb und sah ein Gewirr aus bewegten schwarzen und weißen Flächen, dazwischen aufblitzendes Gold.

Sie öffnete sie wieder und sah Stefan gut gelaunt in den Orchestergraben kommen, zum vorderen Rand gehen und – verschwinden! Verdammt! Sibylle reckte den Hals: Sie sah ihn nicht! Er war vom hohen Rand des Grabens verdeckt! Das hatte sie überhaupt nicht bedacht. Wie auch? Sie hatte sich noch nie Gedanken beim Kauf einer Karte gemacht, ob man das Orchester gut sehen würde. Mist, Mist, Mist! Sie sah sich um. Sie hatte einen Schweißausbruch.

Es klingelte zum zweiten Mal. Noch war Zeit. Sie mußte einen der Seitenplätze erkämpfen; von dort aus könnte sie das Orchester gut sehen. Wie dumm von ihr! Sie verließ die Loge und drängte an den Hereintretenden vorbei in den Gang, zu den vorderen, zur Bühne gelegenen Plätzen. Sie sah jüngere Menschen auf den Sitzen. Nur einer war noch frei. Von hier aus sah sie Stefan gut; er schien ihr sogar überraschend nah. Er saß freundlich um sich blickend auf seinem Platz und lachte seine Kollegin an. Sibylle sah es ungern. Er legte die Klarinette auf die Beine, nahm sie mit einer Hand wieder auf und schlug mit der anderen die Noten auf. Sein Gesicht leuchtete hell, seine Augen dunkel. Sibylle wurde rot. Was, wenn er *sie* sehen würde? Verflucht aber auch. Ein junger Mann trat hinter ihr herein, er wollte zu seinem Platz.

»Hätten Sie Lust, mit mir zu tauschen?« Sibylle sah ihn bittend an.

Der junge Mann warf einen verächtlichen Blick auf ihre Karte.

»Nein danke«, sagte er knapp, »ich will das Orchester sehen.«

Ja, bitte, dachte Sibylle, der kennt sich wenigstens aus.

(6)

Es wurde langsam kühler draußen (ungefähr als Sibylle durch die *Galeries Lafayette* schlenderte), das Grün wurde dunkler, das Rosa und Rot der Tulpen leuchtender. Der Geruch von geschnittenem Gras wehte von den Nachbarn herüber, und etwas Modriges vom Tümpel. Eva atmete die würzige Luft ein. Der Frühling war ihre liebste Jahreszeit. Die Kinder hatten Strickjacken angezogen, sie wollten bis zum letzten Moment draußen bleiben. Sie spielten Verstecken. Eva warf ihnen einen Blick nach und verschwand in der Küche. Sie hörte sie lärmen; manchmal sah sie eins am Fenster vorbeistürmen. Sie sah den alten Mann von nebenan, der sie gegrüßt hatte. Er lebte bei seiner Tochter, einer älteren Frau mit großem Busen; sie arbeitete bei der Stadtverwaltung von Kleinmachnow (Eva kam es immer komisch vor, Kleinmachnow als »Stadt« zu sehen, für sie war es ein Dorf); was ihr Mann früher gemacht hatte, wußte Eva nicht. Er sei in Rente, hatten die Nachbarn ihr nach dem Einzug mitgeteilt. Punkt. Keine weiteren Fragen. Er war oft mit dem Auto unterwegs.

Eva beobachtete den alten Mann. Sie schätzte ihn auf Mitte Achtzig, vielleicht sogar neunzig; er hatte ein Gesicht voller zerbrochener Runzeln, er hielt sich betont gerade, auch wenn seine Schultern leicht abfielen. Er fegte jeden Tag den Bürgersteig und den Platz vor der Garage, in der er häufig verschwand. Wie jetzt. Eva wandte sich wieder den Äpfeln zu, die sie für die Kinder schälte; sie bereitete Brote für das Abendessen vor.

Irgendwann im letzten Jahr hatte sie Karl gesagt, daß sie sich nicht mehr sehen konnten.

»Nicht mehr so oft jedenfalls«, hatte sie gleich hinzugefügt, »ich muß meine Ehe in Ordnung bringen.«

Nur daß es keine Ordnung gab, und schon gar keine, die sie hätte bewerkstelligen können.

»Das ist gut«, hatte Karl gesagt und sie aus flehenden grauen Augen angesehen, »du darfst deine Ehe nicht zerstören. Und für die Kinder ist es das beste, wenn sie mit ihrem Vater zusammensein können.« Dann hatte er sie wie immer geküßt und in ihr Ohr gesagt: »Du kannst jederzeit kommen.«

Eva hatte sich damals vorgenommen, für sich und Stefan mehr Zeit einzuräumen. Sie hatte den Tisch abends besonders gedeckt, wenn er keine Vorstellung hatte, sie hatte Anka gebeten, auf die Kinder aufzupassen, wenn sie in der Stadt war, und war mit Stefan ausgegangen. Es war nett und freundlich zwischen ihnen, und Stefan war durchaus gerührt, als sie ihm sagte, daß sie ihr Verhältnis beendet habe. Eva verstand, daß er eine gewisse Zeit brauchen würde, bis zwischen ihnen alles wieder gut würde. Sie bemerkte, daß sie selbst etwas Zeit brauchen würde. Sie hätte mit ihm schlafen können, wenn sie einmal im Bett nebeneinanderlagen (oft schliefen sie getrennt, weil Stefan schnarchte). Sie hatte keineswegs aufgehört, sich nach ihm zu sehnen. Doch es blieb ein »Hätte«.

Eva sah Lucie und David vorbeilaufen. Drei Kinder hatten sie zusammen gemacht!

»Es ist nicht schlimm«, hatte Nora gesagt, »das kommt öfter vor, als man denkt. Mit dem einen ziehst du die Kinder groß, mit dem anderen schläfst du. Das ist doch o.k. Andere haben weder das eine noch das andere.«

»Ich bin weder die eine noch die andere«, hatte Eva gesagt.

Im Alltag fehlte ihr nichts. Sie war mit anderen Dingen beschäftigt, mit den Kindern, ihrer Arbeit, ihren Freundinnen. Sie mochte ihre Arbeit, sie liebte ihre Kinder. Sie lachte oft mit Stefan, und etwas Angestrengtes, das lange Zeit ihr Miteinander bestimmt hatte, war gewichen. Unzerstörbare Liebe, unzerstörbare Ehe.

»Warum schlafen wir nicht miteinander?«

»Ach, Eva, das kommt schon wieder.«

»Hast du eine andere?«

»Quatsch.«

»Aber du mußt doch irgendwohin.«

»Ist doch nicht wichtig. Wir haben ganz andere Sorgen. Es gibt soviel andere Sachen.«

»Du hast doch jemand anderen.«

»Nein! Glaub mir doch.«

»Aber das gibt es doch nicht. Hast du denn niemals Lust?«

Manche Mauern wuchern wie die wilde Hecke Ilex. Unmerklich hatte Eva sich nach innen verkrümelt. Es hatte sie nicht einmal besonders beunruhigt. Sie hatte es als erleichternd empfunden, nach all den Verstrickungen, in die sie ihr Lebenshunger hineintrieb. Sie hatte viele Knollen im Garten eingepflanzt. War schwimmen gegangen. Zum Yoga. Hatte Nora gesehen. Sie hatte es geschafft, keine neue Affäre anzuzetteln. Sie hatte die Zeit vergehen lassen, hatte erlebt, daß ihr Impuls, zu Karl zurückzukehren, nachließ, daß er wiederkehrte, um erneut nachzulassen, und sie hatte es sogar erlebt, daß sie Karl vergaß. Sie telefonierten, sie zankten, sie hörte das Geräusch, wenn er zu viel Spucke im Mund hatte und sie mit einem leisen Knacken herunterschluckte.

Im Auktionshaus wich sie den Avancen der männlichen Kunden aus. Die Kollegen wunderten sich darüber. Niemand hätte gewagt, eine Vermutung zu äußern. Sie sehnten sich nach der Aufgeregtheit zurück, die Eva mit ihrem Charme um sich herum verbreitet hatte. Die halbe Kundschaft hatte sie in Unruhe versetzt.

»Sie wird langweilig«, seufzte Rehweiler machmal und verdrehte die Augen, »das Alter holt sie ein und macht sie ruhig.«

»Warten wir's ab«, gab Wieland zurück, »warten wir's ab.«

Nach einigen Monaten ohne Karl war Eva mit ihm am See spazierengegangen. Er hatte ihre Hand gefaßt, sie hatten sich in die Büsche geschlagen. Es hat nichts an meiner Ehe geändert, ihn nicht zu sehen, hatte Eva gedacht, während sich kleine Ästchen in ihre verschwitzte nackte Haut drückten.

Neu war, daß sie nun jedesmal weinte, wenn sie von ihm fortging. Daß seine Wohnung begann, ein wenig nach älterem Herrn zu riechen.

Neu war, daß Eva vom Feuer träumte. Häuser brannten, Wälder brannten, manchmal sah sie nur Feuer und nicht das, was brannte, keinen Ort, nichts, woran sie sich am Morgen hätte erinnern können.

(7)

Sibylles Wangen waren feuerrot. Sie kehrte zu ihrem Logenplatz zurück, in letzter Sekunde, die anderen Besucher in der Loge sahen sie strafend an. Alle sahen, daß sie nur hier saß, um ihren Mann zu hintergehen. Und dann noch der Zirkus mit dem Sitzplatz. Sie wünschte sich nur noch, daß das Licht im Saal ausginge. Sie schämte sich. Sie wollte sich zusammennehmen und die Oper genießen. Sie war doch ein sachlicher Mensch. Ihr Herz klopfte, ihr war, als müßte ihr Nachbar es hören. Der sah nur indigniert in sein Programmheft und strich über seine gebügelte Hose. Schweiß stand ihr auf der Stirn. Zur Linken die Dame hielt ein Opernglas. Die Oboe stimmte das A, die Bläser folgten, dann die Streicher (das erkannte Sibylle freilich nicht, sie hörte nur, daß es gleich losging).

Sie drückte mit dem Finger unauffällig den Akupressurpunkt zwischen Oberlippe und Nase, zur Senkung des Blutdrucks; weil ihr Puls weiterhin raste, drückte sie auch die Punkte zwischen Daumen und Zeigefinger. Der Vorhang bewegte sich zu den Seiten, ein marodes Kirchenschiff zeigte sich. Es gab keine Ouvertüre, ein Mann in blauer Latzhose kam und reinigte singend Pinsel. Langsam ging Sibylles Atem ruhiger. Es war ein Wink des Schicksals, daß sie Stefan nicht sah. Es war besser so. Sie war erleichtert. Was hätte geschehen können! Der Mann ihrer Freundin! Nein, nein. Es war gut so. Sie könnte Ludwig ganz unbefangen sagen, daß Kerstin ihr kurzfristig abgesagt hatte. Sie könnte ihm alles erzählen.

Cavaradossi kam auf die Bühne und malte ein wildes Frauenporträt. Maria Magdalena sollte es sein. Cavaradossi trug graue Hosen und ein T-Shirt. Die Musik war beschwingt. Der Maler sang von den vielen schönen Frauen. Den Blauäugigen und den Brünetten. *Oh wunderbare Vielfalt.* Daß er nur eine liebte, seine Tosca. So sehr geliebt zu werden, seufzte heimlich die Sibylle. Prompt beschleunigte sich ihr Puls. Der Mann in der Latzhose schimpfte, die Weiber stänken wie die Hölle. Ich will hier nur ein wenig sitzen, dachte Sibylle, der Musik lauschen, die Bilder sehen. Es gab da neuerdings eine köstliche Unterströmung in ihrem Leben.

Cavaradossis Freund Angelotti kam hereingestürzt und mußte versteckt werden. Die Musik wurde dramatisch. Sibylle verstand nicht recht, worum es im einzelnen ging. Tosca kam im enganliegenden gelben Kleid hereingefegt. Tosca, Sängerin und Schauspielerin, die Geliebte des Malers Mario Cavaradossi. Sie begutachtete sein Bild. Sie regte sich auf. Zeigte auf die Augen. Sibylle begriff: Die Maria Magdalena hatte blaue Augen! Nicht schwarze wie Tosca! Tosca tobte. Cavaradossi brachte seinen ganzen Schmelz auf, ihre Eifersucht zu beruhigen. Im Liebesduett von Cavaradossi und Tosca entspannte sich Sibylle wieder. Sie konnte Stefan nicht sehen. Sie konnte nicht einmal sein Instrument in der Fülle der Stimmen ausmachen. Das machte nichts. Sie konnte sich einen Augenblick von ihren Aufregungen erholen. Die Musik war schön, das Licht war aus, niemand sah zu ihr hin.

(8)

Tosca rennt, Tosca stürmt herein, Tosca stürmt hinaus, Tosca verbreitet eine Unruhe wie zu Hause die Kinder, wenn ich in Ruhe üben will. Papa, kannst du mal, Papa, ich möchte gern. Tosca rennt, Treppen hinab, Treppen hinauf. Tosca ist draußen und ruft schon nach Cavaradossi, Tosca ist drinnen und bringt alles durcheinander. Die Stimme bewegt sich hinauf, höher, höher, und stürzt wieder hinab. Mit einer gewissen Heftigkeit, stand über den Noten, *con una spezie di violenza.*

Stefan saß zwanzig Meter von der aufgeregten Sibylle entfernt im Orchestergraben, wartete auf seine Einsätze, wechselte das Mundstück, setzte es von der A-Klarinette auf die B-Klarinette und wieder zurück, im Gleichtakt mit Matthias, beide nach links unten gebeugt, beide wieder hoch, und spielte zum über vierzigsten Mal in seinem Leben ›Tosca‹. Tosca ging ihm auf die Nerven.

»Du bist verrückt«, sagte Ernst jedesmal, »die ›Tosca‹ nicht zu mögen. Das sind doch für uns tolle Partien.« Puccini, Verdi, Wagner, Mozart, das waren die Favoriten der Klarinettisten. Von den neueren György Ligeti.

Holger, der erste Fagottist, der in dieser Oper neben Matthias saß, weil die Es-Klarinette (also Tobias) darin nicht gebraucht wurde, nickte begeistert. »Jo«, sagte er, »det is wat Feines.«

Holger war ein langsamer Mann mit der blassen Haut und dem roten Haar seiner irischen Mutter. Er konnte mit den Ohren wackeln.

Stefan zählte die Takte, wartete, spielte, zählte, wartete. In einem Film hatte eine Trompeterin zwischen ihren Einsätzen an einem Pullover gestrickt. Bei einem Gastspiel der ›Zauberflöte‹ hatte er beobachtet, wie Klarinetten, Trompeten und Fagotte zwischendurch aufgestanden waren; während Pamina ihre große Arie sang, hatten sie am Rand des Grabens Faxen gemacht. Am Ende der Arie hatten sie ihre Plätze wieder eingenommen. Das gab es hier am Haus nicht. Wenn er die Musik nicht mochte, war Stefan das Warten schrecklich. Gefühlte Zeit gleich fünffache Zeit, das galt auch für langweilige Proben. In ›Tosca‹ kam er allerdings oft dran; sie war tatsächlich ein dicker Fisch für Klarinetten, und für die Querflöten.

Alexej Petrowicki, der Dirigent, machte sie immer wieder darauf aufmerksam, daß die Zuschauer auch sie sahen. Daß ihre Konzentration sich übertrug. Es war nicht leicht, die ganze Zeit die Spannung zu halten. Es diente freilich auch dem Dirigenten. Einen unruhigen Haufen zu führen war kein Jux, wenn fünfhundert und mehr Menschen zusahen. Stefan und seine Kollegen hatten gelernt, ein Pokerface aufzusetzen. Egal, wie du dich fühlst, du darfst es nicht zeigen. Egal, welche Witze und Kommentare ihr fallen laßt, trocken und beiseite, du darfst auf keinen Fall lachen. Lachen war das Ende. Laß die Sterne funkeln, Cavaradossi. Komm, Matthias, wir wiegen uns schön hin und her, mit Ausdruck.

Stefan achtete heute zunächst mit mehr Aufmerksamkeit als sonst auf Matthias' Einsätze. Er las dessen Phrasen mit, stellte sich vor, selbst die erste Klarinette zu spielen. Bald hatte er es wieder vergessen.

Alexej Petrowicki dirigierte. Exakt, mit zusammengekniffenem Hintern und zurückgestrecktem Spielbein, wie ein Ballettänzer. Die Bewegungen seiner feinen Hände waren kontrolliert. (Immerhin war er einer der wenigen Konzertmeister, die noch ordentlich alle Takte anschlugen, sichtbar für alle, nach vorn. Manche verhudelten die einfachsten Dinge. Die Mentalität ging eindeutig zum Schlendrian. Fanden die Musiker.) Er lächelte, nickte, war ganz Akribie, Konzentration. Er war bekannt für seine hochdifferenzierten Dirigate. Er war nicht sehr groß und hatte ein markantes Gesicht mit kräftigen Wangenknochen und sehr wachsamen Nasenlöchern. Man konnte ihn sich gut als energischen Fünfjährigen vorstellen, im Wechsel getrieben und verhätschelt von einer märchenhaften russischen Großmutter. Ein Kind, das die gesamte Familie unterhielt und tyrannisierte.

»Zu viel Kopf«, sagte Ernst über ihn, »der hält alles fest. Der hat einen ganz leeren Bauch.«

(Das war nicht logisch gedacht. In Wirklichkeit neigte Petrowicki zu Verstopfung.) Petrowicki hatte eine Vorliebe für die doppelbödigen Strukturen dieser Oper und ihre Brüche, doch anders als bei Schostakowitsch mochte Stefan sie bei Puccini nicht. Er haßte die ständigen Störungen. Sangen zwei ein Duett, kam ein Dritter, begann Tosca eine Kantilene, fuhr Cavaradossi ihr dazwischen, das war ein Durcheinander wie bei ihnen zu Hause. Der Maler mußte Tosca fortschicken, um Angelotti zu helfen. Er konnte es ihr nicht sagen. Sie war, wie alle Frauen, wie ein Kind: Je mehr Cavaradossi sie loswerden wollte, um so mehr krallte sie sich fest. Mißtrauisch. Scarpia, der kaltschnäuzige Polizeipräsident, der Stefan zutiefst zuwider war, hatte später ein leichtes Spiel, ihre Eifersucht zu schüren. Guck mal, der Fächer, Tosca. Was macht denn der auf der Balustrade? Gleich neben der Staffelei? Das war Stefan alles zuviel. Zuviel Verwirrung. Zuviel Manipulation. Zuviel Eifersucht. Tief in Stefan gab es eine große butterweiche Fläche. Wenn er nicht aufpaßte, verschlang sie ihn.

Petrowicki hingegen liebte das Abgründige. Das Unheil, das

heranschlich. »Cavaradossi ist ein kluger Mann«, hatte er schelmisch lächelnd gesagt, »er läßt sie kommen« – er hatte gekichert – »höflich, damit er sie dann fortschicken kann. Er weiß, wie die Frauen sind! Zugleich hören wir seine Unruhe!«

Während Cavaradossi Tosca mit der Verabredung für den Abend tröstete, was für sich genommen schon einen aberwitzigen Rhythmus hatte, kitzelte der Dirigent im Orchester heraus, was den Maler beschäftigte: die Flucht Angelottis. Wie krieg ich Tosca vor die Tür. Das Orchester machte den Rauswerfer, wiederholte das Motiv. »Laß mich arbeiten«, sang Cavaradossi.

»Wir kennen das Problem«, hatte Ernst bei den Proben geflüstert, »wir wollen arbeiten und die Mädels –«

Die Männer hatten gelacht.

Matthias hatte den Maestro gefragt, in welcher Geschwindigkeit sie die Phrase spielen sollten.

»Sie sind noch gar nicht dran«, hatte Petrowicki ungeduldig gesagt. Bei Puccini liebte er Unterbrechungen. Nicht bei sich selbst.

»Er wirft ein Netz von Bedeutungen aus«, hatte er weiter erklärt, »manche Motive zeigen ihren Sinn erst später. Zum Beispiel das Scarpia-Motiv am Anfang, wenn der Tyrann selbst noch gar nicht in Erscheinung tritt. Wir müssen diese Phrasen wie im verborgenen spielen. Man muß sie aufnehmen, spüren, ohne genau zu wissen, wohin sie führen. Er ist die Bedrohung, die über allem schwebt.«

Petrowicki verstand etwas von geheimen Dingen. Vom Leben unter einer Willkürherrschaft. Er war schließlich Russe. Und Dirigent.

Doch wir haben vorgegriffen. Noch waren sie am Anfang. Stefan schubste Matthias und bedeutete ihm mit den Augen, Holger zu schubsen. Holger spielte wie eingeschlafene Füße. Für die zweite Klarinette kamen ein paar Leckerbissen, *armonioso*, mit der Harfe zusammen. Tosca sang ihre Arie vom

Häuschen. Einundfünfzig Takte lang übrigens, erst in den letzten zehn Takten von Cavaradossi unterbrochen. Ein schönes *andante moderato*. Matthias und Stefan wiegten sich wie Schilf im Wind, gemeinsam nach links, gemeinsam nach rechts. Sie hatten so eine Art, zusammen mit dem Körper zu schaukeln, es war wie ein Sich-Wiegen, wie ein Atmen, ein, aus, wunderbar, wie leicht es gelang. (Ja wenn die Ehe so etwas sein könnte! Ein solches Ein, Aus, und heraus kommen lauter hübsche Töne!) Sie sahen aus wie Brüder, groß und dunkel und mit hoher Stirn.

(9)

»Von unserm Häuschen mit mir sollst du träumen.«

Sibylle las den Text im Halbdunkel vorgebeugt im Programmheft mit. Sie zog die Stirn in Falten. Tosca verabredete mit ihrem geliebten Cavaradossi ein Stelldichein für den Abend. Stefan hatte ein Haus, er saß darin mit Eva, ohne daß sie es sich gewünscht hätten. Die Welt war ungerecht!

Hier kam nun unerwartet etwas in Gang, was Sibylles vorgenommenes Wohlbefinden störte. Ein Splitter hatte sich verirrt. Ein wenig dämmerte ihr, daß das Geld, das sie verdiente, keineswegs genügte, um alle Wünsche zu erfüllen. Daß es am Geld gar nicht lag. Daß überhaupt das Geld keine Garantie bot, Wünsche zu erfüllen: der teure Opernplatz war der falsche; der billige, *mit beschränkter Sicht*, wäre der richtige gewesen!

Die Sache mit dem Häuschen wurmte Sibylle. Ludwigs Argument, er zahle die Praxis ab, galt ja nur halb. Sie selbst zahlte schließlich auch die Praxis ab, mit ihrer Arbeit. Vielleicht müßte man die Uhrenfabrik im Erzgebirge verkaufen. Von dieser Schnapsidee ihrer Mutter hielt sie ohnehin nicht viel. Diese hatte sie kurz nach der Wende für einen Appel und ein Ei gekauft, *aus Daffke* sozusagen, und die Folgen nicht bedacht. Ludwig tat so, als wäre es vor allem ihre Spinnerei; dabei hatte er selbst eine große Schwäche für Uhren, er ersteigerte sie im Internet, stand sogar mitten in der Nacht dafür auf und ließ sie dann in der kleinen Fabrik auf Vordermann bringen. Sibylle argwöhnte sogar, daß er die Mutter heimlich unterstützt hatte; sie hatte ihn von Anfang an um den Finger gewickelt. (Sibylle sah, ungerecht wie alle Töchter, vor allem den rosa Nagellack und die Exaltiertheit ihrer Mutter, weshalb sie sich selbst gern als *sachlich* gab. Wir sehen nun ja, wie sachlich sie in der Oper sitzt.) *Tick tack*, dachte Sibylle, *Ludwig Ludwig*. Ludwig war begeistert von »seinem« Uhrmacher. Er lernte von ihm; für Eva hatte er auch schon eine alte Uhr repariert. Sibylle wußte genau, was er sagen würde: Verkaufen wir, würde er sagen, kriegen wir nicht annähernd, was die Sache wert ist. Und er setzte sich immer durch!

Sibylle hörte gar nicht richtig zu; trotzdem oder gerade deshalb wühlten Puccinis schmelzende Kadenzen sie auf, und plötzlich hatte sie Sehnsucht nach ihrem leiblichen Vater. Sie hatte die Vorstellung, er hätte sie besser gegen ihre Mutter in Schutz nehmen können als ihr Stiefvater Friedrich, so nett der auch war. Sibylles Vater war das lebendige Klischee eines verschrobenen Wissenschaftlers gewesen; ein Soziologe, der sich im Institut vergrub und hochkonzentriert seine Theorie der Massenkommunikation formulierte, über die er dann nur mit Mühe und einem gewissen Alkoholpegel Vorträge hielt. Er war der Typ, der sich bei Kongressen oder anderen geselligen Ereignissen still in eine Ecke verzog und brummte, wenn jemand ihn ansprach. Sibylle, die das alles als kleines Mädchen wie von weitem wahrnahm, hatte ihn sehr geliebt. Er konnte charmant und witzig sein. Doch wenn er trank, war er unwirsch, abweisend und ungerecht. Schrecklich war es für sie, wenn er durch sie hindurchzusehen schien.

Scarpia, im Programm als *Polizeipräsident* bezeichnet, trat als eine Art Berlusconi-Verschnitt im schwarzen Anzug auf. Er war ein Macho. Raffiniert. Unberechenbar. Sibylle war nun wieder bei der Sache. Sie regte sich auf. Er war scharf auf Tosca. Er machte Tosca eifersüchtig. Sie war sowieso schon eifersüchtig. Immerhin hatte ihr geliebter Maler seine Madonna mit dem Gesicht einer anderen versehen! Mit blauen Augen, nicht mit schwarzen, wie sie sie hatte! Zwei Frauengesichter in ein Bild zu zwingen! Sibylle wurde wütend auf beide Männer. Sie schwitzte. Ihre Beine kribbelten, sie rutschte unruhig auf ihrem Sitz herum, sie spürte den Samt unter ihrem dünnen Kleid. Ihre Nase juckte vom Staubgeruch. Sie ärgerte sich über ihren Nachbarn, der ein Bonbon aß, um seinen Hustenreiz in den Griff zu bekommen. Er lutschte laut. Sibylle haßte Lutschgeräusche.

Zwei Gesichter in einem Bild. Sibylle wehrte sich, der Satz wurde laut in ihrem Kopf wie ein Schmatzen. Hundertfach hatte sie geträumt, in einen Spiegel zu sehen, und da war nichts. Da war nichts, wie bei einem Zombie, einem Untoten, und das Grauen war jedesmal so heftig gewesen, daß sie schreiend aufwachte, schweißgebadet, hilflos, bis Ludwig sie in die Arme nahm. Ohne Ludwig hätte sie niemals ihr Studium beendet, hätte niemals den Mut gefaßt, in einem Krankenhaus oder einer Praxis zu arbeiten. Immer hatte sie Angst gehabt, es nicht zu schaffen, und immer hatte Ludwig ihr geholfen, hatte sie abgefragt, war Vorstellungsgespräche mit ihr durchgegangen. (Da vergaß Sibylle leicht die andere Seite seiner Liebe.) Man liebt das, was man kennt, dachte Sibylle und wunderte sich.

(10)

Stefan setzte erneut ein, dieses Mal eine längere Passage. Er saß aufrecht, die Schultern locker. Er atmete leicht. Er spielte und dachte zugleich an ein Stück von Dave Brubeck, das sie morgen spielen würden (›Von Bach bis Brubeck‹). Er hatte mit Tobias am Nachmittag das Arrangement besprochen. Er hörte es im Kopf. Er verlor etwas den Rhythmus. Verdammt, dachte er, das darf nicht passieren, schon gar nicht einem möglichen ersten Klarinettisten. Ich würde lieber mehr Muggen machen, dachte er. Muggen waren *Mu*sikalische *Ge*legenheits*ge*schäfte. Die Leute waren so unkompliziert, wenn sie tanzten. Andererseits, Leute waren Leute. Diese hier liebten auch die Musik. Manche jedenfalls. Manche zeigten sich nur, die saßen dann in der Loge. Möglichst nah beim Intendanten. Oder in den ersten Reihen im Parkett. Wo man das Orchester nicht sah.

Weit weg war der Alltag eines Orchesters von den Träumen, die er gehabt hatte. Als er anfing, hatte er nicht an gewerkschaftlich vorgeschriebene Pausen bei den Proben gedacht. Siebzig Mal ›Die Zauberflöte‹, zwanzig Mal Benjamin Britten. Dafür aber auch Janáček. Nur zum Beispiel. Trotzdem liebte er seine Arbeit über alles. Er liebte den sonderbaren Geruch des Hauses. Die dicken Heizungsrohre in den niedrigen Gängen. Es gab im Grunde immer etwas Neues. Wie sie zusammenspielten, wie die Sänger waren. Es gab Spannungen, Aufregungen, Momente, in denen sie in der Orchesterwanne zu einem großen klingenden Körper zusammenwuchsen und den Rest der Welt vergaßen.

In letzter Zeit fühlten sich alle unter Druck. Gelder wurden gekürzt. Ernst mußte jede Oper mitspielen, auch wenn er nur drei Töne darin hatte, weil die Stelle des zweiten Baßklarinettisten, mit dem er sich abgewechselt hatte, nicht neu besetzt wurde. Alle hatten Angst um ihren Arbeitsplatz. Für neue Strukturen, wie man das nun gern in der Stadt nannte, wurde

Geld ausgegeben. Von Berlins drei Opernhäusern mußte früher oder später eins dran glauben. Die Stadt war verschuldet. Es wurden Räume angemietet, damit die Musiker der drei Opernhäuser zusammen proben konnten. Die Räume in den vorhandenen Häusern standen leer. Die Musiker grollten. Stefan haßte die Diskussionen, die sie nun fast jeden Tag in der Kantine darüber führten. Er war, auf seine Art, ein bißchen bequem. Gespräche über Geld strapazierten sein Gemüt. Bei ihm zu Hause hatte es oft an Geld gefehlt; die Leute zahlten Handwerker gern mit Verspätung. Als Stefan mit den ersten Bands spielte, freute er sich über das Geld, das er damit verdiente. Er brauchte nicht viel für sich; doch wenn er Geld hatte, gab er es sofort aus. Eva mußte das in Ordnung halten. Er war bequem, aber nicht faul; er hatte das Herumhängen schon in der Schulzeit gehaßt; es war ihm langweilig. Zu reden war ihm nie viel eingefallen. Kiffen fand er auf die Dauer uninteressant. Sein bester Freund war damit auf den Hund gekommen. Stefan hatte sich lieber in sein Zimmer zurückgezogen und geübt.

Manchmal trank er in der Kantine nach der Vorstellung mit Matthias, Ernst und Tobias Whisky. Er liebte es, mit den Jungs zu trinken. Sie rauchten Unmengen Zigaretten und redeten über Musik. Zuerst über Dirigenten und Details der Stücke, die sie gerade probten. Dann über Zeitprobleme in der Musik. Sie mußten nicht über Gefühle reden. Sie redeten über Pausen zwischen Kadenzen, die ganze Gefüge veränderten. Zeiterfahrungen, die morgen und gestern aufhoben. Takte, die alles verschieben konnten, sogar das ungelebte Leben. Sie lachten viel und erzählten sich Witze. Sogar Sängerinnen setzten sich mit an den Tisch, sie flirteten mit ihm, er flirtete auch, aber alle sagten von ihm: Hunde, die bellen, beißen nicht. Er zuckte die Achseln. Er wußte, was er wußte. Und manche Sängerin auch.

»Für dich würde ich Gott vergessen«, sang Tosca. O Mann. Stefan machte seine Arbeit so gut er konnte. Scarpia sang: »Ich halte nichts von Blümchen. Ich *begehre*«, und dann funkelte der Sänger, den er nur sah, wenn er ganz vorn an die Rampe kam, wie wild mit den Augen. Man kann nicht jede Musik lieben, dachte Stefan. Eva liebte Puccini. Sie kam immer wieder in die Vorstellung, und sie heulte jedesmal. Vielleicht verstehe ich gar nichts von der Liebe, schoß es Stefan durch den Kopf, und er spürte plötzlich ein Kratzen in der Kehle. Er geriet in eine ihm unliebsame Region. Eva war oft ganz unkompliziert, und immer war etwas mit ihr los, aber dann zerrte sie an ihm, aus heiterem Himmel. Wir sitzen zusammen mit den Kindern, alles ist absolut *easy*, und sie fängt an zu heulen. Ich würde nicht mit ihr reden. Nicht die richtigen Sachen. Was auch immer das sein mag. *Gefühle*. Mann. Sie hat doch alles, was sie will.

Er dachte nicht wirklich in Worten, auch jetzt nicht. Es wanderte mehr so in ihm herum. Er wurde etwas unruhig auf seinem Stuhl.

O.k., mit dem Sex, das könnte besser laufen. Wir machen es so selten, daß ich mich dann nicht halten kann. Das läuft bei anderen Paaren sicher auch nicht anders. Das kommt und geht. Wir mögen uns schließlich. Soll sie ruhig mal mit 'nem andern. Obwohl. Diese blöde Hämorrhoide. Ich wußte doch, daß eine neue im Anmarsch ist. Es hat heute früh schon gejuckt. Die blöde Sitzerei. Echte Musikerkrankheit. Hätte ich nur was draufgemacht. Wenn man rechtzeitig etwas draufschmiert, wird es halb so wild.

Stefan brachte seine Züge unter Kontrolle und dachte an morgen. Sie würden bei einer großen Party Tanzmusik machen. Darauf freute er sich. Ein paar Stücke sollten sie noch durcharbeiten, dann hätten sie selbst richtigen Spaß daran. Es war hinreißend, wenn die Leute mitgingen. Er könnte endlich wieder mal ein Solo spielen. Mit den Jungs war das Hinhören und Miteinanderspielen etwas anderes als das hier. Hier lief alles streng vorhersehbar; dort gab es Improvisationen, Einfälle, Spontanes. Er würde die Kinder nicht sehen. Er brachte sie gern abends ins Bett. Es kam selten genug vor. Er aß mit Eva und den Kindern und sah noch ein bißchen fern mit ihr. Das mochte er. Er spielte gern mit den Kindern. Die Hausratversicherung fiel ihm ein. Er schwitzte. Das Jucken wurde stärker. Eva würde ihm Vorwürfe machen, daß er sich um die wenigen Dinge nicht kümmerte, die sie als seine Zuständigkeiten vereinbart hatten. Die Winterreifen hatte er noch nicht abgenommen, obwohl es schon Mai war. Er haßte Alltagskrempel. Eva kümmerte sich darum.

Matthias hatte ihn angestoßen. Stefan hatte fast den Einsatz verpaßt. Er sah auf die Seite. Er mußte Matthias' Solo unterstützend begleiten. Wo waren sie? Stefan irrte mit den Augen über das Blatt. Matthias gab ihm ein Zeichen. Er hörte auf zu suchen. Er konzentrierte sich auf die Stelle, an der es losging. Matthias nickte leicht, er setzte ein. Sie machten sich Zeichen in die Noten, wenn einer von ihnen länger aussetzte, und achteten füreinander darauf. Was würde er ohne Matthias machen? Matthias und er waren eingespielt, im besten Sinne des Wortes. Sich wiegen wie das Schilf. Stefan konnte sich weder vorstellen, mit einem anderen so zu spielen, geschweige denn, die erste Klarinette zu übernehmen und alles von der anderen Seite her zu denken. Er wollte nicht nachdenken. Er wollte spielen. Er war nicht wichtig. Die Musik war wichtig. Wenn er gut war, richtig gut, gelang es ihm, in der Musik zu verschwinden. In dieser sonderbaren, geheimnisvoll sich öffnenden Zeitfalte.

(11)

In der Pause holte sich Sibylle ein Glas Weißwein am Büfett und schlich damit nervös durch das Foyer. Sie hatte Angst, jemandem zu begegnen, doch sie sah um sich herum nur verwischende Schemen. Hörte Gelächter und Gemurmel. Beim ersten Klingeln gab sie sich einen Ruck und postierte sich am

Eingang des vorderen Rangs, von wo aus man Stefans Seite des Orchesters sehen konnte. Es würde ihr ja doch keine Ruhe lassen. Sie hatte Glück. Ein Platz blieb leer. Sicher hatte jemand ins Parkett gewechselt.

Nun saß sie. Saß allein in der Komischen Oper, um ungestört den Mann ihrer Freundin zu betrachten, der Klarinette spielte und der nicht wußte, daß sie da war. (Ob er es fühlte? Müßte er es nicht merken?) Nun konnte sie endlich sehen, wann sein Instrument zum Einsatz kam. Wie konzentriert er war! Wie ernst er aussah! Und wie gut er aussah, in seinem weißen Hemd mit der Fliege! (Ludwig trug immer nur Flanellhemden.) Was für ein Mensch, der eine so *gefühlvolle* Musik *hervorbringen* konnte! Was mußte der empfinden! Sibylle wünschte sich, er spielte nur für sie.

Die Musik wurde allerdings sehr verwirrend: Grausames Verhör und lyrische Passagen gingen ineinander über. Scarpia, der Machtmensch, sang so verführerisch, als wäre er gut. Tosca *hyperventilierte*. Scarpia rutschte die Maske von der Stimme; er ließ Cavaradossi foltern.

Es spielte keine Rolle. Sibylle hatte ihr Ziel erreicht: Sie sah Stefan. Sie wußte nicht, ob er nah war oder fern, die Empfindung wechselte von Sekunde zu Sekunde. Sie wünschte es sich und hatte zugleich Angst, er könnte sie sehen. Wie sie heimlich und ohne Ankündigung (»So ein Zufall! Nein, so etwas!«) da oben saß und ihm zusah. Seine sonst schmal wirkenden Wangen waren aufgebläht, er hatte die Augenbrauen hochgezogen, bewegte sich mit dem Oberkörper nach links und nach rechts und hatte einen erstaunten Gesichtsausdruck. Was für ein Glück, dachte Sibylle gerührt, wie er darin aufgeht!

Sie sehnte sich so sehr nach dieser Hingabe, daß ihr schlecht wurde. Sie wollte durch den Saal zu Stefan fliegen, auf ihn zu, und mit ihm irgendwohin, wo sie zusammen leicht und heiter sein könnten.

Stefan setzte die Klarinette ab, eine Bewegung ging durch das Orchester, eine neue Szene begann. Tosca kam und hörte die Schreie ihres Geliebten. Cavaradossi hatte ihr nicht die Wahrheit gesagt. Sie war nicht politisch und wußte nicht, was tun. Sie wollte Cavaradossi retten. »Ich lebte der Kunst«, sang Tosca flehend, »ich lebte der Liebe.« Diese Töne gingen Sibylle unter die Haut. Sie überließ sich der Musik. Sie litt mit Tosca. Niemand vertraute ihr. Sibylle war erbost darüber. Sie wurde von den Männern unterschätzt!

Sibylle fühlte den Samt des Sitzes durch das Kleid kratzen. Sie kam sich plötzlich so fügsam vor.

(12)

Scarpia der Schurke sabberte schon vor Verlangen. Er setzte Tosca brutal unter Druck. Die Inszenierung ließ nichts aus. Stefan zog seine Hose, die verrutscht war, wieder hoch. Verschränkte für einen Moment die Arme, nahm das Instrument wieder auf. Hoch, zur Seite. Im Takt mit Matthias. Matthias war nervös. Sie spielten heute alle ein bißchen undiszipliniert. Das Publikum schien es zu mögen. Petrowicki hüpfte.

»Woran denkst du eigentlich die ganze Zeit?« fragte Eva ihn immer wieder. »An gar nichts«, sagte er oft. »An die Musik.«

»Vielleicht weiß Puccini nichts von Gott, vielleicht ist er auch kein Philosoph«, hatte Petrowicki bei den Proben gesagt, »er fragt vielleicht nicht nach dem Sinn des Lebens, er gibt keine großen Antworten. Aber«, er strahlte über das ganze Gesicht und schlug mit der Faust auf seine linke Brust, »hiervon weiß er was! Keine großangelegten Reflexionen, nichts da, ein Mann, eine Frau, in einer einzelnen Situation. Die natürlich dramatisch ist, sonst wären wir schließlich nicht in der Oper.«

Petrowicki kicherte. Er sagte diesen Satz häufig und amüsierte sich jedesmal darüber. Die Musiker lachten mit. Wenn der Maestro lachte, durften sie es auch. Er erwartete das sogar.

»Er weiß, was Liebe ist«, hatte Petrowicki weitergesprochen, »er kennt Eifersucht, Verzweiflung, Haß, und zwar von innen. Sie wissen das, wie sich das anfühlt, wenn Sie eifersüchtig sind. Sie denken nichts anderes, sie sehen kein Gestern, kein Morgen, nur Schwarz oder Weiß, es ist, als würde sich Ihre gesamte Existenz auf dieses eine grauenhafte wilde Gefühl zusammenziehen.«

Stefan hatte verständnislos die Brauen hochgezogen und mit den Achseln gezuckt. Er wußte nicht, was Eifersucht war, er hatte sie nie empfunden. Eva hatte ihm deshalb bittere Szenen gemacht. Es ist dir scheißegal, hatte sie ihn angebrüllt, ob ich in einen anderen verliebt bin! Daran sieht man doch, wie du zu mir stehst! Ich fasse es nicht! Sie hatte geheult und auf seine Brust getrommelt, voller Wut.

»Puccini soll ein launischer Mensch gewesen sein.« Er sprach natürlich von sich; Ernst und Stefan grinsten.

»Aber was heißt schon launisch, das heißt doch nur, daß er die Gefühle ernst genommen hat. Das wollen die Leute hören. Wir haben genug Ironie und Dekonstruktion gehabt, wir müssen uns mal wieder etwas zutrauen. Wir gehen durch die Struktur hindurch zum Gefühl! Wir gehen durch die Analyse hindurch zum Belcanto! Das ist neu. Das hat nichts mit Kitsch zu tun, an Kitsch ist abgesehen davon nichts Verwerfliches, er hat seine Funktion, aber: Es gibt genug Brüche in dieser Musik, diese harten Wechsel ohne auskomponierte Übergänge. Diese Brüche interessieren mich. Mit andern Worten: die Macht. Die erstickte Revolution. Auch die Eifersucht dient als Mittel zum Zweck. Scarpia benutzt Toscas Eifersucht. Darüber haben wir schon gesprochen. Nur eines: Die Macht muß etwas Verführerisches haben! Noch etwas, das haben Sie bestimmt schon gemerkt: Er liebt die kleinen Dinge. Janáček war ganz verliebt in dieses Glocken-Ostinato ganz am Anfang, hier, lassen Sie mal hören!«

Und er forderte den Schlagzeuger auf, es zu spielen.

Stefan mochte es nicht, wenn Petrowicki so viel redete. Er haßte überhaupt das viele Erklären. Im Grunde verstanden er und die anderen Musiker die Musik am besten, wenn sie sie spielten. Die übergangslosen Wechsel der Stimmungen. Die Differenziertheit. Es gab Momente, in denen sein Widerstand gegen das, was er sentimental nannte, nachließ.

»Was heißt das schon, sentimental?« hatte Tobias einmal gesagt, als sie über die Proben diskutiert hatten. »Persilreklame ist sentimental. Du bist sentimental, wenn du von deinen Muggen träumst, ich bin sentimental, wenn ich in der Kantine Whisky trinke und mir vorstelle, mit Coleman Hawkins zu spielen.«

Eva verstand nicht, daß er nicht andauernd an irgendwelche Sachen denken mußte. Daß er vor allem Musik dachte. Obwohl, sie verstand es schon; er spürte, daß sie etwas von dem verstand, was er ohne Worte dachte. Warum nur war sie darauf versessen, alles zur Sprache zu bringen? Ihr Universum schien aus erzählbaren Dingen zu bestehen. Eva mußte nur Blumen kaufen gehen, und schon erzählte ihr die Verkäuferin unter Tränen, daß ihr Mann sie mit ihrer eigenen Tochter betrog. Der Tochter aus der ersten Ehe natürlich. Sie erzählte es in allen Einzelheiten. Stefan fand das zwar unterhaltsam, aber im Grunde recht unwichtig.

Bei den Sängerinnen jagte auch ein Drama das nächste. Neid, Konkurrenz, Eifersüchteleien und Nervenzusammenbrüche. Anstrengend. Die Klarinettisten gaben sich lieber cool. Obwohl sie permanent irgendwas zu laufen hatten. Wie Heinrich der Bratschist mit der netten Flöte. Die Flöte wußte wohl nicht so genau. Sie hatte mit dem jüngeren Cellisten Blicke getauscht; und ihn, Stefan, lächelte sie auch manchmal so auffordernd an. Sie saß vor ihm. Sie mußte seine Blicke spüren, wenn er ihren Nacken ansah, über dem der blonde Knoten saß. Wenn sie sich verspielte, griff sie sich aufgeregt ins Haar. Wer es nicht *gehört* hatte, konnte es sehen.

Tosca diskutierte mit dem geilen Scarpia, die Noten schossen in die Höhe. Stefan war plötzlich vollständig in der Musik, ob er die Geschichte mochte oder nicht. Der Künstler muß so vieles von sich weisen, wenn er weiterarbeiten will. Fort alle Gedanken. Nur Musik. Fortgeschoben die Gespräche vom Mittag. Tobias hatte eine Krone verschluckt. An guten Tagen erzählte er das alles Eva. Manchmal konnte sie dann mit ihm lachen. Oder Fragen stellen. Aber oft schien sie damit nicht zufrieden. Als wollte sie etwas anderes hören, etwas Fremdes und Geheimnisvolles, von dem er gar nichts wußte. Aber es beunruhigte ihn nicht wirklich. Nur Musik. Töne, Kadenzen, Phrasen, Rhythmen. Sich anschmiegen. Eintauchen in den großen klingenden Tuttikörper. Hoch, hinab, zur Seite mit dem ganzen Körper, zur anderen. Ja. Der Künstler mußte vieles von sich weisen.

(13)

Eva brachte die Kinder ins Bett. Sie sagte jedem Kind zweimal gute Nacht, sang David und Lucie vier verschiedene Schlaflieder, schickte Sina dreimal wieder nach oben, weil sie unter immer neuen Vorwänden nach unten kam. *Ich will Wasser, mir ist kalt, ich höre so komische Geräusche.* Stefan saß im Graben in der Oper. Fast jeden Abend hörte er die Einsätze der Geigen, Flöten und des Klaviers, sah auf den Taktstock, konzentriert und ungerührt, während hinter ihm auf der Bühne Frauen sich verliebten, enttäuscht wurden oder betrogen, Männer um ihre Ehre kämpften, sich duellierten und an höhere Mächte appellierten. Und Eva räumte den Tisch ab und wischte ihn sauber und stellte das Geschirr in die Spülmaschine und freute sich über die gute Stimmung beim Abendessen, denn am Spätnachmittag, als die anderen Kinder nach Hause gegangen waren, hatte es wieder ein Hickhack gegeben, das in Schreien, Kratzen und Geheul gemündet war. Sina hatte damit angefangen. Manchmal war es, als würde sie ohne jeden Grund von einer großen Gefühlswelle gepackt, einem großen Zorn oder einer großen Verlassenheit. Die Welle ging so schnell, wie sie gekommen war, und sie überraschte Eva jedesmal mit ihrer Heftigkeit. Sie konnte sich an solche Gefühlsausbrüche in ihrer Kindheit nicht erinnern; sie fühlte sich mitgerissen und sollte doch die Oberhand behalten. Morgen war Elternabend, und der Lehrer hatte wieder einen seiner Zettel mitgeschickt, auf denen er den armen Eltern mit seiner jungenhaften Handschrift ins Gewissen krakelte: *ob es den Kindern gutgehe*? Eva wußte nicht, ob es Sina gutging. Sie nannte Stefan morgens Arschloch und sie selbst gemein, ungerecht und mies. »Hinterlistig«, hatte David hinzugefügt, um im nächsten Atemzug zu fragen: »Was heißt das, Mama, hinterlistig?«

Die beiden jüngeren Kinder waren freundlicher, griffen aber immer häufiger Sinas aggressiven oder ironischen Ton auf. Ihr Gesicht war voller Trotz und Wut, und zwanzig Minuten später kam sie und wollte sich auf Evas Schoß setzen.

»Das ist das Jahr des Übergangs«, hatte der Klassenlehrer gesagt, ein dünner Mann mit wasserhellen, vergeistigten Augen. »Die Kinder fühlen sich plötzlich von der Welt getrennt, sie erleben ihr Ich als eigenständig, abgegrenzt, und das macht sie frei und ängstlich zugleich.«

Manchmal war Eva fix und fertig von diesen Gefühlsübungen, diesen vielen Wechseln, Zankereien, von Eifersucht, Konkurrenz, der ganzen Palette. Gern hätte sie mit Stefan getauscht, um den künstlich erweckten und schön in Form gebrachten Emotionen der Sängerinnen und Sänger zu lauschen, in Töne gepackt und von einem ganzen Orchester begleitet. Warum schrieb keiner eine Oper über einen gewöhnlichen Nachmittag mit drei, vier Kindern und einer Mutter? Welch herrliche Tempi, welch Wechsel des Ausdrucks! Wenn David zähnefletschend auf Sina losging, nur weil sie sich über seine Schreibversuche lustig machte! Die anschließend der kleinen

Lucie eins auswischte, die umgehend zurückbiß! Die Diskussionen über Gerechtigkeit, in ein Stakkato übersetzt, die Stimme der Mutter ein alles übertönender Sopran, der das Nicht-gehört-Werden in edler Reinheit thematisierte! »Mama, Mama, Mama!«

Es gäbe verschiedene Schauplätze, den Kindergarten zum Beispiel, in dem Eva immer warten mußte, bis sich die Kinder entschlossen, ihre Jacken anzuziehen. Das Ganze am besten seriell durchkomponiert, damit sich das Entnervende auch gut mitteilte, und am besten in den höheren Tonlagen. Oder was schön Atonales. Eva kicherte. Kam sie später als halb drei, wurde sie angeraunzt; beeilte sie sich, wurde sie ignoriert. Lucie war im Wald verschwunden, und David schrie: »Geh weg!«, während Sina garantiert schon knurrend vor dem Schultor wartete. Im Auto versuchten alle gleichzeitig, ihr von ihren Erlebnissen zu erzählen, sie wurden immer lauter, bis es zu Handgreiflichkeiten kam. Es half nichts, wenn Eva wiederholte, daß sie nacheinander sprechen sollten und die Reihenfolge bestimmte. Zwischendurch pflaumte Sina sie an: »Mach das Radio an! Einen anderen Sender!«

Und in dem Moment, in dem Eva spürte, wie ihre Hände sich um das Lenkrad verkrampften, fingen die drei hinten an zu lachen und zu gackern.

Ja. Das ließe sich übersetzen in das Spiel mit den Klangfarben, um den kleinen Dingen des Alltags die rechte *Eigenmächtigkeit* zu verleihen. Aber ach, wen würde das interessieren? Alle vergaßen die Leiden ihrer frühen Jahre, und nur in der Therapie wurden die Mißachtungen und anderen Vergehen der eigenen Eltern wieder hervorgekramt. Eva schauderte bei der Vorstellung, in zwanzig oder dreißig Jahren sich in mehrfacher Ausfertigung Vorwürfe wegen ihrer zahlreichen schändlichen Vergehen anhören zu müssen, dann nämlich, wenn die Gören eigenen Nachwuchs in die Welt schleuderten und darob in eine Krise gerieten und sich das Rad weiterdrehen würde, unerbittlich, gemein und ungerecht.

Eva sammelte die umherliegenden Stifte, Mäppchen und Hefte auf, packte sie in Sinas Ranzen. Sie wusch die Butterbrotbüchsen aus und spülte die Trinkflaschen. Sie hatte das Gutachten für Frau Spoerli nicht geschafft. Morgen, dachte sie, wenn die Kinder aus dem Haus sind. Sie deckte den Tisch für das Frühstück und überlegte, ob sie ein Bad nehmen sollte. Im Fernsehen gab es nichts. Sie war zu maulfaul, irgend jemanden anzurufen. Wie hatte sie es geschafft, in diesen vollgestopften Wochen Karl unterzubringen, vor allem, als sie noch frisch verliebt waren? Wie hatte sie es dann noch geschafft, abends an ihrem Schreibtisch zu sitzen und Gutachten zu schreiben, um ein bißchen Geld dazuzuverdienen?

Seit Bergen war sie in eine Grübelmaschine verwandelt. Das Leben war still, und in ihr ratterten Gedanken.

Stefan ging fast jeden Tag zur Probe oder spielte in einer Vorstellung. Sie sahen sich kaum.

Eva fand die Tüte mit den Katalogen, die sie in Bergen gekauft hatte, und zog einen heraus. »Mein Leben ist merkwürdig gewesen«, las sie in einem Brief von Munch, »fast wie ein Roman.« Und weiter unten: »Die Lebensangst hat mich begleitet, solange ich mich erinnern kann.«

(14)

Eines Abends war Sibylles Vater nicht nach Hause gekommen. Die Polizei klingelte sie aus den Betten. Ein ungeschicktes Überholmanöver des voranfahrenden Wagens, bei starkem Regen, er hatte die Kontrolle verloren und war – mitten in der Stadt – gegen einen Baum gefahren. Er war sofort tot. Sibylle war gerade neun geworden.

Ihr Vater hatte an diesem Tag keinen Tropfen getrunken.

Von da an hatte Sibylle oft Angst, nach Hause zu kommen

und ihre Mutter tot aufzufinden. Auch ihre Mutter hatte von nun an panische Angst vor dem Tod (liebte sie deshalb *Uhren*?); sie begann viele Sätze mit »Wenn mir etwas passiert –« oder »Wenn mir etwas zustößt –«, und sie bat das Kind, sich in diesem Fall später vor allem einen Beruf zu suchen, der es finanziell unabhängig machte. Was das Kind nicht gerade beruhigte.

Ein Jahr nach dem Unfall war »Onkel« Friedrich häufiger zum Abendessen gekommen. Oder er hatte Sibylles Mutter abgeholt, um mit ihr auszugehen. Sibylle kannte ihn, solange sie sich erinnern konnte. Er war ein Freund der Familie, unverheiratet, und hin und wieder zu Besuch gewesen. Nach zwei Jahren zog er bei ihnen ein, und Sibylle begann, sich auf seine Anwesenheit zu verlassen. Er war ein lebhafter und lebenslustiger Mann. Manchmal zankten Sibylles Mutter und er heftig, Türen knallten, er fuhr in sein Büro. Eine halbe Stunde später sang ihre Mutter, wusch sich das Haar und fuhr in die Rundfunkanstalt, in der sie arbeitete. Am Abend war alles vergessen. Manchmal ging Sibylle die Leidenschaft der beiden auf die Nerven.

Sibylles Vater paßte es nicht, daß es einen Nachfolger geben sollte. Er tauchte auf, in der Nacht, im Kinderzimmer. Er stand gekränkt in der Ecke und sah sie mit einer Miene an, in der Flehen und Vorwurf einen unangenehmen Sog bildeten, gegen den Sibylle sich nicht wehren konnte. Er sagte kein Wort. Er war blaß und wirkte schmaler als im Leben. Beim erstenmal hatte sie nach ihrer Mutter geschrieen. Sie hatte das aufgeregte Kind getröstet – doch sie hatte den Vater nicht sehen können. Sibylle war entsetzt. Sie war inzwischen elf Jahre alt. Ihre kleine Person war von der Welt getrennt. Sie verlor sich im Universum. Der Vater kam wieder, sie rief ihre Mutter nicht mehr.

»Bitte, Papa, ich liebe dich, aber laß mich, laß mich schlafen.«

Der Vater sah sie traurig an.

Nach einiger Zeit kam Wut in Sibylle auf.

»Geh weg!« rief sie.

Und eines Tages bemerkte sie, daß er gar nicht mehr da war.

Ein enormes *Crescendo* riß Sibylle aus ihren Gedanken. Weshalb mußte eigentlich die ganze Familie anrücken, nur weil sie in der Oper saß und einen Mann nett fand? Sie bekam ja gar nichts mehr mit! Der Konflikt zwischen Scarpia und Tosca war offenbar auf dem Höhepunkt. Stefan spielte. Er wiegte den Oberkörper heftig hin und her. Die Musik überschlug sich. Sibylle las schnell die Inhaltsangabe. Tosca sollte mit Scarpia schlafen, um ihren Geliebten zu retten. Je mehr Tosca sich weigerte, desto versessener wurde Scarpia.

»Wie du mich haßt!« sang er. »So, so will ich dich!«

Und plötzlich packte Tosca das Messer, das auf dem Eßtisch lag, und erstach den tyrannischen Scarpia! *So! Und so!*

Genau in diesem Moment sah Sibylle, daß Stefan ihr zunickte.

Nein! Sie zuckte zusammen. Das bildete sie sich doch nur ein! Noch einmal nickte Stefan in ihre Richtung.

Es klingelte zur zweiten Pause. Sibylle wurde heiß. Die Musiker standen auf, und Stefan gestikulierte. Sie verstand es nicht genau. Ihr Puls raste. Sie ging durch den Gang zum Foyer, da sah sie schon Stefan auf sie zukommen.

»Sibylle!« rief er freundlich und küßte die Verdutzte auf beide Wangen. »Bist du allein?«

»Ich, äh, also, Ludwig konnte nicht. Er mußte kurzfristig in die Klinik.« Wie mühelos das kam, Sibylle krallte sich an ihrer Tasche fest.

»Wie bedauerlich«, sagte Stefan. »Hör zu, ich muß gleich wieder runter. Warte doch nachher hier auf mich, ich hole dich ab und dann trinken wir ein Glas zusammen, o.k.? Aber warte bitte, ich muß erst in die Garderobe!«

Und schon rannte Stefan wieder fort.

Sibylle sah ihm entsetzt hinterher. Nein. Das kam nicht in Frage. Sie mußte sofort nach Hause. Sie würde ihm eine Nachricht zukommen lassen. Ihr Herz schlug ihr im Hals. Es schlug wie verrückt. Sie fing an, gegen ihren Willen zu lächeln. Ihr war so heiß. Sie ging zum Büfett, holte noch ein Glas Weißwein und trank es aus. Plötzlich hätte sie gern gewußt, wann genau Friedrich sich in ihre Mutter verliebt hatte.

Der Maler Cavaradossi wurde zum Opfer des grausamen Scarpia, Puccini ließ die Sterne der Nacht zum letzten Mal für ihn glänzen, doch Sibylle sah jetzt nur noch Stefan. Sie hörte das große Solo der ersten Klarinette wie im Traum und sah, wie Stefan dazukam. Sie sah die beiden Klarinetten schwarz und blank leuchten und die beiden Männer gemeinsam hin- und herschaukeln. Die Musik schob sich gewaltig vor und drängte, versprach Freiheit und verhieß nichts Gutes, in einem herzzerreißenden Zuge.

Und mir nichts dir nichts saß Sibylle mit Stefan in der Kantine und mußte noch einen trinken. Das macht nun auch nichts mehr, dachte sie. Cavaradossi war tot, Tosca war tot. Die Kantine war gelb gestrichen, laut und verraucht. Stefan setzte sie an einen Tisch, holte Getränke und Gulaschsuppe und stellte sie ein paar Kollegen vor. Ernst, Matthias und Tobias (der gar nicht mitgespielt hatte).

Sibylle lächelte und staunte und beantwortete alle Fragen, wie ihr die Oper gefallen hatte und die Sänger und die Tosca und die Kostüme. Sie hörte die Scherze der ausgelassenen Männer und beobachtete hübsche Frauen, die an den Tisch kamen oder aus einiger Entfernung Stefan grüßten. Die Gulaschsuppe war heiß und scharf, sie bekam ein Bier dazu. Stefan redete und redete und dazwischen sagte er: »Wie nett, daß du mal hier bist! Na, wenn ich das Eva erzähle!«

Der armen Sibylle wurde ganz schwummerig. Stefan sah sie unbefangen an und aß mit großem Appetit seine Suppe. Er hatte ja auch schwer geschuftet. Dieselben Backen, die sich vorhin gebläht hatten, um kristalline, bewegende Töne in den

Theaterhimmel zu schicken, mampften nun Gulaschsuppe und Brot. Seine Augen, die so ernsthaft geschaut hatten, zwinkerten jetzt vergnügt und sorglos.

Sibylle rutschte das Herz sonstwohin. Sie hielt sich an ihrem Bierglas fest. Sie wünschte sich dringend, sie wäre in der Pause gegangen.

»Schmeckt dir die Suppe nicht?« fragte Stefan zwischen zwei Schlucken Bier.

»Man muß sich vielleicht erst dran gewöhnen«, sagte Ernst. Ernst sah Sibylle aufmerksam an. »Das ist Kost für Bauarbeiter, nicht wahr?«

»Na, wenn das Frau Mielke hört!« sagte Matthias.

»Nein, nein«, sagte Sibylle, »es ist alles wunderbar, ich bin nur –«

»Sie ist noch ganz mitgenommen von der Musik«, schaltete sich Tobias ein. »Det is was, wat wir selten erleben dürfen.«

Er kicherte. Ernst schubste ihn an.

»Nu desillusionier die Arme doch nicht so!«

Sibylle lächelte Ernst an.

»Wat erzählt er denn so?« fragte Tobias und deutete auf Stefan.

Sibylle schluckte. »Ja, also, nur das Beste natürlich!«

»Was ist denn das Beste an diesen Monstern?« fragte ein älterer Mann, der an den Tisch trat. »Darf ich?«

»Mensch, Wolfram, was machst du denn hier?«

Alle begrüßten den Mann mit Händeschütteln.

»Setz dich doch«, sagte Ernst und stellte Sibylle vor. »Eine Freundin von Stefan und Eva.«

Er zwinkerte Sibylle zu. Sibylle wurde rot. Alle kannten Eva. Eva konnte sicher prima mit den Männern umgehen.

»Wieso habt ihr eigentlich nicht gesagt, daß ihr kommen wollt?« fragte Stefan Sibylle plötzlich. »Ich hätte euch doch Steuerkarten besorgt.«

Sibylle schob schnell einen Löffel Suppe in den Mund, verschluckte sich und hustete.

»Na, wie war's denn heute abend?« kam Wolfram ihr unfreiwillig zu Hilfe.

»Wolfram ist, wenn ich das sagen darf«, fing Ernst an und verbeugte sich leicht zu Sibylle hin, »einer unserer ältesten Musiker am Haus.«

»Nur daß der Musiker schon in Rente ist!« lachte Wolfram.

»Nein, im Ernst«, sagte Ernst, »er hat schon unter Felsenstein gepustet.« Und Ernst, der ja so gern Vorträge hielt, erzählte Sibylle, begleitet von zahlreichen Einwürfen und Kommentaren der anderen, daß Wolfram tatsächlich gleich nach dem Krieg, als die Komische Oper eröffnet wurde, am Haus angefangen hatte. Wolfram gab eine Runde aus.

»Er ist aber kein Ossi«, sagte Stefan und aß noch etwas Brot. Sibylle wunderte sich über seine Ungezwungenheit. Es war ihr peinlich. Den anderen aber nicht.

»Ich bin ein alter Charlottenburger«, sagte Wolfram.

»Wie soll ich das jetzt verstehen?« fragte Sibylle.

»Naja«, sagte Wolfram, »vor dem Mauerbau kam ungefähr die Hälfte der Musiker an diesem Haus aus dem Westen, und die andere aus dem Osten der Stadt. Man durfte ja in den verschiedenen Besatzungszonen arbeiten. Als die Mauer hochgezogen wurde, war es vorbei damit. Aber Felsenstein –«

»Das war der damalige Intendant«, erklärte Ernst.

»– hatte ausgezeichnete Verbindungen zu den Russen.«

»Aha«, sagte Sibylle. Ihr schwirrte der Kopf. Der romantische Abend nahm einen unerwarteten Verlauf.

»Und die Russen«, sagte Tobias, »waren schon immer scharf auf Kultur.«

»Genau«, sagte Stefan.

»Und deshalb hat er mit den Russen vereinbart, daß eine bestimmte, unverzichtbare Anzahl von Musikern aus dem Westen anreisen durfte, um hier an der Oper zu spielen.«

»Im Ernst?« fragte Sibylle. Sie kam sich schrecklich ignorant vor.

»Im Ernst«, sagte Stefan und löffelte einen Apfelstrudel,

den Matthias vom Büfett geholt hatte. »Und er war so schlau, den Vertrag bis 1990 abzuschließen.«

Die Männer lachten. »Als hätte er es gerochen!« rief Wolfram. »Das ist doch irre, oder?«

Sibylle nickte.

»Und 1989 habe ich alle auf einen Kaffee in den Westen eingeladen«, sagte Wolfram, »alle hundert Musiker!«

»Das ist ja toll!«

»Mhmh«, sagte Stefan und wischte sich mit der Serviette den Mund ab, »mein Professor war auch gleichzeitig Professor an der Hochschule der Künste im Westen und Soloklarinettist hier am Haus.«

»Ich kann das gar nicht glauben«, sagte Sibylle und blieb an Stefans Mund hängen. Er sah jetzt wieder so leuchtend und entspannt aus wie auf Sizilien.

Die Männer lachten. »So isses«, riefen sie, »und so war es!«

Sibylle gab auf. Sie saß jetzt in der Kantine der Oper, und vorbei war es mit dem Abtauchen. Es war laut, die Leute hier kannten sich gut und redeten viel. Die Männer gaben sich alle Mühe, sie zu unterhalten. Stefan war reizend, nachdem er seinen Hunger abgearbeitet hatte. Er saß neben ihr und sah sie freundlich an. Er legte sogar einmal seinen Arm um sie.

»Das ist die Tosca«, flüsterte er ihr ins Ohr, als eine Frau mit kurzem grauem Haar in die Kantine kam.

Sibylle rückte vorsichtshalber ein wenig von Stefan weg und fragte Wolfram, wo er denn das Klarinettenspiel gelernt hätte. Die Männer wurden einen Augenblick lang still.

»In der Hitlerjugend«, sagte Wolfram.

»In der was?«

»Sie haben richtig verstanden. Ich habe das Klarinettenspiel in der Hitlerjugend gelernt.«

»Wir hatten einige ältere Kollegen hier«, sagte Ernst, »die mit Wolfram zusammen waren.«

»Zusammen in der Gefangenschaft, meint er«, sagte Wolfram. »Wir sind jetzt aber alle in Rente. Ich hol noch mal 'ne Runde.«

»Nee, laß mal«, Stefan sprang auf, »ich geh schon.«

Und Wolfram erzählte der erstaunten Sibylle, daß er in der russischen Gefangenschaft von schweren Arbeiten befreit worden war, weil er mit einigen anderen zusammen in einem kleinen Orchester spielte. Das Lagerorchester. Dadurch hätten sie alle überlebt, fünf Mann, Freunde, und zu fünft hätten sie sich damals bei Felsenstein beworben.

Sie tranken noch eine Runde, diesmal trank auch Sibylle einen Schnaps, »auf Felsenstein!« und nach einer kurzen Pause erzählte Wolfram von den Grenzposten der alten DDR, die ihn natürlich gut gekannt hatten, und wie es manchmal war, wenn er im Westen etwas vergessen hatte und schnell noch einmal »rüber« mußte, hin und her über die Grenze, um am Abend ›Die Bettleroper‹, ›Jenufa‹ oder ›Cosí fan tutte‹ zu spielen.

Hin und her geworfen fühlte sich die Sibylle an diesem langen Abend. Wie hatte es geheißen? ›Tosca‹ sei eine Oper über die Gefährdung der Liebe durch die Politik? Irgendwann, sie sah nicht auf die Uhr, brachte Stefan sie zum Taxistand und küßte sie, wie gewohnt, auf beide Wangen. »War toll, daß du da warst«, sagte er.

(15)

Das Haus knackte seltsam an diesem Abend, als ob die Luft, die sich draußen allmählich erwärmte, das alte Gemäuer zum Ächzen brachte. Schon einige Male waren Eva und die beiden Katzen vom Sofa hochgeschreckt, hatten die Ohren gespitzt und gelauscht. Vielleicht hatten sie einen Marder im Gebälk? Beim Nachbarn hatte einer die Kabel im Auto angenagt; vielleicht tanzten auch nur die Mäuse. Eva hatte das Gefühl, als ob jemand im Raum wäre. Es gruselte sie, zugleich wünschte sie, es wäre tatsächlich so. Daß vielleicht ihre Mutter zurückkäme. Daß sie im Raum stünde, real oder als Geist, und mit ihr spräche. Die meiste Zeit versteckte sie diese Sehnsucht in sich, aber in letzter Zeit wurde sie davon überwältigt, als schöbe sich der Wunsch langsam immer näher, unaufhaltsam. Wenn sie wenigstens wüßte, ob ihre Mutter wirklich tot war! Oder sich nur irgendwohin aus dem Staub gemacht hatte! Ihr Vater beteuerte immer wieder, daß es nicht ihre Art gewesen wäre, *sich aus dem Staub zu machen*. Sie sei nicht wiedergekommen, man hatte sie nicht gefunden. Schnee war gefallen, getaut, gefallen. Es war zwischen Weihnachten und Neujahr. Anka war siebzehn, sie selbst kurz vor dem Abitur.

Ich muß Papa anrufen, dachte Eva, und Anka. Es wird mal wieder Zeit für ein Familienessen. Zu müde, um ihren Vater anzurufen, hing sie ihren Gedanken nach. Sie war enttäuscht, daß ihre Schwester sich so lange nicht gemeldet hatte. Na gut, von Bolivien aus oder Paraguay oder wo sie sich gerade aufhielt, war es vielleicht nicht so leicht; aber manchmal rief sie von den entlegensten, verrücktesten Orten aus an. Eva dachte voller Zärtlichkeit an ihre nomadenhafte Schwester. Es wäre nett, wenn sie ihr erscheinen könnte. Oder wenn sich ihre Großmutter aufraffen könnte, sich zu ihr zu setzen. Mit dem Strickzeug in der Hand. So stellte Eva sie sich vor. Die Mutter ihrer Mutter hatte sie nie gekannt; den Großvater ohnehin nicht; der war im Krieg gefallen, genauso wie der Vater ihres Vaters. Lauter Leerstellen in dieser Familie, dachte sie. Und die Mutter ihres Vaters war gestorben, als sie sieben war.

Eva hatte nur wenige Erinnerungen an sie. Sie war eine kleine, untersetzte Dame gewesen, die nach Nivea-Creme roch. Sie hatte drahtige dunkle Locken. Sie hatte nie wieder einen Mann gehabt. Vielleicht war sie keineswegs so heldenhaft gewesen, wie Eva sie sich vorstellte.

Manchmal erzählte ihr Vater, wie streng sie hatte sein können. Wenn die Kinder etwas ausgefressen hatten oder wenn sie ihr bei Tisch zu laut wurden. Da hatte sie mit der Gabel nach den kleinen Händen gehackt. Mit den Enkelinnen tat sie so etwas nicht. Eva konnte sich nur an einen einzigen Wutanfall der Oma erinnern. Sie hatte mit einem Jungen aus der Nachbarschaft im Bad gestanden. Er hatte seine Hose und sie ihre Strumpfhose heruntergezogen und sie hatten sich gegenseitig betrachtet. Die Großmutter hatte die Tür aufgerissen und in höchsten Tönen geschrieen: »Was macht ihr denn da?«

Das Knacken hörte nicht auf; Eva wurde mulmig in der Stille. Sie ließ sich vom Sofa rollen und bewegte sich auf allen vieren zum Regal, in dem die Schallplatten aufbewahrt waren. *Just now is enough*, dachte sie. Ganz am Rand bewahrte sie die Schallplatten ihrer Mutter auf. Es waren sogar noch Schellackplatten aus den dreißiger Jahren dabei, Partiten und Sonaten von Bach, Solostücke; es gab Cellokonzerte von Dvořák und Schostakowitsch und Aufnahmen aus den sechziger Jahren, Ligeti, Kodály, Messiaen.

»Das sind lauter exquisite Sachen«, hatte Stefan gesagt, als sie ihm die Platten gezeigt hatte. Er hatte sie sorgsam gereinigt, eine nach der anderen, und sie hatten die Abende damit verbracht, sie anzuhören.

»Das sind nicht irgendwelche populären Stücke«, hatte er gesagt, »die hat jemand ausgesucht, der etwas von Musik versteht.«

»Solange Mama bei uns war«, hatte Eva gesagt, »lagen die alle in einer Kiste. Immer wenn ich durch Zufall ein Cellokonzert aufgelegt habe, ist sie aus dem Zimmer gegangen. Ich weiß bis heute nicht, weshalb. Wenn ich sie gefragt habe, hat sie eine komische Bewegung mit der Hand gemacht, als wollte sie sagen: Laß das. Frag nicht. Nur hin und wieder ist sie mit Papa zu einem Konzert gegangen, aber ich wette, nie mit Cello.«

Eva sah sich um. Sie musterte die Wände, die Fenster, das Sofa, die Katzen. Sie hatte nicht viele Gegenstände von ihrer Mutter. Es kam ihr zum erstenmal sonderbar vor, seit sie in dem Haus lebte, in dem ihre Mutter ihre Kindheit verbracht hatte. Ihr Vater sprach nicht gern von ihr; mit Anka konnte sie nur hin und wieder Erinnerungen wachhalten. Anka war damals zu wütend gewesen, als sie verschwunden war. Es waren mittlerweile schon zweiundzwanzig Jahre vergangen, seit sie aus ihrem Leben verschwunden war.

Eva entschied sich für Györgi Ligeti. Cello mit Orchester. Giehlen dirigierte. Ein leise flirrender Anfang.

Sie robbte zum Sofa zurück. In ihrer Haut spürte sie ein seltsames, zartes Brennen. Sie blätterte im Munchkatalog, der neben ihr lag. Sie fand eine Deutung des besagten und verfluchten Bildes von der Frau in drei Stadien. Es hieß, die drei Stadien seien Zustände. Die träumende Frau (Irene), die lebenshungrige Frau (Maya), die namenlose Frau als Nonne. Eva ärgerte sich über diese Zuschreibungen und schubste das Buch fort.

»Wissen Sie, Eva«, hatte Munch gesagt, »die Leute sind so naiv. Entweder glauben sie, ein Maler malt genau das, was ihm widerfährt. Oder sie glauben, daß das, was er malt, gar nichts mit seinen persönlichen Erlebnissen zu tun hat. Nehmen wir das Bild »Eifersucht«. Ich meine das große. Ich male also angeblich Dagny, eine außergewöhnliche Norwegerin, sehr lebenshungrig übrigens, die zwischen Przybyszewski und mir stand. Mir? Wäre ich der Eifersüchtige, müßte der Mann vorn im Bild, der den Betrachter direkt ansieht, so aussehen wie ich. Er sieht aber eher wie Stachu aus. Was nun? War ich eifersüchtig und habe es Stachu angehängt? War Stachu eifersüchtig, während ich mit Dagny sprach? Betrog Dagny alle, weil sie sonst eifersüchtig gewesen wäre? Nicht zu vergessen: Strindberg war auch noch in die Geschichte mit Dagny verwickelt. Hatte Dagny einen solchen Mantel? Hätte sie sich nackt hingestellt? Das ist doch alles Quatsch. Sie hatte übrigens ganz anderes Haar! Dieses rote Haar ist Tullas Haar, wenn überhaupt. Das Haar ist rot, weil das zusammen mit den anderen Farben, besonders mit dem Grün, eine ganz bestimmte Empfindung ausmacht! Du erlebst etwas und willst es zum Ausdruck bringen. Aber doch nicht als privates Anekdötchen! Du willst die Essenz! Das, was mehr ist als du. Dafür mußt du dich der Qual des Aussprechens unterziehen. Du mußt durch dich selbst hindurchgehen. Im Bild. Im Aufbau, in der Farbigkeit. Wie stellst du Spannungen her? Löst du Umrisse auf?«

Munch hatte innegehalten. »Ich werde Ihnen die Wahrheit sagen: Wir waren alle eifersüchtig. Daß man am Ende nicht mehr weiß, wer wer ist und was, ist doch Teil dieses verrückten Karussells. Für das Bild ist es egal, wen wir darauf erkennen. Ich bin alle und keiner. Was mich an der Eifersucht beschäftigt hat, ist das Gefühl der Auslöschung. Diese schreckliche Auslöschung. Wie malt man das? Später habe ich die Figuren einfach im Umriß gemacht, durchsichtig. Hier nicht. Und ansonsten geht es immer und zuerst nur um die verdammte Malerei selbst. Perspektive, Licht, Größenverhältnisse, der Kopf vorn groß, wie geht das mit den Figuren hinten im Bild?

Er hatte sich zu ihr gebeugt. »Natürlich habe ich die beiden gemalt. Sie kamen in Paris in eine Ausstellung, in die ich das Bild gehängt hatte. Und plötzlich wollte ich nicht, daß sie es sehen. Ich habe es kaum ausgehalten. Stachu und diese Frau, es ist ein Wunder, daß er nicht verrückt geworden ist, alle waren hinter ihr her, halb Berlin, wegen ihr kamen viele in die Kneipe, und sie hat es ausgereizt. Und am Ende ist sie mit einem Russen durchgebrannt, und der, der hat sie später erschossen. Und warum? Weil sie gelacht hat. Er hat ihr etwas Ernsthaftes erzählt und sie hat gelacht. Da hat er abgedrückt.«

Eva legte sich aufs Sofa, schloß die Augen und überließ sich der Musik. Stefan war nie eifersüchtig. Jedenfalls sagte er das. Robert war eifersüchtig gewesen. Sie war damals bei der Opernkuh eifersüchtig gewesen. Und jetzt? Die Eifersucht war die Innenseite des Fremdgehens. Des Betrugs. Jetzt ging es offenbar um etwas anderes. Um die unbesetzten Valenzen vielleicht. *Das Nichts ist nicht möglich, wenn du Kinder hast.*

Mama, dachte sie. Warum hast du diese Musik nicht hören wollen? Warum bist du so oft in den Wald gelaufen, ohne uns? Hast du dich einsam gefühlt, so wie ich mich jetzt fühle?

Sie stand auf und holte den Band mit Gedichten von Johannes Bobrowski aus dem Regal. Es war ihr Geheimversteck, in dem sie mit ihrer Mutter Kontakt aufnahm, eine alte Ausgabe aus der DDR, in der ihre Mutter mit dem Bleistift Anstreichungen gemacht hatte. Bobrowski erzählte von einer Landschaft an der Kurischen Nehrung, die es so nicht mehr gab, die schon in den Gedichten wie eine untergegangene, zumindest vergangene wirkte. Sie hatte nachsehen müssen, wo es war, dieses verwunschene Sarmatien, bei Königsberg, am Ende Deutschlands, wie es dort hieß. Höfe, Häuser, Ställe, Scheunen, am Torfmoor vorbei führte Bobrowski, und seine Sprache sang, wenn er von den Menschen in der Mittagshitze dort sprach, von Mädchen, die in Bäumen hockten, von hunderterlei Vögeln, Pirolen und Donnergöttern. Es war eine eigene Welt, mit Sand, Staub, Kletten und Nesseln. Von ihren einstigen jüdischen, lettischen, kurischen Bewohnern waren viele umgebracht worden.

Eva mochte die gelassene Stimme des Dichters, der sich unter die Figuren mischte, als einer von ihnen. *Beobachter sein ist gar nichts*, schrieb er, *der Beobachter sieht nichts*.

An einer Stelle hatte Evas Mutter den Namen *Alma* hingeschrieben, und der Name Alma befand sich auch auf der Rückseite eines Schwarzweißfotos, das Eva im hinteren Teil des Buches gefunden hatte. Es zeigte zwei kleine Mädchen im Alter von vielleicht fünf oder sechs Jahren. Hinter ihnen stand eine sehr schöne Frau mit hüftlangem Haar, sie hatte die Hände auf die Schultern der Mädchen gelegt und lächelte. Eva liebte dieses Foto; sie erkannte ihre Mutter in dem einen der Mädchen; das andere war sicher eine Freundin von Mama, vielleicht sogar die beste, denn es gab nur dieses Bild. Auf der Rückseite stand der Name *Sophia* und daneben *1938*.

Eva streichelte das Foto. Sie hatte ihre Mutter unendlich geliebt. Doch sie war so oft verschwunden. *Man kehrt nicht zurück zu etwas, das nicht gewesen ist*, las sie, *einem Gespräch an einer Mauer, einer Musik zu vier Händen ...*

Es war Mitternacht, als Eva das letzte Mal aus dem Fenster sah, bevor sie schlafen ging. Draußen flogen die Pollen von den Maibäumen, kleine fiese Schnupfenmacher.

(16)

Warum malen Maler nackte Menschen? Was erzählt der Körper, gibt es die Seele? Wo verläuft die Grenze? Wo fallen sie in eins?

(17)

»Das ist das ganz normale Leben«, sagte Ludwig, »jeder zweite stirbt heute an Krebs.«

Er spielte mit dem Briefbeschwerer, wog ihn in der Hand, drehte ihn. Vor ihm im Sprechzimmer saß die Patientin mit dem ungarischen Namen, Orsolya Körtesy. Sie war dreiundvierzig Jahre alt. Das Krankenhauslicht schimmerte grünlich. Ludwig schaltete die Lampe am Tisch an, um es etwas zu mildern.

»Na, vielen Dank. Ich bin zu jung zum Sterben.«

»Entschuldigung«, sagte Ludwig, »das ist mir so herausgerutscht. Ich weiß auch nicht, ich wollte Sie nicht entmutigen, im Gegenteil, wir haben allen Grund zur Annahme, daß Sie es schaffen. Ihre Werte sind in der letzten Woche viel besser geworden, und wenn ich Sie so ansehe –«

Orsolya nickte. Sie hatte ihre Perücke mit den hellen Locken abgenommen. Vor dem Arzt genierte sie sich nicht. Er hatte ihre Brust operiert und ihr die Brustwarze gelassen. Er verstand etwas von diesen Dingen.

»Das war vorerst die letzte Bestrahlung. Wenn Sie die Tabletten nächste Woche absetzen, wird ihr Haar schnell wieder wachsen.«

Orsolya seufzte. Sie trug eine sportliche Wolljacke mit Reißverschluß, dunkel- und hellblau. Ludwig betrachtete ihr feines helles Gesicht wie ein Gemälde. Immer wieder hatte er sie in den letzten Wochen so betrachtet. Es war ein bloßliegendes und zugleich verschlossenes Gesicht. Er kannte ihren Körper genau; er hatte in ihr Innerstes gesehen, das Herz, die angefressene Brust, die befallene Lymphbahn, die er glücklicherweise im frühesten Anfangsstadium entdeckt hatte. Jetzt wünschte er sich, ihr Geheimnis zu kennen.

»Sie glauben mir nicht, stimmt's?«

Orsolya nickte. Sie strich sich über den kahlen Kopf.

»Am schlimmsten sind die Blicke der anderen Frauen. Guck mal, wispern sie einander zu, die hat bestimmt Krebs.«

»Sie haben sehr schönes Haar, Sie können mir glauben, ich habe das schon oft erlebt, es kommt wieder. Wenn Sie es schaffen, Ihr Leben weiterhin etwas umzustellen, unangenehmen Menschen aus dem Weg zu gehen. Suchen Sie sich nur die aus, die Ihnen guttun.«

»Tun Sie das auch?«

Orsolya sah ihn neugierig und entwaffnend an. Ludwig war verdutzt. Die meisten Patienten waren mit sich befaßt; es war ihm auch lieber so; entsetzliche Vorstellung, sie würden den Spieß umdrehen. Eine Alarmlampe in seinem Kopf leuchtete: Achtung! Es kostete ihn immer eine gewisse Anstrengung, den Abstand zu halten; etwas in ihm lief immer Gefahr, sich auf die einzelnen Schicksale einzulassen; er mußte sich auf die Fakten konzentrieren, um dem Sog zu widerstehen. Es war schon spät, der Tag war lang gewesen; er war auch etwas bedrückt, weil Sibylle in der letzten Zeit so verändert war. Eigentlich war es gut; sie war fröhlicher als sonst; sie sorgte sich nicht ständig. Dafür schien er sich jetzt Sorgen zu machen.

»Ich weiß nicht«, sagte Ludwig nachdenklich. »Manchmal habe ich gar keine Zeit und Wahl, mir das auszusuchen. Ich sehe meine Kinder, meine Frau, meine Kollegen, meine Patienten, und am Wochendende manchmal Freunde.«

»Na und?«

»Was heißt na und?«

»Sind das die Menschen, die Ihnen guttun?«

»Ich denke doch. Wir haben eine Freundin, die ist genau wie Sie. Die fragt allen Löcher in den Bauch.«

Ludwig lachte. »Ich habe sie seit drei Wochen leider nicht gesehen. Ich weiß nicht, warum. Sie würde Ihnen gefallen. Sie denkt sich ununterbrochen Geschichten aus. Sie ist entsetzlich unordentlich.«

»Sind Sie in sie verliebt?«

»Nein!«

Ludwig lachte schon wieder. »Ich wünschte nur, ich hätte ihre Intuition. Ich weiß so viel über den menschlichen Körper; aber sie denkt damit. Das ist ihr Geheimnis.«

Orsolya fing an zu weinen.

»Sie sind so abwesend«, schluchzte sie.

Verdammt, dachte er, ich hätte es wissen müssen, die Tabletten. Immer verursachten sie starke Stimmungsschwankungen.

»Soll ich Ihnen ein Glas Wasser holen?«

Sie schüttelte den Kopf. Es war recht ruhig um diese Zeit in der Klinik, in diesem Augenblick hatte er das Gefühl, die Stille brülle in seinen Ohren. Er machte sich Vorwürfe, es ging nie gut, wenn man sich zu persönlich einließ.

»Ich habe solche Angst, daß kein Mann sich mehr in mich verliebt. Daß ich nie wieder einen lieben darf.«

»Aber warum denn?«

»Weil ich vergiftet bin. Kontaminiert. Zerfressen. Weil ich

nur noch eine halbe Brust habe neben der anderen. Weil ich eine Glatze habe. Weil ich immer damit leben muß.«

»Was für ein Unsinn«, sagte Ludwig. Er kannte diese Zusammenbrüche. Sie kamen regelmäßig, wenn die Frauen halbwegs über den Berg waren. Im Grunde waren sie ein gutes Zeichen; sie begannen, überhaupt wieder an die Zukunft zu denken, etwas, das sie für eine ganze Weile aus ihren Köpfen gestrichen hatten, solange der Organismus von der Behandlung in Anspruch genommen war. Von der Kotzerei, den Hitzewellen, dem Schüttelfrost, dem ganzen psychischen Elend, das damit verbunden war. Diese hier war eine Kriegerin, das war ihm vom ersten Moment an klargewesen. Im Grunde konnte er die Erfolgsaussichten fast immer vorhersagen. Er hatte einen erbarmungslosen Blick entwickelt, der ihn selbst erschreckte.

»Liebe Frau Körtesy«, sagte Ludwig und reichte ihr ein Taschentuch, »Sie denken an die Zukunft. Das ist gut!«

»Das ist absolut scheiße«, sagte Orsolya. Ihre Stimme wurde rauh wie Schlacke. Plötzlich erinnerte sie Ludwig an die Mädchen in der Siedlung, damals, bevor er in die Schule gekommen und sie in die langweilige Reihenhaussiedlung gezogen waren. Etwas Rabiates, das im Gegensatz zu ihrer märchenhaften hohen Erscheinung zu stehen schien. Plötzlich konnte er sie sich gut in einer Kneipe mit langen Holztischen vorstellen, Bier trinken und Witze erzählen. Doch ihre Haut war so dünn. Es gab dort drinnen bei ihr ein unentdecktes Land. Eines, das sie selbst durchquert und doch nur einen Teil davon erkannt hatte. Weiße Flächen. Manche Menschen hassen die eigene Zartheit, dachte Ludwig. Er schloß sich selbst mit ein.

»Das ist sehr gut. Sie fassen neuen Lebensmut«, sagte er. Im Gang hörte man jemanden vorbeischlurfen, gleichmäßig wie das Ticken einer Uhr.

»Da wissen Sie aber mehr als ich«, sagte sie. Sie war wirklich etwas störrisch, auch das kannte Ludwig.

»Wovor haben Sie Angst?«

»Ich habe es Ihnen doch gesagt.«

»Sie glauben also, daß ein Mann sich von solchen Dingen abschrecken läßt?«

»Selbstverständlich.«

»Lassen Sie sich davon abschrecken?« Ludwig sah sie aufmerksam fragend an. Sie hörte auf zu schluchzen.

»Natürlich nicht.«

»Ah?«

»Ich meine.«

Sie hielt inne. Sie dachte angestrengt nach.

»Ich möchte Ihnen etwas erzählen. Darf ich? Sie sind der einzige Mensch, vor dem ich mich so zeigen kann, wie ich bin.«

Ja, dachte Ludwig, das macht dich genauso dankbar wie die anderen, und mich macht es immer trauriger. Alle benehmen sich so, als ob die anderen da draußen Ungeheuer wären, und hier haben sie plötzlich Vertrauen. Doch obwohl er das alles hundertfach erlebt hatte, rührte ihn etwas an dieser Frau an. Wie sie verzweifelt Ordnung herzustellen suchte. Er sah es in diesem Moment, sie schien so transparent.

»Meine Eltern haben sich gehaßt. Immer gab es Streit wegen dem Geld. Als meine Mutter mit mir schwanger war, hat mein Vater sie an einen Stuhl gefesselt und vor den geöffneten Gasherd gesetzt. Er hat ihn angeschaltet. Er wollte sie und mich töten. Sie haben gezankt. Immer wieder.«

Ludwig hörte zu. Unbehagen kroch in ihm hoch. Mißtrauen. Er dachte daran, daß auch Sibylle gern die Spuren ihrer Existenz beseitigte. Es hatte sich zwangsläufig gemildert, wegen der Kinder. Doch im Kühlschrank lagen Käse und Wurst, in Plastik eingewickelt, mit einem Gummi versehen, in Tupperwaredosen, und manchmal hatte er den Eindruck, als wären die Scheiben abgezählt. Er wußte, daß sie die Kalorien zählte, die sie täglich aß; er kannte auch ihre Gier, mit der sie manchmal Nudeln oder Kuchen verschlang, wie er selbst.

»Was ist passiert?«

»Er hat sie wieder losgebunden, sie wurde schon blau. Er wollte sie nur quälen. Es gab immer wieder solche Situationen.«

Ludwig sah sie an.

»Eine besondere Form der Intimität also.«

»Was?«

Orsolya sah ihn nun ihrerseits verdutzt an. Ein Mann, der genauso alt war wie sie selbst, Mitte Vierzig, und der schon vielen Menschen das Leben gerettet hatte. Mit mühsamen Prozeduren, Operationen, dem Einstellen ihrer Medikationen unter Abwägung aller Vorgänge in einem geschwächten Organismus. Er galt als Koryphäe und wirkte vollkommen bescheiden.

»Eine besondere Form der Intimität, habe ich gesagt. Sie haben in diesem schrecklichen Spiel eine besondere Art der Nähe empfunden. Wenn Sie sagen, es gab immer wieder solche Situationen. Wer hat es Ihnen überhaupt erzählt? Haben Sie es erlebt?«

»Meine Mutter hat es mir erzählt.«

»Sie hatten Anlaß, ihr zu glauben.«

»Ja, ja, natürlich.« Orsolya stockte. »Ich meine, warum sollte sie sich so etwas ausdenken?«

»Haben Sie sich einmal gefragt, warum Sie Ihnen das erzählt hat? Das war nicht besonders nett. Ich wette, Sie denken, Sie dürften nicht auf der Welt sein?«

Orsolya weinte, allerdings sehr leise.

»Sie haben recht.«

»Sie fühlen sich lebendig, wenn Sie sich ausgelöscht fühlen, das ist ein Ihnen vertrauter Zustand.«

Ludwig fand es zum Verzweifeln, was er da sagte. Es war spät, er war müde, der Frühling hatte die ersten Selbstmordkandidaten ins Krankenhaus befördert. Am Nachmittag hatte er einen Kollegen erwischt, als dieser sich Heroin unter die Zunge spritzte. Er müßte es melden; er wußte noch nicht, wie er damit umgehen sollte. Armin war ein guter Arzt, auch wenn er der Eitelkeit seines Berufes immer wieder zum Opfer fiel, vor allem wenn die Patienten Geld hatten. Er war anfällig für die Aura des Geldes. Jeder war anfällig für irgend etwas, und die meisten für eine Form der Selbstauslöschung. Es war eine eigenartige Lust darin, vielleicht, weil man für einen Augenblick die Last der Verantwortung abgeben konnte, dieses »Fit-für-den-Weltmarkt-Sein«, ohne das man in dieser Welt kaum noch überleben zu können schien. Vielleicht war es auch eine viel ältere Krankheit der Menschen, Ludwig war sich nicht sicher.

»Ich habe nie darüber nachgedacht.«

»Sie sollten es aber. Vor allem sollten Sie sehen, daß Ihre Eltern, was auch immer aus ihnen geworden ist, sich einmal geliebt haben. Verstehen Sie. Diese Art, sich zu quälen, mag grausam anmuten. Doch in den beiden hat sich ein Raum geöffnet, den sie sich gegenseitig zeigen konnten. Eine Sehnsucht danach, nicht da zu sein, im andern völlig aufzugehen, oder den anderen nicht sein zu lasssen, ihn zu vernichten. Zum Beispiel aus Angst, von ihm sonst ausgelöscht zu werden. Stellen Sie sich vor, was es heißt, sich einem anderen so zeigen zu können. Daß er mit Ihnen durch die Hölle geht. Daß er keine Angst davor hat, oder, daß er, selbst wenn er Angst hat, trotzdem mitgeht, nur damit der andere da nicht allein durchmuß. Das ist auch eine extreme Lust. Und das ist auch – Liebe.«

Orsolya sah ihn erstaunt an. »Woher wollen Sie das wissen?«

»Ich weiß es nicht«, sagte Ludwig unwillig, »ich kann es Ihnen nicht sagen.«

»Ich habe das nie so betrachtet«, sagte sie, »aber ich weiß, daß es mit meinem Exmann so etwas Ähnliches gab. Aber es war für mich nie etwas Geteiltes, immer nur Ferne, Qual.«

»Sie sind trotzdem bei ihm geblieben?«

»Ja«, sagte sie, »es war auch ein Rausch. Ich habe mich so ... so ... lebendig gefühlt.«

»Sie haben sich in dieser Entfernung eingerichtet, etwas Vertrautes wiedergefunden. Vielleicht war die Beziehung zwischen Ihren Eltern so intensiv, daß sie niemals eine so enge Beziehung zu Ihnen, ihrem Kind, haben konnten. Wer weiß.«

»Er hat mich verlassen. Ich habe entsetzliche Angst vor einer neuen Bindung. Ich habe das Gefühl, der Krebs und der Tod hausen in mir. Wer will sich dieses Tote ansehen, wer erträgt es, damit zu leben? Ich ertrage es ja selbst nicht.«

»Es hat keinen Sinn. Ihr Körper ist stärker. Er will leben. Sie sind das Kind Ihrer Eltern. Sie können die Liebe neu erfinden, nicht so negativ, wenn Sie auf Ihren Körper lauschen. Er hat sich entschieden. Begreifen Sie doch: Sie sind auf dem Weg zur Heilung! Sie haben sich für das Leben entschieden! Jetzt kriegen Sie Angst, es zu leben, das ist manchmal schwieriger, als sich mit dem Nichtleben zu arrangieren. Es kostet den verdammten Mut zum Alltäglichen. Sie müssen lernen, sich auch ohne Drama lebendig zu fühlen. Zum Beispiel jetzt, wie fühlen Sie sich?«

»Angesprochen.« Sie lachte.

Ludwig grinste.

»Na also.«

Ludwig saß noch eine Weile im Sprechzimmer. Er fühlte sich wie ein Klugscheißer. Er wollte nach Hause und eine Pizza essen.

6. Kapitel

Der Nordpol der Liebe

(1)

»Wie konnten Sie das nur tun?«

Das Meisje schluckte. Es gab doch so viel Gutes. Zum Beispiel diesen Wein, den sie da tranken, aus Australien. Wir starren auf das Höchste, Beste, nur nicht auf das Nächste, wir kaufen den Wein aus Australien und nicht den aus dem Rheingau. Das vermindert unser Frohsein. Wilhelm von Herzberg war entsetzt. Wo ist Gott hingegangen? Das Meisje weiß es nicht. Unsere Väter waren keine Helden, denkt sie und starrt Wilhelm von Herzberg an, den lieben, guten, sanften Sänger von Herzberg, der seinerseits auf den Tisch starrt, als würde er zerfallen wie die Sprache im Munde von Lord Chandos, wie modrige Pilze, faulig und bröselig, und das Meisje spürt sich selbst in einer solchen Auflösung begriffen. Giacomettis Figuren schrumpften, als er in ihrem Alter war, und er geriet in eine Depression, Munch war etwas über vierzig, als es immer schlimmer wurde mit ihm und er sich selbst in die Nervenheilanstalt verschickte, und das Meisje sah von Herzberg an, der nicht wußte, wohin mit seinen Gefühlen, weil sie so unverhältnismäßig schienen, und so starrten sie nun beide in die Kerzen und auf die Reste des Tournelle, des Tête de Moine und des Brie. Sie waren nach dem Australier am Ende eines guten alten mitteleuropäischen Château du Pape angelangt, und Wilhelm hatte, wenn Eva von den Bildern anfangen wollte, jedesmal abgewehrt, erst das Essen, dann die Kunst, und Eva hatte sich nicht getraut, mit der Sprache herauszurücken, das hatte sie nun davon, gleich würde sie das gute Essen wieder von sich geben.

»Wie konnten Sie mir das nur antun?«

Von Herzberg sagte es tonlos, es war gräßlich, es war schlimmer, als wenn er sie angebrüllt hätte.

»Ich –« Eva stotterte.

Der alte Herr und die hübsche, nicht mehr ganz junge Frau saßen im Berliner Zimmer seiner großzügigen, behaglichen Altbauwohnung, die aussah wie ein Privatmuseum, und wußten nicht, was sie sagen sollten. O Wort, das mir fehlt. Es gab bequeme Sofas und Sessel und schnörkellose Tische und Stühle aus Weichholz, wie Eva sie mochte, selbstverständlich gab es einen schwarz glänzenden Flügel, der aufgeklappt war, und an allen, wirklich allen Wänden hingen Bilder, von unten bis oben. Wilhelm von Herzberg hatte sich beraten lassen, man nannte das die »Petersburger Hängung«, das heißt, die Bilder hingen bis unter die Decke, etwas versetzt voneinander. Es war beeindruckend. Eva hatte ihn noch nie besucht; atemlos war sie durch die großen Räume gewandert, mit einem Aperitif in der Hand und von Herzberg an ihrer Seite, der ihr hinkend, aber stolz seine Schätze zeigte. Sein verletztes Bein steckte in einer Plastikschiene. Er benutzte einen eleganten Spazierstock.

»Ich könnte Ihnen zu jedem Bild eine Geschichte erzählen«, hatte er gelächelt, »aber dann bräuchten wir mindestens eine Woche!«

Eva hatte gestaunt; eine solche Sammlung hatte sie selten gesehen.

»Das beste Stück zeige ich Ihnen nach dem Essen«, hatte er gesagt, »es befindet sich in meinem Schlafzimmer. Mit diesem Stück hat alles angefangen.«

Dazu wird es jetzt wohl nicht mehr kommen, dachte Eva bedauernd. Und meinen Job verliere ich auch. Wie konnte ich. Das tut man ja auch nicht. Eine Landschaft kaufen sollen, einen farbigen Holzschnitt, sie wußte schließlich, wie das aussah, so etwas verwechselte man nicht einfach mit Lithographien, außerdem eine Allee, nach hinten offen, dieses Motiv konnte man verstehen, bei einem Herrn von siebzig Jahren, der erwartete noch etwas vom Leben. So etwas sollen und sich etwas ganz anderes einfallen lassen, nur weil man zuviel Wein trinkt und mit dem verstorbenen Maler ein persönliches Beratungsgespräch geführt hat. Weil er in tiefer Nacht in fortgeschrittenem Trunkzustand einer nicht mehr jungen, in eine fürchterliche Lebenskrise gestürzten Frau etwas hinterhergerufen hat.

Die jetzt vor dem großzügigen Käufer und Auftraggeber saß, den allerbesten Lammbraten mit Kartoffelgratin verspeist hatte, mit Friséesalat, und nicht wußte, was sie sagen sollte. Wie sie ihm die Umstände des Kaufes beibringen sollte, die vermutlich abenteuerlicher waren als alle seine Sammlergeschichten zusammen.

»Wollen Sie sich die Lithos nicht wenigstens anschauen?« flehte sie.

»Mir wird wohl nichts anderes übrigbleiben. Aber dann nehmen Sie sie wieder mit.«

Eva schluckte.

»Aber was soll ich denn damit tun?« Sie unterdrückte mühsam ihre Tränen. Ihr war eiskalt. Dies war der schrecklichste Augenblick in ihrem beruflichen Leben, und er würde sich mühelos dem schrecklichsten Moment ihres privaten Lebens hinzufügen, dem Moment, in dem sie mit einem Säugling auf dem einen und der kleinen brüllenden Sina auf dem anderen Bein erfuhr, daß Stefan sie mit dieser gräßlichen Opernkuh betrog. Die sich vorher noch bei ihr eingeschleimt hatte. Die ihr ein Kleid geschneidert hatte, nach dem Kostüm der Tatjana in einer Inszenierung ›Eugen Onegins‹, weil sie es sich so sehr gewünscht hatte und Stefan es ihr zum Geburtstag schenken wollte. Und die immer geflötet hatte und ihr beim Abnehmen der Körpermaße so zart über den Rücken gestrichen hatte. Der sie die Zuneigung geglaubt und erwidert hatte. Eine Zuneigung, die, wie sie heute dachte, wahrscheinlich sogar echt gewesen war. Die Zuneigung der Opernkuh. Die ihr zum Geburtstag das Kleid gebracht hatte (mit langem, angerafftem Rock mit Falten unterm Popo und einer Blume, wirklich entzückend, Jahrhundertwende). Und dazu dieses verheißungsvolle Buch mit dem verheißungsvollen Titel: ›Raus bist du‹. Raus bist du. Blöde Kuh. Von einer Russin namens Torkajewa. Und das dumme Evchen hatte gar nicht den verheißungsvollen Titel beachtet, sondern gedacht, wie hübsch, das gefällt mir. Sie hatte, ein blinder Dr. Kimble auf der Flucht, die russische Ballettänzerin gesehen, die zum Gastspiel nach Paris fährt und am Bahnhof steht und sich überlegen kann, wohin ihr Herz sie zieht, linkes Herzohr, rechtes Herzohr. Und das Meisje hatte nicht geahnt, wieviel Wahrheit in diesem verfluchten Tagtraumbild steckte, nur, daß ein anderer sich zu entscheiden hatte, nicht sie, zunächst mal, und wenn der sich entschieden hatte, dann könnte sie nur noch nachziehen, es sei denn, sie hätte den Mumm, sich vorher zu entscheiden, aber sie hatte sich schon entschieden, nämlich für Stefan, für ihren Liebsten, der sich am Vatertag von der blöden Rausbistdutante vögeln ließ, während sie zu Hause seine Nachkommenschaft hütete, seine Hemden bügelte und sich fragte, weshalb in der letzten Zeit die Proben immer zu so anderen Zeiten stattfanden und so viel länger als sonst dauerten.

»Eva, hören Sie mich?«

Von Herzberg rüttelte an ihrem Arm. »Sie sind ja ganz bleich geworden, so dramatisch ist es ja nun auch wieder nicht, Kindchen, Sie fallen mir doch nicht um?«

Da war es schon um sie geschehen. Eva, überwältigt von ihrem Unglück, rutschte ohnmächtig vom Stuhl, das heißt, sie wäre gerutscht, hätte er sie nicht gehalten. Sie spürte leichte

Schläge auf ihren Wangen und öffnete verwirrt die Augen, um sie beschämt wieder zu schließen, als sie den Opernsänger über sich gebeugt sah und die ganze Misere ihr wieder einfiel. Er hielt ihr ein Glas Wasser hin.

»Es gibt gleich einen Kaffee, nun kommen Sie doch wieder zu sich.«

Langsam hatte Eva den Verdacht, schwanger zu sein, so oft wie sie in der letzten Zeit das Bewußtsein im Stich ließ.

»Es tut mir so leid«, stammelte sie, »ich mache alles wieder gut, aber bitte, bitte, sagen Sie nichts Frau Spoerli, die wirft mich raus, und das wäre –«

»Schschsch«, machte von Herzberg, »für was für ein Ungeheuer halten Sie mich denn?« Er sah sie mit seinen hellen Augen unter den gekämmten Augenbrauen freundlich an.

»Gar keins!« Eva machte den schönsten Augenaufschlag, den sie konnte, er kam direkt aus ihrem Herzen. »Aber was machen wir denn jetzt?«

»Na, wir sehen uns die Bilder an! Aber zuerst trinken Sie einen Kaffee!«

Nachdem Eva den Kaffee geschlürft hatte und wieder einigermaßen sicher auf den Beinen war, legte sie die große Mappe auf einen der Tische. »Es sind drei Blätter aus einem Zyklus«, sagte sie und mußte vor Aufregung immerzu schlukken, »zu dem ursprünglich zweiundzwanzig Bilder gehörten und von dem es nur eine geringe Auflage gab, die zum größten Teil nicht mehr vollständig ist. Das heißt, es gibt schon einige, *rarissime*, das Berliner Kupferstichkabinett hat eine komplette, die hängt aber gar nicht, die ist so kostbar, aber man kann sie im Studiensaal –«

»Nun mal langsam, langsam.«

Von Herzberg hatte die Riemchen, die die Mappe verschlossen, vorsichtig geöffnet und die obere Seite aufgeklappt. Die Lithographien waren verschieden groß, achtundzwanzig mal achtundvierzig Zentimeter die größte; doch die Passepartouts, in denen sie steckten, ließen sie gleich und viel größer wirken.

Er seufzte tief, schlug das Schutzblatt aus dünner Pappe zur Seite, dann das ebenso feine Seidenpapier.

Auf dem Deckblatt, das eine Kopie war, stand »Alpha und Omega«. Von Herzberg blätterte es ungeduldig um, entfernte ein weiteres Seidenpapier. Nun blickten sie beide auf eine Lithographie von Edvard Munch, die fast hundert Jahre alt war.

»Er war in der Nervenheilanstalt, als er sie gemacht hat«, sagte Eva, »wegen Tulla. 1909, in Kopenhagen, bei Doktor Jacobson. Er hat sich praktisch selbst eingewiesen.«

»Ich weiß, ich weiß«, nickte von Herzberg. Natürlich wußte er, wer Tulla war. Er kannte Munch viel länger als sie selbst.

»Es ist die Geschichte der ersten Menschen, wie Adam und Eva im Paradies, nur daß sie Alpha und Omega heißen. Omega ist die Frau. Sie läßt sich dummerweise mit den Tieren der Insel ein –«

»Leise«, sagte er und machte eine Handbewegung zur Seite weg, die kein Wort mehr zuließ, wie ein Dirigent.

Eva trat verwirrt einen Schritt zurück. Ihr Herz schlug ihr im Hals. Das war jetzt aber barsch, dachte sie. Sie zog sich weiter zurück und ließ ihn die Blätter betrachten. Er war still und konzentriert.

»›Mondaufgang‹«, sagte Eva beim ersten Blatt.

»›Omega weint‹« beim zweiten.

Und »›Alphas Tod‹« beim dritten.

Sie sagte es ganz leise.

Dazwischen lagen Lichtjahre.

Wilhelm von Herzberg stützte sich auf seinen Spazierstock und betrachtete die Blätter. Er war es gewohnt, lange zu stehen; er ließ sich auch von seinem kaputten Sprunggelenk nicht daran hindern. Eva setzte sich aufs Sofa und sah ihm unruhig und erwartungsvoll zu. Was würde er sagen? Sie hätte ihm gern erklärt, weshalb sie diese Bilder genommen hatte. Aber jetzt war sie eingeschüchtert. Der alte Herr sah gepflegt und diszipliniert aus. Er hatte eine gute Figur, hielt den Brustkorb vorgestreckt, den Rücken gerade, trotz des geschienten Beines. Sein schlohweißes Haar war recht voll und gut geschnitten. Er trug eine graue Hose und ein hell gestreiftes Seidenhemd. Er duftete angenehm. Die Kerzen flackerten leicht auf dem Tisch mit den Gläsern. Das Parkett war blank, Teppiche und Regale staubfrei, Blumen frisch in passenden Vasen, dekorative Gegenstände an ihrem Platz. Eva fühlte ihre Knochen schwer. Sie hätte gern die Beine hochgelegt, wie zu Hause. Am Abend fingen die Beine immer an zu kribbeln, vor Müdigkeit. Sie zog dann Hose oder Strumpfhose aus und streckte die Beine in die Luft. Das hätte sie jetzt auch gern getan. Sie sank tiefer in das feine Sofa hinein und dachte an Munch.

Eva dachte an seine Armut, als er in Berlin lebte und oft wegen zehn Kronen einen Bettelbrief nach Norwegen schrieb. Sie dachte daran, wie schwierig es heute für Künstler war, von denen in noch größerem Maße erwartet wurde, daß sie sich selbst organisierten, sich verkauften, sich auf dem Markt bewegten, sich also in all den Dingen auskennen sollten, die in der Tradition zum anderen, dem bürgerlichen Lager gehörten, und das nicht ohne Grund. Künstler konnten nicht im gleichen Verhältnis zur Welt stehen wie andere; aber heute sollten sie hochsensible, schöpferische Wesen sein – mit dicken, unempfindlichen Häuten, als pragmatisch orientierte Geschäftsleute. Munch war nicht so, seine Haut war durchlässig, aber er hatte etwas von den Mechanismen begriffen, die schon damals die Welt beherrschten. Eva wurde traurig ums Herz. Seit sie die »Frau in drei Stadien« gesehen hatte, fühlte sie sich nackt und schutzlos. Und da saß sie, bar jeder Händlerfähigkeit, nur mit der plötzlich in ihr Leben gekommenen Liebe zu Herrn Munch.

Die große Standuhr im Raum tickte. Wilhelm von Herzberg betrachtete die Blätter und Eva schwieg.

Das erste Blatt zeigte ein nacktes Paar, Mann und Frau. Von hinten, eng beieinander. Sie saßen am Ufer eines Gewässers. Der Mond warf seinen Lichtstrahl auf das Wasser, eine horizontale Säule. Im Wasser, vor der Säule, ein runder Fleck. Sehnsuchtstropfen, dachte Eva. Die Frau hatte langes Haar und den Kopf zur Schulter des Mannes geneigt. Sein Rückgrat war aus einigen Strichen gebildet; auch die Rippen fünf kräftige, schnelle Striche. Kratzer. In den Stein geritzt, wie Verletzungen. Mann und Frau waren ein Liebespaar, doch ihre Hüften strebten auseinander. Zwischen ihnen gab es eine schwarze Spalte. Ein Paar, dachte Eva, das auseinanderstrebt. Das Zuflucht nimmt in Gesten, die das Gegenteil behaupten. Dabei war dies noch der Anfang, es müßte doch alles gut sein. Im Rücken des Mannes sah sie eine Anspannung, und vor den beiden die Fläche des Wassers war nackt, blank, leer. Ein leerer Spiegel, der auslief in das nackte, weiße Blatt. Das geht nirgends hin, dachte Eva. Munch hatte das Material miteinbezogen und damit das Bild aufgesprengt. Daraus wuchs eine eigentümliche Kraft.

Eva hörte ein Rascheln und schrak aus ihren Gedanken hoch. Der alte Herr hob das erste Blatt vorsichtig hoch und legte es auf einen anderen Tisch. Er entfernte das Seidenpapier und betrachtete das zweite Blatt. Vielleicht fand er es unpassend, daß sie ihm ein Liebespaar brachte. Die Munchs, die er besaß, waren Landschaften. Sie hatte einen großen Fehler gemacht.

Eva hätte am liebsten wieder etwas zu den Blättern gesagt; sie spürte, daß von Herzberg es nicht wollte, und schwieg. Es ist so schwer, in Worte zu fassen, was uns in den wortlosen Künsten begegnet. Ich erfasse es, ich fühle es. Woher kommt überhaupt der Drang, die Dinge zur Sprache bringen zu wollen? Eva sank in einen immer tieferen Raum in ihrem Inneren. Das Holz der Dielen knackte leise, fernab gab es Geräusche von den Nachbarn, die Uhr im Eßzimmer tickte. Zeit vergeht, Zeit bleibt stehen. Der alte Mann, die jüngere Frau. Sie spürten ihre Nähe und fielen in die getrennten Schächte ihrer beider Leben.

Das zweite Blatt hatte sich in Evas Kopf gefressen, ›Omega weint‹. Omega hieß die weibliche Gestalt im Zyklus. In diesem Blatt gab es keine Landschaft. Eine weibliche Figur ins nackte Blatt gesetzt. Einfach so. Ohne Hintergrund, ins Nichts. Die Figur bildete selbst die Achse des Raumes. Autonomie und Einsamkeit. Ein wildes Gestöber aus Strichen, heftige Bewegung, fast Auflösung. Halb Frau, halb Naturwesen, saß sie nackt auf dem Blatt. Eine Alraune. Auf verrutschten Knien hockte sie, die langen Arme hingen an ihren Seiten herab. Sie liefen in Hände aus, die wie Pfoten aussahen. Die Pfötchen von Milly, Munchs erster Liebe. Das Haar fraß sich wie störrisches Wurzelwerk in die Arme hinein, wurde eins mit der Haut. Eine Verwitterung, ein unerlöster Zustand.

Munch hatte diesen Zyklus in der Nervenheilanstalt gemacht. Ein langer Weg hatte ihn dorthin geführt. Er hatte sich von Tulla getrennt. 1902, nach vier Jahren eines unmöglichen Lebens mit ihr. Malen und lieben, das ging nicht. Es gab ein Foto von den beiden, Eva hatte es in Bergen gesehen. Er stand breitbeinig darauf, die Hände in den Manteltaschen; sie beugte sich seitlich über den Tisch zwischen ihnen, ihre Hand, die den Auslöser darauf drückte, sah aus wie ein Stumpf. Sie wirkten beide beunruhigend aufgebracht; sie teilten den Hochmut der Verletzlichen.

In Wirklichkeit war es seine Hand, die verletzt war. Tulla hatte ihm den linken Mittelfinger angeschossen. Bei ihrer letzten Begegnung in Åsgårdstrand. Vielleicht hatte sich der Schuß auch gelöst, als er den Revolver in der Hand hielt. In seinen Augen hatte sie schuld. Sie hatte ihn rufen lassen, als läge sie im Sterben. Um sie herum die Freunde, Krogh, Jäger, Heiberg. Munch kam, außer sich. Da schoß sie hoch und lachte über seinen Schrecken. Die anderen lachten mit.

Später hieß es auch, sie habe einen Selbstmordversuch inszeniert, und er habe versucht, ihr den Revolver zu entwinden.

Munch verließ Norwegen. Liebesschmerz vergißt man,

schrieb er, nicht aber körperliche Gebrechen. Manche sagten, er sei verrückt. Er trank. Er malte Charlotte Corday, mager und aufrecht, das blutige Messer in der Hand, ihr Haar fiel rot und lang herab. Er ließ die Farbe über das Blatt laufen, in Linien, die sich ausbreiteten wie Tränen, wie Blut. Marat lag erstochen im Bett, die Hand blutig.

Er versuchte, Tulla zu vergessen. Er versuchte es sogar mit einer anderen, Eva Mudocci, einer Geigerin. Es hielt nicht, sie kehrte zurück zu ihrer Pianistin und Lebensgefährtin.

Er hatte allmählich Erfolg, in Paris und Berlin. Sein zwanzigstes Jahrhundert begann. Seine nervöse, die Farbe zersetzende Malweise, wie er es nannte, beeindruckte die Menschen wie seine einsamen nordischen Landschaften, die roh und zwingend zugleich waren. Seine Beerdigungen, die keine Bejahung des Lebens mehr waren, sondern die Konfrontation mit dem Tod. Die Leere, die Verneinung malte er mit. In der Landschaft, in den Menschen. Das hatte es so noch nicht gegeben. Da stellt einer unser Recht auf Kunst fest, hieß es.

Er reiste durch halb Europa. Er fotografierte und machte Experimente mit Überblendungen und Doppelbelichtungen, ließ sich inspirieren. Er wurde immer besser. Er ging mit der Farbe so wild und frei und reflektiert um wie kaum ein anderer. Es war nicht lustig, wenn die Farben nicht aufhören wollten zu schreien.

Munch kam ein wenig zu Geld. Fand den einen oder anderen Mäzen, wie Max Linde, der Augenarzt in Lübeck, mit einem Bärtchen über der weichen Oberlippe und dem sanften Blick, wenn kein anderer ihn ansah. In Lübeck malte Munch seine Eifersucht, und in Warnemünde. Grün malte er die Eifersucht und karmesinrot. Die Eifersucht wegen Tulla, die Eifersucht wegen Dagny, Stachus Frau, der blauen, brennenden Lilie, die er im Arm gehalten hatte, im *Schwarzen Ferkel* in Berlin, in ihrer Wohnung mit dem Klavier und dem Loch im Boden, in das sie ihre Bücher warfen. Dagny hatte mit vielen geschlafen. Bei Tulla war er sich nicht mehr so sicher. Vielleicht hatte sie ihn gar nicht betrogen. Vielleicht war es nur seine Angst gewesen. Er malte sich selbst nackt, und andere nackte Männer.

Er sah Tulla überall. Aus seiner Sehnsucht wurde seine Verfolgungsangst. Er soff, prügelte sich und kam schließlich in die Klinik zu Dr. Jacobson. Im Herbst 1908. Er blieb acht Monate. Alkoholentzug, Gespräche, Diät, Elektroschocks. Ein langer Winter.

Der Winter ist gläsern und blau.

Munch starrt in den Schnee.

Er wird fünfundvierzig Jahre alt, im Dezember, in der Klinik.

Doktor Jacobson mit den endlos langen Beinen und der hohen, nach vorn gestreckten Hüfte, behandelt ihn. Paranoia und Trunksucht. Jacobson ist ein guter Arzt. Munch malt Jacobson. Dieselben Farben, in denen er sich selbst einmal gemalt hat, mit nacktem Oberkörper in der Hölle, in die sein geliebter Vater ihn schickte. Jacobson will keinen grünen Bart und keine Höllenfarben. Munch triumphiert; Jacobson braust auf.

Die Trennung von Tulla liegt sieben Jahre zurück.

Man häutet sich alle sieben Jahre. Von der Klinik aus geht er oft in den Zoo, Dr. Jacobson erlaubt es. Er zeichnet Panther, Tiger, Leoparden. Flamingos, Affen, Bären. Schweine sind roh, Schweine sind sinnlich, Kirke verwandelt Odysseus und seine Männer in Schweine. Seine Tiere sind differenziert. Der Körper ist die Seele und umgekehrt. Wieviel weiße Fläche verträgt ein Tier? Ein Strich, zwei Striche, die Bewegung der Beine?

Munch wandert immer weiter nach innen, geschützt vor den Sorgen der äußeren Existenz. Was ihn nach innen treibt, kann ihm nützen. Alpha und Omega. Der Anfang und das Ende. Sie gehen in den Wald hinein.

Die Augen Omegas wechselten ihre Farbe, notiert Munch. *An gewöhnlichen Tagen waren sie hellblau, wenn sie aber ihren Geliebten betrachtete, wurden sie schwarz mit karmesinroten Flecken darin, und dann geschah es, daß sie ihren Mund in einer Blume verbarg. Omegas Herz war wandelbar.*

Sie ist von Unruhe befallen. Sie schläft mit den Tieren der Insel. Sie wachsen ihr über die Haut. Sie streichelt die Hyäne, sie kost den Bären.

Der Tiger beugt sich zärtlich über Omegas Gesicht, der Tiger trägt Munchs eigene Züge. Das Tier öffnet sich ins Weiße des Blatts.

Eva auf dem Sofa in Wilhelm von Herzbergs Wohnung hatte die Spange aus ihrem Haar genommen und sich tiefer in die Kissen gelehnt. Ihre Augen waren geschlossen, sie sah den gesamten Zyklus vor sich. Die Bilder führten sie in ihr eigenes Inneres, wo sie das Leben so empfand, wie Munch es zeigte. Dorthin, wo sie sich nach einem sehnte, der ihr antwortete. Dorthin, wo *ihr* weißes Land lag.

Der Winter ist gläsern und blau.

Munch will noch mehr wissen.

Er macht lange Spaziergänge durch den Klinikpark. Seine hohe Gestalt zwischen den Bäumen. Er trägt den langen, zweireihigen Wollmantel und die hohe Fellkappe. Sein Gesicht ist schmal. Durchsichtig.

Die Liebe ist keine Bagatelle. Die Natur ist keine Bagatelle. Nicht in Norwegen. Die Natur ist kein Frühstück im feuchten Gras! Sie ist gewaltig und gewalttätig. Der Mensch ist ihr ausgeliefert. Die weißen Nächte, in denen die Bäume, die Felsen, die Fjorde sprechen. Oder monströs schweigen. Eine Urwelt aus Erde, Wasser, Luft. Drohend. Großartig. Schrecklich. Liebe ist Natur.

Alpha liebte Omega sehr. Doch ihr Herz war wandelbar, sie tat ihr liebstes Amt, das Küssen, hier und da. War es Langeweile? War sie nicht ausgefüllt? War ihr verdammtes Loch nicht zu stopfen? Es ist meines, denkt Munch, in seinen lichten Momenten. Dann schiebt er es wieder ihr zu. Ich bin alle, denkt er, und kratzt die Bilder des Zyklus.

Omega küßt den Esel. Sie schläft mit dem Schwein, spielt mit der Schlange, umarmt den Bären. Alpha erwürgt die Schlange. Omega hält zärtlich den Kopf der Hyäne. Das bin ich. Struppig ist mein Fell, weh mein Kopf, ich bin mein eigenes Aas. Ich bin struppig und ungepflegt und mein Atem stinkt nach billigem Fusel. Ich bin verwahrlost und menschenscheu, mein Kopf ist böse vor Wehmut und schweren Gedanken. Aber vor allem ist es Heiberg, der Verräter, der sich Freund nannte und mit dem sie mich hinterging.

Furchtlos war Tulla, sie streichelt die Zähne des Tigers.

Er kann nicht aufhören, Tulla in den Armen der anderen zu sehen. Er sieht ihre Haut, ihre blitzenden Augen, wenn sie vor Lust aufstöhnt und sie leicht verdreht, diese boshaften, lockenden Augen mit den melancholisch halbgesenkten Lidern. Er sieht ihre kantigen Hüften, die schöne Zeichnung ihres Rükkens. Er bewegt sich auf der Grenze zum Wahn, er überquert sie, er kommt zurück, oder Jacobson holt ihn. Er schreit, er weint.

Munch hat keine Angst vor sich selbst. Er kann alles zeigen. Wenn er es zeigt, wird es sich beruhigen. Ich male nicht, was ich sehe, ich male, was ich sah. Also gut. Die Eifersucht. Was liegt darunter? Was ist es, was dich so rasend macht? Was hat dich innerlich so aufgerissen?

»Denken Sie darüber nach«, hatte Dr. Linde in Lübeck gesagt, der Augenarzt. »Tun Sie es für uns.«

»Seien Sie vorsichtig damit«, sagt Dr. Jacobson, neugierig, was er herausfinden wird.

Munch arbeitet weiter. Das nächste Blatt.

Alpha sitzt in einem finsteren Kasten und sieht zu, wie draußen Omega mit der Schlange spielt. Der Kasten ist schwarz.

Farne wuchern hinein, sind die Verbindung zu dem Gras, in dem Omega liegt. Die Schlange kriecht ihr über den Leib. Omega hält den Kopf der Schlange, ihre Augen schielen vor Seligkeit.

Es erregt ihn, ihre Lust zu sehen. Es tötet ihn, weil sie ihn betrügt. Sich einem anderen hingibt. Er will nicht verglichen werden mit den starken wilden männlichen Tieren. Du bist ein Nichts, und dort ist der bessere Schwanz. Der, der keine Angst hat, ausgelacht zu werden, verlassen zu werden. In dieser Angst liegt eine besonders geile Lust.

Omega sieht zu. Er wird zu dem, der sein Rivale ist. Manchmal ermöglicht das Ausgeschlossensein von sich selbst einen besonderen Blick. Er saß oft am Tisch, in Berlin, und sah Dagny, Strindberg und Stachu zu. Linde sah gern zu, wenn er es mit den Huren trieb! Er konnte das gut verstehen! Linde, der Augenarzt, ein feiner Mann.

Schlimmer ist es, sich selbst zuzusehen. Omega spielt mit der Schlange. Wie oft hatte er das Liebesspiel unterbrochen, voll Entsetzen, plötzlich Ekel empfindend, vor sich oder ihr! Wie klobig waren ihre Hände! Wie scheuerte sie sich an ihm!

Wo er sich hingibt, lauern schwarze Erinnerungen. Der Tod der geliebten Mutter, als er noch so klein war. Erst fünf. Seine Verzweiflung. Die der Geschwister. Damals hatte er zum erstenmal dieses entsetzlich laute Schreien in seinen Ohren vernommen, das von innen kam, und das kam, und wenn er hinauslief in die Landschaft, die auch schrie. Der Vater fern, beschäftigt mit dem eigenen Kummer, auch er hatte die Mutter geliebt, maßlos, wie ein Kind. Munch hatte das in sich. Das maßlos Lieben. Warum tat er das Gelübde, niemals wieder fröhlich zu sein, als seine Schwester Sophie starb? Reichte es nicht, sie alle zu malen? Das kranke Kind, die Begräbnisse?

Das Kindliche. Der sehnsüchtige, abstürzende Alpha-Munch.

Du bist dieser Alpha in dem Augenblick, in dem Omega zärtlich den Kopf der Hyäne hält oder den zotteligen Bären küßt oder in die funkelnden Augen der großen Schlange starrt, die über ihren Körper kriecht. Dein Herz wird weiß. Das Blatt ist leer.

Auslöschungen bildet er auf den Steinplatten, kratzend, schabend. Die Farbe läßt die weiße Leinwand verschwinden. Die weiße Leinwand, der Nordpol der Liebe. Wenn du losgehen mußt in deine schäbigsten Winkel. Deine Ohnmacht. Deinen Haß. Deine bettelnde Sehnsucht. Deine wimmernde Kleinmut. Du mußt das weiße Land durchqueren.

Der Nordpol der Liebe war für Eva der Schrank, in dem sie gesessen hatte wie Alpha in dem Kasten, als sie erfuhr, daß Stefan sie mit der anderen betrog. Das Baby David hatte gebrüllt, Sina hatte vor dem Schrank geschluchzt, und Eva hatte im Schrank zwischen Stefans Hosen und Hemden gesessen und geweint.

»Hören Sie auf, Munch!« Die Stimme des Arztes. »Sie haben wieder so geschrieen! Legen Sie die Farben weg! Die Steine auch! Ich verbiete sie Ihnen!«

Ich bin ein Tier, Tulla, nimm meinen Kopf in deine Hände. Ich durchquere den Nordpol der Liebe. Hier hast du meine Spur. Aufriß, Umriß. Ich bin grausam zu mir selbst. Ich lasse das Weiß leuchten. Mit diesen Strichen. Das Nichts ist niemals Nichts –

Eva hatte die Füße auf das Sofa gezogen und war eingenickt. Sie fuhr mit ihrer Mutter im Wagen eine vertraute Straße entlang, es war stockfinster, sie konnte nichts sehen. Sie fühlte das Fahren, sie fühlte ihre Mutter und sie fühlte das Schwarz, in das sie hineinfuhren. Wir müssen anhalten, sagte sie, Mama, wir können nichts sehen. Das macht nichts, lachte Mama, ich kenne den Weg in- und auswendig. Halt an, Mama, sagte Eva, ich bitte dich, wir können im Graben landen oder gegen einen Baum fahren! Unsinn, rief Mama. Sie hielt an. Sie standen auf der falschen Fahrbahn. Eva sah ihnen einen anderen Wagen entgegenkommen. Er wird in uns hineinfahren, sagte Eva. Mama hatte die Ruhe weg. Am Wegrand lag ein großer Stapel Holz. Den müssen wir in den Kofferraum pakken, sagte Mama. Die sind doch schwer, sagte Eva, kann das nicht ein Mann machen? Aber Mama lachte nur.

Wilhelm von Herzberg stand noch immer, auf seinen Spazierstock gelehnt, vor dem Tisch mit den Bildern. Das Bein schmerzte, auch die Schulter, vom Aufstützen auf den Stock. Er hatte es die ganze Zeit nicht gemerkt. Er rieb sich über die Augen und seufzte. Um gut zu singen, dachte er, muß man sich von allen einengenden Gedanken und Gefühlen freimachen. Vielleicht gilt das auch für das Betrachten von Kunst. Er betrachtete die schlafende Eva auf seinem Sofa. Ihr Gesicht war vollkommen offen, sie sah aus wie ein junges Mädchen. Plötzlich zuckte durch Wilhelm die Erinnerung an den jungen Mann, der er einmal war. Evas Augen unter den geschlossenen Lidern bewegten sich heftig. Sie träumte. Sie hatte keine Schuhe an und war in die Kissen gerutscht, ihr Haar floß dunkel um ihren Kopf. Von Herzberg zog sich leise einen Stuhl heran. Er widmete sich dem dritten Blatt, das Eva mitgebracht hatte.

Trolle, wie Comicfiguren, halb Tiere, halb Geister, jubelten. Dahingestreckt lag Alpha, einen Fuß im Wasser, auf einer Landzunge. Der Tiger hatte die Pranke auf seinem Geschlecht. Der Affe hielt in seinen langen Armen den Stock. Der Kopf des Toten ist nicht zu erkennen. Steine liegen umher. Der Tiger entmachtet Alpha. Alpha ist tot, doch das Bild ist reine Bewegung.

In aller Kunst ist dieses Töten, dachte Wilhelm.

Die große Standuhr im Zimmer schlug halb eins.

Wilhelm war es, als spräche die schlafende Eva mit ihm. Er kannte das; auch in der Oper, mit Kollegen, gab es manchmal diese eigentümlichen Zustände der Nähe, in denen man wortlos miteinander Gedanken austauschte. Er erhob sich, nun doch etwas schwerfällig, weil auch ihn die Müdigkeit erfaßte, und ging zu dem Sofa, auf dem Eva lag. Er setzte sich vorsichtig neben sie und lehnte sich an die Rückenlehne.

Er sang leise ein Lied von Hugo Wolf, das er vor langer Zeit in Paris gesungen hatte. Er hatte noch immer einen schönen Bariton.

»Wie viele Zeit verlor ich, dich zu lieben!
Hätt ich doch Gott geliebt, in all der Zeit!
Ein Platz im Paradies wär mir verschrieben.
Nur weil ich dich geliebt, komm ich
nun nicht ins Paradies hinein.«

Das Singen war das Wichtigste im Leben. Giacometti und Munch zeigten ihm die Leere, die Einsamkeit. Für Wilhelm waren diese beiden Künstler die Heiligen des modernen Lebens, in dem ein jeder für sich ist. Das kannte er, das wollte er aushalten. Die Heiligen der Leere. Er hatte Munchs Landschaften geliebt, weil sie so vieles waren: das, was sie zeigten, dann reine Farbe, Rhythmus, und zugleich Seelenzustände. Darin lag eine Transparenz, eine eigentümliche Spanne: Transzendenz. Doch wie hatte Munch irgendwo gesagt: Das Heilige seien für ihn die atmenden und leidenden Menschen, die er zeigte. Wilhelm dachte daran, wie es war, mit seiner Mutter zusammen zu singen. Er hatte es im eigenen Singen aufbewahrt.

Zeit vergeht, Zeit steht still.

Es war lange nach Mitternacht, draußen war es ruhig auf den nächtlichen Straßen. Wilhelm wußte nicht, ob Eva ihn hörte.

»Ich habe so vieles gekannt«, sagte er. »Ich habe Puccini gesungen, Hugo Wolf, Schubert, Brahms, Schönberg, Boulez, Nono. Lieder, große Oper, alles. Ich habe in der Neuen Musik eine Zartheit im Abgehackten und eine vulkanische Energie im scheinbar kühl Kalkulierten entdeckt. Ich war der Bösewicht und der Gute. Bestimmte Räume habe ich nie betreten, nicht in der Musik, selbst wenn ich sie sang, und nicht im Leben. Ich bin der Liebe aus dem Weg gegangen. Den Häutungen, die sie mit sich bringt. Ich lebte im *Triebleben der Töne*, wie Schönberg das nannte. Armer Schönberg. Mathilde betrog ihn mit Gerstl, einem verrückten Maler. Gerstl hängt sich auf, und Schönberg hält zu Mathilde, die er über alles liebt. Er leidet wie ein Hund und komponiert das angefangene ›opus Nr. 10‹ zu Ende und revolutioniert mitten im Werk seine bisherige Arbeit: Er verläßt die Tonalität, als wäre er von allem verlassen. Das war ungefähr zu der Zeit, als Munch in der Klinik war, 1908, 1909.«

»In dieser Zeit hätte ich gern gelebt«, murmelte Eva.

»Als ich das zum erstenmal gehört habe, bin ich hinausgegangen. Ich habe es nicht ausgehalten. Schönberg hält Mathilde die Treue, bis sie stirbt. Was für eine Traurigkeit haben die beiden gekannt! Später hat er noch einmal geheiratet, war glücklich und bekam sogar noch ein Kind. Ist Ihnen das schon einmal aufgefallen, wie viele Künstler in Ihrem Alter eine schwere Krise hatten? Ich spüre das doch, daß Sie in Schwierigkeiten sind. Ich hatte nie ein Kind. Eine Tochter... Ich würde ihr alles sagen, alles, was ich vom Leben weiß!«

Wilhelm strich Eva vorsichtig übers Haar.

»Ich war der Junge Mann in ›Moses und Aaron‹, als ich selbst jung war. Ich sang den Part des einzigen, der den Tanz um das Goldene Kalb nicht mitmachte. Ich dachte, ich selbst wäre davor gefeit. Ich war vor etwas anderem nicht gefeit. Meine Hingabe galt der Musik. Darüber habe ich die Menschen versäumt. Wer kann das schon, wie Tosca, beides: Ich lebte der Kunst, ich lebte der Liebe? Später war ich Moses, in derselben Oper, das war eine verrückte Erfahrung, als sänge ich meine eigene Sterblichkeit. Ich bin der Liebe aus dem Weg gegangen. Ich habe sie gekannt, das schon, von einer einzigen Begegnung, und ich habe sie in meine Lieder hineingenommen.

Heute muß man den jungen Sängern die Leidenschaft erklären, als wäre es eine absurde Sache aus vergangenen Zeiten. Manche Regisseure tun es nicht einmal, sie rationalisieren alles, und dann kommt die Musik und erzählt davon, und da haben wir den Salat und die armen Zuhörer werden noch schizophren. Diese Sehnsucht nach absoluter Hingabe ... das Volk der Bibel will das, wer soll das heute verstehen? Nach Hitler ist das unmöglich. Aber gibt sich nicht jeder hin? Haben wir nur den Wunsch, keine Wünsche mehr zu haben? Aaron ist ein Börsenmakler. Er benutzt die Sprache. Moses sagt: O Wort, das mir fehlt. Weil Sprache Bilder transportiert, und Gott sagt: Du sollst dir kein Bild machen von mir. Sprache produziert Bilder. Heute ist alles Bild, auch ohne Sprache. Die Sprache scheint niemanden mehr zu interessieren. Alles soll immer einfacher werden: in den Zeitungen, im Hörfunk, in der Literatur. Stellen Sie sich vor: Früher schrieb Arno Schmidt für das Radio. Wir *wollten* uns anstrengen. Verzeihen Sie, daß ich das sage. Wo war ich? Ach, Moses. Die Bilder. Moses muß erkennen, daß Gott Bilder wählt, um etwas mitzuteilen: zum Beispiel den brennenden Dornbusch! Schönberg übersetzt ihn in mehrere *Stimmen*, das ist großartig und verrückt. Haben Sie einmal über den Tod nachgedacht, Eva? Ich denke oft an den Tod. Als meine Mutter starb, habe ich mich mit ihr eingesperrt. Ich habe eine Flasche Rotwein getrunken und bei ihr gesessen. Ich habe ihre Haut betrachtet, die ich so sehr liebte, und in meinem Ohr suchte ich verzweifelt nach ihrer Stimme. Ihre Stimme hat mein Leben gemacht. Wie verzweifelt war ich damals! Ich konnte sie nicht mehr hören!«

Wilhelm von Herzberg wurde still und weinte. Er hatte noch nie in seinem Leben so viel hintereinander von sich gesprochen. Eva hatte sich nicht gerührt. Sie hatte alles gehört.

Sie war irgendwann aufgewacht von Wilhelm von Herzbergs leiser Stimme, und sie hatte alles höchst aufmerksam verfolgt. Die Worte hatten sich tief in sie hineinbewegt, gerade weil sie sie wie im Halbschlaf gehört hatte, und sie hatte das Gefühl, an seiner Hand mit ihm durch sein Leben zu gehen. Die Haut der Zeit spannte sich glatt und wurde runzlig, sie war zart und geschmeidig, und sie konnte undurchdringlich sein wie Leder.

»Erst später kam sie manchmal wieder, wenn ich gar nicht an sie dachte,« fuhr von Herzberg fort. »Das einzige, woran ich glaubte, war der Körper. Nicht Gott. Und wenn der Körper verstorben ist, gibt es nur meine Erinnerung an ihn. Es war entsetzlich, Eva, sich dem auszusetzen. Das reine Grauen, das Nichts. Ich habe es nie verwunden. Ich konnte nur von meiner Sehnsucht singen, diese Kluft zu überwinden.«

Eva wurde mulmig bei diesen Worten. Der alte Herr nahm Evas Hand und streichelte sie. Er hätte die ganze Nacht so weiterreden mögen. Er konnte es, weil Eva ihn an seinen eigenen Mut erinnert hatte. Sie hatte sich von ihrer Empfindung leiten lassen, als sie die Lithographien ersteigert hatte.

Sie hörte ihm zu.

»Manchmal können wir etwas über uns selbst nicht direkt sagen, nur in der Kunst, die wir lieben, in den Bildern, in der Musik. Deshalb brauchen wir sie.«

Eva nickte langsam.

»Sie sind noch jung. Sie dürfen nicht denselben Fehler machen wie ich.«

Er holte das zweite Blatt von Munch. Er setzte sich neben Eva und zeigte auf die Linien und Striche.

»Siehst du, wie die Alraune sich in ein Tier verwandelt?«

Eva nickte. Sie betrachtete seine Haut, die weich, nachgiebig war und unter den Augen faltig. Er erschien ihr nicht alt. Er verwandelte sich beim Erzählen und unter ihrem Blick. Zaghaft streckte Eva die Hand aus und berührte Wilhelms Gesicht. Er lächelte.

»Das Fell wächst ihr über die Haut, ihre Hände sind wie

kleine Pfoten. Wenn man genau hinschaut, bilden Brüste und Bauch zugleich das Gesicht eines Affen. Das ist großartig gemacht. Sieh nur, wie dieser Übergang hier aussieht, diese Bewegung, die das Ganze erzählt und ganz ohne die Erzählung existiert!«

»Reine Zeichnung«, sagte Eva, die kaum sprechen konnte.

»Reine Zeichnung ist das, genau, wie Musik. Du vergißt, was sie erzählt, weil du es in der Folge der Töne hören kannst, du erfaßt es ohne nachzudenken!«

Eva hatte die Aufregung um die Bilder völlig vergessen. Er offenbar auch. »Die Bewegung der Zeichnung«, sagte sie.

»Genau. Sie macht etwas. Sie hat einen Rhythmus, eine Form, unabhängig von dem, was dargestellt wird. Und doch ist da etwas dargestellt.«

»Der Bauch, die Brüste und der Affe.«

»Du kannst es nur als ihren Oberkörper sehen, ohne das Affengesicht, und mit ihm. Verstehst du? Sie ist dieses Affengesicht, sie bildet es, es gibt kein *wie*.«

»Natürlich verstehe ich!« Eva war begeistert, daß Wilhelm das Bild offenbar genauso sah wie sie.

»Ist es der Affe, der sie liebt und den sie liebt?« fragte Wilhelm.

»In allen Bildern denkt er über das Verhältnis zu sich selbst nach«, sagte Eva. »Er ist in allen Figuren, er dreht sich immer wieder in eine andere Perspektive hinein.«

»Ist es das Affenhafte in ihr?« dachte Wilhelm weiter laut nach. »Das Tierische? Das Gefräßige? Das Ängstliche und Feige? Du weißt, daß Affen Feiglinge sein können? Und hier, ihr Haar, das ist pflanzlich, das wuchert, als verwüchse sie mit dem Erd- und Pflanzenreich. Weißt du, was hier geschieht?«

Eva sah ihn erwartungsvoll an. Wilhelm zögerte. »Die Haut dessen, den sie liebt, legt sich auf ihre Haut wie eine zweite.«

Wilhelm sah sie fragend an. Verstand sie es? Sie verstand es, natürlich, das hatte sie ja so gepackt, und sie war unsagbar froh, daß er es auch so empfand. Er zögerte kurz, dann sprach er weiter. Manchmal kann man alles sagen, dachte er, und einmal muß ich es.

»Ich habe das einmal erleben dürfen. Ich konnte nicht wissen, wie selten dies geschieht. In Paris lernte ich die einzige Liebe meines Lebens kennen: Jean-Louis. Er war viel älter als ich, und ich habe ihn über alles geliebt. Ich habe ihn zurückgelassen. Weil ich so jung war. Ach, Eva, ich bin heute siebzig Jahre alt, und ich hatte ein gutes Leben, ich kann nicht einmal sagen, ich habe ihn vermißt. Und doch weiß ich heute, und ich weiß es paradoxerweise von der Musik, die mich von ihm und den Menschen fernhielt, daß da etwas ist in der Liebe, das mir so vieles hätte erschließen können. Die Erinnerung an die Haut meiner Mutter zum Beispiel. Das Gefühl, noch einmal ein solches Glück zu erleben, an dieser Haut zu atmen. Ich habe es gekannt und ich habe davon gesungen. Aber ich habe mich nicht getraut, es zu leben.«

Eva nahm nun von Herzbergs Hand und drückte sie.

»Es tut mir leid«, sagte sie.

»Es ist schon gut«, sagte er, »es geht gleich vorüber.«

Sie saßen reglos beieinander.

»Wenn du diese Bilder nicht genommen hättest, hätte ich mich nicht daran erinnert. Bevor du gehst, zeige ich dir, was mir Jean-Louis zum Abschied geschenkt hat. Laß uns nur noch einen kleinen Augenblick so hier sitzen.«

Eva nickte.

»Werden Sie ... die Bilder denn behalten?« fragte sie schüchtern.

»Was denkst du denn? Selbstverständlich!«

Jetzt, wo von Herzberg davon gesprochen hatte, spürte Eva wieder das leise Brennen auf der Haut, das sie die ganze Zeit zu ignorieren versucht hatte.

»Du hast es gut, du hast noch alle Möglichkeiten«, sagte Wilhelm. »Ich verstehe jetzt, weshalb du diese Bilder genommen hast. Ich danke dir dafür.«

Wilhelm berührte das Blatt mit der Alraune, ›Omega weint‹.

»Wie soll man das leben?« fragte Eva. »Sie ist doch unerlöst. Keiner antwortet ihr. Sie ist traurig. Sie sieht sehr traurig aus.«

(2)

Eva wanderte im Nachthemd durch das dunkle Haus, ins Wohnzimmer, in das ein wenig Licht von den Laternen auf der Straße fiel, in die Küche und wieder zurück ins Wohnzimmer. Bald würde es hell werden. In Alpha hatte sie sich an sich selbst erinnert, wie sie damals dasaß, mit den Kindern, und Stefan die Rückenfurche einer anderen streichelte. Und in Omega hatte sie etwas entdeckt, das ihrer Haut neu und alt zugleich war. Daß sie einen anderen suchte, weil ihre Haut keine Ruhe gab.

Es hatte sie immer geärgert, wenn Leute Bilder sexuell deuteten, überall sexuelle Andeutungen oder Symbole ausmachten und, waren sie einmal benannt, damit zufrieden waren. Das, was sie in Bergen gesehen hatte, erzählte von der Sexualität als einer umfassenden Erfahrung. Sexualität war etwas Großes. Wichtiges. Munch hatte es erlebt und untersucht. Radikal. Blank gelegt. Das war neu in seiner Zeit. In der Berliner Ausstellung 1892 hatten Männer ihren Frauen die Augen zugehalten. Nicht nur aus Anstand. Was zu sehen war, war gefährlich. Und es reichte weit hinaus über Munchs persönliche Existenz. Etwas wurde transzendiert. Sexualität war so vieles.

Wir machen heilig, dachte Eva, wovor wir uns schützen wollen. Nähe, Sehnsucht, Angst, Zerstörung. Was die Macht hat, uns umzukrempeln. Wir tun so, als wäre das nicht so. Wir sehen jeden Abend Fickereien im Fernsehen. Wo ist der alles erschütternde Eros? Was hilft es: Das Niedrigste verwandelt sich in das Höchste. Heilige gehen durch ein verlottertes Leben, bevor sie heilig werden. Sie zeugen von einer Erfahrung. Eva hatte Munchs ›Selvportrett‹ vor Augen, das sie in Bergen gesehen hatte, diese Auflösung in die Farben hinein, das Eingesperrtsein in den Anzug.

Sie starrte aus dem Fenster auf die nächtliche Straße. Alle schliefen. Sie war spät nach Hause gekommen, gegen vier, war eingeschlafen und von Stefans Schnarchen aufgewacht. Sie konnte nicht wieder einschlafen. Sie saß auf der Treppe und haßte Stefan wegen seiner Fähigkeit, Schwierigkeiten auszublenden, sie in seiner Wahrnehmung bestenfalls am Rande zuzulassen, so daß sie ihn nicht störten. Sie haßte ihn, wenn er nachts schlief und seinen sonderbaren Geruch absonderte. Stoffwechseleiweiße, dachte sie jedesmal, wenn sie schlaflos durch das Haus wanderte.

Warum fragte niemand, weshalb Mathilde Schönberg betrogen hatte? Er war immerzu am Komponieren, und der Maler hatte Zeit für sie. Mathilde hatte zwei kleine Kinder und war immer für alle da. Genau wie Eva. Stefan schlief, sie schlief nicht. Manchmal baute sie sich vor seinem Bett auf (wenn sie im selben Bett schliefen, stieß sie ihn mitten in der Nacht, schlug auf seinen Arm, trat in seine Beine) und wartete. Natürlich wachte er nicht auf. Sie selbst schrak bei jeder Veränderung im Raum hoch. Nur am Morgen, wenn die Kinder plappernd das Schlafzimmer stürmten, war sie oft nicht wachzukriegen. Sie hörte die Kinder, sie spürte ihre kleinen warmen oder kühlen Hände, die sie streichelten, kitzelten, an ihrem Haar zogen, Mama, wach auf, was soll ich anziehen, aber sie konnte sich nicht bewegen. Sie lag festgehalten von den festen Armen von hundert Undinen. Nicht einmal die Augenlider bekam sie auf, sie lasteten auf den Augen, die im Schlaf zu viele Bilder sahen.

Eva fiel der Traum ein, den sie bei Wilhelm gehabt hatte.

Eine Erinnerung stieg so plastisch in ihr auf, als hätte sie es gestern erlebt. Die Erinnerung an ihre Ferien in Norwegen, als sie durch die Felder geirrt waren, um ihr Ferienhaus zu finden. Die Irritation ihrer Mutter, die auf Ortswechsel oft mit einer seltsamen Panik reagiert hatte. Weißt du noch, Mama, flüsterte Eva, manchmal hast du angefangen, alles in Worte zu fassen, was du gesehen, gerochen und gehört hast, was heißt Worte, Wortkaskaden waren es, unbremsbare, von Lachen und Schreien durchsetzte Salven! Weißt du noch, der winzige Hafen mit dem winzigen Museum? Wir hatten uns verfahren! Die roten, blauen, braunen Häuser, wie sie auf ihren Pfeilern hockten, über dem Meer? Es sah aus wie das Ende der Welt.

Wir waren hungrig und müde und durstig, und du hast die ganze Zeit gelacht. Wie verrückt. Sogar als wir mit dem Auto im Sand steckenblieben. Und dann das Haus ... ich weiß noch, im Garten lag eine verdreckte, fleckige Matratze. Oje, hast du gesagt. Bist von einem Fenster zum andern. Wir hielten die Luft an. Ich kann den Staub riechen, hast du gesagt, ich kriege schon jetzt einen Schnupfen, das ist unmöglich! Und seht mal, die häßlichen Schweinekoben, das ist unsere fabelhafte Aussicht in den nächsten zwei Wochen!

Papa behielt die Nerven. Papa behielt immer die Nerven. Der Besitzer hat sie bestimmt rausgelegt, sagte er, weil er eine neue bringt. Wie sehen erst die anderen aus? fragte Mama, den Tränen nahe. Mama war nicht pingelig, sie kam ohne Strom aus, sie hatte sogar ein Haus vorgeschlagen, in dem es kein fließendes Wasser gab, aber sie haßte Häuser, in denen Omakissen den Staub von dreißig Jahren konservierten und kitschige Vorhänge den Ausblick aus den Fenstern störten und überhaupt zu viele Sachen hineingestopft waren. Wir mußten alles wegräumen, bis Mama sich halbwegs beruhigt hatte.

So war es auch mit diesem Haus. Am nächsten Tag mußten wir sogar herumfahren, weil Mama unbedingt ein anderes Haus wollte. Und am übernächsten Tag war alles gut. Mama stand am Morgen singend auf und lobte die Eierbecher, die Kaffeekanne und die Bäume, die das Haus vor dem Wind schützten. Sie streichelte die Holzbretter, aus denen das Haus gebaut war, und sie stellte fest, daß es der Geruch dieses Holzes in Sonne und Wind war, den sie mit dem Geruch des Staubes verwechselt hatte. Ihre Augen waren rot und sie nieste. Wir lachten, natürlich war es der Staub! Es war ihr egal. Mama war angekommen. Papa war erledigt. Er wollte lesen.

Du hast mit uns unendliche lange Spaziergänge gemacht, Mama. Der Wind geht durch das Feld, hast du gesagt: Ihr seht ihn nicht, nur das, was er berührt. Aber ihr hört ihn! Ein Streichen ist es, mal laut, mal leise. Hört ihr es? Ein Streichen ... wie von einem unsichtbaren Orchester ... wie von einem ... Cello.

Solche Sachen hat sie oft gesagt, dachte Eva. Wie zärtlich sie immer gesprochen hatte, zögernd, rauh, mit ihrer dunklen Stimme. Wir machten viele Spaziergänge, durch die Felder, ans Meer, Papa kam auch mit. Wir beobachteten die Strandläufer, die Möwen und viele andere Wattvögel. Es wurden wunderbare Ferien, verrückt und federleicht. Wie du, Mama, wie du.

Eva schreckte hoch. War sie eingeschlafen? Sie hockte im Nachthemd auf der Treppe und fror. Es wurde langsam hell, es würde bestimmt bald sechs Uhr sein. Sie hörte Stefan schnarchen.

So konnte es nicht weitergehen. Niemand sagte, daß es in der Ehe nicht auch schlechte Gefühle gab – nur ein halsstarriger Kinderglaube in ihr verweigerte offenbar diese Einsicht. Mußte man sich nicht voneinander trennen, wenn man solche Zweifel empfand?

Eva dachte an die Abende, als Stefan und sie den ›Völkischen Beobachter‹ von den Wänden im Treppenhaus abgekratzt hatten, als allerletzte Schicht, unter den Resten von lindgrünen und rosafarbenen alten Osttapeten. Sie hatte sich gerade in Karl verliebt. Hätte sie sich nicht von Stefan trennen müssen? Nein, hatte sie entschieden, das ist zu moralisch gedacht. Sie liebte ihn, er war der Vater ihrer Kinder. Alles war, wie es war.

Die einzige Lösung aller Probleme, dachte Eva jetzt auf ihrer Treppe im Nachthemd, wäre doch, ohne Mann zu leben. Solange sie mit einem Mann zusammenwar, würde sie in unsortierte Gefühle stürzen, unliebsame Turbulenzen, die zu nächtlicher Schlaflosigkeit und Grübeln auf der Treppe führten. Zum Teufel aber auch, warum konnte sie die Dinge nicht so nehmen, wie sie waren? Sie hatte drei Gläser Milch getrunken und würde in einer halben Stunde wieder aufwachen, um zur Toilette zu wanken, und in einer Stunde würde der Wekker klingeln.

Die Stufen unter ihrem Po waren sehr kalt. Sie stand auf.

Sie sah aus dem Fenster; die Straße lag leer im letzten Licht der Laternen. Sie strich über den Vorhang, den sie genäht hatte; der für das zweite Fenster fehlte noch; zu dumm, daß nachts die Nähmaschine zu laut ratterte; als sie noch allein lebte, hatte sie viele Dinge nachts erledigt. Ihre italienischen Nachbarn fingen erst um Mitternacht zu kochen an; der Türke über ihr spielte zu ihrem Geklapper Saxophon, später zusammen mit Stefan, als er bei ihr eingezogen war. Das halbe Haus hatte dann an den Fenstern im Hinterhof gehangen, zugehört und applaudiert; niemanden hatte es gestört. Eine schöne Zeit, dachte Eva. Hier in ihrem eigenen Haus würde sie die Kinder wecken. Sie lauschte; die Vögel wurden wach.

Beim Einschlafen geriet ihr im Kopf alles durcheinander, Bilder, Töne. Die Bruchstücke der alten Nazizeitung, auf denen sie versucht hatten, die Erscheinungsdaten zu entziffern, die jedoch von rosa-gelb gemusterten Tapetenresten überklebt waren. Die Gesichter der Männer, die sie liebte. Das Foto ihrer Mutter, die eines Tages von ihrem Spaziergang in den winterlichen Wald nicht wiedergekommen war, Schnee war gefallen, getaut, gefallen. Die zierliche Frau mit den staubblonden Haaren und den rätselhaften grauen Augen. Die Zeilen Bobrowskis. Das Weinen der Kinder, wenn ihr Vater nicht mehr bei ihnen leben würde. Das Lächeln Stefans, das sie so oft zum Lächeln brachte. Die Töne seiner Klarinette. Sein Kichern, wenn sie Frau Spoerli und Julius Rehweiler imitierte. Der Gesang von Wilhelm von Herzberg und Herr Munch. Die Cellosonaten auf den alten Platten ihrer Mutter. Die Frage, was sie überhaupt wollte, wenn sie nachts an Stefans Bett stand.

7. Kapitel

Die Waldläuferin

(Weihnachten 1979)

Schnee ist gefallen, getaut und gefallen.

Weich ist er unter meinen Stiefeln, weich über vereisten Schichten. Schneegewölk am hellen Himmel, meine Stimme sucht. Die Luft ist mild, weich ist mein Haar, nicht so ein schneidender Wind wie in den letzten Tagen. Schön ist es, tief zu atmen. Still sitz ich in den Baumkronen, die Stämme unter mir dunkel, feucht, die Büsche hell. Ich möchte still sein und hätte Lust zu erzählen, in siebzehn Sprachen, doch nur der Eichelhäher ist hier, tok tok, noch immer wütend über seine Verwandlung, noch immer hackend das morsche Holz, durch siebzehn Jahrhunderte und mehr. Herunter könnt ich mich schwingen von der hohen Fichte, steif ist ihr Flüstern vor Kälte. Einer Passantin könnt ich vieles erzählen. Einer Spaziergängerin mit ihrem Hund vielleicht, deren Weg sich am Ende des Waldes von meinem wieder trennt.

Der Wald ist heute eine helle Höhle. Es ist, als wäre er in mir und ich in ihm, und von diesem seltsamen Ort aus seh ich hinaus in die offene Landschaft. Der See, eine weiß überzogene Fläche, weiß, weiß, wohin das Auge reicht. Nur dahinten zwei graue dünne Striche, mein liebes Reiherpärchen. Mit dreißig, was waren mir da Landschaften, die eine mit sich herumträgt, im Körper, in den Träumen? Eine Ahnung nur. Ich wußte die

Namen von Orten, hörte Schlesien und Böhmen und Chile und die Lombardei. Aha, dachte ich, und weiter nichts. Heute hör ich den Klang, die Flaschenpost in diesen Worten, die Weizenfelder und den Klatschmohn, die Hitze und den Thymian. Weites Gelände, Birkenpilze, Blaubeeren. Alles, was daran hängt, die anderen Kinder, die Hand der Mutter, ein Lied, die Gerüche, ein Spiel. Ich seh – als wär ich mit diesem Wort auf eine einzige festgelegt – eine Landschaft wie hellbraune Sprenkel auf sehr weißer Haut, wie Bernsteinsprenkel in grünen Augen. Ich seh weitläufige Felder, über die der Wind geht, die langen Halme des Hafers, den grünen Raps, sich zum Erdboden herabbiegend, hin und her, wie Algen in den Wellen zwischen Felsen. Felder, deren Ende unüberschaubare Laub- und Nadelwälder säumen, oder lange, weiß leuchtende Strände am Meer, mit Felsklippen aus hartem Schiefer oder hellem Kalk.

Orte, von denen Mama mir erzählt hat, als ich ein Mädchen war und wir in der Küche saßen, in der Küche mit dem blauschwarz gesprenkelten Boden, den ich so gern anschaute, bis mir schwindlig wurde. In unserem Haus mit dem spitzen Dach und dem kleinen Vorbau, in Kleinmachnow, das ich niemals wiedersah, zwischen all den anderen Häusern mit den Gärten, an denen ich vorbeilief, wenn ich zur Schule ging. Wir saßen über alte Bücher und Landkarten gebeugt, eine Handvoll Fotografien und Postkarten, die sie aus einem abgestoßenen Umschlag holte, in den sie sie auch wieder hineinschob. Eingeklebt hat sie sie nicht, auch nicht gerahmt und aufgehängt.

Siehst du, hat sie gesagt, das ist das Riesengebirge, dahin sind wir zum Wandern gefahren, und hier: die Schneekoppe, das war der höchste Berg. Das ist irgendwo im Eulengebirge, und das ist das Haus der Großeltern in Reichenbach, die hab ich in den Ferien oft besucht, von Görlitz aus. So hat das Haus ausgesehen, in dem sie gewohnt haben.

Die Fotos waren schwarzweiß, aber Mama sagte mir immer die Farben dazu.

Der Zaun, das siehst du, war weiß gestrichen, blau waren die Holzverzierungen, russisch oder böhmisch und wer weiß aus welcher Zeit. Dünner Rauch quoll aus den Schornsteinen.

Dünner Rauch über den Häusern, auch hier, im Süden von Berlin, in einer anderen Zeit, wenn Mama mit mir spazierenging und mir diese Holzverzierungen zeigte. Sie haben mir gefallen, an Mamas warmer Hand, im Strom ihrer lieben Stimme, rauchig und hell. Wir sind daran vorbeispaziert, an den kleinen und großen Villen, an der Krummen Lanke, am Schlachtensee, in den besten Wohngegenden.

Jahrhundertwende, sagte sie, ein aufregendes Wort für mich, bewohnt von raschelnden langen Röcken. Was hat sie mir nicht alles erzählt! Hier haben lauter Dichter und Dichterinnen gewohnt, sagte sie, in ihren Gärten haben sie gemalt und nackt getanzt, sie machten Gedichte von Tigern und Prinzen und Herzen voll Sand, vielleicht war das ein bißchen später als die Jahrhundertwende, eine Kindheit später vielleicht.

Erst heute begreife ich, welche Bedeutung für sie diese Holzverzierungen auf jenen Fotos hatten, die ich nicht mehr besitze, und an diesen Häusern und Villen, von denen es noch einige gibt. Es war ein Stück ihrer Kindheit. Es ist, als wärst du blind, wenn du nicht hinfahren kannst, als Kind, zu den Orten, von denen deine Mutter dir erzählt, und du keine Früchte von dort essen kannst, keine Gerüche mitnehmen. Du begreifst erst später, worum es ihr war. Und doch. Etwas Selbstverständliches ging für mich von diesen Häusern aus, etwas Vertrautes. Wie kann das nur sein?

An den alten Villen nicht weit von hier, auf der anderen Seite, am Großen Wannsee, in der ehemaligen Alsen-Colonie, gibt es noch heute solche Verzierungen an den Häusern, weiß, blau, grau, in leuchtenden Farben. Mit diesen Häusern verbindet sich allerdings etwas Beklemmendes, obwohl auch in ihnen musiziert wurde, was Mama eigentlich sehr liebte. Doch vor diesen Häusern hat sie den Kopf geschüttelt und mich weitergezogen, selbst wenn wir hörten, daß drinnen Klavier gespielt wurde. Das ist etwas anderes, sagte sie.

Und zu Hause stritt sie sich mit Vater. Nein, ich gehe nicht mit, sagte sie, wenn er dorthin eingeladen wurde, von den hohen Offizieren, die in diesen Villen wohnten, kurz vor dem Krieg, denen aber, wie sie nicht zu sagen müde wurde, diese Häuser nicht gehörten, und über die zu sprechen ihre hellblauen Augen dunkel werden ließen vor Zorn. Komm doch, sagte er, mir zuliebe. Es ist beruflich wichtig für mich. Schlimm, hat sie gesagt, und Türen geworfen, und später geweint.

Er hat sie nicht gezwungen, sein Respekt war zu groß. Was hat es geholfen, der Wurm war drin. Sie liebte ihn, aber den Respekt, den hatte er verspielt. Hätte sie es vermocht, sie wäre fortgegangen, weit. Doch wenn er sie berührte, das konnte ich sehen, schaffte sie es nicht. War er fort, saß sie mit mir in der Küche, heute werde ich es ihm sagen, sagte sie, und sie drückte meine Hand. Und dann gehen wir fort. Wir beide, du und ich. Ich sah sie traurig an. Ich dachte an mein Zimmer, meine Schule, meine Freundin. Sophia. Und plötzlich war es zu spät. Wir hatten eine Verpflichtung, die uns hielt. Uns, sage ich, denn so klein ich war, acht oder neun, sie betraf mich.

Es ging um Sophia. Und Alma. Alma, die liebste Freundin von Mama, benannt nach der Frau Gustav Mahlers. Meine Mutter hatte große Träume, sagte sie manchmal lachend, ich erinnere mich gut, den Namen gab es öfter, als du denkst, bei uns im Memelland, weiß gar nicht, woher er kommt.

Was für eine Frau sie war, Alma. Mit hellblondem, nein, goldschimmerndem, luchsfarbenem, wild gelocktem Haar, fast bis zur Hüfte hinab, geheimnisvoll, ein Vlies, Flüsse und Felder, tiefste verwunschene Wälder, Savanne zugleich, zum Verirren war dieses Haar, und auch ihr Gesicht, das Gesicht einer Luchsin, mit funkelnden smaragdenen Augen und goldgelben Sprenkeln darin, die sich wiederfanden in den Augen

Sophias. Haar, das Alma sich manchmal mit einer Hand im Nacken hochhielt, siehst du wohl, so hätte Mama mich gern, daß ich aussehe wie die hochbegabte Diva, die ihr Talent gegeben hat für ihre Männer! Die große Muse Alma. Dann ließ sie die Locken fallen. Ich bin keine Muse, sagte sie, und ich werde auch nie eine sein.

Alma spielte Cello, als hätte der Gott der Celli sie ausgesucht, allen zu zeigen, wozu er dieses Instrument geschaffen hatte. Alma nahm das breite Holzding, diesen Körper, zwischen die Beine, holte Luft und – verschwand. In der Musik. Ihre Augen, wenn sie sich nicht auf die Noten richteten, hielt sie geschlossen. Ihr Gesicht, ernst und roh wie ein Engel aus Holz, wurde weich, voll Anmut wie in den Bildern der Renaissance, sogar ein wenig verschmitzt. Dann wieder sah es aus wie das eines Babys, das erwacht, hungrig ist, noch nicht weiß, wie die Welt beschaffen ist, nur den Geruch seiner Mutter kennt, den Ton ihrer Stimme, ihre Haut, und das langsam, bevor es zu greinen beginnt, das Gesichtchen in seltsame Falten legt. Sich entspannt, verzückt, die Augenbrauen hochzieht, erstaunt über alles, Jahrzehnte entfernt von der Skepsis, mit der bei erwachsenen Menschen dieser Gesichtsausdruck oft verbunden ist.

Mit offenen Augen entfernte sich Alma von ihrem Instrument, warf den Kopf nach hinten, kam wieder heran, so, und so, fordernd wie eine Geliebte, legte das Ohr dicht an die Saiten, oben am Griffbrett, fast an der Schnecke, was sagst du mir, sag es noch einmal, ich hab es nicht verstanden. Und ihre Beine schmiegten sich an das Cello, schoben es weg, mit einer winzigen Geste, drehten es hierhin, dorthin, so will ich dich haben, ach, du magst mich dort, na komm, so. Und manchmal hoben die Füße vom Boden ab, und alles so leicht, so fein, so ohne jede Grobheit.

Doch das Eisvogelweibchen kam mit seinem gellenden klagenden Schrei. Grelles Gefieder, spitzer Schnabel, leuchtender Edelstein. Wir haben es nicht gleich gehört.

Alma hat in den Villen gespielt, am gischtigen Wannsee, bevor ihre Bewohner beschimpft wurden, der Ämter enthoben, ihres Vermögens beraubt und des Lebens, und aus dem Land, das sie liebten, vertrieben. Sie hatte bei Liebermann im Atelier gespielt, bei Oppenheimer im Wohnzimmer, eine Zeitlang sogar bei den Abendgesellschaften von Minoux, was Mama entsetzlich aufgeregt hat, weil Minoux ein Mann der Nazis war, was ich erst später verstand. Für Alma hatte es eine Zeit gegeben, in der sie keinen Unterschied machte. Sie wollte ihre Musik spielen, und sie hat alle fasziniert. Hat nach dem Spiel den Kasten verschlossen und ist gegangen, einfach so. Bitte bleiben Sie, sagten die eleganten Damen, speisen Sie mit uns. Bitte bleiben Sie, sagten die Blicke der Männer, diskret und unmißverständlich. Das ist nicht meine Welt, hat Alma uns erklärt. Sie ist in die Küche geschlichen, zum Personal, und hat dort gegessen und getrunken, was man eine Etage höher auf Silber und feinem Porzellan servierte. Sie mochte das, mit der Köchin zu scherzen, sie nach Rezepten zu fragen und sich den neusten Klatsch anzuhören. Das gefiel ihr, es erinnerte sie an ihr Zuhause. Sie erzählte es meiner Mutter, sie amüsierten sich darüber, sehr zum Vergnügen von uns Kindern.

Eisvögelchen, Mitte des Winters, auch du ein verwandeltes Wesen, Alkyone ist dein Name, verlorst deinen Gatten, er kam nicht wieder von der stürmischen See, deine Liebe war nicht seelisch allein, da hast du dich ins Meer gestürzt, und nun –

Nein, der Wannsee ist keine Landschaft für mich. Und doch. Wie schön er heute ist. Weit und weiß, mindestens zwanzig Zentimeter Schnee haben sich auf seine Eisschicht gelegt. Wir haben seit Tagen strengen Frost, und immer wieder fallen einzelne Schneeflocken in das Sonnenlicht hinein. Das Eis ist sehr dick, an manchen Stellen sind Luftblasen eingeschlossen, nah am Ufer sogar Seerosen. Die Reiher stehen in großen Abständen voneinander. Sie stehen still, unendlich lang, die grauen Jacken eng am Körper, ein wenig gebeugt. Sie neigen die Köpfe und lauschen auf das knackende Eis. Meine wetterfühligen Freunde. Verharren klaglos, bis der Frühling kommt. Sich bewegen und bleiben sind manches Mal eins. Ich schaue gern. Ich stünde gern mit ihnen auf dem Eis und beobachtete die Angler, die Löcher in das Eis geschlagen haben. Sie werden wie die Reiher in ihrer Reglosigkeit. Diese Reglosigkeit liebe ich. Wolken ziehen sehen hinter geschlossenen Lidern, das Wasser leise unter dem Eis singen hören. Eine andere Zeit, eine bessere vielleicht. Ich muß weiter. Laufen und sehen.

Und so hatten die Götter Mitleid, verwandelten dich, Alkyone, und ihn, deinen Gatten, in diese schönen blauen Vögel, blau leuchtend, Aquamarin, Türkis, Lapislazuli, ein wenig Smaragd.

Um diese Zeit ist es still hier. Keine Segler, keine laut schreienden Badenden, keine Menschenseele. Ich laufe weiter in den Wald hinein. Am Wasser entlang zunächst, dann, mich vom Wasser entfernend und von den vorgezeichneten Wegen. Nichts schöner als das, die Wege zu verlassen, mich treiben zu lassen, irgendwohin. Lange muß ich laufen, bis mir etwas neu erscheint, ich die Horste nicht kenne, in den Wipfeln, nicht die umgestürzten Bäume, Lichtungen nicht.

Wenn ich an Vater denke, verschwimmt sein Bild. Ich höre seine Stimme, leise lachend und zärtlich, wenn ich auf seinem Schoß saß, er mir vorlas oder erzählte. Kristallin, ein kaltes Flirren in der Luft, wenn er mit Mama stritt, wie es in der letzten Zeit immer häufiger vorgekommen war. Damals, als ich ein Kind war, vor dem Krieg, woran ich mich nach langer Zeit nun manchmal wieder erinnere. Woher kommt das? Woher tauchen die Erinnerungen auf, vergessene Bilder, Gedanken, Empfindungen? Sie waren lange verschwunden, und mit einemmal sind sie da. Spielt es eine Rolle, warum? Sie wohnen in meinem Gewebe. Sie haben keine Ordnung, keinen Rhythmus, oder einen ganz eigenen. Ich kann es nur so erklären:

Vor kurzem schlenderte ich durch die Straßen, nach langer Zeit zum erstenmal auf der anderen Seite des Wannsees. Vorbei an den Rudervereinen, den Reihenhäusern, den wenigen übriggebliebenen alten Villen. Meine Füße liefen wie von selbst, ich gelangte zum einstigen Haus des Malers Max Liebermann, in dem seit Jahren ein Taucherverein ist. Früher war hier ein Krankenhaus, ich bin nie hingegangen. Und plötzlich glaubte ich, an der Ecke der Straße Almas langen rotblonden Schopf zu sehen! Ihr Luchshaupt, das doch weiß sein müßte! Wo schon mein eigenes Haar langsam grau wird! Ich sah es und stand da wie angewurzelt und mein Herz begann zu rasen, mir wurde schwindelig, etwas drückte von innen gegen meine Augen, als wollten sie gleich aus den Höhlen springen, ich fing an zu rennen. Ich rannte ihr hinterher, doch sie war nicht da, ich rannte weiter, hinauf zur Straße des Löwen und weiter in Richtung Dorf. Beim Bäcker hielt ich an. Ich hatte mich geirrt.

Ich keuchte. Ich konnte nicht atmen, mein Herz raste, meine Lungen brannten, ich wollte mich hinlegen und nie mehr sein, wären da nicht Eva und Anka, meine lieben kleinen Mädchen. Ich begann zu weinen. Ich lief wieder fort vom Bäcker, weil mich das Schluchzen so packte und mein Herz mich stach, als wollte es mich von innen töten. Ich war zwei Kilometer gerannt ohne anzuhalten, und ich hatte keine Ahnung, was mich in eine solche Panik versetzt hatte. Ich wartete, an einen Baum gelehnt, ich weiß nicht, wie lange, wartete um mein Leben, bis sich mein Atem beruhigt hatte. Irgendwann kam ich an einer Imbißbude vorbei und bestellte einen Kaffee. Das heiße Getränk lief brennend durch meine Brust, wie ich es noch nie gespürt hatte.

Seit diesem Tag spricht mein Herz in Stichen.

Kleist soll auch darunter gelitten haben, es war wohl mehr ein Reißen in der Brust, über das er hin und wieder geklagt hat, er machte selbst vor seinem besten Freund ein Geheimnis um seine körperlichen Gebrechen, fast, als machte es ihn interessant, obwohl, so kann man es nicht sagen. Es war ihm gewiß peinlich, und er hätte sich gern jemandem anvertraut. Ein Zugvogel ohne Kompaß. Was für ein Netz, das er über die Landkarte Europas warf! Hinter Napoleon her, dem Teufel, sich selbst. Von Potsdam nach Königsberg, von Paris nach Thun, von Dresden nach Wien. Und hierher, zur Kalkgrube am Kleinen Wannsee, um Henriette Vogel und sich selbst zu erschießen. Ich komme täglich daran vorbei, an seinem Grab, es liegt ja an unserer Straße, ich kenne seine Geschichte, man muß sie ja kennen, wenn man so dicht an diesem Grabe wohnt, in dem die Knochen zerfallen und die Seele. – Was ist mit ihr? Wo lebt sie denn? Ich habe da etwas nicht verstanden, es will nicht in meinen Kopf hinein, wo ist denn die Seele, wenn nicht in meiner Haut, meinem Atem, meinen Augen, die plötzlich Almas Schopf sehen und rufen und fragen: Wo ist Sophia? Wo ist Mama? Wo ist diese Zeit, mein Leben, als ich in bernsteingesprenkelte Augen sah?

Kleist hat dort hinausgesehen, wo ich heute schon stand, von wo aus ich meine lieben Reiher sah, es war November und der See nicht zugefroren, ungewöhnlich mild soll es gewesen sein, sie haben sich Kaffee und Rum servieren lassen, an einem Klapptisch, man stelle sich das vor, ganz gemütlich. Denn sie glaubten allen Ernstes, daß die Seele nach dem Tod in das Paradies kommt und mit Flügeln über duftende Wiesen schwebt.

Durch das Leben ohne Kompaß. Eisvögel wissen, welches Wetter kommen wird. Eisvögel dienen Seeleuten als Kompaß, tot und getrocknet hängt man sie auf in der Kajüte, man schaut nach ihnen, daher also kommt der Wind.

An diesem Tag beim Bäcker, also erst vor kurzer Zeit, wurde mir meine Weigerung bewußt, jemals in den Osten zu fahren, geschweige denn zu unserem Haus nach Kleinmachnow. Das Haus meiner Kindheit lag und liegt hinter der Grenze, bewohnt von fremden Menschen. Einmal ist Heinrich, nachdem er komplizierte Anträge stellen mußte, ich glaube, er hatte einen weit entfernten Verwandten aufgetan, mit den Mädchen hingefahren. Sie wollten das Haus so gern sehen, das Haus, in dem Mama gewohnt hat, wie Anka und Eva sagten, als Mama noch ein Kind war. Mama, also ich. Ich wollte nicht einmal die Fotos sehen, die sie heimlich dort gemacht hatten. Ich konnte es nicht. Es ist nicht schlimm, manchmal von der eigenen Familie nicht verstanden zu werden. Es gab genug, was sie nicht verstanden, sie quälten mich nicht weiter damit.

Manchmal ertönt gellend dein schmerzender Schrei, Eisvogelweibchen, Blauvögelchen, Spitzschnäbelchen, dann lauern Gefahr, Unheil und Tod. Weh dem, der dich hört, im Augenblick des Sturzes.

Welche Gründe? Es gibt so viele, einander widersprechend, einander ergänzend. Ich gestand sie mir selbst kaum ein, ich weiß nun, es lag an Alma und Sophia.

Als Kinder sind wir oft in die Böttgerberge zum Spazierengehen gefahren, zwischen Wannsee und Potsdam, heute verläuft die Grenze genau auf dem Berg. Damals sind wir den weiten Weg von uns aus mit den Rädern gefahren oder in Vaters Auto, allerdings ohne Vater. Er mußte arbeiten. Er war Ingenieur. Er konstruierte Motoren. Wir, das waren Mama und ich und Alma und Sophia. An Sophias Vater habe ich keine Erinnerung. Gab es ihn überhaupt? Wir verbrachten unsere Zeit mit unseren Müttern, die ich niemals so ausgelassen sah wie dort zusammen mit uns im Wald. Oder in unserer Küche. Mit dem schönen blau-schwarzen Boden und dem Blick in den Garten und hinüber zu Fritz, Fritz in seiner Garage. Meine

Mutter war niemals so vergnügt wie zusammen mit Alma. Das Schönste, sagte sie, ist doch, wenn man zusammen kichern kann. Sie kicherte mit Alma, ich kicherte mit Sophia. Wir spielten im Erlenhain oder am Tümpel neben unserem Haus. Wir spielten mit ausgedachten unsichtbaren Dingen, wir nannten sie beim gleichen Namen, und wenn ich in Sophias Augen sah, war alles einfach, richtig und gut, und die Welt war so wunderbar und reich. Wie sie lachte! Die beiden Mütter liefen uns voraus, sie hatten Körbe unter dem Arm und Gartenscheren und schnitten Zweige ab. Es war bestimmt verboten. Niemand hat sie erwischt. Weißblühender Holunder im Frühjahr, goldgelber Sanddorn im Herbst. Tiefer im Wald und oben auf der Anhöhe wurden wir leise. Man konnte Tiere beobachten, Rehe, Hasen, Füchse hatten ihre Brutplätze in dieser Gegend. Zum Glück ist uns nie ein Wildschwein begegnet.

Irgendwann gingen wir nicht mehr dorthin, wegen des neu gebauten Telegrafenturms und der vielen Wagen, die auf der anderen Seite der Straße ständig an- und abfuhren, und den Männern in schwarzen und grünen Uniformen. Aber davor, davor strolchten Sophia und ich in sicherer Entfernung hinter unseren Müttern her durch das Dickicht. Oben auf dem Gipfel, von dem aus man über Potsdam hinwegblicken konnte, breiteten die Mütter ein Tuch im Gras aus. Es gab ein Picknick, das beste, das ich jemals hatte. Wie könnte es anders sein.

Mein Herz sticht bis in meinen Arm. Schnee fällt langsam zwischen nackten Bäumen herab. Noch mehr Schnee.

Ich sehe Mama mit ihrem braunen, kinnlangen Haar, im hellen Sommerkleid. Alma, ihre Luchsmähne im Wind, Sophia im karierten Kleid, ihr straßenköterblondes Haar in einen festen Zopf geflochten. Mich sehe ich nicht. Ich sehe die anderen. Sich selbst sieht man nicht. Ich fühle mich. Das kitzelnde Gras, die Sonne im erhitzten Gesicht.

Viele Häuser am Fuße des Böttgerberges wurden enteignet. Wir gingen nicht mehr hin, doch weder Sophia noch ich hatten damals eine Ahnung, weshalb.

Ich wußte so vieles nicht als Kind. Und später hätte ich es am liebsten nicht gehört. Ich war mit dem Hier und Jetzt beschäftigt. Mit Heinrich und den Kindern, die meine Aufmerksamkeit brauchten. Ich war mit meinem Leben beschäftigt, damit, alles zu bewältigen, den Alltag, all die Dinge, um die sich eine Mutter kümmern muß. Windeln wechseln, Laufen lehren, Sprechen üben, für Schuhe sorgen, den Ranzen packen, Brote richten, die Eifersucht trösten, den Streit schlichten, die zänkischen Schwestern beruhigen, die sich in die Backen kneifen und an den Haaren zerren und gleich darauf zu kichern beginnen, die mich für Sekunden an Sophia und mich erinnerten, was ich längst vergessen hatte.

Einfach weg, nie daran gedacht. Gleich wieder fort damit, wenn es mal kam. Das Mittagessen vorbereiten. Ich sehe die Regentropfen langsam wirre Wege umeinander über das Fenster nehmen und die Nudeln brennen an und ich beobachte die vielen Vögel im Garten, die kommen und picken und zwitschern und den Habicht in der Krone der Weide, jeden Tag kommt er im Sommer. Ich schüttle mich. Das Fahrradfahrenlernen, die Freunde, die Verabredungen, das Auf und Ab im Sich-Mögen, Sich-Finden, Sich-Verlieren, das Schwimmenlernen, das Abendessen, wie schnell vergeht die Zeit. Ich kannte die Daten der Geschichte, die Orte, die Züge, die Zeiten. Doch im Garten gab es Unkraut zu jäten, Laub zu fegen. Zu unserer Wohnung gehörte der Garten. Ein Haus habe ich nicht gewollt. Manchmal wurde eines frei, in unserer Straße, wenn alte Leute starben, die Kinder woanders wohnten. Heinrich hat es vorgeschlagen. Laß uns ein Haus kaufen. Ich wollte keins.

Freunde kamen und gingen, Heinrich mochte das gern, wir hatten oft Besuch. Die Reisen, deren Ziele er mich gern bestimmen ließ, mußten vorbereitet werden, was mir schwerfiel, wie so vieles. Denn immer wieder geschah es und geschieht es, daß ich herausfalle aus der Zeit.

Inzwischen weiß ich es, lange habe ich es nicht einmal bemerkt, wie jetzt im hellen Wald, aus dem ich nicht mehr hinaussehe, zu weit bin ich hineingeraten, da ist kein Draußen mehr, allein das Schneegewölk am Himmel. Die Uhren bleiben stehen in mir und ich gehe verloren. Ich verlaufe mich, ich fahre mit der Straßenbahn zu weit, ich steige in den falschen Zug. Gäbe es die Grenze nicht, ich führe aus Versehen bis nach Krakau. Ich kann es mir nicht erklären. Und immer ziehe ich Menschen an, die auf ebenso merkwürdige Weise aus der Zeit fallen, wie ein Kranich am Himmel die Bahn verliert, wenn sein Weibchen vor ihm stirbt.

Zum Beispiel der Junge damals, vor der Schule.

Schnee fällt. Er fühlt sich kühl an auf meinem Gesicht. Die alten Baumstämme knacken. Ich liebe dieses Geräusch. Es tut weh, das Erlebte in Worte zu fassen. Es ist, als täte ich unrecht. Ich weiß nicht, wem oder worin das Unrecht liegt, und doch ist es so. Dabei muß ein Mensch so etwas haben. Eine eigene Geschichte. Ich habe mich immer gefragt, was die Geschichte von anderen ist. Zum Beispiel dieser Junge. Eva hat als Kind Beispiel immer »beischbiel« geschrieben. Wie fremd mich das Wort angeschaut hat, obwohl sie es so schrieb, wie wir es sprechen. Der Junge auf dem Weg zur Schule. Eva und Anka waren noch klein, in der ersten und zweiten Klasse, ich wollte nicht, daß sie mit dem Bus nach Hause kamen, ich holte sie lieber ab. Auf dem abgelegenen Teil des Wegs zur Schule, an einem Wald entlang, sah ich eines Tages einen Jungen, an dem mir etwas seltsam erschien. Er war allein, keine anderen Kinder weit und breit. Ich hörte Radio, ich liebte es, daß man nun in Autos Radio hören konnte, und auch die Kinder hatten es gern. Manchmal blieben wir nach dem Abholen, schon zu Hause vor der Tür, einfach einen Moment lang sitzen und hörten noch ein bißchen Musik, das Lied, das gerade lief, oder auch das nächste.

Ich sehe den Jungen mitten auf der Straße. Er sieht in den Himmel, in einer Bewegung, als folge er den Blättern, die vom Wind an ihm vorbei in den Himmel getrieben werden. Die buntgefärbten Blätter im Herbstwind. Er hört mich nicht, nicht das heranfahrende Auto. Ich verlangsame. Höre die Musik. Die einzelnen Töne. Sehe die Blätter wie er. Als sähen wir gemeinsam einen Film, mit der Musik, ein langsames Adagio. Der Himmel ist blaugrau, sehr tief, sehr nah, die Blätter leuchten in ihrem Tanz. Der Junge ist wie ein Engel, der hinauf will und sich noch nicht entschließen kann, gefangen von diesem Schauspiel, in der langsamen Streckung seines dünnen Körpers zum Himmel. Ich fahre vorsichtig um ihn herum, wer weiß, wie lange ich gezaudert habe. Wie lang und dünn er ist, die Hose schlottert an ihm, er hängt in seiner dunklen Jacke. Im Ausschnitt des Rückspiegels geschieht es. Der Engel steigt auf, hoch, höher, bis die Fußspitzen den Boden kaum noch berühren, und, ich bin vielleicht drei Meter an ihm vorbei, da geschieht es, ich sehe es im Ausschnitt des Rückspiegels. Mein Gedanke hat vielleicht eine Sekunde gedauert: Ich sehe den Jungen stürzen. Er stürzt und stürzt und fällt der Länge nach hin, schlägt auf dem Boden auf. Ich bin schon bei ihm, ich weiß nicht, wie, ein Teil von mir sitzt noch im Auto und starrt in den Rückspiegel, versucht zu erfassen, was ein anderer Teil von mir längst begriffen hat, sicher schon, als ich langsam an ihm vorbeifuhr, sicher schon, als ich ihn sah, mitten auf der Straße. Dieser Teil von mir kniet schon neben ihm, während der andere noch sieht, daß er am Boden liegenbleibt, der vom Wagen zu ihm rennt. Hat nun der Gedanke oder der Körper die Entfernung überbrückt, ich weiß es nicht.

Der Junge zuckt mit Armen und Beinen, sein Kopf schlägt gegen den kalten, nassen Asphalt, wieder und wieder. Ich greife mit einer Hand nach dem Kopf, um den Aufprall zu mildern, greife mit dem anderen Arm nach dem Oberkörper, ich weiß nicht, was in einem solchen Fall zu tun ist. Sie will ihn nur berühren, ich denke das von mir selbst, als irrte ich irgendwo über uns, als könnte ihm ihre Wärme eine Hilfe sein. Sie hört eine fremde Stimme von weitem, denke ich von mir selbst, ein Mann sagt etwas, sie bittet ihn, einen Arzt zu rufen, und hält die ganze Zeit den Jungen. Sie nennt die Adresse, beschreibt den Ort, an dem sie sich befinden, er ist kalt, haben Sie keine Decke, bringen Sie mir eine Decke. Der Anfall scheint langsam abzuebben. Die Stöße, die an seinem Körper gerissen haben, lassen nach. Sie sieht in die grünen Augen des Jungen, er sieht sie an. Er sieht sie an, während der Mann auf sie einspricht und die eintreffenden Männer des Notdienstes. Er sieht sie an mit der flehenden Bitte, ihn mit ihrem Blick nicht loszulassen. Er hat sich in ihre Hand verkrallt, beantwortet keine Frage. Andere Männer und Frauen sind inzwischen dazugekommen, auch sie auf dem Weg in die Schule, ihre Kinder abzuholen.

Der Junge hätte mein Sohn sein können. Er hatte Mitesser auf der Nase, sehr schwarz, sein Haar wirkte ungepflegt. Jemand hatte eine Decke über ihm ausgebreitet, ich spürte die Kälte von unten in meinem Hals, jemand redete auf den Jungen ein, ich bat ihn, es zu lassen, einen Moment zu warten. Ich drehte den Jungen etwas auf die Seite und streichelte ihn. Ich streichelte die kurzgeschorenen, schuppigen Haare. Vielleicht hat er Läuse, dachte ich, wie meine Kinder manchmal, und keiner kümmert sich darum.

Ich hörte einen Specht hacken, sie hacken überall, die grünen, weil sie faul waren in den Tagen der Schöpfung und zur Strafe nicht mehr ruhen dürfen, die schwarzen, weil der Kummer sie umtreibt.

Ich hatte ihn nach seinem Namen gefragt, ich hatte in seiner Schultasche nach einer Adresse gesucht. Eine halb ausgetrunkene Colaflasche war darin, eine Schachtel Zigaretten, ein Heft, ein Kugelschreiber, kein Mäppchen, keine Butterbrotbüchse, nichts. Eine Adresse vom anderen Ende der Stadt, der

Teufel weiß, wie er hierhergekommen war. Später in unserer Schule fand ich heraus, daß er in ein nahe gelegenes Heim für schwererziehbare Kinder ging; ich fuhr mit Eva und Anka, die schon auf mich gewartet hatten, dorthin, suchte eine Erzieherin, um ihr zu sagen, was mit dem Jungen geschehen war. Thomas hieß er, der ungläubige Thomas. Sie nickte nur, die Hände in einem Kittel vergraben: Jetzt macht er den üblichen Durchlauf.

Der Schwarzspecht aber, das heilige Tier, ist dem Gott der Wälder und Gehölze geweiht, dem Mars Silvanus, und so mag es März gewesen sein, und sein Schrei verkündete Regen, der auch bald kam, nein, nein, es war November und die Blätter fielen und stoben gen Himmel im Wind.

Jetzt macht er den üblichen Durchlauf. Heinrich hat mich niemals in ein Krankenhaus oder auch nur zu einem Arzt gebracht, wenn ich von meinen Spaziergängen zurückgekommen bin. Ich wußte nicht, wie lange ich fort war, ich bemerkte nur, wie irritiert er war. Der übliche Durchlauf. Der arme Junge. Ich bekam noch am selben Tag eine böse Halsentzündung, die sich nach wenigen Tagen auf die Stimmbänder legte. Drei Wochen lang konnte ich nicht sprechen und mußte kleine Zettel schreiben.

Die Vögel ziehen, sie fragen nicht, warum.

Der Weg des Vogels ist festgelegt. Er folgt seiner inneren Uhr. Wie die Lemminge, die über Berge und Täler ziehen und in die Fjorde rennen, weil es ihr innerer Kompaß vorgibt, der nicht alles weiß, nur eine Richtung, und die ertrinken. Nicht weil sie es wollen. Das ist der Irrtum der Menschen. Die Lemminge sind keine Selbstmörder, sie folgen nur ihrem Weg.

Ich möchte nicht daran denken, es sticht in meinem Herzen, die Stiche sollen fortgehen, sie gefallen mir nicht.

Alma war luchsblond, weil ihr Vater blond war, hat Mama oft gesagt, als ob es einer Erklärung bedurfte für dieses wunderschöne Haar. Ihre väterliche Linie war blond, mußt du wissen, sie kamen aus einem Landstrich, der zwischen mehreren Ländern lag, an der nordöstlichsten Grenze Deutschlands. Sarmatien. Davon hat Alma oft erzählt. Wenn wir spielten, sagte sie, mit den anderen Kindern, rief uns Mutter hinterher: Aber nur bis zum Ende Deutschlands! Und alle haben gelacht, denn sie gingen immer weiter, hinüber ins Polnische, Höfe, Häuser, Ställe, Scheunen, am Torfmoor vorbei, das ging da noch, einfach so, sie kannten jeden Winkel, jeden Busch. Chausseen, Wiesenland. Willkischken.

Es war eine dörfliche Gegend, doch man war gebildet. Hamann und Herder kamen aus der Nähe von dort, die alten Philosophen, und es war der Dorfschullehrer, der Almas Begabung entdeckte. Bald konnte er sie nicht mehr unterrichten, er schickte sie nach Ragnit, nach Tilsit, und als sie älter war nach Königsberg.

Für Mädchen war es nicht einfach, damals, doch niemand konnte diesem Wesen etwas abschlagen oder antun. Wenn sie mit Sophia und mir Geige übte – sie spielte das Cello, beherrschte jedoch auch Geige und Klavier –, kniete sie vor uns. Dann bin ich nicht so riesig, sagte sie. Also knieten wir auch, vor ihr, beim Üben, denn Kinder machen alles nach. Ihr Haar fiel bis zum Boden.

Schaut auf meinen Arm, sagte sie, seht, wie er beim beginnenden Aufstrich unten ganz locker hängt, sich freut, eine kleine Pause zu machen, und wie er sich hinaufschwingt, so, ganz weich, nicht absetzen, die Pferdehaare dürfen die Saiten nicht verlassen. Die Pferdehaare brachten uns zum Lachen. Das Pfauenauge, der Frosch, der Hals, die Schnecke, eine bunte Tierwelt, diese Namen der Bestandteile der Geige, ein lebendiges Orchester, in ihren Worten, ihrem Rhythmus, ihrem Atem, mit schwingenden Bögen. Wir sangen ›Zogen einst fünf wilde Schwäne‹, zupften es und strichen es, und viele Lieder mehr.

In der Zeit, in der sie und Sophia bei uns wohnten, erzählte sie uns Geschichten von armen Bauern, die mit dem alten Donnergott verhandeln mußten, daß er ihre Ernte nicht zerstöre, und mit dem Wintersturm, daß er ihr Vieh nicht erfrieren lasse. Sie hatten sonderbare Namen. Perkunas, Pikoll und Patrimpe, Piktschur –

Warum weinen, fragt das Gelächter.
Warum lachen, fragen die Tränen.

So heißt es bei Bobrowski, ich fand seine Bücher durch Zufall. Schlug eines auf und las, von der Landschaft, die mir vertraut schien. Alma hatte von ihr erzählt. Ich wollte mich nicht an Alma erinnern, doch ich las von ihr in diesen Zeilen.

Der Schnee jenseits der Wege ist noch tiefer, es gibt keine Spuren außer meinen, ich lasse die Stiefel hineinsinken, ziehe sie heraus, unten knirscht es ein wenig, aber der neue Schnee macht keinen Laut. Ich bin noch nicht tief genug drinnen, es gibt noch reichlich Krähen. Die Krähen in ihren hellgrauen Anzügen mit den schwarzen Jacken, wie immer versammelt in Gruppen. Dunkle Flecken, zu denen sie in der Höhe werden, sitzen sie hoch oben in der Krone eines Baumes. Jeder Ausflug, jede Futtersuche wird gemeinsam unternommen. Sie wollen niemals fort von hier.

Über Königsberg kommen die Kraniche von Sibirien, wenn dort der Winter beginnt. Sie sammeln sich auch in der Mark, nicht weit von Berlin und doch unerreichbar, wegen dieser verdammten Mauer. Sie fliegen los, wenn sie genügend Fett gesammelt haben, wenn die Sonne sinkt und mit ihr die Temperaturen.

Heinrich weicht mir aus, ohne es zu wollen. Vielleicht hat er es schon immer getan, vielleicht liegt es nur daran, daß unsere Worte nicht das gleiche bedeuten, unsere Blicke nicht und unsere Berührungen. Als ich ihn traf, hatte ich vergessen, daß es das geben könnte, daß sie sich berühren. Wir hatten und haben uns gern, lachen über manche Dinge, und nun, wo mir Sophia einfällt, weiß ich es wieder und ahne, daß es mit einem Mann so sein könnte und noch viel mehr, mit einem Menschen, der nicht mein Kind ist. Ich wußte nichts von dieser Nähe, sie war ausgesperrt aus meinem Inneren, und doch hat sie mir die ganze Zeit gefehlt, hat mir diese Traurigkeit gemacht, dieses Ziehen, wenn ich die Vögel ziehen sehe und hör ihre windhellen Gesänge. Die Kinder haben mich abgelenkt und mich zugleich darauf gestoßen, seltsame Überkreuzung, in der ich den Mangel erkennen und ausgleichen konnte, in einem Atemzug. Verwirrend.

Seit mein Herz so laut mit mir spricht, geht mein Atem kürzer, und das Schneesteigen, das ich sonst hüpfend unternahm, fällt mir schwer. Ein Schritt, einer, ich will weiter, bis sich in mir alles löst. Wie sonst auch. Solange bin ich immer gelaufen, bis sich alles löste. Stunden, zwei Tage, vielleicht bin ich länger fortgewesen, ich weiß es nicht. Wenn es sich gelöst hatte in mir und die Sehnsucht nach den Kindern kam, bin ich zurückgegangen, mühelos, ohne Kompaß, ohne Karte. Ich habe Angst, daß sich nichts mehr löst. Daß die weiße Stille mich nicht mehr beruhigt. Ich setze mich einen Augenblick, das tu ich gern, um die Stille noch deutlicher zu hören. Und wieder ein Specht. Es ist nicht zu glauben, welchen Goldberg gäbe es denn hier zu bewachen, du armer verwunschener Prinz? Wie wütend mußt du sein, von allen Nymphen geliebter Ritter?

In Norwegen bin ich auch einmal aus der Zeit gefallen. In einen anderen Menschen hinein. Wie oft bin ich, allein an einer Bushaltestelle stehend, angesprochen worden. Immer haben die Leute mich ausgesucht, um mir ihr Leben anzuvertrauen, ihr Schicksal. Manche waren einfach nur Plappertaschen, die es jedem erzählt hätten, die meine ich nicht. Die, die wirklich anders waren, die aus einer anderen Zeitzone auf mich zukamen und mich ansprachen. Deshalb bin ich so erschrocken, als ich auf der Straße am großen Wannsee Almas Schopf leuchten sah. Ein Schopf, der inzwischen weiß sein müßte, weniger dicht als früher, und den ich sah in der alten leuchtenden Farbe der Luchsin.

Schlohweiß wie das Haar der alten Frau auf dem Parkplatz in Kristiansand. Bei unseren Ferien in Norwegen. Bei denen wir eine andere Natur des Regens kennenlernten. Auf der Insel, auf der wir waren, nach der Begegnung mit der Alten, an die ich dann immer wieder denken mußte, während ich in das Grün ringsum schauen konnte. In aller Ruhe. Der Regen hatte etwas Sanftes, Eindringliches. Alles war feucht, solange wir dort waren. Schien kurz die Sonne, dampfte es. Der Blick aus dem Fenster, über das ich klagte, weil es nicht auf den Fjord hinaus sich öffnete, hatte etwas Beruhigendes.

Ich habe mich lange gegen den Sog gesperrt, der von diesem grünen, moosigen Regen ausging, als würde es viel mehr Zeit kosten, sich auf Farne und Felsen einzulassen; als wäre es das Richtige erst, wenn man sie durchwandert, sie mit der herabhängenden Hand streift, die Tropfen abschüttelt, das Rauhe auf der Handinnenfläche spürt. Überall dort hatte ich diesen Eindruck: nichts erschließt sich unmittelbar, alles bedarf einer allmählichen Annäherung.

Wir waren zuerst im Süden des Landes gewesen, an der westlichsten Spitze, der Wattvögel wegen, die man dort beobachten kann, wenn es auch im Herbst und Frühjahr viel mehr sind, wenn sie kommen, auf der Durchreise, sich vollstopfen mit Würmern und Strandhafer und Algen, im Sumpf, im Bodden, im windzerzausten Geröll, in den Dünen, aber es gab genug, die Strandläufer von Listaför, die Säbelschnäbler und Regenpfeifer. Wir liefen an den einsamen Stränden entlang und durch korngelbe Felder, bis wir genug hatten und nordwärts fuhren. Wir benutzten eine der Fähren, mit denen man große Fjorde überquert und auf denen ich Angst hatte, ins Wasser gezogen zu werden.

Und nun das kleine kompakte Haus auf der Insel der Götter, Åbbaka. Die Düsternis. Der Wind, der immerzu etwas erzählte, den Rhythmus änderte, still wurde, wieder ansetzte. Himbeeren wuchsen am Wegrand; in meiner Hand oder auf einem Stück Moos leuchteten sie; sie leuchteten rosa vor dem diesigen und doch transparenten Weiß, das weder Nebel noch Schleier noch Wolke war, undurchdringlich und durchsichtig, dort, wo der Fjord lag, wo ich ihn sehen konnte, mit den zartesten Abstufungen, von hellgrau bis hellblau, türkis manchmal, mittags, in der Sonne. Ich hätte ihn so gern von unserem Haus aus gesehen; es hätte mich beschäftigt und beruhigt. Der Fjord war riesig; man sah kaum sein Ende. Felsige, moosige Inseln schwammen darin, auch hier etwas eigenartig Mildes, wo sich das Wort rauh, archaisch aufdrängte. Die Berge ragten hoch in den Himmel, oben die Spitzen weiß vom Schnee. Stavanger war weit, drei Stunden mit dem Wagen, die weißen Holzhäuser am steilen Hang hatten mir auf der Durchreise gefallen, sie waren fremd und anziehend gewesen.

Wir saßen im Regen, spazierten durch den Regen, fuhren in einem Motorboot im Regen, bis wir nach Bergen weiterreisten. Der Regen war freundlich, das Nieseln, unmittelbar wurde es stärker, es schüttete für einen Moment. Wir paßten den leichtesten Grad an Feuchtigkeit ab, um spazierenzugehen, nach drei Tagen fingen wir an, uns daran zu gewöhnen. Man hätte viel längere Wege zurücklegen müssen, aber Eva und Anka machten nur kurze. Ich hatte viel Zeit. Heinrich ließ sie mir. Das war das, wie soll ich es nennen, das Schlimme, selbst wenn er meine Hand hielt und neben mir lief. Er überließ mich mir selbst. Auch wenn er aufpaßte, daß ich nicht allein losging, er hatte Angst, ich könnte mich verirren, in den Wäldern, die ich nicht kannte, durch die eine einzige Straße führte, auf der die Schafe spazierengingen. Er hatte Angst, ich könnte dem Lauf dieser wilden, springenden und rauschenden Bäche folgen und verlorengehen. Dabei ist es die leichteste Übung, am Wasser zurückzufinden, man folgt einfach seinem Lauf. Er hat meine Hand umklammert, und seine Augen wurden streng, als er sagte: Nein. Und so gingen wir, nebeneinander, die Mädchen turnten auf eigenen Wegen, und die schlohweiße Alte vom Parkplatz in Kristiansand schlich mir nach. Es war nur ein Ausflug, von Lista aus. Als wir zum Parkplatz zurückkamen, war die Fensterscheibe des Nachbarautos auf der Fahrerseite zerbrochen. Ich sah sie nur einen Augenblick. Sie sah mich an, sie grinste, frech fast, ich erwiderte ihren Blick, das Kinn ein wenig in die Höhe gereckt, mutiger scheinend, als ich es war, das hilft, das hilft ein bißchen, und da war sie schon, diese Berührung, wie so oft, zwischen mir und einem fremden Menschen. Wissen ohne Worte. Ich erkenne auf Anhieb ihre Geschichte.

Wie sie da steht, in Männerkleidern. In brauner Hose, blauer Strickjacke, ein Tuch um den Hals. Ich nenne sie Rigmer.

Jeden Tag sieht sie das Haus der anderen. Das Haus von Titti Olstett, das heute als Museum dient, mit den blau und grau gemusterten Tapeten, den großen alten Schränken aus Holland, importiert vor zwei Jahrhunderten, mit feinen Einlegearbeiten, besonders beeindruckend der Tabernakelschrank im oberen Stockwerk, wie das Meißner Porzellan, das darin steht, seit hundert Jahren, für zweihundert Menschen. Zweihundert Menschen! Und im Garten die Fasane.

Du hättest bei mir wohnen können, sagt Titti.

Ich, bei dir? fragt Rigmer. Im Gesindehaus?

Die Angestellten hatten es gut bei mir, das weißt du. Außerdem –

Ich weiß, sie hatten ein eigenes Wohnzimmer.

Nachts kommt sie wieder, Titti, und sitzt bei ihr im Altersheim.

Warum habe ich dich überlebt? Es ist so unsinnig, ich hier, allein.

Titti schweigt.

Um eines habe ich dich wirklich beneidet.

Titti zieht die Augenbrauen fragend hoch.

Die Pferde.

Sie lächelt.

Das Zaumzeug. Die verschiedenen Sättel, im Keller aufgereiht. Damensättel, Männersättel, Kindersättel. Jetzt gucken sich die Leute die Colaflaschen an, die du nicht leer getrunken hast. Die Gläser mit dem Eingemachten, die du nicht gegessen hast. Für wen hattest du eigentlich so viele Vorräte? Zur Erinnerung an die Bankette, die dein Vater gab? Norwegens Königreich ist klein, sie kamen von überall her angereist, die lieben Verwandten, zum Staunen. Seht nur, bei Olstetts stehen ausgestopfte Fasane auf dem Tisch, nur zum Betrachten!

An diesem Morgen hat es Rigmer nicht beruhigt, daß die orangen und braunen Sonnen auf ihrem Teller sich im Kreise drehten. Sie ist der Bewegung gefolgt, lange Zeit, hat den Zuckerwürfel immer wieder in die Tasse getaucht, das Brötchen, um die Kreise zu beobachten. Sie hat den Geschmack im Mund, fühlt, wie der Zucker sich auflöst, nimmt noch ein Brötchen, um die Kreise länger beobachten zu können, ohne daß jemand sie aus dem Speisesaal verjagt. Der Zucker, das Brötchen, die Kreise. Irgendwann steht sie auf, geht in ihr Zimmer, öffnet den Schrank. Zieht die alte braune Hose ihres Mannes an, die Hose, die sie all die Jahre in ihrem Schrank aufbewahrt, gepflegt, gewaschen hat, zweimal im Jahr, und seine grobgestrickte blaue Joppe, sein weißes Hemd und das seidene Halstuch, blau mit dunklem Rot, das er so gern getragen hatte. Sie fühlt das Klappmesser gegen ihren Oberschenkel schlagen, in der linken Hosentasche, die kein Mensch kontrollieren würde, und den Stein in der rechten. Na, Rigmer, der übliche Spaziergang? Der Pfleger lächelt wie immer, drückt den Summer, die Tür springt auf, ein sonniger Tag übrigens, kein schlechter Tag, wirklich, nur ab und zu eine Wolke, eine Kühle, eine Feuchtigkeit.

An manchen Tagen wache ich auf und denke als erstes:

Ich hätte gern eine andere Geschichte.

Ich hätte gern eine andere Handschrift.

Ich wüßte keine Geschichte, die ich gern hätte.

Die Handschrift von Sophia, die liebte ich. Als ob ihre Buchstaben satter wären als meine, verwegener.

Ich wache nachts oft auf.

In fremden Häusern kann ich nachts nicht allein zur Toilette gehen. Heinrich muß mich begleiten.

Rigmer saß an manchen Tagen vor dem Spiegel und betrachtete ihre Haut, die Haut in ihrem Gesicht, die er gestreichelt hatte. Sie hatte es nicht vergessen, sie nicht und ihre Haut auch nicht, und sie suchte nach seinen sichtbaren Spuren, in diesem Gesicht, das faltiger wurde, papierner. Sie beobachtete, wie sich dieses Leben anfühlte. Wie sich das Leben anfühlte.

Und in der Küche die Leute besichtigen den Kalender, von dem Titti Olstett jeden Tag ein Blatt abriß. Dies ist also der letzte Tag im Leben von Titti Olstett, der 18. März 1958. Und im Keller besichtigen die Leute die Einmachgläser, die sie gefüllt, und die Colaflaschen, die sie nicht mehr getrunken hat. Wie müde wird Rigmer, wenn sie daran denkt. Und wie schlägt ihr Herz schneller, wenn sie sich erinnert, wie sie und Titti als kleine Mädchen in diesem Keller Verstecken spielten, wie sie den Männern auflauerten, die kamen, um große Säcke mit Kartoffeln zu bringen, Speck und Mehl und all die anderen guten Sachen, für kommende Feste und Feiern. Sie saß in der dampfenden Küche und freute sich über die Leckereien, die die Köchin ihr zusteckte, und manchmal ließ sie etwas in die Schürze rutschen, um es ihrem Bruder zu Hause mitzubringen. Das Leben war einfach in dieser Zeit, sie war noch weit entfernt von den Sorgen der Erwachsenen, um das Geld, das Auskommen, die Kälte des Winters. Sie liebte Titti und Titti liebte sie, und am Ende des Lebens konnte sie sich nicht erinnern, wann er begonnen hatte, der Neid, das Getue Tittis, ihre Überheblichkeit. Bis sie später, alt und einsam, niemand anderen hatte als ihre Hunde, um das Bett mit ihnen zu teilen. Während sie, Rigmer, einen Mann hatte, den sie liebte, dessen Haar sie streichelte, Abend um Abend, bis zuletzt, und dessen Kleidung sie anzog, einmal im Jahr, zu seinem Gedenken.

Das Beruhigende am Sand in Norwegen, der in alle Dinge sich nistet, in die Schuhe, die Strümpfe, die Bücher, die wir zum Lesen mit an den Strand nahmen, das Beruhigende war, daß er sich ebenso leicht wieder ausschütteln ließ. Nicht wie in der Wüste, wo er sich festsetzt, in den Häusern, in der Kleidung, in den Augenwinkeln. Wo er auf den Speisen sitzt, in das Brot dringt, mit jedem Bissen knirscht. Tittis Neid aber war wie der Sand in der Wüste.

Die alte Frau mit dem schlohweißen Haar, die ich Rigmer nannte, sah mich an und erkannte auch mich. Sah, daß ich an der Hand meines Mannes stand und doch allein, daß ich es nicht wissen wollte, und doch. Daß ich soviel Zeit mit ihm verbrachte und kein Millimeter dieser Mauer sich verschob zwischen uns, bei aller Verzweiflung, auch von ihm. Eva und Anka hielten mich fest an der Hand, sie allein berührten mich, immer wieder, ganz tief. Diese andere, mit dem schlohweißen Haar, wußte alles von mir, und ich wußte alles von ihr. Daß sie die Scheibe des Wagens eingeschlagen hatte, der neben unserem stand, mit dem Stein in ihrer Tasche, so, wie sie es einmal im Jahr tat. Zum Gedenken an ihren verstorbenen Mann und aus Wut, allein zu sein. Die Mädchen sahen sie an, als wüßten sie es auch, nur konnten sie es nicht sagen. Sie sahen eine alte Frau mit schlohweißem Haar, die auf dem Parkplatz von Kristiansand stand und ihre Mutter so ansah, als kennte sie sie, als wollte sie etwas von ihr.

Stiche in der linken Brust. Meine Hand drück ich dagegen, manchmal hilft Druck. Zarte Zweige, von weißem Reif überzogen, zärtliches Gewirr wie die Adern und Venen in meinem Herz, linkes Herzohr, rechtes Herzohr. Ich hör den Specht toktok, langsamer, dunkler als im Frühjahr. Hör das Rotkehlchen mit seinem leisen Wintergesang, auf der Suche nach versteckten Körnern, kristallglänzende Frostnetze, Eisblumen an den Fenstern unbekannter Landschaft, aus der die Kraniche kommen, wenn sie ziehen, im nördlichen östlichen Land mit Scheunen, Ställen, Mooren. Das von früher, sagte Alma eines Tages, das geht jetzt nicht mehr. Halb erstarrt wartet alles auf Wärme und manchmal hör ich ein klirrendes Lied. Als ob der Tod voll Schönheit wär. Dieser winterliche Tod ist keiner, ich weiß es, zu oft habe ich das Wiedererwachen gesehen. Der Tod im Winter ist nur ein Schlaf, traumhaft oder traumlos, und in ihm funkeln die Spitzen der Eiszapfen wie die Eisblumen an unseren Fenstern. Am winzigen Fenster in unserem Dachboden, damals, in den Sophia und Alma eines Tages eingezogen waren, und manchmal zieht der Reif solch einzigartige Muster wie die Vögel auf der Landkarte und die in der U-Bahn offenliegenden Leitungen, die ich vorgestern sah, oder vorvorgestern, elektrische Kabel, Plastikabdichtungen, aus bröckelndem Putz und rostigen Rohren brechend, schmale Rohre, schöne rostige Rohre, als wären sie lebendig, wie Mineralien, die sich verändern, oder verwitterndes Gestein. Ich dachte, die Leitungen zu meinem Herzen seien auch so verwittert, doch Dr. Hombach konnte nichts feststellen.

Die Züge fahren nach Plan. Die Vögel ziehen nach ihrer inneren Uhr, eng gekoppelt an die Uhr der Sonne, die Wärme, die Kälte, die Sterne weisen ihnen den Weg, die Anziehungskräfte der Erde. Die Graugänse, hier so oft über meinem Kopf, Ruf und Gegenruf, auch lautes Schreien, nach hinten geöffnete Dreiecke, parallel, sie verharren in diesem Muster, kurz schweigend, fliegend, um sich erneut mit Schreien zu verständigen, neue Muster bildend. Sie sind jetzt im Süden, ach, hätten sie mich mitgenommen! Fort von diesen Straßen, in denen mir Alma begegnet. Alma, die es nicht mehr gibt. In denen mir Sophia begegnen könnte.

Alma, Ruf und Gegenruf, so spielte sie das Cello. Manche spielen nur für sich, erlauben den andern zuzuhören, doch sie, sie sprach mit allem, sprach mit dem Cello, mit der Musik, dem Komponisten durch die Jahrhunderte. Sie sprach mit den Menschen, vor denen sie spielte, erzählte, was sie selbst verstand, auch, was sie nicht verstand und doch, was sie da mit ihren Fingern und Händen holte, lockte, hergab. Sie teilte, teilte mit, was sie bewegte, in diesem Moment, in den der Tag einging, die Nacht, ihr Gelächter, ihre Tränen, ihre Träume einer Zeit, als sie vier war oder fünf. Die Musik brach in die Räume und die Menschen, wie die Liebe manchmal hereinbricht, ungefragt, machtvoll, strömender, weicher, harter, wilder und sanfter Gesang einer unwirklich wirklichen Stimme. Die Sterne, nach denen die Vögel ihren Flug ausrichten, die Kämpfe, die einer gefochten, bevor er zu singen begann, die Mutter, die er geliebt und verlassen, der Vater, den er gesucht und nicht gefunden, alles war in dieser Stimme, nicht menschlich und doch von Menschen gemacht. Almas Wesen war Mitteilung, das war es, was die Menschen erschütterte, wenn sie sie hörten. Unfaßbare Weite bei vollkommener Leichtigkeit, stillste Konzentration bei äußerster Lebhaftigkeit. Heute weiß ich das, obwohl ich all die Jahre kein Cello hören wollte, ich krümmte mich und wußte nicht wovon, es riß mich auf an meiner ungeschütztesten Stelle, dort wo eine brennt unterm dichten Gewand.

In den Wipfeln das ständige Flüstern hält inne, kurz, auch das dunkle Pochen, die rauhe Rinde, der schrundige Stamm, totes Holz, von Pilz befallen, ich sehe es unter dem brüchigen Mantel von Schnee. Schnee kann wärmen, heißt es, und lange glaubte man, die Schwalben im Winter fielen in eine Starre, einen Schlaf im Schilf oder auf dem Grund eines Gewässers, und im Frühjahr belebte sie die Wärme.

Sophia hatte nicht das überwältigende Haar ihrer Mutter, und darüber war ich froh. Wäre sie so schön gewesen, ich weiß nicht, ob ich es gut ausgehalten hätte. Kinder sind nun mal so. Mein Haar war vom gleichen Staub wie ihres, und wenn wir uns Zöpfe flochten, hielt man uns für Schwestern. Das gefiel uns beiden und schenkte uns ein Gleichgewicht. Sophia hatte einen eigenen Zauber, etwas Unbekümmertes, Frageloses, zum Glück Begabtes. Es war Liebe auf den ersten Blick zwischen uns, und ich habe mich oft im stillen gewundert, wie mir das Geschenk dieser Freundschaft zuteil werden konnte, doch doch, ich weiß es noch genau, und es käme mir altklug vor, dies von einem Kind anzunehmen, wüßte ich nicht von Eva und Anka, wie früh Kinder ein Empfinden für solche Dinge haben. Sophia war meistens freundlich, sie spielte gern mit anderen Kindern, und mit mir.

Sie konnte auch lange für sich sein, singend, mit unsichtbaren Gefährten sprechend, die sie unvermittelt mit mir zu teilen begann. Ich kannte sie alle, ich wußte, wen sie meinte, was sie suchte, ich warf ihr Bälle zu, Bälle der Erfindung, der Empfindung, eines Eindrucks, und sie gab sie zurück. Endlos konnten wir uns so vergnügen. Es war die Art, mit der sie sich bewegte, die mich anzog, etwas so Freies steckte in ihr. Sie galoppierte manchmal durch unsere Straße wie die Pferde in den Kindheitserinnerungen ihrer Mutter. Sie hüpfte an den Büschen hoch, Lupinen und Ranunkeln. Und lachen konnte sie. Ich muß noch heute anfangen zu lachen, wenn ich daran denke. Sie lachte und gluckste, schrie *oioioi* dazwischen, entlockte ihrer Kehle ein rauhes, übermütiges Clownslachen. Ansteckend war es. Am meistens liebte ich sie, wenn sie zutraulich meine Hand nahm und mit mir durch die Straßen lief. Vorbei an Rosen, Robinien und Platanen. Oder einfach so, wenn wir im Garten beieinandersaßen und uns Meisen und Lerchen zeigten. Diese Art, meine Hand zu fassen.

Jetzt klopft er wieder, der Specht, der in den ersten Tagen der Schöpfung so eitel war, nicht mitzuhelfen, als es darum ging, Meere, Flüsse und Bäche in die Erde einzugraben. Ich will mir mein hübsches grünes Gefieder nicht beschmutzen, sagte der Grünspecht, und nun muß er Durst leiden und schreit piet piet und muß warten bis Gott ein Erbarmen hat und Regen schickt zur Erde und dann darf er aus Pfützen trinken und Tropfen, die er im Fallen fängt.

Hier mitten im Wald sind nicht viele Vögel zu finden, im Winter, sie suchen die Nähe der Menschen, wegen des Futters. Wie hell der Schnee auf den dunklen Ästen liegt, federleicht. An den Tannenzweigen hängen Eiszapfen. Mein Gesicht ist kalt, meine Füße sind warm.

In der Zeit, in der sie bei uns wohnten, ohne daß Vater es wissen durfte, oder irgend jemand sonst, spielten Sophia und ich mit Alma Friseur. Wir kämmten und bürsteten ihr das Haar, wir legten es über zwei Stuhllehnen und maßen es mit unseren kleinen Ellen. Wir flochten ihr Zöpfe und steckten sie kunstvoll hoch. Sie schloß die Augen dabei und manchmal summte sie ein Lied. Das Lied hat mir meine Großmutter gesungen, sagte sie, als ich so alt war wie ihr jetzt. Wir glaubten ihr alles. Erst später fragte ich mich, ob sie nicht das eine oder andere erfunden hat. So wie ich mich selbst frage, ob ich nicht sie erfinde, ob ich nicht Sophia erfinde, denn nichts ist außer meiner Erinnerung und einer alten schwarzweißen Fotografie, das mir einen Hinweis auf ihr Leben gibt. Nichts, das mir etwas erklärt außer dem, was ich mir selbst zusammengereimt habe. Ich war zu jung, um meine Mutter zu fragen, und Mama starb, kurz nachdem ich Heinrich geheiratet hatte. Damals fing ich an, in den Wäldern spazierenzugehen. Erfinde ich jetzt, was sie mir hätte erzählen sollen? Ich bin verwirrt. Vielleicht ist es die Scham, die mich zu solchen Erfindungen treibt. Einzige Gewißheit: Wenn Eva und Anka meine Hand fassen, dann kenne ich dieses Gefühl aus älteren, sehr alten Schichten. Von Sophia und Mama. Mama war nicht eifersüchtig auf Alma, sie hatte nicht das Gefühl, daß sie ihr etwas nahm. Mein Herz. Sie hatte recht, und doch. Ich weiß mehr von Almas Geschichte, ihrem Dorf und ihren Großeltern als von denen meiner Mutter oder meinen eigenen. Und wenn ich an Vater denke, verschwimmt mir das Bild.

Vielleicht ist es auch ein Schwarzspecht, den ich höre, er hält sich so an den Baum gedrückt, die Flügel so eng am Leib, daß ich Mühe hab, ihn zu erkennen, ich müßte weiter hinauf, doch der Schnee, oder ist es mein Herz, hält mich so fest hier am Boden. Bist du ein Schwarzspecht, so sagt man in Mähren, hilft dein Gefieder, gerupft und verbrannt, gegen Fallsucht, auch Epilepsie genannt, hübsch eingeräuchert wird man und verqualmt, doch sag, welches Gefieder hilft gegen die Flugsucht, die mein Herz immer wieder befällt?

Selbst eingeräuchert und verqualmt schwäng ich mich durchs duftende Gehölz, durchs hohe nackte Geäst ins freie weite Gewölk und ließe mich tragen bis Afrika!

Ich dachte nicht darüber nach, was Alma am Abend tat. Ich ging zu Bett, wie immer, und bedauerte, daß Sophia nicht in meinem Zimmer schlafen durfte. Als sie schon eine Weile im Haus waren, bin ich einmal zu ihr nach oben geklettert. Alma saß mit einer Kerze im hintersten Winkel des ohnehin kleinen Raumes. Vor dem Fenster hing ein schwarzer Stoff. Alma las. Sie schreckte hoch, als sie mich hörte, ihr Gesicht kreidebleich, ihre Augen weit aufgerissen. Ihr Anblick war so verstörend, daß ich es nie wieder wagte, hinaufzugehen. Ich vergrub mich unter meiner Decke und weinte. Das Donnerwetter, das ich am nächsten Tag erwartete, blieb aus; das war schlimmer für mich als eine offene Strafe es hätte sein können. Sophia sah mich niedergeschlagen an und legte den Finger auf die Lippen. Von diesem Tag an hatte ich viele Fragen. Meine Versuche, etwas herauszubringen, scheiterten. Mama sagte: Je weniger du weißt, desto besser ist es. Versprich mir, daß du nichts und niemandem etwas sagst! Ich versprach es. Sie sah so sorgenvoll aus, was hätte ich, ein Mädchen von neun Jahren, sagen können? Ich wagte es nicht weiterzufragen. Ich kann mich nicht erinnern, was für eine Idee ich gehabt hätte, wonach ich hätte fragen können. Natürlich weiß ich heute, was los war, doch die Erinnerung ist so.

Heute läßt man Kinder viel mehr wissen.

Wir durften es niemandem sagen, daß sie bei uns zu Hause im Dachboden wohnten. Nicht einmal und vor allem nicht Papa. Ich betete für Alma und Sophia. Je weniger du weißt, desto besser ist es: Ein Satz, der sich niemals bewahrheitet hat.

Die Zeit macht vor nichts halt. Papa arbeitete als Ingenieur für die Nazis und meine Mutter versteckte in unserem Haus eine jüdische Cellistin mit ihrer kleinen Tochter. Das war die Geschichte. Ich mußte ziemlich alt werden, um sie zu erkennen.

Seltsamerweise erscheinen mir diese Wochen, über die doch das merkwürdige Betragen der Erwachsenen einen Schatten warf, als glücklich. Ich war mit Sophia zusammen, nur die wenigen Stunden in der Schule, am Vormittag, trennten uns. Doch es war so, als hätte ich sie bei mir: Ich lernte für sie mit, ich war besonders aufmerksam, im Inneren flüsterte ich mit ihr. Zu Hause erklärte ich ihr alles, und sie, die am Vormittag allein mit ihrer Mutter geblieben war, freute sich über unser Schulespielen. Sie schrieb alles auf, und mich erfüllte der

Stolz, ihr das Schreiben, Lesen und Rechnen beizubringen. Dafür half sie mir mit der Geige. Sie übte mehr als ich und konnte mir manchen Kniff vormachen. Wir spielten mit unseren Puppen, und nur, wenn der Winter sonnig lockte, waren wir traurig, nicht zusammen zum Rodeln gehen zu können. Manchmal schickte Mama mich zu den anderen Kindern hinaus, damit es nicht auffiel, daß ich ständig drinnen blieb. Nach einer Stunde jammerte ich, meine Füße seien eisig, und trottete nach Hause. Niemand war für mich wie Sophia, und ich hatte ein schlechtes Gewissen, daß sie drinnen allein war, während ich im Schnee herumtobte.

Meine Füße sind niemals kalt.

Auch nicht bei zehn Grad unter Null. Auch meine Fingerspitzen sind immer schön warm, doch ihre Geschicklichkeit habe ich nie wieder an einer Geige ausprobiert. Eva und Anka habe ich das Musizieren wohl verleidet.

Mama war, wenn ich es mir überlege, sehr geschickt. Sie hatte, lange bevor Alma und Sophia zu uns zogen, ein Grammophon gekauft und viele Schallplatten. Sie legte sie nun immer häufiger auf, so daß kein Nachbar sich daran stören könnte, daß so oft Musik aus unserem Haus zu hören war. Alma, die ohne zu spielen nicht leben konnte, kam ins Wohnzimmer und spielte zu den Schallplatten. Sie spielte zu oder mit den Quartetten von Dvořák, Beethoven und Haydn. Sie spielte vor allem Bachs Sonaten und Suiten mit Pablo Casals. Eine, wie ich später herausfand, ungewöhnliche Aufnahme. Ich habe sie immer noch, in einer Kiste. Ich werde sie auspacken, wenn ich nach Hause komme, und ich werde Eva und Anka alles erzählen, woran ich mich erinnern kann. Ich glaube, es würde sie freuen.

Die Familie, die im Haus neben dem unseren lebte, hatte einen Sohn, Fritz. Er machte eine Ausbildung zum Friseur. Er hatte sich in der Garage der Eltern eine eigene Frisierstube eingerichtet und hatte Freude daran, den Nachbarn die Haare zu schneiden. Er hatte Mama gefragt, ob er nicht hin und wieder an ihr etwas ausprobieren oder mir die Haare schneiden könnte. Sophia und ich waren oft bei ihm zu Gast. Wir liebten die Tuben und Kämme und Duftwässerchen und die Plakate von Filmschauspielerinnen, die er an die Wände gehängt hatte. Eines Tages, als ich allein bei ihm in der Garage saß und er mir die Spitzen schnitt, fragte er unvermittelt, wo denn meine kleine Freundin sei. Er habe sie solange nicht gesehen. Ich spürte, wie mir die Tränen in die Augen schossen, doch ich biß mir auf die Unterlippe, so fest, daß sie zu bluten begann. Aber Marianne, sagte er, was hast du denn, und seine grünen Augen sahen mich bestürzt und so mitleidvoll an, daß ich mich am liebsten bei ihm ausgeweint hätte. Ich weiß es nicht, sagte ich leise, sie ist weg. Fritz streichelte mein Haar, er kramte in einer seiner alten Dosen, in denen er sonst Haarklammern und Lockenwickler aufbewahrte, und fischte ein Tütchen Brause heraus. Ach, rief er, hier ist ja noch eins. Jetzt mußt du wohl das von Sophia mitbekommen. Ich wußte nicht, was ich denken sollte. Ich war inzwischen schon so mißtrauisch geworden, daß ich verunsichert war. Wußte er etwas und wollte mich auf die Probe stellen? Wußte er etwas und wollte mir sagen, daß er mich beschützen und zu mir halten würde? Oder wußte er gar nichts und wollte einfach nett sein?

Es ist erstaunlich, wie das Leben eines Kindes in wenigen Wochen so verändert werden kann. Papa gegenüber mußte ich überlegen, was ich sagte, ich durfte mir meine Befangenheit nicht anmerken lassen. Wenn er abends nach Hause kam, seine Aktentasche im Flur abstellte und seinen Mantel aufhängte, flog ich wie immer in seine Arme. Mein Gewissen war zentnerschwer. Ich belog ihn, indem ich nichts sagte. Ich mußte meiner Mutter vertrauen, es ging um Sophia und Alma. Und wenn meine Mutter, die meinen Vater doch liebte, ihm nichts sagen mochte, mußte sie wissen, weshalb.

In manchen Momenten stieg Zorn in mir auf, gegen Mama,

gegen Sophia, gegen Alma, und fast so etwas wie Haß, wofür ich mich umgehend schämte und was mich schier zerriß, denn niemanden auf der Welt liebte ich sosehr wie diese Menschen.

Sicher hat meine Mutter mir nichts erklärt. Ich hätte auch nicht verstanden, was Alma und Sophia von uns unterscheiden sollte. Vielleicht hat sie mir, nachdem ich Sophia drei Wochen lang nicht gesehen hatte, gesagt, wir würden sie fortan in unserem Haus verstecken. Vielleicht hat sie das Wort verstekken nicht benutzt. Heute weiß ich, daß Menschen aus Kleinmachnow verschwanden. Ich weiß auch, daß der eine oder andere jemanden versteckt hatte. Nur wenige. Ich erinnere mich nicht an Witze und Bemerkungen über Juden. Ich habe in Büchern über diese Zeit gelesen, daß in der Schule schon sehr früh der Judenhaß geschürt worden war, doch meine eigene Erinnerung weiß nichts von diesen Dingen, nicht in dieser Zeit (später schon). Ich war neun Jahre alt. Vielleicht saß Mama an meinem Bett und sprach von bösen Menschen, die Sophia und ihrer Mutter etwas antun wollten, wenn sie sie fänden. Daß sie bald aus Berlin wegziehen würden, daß Sophias Vater vorgefahren wäre, um ein neues Zuhause für sie zu finden. Daß es gefährlich für sie würde, daß man sie auf keinen Fall mehr hier sehen dürfte. Nicht in unserer Straße? Nicht in unserer Straße. Kein einziger Nachbar. Ich weiß das alles nicht mehr. Ich sehe Rosen, Robinien und Platanen. Ich sehe den Schnee in jenem Winter.

Am Großen Wannsee, etwas später, im Januar 1942: die Vernichtung und Deportation aller in Deutschland verbliebenen Juden wurde beschlossen. Ein Beschluß. Am Bahnhof Wannsee: die sogenannte Verladerampe. Am Bahnhof Grunewald die nächste. Ich weiß das alles, und ich weiß nichts. Es geschah weit fort von uns. Alles ist so still, ich höre nur meinen schrecklichen Atem. Denn ich weiß nicht, was mit Alma und Sophia geschah. Eines Tages waren sie fort. Es war früher als 1942. Im Winter, im Januar oder Februar 1940 muß es gewesen sein: ich war gerade noch neun. Ich wurde im Februar zehn. Noch vor den großen Deportationen. Sie waren weg. Meine Mutter – hat sie mich in ihre Arme genommen, haben wir zusammen geweint, leise, daß Vater nichts merkt? – hat nie mehr über die beiden gesprochen. Eine unausgesprochene Vereinbarung zwischen uns, für immer. Nur: gab ich je mein Einverständnis? Hätte ich es können? Sie hätte es mir doch gesagt, wenn ihnen eine Flucht gelungen wäre.

Mein Atem ist so entsetzlich laut, meine Augen sind voller Schnee.

Ich habe oft vor den Häusern fremder Menschen gestanden und hineingestarrt, als könnte ich etwas über ein Leben erfahren, in dem man sich vertraut. Ich habe oft vor meinem eigenen Haus gestanden und gespürt, daß sich nichts verändert hat, obwohl ich gar nicht hätte sagen können, worauf es sich bezieht, dieses es hat sich nichts verändert, denn, so seltsam es mir erscheint, ich hatte Alma und Sophia lange Zeit aus meinem Gedächtnis verbannt. Oder mein Gedächtnis hat es selbst getan, ohne mein Wollen, ich weiß es nicht, ich kenne mich nicht aus mit diesen Dingen, ich weiß nur – Tränen frieren auf meinem Gesicht. So bleiben sie. Ich habe mich Heinrich, Anka und Eva niemals anvertraut. Als hätte ich ein Unheil befürchtet, das uns dann alle träfe. Als würden sie verschwinden, wenn ich es täte. Als würden wir auseinandergerissen.

Mir ist nicht wohl. Mein Arm ist bleischwer. Die Rinde des Baumes ist rissig, wie gern habe ich die Bäume gestreichelt, Rinde herausgebrochen, sie in der Hand gehalten. Ich habe nicht die Kraft, ein Stück herauszubrechen.

Mama mußte sich nicht von Vater trennen. Er ist im Krieg gefallen. Wir zogen fort, zu Freunden in den Harz. Wir haben die russische Besatzung von Kleinmachnow nicht erlebt. Ich habe kaum Bilder aus dem Harz von dieser Zeit, wir waren viel auf Skiern unterwegs. Bald sind wir nach Berlin zurückgekehrt. Nicht nach Kleinmachnow. Das Haus vermietete Mama; später kam die Enteignung, dann die Mauer, ein Jahr vor Evas Geburt. Mama hatte eine Anstellung als Sekretärin in einer Schule im Wedding, später in Dahlem, dadurch konnte ich das Abitur machen. Und bevor ich mir überlegt hatte, was weiter, lernte ich Heinrich kennen.

Mein halbes Leben ist mir unzugänglich geblieben, als hätte jedes Jahr, das ich erlebte, das vorangegangene ausgelöscht. Nur schmale Inseln oder Landzungen haben sich gebildet, auf denen ich mich frei bewegen konnte, und sicherer, nachdem die Kinder zur Welt gekommen waren. Diese Landzungen wuchsen schmal in den Rest meines Lebens hinein, mit jedem Zentimeter, den die Mädchen wuchsen. Bis zu dem Tag, an dem ich glaubte, Almas Schopf zu sehen, und ein weites Land in mir aufbrach, eine Landschaft, wie ich sie nennen würde, mit Geschichten und Gesängen, mit einer Dorfstraße, die ich kenne, ohne sie jemals besucht zu haben, mit Gerüchen, die mir vertraut sind, und mit Liedern, die ich singen kann, auch wenn ich es jahrzehntelang nicht tat.

Alma hieß gar nicht Alma. Sie hieß Alinka, Alinka Storost, und sie kam aus dem Dörfchen Willkischken bei Tilsit an der Memel. Wir haben sie Alma genannt, im Scherz, so war es, weil sie tatsächlich an Alma Mahler erinnerte. Alinka, Anka, so habe ich mein Kind genannt, nach ihr. Ich wünschte, mein Gehirn wäre ein anderes. Ich wünschte, ich hätte eine andere Geschichte. Eine andere Handschrift, wie die von Sophia, rund und verwegen. Als wäre das Leben anderswo.

Und deine Ferne
trag ich, dein Erwarten
auf meiner Schulter.

Es stimmt, der Schnee wärmt. Langsam wächst mir ein Gefieder, die Füße dünn wie Krallen, der Mund ist fest geworden, spitz und hart, und einen Reiherzug lang fühl ich mein Herz. Es ist weit geworden, windhell und luftig, es wächst in meiner Brust, mein Atem strömt leicht, ins Herzohr hinein, aus dem Herzohr hinaus, es wächst aus meiner Brust heraus, mein Herz, hebt mich hoch, wo sonst das Laubgehäus, und wir wachsen ins Gewölk, ins schneehelle, dichte, daß es so weit werden kann, mein Herz, und ich hör das Eisvogelweibchen rufen, fern, nah, ihren türkis gellenden Ruf, und meinen Gegenruf in die weiße Stille schickend, laß ich mich heben von diesem immer weiter wachsenden Herz –

8. Kapitel

Farbflächen, Rhythmen

(1)

In jenem Sommer, in dem die Flüsse über die Ufer traten und ein Sturm zwei Kinder in Berlin erschlug, nahm Eva die Spaziergänge ihrer Mutter auf. Durch einen Zufall – sie hatte neben dem Heizungsmonteur gestanden, der den Brenner wartete, und hatte dabei die Blicke ungewohnt nach oben schweifen lassen – hatte sie im Keller über den staubigen Heizungsrohren sorgfältig eingerollte Landkarten gefunden, die die Wälder im Süden Berlins bis in den Fläming zeigten. Auf den Karten waren von Hand Jahreszahlen vermerkt, *1942*, *1943*, und mit gelbem Stift waren Wege eingezeichnet, die Eva ohne Zögern als die ihrer Mutter ausmachen wollte. Sie folgte dabei einem Impuls wider besseres Wissen; denn als die Mutter ihre Waldläufe unternahm, hatte die Mauer längst den Weg in den größten Teil dieser südlichen Gebiete versperrt, außerdem war sie 1942 gerade mal zwölf Jahre alt gewesen. Erst nach einiger Zeit fand Eva beim Betrachten der Karten heraus, daß auf ihnen Wasservorkommnisse, Bunker und Transportwege jenseits der Straßen gekennzeichnet waren.

All das spielte vorerst keine Rolle; im Juni, der sehr heiß war, begann Eva mit Hilfe dieser Karten, deren Bedeutung sie später erforschen wollte, die umliegenden Wälder zu erkunden. Sie entschuldigte sich im Auktionshaus, um laufen zu können. Sie ging morgens mit Kompaß, Trinkflasche, Stullen und Obst los; und pünktlich um drei Uhr am Nachmittag holte sie die Kinder ab, als wäre alles beim alten. Bald schon vergaß sie Karten, Kompaß und Zeit, bis der Reisewecker in ihrem Rucksack klingelte und sie auf den Heimweg schickte. Sie verlief sich einige Male, irrte umher, versuchte sich zu erinnern, an Sträucher, Weggabelungen, Lichtungen, und nicht selten fand sie mehr durch Zufall zu der Stelle zurück, in deren Nähe sie ihr Auto geparkt hatte.

Der Juni war heiß, doch im Wald war es angenehm luftig. Das Sonnenlicht fiel in Streifen durch das belaubte Geäst. Am Vormittag waren wenig Menschen unterwegs. Vögel sangen; Grün leuchtete; Licht und Schatten tanzten.

Eva lief und lief. Je genauer sie die Wälder kennenlernte, desto mehr überließ sie sich ihren Gedanken und Erinnerungen. Bald interessierte Eva nicht mehr, welche Wege und wohin ihre Mutter durch die Wälder gelaufen war; sie durchwanderte Bilder und Empfindungen, Erinnerungen und Gefühle. Sie lief und hörte die dunkle, rauhe Stimme ihrer Mutter lachen und singen, fragen und antworten. Sie sah und fühlte ihre Gestalt, als wäre sie ganz nah.

Die zierliche Frau mit dem kinnlangen staubblonden Haar, den grauen Augen, die manchmal dunkel, manchmal wie ein helles Wasser waren. Ihre heftigen Bewegungen, ihren federnden Schritt. Sie sah sie vor dem Spiegel sitzen und ihre Haut betrachten, sie fragend berühren, als berge sie ein Geheimnis. Sie sah Anka und sich an der Tür des Schlafzimmers stehen und sich wundern; sie erinnerte sich, wie etwas Verwirrendes in dieser Versunkenheit ihrer Mutter gelegen hatte, das ihnen zugleich vollkommen vertraut gewesen war. Sie erinnerte sich an die bösen Gedanken, mit denen sie als Kind ihre Mutter hatte töten wollen, wenn sie zurückkam und so tat, als wäre nichts gewesen. Den Geschmack ihrer Lippen, wenn sie sie dann auf die Wangen küßte, über die kurz zuvor noch heimliche Tränen gelaufen waren.

Eva stand mitten im Wald auf einer Lichtung im kniehohen

Gras und weinte. Sie hätte sich gern in einen Busch verwandelt und ihre Füße wachsen lassen in einen Flecken Erde. Im Laub redeten Stimmen, Zweige schlugen ihr ins Gesicht, wenn sie vor ihnen floh; augenlose Stämme starrten sie an, Birken gaukelten ihr Schatten von anderen vor. Man kehrt nicht zurück zu etwas, das nicht gewesen ist, dachte sie, einem Gespräch am Küchentisch, einer Musik, die man zu zweit hätte spielen können, einer Stunde im Garten, vertraut. Doch es hatte all dies gegeben, sie wußte es. Sie mußte es finden. Der Wald hatte es ihr gestohlen, dem Wald wollte sie es entreißen. Eva wuchtete und stemmte; sie tobte und rang mit dem Wald. Ich will, schrie sie die Bäume an, ihre Umarmungen zurück! Ich will meine Sätze zurück. Meine Gespräche mit Mama in der Küche. Ihren Geruch, wenn sie mir Gute Nacht gesagt hat. Ihr Haar, das mich berührte, wenn sie sich über meine Schulter beugte, wenn ich in meine Hefte schrieb. Ich will ihre Arme, die mich trugen, als sie mir das Schwimmen beibrachte.

Atem, Blicke, Gehör.

Eva hatte all dies in ihrem Gewebe, sie lebte es mit ihren Kindern. Und doch brauchte sie es als Erinnerung, das ganz normale Leben mit ihrer Mutter, als wäre sie sonst abgeschnitten davon, als gäbe sie es preis als gestohlen. Sie erkannte die Schuldgefühle, die sie mit sich herumtrug, seit die Mutter nicht zurückgekehrt. Als hätte sie sie nicht gehen lassen dürfen, als hätten sie sie nicht genug gesucht, als wäre die Mutter um ihretwillen verschwunden. Es kam ihr vor, als wären ihre Schuldgefühle ein verirrtes, letztes Lebewohl.

Zu Hause hörte sie wieder und wieder die Schallplatten ihrer Mutter. Sie hörte Casals atmen, wenn er die Solosonaten von Bach spielte; sie verfolgte das Flirren in Ligetis Konzert für Cello und Klavier, bei dem sie das Gefühl hatte, durch einen winterlichen Wald zu laufen; sie überließ sich Mendelssohn-Bartholdy und Hindemith. Mit der Zeit vergaß sie, daß die

Musik ihr die Mutter nahebringen sollte, sie gewann sie für sich. Sie bat Stefan, mehr zu Hause zu üben. Sie wollte ihm näherkommen, sie zog ihn in Gespräche. Sie verliefen wie immer, sie ließen weiträumige helle Flächen. So blieb ihr sein Spiel. Sie lauschte ihm bei ihren Hausarbeiten oder wenn sie ein Gutachten schrieb. Lucie saß im Zimmer bei ihrem Vater und wiegte ihr Köpfchen mit der Melodie. Eva konnte sich nach wie vor das Rätsel nicht erklären, weshalb die Mutter partout keine Musik hatte hören wollen. Ich muß Papa fragen, dachte sie, es hilft alles nichts. Und spürte eine Beklommenheit, wenn sie sich dieses Gespräch vorstellte.

Einmal saß sie vor dem Fernseher und sah zerstreut einen Film. Ein Schatten irritierte sie im Bild, der Umriß eines Kopfes. Sie fragte sich, wessen Schatten dies sein sollte. Die Kamera wechselte die Perspektive, und wieder war dort der Schatten. Eva drehte sich um; als wäre jemand im Raum vor der Lampe und als wäre es der Schatten dieser Person, der in das Bild des Fernsehers fiel.

Und manchmal wurde Eva von einem Gefühl der Erleichterung befallen, schlagartig, überraschend, eine fiebrige Heiterkeit. Dann legte sie Mozart auf, und Lucie saß neben ihr auf dem Boden und malte. Sie beugte ihren dunklen Strubbelkopf über das Papier, und manchmal sprang sie auf und spielte einen Löwen, der einen Vogel zur Musik jagte.

Eva traf Karl. Eva schlief mit Karl. Er gewährte ihr höflich den Vorrang, konnte nicht in ihr kommen, machte es mit seiner Hand, bat sie, ihn nur zu küssen. Sie grub ihre Nase in seine Achselhöhlen, zwischen seine Beine, an seinen Hals. Sie weinte. Sie fragte ihn ein letztes Mal:

»Willst du mit mir leben?«

Und er antwortete ein letztes Mal:

»Nein.«

Er streichelte bedauernd und eine Spur zu sorglos Evas nackten Bauch, ihre Schultern, ihren Hals. Und sie streichelte bedauernd sein Gesicht und sah eine Spur zu traurig in seine hellen Augen.

»Wenn du es so willst«, sagte Karl (irregeleitet von diesem *zu traurig*), »du kannst jederzeit kommen. Du bist mir jederzeit willkommen. Wir werden immer –«

»Gewiß«, sagte Eva und lief schnell die Treppe hinab. Die Treppe, die sie so oft hochgestürmt war. Ließ die Küche hinter sich, in der er ihren Busen berührt und ihr ans Näschen gefaßt hatte, in der er ihr Mozzarella mit Tomaten zubereitet hatte und einen Tee am Nachmittag, weil sie das liebte, oder Serranoschinken mit Melone und Wein, wenn sie am frühen Abend kam. Sie verließ das Bad mit den Jugendstilkacheln an den Wänden und den Kalkrändern am Waschbecken, die Badewanne, in der er sie abgeduscht und in ein Handtuch gewikkelt hatte. Das Schlafzimmer mit den gestreiften Vorhängen, in dem er ihr Geschichten seiner in alle Welt verstreuten Tanten und Onkel erzählt hatte.

Und Eva rannte durch die vertraute Straße mit ihren junihaft sommerlichen Bäumen und fort über die Brücke über den alten faulen Fluß, die in der Sonne glitzernde Spree, und dachte: Diese Liebe ist eine Konserve. Luftdicht verpackt. Eine Büchse ohne Öffner. An so eine Liebe muß doch mal Luft. Ein bißchen Leben. Kinder, Freunde, Alltag. Ich will keine luftdicht verpackte Liebe. Das bringt mich um.

»Vielleicht hättest du ihn mit einem Kind überrumpeln sollen«, sagte Nora, praktisch wie immer.

»Manchmal gehst du mir auf die Nerven mit deinen ewigen Vorschlägen«, sagte Eva. »Wie sieht es denn bei dir aus?«

»Ach«, sagte Nora gleichmütig und drehte sich eine Zigarette, »ich lebe mit meinem Kind. Wenn ich Lust habe, rufe ich Jim an oder Samuel, und ich habe die schönsten Orgasmen. In den Morgenstunden gehen sie fort, und ich bin froh, meinen Kaffee mit Linda allein zu trinken. Ich muß niemandes Wäsche waschen, mich um niemanden sorgen, der später als sonst nach Hause kommt. Ich lese viele gute Bücher. Und manchmal schreibe ich ein kurzes Gedicht.«

»Ich will niemanden zwingen oder überrumpeln«, sagte Eva. »Hätte es sein sollen, wäre es doch in all den Jahren geschehen.«

Der gute Herr Karl, so ließe sich sagen, verließ sich auf die bequeme Erfahrung, das Evchen drohe nur wie schon zuvor und kehre bald wieder, nach einer Woche oder dreien. Das Evchen aber rief nicht an und ging auch nicht ans Telefon, zu der gewohnten Zeit (»Bist du allein? Hast du etwas an?«).

Der Kummer würde schon kommen, der Kummer des Herrn Karl. (Wir müssen ihn an dieser Stelle leider sich selbst überlassen.)

Manchmal mußte das Evchen an sich halten. Karl liebte sie, das wußte sie. Sie ihn auch, das war noch schlimmer. Sie hörte das Klingeln und ballte die Fäuste. Das Verhältnis würde Jahr um Jahr weitergehen. Tick und tack. Er hatte keine andere. Jahr um Jahr. Sich treffen, spazierengehen, vögeln. Tick und tack. Und jedesmal, wenn sie miteinander geschlafen hätten, würde sie ihre Gefühle einsammeln müssen wie ihre verstreuten Kleidungsstücke. Es käme keine Bewegung hinein.

»Wie hab ich mich nach einer Hand gesehnt, / die mächtig würd in meine passen! / Wie hab ich mir die Finger wund gedehnt!« So hieß es beim Dichter Dehmel. Ja. Vielleicht trug der gute Herr Karl etwas Totes, dem sie nun auswich, in sich. Ein Müdes, vom Leben Abgewandtes. Ein Brachland voller Trümmer.

Was ihr die Seele verletzte, danach wollte sie nicht mehr trachten.

Nein, nein und nein.

(2)

Langsam drehte sich das Flugzeug zwischen den Hochhäusern, unerhörte Hitzewellen flirrten in seiner Umgebung, bevor es eine Volte machte und vom Himmel zu Boden stürzte, wie jene Seevögel, die einen Fisch im Priel unter sich beobachten, einen Augenblick in der Luft verharren, bevor sie hinabschießen auf ihre Beute. Sofort ging alles in Flammen auf. Sie telefonierte, als sie es sah, sagte, sie rufe später an, und rannte hinaus. Sie stolperte mit Fabian und Jenni an der Hand fort von den tosenden, sich fortfressenden Flammen, sie rannte in eine unbekannte Dunkelheit hinein. Sie verlor die Kinder; sie fuhr mit dem Bus von einer Station zur nächsten, Schneedörfer, Skidörfer, sie gelangten in die Fremde, in der der Erlkönig sein Unwesen trieb. Ludwig war bei ihr, und plötzlich waren auch die Kinder wieder da, sie suchte nicht mehr nach einer Erklärung, sondern nach einer Übernachtungsmöglichkeit. An ihren Händen wuchsen rote Flecken, wie mit Henna aufgemalt. Sie fanden etwas, sollten den Raum mit anderen teilen. Anweisungen besagten, man solle die Fenster nicht verschließen, man könne nicht verhindern, daß der Erlkönig die Kinder hole, man dürfe sich ihm nicht widersetzen. Sie schloß die Fenster, ließ die Rolläden herab, zog die Vorhänge zu, doch das Mondlicht gelangte hindurch, grausam hell. Die Hotelbesitzerin kam und verlangte von jedem einen Blutstropfen als Identitätsnachweis. Nein, sagte sie. Es gäbe ja Pässe. Die Hotelbesitzerin sagte, dann müßten sie gehen. Dann gehen wir, sagte sie, erleichtert, von diesem Ort fortzukommen.

Sibylle erwachte jetzt oft aus solchen Träumen; ihr Kiefer schmerzte, es zog in der Nierengegend. Nieren schmerzen, wenn man zu oft über seine Grenzen geht, stand in einem ihrer alternativen Medizinbücher. Sibylle ahnte mehr, als sie es wußte, was diese Träume ihr sagten: Wenn sie Ludwig verließe, würde er durchsetzen, daß die Kinder bei ihm blieben. Dessen war sie sich gewiß.

Sie hatte ein paarmal Fieber bekommen und einen Homöopathen aufgesucht, weil die Antibiotika nicht halfen und sie nicht in die Praxis gehen konnte. Sie hatte sich von einer Heilpraktikerin die Nieren ansingen lassen (das sollte ihnen Energie zuführen) und an einigen Informationsabenden mit einem Schamanen teilgenommen.

Der Schamane war ein Meter siebenundachtzig groß und sah gut aus. Ludwig durfte nichts von diesen Begegnungen wissen. Sie wollte etwas für sich allein haben, eine Kenntnis, die sie in ein Gebiet vorstoßen lassen sollte, das er nicht besetzt hatte (sie sah, wie sie beide in Wanderstiefeln, dick wattierten Jacken, rotgefrorenen Gesichtern, Fahnen in eisigen Berghöhen einschlugen, sie sah, wie sie beide Generalstabspläne an der Wand mit roten und blauen Fähnchen spickten). Sie wußte, daß er als junger Mann, noch bevor sie sich kennengelernt hatten, für diese Dinge Interesse gehabt hatte, daß es ein verstörendes Erlebnis gegeben hatte, über das er sich ausschwieg, das jedoch Anlaß gewesen war, sich von allen Haltungen abzuwenden, die ihm »alternativ«, esoterisch, übernatürlich oder in irgendeiner anderen Form irrational erschienen. Selbst Akupunktur und Homöopathie gegenüber war er skeptisch, wenn auch nicht so strikt wie manche seiner Kollegen.

»Wenn man einigermaßen vernünftig ist«, sagte er, »muß man diesen Heilmethoden mit einem gewissen Respekt begegnen.« Er wußte, wie sehr Patienten an diesen Dingen hingen; er war klug genug, sie an manchen Stellen gewähren zu lassen, solange sie die klassischen Methoden wie Bestrahlungen und Chemotherapie befolgten. Evidenz war alles.

Nichts fürchtete Sibylle soserh wie Ludwigs Spott. Ein Satz von ihm konnte alles entwerten, und alles, was sie sich zurechtgelegt hatte, um ihre eigenen Zweifel in Schach zu halten, würde durch ein grobmaschiges Raster fallen. Der Schamane würde hindurchfallen, sie würde hindurchfallen, zusammen würden sie zerbröseln und einen schmutzigen Bodenbelag bilden wie der Dreck unter dem Rost vor Evas und Stefans Haustür.

Ludwig war beunruhigt. »Was hast du nur in der letzten Zeit?« fragte er. »Du warst sonst niemals krank!«

Sibylle konnte ihm nicht sagen, daß sie sich in Stefan verliebt hatte. Daß sie ihn allein in der Oper gesehen hatte. Daß sie sich hin und wieder in der Nähe der Oper aufhielt, einfach so. Daß sie sich immer neue Ausreden einfallen ließ, um nicht mit zu Eva und Stefan zu kommen, weil sie sich dann wünschen würde, Stefan nähme sie in einem unbeobachteten Moment in die Arme. Weil sie ihn dann womöglich fragen würde, ob sie sich wiedersehen könnten, allein. Sie würde ihn gern so vieles fragen. Sie würde ihm gern seltsame Dinge sagen.

Die Verliebtheit war einerseits bereits ein wenig verblaßt, doch sie schien gerade in dieser Zartheit noch ziehender zu wirken, noch abgründiger. Bei allen Wirren hatte der Zustand der Verliebtheit für Sibylle etwas so Erfrischendes, daß sie ihn nicht aufgeben wollte, Nierenschmerzen hin, Fieber her. Er führte sie immerhin auch zu interessanten Entdeckungen, wie etwa der des Schamanen.

»Stirb und werde«, sagte der gutaussehende amerikanische Schamane, für dessen Gegenwart sie vierzig Euro pro Abend bezahlte, was nur deshalb so günstig war, weil sie ihn mit zwanzig anderen sinnsuchenden Frauen teilte. Mit Frauen, die wie sie religiös erzogen waren und später den Glauben verloren hatten (nicht jedoch ihre Sehnsucht nach einer inneren Führung).

Sibylle mußte sich sehr beherrschen, nicht an den Nägeln zu kauen. Sie hielt still. Sie wollte abwarten. Die Natur in uns, dachte sie, ist vergänglich. Empfindungen. Sexuelle Anziehung. Leidenschaft. Natur ist vergänglich. Unsere Vergänglichkeit. Womöglich. Ich muß warten. Es ist alles nur eine Reizung des Gehirns. Eine hormonelle Störung.

Stirb und werde, dachte sie dann allerdings wieder, als sie die Quecksilbersäule auf dem Thermostat ein weiteres Mal auf die vierzig Grad zusteigen sah, wenn etwas Neues beginnt, muß etwas Altes zerstört werden. Aber was? »Stirb und werde«, sagte sie zu ihren Patienten und wußte nicht, was sie damit sagen wollte. Zerstören. Was sollte zerstört werden? Es klang so hart. Und doch paßte es besser als das sanftere Verschwindenlassen, Fortschieben, Weichen. Etwas in ihr wurde zerstört. Sie war mit Ludwig nicht glücklich und nicht unglücklich, doch sie hörte auf, wie bisher zu denken, dies sei normal, es gäbe nicht mehr zu erwarten.

Alle rechneten auf ihr Vernünftigsein, auch sie selbst. Doch sie wußte nicht mehr, was damit gemeint sein könnte. Sie war froh, daß mit den Kindern alles halbwegs lief, obwohl Fabian in letzter Zeit noch zappeliger war als sonst und oft freche Antworten gab. Altersbedingt, sagte Ludwig nur, und zog die Zügel straffer.

Sie stürzte sich in die Arbeit, sie war unkonzentriert. Sie zählte innerlich die Berechnungspunkte, die die Behandlungen ergaben. Sie zählte die Arbeitstunden ihrer Tage und die Tage der Woche. Was sie nicht mehr zählen mußte, waren die Kalorien. Sie nahm ab, ohne daran zu denken. Sie sah erkältete, diabetische, herzrhythmusgestörte Patienten, sie diagnostizierte Beinbrüche, Prostataleiden und Schwangerschaften und dachte: Wer bin ich? Und einmal, als die Frau des Optikers bei ihr saß, sagte sie: Das Leben ist lang, und ich bin so traurig. Sie fühlte sich wie jemand, der nach Hause kommt und sein Haus verschlossen und versiegelt findet. Dabei hatte sie noch nicht einmal ein Haus.

(3)

Der Sommer entfaltete sich wie eine zu schnell blühende Lilie. Die Komposthaufen in den Gärten reiften rapide und sonderten modrige Gerüche ab; Mücken wurden zur Plage; Dahlien, mit denen erst im August zu rechnen war, wuchsen aus dem Boden. Dabei war es gerade mal Mitte Juni. Sina hatte jeden Tag hitzefrei und maulte, daß Eva sie früher aus dem Hort abholen sollte. In der Stadt staute sich die Hitze in den Straßen; Eva mied die Stadt (von wegen dem Herrn Karl). Sie hatte eine Plastikwanne mit Wasser im Garten aufgestellt, zur Abkühlung, doch das Wasser wurde schnell lauwarm. Zu warm. Sie spritzte die Kinder mit dem Schlauch ab; sie hatte keine Lust, jeden Tag ins überfüllte, teure Schwimmbad zu gehen oder an den See zu fahren. Die Abende waren schön. Es kühlte ein wenig ab, die Blumen dufteten, und über den Gärten hing eine verwirrende Leichtigkeit.

Eines Tages hörte Eva beim Kochen ein seltsames Geräusch.

Ein Kratzen und Schaben, einen Ton. Sie ließ die Möhre, die sie gerade schälte, sinken und lauschte. Tatsächlich, es klang wie eine schlecht gestimmte Geige. Sie wischte die Hände am Handtuch trocken und ging dem Ton nach. Er kam von oben. Die Kinder waren im Garten, Stefan in der Oper. Die Katzen hingen faul auf der Terrasse herum. Hatte sie vergessen, im Bad das Radio auszuschalten? Sie ging langsam die Treppe hinauf. Der Ton wurde deutlicher: Jemand kratzte auf einer Geige herum. Eva sah in die Kinderzimmer, sie waren leer. Sie stieg die enge Treppe zum Dachboden hinauf, in dem nur Ankas Sachen waren, den sonst niemand betrat. Die Treppe war staubig. Es wird schon kein Geist sein, sprach Eva sich Mut zu (es hätte sie in Wirklichkeit nicht überrascht). Sie öffnete vorsichtig die Tür.

Lucie stand versonnen mitten in dem niedrigen Raum. Sie hielt eine kleine Geige und versuchte, ihr mit dem Bogen Töne zu entlocken. Sie hielt die Geige richtig. Sie hatte es an anderen beobachtet.

Eva wollte das Kind nicht erschrecken, sie ließ die Tür knarren.

»Lucie«, sagte sie.

Lucie schrak zusammen. Dann lächelte sie.

»Mama.«

Eva kam näher heran und bückte sich. Neben Lucie am Boden lag der Geigenkasten. Eva hatte ihn noch nie gesehen. Stäubchen flogen durch die Luft. Ihre Nase juckte.

»Wo hast du die denn her?« fragte sie. »Wer hat sie dir gegeben? Warum hast du es mir nicht erzählt?«

Lucies Gesicht war vor Aufregung und von der im Dach gestauten Hitze rot. Kleine Schweißperlen standen auf der Stirn, ihr Haar war krauser als sonst.

»Ich habe sie gefunden«, sagte sie.

»Du hast sie gefunden?«

»Ja.«

»Wer läßt denn so etwas liegen? Wir müssen sie zurückgeben, das Kind ist sicher traurig.«

Lucie drückte die Geige an sich. »Nein«, sagte sie entschlossen, »nicht zurückgeben.« Sie heftete ihre hellblauen Augen (die in so entzückendem Kontrast zu ihrem schwarzen Haar standen) sehr ernst, um nicht zu sagen drohend auf ihre Mutter.

»Wo hast du sie denn gefunden?« fragte Eva möglichst sanft.

»Hier.«

»Hier?«

»Hier.«

Eva knurrte. Manchmal machte sie Lucies Bedächtigkeit ganz verrückt.

»Wo denn hier?«

»Hier oben.«

»Aha. Könntest du so nett sein, mir die Stelle vielleicht zu zeigen?«

»Und dann nimmst du sie mir nicht weg?« Lucie hielt das Instrument immer noch fest an sich gepreßt.

»Nein. Das heißt.«

»Du willst sie mir wegnehmen.« Das Kind zog sich zwei Schritte zurück.

»Nein, Lucie, wenn sie niemandem gehört, nehme ich sie dir nicht weg. Nun sag mir bitte, wo du sie gefunden hast.«

Lucie drehte sich mit der Geige um und ging zum verkleideten Kaminrohr. Sie bückte sich und kroch in die schmale Öffnung, die es daneben am Boden gab, höchstens fünfzig Zentimeter hoch. Eva war verblüfft. Sie hatte die Öffnung nie bemerkt. Oder sich nie darum gekümmert. Die Öffnung war schmal und schmutzig; auf dicken Spinnweben lagerte alter, grauer Staub. Es ist wie in einem bescheuerten Film, dachte sie. Der Fund im Dachboden.

Lucie kam rückwärts wieder aus dem Loch. In der Hand hatte sie ein paar Blätter. Angerissen, vergilbt. Noten. Mozart. Sie kroch wieder hinein und kam mit einem Puppenkamm wieder.

»Und das war alles da hinten drin?« fragte Eva. »Ist da noch mehr?«

Lucie schüttelte den Kopf. Sie verschwieg der Mutter vorsichtshalber, daß noch ein Puppenschulheft dort lag.

»Wie bist du denn darauf gekommen, da hineinzukriechen?« Eva sah ihre Jüngste an. Ihr hellblaues Kleid war zerknautscht und fleckig. Auf den Backen hatte sie dunkle Staubstreifen, ihre Knie waren schwarz. Sie mußte niesen.

Am Abend versuchte Eva, Anka am Telefon zu erreichen. Sie hätte ihrer Schwester gern von der Geige erzählt. Stefan hatte Vorstellung, und nachmittags war er in einer Probe gewesen. Eva hatte Lucie überredet, die Geige mit hinunterzunehmen. Lucie wollte mit der Geige auf dem Dachboden bleiben. Sie hatte Angst, die anderen würden sie ihr wegnehmen. Eva mußte ihr versprechen, daß sie sie behalten dürfte. Sie war sehr beunruhigt, fragte sich, wie lange diese Geige dort wohl gelegen haben mochte. Wem sie gehört hatte. Sie hatte Lucie geholfen, die Geige und den Geigenkasten zu reinigen. Sie hatte versucht, sie mit Hilfe des Klaviers zu stimmen. Die Haare des Bogens waren lädiert und ausgetrocknet. Sina und David waren neugierig und neidisch gewesen. Sina hatte sich sofort ans Klavier gesetzt, das sie sonst eher vernachlässigte, und Tonleitern gespielt.

»Wir müssen Kolophonium kaufen«, sagte Eva, »Papa wird sie dir stimmen, er kann das besser als ich.« Genaugenommen konnte sie es gar nicht.

»Was ist Kolophonium?« fragte Lucie.

»Creme für den Bogen, die ist wichtig«, sagte Eva.

»Und ich darf sie behalten?«

Lucie war mit der Geige in ihrem Kasten im Arm eingeschlafen.

Über ihnen beiden wachte das Gebetsbildchen mit der Madonna, das Lucie aus Sizilien mitgenommen hatte. Ulkiges Mädchen, dachte Eva zärtlich, als sie nach einem letzten Blick die Kinderzimmertür schloß.

Es war noch hell draußen. Sie fegte vor dem Haus und nickte dem alten Mann mit der Garage und den vielen Runzeln im Gesicht zu. Die Runzeln und Rillen der Jahrzehnte. Der wechselnden Systeme. Sie fragte sich, ganz nebenher, wie lange er wohl schon in diesem Haus dort wohnte. Sie legte Wäsche zusammen und machte den Abwasch. Gegen elf endlich erwischte sie Anka. Anka sprudelte, bevor Eva etwas sagen konnte.

»Wußtest du, daß Kakteen Giftpfeile aussenden und eine schädliche Wirkung auf Wohnräume haben?« fragte Anka.

»Nein«, sagte Eva, »was ist denn das für ein Quatsch?«

»Das sagt mein Feng-Shui-Buch«, erklärte Anka vergnügt. »Ich begreife zwar nicht, in welcher Richtung mein Schreibtisch steht, aber wenn ich es herausfinde und ihn richtig herum hinstelle, werde ich reich und berühmt.«

»Ich wußte gar nicht, daß du einen eigenen Schreibtisch hast«, sagte Eva. »Wo bist du überhaupt?«

»In Bochum. Der Schreibtisch gehört Markus. Na, du weißt schon, Markus der Statistiker.«

Eva wußte es nicht, es war ihr egal, sie schätzte, daß es ohnehin nicht halten würde, für einen Statistiker war Anka zu chaotisch.

»Aha«, sagte Eva, »wirst du etwa irgendwelche Schüsseln mit glücksbringenden Gegenständen vergraben und Markus' Bett von der Badezimmerwand wegrücken und überall glitzernde Kristalle in die Fenster hängen, um das *Chi* zu überlisten?«

»Wow«, sagte Anka, »du kennst dich ja doch aus!«

»Paß auf, Anka, wenn du dich da reinhängst, werden aus dem Boden lauter Schilder schießen, auf denen in großen Lettern ›NICHT!‹ und ›VORSICHT!‹ steht und die dir den Weg versperren!«

Anka kicherte. »Ich weiß. Markus müßte seine komplette Kakteensammlung wegschmeißen. Weißt du, was ich denke?«

»Nein, Süße, weiß ich nicht, ich habe dich ich weiß schon gar nicht mehr wie lange nicht gesehen!«

Eva sah ihre kleine Schwester vor sich, mit ihren rotbraunen Locken, den Sommersprossen, die sie selbst nicht hatte, den buschigen Brauen, die niemand sonst in der Familie hatte, ihren Flohmarktkleidern, den Kettchen mit Halbedelsteinen an den Handgelenken, den dicken, bunten Ketten am Hals und den derben Schuhen, die sie seit ihrer Jugend am liebsten trug. Ich neige dazu abzuheben, erklärte Anka immer wieder, deshalb ist es gut, schwere Schuhe anzuhaben.

Eva stellte sich den armen unbekannten Markus vor. Er würde seine Wohnung nicht wiedererkennen.

»Ich will, daß du und Papa wieder mal hierherkommt«, sagte sie. Sie ärgerte sich, daß Anka so unbekümmert plapperte, zugleich war sie froh, sie so munter zu hören.

»Im Grunde«, kicherte Anka weiter, »im Grunde ist Feng-Shui nur eine hinterhältige Strategie, die preußische Ordnung wieder in deutsche Wohnzimmer zu bringen! Alles rausschmeißen, was Spaß macht, überall eine zwanghafte Ordnung, angeblich, damit das Seelenheil nicht gestört wird. Es ist eine reaktionäre, freiheitsberaubende, und vor allem eine kakteenfeindliche Philosophie!«

Jetzt lachte Eva. Es war immer so mit Anka. Sie mußten zusammen lachen. Sie fanden immer irgend etwas komisch, und egal, wie schlecht es ihr ging, zusammen konnten sie darüber witzeln.

»Ach, warum habe ich dich nicht früher angerufen«, sagte Eva.

»Wieso? Ist etwas nicht okay?«

»Okay, okay, ich hasse dieses blöde Okay.«

»Okay, nun laß das doch. Was ist?«

»Wegen Mama.«

»Oh.«

Anka blieb still. Eva wartete. Sie hatte Anka angerufen, um ihr die Sache mit der Geige zu erzählen. Ganz dringend war es ihr erschienen. Plötzlich kam es ihr absurd vor. Anka war auf einem anderen Stern. Sie wußte nichts von ihren Waldläufen. Sie wußte gar nichts von ihr. Eva konnte es am Telefon nicht sagen.

Anka spürte, daß ihre Schwester etwas umtrieb. Sie wurde still und von einer ungewöhnlichen Diskretion befallen.

»Rufst du Papa an?«

(4)

In der Stadt staute sich die Hitze in den Straßen. Auch in der Oper war es heiß; die Musiker trugen leichte Polohemden bei den Proben und schwitzten abends in der Vorstellung ihre weißen Hemden durch. Danach tranken sie viel Bier, Wasser und Wein. Die Spielzeit ging ihrem Ende entgegen. Stefan freute sich, daß Eva ihn nun so oft bat, zu Hause zu üben. In den Ferien würde er ohnehin mehr zu Hause spielen. Dennoch war ihm etwas an Eva nicht geheuer. Sie war liebenswürdig zu ihm, fragte ihn oft, was er sich zu essen wünschte, zeigte sich aufmerksam. Doch sie erzählte weniger als sonst. Sie, die das Gespräch sonst mit ihren vielen kleinen Erlebnissen des Tages füllte, wurde still. Es irritierte ihn. Nicht sehr, das wäre nicht seine Art, nur am Rande.

Er spielte vorwiegend beschwingte Musik, nur hin und wieder, wie ohne sein Zutun, schickte die Klarinette klagende Lieder durch das Haus. Ganz ungewohnt tauchten in diesen Melodien Erinnerungen an den Anfang seiner Liebe zu Eva auf. Einmal hatten sie am Strand an der Ostsee gelegen, hinter einer Düne, und miteinander geschlafen. Es war schon damals nie sehr lang, aber schön, und hinterher hatte Eva ihren Kopf an seinen Hals gelegt und Sand auf seinen Bauch rieseln lassen. Eva war damals achtundzwanzig, er zweiunddreißig, sie waren beide der wechselnden Liebschaften überdrüssig und hatten beschlossen, eine Solidargemeinschaft zu gründen, um im Leben zurechtzukommen.

»Wenn wir gute Freunde sind«, hatte sie gesagt, »dann hält das länger als das ganze erotische Zeugs. Darauf ist gar kein Verlaß.«

»Du bist mein bester Freund«, hatte er geantwortet, »und ich liebe dich.«

Das Baby Sina war gekommen und hatte ihr Leben umgekrempelt. Es war der größte Augenblick in seinem Leben, als er das Baby in den Händen hielt und es kaum fassen konnte: Sein Kind! Die Schwangerschaft hatte er wie ein Wunder betrachtet, er hatte ohne zu murren Evas Launen ertragen, und wenn es ihm zuviel wurde, war er üben gegangen oder zu seinen Jobs. Seine Liebe zu Sina jedoch übertraf alles, was er bis dahin für einen Menschen empfunden hatte.

Eva sah es. Eva fiel in eine ungeahnte Einsamkeit. Sie wurde eifersüchtig und benahm sich nicht mehr wie ein guter Freund, sondern wie eine besitzergreifende Geliebte. Sie sah nur Schwarz und Weiß. Sie fragte ihn, wohin er ging und wann er käme, sie zerrte an ihm. Sie brüllte ihn wegen aller möglichen Dinge an; sie warf ihm vor, sie im Stich zu lassen. Er zog sich erschrocken zurück. Trotzdem ging es eine Weile, alles war überdeckt von ihrer gemeinsamen Liebe zu Sina und ihrem Bemühen, alles gut und richtig zu machen. Nach Davids Geburt brach eine neue Kluft auf: Stefan fühlte sich mit Sina zusammen entthront. Wütend starrten er und seine kleine Tochter auf den Neuankömmling, der an Eva klebte. Natürlich liebte Sina den kleinen Bruder genauso wie er selbst. Es war ein Durcheinander der Empfindungen, das die Familie befiel wie ein juckendes Fieber.

Das Leben ging weiter. Stefan hatte in der Oper angefangen, als Eva mit David schwanger war. Dort traf er überraschend seine alte Freundin Pia wieder, eine Kostümschneiderin, die am Haus mit einem Kostümbildner gastierte und die er aus seiner Zeit in der Freien Theaterszene kannte. Pia Vorstetten kam aus dem Stuttgarter Raum, war klein und zierlich. Sie trank gern, rauchte viel und war meistens zu Scherzen aufgelegt. Stefan, der zu Hause statt Ermunterung Babygeheul, den süßlichen Geruch von Muttermilch und allerlei Überforderungen vorfand, warf sich der alten Freundin wie ein Ertrinkender an den Hals. Äußerlich tat er cool.

Er besaß sogar die Naivität, Pia mit nach Hause zu bringen,

wegen eines Kleides für Eva, ein Tatjana-Kleid. (Also wirklich!)

Pia verwirrte Stefan, der keine Sekunde daran dachte, seine Familie zu verlassen. »Ich will ja auch nichts Ernsthaftes von dir«, sagte sie und zündete sich eine neue Zigarette an. »Ich will dich«, flüsterte sie ihm im Bett ins Ohr. »Ich will dich wie verrückt.« Und dann sperrte sie ihn nach einer Nacht in ihrer Wohnung ein. Aus Versehen natürlich.

Vielleicht wäre es Eva nicht einmal aufgefallen, daß er nicht zu Hause übernachtet hatte. Sie war von den Kindern völlig absorbiert. Sie wußte, daß er manchmal nach der Vorstellung zu viel trank und einfach in der Garderobe schlief.

Doch die Orchestermanagerin rief zu Hause an und fragte, ob Stefan die Probe vergessen habe.

Eva tobte, heulte und schrie: »Die Familie oder die Opernkuh!«

Stefan sollte das Verhältnis beenden. Es fiel ihm schwer. Das Verhältnis beendete sich von selbst. Als Pia in die nächste Stadt zog, ans nächste Opernhaus.

»Jaja. Die Ehe ist eine Kinderaufzuchtsanstalt«, sagte Ernst, die philosophische Baßklarinette, und ließ seine Augen schwermütig schweifen.

Eva und Stefan waren mit den Anforderungen des Alltags beschäftigt, und ihre Sehnsucht nach einer heilen Familie war groß.

Sie machten Lucie.

Eva versenkte die Sache mit der Opernkuh in einer tiefen Falte ihres Herzens. Das Leben ging weiter, es gab nicht viele Küsse. Dann fing Eva die Geschichte mit Karl an und Stefan wußte manchmal nicht, wen sie mit dem Küssen meinte. Also gab es noch weniger Küsse. Nur manchmal Überfälle.

Hin und wieder rief Pia an, die in immer anderen Städten arbeitete, wenn sie in Berlin war. Und manchmal, aber eher selten, landete Stefan mit einer Dame in einer dunklen Ecke des Malersaals oder in einer der Garderoben. Einfach so und *ohne Bedeutung*. Die betroffenen Damen, ob sie wollten oder nicht, mußten sich dem vergeßlichen Engel fügen. Er hatte gar nicht so oft Lust. Es hatte wohl etwas mit dem Testosteronspiegel zu tun. Er wollte die Zäune nicht, die zwischen Eva und ihm wuchsen, sie machten ihn ratlos.

»Das wird schon werden«, sagte er, wenn Eva ihn ansprach.

»Wann?« fragte sie jedesmal zurück.

»Wir kommen einander immer näher, und irgendwann –«

»Ich glaube, die Zielgerade, auf die du hoffst«, sagte sie, »ist der Punkt in der Unendlichkeit, an dem zwei Linien aufeinandertreffen. Was sollen wir nur tun?«

Je weiter diese Linien in das Universum hineinwuchsen, um so mehr klammerten sich Eva und Stefan an ihre Kameradschaft; sie kitteten Risse darin, lösten kleine Konflikte des Alltags und beeindruckten alle durch ihr harmonisches Zusammenleben. Sogar sich selbst. Es gab darin Momente des Glücks.

Es war ja auch nicht leicht mit der Intimität. Nach dem Essen mit den Kindern waren sie müde, am Wochenende gab es die Freunde, oft mußte einer von ihnen allein zu Hause sein, weil der andere arbeitete. Aber sie flohen auch ein wenig in diese Müdigkeiten; was sie bewegte, war so schwer zu fassen. Stefan wäre nie auf die Idee gekommen, einmal mit Ernst oder Tobias über gewisse Zäune zu reden. Sie redeten nie über solche Dinge. Es war nicht nötig, denn immer wenn Stefan an Eva dachte, hörte er in seinem Kopf Musik. Eine Musik, die ihrem Wärmestrom entsprach, der durch das Haus und ihr gemeinsames Leben zog. Er hörte Musik und dachte nicht mehr an ihre Schwierigkeiten; er dachte überhaupt nichts mehr; alles löste sich auf in den Noten, im Rhythmus und im Klang.

(5)

Sibylle rief manchmal bei Stefan und Eva zu Hause an und legte sofort wieder auf. Sie ging unter dem Vorwand, einen besonderen französischen Käse zu brauchen oder ein besonders schönes Kleid gesehen zu haben, zum Einkaufen in die *Galeries Lafayette* und geriet wie durch Zufall in die Nähe der Komischen Oper. Einmal erschrak sie zutiefst. Sie sah Stefan. Von weitem. Mit einer blonden Frau, die einen langen Zopf trug und einen Instrumentenkasten auf dem Rücken. Sie stand mit ihrem Fahrrad vor ihm. Sie sprachen lächelnd miteinander; Stefan beugte sich zu ihr hinab und küßte sie auf die Wange. Oder auf den Mund? Sibylle konnte es nicht genau sehen. Ihre Gedanken setzten aus, ihre Atmung beschleunigte sich, und mit Tränen in den Augen stürzte sie in den dunklen Tunnel der U- Bahn.

Das Nichts ist niemals nichts, und jede Angst läßt sich entfalten als die Geschichte einer Sehnsucht.

(6)

Munch, *monch*, Mönch. Manchmal wäre er zu sehen in den Berliner Straßen, in denen sich die Hitze staute. Hier war er, immer wieder, über viele Jahre. An der Ecke Unter den Linden/Wilhelmstraße war das *Schwarze Ferkel*, in dem er mit Strindberg und Stachu dem Polen trank. Wo er am Tisch saß und alle still beobachtete und Dagny liebte, die brennende Lilie in Blau. 1893, 1894. Hier in Mitte hielten die Männer den Frauen die Augen zu, als seine Bilder in der »Berliner Sezession« gezeigt wurden. Um die Ecke, im Deutschen Theater, malte er für Max Reinhardt das Bühnenbild für Ibsens ›Gespenster‹ und den Fries für die Kammerspiele. Das war

1906, 1907. Er saß dort oft sehr still; er wurde immer menschenscheuer; doch manchmal lachte er übermütig wie ein Kind und alle liebten ihn. Er kam von Warnemünde angereist; er lebte dort in einem Fischerhaus und malte nackte Männer; es ging ihm nicht gut; er fühlte sich gespalten; er sah Männer auf der Straße sich in bedrohliche Vögel verwandeln.

In Warnemünde sitzt er hinter der Gardine seiner Loggia und sieht den Kindern, Frauen und Männern draußen *beim Leben* zu. Nimmt Briefe, Zettel und Notizbücher aus dem Koffer, den er immer mit sich trägt, in alle Städte, in alle Wohnungen, und liest, was er schrieb. *Jetzt reicht das Leben dem Tod die Hand.* In der Mitte des Lebens mußt du fragen: *Woher komme ich, wer bin ich, wohin gehe ich?*

Es wird höchste Zeit. Er macht Studien der Lebensalter, malt Kinder, Jugendliche, Männer, Greise. Er hat Sehnsucht nach Berührung, er säuft sie weg. Der Seemann in ihm liebt den Rausch, der Priester in ihm verdammt ihn. Der Greis versackt im Sand, wird eins mit der Natur. Munch nennt das *Kristallisation.*

(7)

Das Naturhafte in uns: unsere Sterblichkeit, unsere Fähigkeit zur Fortpflanzung. Unser Verlangen, unser Tod.

(8)

Eines Tages fragte Sina im Auto aus heiterem Himmel: »Warum nimmst du uns nicht mit bei deinen Spaziergängen?«

Und Eva, überrascht von der Hellsichtigkeit ihres Kindes, nahm die drei nun manchmal an den Nachmittagen mit, in die

Böttgerberge kurz vor Potsdam, dort, wo früher die Grenze quer über dem Berg verlaufen war, und in den Grunewald. Sie machten Picknicks, aßen Beeren von den Sträuchern und studierten auf aufgewühlten Wegen die Spuren von Wildschweinen. Es gab viele Wildschweine in dieser Gegend. Einmal trafen sie eines, laut schnaufend stand es hinter einem Busch. Atemlos und gackernd rannten sie die Wege zurück.

Eva erzählte den Kindern von ihrer Mutter, die sie vermißte. Die Kinder hörten andächtig zu, nickten und stellten viele Fragen. Sie wünschten, ihren Großvater zu sehen.

Der Großvater hatte eine neue Frau, Elke, eine Textildesignerin, die noch arbeitete; sie waren immer sehr beschäftigt, reisten viel, zeigten sich jedoch öfters dazu bereit, mit den Kindern etwas zu unternehmen, als Eva es – ohne darüber nachzudenken – annahm. Sie hatte sich nie mit dieser neuen Frau ihres Vaters anfreunden können, erst neuerdings fiel es ihr auf. (Die Eifersucht ist ein einäugiges Monster.) Sie wollte es ändern.

Eva beobachtete manchmal den alten Mann mit der Garage, von nebenan, Herrn Fritz, wie alle ihn nannten. Er zog sie an, doch von ihrem Gruß auf der Straße oder von Garten zu Garten abgesehen, traute sie sich nicht, ihn anzusprechen.

Sie konnte nicht wissen, daß auch sie ihn beschäftigte. Machte er sich an den Rosen im hinteren Garten zu schaffen oder an den Stauden am Zaun, betrachtete er sie manchmal. Eva und die Kinder erinnerten ihn an etwas, er kam nicht dahinter, woran. Seine Erinnerungen waren schwach geworden mit der Zeit, weil er sie mit niemandem teilte. Sie verwahrlosten stumm in seinem Inneren, verblaßten und schickten dennoch hin und wieder eine Bewegung an die Oberfläche seines Bewußtseins, so wie Luftblasen vom Boden eines lebendigen Gewässers aufsteigen.

Die Kirschen wurden reif. Eva pflückte sie mit den Kindern zusammen, die auf die klapprige Leiter kletterten. Sie hatten nicht genug Kirschen von ihrem einen Baum; also fuhren sie hinaus in die Plantagen hinter Werder, südlich von Potsdam, und pflückten kiloweise Früchte. Sie liefen unter den Bäumen umher und spielten Verstecken; danach aßen sie mit rot verfärbten Händen und Mündern Rostbratwurst. Die Sonne brannte; die Kirschen waren süß in diesem Jahr; es gab viele, bis Ende Juni sogar. Eva scherzte mit ihren Kindern und dachte an ihre Mutter.

Mama hatte man oft nicht anmerken können, was mit ihr los war, dachte sie. Sie konnte lachen wie ein Kind; wenn Besuch kam, konnte sie ausgesprochen gesellig und lustig sein; sie amüsierte alle mit Scherzen; und niemand, niemand von diesen fremden Menschen hätte ahnen können, wie sie war, wenn sie ihr Vogelweh befiel. Vogelweh, so hatten ihre Töchter es genannt.

Und wie hatten Eva und Anka es den Fremden geneidet, daß sie die Schokoladenseite abbekamen von ihrer Mutter. Zugleich wußte Eva, daß es gerade die zerbrechliche Verrücktheit ihrer Mutter war, die die Liebe zu ihr noch tiefer und aufregender gemacht hatte. Wieder zu Hause, zeigte Eva zwischen den brodelnden, duftenden Töpfen, in denen sie Marmelade kochte, den Kindern alte Fotos. Auf dem Tisch in der Küche standen zwanzig Gläser, die sie mit der heißen, roten Masse füllte, der blau-schwarz gesprenkelte Terrazzoboden klebte vom Zucker. Eva erkannte mit der Distanz ihrer eigenen Lebenserfahrung das Kindliche und Verführerische an ihrer Mutter. Sie erinnerte sich daran, daß sie oft von anderen angesprochen worden war. Ich bin wie Mama, dachte Eva, ich habe es gar nicht bemerkt, ich ziehe mich auch oft nach innen zurück, in meine ausgedachten Geschichten. Doch jetzt veränderte sich das; die Kinder durchbrachen diese Rückzüge mit ihrer fordernden Unbefangenheit.

Stefan hingegen wanderte weiterhin aus, in die Musik, und

Eva bedrängte mehr und mehr die Frage, wie sie und Stefan einander aus dieser Klemme helfen sollten; sie ahnte, daß Stefan es gar nicht wollen würde. Er litt nicht an dieser Auswanderei. Er hatte ja dort die Musik.

(9)

Eva lud Wilhelm von Herzberg nach Kleinmachnow ein.

Seit der Nacht, in der Eva ihm ›Alpha und Omega‹ gebracht und sie so endlos miteinander geredet hatten, verband sie eine besondere Zuneigung. Sie hatten die Kupferstichsammlung der Gemäldegalerie zusammen besucht und sich im Studiensaal den gesamten Zyklus von ›Alpha und Omega‹ angesehen.

Wilhelm war zum erstenmal in Kleinmachnow. Eva fuhr mit ihm durch den Ort. Alles blühte, Robinien, Rosen, Rhododendren. Riesige rosarote Farbflächen zwischen dunklem und hellem Grün, dem Staub der Straßen, dem Grau der alten Häuser, dem Weiß und Gelb der neuen und renovierten. Platanen, Kiefern, Linden. Umzugswagen, Baustellen. Viele Häuser hatten mittlerweile neue Eigentümer gefunden, ein harter Kern alter Einwohner blieb. Ohne Unterschied liebten sie ihre Gärten. Frauen schoben Kinderwagen oder trotteten langsam hinter kleinen Kindern auf Bobbycars und Dreirädern her; ältere Kinder waren auf Fahrrädern unterwegs.

»Kleinmachnow ist angeblich die kinderreichste Gemeinde Deutschlands«, sagte Eva. »Schulen und Kindergärten sind überfüllt.«

Eva erzählte von den Künstlern, Schriftstellern und Musikern, Museumsdirektoren und Schauspielern, die vor dem Krieg hier gelebt hatten, als Kleinmachnow eine neugegründete Kolonie mit erschwinglichen Siedlungshäusern vor den Toren Berlins war. Lotte Lenya, Kurt Weill, Arnold Schönberg. Zu Zeiten der DDR hatte die Schriftstellerin Maxie Wander ganz in Evas Nähe gewohnt, und Christa Wolf hatte hier in den sechziger Jahren zwei Adressen gehabt. Mit der Zeit waren immer mehr Funktionäre hierhergezogen, wegen der Nähe zur Mauer.

»Das erinnert mich an die Villen in Dahlem«, sagte Wilhelm, »in denen wir nach dem Krieg manchmal Konzerte gaben. Wir haben gespielt und gesungen, und anschließend gab es ein Büfett. Die meisten waren so ausgehungert, daß sie es kaum erwarten konnten, sich auf das Essen zu stürzen.«

»In diesem Haus«, sagte Eva und zeigte auf einen Klinkerbau, »hat Kurt Weill mit Lotte Lenya gewohnt. Es lag so praktisch auf dem Weg zwischen Berlin und den UFA-Filmateliers in Babelsberg. 1932 haben sie es gekauft und 1933 wurden seine und Brechts Stücke von den Spielplänen gestrichen, und 1934 ist er emigriert.«

»Nicht gerade lang«, sagte Wilhelm.

»Nein. Sie haben fast täglich Zettel in ihrem Briefkasten gefunden, auf denen sie als Drecksjuden beschimpft wurden. Lotte Lenya hat dann alles verkauft.«

Wilhelm schüttelte den Kopf. »Es ist ein Bauhaus-Haus«, sagte er.

»Davon gibt es hier einige, komm, wir fahren zur Tucholskyhöhe, da steht ein Haus von Gropius! Er hat es für einen Strumpffabrikanten entworfen«, sagte Eva.

»Strümpfe! Auch für jüdische Beine?«

»Was soll ich dir dazu sagen.«

»Woher weißt du das alles?« Wilhelm schämte sich für sein Land.

»Ich habe endlich angefangen, mich damit zu beschäftigen«, sagte Eva. »Von den Nazis haben sich 1944 viele abgesetzt, eine Zeitlang war der Ort regelrecht entvölkert. Viele flohen, als sie hörten, daß die Russen kommen, und später haben sich von denen, die geblieben waren, manche umgebracht. Als die DDR gegründet wurde, gingen noch mal 3000 Leute in den Westen.«

»Das sind ja wahnsinnig viele.«

»Allerdings. Von hier aus zum Hinterland gab es praktisch nur drei Brücken. Und wenn die Leute mal ins Theater nach Ost-Berlin wollten, war das ausgesprochen umständlich.«

»Ich erinnere mich dunkel. Es war eine Insel. Zeig mir, wo Arnold Schönberg gewohnt hat«, sagte Wilhelm.

»Ich kann dir nur die neue Straße zeigen, die nach ihm benannt wurde, mit lauter häßlichen Reihenhäusern. Daneben wird gerade eine scheußliche Anlage mit Supermärkten und Geschäften gebaut, *unser neues Ortszentrum*. Es verhunzt den ganzen Ort.« Eva schnaufte.

»Was für ein Mißverständnis«, sagte Wilhelm und mußte wider Willen lachen, »Reihenhäuser für den Erfinder der Reihenmusik! Was ist mit seinem Haus?«

»Sein Haus wurde zerbombt. Hier ist einiges kaputtgegangen im Krieg.«

»Denkt man gar nicht, wenn man all die Dreißiger-Jahre-Häuser hier sieht.«

»Es gab Luftangriffe, und später haben die Russen Kleinmachnow besetzt.«

»Das hat deine Mutter dann wohl als Kind erlebt.«

Eva schluckte. Sie sah Wilhelm an. Sie dachte an Stromsperren und Sirenen.

»Mama wäre jetzt ungefähr so alt wie du«, sagte sie. Und fing an zu weinen. »Mama hat das Ende des Krieges hier nicht mehr erlebt. Ihre Mutter muß politisch ziemlich wach gewesen sein, sie ist rechtzeitig mit Mama in den Harz gegangen. In unserer Straße gab es früher noch einen Bombenkrater. Manche der Bäume, die jetzt riesig sind, waren dünn und klein. Mamas Mutter hat das Haus vermietet, nachdem sie vom Tod ihres Mannes erfahren hatte. Das Haus hatte grüne Fensterläden. Ich habe einen kaputten gefunden, im Keller. Ihr Mann, der mein Großvater war. Opa. Mamas Mutter: meine Oma. Ich habe sie nicht gekannt. Papa hat mir nicht viel erzählt.«

Wilhelm lernte Stefan und die Kinder kennen. Er brachte ihnen Schokolade und Musikkassetten mit und bot an, mit ihnen in den Zoo zu gehen, wenn es seinem Fuß besserginge. Die Bänder des Sprunggelenks, die bei jenem Tritt in den Hundehaufen gerissen waren, heilten nur langsam. Er benutzte einen Gehstock und sah in seinem hellgrauen Sommeranzug mit Weste äußerst elegant aus. Sina sagte, er sehe aus wie eine Figur in einem alten Buch.

David und Lucie sprangen Wilhelm auf den Schoß und kitzelten ihn. Es irritierte ihn zunächst, dann aber sang er ihnen französische Kinderlieder vor.

»Die hat mir meine Mutter beigebracht«, sagte er. Lucie nahm ihn an die Hand und wollte ihm den Dachboden zeigen, doch die Treppen waren ihm zu steil. Lucie zeigte ihm, was sie auf ihrer Geige schon gelernt hatte. Er stupste Lucies Näschen, das dem ihrer Mutter glich.

»Ich weiß mehr über dich als über meinen Vater«, sagte Eva einmal, und Wilhelm antwortete: »Ich fürchte, so etwas ist normal.«

Wilhelm war Eva dankbar, an ihrem Familienleben teilhaben zu können. Es eröffnete ihm eine neue Perspektive, in bezug auf seine Vergangenheit ebenso wie auf seine Zukunft. Er erzählte Eva von seiner Mutter und seiner Kindheit und Jugend, die er in Estland verbracht hatte, in der Nähe von Tallin.

»Ich beneide euch um die Kinder«, sagte er eines Abends nach dem Essen mit Stefan und Eva. »Das Älterwerden ist für den Sänger eine harte Sache. Dein Körper ist dein Instrument. Muskeln, Bindegewebe, elastische Knorpel: du kannst trainieren, doch sie geben nach. Wenn du eines Tages merkst, daß etwas nicht mehr so geht wie bisher, ist das wie eine *Natur*katastrophe.«

Eva genierte sich, daß sie sich wegen ihres Alters überhaupt Gedanken machte.

»Aber es gibt doch Sänger«, sagte Stefan, »die bis ins hohe Alter singen, oder Sängerinnen, wie Anja Silja.«

»Sie sie ist eher eine Ausnahme. Viele können nur noch kleinere Partien singen. Manche werden depressiv. Man fühlt sich manchmal regelrecht weggeworfen. In der Neuen Musik ist es besonders hart.«

»Da hat man es als Musiker besser«, sagte Stefan. »Je älter man wird, desto mehr kann man. Auch wenn die Puste schwächer wird. Man weiß so viel, daß man es ausgleicht.«

»Das tun wir auch«, sagte Wilhelm, »man muß nur erst einmal über diesen Augenblick hinweg, sich verraten zu fühlen.«

An einem anderen Abend, als sie mit den Kindern zusammen aßen, erzählte Wilhelm von alten Zeiten; er hatte gelegentlich in der Komischen Oper gesungen, noch zu Felsensteins Zeiten.

»Erinnern Sie sich an Herrn Rohrhammer?« fragte Stefan. »Der ist doch schon ewig an diesem Haus.«

»Rohrhammer«, überlegte Wilhelm.

Eva verteilte den Nachtisch. Sie war nach dem Essen etwas schläfrig; sie hatte den ganzen Tag das Haus geputzt, sogar die Treppe zum Dachboden hinauf und den kleinen, niedrigen Raum, weil Lucie sich dort gern aufhielt; sie hatte eingekauft und die Kinder herumgefahren.

»Der Regieassistent«, sagte Stefan.

»Soll ich nicht einen Kaffee machen?« fragte Eva und blieb sitzen. Der Weg in die Küche schien ihr endlos.

»Natürlich!« rief Wilhelm. »Das gibt es doch nicht! Ist er denn noch immer Assistent? Es hat übrigens herrlich geschmeckt, Eva!«

»Herr Liang legt sich gern mit ihm an«, sagte Sina.

»Herr Liang ist der *Dihigent*«, sagte David.

Die Erwachsenen lachten. Eva küßte David.

»Müßt ihr nicht bald schlafen gehen?« fragte sie. »Es ist schon acht vorbei.«

»Nur noch die Geschichte von Herrn Liang!« sagte Sina. »Bitte!«

»Es ist Papas schönste Geschichte«, sagte Lucie.

»Bitte erzählen!« rief David. Lucie rollte sich auf Evas Schoß ein.

»Diesis ist kaine Pohobbe fühü die Bühüne«, machte Stefan vergnügt, und die Kinder stimmten ein: »Diesis ist aine Pohobbe fühü das Oochesta.«

»Herr Liang ist wunderbar«, erklärte Stefan Wilhelm, »sehr konzentriert, dabei völlig entspannt. Wenn die Mimi sagt, diese Stelle, wenn ich die Triolen habe, ist zu breit, verändert er die Stelle. Wenn sie nur so eine unwillige Bewegung mit der Schulter macht, unterbricht Liang uns sofort. Hier ist ein Loch, hat sie heute gesagt, da muß ich reinsingen.«

Die Kinder lachten. »Ein Loch?« fragte Lucie.

Eva fühlte plötzlich auch ein Loch zum Reinsingen, genau in ihrer Herzgegend. Es fühlte sich schrecklich an.

Stefan erzählte unverdrossen weiter, vom ewigen Streit zwischen Herrn Liang und Herrn Rohrhammer, und die Kinder, die diese Unterhaltung kannten und liebten, sagten mit ihrem Vater im Chor: »Die Sänga sind wichtig, sagte Herr Liang, und das Ochesta ist wichtig.« Und sie lachten sich kaputt.

Eva, die sonst auch immer mitgelacht hatte, nicht. Hilflos sah sie in die vertraute Runde. Das Loch zum Reinsingen in ihr wurde beängstigend groß. Zu dumm, daß sie es keinem Herrn Liang sagen konnte!

»Jedenfalls«, hörte sie Stefans Stimme, die ihr plötzlich fremd vorkam, »zog Rohrhammer wie immer beleidigt seine Schleife durch den Zuschauerraum und kam zurück zur Bühne.«

Stefan stand mit diesem Satz auf und hob David hoch, um ihn ins Bett zu bringen. Für ihn war das Leben wie eine große, lange Probe. Eva begriff plötzlich, daß er auch von ihr so dachte: Daß sie Schleifen zog und zurückkam. Immer wieder. Egal, was geschah. Lucie war wie so oft auf ihrem Schoß eingeschlafen. Sie streichelte das Kind.

»Ich muß sie hochbringen«, sagte sie entschuldigend zu Wilhelm.

Sina lehnte an ihrem Vater. »Trag mich auch«, sagte sie. Eva sah Stefan fragend an, er nickte. Evas Christophorus mit dem Kind auf dem Arm.

»Er kennt seine Pflicht«, sagte Wilhelm. »Ohne ihn sind die Sänger verloren! Niemand in der Oper käme auf die Idee, wirklich wegzugehen.«

Und grübelnd betrachtete er Eva und Stefan. Etwas mißfiel ihm an dem, was er sah. Es war wie in der Oper; der Gesang, die führende Melodie erzählte eines, das Orchester zur selben Zeit etwas anderes. Er konnte nur das Motiv noch nicht erkennen.

(10)

»Ich habe mich vor Karl versteckt«, erzählte Eva Nora, als sie zusammen in der Küche saßen, kurz bevor Nora mit Linda in ihre langen Sommerferien fuhr. Sie hatten einen Haufen gebratener Hähnchenflügel abgenagt.

»Ich meine, ich habe mich ihm gar nicht richtig zeigen können, so wie ich bin. Er hat mir manchmal von den Jungs erzählt, die er auf seinen Reisen getroffen hat. Von denen er manchmal träumte.«

»Im Ernst?« fragte Nora.

»Ich habe mich dann manchmal auf den Bauch gelegt, du verstehst schon, ich war sein Junge. Er hat es sogar gesagt. *Du bist mein Junge*, hat er dann in mein Ohr geflüstert.«

»Und das hat dich gerührt, stimmt's?« fragte Nora, während sie sich eine Zigarette drehte.

»Es hat mich gerührt und verwirrt. Weißt du, was ich glaube?« Eva trank den Mokka, den Nora ihr hingeschoben hatte. »Ich weiß gar nicht, ob ich eine richtige Frau bin.«

Nora fing an zu lachen, hörte aber gleich wieder auf, als sie Evas ernstes Gesicht sah.

»Das ist nicht komisch.«

»Nein, entschuldige. Das ist nicht komisch.« Nora legte den Arm um Eva und küßte sie.

»Ich glaube sogar, das ist es, was mich an dem beschissenen Bild von diesem reizenden Munch so aufgeregt hat, du weißt schon, die ›Frau in drei Stadien‹, weil es nicht nur um das Älterwerden dabei ging und die eigene Endlichkeit.«

»Sondern?« Nora mischte die Tarotkarten.

»Sondern auch um das, was eine Frau ist. Na, wie soll ich sagen, um das, was ich als Sexualität lebe. In der Liebe. Was für mich Liebe ist.«

»Mensch, Eva«, sagte Nora, »am Ende wirst du doch noch treu.«

»Ach, Quatsch. Das weiß ich nicht. Ich weiß nur, da gibt es etwas zu leben, das ich mir wünsche.«

»Und das du in deiner Ehe nicht hast. So«, Nora hatte die Karten in einer geschwungenen Reihe auf den Tisch gelegt, »nun zieh mal deine Karten.«

Und Eva zog die Karten. Die letzte, die Nora für sie aufdeckte, war der Teufel.

»Oh«, sagte Nora und blies Rauch aus, »das bedeutet eine harte Erkenntnis. Na dann.«

Das Nichts ist niemals nichts, und jede Angst läßt sich entfalten als die Geschichte einer Sehnsucht.

(11)

In der zweiten Junihälfte, oder vielleicht war es schon gegen Ende dieses heißen Monats, rief Sibylles Studienkollege Pieter Brunswick an.

»Pieter, hallo, was für eine schöne Überraschung!«

Sibylle freute sich wirklich. Endlich jemand, der ihr vertraut war und weit genug entfernt von ihren Schwierigkeiten!

Sie trafen sich in einem kleinen italienischen Restaurant. Es war so eingerichtet, wie man in den fünfziger Jahren die ersten italienischen Restaurants geliebt hatte, mit Muscheln und Fischernetzen an den hohen Wänden, die wie Grotten verkleidet waren. Fische aus Plastik waren daran aufgehängt und leere Flaschen, eine Meerjungfrau war in schrillen Rosa- und Grüntönen an die Wand gemalt.

Sibylle trug ein schwarzes, ärmelloses Kleid, das eng anlag, und Pumps mit hohen Absätzen. Sie hatte die Haare frisch getönt (sommerblond) und ihre türkisen Opale in die Ohrlöcher gesteckt. Sie hatte die Augen, ganz gegen ihre Gewohnheit, mit schwarzem Kajal umrahmt. Letzteres hätte sie gern rückgängig gemacht, sobald sie das Lokal betrat.

Sie hatte Pieter Brunswick seit dem Studium nicht mehr gesehen; er hatte sich früh auf Raumfahrtmedizin spezialisiert, und ihre Wege waren getrennt verlaufen. Er sah gut aus, gebräunt, sportlich, und er begrüßte Sibylle mit der vertrauten Mischung aus Herzlichkeit und Distanz. Er berichtete von seinen Reisen in extreme Klimazonen der Erde, die Anden, Afrika, den Nordpol, von Kongressen, bei denen er Vorträge über seine Studien hielt. Er untersuchte das Leben unter extremen Bedingungen und in Isolation, insbesondere das Leben von Astronauten und solchen, die es werden wollten. Er beobachtete, wie sich in der Schwerelosigkeit Hormonproduktion, Natriumspeicherung und Gleichgewichtsorgane veränderten und wie sich Menschen unter solchen Bedingungen in einer Gruppe verhielten.

»Der Mensch ist sein eigenes Fossil, wir wandern in der Raumfahrt rückwärts, zu den Zeiten, als der Mensch seinen aufrechten Gang fand und sich alles in ihm verändert hat.«

Sibylle lauschte mit großem Interesse, kam sich klein und beschränkt vor und fragte nach Pieters Frau, die so oft zu Hause auf ihn warten mußte, wenn er unterwegs war. Er liebte sie offenbar, und er sprach begeistert von seinen Kindern.

»Ich hatte großes Glück in meinem Leben«, sagte er und trank sein zweites Glas leer.

Sibylle wußte nicht, ob sie ihm all das glauben sollte, doch er war so überzeugend, daß sie nicht anders konnte. Warum sollte einem anderen Menschen das Leben nicht besser gelingen als ihr? Jetzt saß sie schon wieder mit einem anderen Mann als ihrem eigenen da, und es gab soviel zu erzählen. Es war ihr unangenehm, dies zu registrieren. Das konnte doch alles nicht wahr sein. Sie tauschten Fotos aus und Erinnerungen, und Sibylle fühlte sich erleichtert, daß es einmal nicht um ihre Probleme ging. Daß sie die Wirren der letzten Wochen und Monate vergessen konnte.

»Ich hatte Glück«, sagte Pieter, »weil ich wohlmeinende Mentoren hatte. Richtig gute Väter sozusagen.«

Sibylle hörte ihm zu und betrachtete dabei Pieters anziehendes, von Falten geprägtes Gesicht. Und plötzlich glitt sie hinaus, der Sinn seiner Worte, die bisher so belebend auf sie gewirkt hatten, fing an, sich ihr zu entziehen. Sie versuchte, sich die Worte mechanisch zu merken, um sie sich später zusammenzufügen. Es kostete sie Kraft, sie nicht einfach vorüberwehen zu lassen. Würde sie jetzt nachgeben, sie könnte in wenigen Minuten nichts fragen, nichts sagen, sich nicht erinnern, was Pieter über seine Doktorväter und Professoren erzählte. Sie müßte zugeben, aus dem Gespräch gefallen zu sein, und das wollte sie nicht. Sie wollte um jeden Preis verstehen, von welcher Erfahrung Pieter ihr erzählte, sie wollte sie unbedingt teilen, als hinge etwas sehr Wichtiges davon ab.

Sie entschuldigte sich, obwohl die Lasagne gerade serviert wurde, und verschwand in der Toilette. Sie ließ sich auf den geschlossenen Klodeckel fallen, stützte den Kopf in die Hände und sackte weg. Sie fiel in eine Art Kurzschlaf, als müßte sie sich für einen Moment vollkommen loslassen, ehe sie sich aus ihrer tiefen Müdigkeit herausreißen konnte.

Später, als sie die noch einmal aufgewärmte Lasagne aßen, atmete sie auf. Sie war wieder hellwach. Beim Abschied deutete sie auf die Meerjungfrau.

»Ist es nicht ein grausames Märchen«, sagte sie, »um gehen zu können, muß sie sich die Zunge abschneiden lassen. Dabei müßte es doch genau andersherum sein.«

»Wie meinst du das?«

»Sie müßte lernen zu sprechen.«

Es schien Sibylle, als hätte sie es nicht ertragen können, daß er von seinen guten Vätern sprach. Daß er einen so großen väterlichen Rückhalt gehabt und dadurch so viel leichter durch das Leben gefunden hatte – und sie nicht. Ihr Leben schien ihr wirr und sie selbst fühlte sich ohne Rückhalt. Auch wenn es ungerecht war. Sie empfand es so. Als hätte sie keine innere Orientierung. Sie hatte zwei Väter und das Gefühl, beide nur wenig zu kennen. Das war ihr alles nicht klar, als sie Pieter gegenübersaß. Das Erlebnis war jedoch so mächtig und irritierend, daß sie noch Tage später darüber nachdachte. Zumal sie jetzt immer häufiger von dieser rätselhaften Müdigkeit mitten in Gesprächen überfallen wurde.

In den Nächten tauchte ihr verstorbener Vater wieder auf, so wie in der Zeit nach seinem Tod, als Sibylle noch ein Kind war. Er war sehr blaß und wirkte schmaler als im Leben und stand wie damals im Schmollwinkel.

Sibylle träumte auch wieder von ihm. Einmal kam er mit ihrer Mutter zusammen auf ein Fest und beide taten so, als wäre gar nichts geschehen. Als wäre alles beim alten. Als lebte er noch. Als hätten sie ihr nur vorgemacht, er wäre gestorben. Es war entsetzlich; Sibylle wollte schreien im Traum, doch sie benahm sich wie immer diskret. Ihre Eltern hielten Sektkelche in der Hand und wollten mit Sibylle anstoßen; Sibylle wollte nicht, sie sagte, sie habe etwas Wichtiges zu tun, sie konnte sich nur nicht daran erinnern. Sie suchte Ludwig und fand ihn bei einer anderen Frau, mit Sektkelchen auch sie.

Was hatten nur alle zu feiern, nur sie nicht, was gab es? Ludwig ignorierte sie und plauderte mit der anderen, und Sibylle wachte auf und spürte einen Stich am Rücken, auf der Höhe der Brust, zwischen den Schulterblättern, als drückte ihr jemand einen Revolver auf den Rücken.

Manchmal hatte sie Träume von ihrer Mutter, in denen sie sie genau an dieser Stelle mit ihren langen, rosa lackierten Fingernägeln piekte.

Nach einigen schlaflosen Nächten, in denen der Vater sie schmollend angesehen hatte, setzte sie sich im Bett energisch auf.

»Nein«, sagte sie laut zu der Ecke hin, in der ihr Vater stand, »ich werde dich schon nicht vergessen. Nur laß mich jetzt bitte schlafen. Ich brauche meinen Schlaf. Ich habe die Kinder und die Arbeit. Ich kann es mir nicht leisten, nachts nicht zu schlafen. Ich werde verrückt davon. Schlafentzugspsychose nennt man das, häufig zu diagnostizieren bei Müttern kleiner Kinder. Meine Kinder sind nicht mehr klein. Du bist es, der mich fertigmacht. Laß mich endlich frei.«

Ihr Vater schwieg wie früher und sah sie tieftraurig an. Das Schweigen der Väter kann groß sein.

»Du bist es, die ihn freilassen muß«, sagte eine altkluge Stimme in ihr.

»Jaja«, antwortete Sibylle ungeduldig, »ich bin mal wieder für alles verantwortlich, das könnte dir so passen. Freilassen, was heißt das? Ich werde ihn nicht vergessen, habe ich gesagt.«

»Dagegen spricht auch nichts«, sagte die Stimme, »er war dein Vater und er hat dich geliebt. Du bist ungerecht in letzter Zeit. Du hast zwei Väter, die dir gut sind, und du klagst. Du weißt selbst, daß die Toten keine Ruhe finden, wenn man sie festhält, und du hältst ihn fest und schiebst ihn zwischen Ludwig und dich.«

»Was?« Sibylle war außer sich. Fehlte nur, daß sich der Schamane auch noch in die Ecke ihres Schlafzimmers stellte.

»Hör auf damit! Was hilft mir dein blödes Geschwätz? Gar nichts!«

Die entferntesten Flecken im Sonnensystem werden entdeckt, dachte Sibylle, doch wir selbst bleiben uns unvertraut. Und wenn der Mensch seinen Horizont bis zum Mars erweitert, seiner Wahrnehmung und seinem Verstehen sind enge Grenzen gesetzt.

(12)

Munch malt in Warnemünde nackte Männer. Wer bin ich, fragt er, wenn ich nicht liebe oder arbeite? Die Männer baden; sie kommen aus dem Wasser an den Strand. Munch geht weiter in der Abstraktion. Macht meterlange Linien, setzt locker Farbflächen aneinander, Haut, Wasser, Sand. Rhythmen aus Farbe. Der nackte Mann in meinem Kopf ist erst eine Skizze, denkt Munch.

(13)

Was ist ein Mann? Was ist eine Frau? Wo berühren sie sich?

Was ist ein nackter Mann? Was zum Beispiel wäre ein nackter Ludwig? (Wo ist er überhaupt?) Ein Ludwig ohne Chefarztkittel, ohne Motorradlederkluft, ohne geringelten Pulli und Jeans? Wer wäre er, ohne Arbeit, ohne Auto, ohne Geld?

(14)

An dem Abend, an dem Sibylle Pieter traf, besuchte Ludwig mit den Kindern Eva und Stefan. Es war ein warmer Abend nach einem weiteren heißen Tag, sie saßen auf der Veranda. Die Linde des Nachbarn duftete süß, in der Luft lag die Schwüle eines heraufziehenden Gewitters, von dem weit und breit nichts zu sehen war. Die Kinder spielten irgendwo auf der Straße.

»In jeder Familie gibt es Tragödien«, sagte Ludwig. »Wirklich komische Figuren sind eher selten. Deshalb lesen wir so gern Romane, ihr müßt mal diesen Japaner lesen, Murakami. Das Leben ist nicht surreal. Oder doch. Das Leben ist surreal.«

»Ja was denn nun«, fragte Stefan und stellte eine Platte mit Käse und Wurst, Oliven und Tomaten auf den Tisch. Er fand die Erwartungen der Menschen an die Literatur übertrieben. Dieses Durcheinander von Wirklichkeit und Erfindung. Er las kaum.

»Ach, ich weiß nicht«, sagte Ludwig, »ich weiß vor allem nicht, was mich trauriger macht. Surreal oder nicht. Wir haben keinen Gott mehr, wir denken, wir sind keine Natur, da ist alles so nackt. Wir stehen so nackt da.«

Eva sah Stefan irritiert an; er zuckte mit den Achseln. Ludwig merkte es nicht. Er dachte an Armin, seinen süchtigen Kollegen. Ein anderer Arzt hatte ihn beobachtet, als er sich eine Spritze gab, und hatte es bei der Klinikleitung angezeigt. Mein Großvater, hatte Armin zu Ludwig gesagt, war seit dem Ersten Weltkrieg morphiumsüchtig. Er war ein guter Arzt, bis ans Ende seines Lebens.

»Aber das ist doch nix zum Traurigwerden«, sagte Stefan. Eva tauschte einen beunruhigten Blick mit ihm aus. Gleich als Ludwig hereingekommen war, hatten sie sich gewundert. Hatte er abgenommen? Er sah irgendwie geschrumpft aus. Sie hatten sich nicht getraut zu fragen, wo Sibylle steckte. Schade, hatte Stefan zu Eva gesagt, sie kommt gar nicht mehr her.

Stefan schenkte Wein und Wasser ein; er war guter Dinge an diesem Tag. Eva hatte weiße Farbspritzer im dunklen Haar, sie trug eine blaue Arbeitshose und ein altes T-Shirt, aber Ludwig hatte nicht wie sonst gefragt: Na, wo hast du denn heute gearbeitet? Er hatte ihr nur vorsichtig eine Strähne aus der Stirn gestrichen und hinter dem Ohr befestigt und sie wehmütig angesehen, aber eher so, als blickte er durch sie hindurch.

»Ich erzähle euch jetzt mal was richtig Surreales. In meiner Familie«, begann Stefan munter, »gab es einen ausgesprochenen Hang zum Selbstmord. Mein jüngster Cousin hat sich aus Liebeskummer vor einen Zug geworfen. Wegen einer älteren Frau, wohlgemerkt. Und mein Onkel väterlicherseits hat sich sein Gewehr in den Mund gesteckt und abgedrückt. Wie Hemingway.«

»Ist ja wirklich irre lustig«, sagte Eva.

»Surreal, hab ich gesagt, nicht lustig. Ich erzähle euch jetzt mal was richtig Surreales, habe ich gesagt«, sagte Stefan. Er steckte sich ein großes Stück Käse in den Mund. Wie sorglos er ist, dachte Eva.

»Warum denn das?« fragte Ludwig. »Das ist ja entsetzlich.«

Eva verschränkte die Arme. Die Unterhaltung ärgerte sie.

»Ja. Das war es. Meine Tante erlitt einen Schock. Und mein Cousin war zweiundzwanzig.«

»Zweiundzwanzig? Wie schrecklich! Und der Onkel?«

»Dreiundfünfzig. Ist doch gut, Eva, war nicht so gemeint. Er litt an Paranoia. Er glaubte, die Stasi verfolgte ihn. Sieben Jahre nach dem Mauerfall. Du weißt doch, meine halbe Familie kommt aus dem Osten. Meine Oma mit dem durchgebrannten Mann, du weißt schon, mit ihrem verheirateten Mann hatte sie doch das Ausflugslokal, in Brandenburg, bei Frankfurt/Oder, da können wir mal zusammen hinfahren, das macht jetzt ein anderer Cousin von mir. Mein Onkel war Jäger, ein toller Typ, sehr witzig. Er setzte sich nach der Wende dafür ein, daß das Gebiet dort unter Naturschutz gestellt wurde. Bei seiner Beerdigung kamen seine Kollegen, stellten sich ans Grab und bliesen auf ihren Hörnern. Immerhin. Ein nobler Moment.«

Ludwig schüttelte den Kopf. Er schnitt mit seinem *Leatherman* die Salami in Scheiben, zog die Haut ab und verteilte die Scheiben.

»Die einzige komische Gestalt war mein Onkel mütterlicherseits. Er ist eines natürlichen Todes gestorben, das nur am Rande. Er arbeitete nach dem Krieg bei den Amerikanern –«

»Bitte, Stefan«, Eva versuchte ihn zu bremsen.

»– denen Evas Oma die Hemden wusch«, schob Ludwig trocken dazwischen.

»Nein, nicht die, das war doch in Lüneburg, mein Onkel war in –«

»Sollte ein Witz sein.«

»Jedenfalls –«

Stefan kam in Fahrt. Ludwigs Traurigkeit machte ihm zu schaffen. Er hielt es schwer aus, wenn jemand traurig war. Er trank schnell noch ein Glas und das nächste, hatte bald einen sitzen, und wie immer, wenn er zwei, drei Gläser getrunken hatte, sprudelte er. Er brauchte nicht besonders viel, um in diesen Zustand zu geraten, früher hatte Eva ihn hin und wieder aus einer Kneipe geholt, lange bevor sie *aufs Land* gezogen waren. Seine Kollegen nutzten es manchmal aus und schenkten ihm schön nach, weil Stefan, der sonst eher still war, dann ausholte und irrsinnige Geschichten zum besten gab, Witze erzählte und tanzte, bis er irgendwann auf einem Stuhl im Sitzen einschlief. (Schlief er nicht ein, ergaben sich gewisse Gelegenheiten *ohne Bedeutung*.)

»Jedenfalls tanzte der Onkel gern«, sagte Stefan.

»Mensch, Stefan«, sagte Eva, »du hast aber auch Quasselwasser getrunken heute abend! Ich wünschte, du würdest mal so viel erzählen, wenn wir allein sind!«

»Ach, laß ihn ruhig«, sagte Ludwig seltsam müde.

»Er bewunderte Steptänzer«, erzählte Stefan, als wäre ihm Evas Bemerkung entgangen, »das heißt die amerikanischen

Schauspieler der fünziger Jahre, die so elegant waren und tanzen und singen konnten, wie Cary Grant oder Stewart Granger, und natürlich Fred Astaire. Wenn im Casino alles getan war, legte er eine Scheibe auf und begann zu tanzen, bis zuletzt. *Klackedieklack*, fegten seine Schuhe, unter die er Eisenplättchen hatte schlagen lassen, über den Steinboden, *klackedieklack*. Manchmal sprang er auf einen Tisch, unter dem Gejohle der Angestellten, der Soldaten und Offiziere. Er war noch gar nicht so alt, aber er hatte ein Gebiß wegen einer Kriegsverletzung. Und einmal, als etliche *Officers* im Casino saßen und sich den berühmten Tänzer angucken wollten, da flog ihm das Gebiß mitten im Tanz aus dem Mund. Es flog in hohem Bogen aus dem Mund! Er tanzte einfach weiter, er war so schön in Fahrt, aber alle erstarrten und guckten ihn an, als wäre sein Kopf vom Rumpf gefallen.«

Eva und Ludwig mußten nun, Stimmung hin, Stimmung her, kichern. Stefan mußte selber lachen. Er war erleichtert.

»Ich habe keine Ahnung, wie er sich da rausgerettet hat. Zum Glück hatten die Amis damals viel Humor, sie werden irgendeinen Spruch geklopft haben, und fertig. Aber von da an nahm er beim Steppen das Gebiß vorher raus.«

»Das ist ja noch schlimmer«, schrie Ludwig, und ihm liefen die Tränen vor Lachen über die Wangen, er machte seltsame Geräusche, zwischen Juchzen und Schluchzen, doch dann strömten einfach nur noch Tränen, und Eva und Stefan sahen zu ihrer großen Überraschung, daß ihr Freund weinte. Er weinte leise und ohne etwas zu sagen. Eva holte Taschentücher, und Stefan klopfte Ludwig auf die Schulter. Scheiße, dachte er, was für ein Abend.

Und: Wenn ich es nur wüßte, dachte Ludwig.

Alle Karten schienen Eva falsch gemischt, als hätte sie ein böser Stern durcheinandergebracht. Ein Stern, der Zeit hieß und Kinderhaben und Alltag und Ungeduld und Lebenshunger und Lebenslüge und Elternübertragung und Krise der Lebensmitte, und sie wußte nicht, welchen Namen ihm geben, der sie alle Lichtjahre auseinandertrieb, und sie konnten nur zusehen und sich die Taschentücher reichen. Es war entsetzlich, und auch Eva kamen die Tränen.

Ludwig saß da wie ein Kind, mit zusammengesunkenen Schultern.

Er wollte nicht reden, es mußte schlimm sein.

»Warum kommt Sibylle eigentlich nicht mehr hierher?« fragte Eva unvermittelt. Die ganze Zeit hatte sie diese Frage schon stellen wollen. Eva hatte wirklich ein feines Näschen. Wenn auch nicht fein genug, in diesem Fall.

»Sie ist auf einer Art Selbstfindungstrip«, sagte Ludwig abwinkend.

»Ach«, sagte Eva. Ihr dämmerte etwas, etwas Grüngesichtiges.

»Spiel doch bitte was, Stefan«, sagte Ludwig, »ausnahmsweise.«

Stefan zuckte mit den Schultern. Besser spielen als reden, dachte er. Ludwig hatte ihn noch nie darum gebeten.

»Es ist vielleicht schon etwas spät«, sagte er zögernd, »die Nachbarn –«

»Nun laß doch mal die Nachbarn, einmal werden sie das wohl verkraften«, sagte Eva.

Stefan holte die Klarinette heraus. Die Kinder schliefen eingerollt wie kleine Katzen im Wohnzimmer, alle dicht beieinander, und die Erwachsenen hockten in der Dunkelheit auf der Terrasse in den aufsteigenden Tönen. Stefan spielte eine Ballade von Charlie Mingus. Er wiegte sich mit dem Oberkörper hin und her. Es duftete nach der Linde und den schlafenden Rosen. Das Windlicht brannte auf dem Tisch, über ihnen standen ein paar Sterne am Himmel und ihre Herzen waren müde wie der alte löchrige Mond.

(15)

In dieser kurzen Nacht, die in die frühen Morgenstunden fiel, träumte Eva von Bergen. Sie stand am Hafen, küßte einen Mann, dessen Gesicht sie nicht erkannte, es war schön. Dann stand dieser Mann an einem Schalter und beschrieb auf englisch die Dinge der Kinder, ihre Koffer, Spielsachen und Kleidungsstücke, weil sie die Nummer ihrer Schiffskabine vergessen hatten. Wieder im Hafen, sah Eva eine Flutwelle auf sich und die Stadt zukommen, sie war zig Meter hoch, höher als alles andere, doch die Leute blieben seltsam ruhig. Auf dem Höhepunkt brach die Welle nicht, sondern die Erde, auf der sie alle standen, legte sich in die Schräge, wie ein Schiff, das sich dem Wellengang anpaßt, alles legte sich schräg, sie mußten sich festhalten, sie hingen fast parallel zur Erde, zum Boden, zu den Planken aus Holz, ganz Bergen schien plötzlich aus Planken zu bestehen. Eva sah das Wasser unter ihr, es war, als wäre die Welt an dieser Stelle zu Ende, als wäre die Erde doch eine Scheibe (eine Pizza, wie David einmal gesagt hatte), und als könnte man genau hier von ihr herunterfallen.

9. Kapitel

Der Sturm

In früheren Zeiten, in denen der Mensch noch eine innigere Verbindung mit der Natur empfunden hat, jene rätselhafte, wunderbare Übereinstimmung, um die wir unsere Vorfahren manchmal beneiden, war der Sturm in Gedichten, Theaterstücken und Romanen ein außergewöhnliches Naturereignis, das wie ein Zauber die Herzen und die Welt der Menschen verwandelte: Alle Ordnung wurde auf den Kopf und in Frage gestellt, und danach war nichts mehr wie es war. Nehmen wir nur einmal Shakespeare. Othello etwa gerät in einen schrecklichen Sturm, als er mit dem Schiff von Venedig nach Zypern fährt, wohin seine geliebte Desdemona ihm folgt. In diesem Sturm verliert er, von Jago befördert, seinen Glauben an sich selbst, und Selbstzweifel machen aus dem Verliebten den berühmten »rasenden Mohren«, der seine Liebste aus Eifersucht mit einem Kissen erstickt. In einer stürmischen Nacht auf der Heide kann der alte König Lear zwar sein eigenes Wort kaum verstehen, dafür sich selbst um so besser. Und Prospero, der Herr der Elemente, legt mitten im Sturm seinen Zauberstab nieder und möchte so sein wie alle, verletzlich.

Von Emily Brontës ›Sturmhöhen‹ über Beethovens ›Sturmsonate‹ bis hin zu Eartha Kitts ›Stormy Weather‹: Manche Metaphern verlieren ihre Frische, der Sturm nicht.

Die Natur, kultiviert, manipuliert und echauffiert, dient

auch nach sämtlichen Attacken der Postmoderne, die solche Bezüge auseinandergenommen hat und am liebsten verabschiedet hätte, noch immer und durchaus als Bild unserer ebenso kultivierten, manipulierten und echauffierten Seelen. Verdreckte Flüsse haben Konjunktur.

Die Natur jenseits unserer Eingriffe, also die richtig gute, böse, alte Natur, dankt uns unsere poetische Treue mit gewaltigen Ausbrüchen. Keine stillen Teiche, nicht einmal Stürme, um unsere traurigen und aufgewühlten Herzen zu spiegeln, nein: Orkane und Hurrikane, Überschwemmungen und Springfluten bietet sie (inwieweit wir an diesen selber Schuld haben, tut hier nichts zur Sache). Hat sie sich unserer Seele angepaßt oder umgekehrt? Oder gilt doch nur: Ein Sturm ist ein Sturm ist ein Sturm?

Munch nun war einer, für den Landschaften Seelenlandschaften waren; zugleich war er kein naiver Mann, dem der Sturm etwa »nur« Ausdruck gesellschaftlicher Spannungen gewesen wäre. Betrachten wir sein Bild »Der Sturm«, aus dem Jahr 1893. Eine Gruppe von Frauen steht auf der dunklen Straße; eine Figur im auffallend hellen Kleid, vereinzelt, in einigem Abstand von ihnen, zentral. Im Hintergrund Häuser mit hellen Fenstern. Woran aber sehen wir den Sturm?

Bäume liegen schief; die Frauen halten sich die Ohren zu (das Tosen); die Erdanziehung scheint aufgehoben. Der Sturm wird als unsichtbarer Gegner sichtbar: im Schrecken, den er verursacht. Er zeigt sich in den Farben, in den Kontrasten, die eine Stimmung erzeugen. Die blauschwarze Umgebung, die erdige Tonigkeit der Gruppe, die strahlend weiße einzelne (Licht-)Gestalt, die leuchtenden weiß-gelben Fenster. Der Betrachter *soll* fragen. Was machen die Frauen da? Was stehen sie auf der Straße herum, bei einem solchen Wetter? Wurden sie überrascht? Sie sind, aus den Häusern genommen, schutzlos. Die Häuser sind *nutzlos*. Diese Frauen sind existenziell obdachlos.

Betrachten wir die hell leuchtenden Fenster der Häuser.

Munch hat sie *ausgekratzt* (Augen der Häuser: Augen auskratzen?). Weiße, gelbe Farbe, aufgetragen und an den Rändern ausgekratzt. Diese Fenster sehen nicht aus wie gewöhnliche Fenster. Ihr Licht korrespondiert mit dem seltsam hellen Himmel über der Dunkelheit. Womöglich ein Verweis auf das Übersinnliche, *Numinose*? Gott war ja noch nicht richtig tot, und Munch wollte auch gern Gespenster fotografieren. Die Verbindung von Transzendenz und Licht, die leuchtet ein und ist ganz klassisch. Aber angekratzt.

Die Stimmung des Ausgesetztseins in der nächtlichen Natur wird durch die hellen Fenster verstärkt. Zum anderen erhält in dieser irren Ausgekratztheit das Material einen eigenen Wert. Die Grundierung scheint durch: die blanke Leinwand, das blanke Entsetzen. (Der Nordpol der Liebe, die Schneelandschaft). Das Nicht-Vorhanden-Sein der Farbe im Weggekratzten thematisiert den Schrecken wegen des Sturms (Leere, Verwüstung) und zeigt fingerdick auf die Farbe selbst (»Det is modern«, würde Frau Spoerli senior sagen). Das Material Farbe an sich führt uns direkt wieder zur Natur zurück: Farbe ist Pigment (Erden, Mineralien), Öl (Pflanzen), Leim (Knochen). Malen selbst, als Vorgang, hat etwas vom Pinkeln, auch Natur.

Munch bricht den Symbolismus auf, den er benutzt.

Das möchte die Erzählerin auch. Nun, da sie ihre Skrupel beleuchtet und unser nicht mehr unschuldiges Verhältnis zur Metapher geklärt hat, wäre es doch schön, einen ordentlichen Sturm durch unsere Geschichte fegen zu lassen, nach dem das ganze Leben der Figuren neu geordnet wäre. *Neu geordnet*? Das wäre ein hübscher Kunstgriff, doch es wäre, das müssen wir leider sagen, gemogelt! Im richtigen Leben gibt es weder eine in der Fiktion behauptete Ordnung, noch ist dort jemals etwas völlig neu. Wir fallen nicht plötzlich vom Himmel, ohne Erinnerung und ohne Fäden, die uns mit unserem bis dahin gelebten Leben verbinden wie die Haare der Frauen in den Bildern Munchs mit den Männern, die sie verlassen haben. Der

Maler nannte diese Fäden *Kabel der Anziehung* und schrieb später: *Ich symbolisierte die Verbindung zwischen den Getrennten durch das lange wellige Haar. Das lange Haar wurde zu einer Art Telefondraht.* Na also! Das alltägliche Leben wuchert in die Kunst hinein und umgekehrt!

Liebe Dame, werden Sie sagen, lassen Sie Ihre Zweifel, was geht uns das richtige Leben an? Wir *sind* doch hier im Reich der Fiktion! Wir wissen doch um die Übertreibungen und Zuspitzungen, die eigenmächtigen Ordnungen des Systems, ja: wir erwarten sie sogar! Was mischen Sie sich überhaupt ein und verzögern hier den Fortgang der Geschichte?

Jetzt ist es aber genug!

(1)

Als der Sturm sich erhob und mit einer Geschwindigkeit von einhundertundfünfzig Stundenkilometern durch Berlin und seine Umgebung fegte, war Eva beim Yoga. Sie hatte keine Unwetterwarnung gehört und sich gewundert, warum die Yogalehrerin fragte, ob sie die Autos sicher geparkt hätten. Eva stand in bequemer Hose und lockerem T-Shirt am Fenster und sah hinaus. Der Himmel war in den letzten zehn Minuten tiefgrau geworden, fast schwarz, eine unfaßbar rasche Verfinsterung. Die Straße sah aus wie ein künstliches Band, leergefegt, und die Bäume bogen sich bis zum Boden, kurz vorm Bersten. Ein Laster fuhr durch die Straße wie in Zeitlupe, ein riesiger Sonnenschirm hakte sich an ihm fest und wurde mitgeschleift. Ein großer Ast brach herunter, stürzte auf den Laster und wurde ebenfalls mitgeschleift. Eva sah einen zweiten Sonnenschirm, ein rotes wehendes Rad, durch die dunkelgraue Straße wirbeln, über die Fahrbahn fegen. Autos sah sie keine, und keine Menschen, und sie dachte, sie träumte. Sie schob alles wie einen Traum beiseite und legte sich auf ihre

Matte. Sie hob die Beine in die Luft, winkelte sie an der Hüfte ab, ließ sie zur Seite fallen und streckte sie bis zum Ohr ihrer Nachbarin aus.

»Wenn ihr eure Nachbarin berührt, macht das nichts«, sagte die Yogalehrerin. »Ein bißchen Kontakt tut unserer Gesellschaft gut.«

Die Frauen kicherten. Die Frauen waren im naturhaften Lauf von Werden und Vergehen schon etwas fortgeschritten. Einige hatten längst jenen Zenit überquert, vor dem Eva graute und den sie dank Herrn Munch nun auch als eine Tatsache für sich selbst ins Auge fassen mußte. Andere näherten sich erst diesem schwierigen Punkt. Aber jetzt kicherten alle. Außer Eva. Die Menschen, dachte Eva, haben Angst vor der Liebe und sind zerfressen vor Sehnsucht. Wozu aber haben sie Beine, die sich berühren können?

»Ihr sollt nichts tun, was euch weh tut«, sagte die Yogalehrerin. Sie hieß Sandra. Sie hatte getöntes, dunkelbraunes Haar und zündete zu Anfang jeder Stunde ein Räucherstäbchen an, mit einem langen Feueranzünder aus Leichtmetall. Er paßte zu ihrer Art, Yoga zu unterrichten. Eine Mischung aus Esoterik und praktischer Lebenshilfe. Am Ende las sie immer den Spruch der Woche vor. Eva liebte den Spruch der Woche. Yoga war eine einfache Art, sich mit den Widrigkeiten des Lebens zu befassen. Yoga half. Kunst war anstrengend. Man trat so heraus aus allem. Eva sah die Schädel der Frauen unter ihren gefärbten Haaren hervorblicken. Sie sah Gerippe unter den lebenden Skulpturen mit Speckröllchen. Sie dachte an »eure Verhütungstrainerin«, die auf Werbepostern ihre Dienste anbot, die in der Garderobe an jedem Schrank klebten. »Jetzt ist euer Körper dran«, stand darauf. Eva hatte ohne zu zögern mehrere zornig abgerissen und in den Mülleimer gestopft.

Eva war geradezu versessen darauf, sich mit ihrer Natur in Einklang zu bringen. Auch wenn dies Verfall und Tod einschloß. Oh, wie schwierig war es, den Menschen zu lieben. Eva knurrte. Sie war jetzt oft zornig, der Zorn durchfuhr sie heiß und verwirrte sie. Am Morgen hatte sie in den Wäschebergen gesessen und geheult, und jetzt machte sie hier auf der grünen Matte ihre Übungen und fühlte, wie steif ihre Fußgelenke waren und wie es in ihrer Wirbelsäule knackste und plötzlich, guter Wille hin, guter Wille her (das Gehirn war ein hinterhältiges! war es auch Natur?), war die Angst vor dem Alter wieder da. Und mit ihr die noch größere Angst, das Leben zu verfehlen. Eva sah die Frauen um sich herum, die die Augen aufrissen, während sie versuchten, auf einem Bein zu stehen, das andere mit dem Fuß am Oberschenkel abzuwinkeln und mit den Armen über dem Kopf Äste zu bilden. Die sich anstrengten, fit zu sein, beweglich und schön, und denen alle Knochen weh taten von ihren Berufen und ihrem Mutterdasein und ihren leeren Ehebetten und der Erinnerung, daß es einmal Zeiten gab, in denen die Laken nach Lust und Liebe rochen und die sich alle fragten, wo das denn nur geblieben wäre. Die Damen Bäume wackelten.

»Bißchen windig heute«, scherzte Sandra.

Eva machte den »Hund«, die »Kobra« und den »Fisch«. Sie balancierte, dehnte und streckte sich. Und während sie schließlich die Wirbelsäule im »Krokodil« in eine intensive Drehung brachte, fühlte sie ihr schlechtes Gewissen wachsen. Es grub sich mit langen kalten Fingern in ihre Schulterblätter, weil sie so egoistisch war und so hungrig und immer wieder ihren Mann betrog. Weil sie ihn demütigte, obwohl sie ihn liebte, und weil sie es nicht schaffte, in seine Nähe zu kommen.

So wie am Abend zuvor, als sie versucht hatte, ihn in ein Gespräch zu ziehen, und er gesagt hatte: Ich bin müde. Sie hatte die aufgewärmten Nudelreste fortgeschoben und ihn angesehen. Sein Gesicht wirkte grau, das Hemd spannte über seinem Bauch, und sie war wieder von dieser Fremdheit befallen worden und von einer schrecklichen Einsamkeit.

Eva ging in die Position der »Heldin«, ein Fuß vorn aufgestellt, das andere Bein nach hinten gestreckt, in der Hüfte frei schwebend, aufrecht, die Arme zu den Seiten, die Finger gen

Himmel. Sie konzentrierte sich, nicht umzufallen. Sie sehnte sich nach der Waschmittelfee, die früher im Werbefernsehen als Schatten aus der verzweifelten Hausfrau herausgetreten war und ihr gesagt hatte, daß es gegen sämtliche Flecken der Familie ein Wundermittel gäbe, egal wie hartnäckig und tiefsitzend und gemein diese Flecken auch sein mochten. Und dann hatte sie der armen, gebeutelten Hausfrau ein Paket Waschpulver in die Hand gedrückt, und gleich in der nächsten Sequenz hatte die getröstete Hausfrau die strahlend weiße Wäsche hochgehalten, und dann waren glücklich strahlende Kinder und ein glücklich lächelnder Mann aufgetaucht und alle hatten sich irrsinnig über die schöne fleckenfreie Wäsche gefreut, und Eva hatte immer gedacht, daß so das Familienleben sein müßte, so fleckenfrei und makellos und strahlend. Wo ist meine gute Fee? dachte sie, und: Wo ist meine Mama? Sie ließ ihre Beine zu Boden gleiten. Sie spürte Tränen aufsteigen und zog die Decke, die sie sich nehmen sollte, um sich bei der abschließenden Körperreise vollkommen zu entspannen, bis über die Augen.

»Richtet eure Aufmerksamkeit auf eure Emotionen«, sagte die Yogalehrerin. »Laßt kommen, was kommt. Alles ist gut.«

Evas Emotionen richteten sich auf den Salat, den sie später essen wollte. Sie sah die Salatblätter, die sie waschen müßte, trockenschleudern, zupfen, anmachen. Alles war gut. Es wäre aber besser, wenn sie nicht so blöde Gefühle hätte. Wenn jemand den Salat für sie zubereiten würde. Wenn jemand für sie staubwischen, staubsaugen und die Böden wischen könnte. Wenn jemand sie von Kopf bis Fuß streicheln könnte, ohne etwas von ihr zu wollen. Immer wollte jemand etwas von ihr. Nur einer nicht. Nicht das, was sie sich wünschte.

Sandra die Yogalehrerin sagte an, welchen Körperteil sie nun fühlen sollte, bei der meditativen Körperreise, doch Eva fühlte sie nicht, sondern irrte ohne jede Orientierung durch die Wälder, in denen ihre Mutter verschwunden war, die zugleich in ihren Handflächen lebte, ihren Oberschenkeln, ihrer

Hüfte und die an ihr riß und zerrte. Je tiefer Eva in sich hineinlauschte, desto größer wurde die Sehnsucht, sich in die Arme ihrer Mutter zu schmiegen und sich trösten zu lassen. Plötzlich riß sie die Augen auf und sah das dunkle Rot der Decke, unter der sie lag. Vielleicht hätte ihre Mutter gar nicht verschwinden müssen? Vielleicht hätte ihr Vater mit ihr reden müssen? Vielleicht hatte sie sich so einsam in ihrer Ehe gefühlt wie sie selbst? Ihr Vater war überhaupt eine ferne Figur! Vielleicht hätte sie auch gern ihren Mann verlassen, hatte es aber nicht geschafft, wegen ihr, Eva, und Anka? Und vielleicht machte sie, Eva, ohne es zu wissen, alles nur ihrer Mutter nach? Und vielleicht hatte sie sich ihren Mann so ausgesucht, wie ihre Mutter gewesen war: lieb, aber weg? Vielleicht hätte sie sich von vorneherein einen anderen Mann ausgesucht? Einen weniger introvertierten? Oder war Stefan einfach nur wie die meisten Väter: lieb, aber weg?

Und schlagartig stand es Eva vor Augen: Alles würde immer so weitergehen. Das Leben würde immer so weitergehen, mit dem Rhythmus der Jahreszeiten, mit dem Weihnachtsbaum und den Ostereiern, solange die Kinder zu Hause lebten, und sie würde nach Hause kommen von anderen Männern, und es würde nach Pizza riechen, und Stefan würde sie anlächeln und sie würde ihn anlächeln und diese Leere spüren, und die Kinder würden groß und sie würde Stefan immer weiter betrügen, weil Elemente mit unbesetzten Valenzen das Bestreben hatten, sich mit anderen Elementen zu verbinden, das war ein Naturgesetz. Und sie würde immer müder von ihrem eigenen Leben, und irgendwann wäre es gar nicht mehr so schlimm, an den Tod zu denken.

O nein, dachte Eva. Nein, nein, nein!

Hitze durchlief sie, der Zorn der Großmutter, die mit der Gabel nach den Händen der Kinder hackte, wenn sie bei Tisch zu unruhig wurden. Diese Dinge stecken in uns, in veränderter Form, dachte sie, und Unruhe wütete in ihrem Körper, während sie sich tief entspannen sollte, und ihr Kiefer bebte, ihre

Wut auf Stefan, der sie zwang, die ganze Schuld auf sich zu nehmen und ihn zu verlassen und angestrengt darüber nachzudenken, wie sie dies ihren Kindern erklären sollte, die ein Recht darauf hatten zu begreifen, weshalb die Mutter, die sie alle mit dem Vater gemacht hatte, nun nicht mehr mit ihm leben wollte, was ja zur Folge hatte, daß sie auch nicht mehr mit ihm leben würden, jedenfalls nicht dieses Leben Tag für Tag. Obwohl sie ihm versprochen hatte, mit ihm durch dick und dünn zu gehen, wenn auch nicht kirchlich, aber die katholische Erziehung saß einer ja trotzdem im Nacken.

»Spürt die warme Kugel in eurem Sonnengeflecht«, sagte Sandra.

Eva spürte keine warme Kugel, sie spürte Hitze. Wie machten es nur die anderen? Sie kannte gar niemanden, der sich trennte oder getrennt hatte! Sie ließ alle Gesichter Revue passieren, von den Müttern und Vätern in der Schule, denen sie sagen müßte, daß sie sich getrennt hätten, und in deren Augen sich für einen Moment lang die Dramen ihrer eigenen Ehen abspielten und die alle zu stottern anfingen und denen ins Gesicht geschrieben stünde, daß sie sich schockartig fragten, ob sie selbst es denn richtig machten, mit dem Leben. Ob man es denn überhaupt wissen konnte, wie das Leben zu leben sei, wo sie doch alle darin ertranken, es praktisch zu bewältigen, ohne eine Idee von dem, was es denn sein könnte. Und Eva dachte an die Bilder von Munch, auf denen Paare in einem Kuß verschmolzen, und sie dachte an die Bilder mit dem Mann mit dem herausgerissenen, blutenden Herzen, und sie hätte am liebsten gebrüllt (das war ja auch ein Bild von Munch, der verstand etwas von dieser inneren Brüllerei). Ihr wurde schwindelig und sie hatte Angst, daß sie gleich wieder in Ohnmacht fallen würde, und sie hörte von weitem, wie Sandra die Yogalehrerin den Spruch der Woche vorlas: »Wer zum Ziel will, muß den Weg annehmen.«

Eva sprang auf, stürmte aus dem Saal in einen anderen, auf eines der Laufbänder, und rannte wie verrückt los. Sie wußte, daß sie sich an einer Weggabelung befand, aber jede Weggabelung, solange sie sich erinnern konnte, löste Panik in ihr aus, weil sie dachte, daß der Weg dahinter wegbräche. Jede Weggabelung war eine Weg-Gabelung sozusagen. Weg, weg, weg, das blanke Nichts. Weg wie die Mutter. Sie sah alles gestochen scharf, nur zu schnell, sie kam kaum hinterher, vielleicht war das überhaupt ihr Problem, daß sie nicht hinterherkam mit allem, daß sie zu langsam war für all die Gefühle, die sie hatte, daß sie viel zu viel Gefühle hatte für diese Welt, in der immer alle so schön funktionieren sollten. Und die ganze Zeit hämmerte in ihren Schläfen der Satz: So geht es nicht mehr weiter, so geht es nicht mehr weiter. Vielleicht, dachte sie, ist es besser, noch weiter raus aufs Land zu ziehen. Aufs Land, wie die zornige Großmutter, mit Dreck an den Gummistiefeln und Hühnern, das würde sie gerade noch schaffen.

(2)

Auf dem Land, wie Ludwig es immer nannte, saß unterdessen ahnungslos Stefan mit den Kindern im Garten beim Essen. Er hatte gesehen, daß sich am Himmel etwas zusammenbraute, doch er hatte gedacht, es wäre genug Zeit, zuvor wie jeden Abend in diesem heißen Sommer im Freien zu essen.

Es wurde unheimlich still. Am Himmel schob sich eine schwarze Wand heran. Die Katzen flüchteten jaulend ins Haus. Die Kinder hörten auf zu plappern und sahen entsetzt den Himmel und ihren Vater an. Lucie begann zu schluchzen. In diesem Moment war die schwarze Wand bei ihnen angelangt, die Kinder schrieen alle drei, sprangen auf und rannten ins Haus. Stefan wollte noch den Tisch abräumen, da fuhr ein lautes Krachen durch die dunklen Wolken, ein Schlag, der allen durch Mark und Bein ging, ein nie gehörter Donner, ein unfaßbares Geräusch, als brächen Himmel und Erde entzwei.

Das blanke Entsetzen. Stefan war mit einem Satz im Haus und sah gerade noch, wie die Flaschen vom Tisch flogen und die Tischdecke hochgefetzt wurde. Drinnen war es genauso finster wie draußen, Lucie schrie »Papa, Papa«, und David heulte laut. Stefan drückte die Kinder an sich.

»Im Haus kann nichts geschehen!« schrie er, ließ die Kinder los und rannte durch alle Zimmer, um die Fenster zu schließen. Er fühlte sich keineswegs sicher und warf besorgte Blicke auf die schief gewachsenen Kiefern am Haus, die sich bogen und ächzten, und er hörte, wie die Linde mit ihren Zweigen das Dach peitschte und Ziegel herunterriß. Der Sturm heulte infernalisch laut, er riß an den Fensterläden, der erste Laden brach herab und fiel mit lautem Krachen zu Boden. Ein rauhes, wildes, unbeschreibliches Rauschen war in der Luft, es riß böse am Haus, das zum Erbarmen zerbrechlich schien. Stefan rannte zu den Kindern, die sich angstvoll an ihn drückten und nach der Mama brüllten.

»Wo ist die Mama?!«

»Die Mama ist in Sicherheit, habt keine Angst«, schrie Stefan, und er drückte sie alle drei eng an sich, als wollte er verhindern, daß sie hinausschauten. Der Gartentisch stürzte um, drei Stühle flogen durch die Luft und krachten in den Zaun, Büsche wurden aus der Erde gerissen und rasten mit einer Geschwindigkeit aus dem Garten heraus, daß Stefan seinen Augen nicht traute. Unerkennbare Gegenstände und Pflanzen wirbelten durch die Luft, alles schien zu schreien. Ein wildes Heulen, ein Tosen, Johlen, Klagen, Ächzen. Die Kinder hielten sich die Ohren zu, zitterten am ganzen Leib und starrten hinaus. Gleich würde das Dach vom Haus fliegen und sie würden in die Lüfte gezogen und fortgetragen und auseinandergerissen und der Himmel würde aufreißen und sie in das All schleudern und es wäre entsetzlich.

Nach einer Zeit, die ihnen wie das Ende aller Zeit vorkam, wurde es stiller draußen. Sie lauschten. Sie rissen ihre Ohren auf. Sie hörten, wie das wahnsinnige Heulen abzog wie ein wütender Hund. Sie hörten es verklingen und einen leisen Wind nachwehen. Sie warteten auf den Regen, der nicht kam, auf einen Blitz, der sich nicht zeigte, ein erneutes Donnern oder Krachen, das ausblieb, und sie warteten, daß es nun endgültig schwarze Nacht würde. Es blieb finster, doch ein seltsames Licht war auch da, ein graues Licht, wenn es das gäbe, ein Licht, in dem man alles gestochen scharf wahrnahm und in dem das Grün der Büsche und des Grases und der Blätter an den Bäumen unnatürlich leuchtete.

Der Wind legte sich. Stefan und die Kinder lauschten atemlos in die Stille. Sina, Lucie und David sahen Stefan an. Stefans Gesicht war bleich und angespannt. Auch er lauschte. Er lauschte, ob Geräusche von oben zu hören waren. Er hatte Angst, in dem lautesten Toben des Sturms nicht gehört zu haben, daß vielleicht das Dach abgerissen worden war. Er hörte, und das war das Unheimlichste, gar nichts. Nicht das Tschirpen eines Vogels, nichts.

Es blieb still. Stefan öffnete die Tür zur Terrasse und sah hinaus. Im Nachbargarten war eine Kiefer umgestürzt und lag quer durch den Garten über dem zusammengebrochenen Zaun. Die mächtige Krone lag auf ihrem Grundstück. Eine Sirene erklang. Stefan nahm die Kinder an die Hand und ging hinaus auf die Straße. Die reine Verwüstung. Zwei weitere Kiefern lagen umgebrochen in der Straße und hatten mehrere Autos unter sich begraben und Zäune zertrümmert. Beim Haus an der Ecke war der Dachstuhl aufgerissen, ein Tisch hing an der ebenfalls heruntergerissenen Regenrinne. Die Menschen kamen stumm aus ihren Häusern. Sie hatten die Hände vor den Mund geschlagen und starrten auf das, was der Sturm hinterlassen hatte.

(3)

Sibylle hingegen bekam von diesem Sturm nichts mit.

Sie wanderte durch ein ausgetrocknetes Flußbett, an dessen Ende sie eine Brücke sah. Sie bewegte sich auf die Brücke zu. Bald lag das Flußbett hinter ihr, sie schaute einen Moment lang zurück. Weiße Kiesel waren wie von Menschenhand in großzügigen Würfen auf der Erde verteilt. Der helle Boden verlief in weichen Wellen, mit halbgeschlossenen Augen sah sie die sanften Abstufungen wie in einer Bewegung. Plötzlich hörte sie etwas und sah wieder nach vorn: Ein reißendes Wasser schoß vor ihr in das Flußbett, glitzernde Stromschnellen fegten gefährlich reißend über die Trockenheit hinweg. Seltsame Augen funkelten sie böse aus dem Wasser heraus an. Der Kopf eines wütenden, häßlichen Wolfs tauchte auf, das Fell vom Wind nach hinten gefegt, das Maul weit aufgerissen, mit spitzen Zähnen, rote Augen quollen aus den Höhlen. Ich muß zur Brücke gelangen, dachte sie verzweifelt, aber wie? Sie sah, wie steil die Böschung war, und schrie.

Sibylle erwachte von ihrem eigenen Schrei. Sie machte das Licht an und keuchte. Ihr Kiefer schmerzte, ihre Hände waren fest geballt, als hielte sie Steine darin, ihr ganzer Körper war schmerzhaft angespannt. Im Wasser des Flusses hatten blutige Stücke getrieben, herausgerissene innere Organe.

Niere, Herz, Leber. Sie setzte sich aufrecht im Bett hin. Ludwig war nicht da. Sie trank ein Glas Wasser. Sie wußte, daß sie so schnell nicht würde einschlafen können. Der Schamane hatte sie aufgefordert, ihre Träume aufzuschreiben. Sie hatte keine Lust dazu. Sie wollte den Traum schnell vergessen. Sie griff nach dem Buch auf ihrem Nachttisch, das Ludwig ihr mitgebracht hatte. Ihr war es gar nicht aufgefallen. Er brachte ihr hin und wieder Bücher mit oder ließ sie schicken, weil er sie bei Ebay gekauft hatte. Es war eine Biographie von Leonardo da Vinci. Seltsam. Wie war er darauf gekommen? Früher hatte er ihr oft von bedeutenden Entdeckern erzählt. Es war sein Steckenpferd gewesen.

Sibylle, erschöpft und ratlos, schlug das Buch auf, blätterte, betrachtete die Zeichnungen darin und blieb an einer Stelle hängen: »Es dürfte dir nicht schwerfallen«, stand da, »manchmal stehenzubleiben und die Flecken auf den Mauern zu betrachten oder Aschehaufen, Wolken, Schlamm oder ähnliches, worin du ganz erstaunliche Ideen finden wirst.«

(4)

Und Ludwig? Ludwig saß in seinem Auto und sah entsetzt auf den Baum, der einen Meter vor ihm niederkrachte.

(5)

Eva fuhr vom Fitneßcenter nach Hause durch die dunklen Straßen, die von herabgerissenen Ästen übersät waren. Es sah aus, als hätte ein junger Gott in der Stadt gespielt und eine rechte Unordnung hinterlassen. Eingeknickte Zäune, herumgeworfene Mülleimer, vor allem aber überall herabgerissene Äste. Grüne, blühende Äste, um die sie herumfahren mußte. Das muß ja ein ganz hübscher Sturm gewesen sein, dachte sie (und nahm die Sache weiterhin leicht, sie hatte weiß Gott andere Probleme), und ich habe nichts mitgekriegt. Habe auf meiner Matte die »Heldin« gemacht, das »Krokodil« und den »Fisch« und nichts anderes gehört als die Ansagen Sandras und die dazugehörigen fernöstlichen Klänge.

Feuerwehrautos waren unterwegs. Eva fuhr langsam, streunend. Sie fühlte sich selbst wie ein herabgerissener Ast. Sie dachte an Johan, von dem sie nun schon einige Male geträumt hatte. Immer wenn sie von Johan träumte, bekam sie einen Orgasmus im Schlaf. Als er sie zum Abschied geküßt hatte, hatte er sie fest im Arm gehalten. Sie war aus der Zeit herausgetreten und aus dem Raum und hatte sich aufgehoben gefühlt in einem Halo aus Wärme und Geborgenheit. Plötzlich überkam sie dieses Gefühl mit einer Heftigkeit, daß sie weinte.

Der Weg von Zehlendorf nach Kleinmachnow war gesperrt. Überall Polizei, ein Übertragungswagen des Fernsehens, Scheinwerfer, Feuerwehr. Sie mußte anhalten und sich als Anwohnerin ausweisen.

»Sturmschäden«, sagte der Polizist und winkte sie durch.

Eva erschrak. Ihr Herz raste. Sie begriff die Ausmaße, begriff, was für ein Sturm getobt haben mußte. Die Straße, die zu ihrer Straße führte, war gesperrt. Wieder wurde sie angehalten.

»Sie müssen den Wagen hier stehenlassen«, sagte eine blasse Polizistin. »Mehrere Bäume sind umgestürzt.«

Eva stieg zitternd aus dem Wagen. Sie griff wie in Trance nach ihrer Tasche und ging langsam auf ihre Straße zu, die von Blaulichtern flackerte und Scheinwerfern leuchtete. Sie dachte an den Seemann auf Sizilien, der zur Madonna betete, bevor er hinausfuhr aufs Meer. Sie hätte auch gern gebetet. Es wimmelte von Feuerwehrleuten, Fotografen, Kameraleuten und fremden Menschen. Sie begann zu rennen. Es war wie ein Alptraum. Es ist die Strafe, dachte sie, die Strafe für mein Weglaufen-Wollen. Sie bog in ihre Straße ein. Mehrere Kiefern lagen da, riesig ihre Stämme und Kronen, sie sah einen Wagen unter einem Stamm liegen, sah ein Haus, dem der Dachstuhl fehlte, und sie sah verzweifelt zu ihrem eigenen Haus. Es war verdeckt; sie schubste und drängelte sich an den Menschen vorbei, an den Polizisten, die sie fragten, wo sie wohne. Sie kletterte über einen Baumstamm, riß sich die Hose auf, verlor den Schuh, mußte halb zurück über den Stamm, um den Schuh aufzuheben. Flackernde Lichter, Lichter von den Scheinwerfern, Stimmen, Sirenen. Sie sah, daß ihr Haus stand.

Alles war ruhig im Haus. Die Lichter von draußen flackerten hin und wieder herein. Stefan hatte die Matratzen der Kinder ins Wohnzimmer getragen. Sie lagen friedlich in ihrem Bettzeug und schliefen. Stefan lag auf dem Sofa. Sie weckte ihn leise.

»Alles in Ordnung«, murmelte er und zog ihren Kopf an seinen, drückte ihn fest, so wie er einige Stunden zuvor die Kinder an sich gedrückt hatte.

»Geh schlafen, Eva, ich erzähle dir alles morgen. Es ist alles o.k.«

»Bäume?« fragte sie mechanisch.

»Nur einer von den Nachbarn, im Garten, nichts am Haus. Geh schlafen, ich bin fertig.«

Stefan schloß seine schönen Augen mit den langen dunklen Wimpern und Eva weinte die halbe Nacht.

10. Kapitel

Ohne Titel (Die Frau am Ufer)

(1)

Bis die große Flut im August einsetzte, sprachen die Menschen von nichts anderem als dem Orkan. Luftige Alleen waren über Nacht baumlos geworden. Die Hilfsbereitschaft war groß; die Stadt trauerte um die beiden Kinder, die auf Schwanenwerder in ihrem Ferienzeltlager von einer herabstürzenden Kiefer erschlagen worden waren. Viele grübelten über den Sinn des Lebens.

Ludwig stand unter Schock. Wäre er nur ein wenig schneller gefahren, hätte der Baum ihn erwischt. Er hatte unermeßlich lang in seinem Auto gesessen und auf den rohen Stamm gestarrt. Er hatte noch immer dort gesessen, als der Sturm sich gelegt und die Feuerwehr mit ihrem Einsatz begonnen hatte. Ein Feuerwehrmann hatte ihn angesprochen und gebeten, das Auto an den Rand der Fahrbahn zu stellen. Ludwig war von Mitte nach Schöneberg gelaufen. Er hatte die Verheerungen im und um den Tiergarten gesehen, die für diese Nacht die Prostituierten von der Straße verscheucht hatten, sonst weiß und rosa glänzende Flecken, aufleuchtend im Scheinwerferlicht vorbeifahrender Autos. Einmal war Ludwig bei einer Prostituierten gewesen, hundert Jahre war das her, als junger Mann. Ihre Haut war wie altes, gegerbtes Leder, kratzend, abstoßend, alle Poren verschlossen.

Ludwig kamen nur wenige Menschen entgegen. Ihre Gesichter waren bleich wie sein eigenes. Er sah die blauen Lichter der Rettungswagen, überall, und dachte keine Sekunde daran, zu Hause anzurufen, obwohl ihn nichts anderes beschäftigte. Es beschäftigte ihn ohne Worte, er war verstummt, er hätte nicht gewußt, wie er etwas so Gewöhnliches wie ein *Hallo, seid ihr o.k.?* hätte hervorbringen sollen.

Ludwig sah die Stadt, in der er lebte, und er sah sie, als würde ihm erst in dieser Nacht deutlich, wie sehr er sie liebte, mit ihren ungleichen Gebäuden, ihren versprengten Bezirken, ihren altmodischen Leuchtreklamen, ihrem Durcheinander an stadtplanerischen Elementen, mit all den Menschen, die aus immer mehr Teilen der Welt hierherkamen, um ihr Glück zu machen. Er dachte an die Kolumbianerinnen, die im Krankenhaus die polnischen Putzfrauen abgelöst hatten so wie die Senegalesen die jugoslawischen Hilfskrankenpfleger. Die Polinnen hatten jetzt bessere Jobs in privaten Haushalten, in denen sie ihre Rücken schonen konnten, und viele Kroaten und Serben hatten ihr Deutsch so weit verbessert, daß sie eine zusätzliche medizinische Ausbildung machen konnten. Ludwig dachte mit großer Zärtlichkeit an den kleinen albanischen Jungen, dessen Operation er am Morgen begleitet und der alles gut überstanden hatte; ein Tumor seitlich der Lunge hatte entfernt werden können, bevor die Auswucherungen die Lunge selbst befallen hatten. Er dachte mit Zärtlichkeit an den indischen Dichter, an dessen Schulter sie einen präkanzerösen Tumor hatten entfernen können und der ihm erzählt hatte, daß er als junger Mann aus politischen Gründen im Gefängnis gesessen und dort angefangen hatte, Gedichte zu schreiben. Bevor er in die Narkose versetzt worden war, hatte er darum gebeten, ein Lied zu singen. »Ich habe für Analphabeten Gedichte gemacht, und damit sie sie mit sich nehmen konnten, habe ich eine Melodie hinzuerfunden.« Und der zierliche dunkelhäutige Mann mit den sehnsüchtigen Augen war tatsächlich aufgestanden und hatte ein Lied gesungen. Die Krankenschwestern, die herzlich wenig aus der Fassung zu bringen vermochte, hatten geräuschvoll die Nase hochgezogen, und er selbst war völlig perplex gewesen. Er hatte gelacht wie selten, wie ein Kind, ein Lachen, wie es in der letzten Zeit eigentlich nur seine stille Liebe Eva aus ihm hervorlocken konnte.

Als Ludwig durch das nächtliche, zerzauste Berlin lief, dachte er auch an Eva, er dachte an sie mit einem Ziehen im Herzen, und plötzlich zog es noch viel mehr an seinem Herzen, denn er fragte sich, mit wem Sibylle ihn betrog. Er war sich sicher, daß sie es tat; es fiel ihm wie Schuppen von den Augen. Nur eine Liebschaft konnte ihr merkwürdiges Verhalten in der letzten Zeit erklären! Nein. Das konnte nicht sein. Sibylle war die Treue in Person. Sie war nicht flatterhaft wie Eva, die es zwar vor den Freunden zu verbergen suchte, der man es jedoch ansah, daß in ihr eine starke sexuelle Energie steckte. Aber Sibylle! Seine kühle, zurückhaltende, beim Orgasmus immer nur leicht seufzende Sibylle! Das konnte nicht sein. Doch. Es mußte sein. Je länger er darüber grübelte, desto sicherer wurde er. In ihr tobte ein Konflikt, also mußte es ernst sein. Und er Idiot hatte es nicht bemerkt! Wie entsetzlich! Sie mußte sich ja ignoriert fühlen! Natürlich hatte er sich gefragt, weshalb sie so oft kränkelte, aber er hatte nie ein Wort darüber verloren, daß sie zugleich wunderschön geworden war, durchsichtig, zerbrechlich, lebendiger, so wie er sie noch nie gesehen hatte. Ludwigs Herz und Magen krampften sich zusammen. Wie, wenn der andere Mann, von dessen Existenz er fest überzeugt war, ihr etwas geben konnte, das er ihr, selbst wenn er es wollte, niemals würde geben können, weil er so war, wie er war? Und weil sie beide in all den Jahren nun einmal so miteinander waren, wie sie es waren? Wie, wenn sie ihn verlassen würde? Ludwig blieb stehen: Was, wenn er sie zu oft geschlagen hatte?

O Wort, das mir fehlt.

Auf den Straßen lagen Bäume, wie achtlos hingeworfen und liegengelassen. Das schöne Grün auf dem schwarzen Asphalt.

Die geborstenen Stämme, ihr Geruch. Die blaue Nacht unter dem Himmel, der niemals richtig dunkel wurde.

Ein sprachloser Schmerz griff nach ihm. Ich will das nicht, dachte Ludwig, er kannte das, er hielt es in Schach, hinderte es, hochzuschnellen in sein Leben, doch da kam es, kam mit grausamer schwarzer Macht, wie die Wand des Orkans sich unaufhaltsam auf die Stadt zubewegt hatte. Der verächtliche Blick seines Vaters sah ihn strafend an, er fühlte den Peitschenhieb auf seinem Rücken, einen, den nächsten, und er spürte die Hand, die ihm in die Hose griff, um zu kontrollieren, ob er eine Erektion hatte. Er fiel durch einen Tunnel in die Gastwirtschaft seiner Tante, die er nur selten betreten durfte, und er landete im Keller dahinter, in dem sein Onkel den Gürtel abschnallte, ihn auf die Knie befahl, weil er ein Brot zuviel gegessen hatte, weil er fünf Minuten zu spät gekommen war, um bei Onkel und Tante zu Abend zu essen, oder einfach so, weil er, der Onkel, zuviel getrunken hatte. Und er hörte die lauten Stimmen der Männer im Lokal und das Gelächter, bevor der Gürtel ihn schlug, und er spürte die Verzweiflung, mit der er am Tag darauf sechsmal hintereinander onaniert hatte, um überhaupt nur wieder ein Gefühl für seinen Körper zu bekommen, ein Gefühl, daß er selbst einen Körper hatte, daß er ihm gehörte. Und zugleich starrte er auf seine Hände, die denen seines Vaters sosehr glichen, und empfand einen ungeheuren Ekel: Wie sollten diese Hände jemals seine eigenen sein?

Ludwig krümmte sich unter den Schlägen der Erinnerung und übergab sich am Straßenrand. Er setzte sich auf eine Bank und weinte. Lange blieb er so sitzen, und die Jahre waren nichts und die Zeit war nichts und er selbst war nichts.

Als es hell wurde, lief er nach Hause.

Dort kroch er zu Sibylle unter die Bettdecke, scheu und schüchtern, als stünde es ihm nicht zu. Er betrachtete lange ihr schlafendes Gesicht, bevor er selbst in einen traumlosen, schwarzen Schlaf fiel.

(2)

Sibylle war zu sehr mit sich selbst beschäftigt, um die Veränderungen zu bemerken, die mit Ludwig vor sich gingen. Er war besonders höflich zu ihr, kümmerte sich mehr als sonst um den Haushalt, kaufte häufiger ein, kommandierte sie und die Kinder weniger herum; er war auffallend still und nachdenklich.

Sibylle sah das alles nicht. Sie sah sich Häuser an.

Klammheimlich verabredete sie sich an ihren freien Mittwochnachmittagen mit Maklern und staunte über die verrückten Einrichtungen, die sie zu sehen bekam. Oft gehörten die Häuser Leuten in ihrem Alter, die sie von den Eltern geerbt hatten. Offenbar waren sämtliche wohlhabenden Elternpaare dieser Generation nach Mallorca, Hawaii oder Neuseeland ausgewandert, und die zurückgebliebenen Söhne und Töchter, die ihr Elternhaus vermutlich seit Jahren nicht betreten hatten, mußten nun zusehen, wie sie den ganzen Kram auflösten. Oder die Söhne und Töchter waren allesamt ausgewandert und kamen nun zurück in ihr Elternhaus, in dem sich an der Einrichtung nichts geändert hatte, seit sie es verlassen hatten. Es war überwältigend, wie die Zeit in diesen Häusern stehen geblieben war.

Ganze Filme liefen in Sibylles Kopf ab, in diesen Häusern, die ungelüftet waren und manchmal sogar nach Schimmel rochen. Sie mußte an Eva denken, in ihrem Auktionshaus, die mit dem Verkauf solcher Hinterlassenschaften beschäftigt war: Komplette Küchen und Wohnzimmersets der fünfziger, sechziger, siebziger Jahre, mit allen dazugehörigen Accessoires. In die Praxis kamen in der letzten Zeit außer den Arbeitslosen häufig Männer und Frauen in ihrem Alter, die über Depressionen klagten und sagten, es habe etwas mit ihren Eltern zu tun, die als Jugendliche am Ende des Krieges geflohen oder vertrieben worden seien. Die – wie die Besitzer dieser Häuser – immer gearbeitet hatten und niemals traurig gewesen wären.

Manchmal stellte sich Sibylle vor, das Haus ihrer Eltern auflösen zu müssen. In den fremden Häusern schlug ihr die eigene Kindheit und Jugend entgegen. Viel mehr als im eigenen Elternhaus, denn dort ging alles weiter, die Zimmer veränderten sich, wurden hergerichtet für die Kinder, die in den Ferien zu Besuch kamen. Es gab nicht dieses Stehenbleiben der Uhren, diesen Schock.

Sibylle sah sich auch Häuser in Kleinmachnow an, die allerdings schon leer geräumt waren. Es zog sie in Evas Nähe, mit der sie nun schon seit Wochen nicht gesprochen hatte. Es war unfaßbar, wie der Faden zwischen ihnen so leicht hatte abreißen können; sie verstand es und zugleich nicht. Ludwig war einige Male mit den Kindern dort gewesen; es hatte immer einen Grund gegeben, weshalb sie nicht mitgekommen war, eine Fortbildung in Akupunktur, eine in Allergie, die Abrechnung. Sibylle arbeitete viel und intensiv. In gleichem Maße wuchs ihre Abneigung gegen das graue, laute, stinkende proletarische Neukölln, in das sie jeden Tag zur Arbeit fahren mußte (das doch so wunderbar lebendig war, aber das konnte und wollte sie nicht sehen). Sie machte Punkte; sie hatte ein Ziel: sie wollte ein Haus mit einer Praxis im Grünen. Also schuftete sie. Sie empfing Privatpatienten am Abend und überließ Ludwig oder einem Babysitter die Kinder.

An diesem Mittwoch fuhr Sibylle wieder durch die von Licht und Farben flirrenden Straßen von Kleinmachnow und sah sich Häuser und Gärten an. Sie dachte daran, daß Eva gleich wieder eine Geschichte daraus gemacht hätte, über die einsame Ehefrau, die sich ihre Zeit damit vertrieb, Häuser zu besichtigen und sich in andere Leben zu versetzen, und die, weil sie nicht anders konnte, einen Kaufvertrag nach dem anderen unterschrieb, bis ihr Mann bemerken würde, daß immer wieder große Summen von seinem Konto abgingen, oder auch nicht.

Sibylle stieg aus ihrem silbern glänzenden Mini-Van und lief durch die klare Luft. Sie trug flache Sandalen und ein einfaches, helles Leinenkleid, sie wollte nicht auffallen und zu städtisch wirken. Dahlien, Astern, Rittersporn standen in voller Blüte; üppige Azaleen und andere Büsche hingen über die Zäune und auf die Gehwege herab, Sonnenblumen lehnten wie träge junge Mädchen an Zäunen und Häuserwänden. Es war ein ungewöhnlicher Sommer, heiß und lang, einer, den man immer nur aus Erzählungen von früher zu kennen glaubt. Die Leute in den Gärten waren noch immer damit beschäftigt, Sturmschäden zu beseitigen, sie zersägten Äste von den umgestürzten Bäumen und reparierten zerschlagene Zäune, manche schauten auf, andere sahen weg.

Bei einem Haus mit dem Schild »Zu verkaufen« blieb sie stehen. Es war nicht sehr groß, hatte einen Vorbau aus Holz, der Putz war alt und grau, aber die Proportionen der Fenster, die Höhe und Breite, gefielen ihr. Es war einfach, und mit etwas Farbe sähe es sicher schön aus. Ein kräftiger Mann mit einem Schlapphut über dem verwitterten Gesicht kam auf einem Fahrrad; er hielt am Nachbarhaus an, sah sie, grüßte, zögerte, näherte sich. Ob sie interessiert sei, und ehe Sibylle es sich versah, saß sie mit ihm hinter seinem Haus an der windgeschützten Wand in der Sonne, sah in seinen Garten und trank Kaffee. Und er redete und redete und fragte auch viel, wie aus der Hinterhand kamen seine Fragen, rasch und direkt, und sie mußte ein bißchen kichern und antwortete ebenso direkt, ungewohnt direkt, wie sie fand. Und er erzählte ihr, daß er als junger Mann in England gelebt hatte, dort Brot und Körner ausgeliefert hatte, mit einem kleinen Transporter über Land, und sie konnte es genau sehen, wie er durch die geschwungene Landschaft fuhr, hügelig und grün, und wie er die Ärmel hochrollte und Teig knetete und Kisten hob. Er hatte jetzt einen Bioladen hier, und er erzählte ihr alles mögliche über den Ort, die Auseinandersetzungen mit den früheren Bewohnern und den neuen, über die Wut und den Zorn wegen der Rückübertragungen der Häuser, die Freude aber auch, weil manche ehemaligen Parteifunktionäre nun wegziehen mußten und nicht mehr alle anderen mit ihren Nachbarschaftskonkurrenzbeschäftigungen auf Trab hielten.

Die ganzen Vorurteile fielen Sibylle ein, über Ossis und Wessis, deren Kinder jetzt zusammen in die Schule gingen und sich irgendwann ineinander verlieben würden und später, wenn sie Kinder hatten und die ersten Krisen kämen, sich ihre Familiengeschichten um die Ohren hauen würden und es ein Glück war von den Sternen, wenn das die Liebe rettete, und ein ebensolches Unglück von den Sternen, wenn es nicht damit klappte. Und plötzlich erschien es ihr interessant, all diese Geschichten zu hören, von den Leuten, die neu hierhergezogen waren, und denen, die schon lange hier wohnten. Die sie nach Hause einladen würden, wo es nach Lysol roch und das Wasser aus den Hähnen etwas muffig schmeckte und nach Eisen. Die Brettchen beim Abendbrot decken würden, für Stullen und Gürkchen, wie die Leute im Rheinland, wo sie herkam. Sie freute sich auf die Streitereien, die sie mit ihnen haben würde, das Sich-Zusammenraufen und Sich-Bewähren. Als würde man hier viel mehr erfahren können über das Leben, das die Menschen führten, als in der Stadt mit ihren hohen Häusern, auch wenn das vielleicht Unsinn war, sie erfuhr doch auch viel über die Menschen in ihrer Praxis, aber mit denen teilte sie ja nicht die Straße, mit denen zankte sie nicht über Parkplätze und wer den Weg fegte, und mit denen tauschte sie keine Stauden aus und keine Kuchenrezepte, und denen konnte sie die Kinder nicht rüberschicken. Und Sibylle dämmerte allmählich, daß sie das, anders als Ludwig, der das alles entsetzlich spießig fand, mochte. Daß sie es gern hatte, zu wissen, wer da drüben wohnte und aus dem Fenster spähte, wenn fremder Besuch kam. Daß sie zwar gern durch Häuserschluchten lief, aber noch viel lieber durch stille Straßen, an Gärten vorbei. Daß sie vom Kneipenleben genug hatte und lieber etwas anderes tun würde, an ihren Abenden, hier, auf dem Dorf.

Und sie sah den Mann mit dem Schlapphut an, der starke Falten hatte und buschige Augenbrauen und wie ein sehr alter und ein sehr junger Mann zugleich wirkte, und das gefiel ihr auch, daß er einfach Zeit hatte für sie und hier mit ihr saß, und es würde sie nicht wundern, wenn sie jetzt zusammen hineingingen und etwas kochten, aber sie mußte sich verabschieden, bis zum nächsten Mal, und die Kinder abholen, ach ja. Und er lachte und gab ihr die rauhe kräftige Hand, und dann blieb sie doch und sie kochten und sie vergaß alles und übernachtete in dem leeren Haus auf einer Luftmatratze, ohne sich zu Hause abzumelden.

Du wirst schlafen wie in Abrahams Schoß, hatte er gesagt, und sie wurde rot, er sah ja selbst aus wie ein Abraham, und nun ja. Und nun ja lag sie auf der Luftmatratze in ihrem leeren Haus und lauschte auf den Wind, der in den hohen Kiefern ein leises, gleichmäßiges Geräusch machte, manchmal unterbrochen von einem Klacken, einem Kienappel vielleicht, der auf das Dach plumpste, oder einem Ast, der sich gelöst hatte. Lag auf der Matratze und hörte den Wind in den Kiefern flüstern. Schloß die Augen. Sah ihren Urgroßvater, einen verhutzelten Mann mit dünnen Knochen; sie hatte ihn als Kind noch kennengelernt; er lebte nah bei der Großmutter auf dem Land, er bewohnte einen alten Heuschober, sie erinnerte sich genau, vielleicht wegen der Matratze, auf der sie lag, denn er hatte im unteren Teil des Schobers eine gestreifte große Matratze auf einem aus Brettern gezimmerten Bett. Sie konnte sich an keinen Stuhl und keinen Tisch erinnern, sehr wohl jedoch an eine Leiter, die nach oben führte, und daran, daß in diesem einfachen Zimmer siebenundzwanzig Katzen mit ihm hausten. Und sie dachte, wie gut ihr das gefallen würde, hier draußen, mit Kaninchenställen im Garten und Katzen, und daß sie sich doch freuen konnte, eine so bunte Familie zu haben, und Sibylle war hellwach und stand von ihrer Matratze auf und rannte durch das Haus und überlegte, wer in welchem Zimmer wohnen könnte, und sie grinste, weil sie zu ihrem neuen

Nachbarn hinüberschielte, ob er denn noch das Licht anhätte.

Als sie irgendwann schließlich doch müde auf der Matratze lag und sich ihrem Traum vom Reiten ganz nahe fühlte (junges Grün, Auf und Ab, ohne jede Allergie), dachte sie an den Mann nebenan, aber auch an Ludwig, der eines Tages vor der Tür stehen und fragen würde, ob es nicht etwas zu reparieren gäbe. Vielleicht hatte sie sich von ihm zu viel aus der Hand nehmen lassen? Sie freute sich bei der Vorstellung, daß sie es sich dann überlegen könnte, ob ja oder nein, denn inzwischen hätte sie sicher gelernt, vieles allein zu machen.

Ich bin allein, dachte sie. Ich habe eine Nierenschwäche, und als Ärztin würde ich sagen: Nehmen Sie das ernst. Warum fällt es mir so schwer, mich ernst zu nehmen? Ich habe eine Familie. Ich trage Verantwortung. Meine Familie ist weit weg. Ich verliere immer wieder den Faden, mitten im Gespräch, selbst in Gedanken. Es tut weh, ihn zu halten. Ich suche ihn, ich gebe nicht auf. Daß ich verlorenging, war ein Versehen. Ich hätte schon lange aus Versehen aus dem Fenster fallen, vor einen Bus rennen können. Mein Großvater ist auf diese Weise ums Leben gekommen. Er sah nach rechts, nicht nach links, und lief vor den Bus, der ihn unglücklich erwischte. Ich hätte stolpern können, aus dem Leben, so wie ich aus Versehen hineingeraten bin. Das hat meine Mutter immer gesagt. Aus Versehen. Was hat sie nur gemeint? Ich erinnerte sie an Papa. Sie war viel glücklicher mit Friedrich, ihrem zweiten Mann, und sie schämte sich dafür, wegen mir. Ich erinnerte sie an Papa. Ein Grund, mich zu lieben, ein Grund, mich zu hassen. Sie liebt mich, sie hat es mir gesagt. Freilich. Wie jede Mutter. Fast jede. Wir vergessen die Herkunft unserer Kinder, wir vergessen unsere eigene.

(3)

Eva spülte ein Aspirin herunter und machte sich auf den Weg zur Schule.

Sobald sie in ihrem alten Volvo saß und den gewohnten Weg fuhr, kam ihr alles unwirklich vor, ihre Trennungsgedanken, ihre Grübeleien, es war doch gut so, wie sie lebten! Es gab viele Geschichten, in denen Frauen mit Männern zusammenlebten, die sie liebten, mit denen sie aber nicht schliefen. Sie schliefen mit anderen, die sie auch liebten, aber mit denen sie nicht lebten. In italienischen und französischen Filmen wurde fremdgegangen wie verrückt, Nora hatte vollkommen recht, bei Woody Allen außerdem, und die Ehen liefen weiter, es war alles ganz normal. Doktor Schiwago liebte Lara und lebte mit Tonia. Tonia bekam ein Kind von ihm, es tobte die Revolution, da konnte er sie schlecht verlassen, aber Lara hatte schon ein Kind und mußte sich allein durchschlagen! Der Film ›Die Blechtrommel‹ fiel ihr ein. Da rannte die Mama, die Angela Winkler spielte, immer zu ihrem Polen in ein Zimmer in der Stadt und sie liebten sich wie verrückt, während der kleine Oskar die Fenster zerspringen ließ. Wieso war sie eigentlich nicht mit Bronski verheiratet? Er war zur gleichen Zeit in ihr Leben getreten wie Matzerath, den Mario Adorf spielte. Der war vielleicht lebenstüchtiger als er, wer weiß, aber sie, sie ist gestorben, an einer Fischvergiftung, zu Tode gefressen hat sie sich, und warum? Weil die Deutschen Krieg mit den Polen anfingen, und weil der Hitler kam und Ordnung brauchte, das hat sie alles in sich nicht ausgehalten, da hat der Schuft von einem Autor die Mama aus dem Verkehr gezogen. Das half Eva auch nicht weiter.

Stefan ist ein feiner, geradezu emanzipierter Kerl, dachte sie, nicht so ein autoritärer Typ wie Ludwig, nur zum Beispiel, obwohl so emanzipiert nun auch wieder nicht, seine Arbeit hat Vorrang und ich muß sehen, wie ich alles unter einen Hut kriege. Abgesehen davon gefällt mir das Bestimmende an Ludwig, es wäre nicht schlecht, wenn Stefan diese Männlichkeit in sich ein bißchen aktivieren könnte. Aber vielleicht ist das auch nicht so gut, seine Männlichkeit hat ihn schließlich in die Arme einer anderen getrieben! Der klassische Schwangerschaftsfremdgang, keine große Sache eigentlich. Hätte ich ihn mal rausgeschmissen, vielleicht hätte sich alles prima eingerenkt.

Verdammt und zugenäht, dachte Eva weiter, vielleicht ist er im Inneren ja eine Frau und ich ein Mann, dagegen spräche nichts, das ließe sich doch leben, aber es lebt sich eben nicht! Ich weiß überhaupt nicht, was er ist. Ist er heimlich schwul? Oder ist er ein Mädchen, das von mir genommen werden will wie von einem Kerl? Ach! Die alte Fabel ist tot wie der liebe Gott, und Eros ist ein Mickerling und keine alles umwälzende Macht wie einst.

Aber die Ehe ließ sich auch nicht mehr wie früher leben, als eine Form und Moral. Eva kam der Verdacht, daß das Gerenne zur Familienaufstellung und zur Ehetherapie eine neue Form der Moral war. Die Verantwortung für die Gefühle selber. Grauenhaft. Was für eine Anstrengung. Wie für die Schwangeren, die immer happy sein sollten, weil sonst die Babys schon im Bauch und für immer einen Knacks bekamen. Da fragte sich doch, was besser war, die gute alte katholische Moral inklusive Heimlichkeit und Beichte und Gnade und wieder gut oder diese gräßliche Überforderung, unter der sie selbst gerade litt.

Am Ende war es doch so, daß die Liebe einfach kam und ging, wie im Lied aus ›Carmen‹, *die Liebe ist ein böhmischer Vogel*, und keiner wußte, warum, ein Zigeunervogel, heute hier, morgen da, und vielleicht war es etwas so Physisches und Unbegreifbares wie die Tatsache, daß Menschen sich vermehrten.

Und offenbar genau dieser Logik folgend war Eva, die abends mit dem Vorsatz zu Bett ging, sich nun endlich von Stefan zu trennen, am Morgen glücklich wie ein Kind, wenn Stefan sie weckte, und oft lachte sie, wenn er abends endlich nach Hause kam und sie ihm alles erzählen konnte, was den ganzen Tag über geschehen war, und wenn er von seinen Proben sprach und ihr etwas über die Musik beibrachte, die ihn immerzu beschäftigte, und sie ihm erzählen konnte, wie die Kinder sich gestritten hatten und welche Sorgen sie mit ihren Freunden hatten und daß Lucie David schon wieder in den Finger gebissen hatte. Dann liebte sie seinen Geruch, und wie er sie hochhob und an sich drückte, auch wenn es danach keinen Sex gab, und sie bemühte all die Erinnerungen an den Anfang ihrer Liebe, als alles außer Zweifel war und sie doch zu ihrer noch größeren Verzweiflung lauter kleine Zweifelskörnchen fand, ob sie wollte oder nicht, und sie wollte nicht, sie wollte nicht.

»Wir haben einander wohl gebraucht«, sagte sie.

»Und jetzt willst du mir sagen, daß wir uns nicht mehr brauchen, stimmt's?« antwortete Stefan.

»Wenn man jemanden nicht mehr braucht«, sagte sie, »ist das doch gut so, dann ist man frei.«

Und das war's dann auch zu diesem Thema, und was gibt es zu essen, und haben wir diese Rechnung schon bezahlt und Sina hat doch nächste Woche Geburtstag, was machen wir denn da?

Und Eva ging durch ihr Haus und sehnte sich noch mehr nach einem Kind, dem sie das Laufen und Sprechen beibringen konnte. Sie saß tags wie nachts immer häufiger auf der Treppe, sah durch das Flurfenster hinaus in die Kiefer und grübelte. Sie wußte keinen Ort mehr, an dem sie etwas Erotisches zwischen ihr und Stefan hätte finden können. Aus der Tiefe stieg manchmal der Rest einer Anziehung auf, doch als ob sie blind füreinander wären, hatte diese Anziehung nicht einmal die Vertrautheit, die Eva nach Jahren noch mit Karl empfunden hatte. Und so schleppte sie sich in ihr einsames Bett und dachte an die anderen Männer und sie träumte, daß Stefan mit einer anderen schlief und nicht mit ihr, und sie wachte auf vor Schreck und dachte, jetzt dreh ich auch noch alles um. Mit einer anderen, dachte Eva, wäre es für ihn vielleicht auch leichter als mit mir. Wie soll ich nur mit allem umgehen, ohne die Kinder zu verletzen? Ohne Stefan zu verletzen? Bis ich fünfzig bin, werde ich es hoffentlich wissen, dachte Eva und schlief auf der Stelle ein.

Vor lauter Angst, sich trennen zu müssen, ging sie schließlich aufs Ganze und spielte russisches Roulette. Sie verführte Stefan eines Abends, Ende Juli, nach einem Tag erneuter Hitze. Sie überfiel ihn geradezu in seinem Ausweichbett und ließ die Kugel rollen: Werde ich schwanger, bleibe ich, werde ich nicht schwanger, muß ich gehen. Und Eva schlief mit ihm und war glücklich, es zu tun, und unglücklich, weil sie alles spürte, was zwischen ihnen lag, tausend traurige ferne Planeten, tausend müde löchrige Monde, tausend Milchstraßen und Lichtjahre –

(4)

Die Spielzeit endete mit einem Sinfoniekonzert, mit einem kurzen Stück von Rimsky-Korsakoff, Liedern von Luciano Berio und dem Gastspiel eines jungen spanischen Cellisten, der Sonaten von Bach spielte. Eva und die Kinder gingen hin und bewunderten den jungen Mann, der das Cello zwischen seinen Beinen tanzen ließ, der das Ohr verliebt an die Schnecke legte und so temperamentvoll die Saiten strich, daß Haare vom Bogen sprangen. Er hatte dunkle Augen, die blitzten, und einen unverschämt roten Mund. Er war schön und spielte großartig: wenn das nicht die Götter herausfordern würde!

Lucie saß auf Evas Schoß und krallte sich an ihren Beinen fest. (Nach dem Konzert fragte sie, ob es nicht ein Bildchen von dem Cellisten gab, wie von der Madonna.) Auch Sina und

David saßen gespannt und kerzengerade auf ihren Sitzen. Sie waren stolz auf ihren Papa im Orchestergraben, der manchmal diskret nach oben sah, aber nicht winken durfte. Das wußten sie.

Stefan spielte zum letzten Mal öffentlich zusammen mit seinem Freund Matthias, der ersten Klarinette. Ein letztes Mal wiegten sie ihre Oberkörper gemeinsam in der Musik wie Schilf am Ufer eines Sees im Sommerwind. Die Töne stiegen auf in den Theaterhimmel. Die Solistin lächelte Petrowicki an. Petrowicki lächelte zurück und kniff seinen Po zusammen. Nach dem Konzert küßte Stefan die nervöse Flöte Elena in den Gängen mit den dicken Heizungsrohren, ein einziges Mal, einfach so, und sie lächelte und ging zu Heinrich dem Bratschisten, so, das wäre nun auch geklärt, alles ist, wie es ist.

(5)

In der Schule und im Kindergarten gab es die alljährlichen Sommerfeste. David gewann in der Tombola zwei Zwergkaninchen, und Stefan blieb nichts anderes übrig, als für die Tiere einen Stall zu bauen. Die Ferien fingen an.

Anka kam, fertig mit ihrem Job in Bochum (»ich habe mich mit dem Umweltbewußtsein türkischer Einwanderer in der zweiten Generation beschäftigt«), fertig mit Markus dem Statistiker, der seine Kakteen behalten und sein Bett in seine ursprüngliche Stellung zurückschieben konnte. Anka mit ihrem Rucksack und ihrem Lachen, los, ich helfe dir im Garten, los, wir gehen mit den Kindern schwimmen, los, wir laden die Nachbarn zum Grillen ein. Anka brachte den Kindern Rohrflöten aus Bolivien mit, Streichholzschachteln und Püppchen und erzählte wilde Geschichten. Lucie zog Ankas Stiefel an und stapfte im Dachbodenzimmer herum. »Es ist mein Zimmer«, erklärte sie.

»Ich danke dir, daß du es mir leihst«, sagte Anka.

Lucie runzelte die Stirn. »Aber nicht zu lange«, sagte sie und zog davon.

Stefan spielte bei Sommerparties und übte zu Hause, und Lucie lernte hingebungsvoll, auf der kleinen Geige zu spielen, die weiterhin nachts bei ihr im Bett schlief.

Der alte Herr Fritz mit den vielen Runzeln, der Mann mit der Garage nebenan, kam einen Abend zu Besuch. Man sprach so über dies und das, Eva wollte nicht gleich mit der Tür ins Haus fallen. Wäre sie mal! Denn der alte Herr Fritz von nebenan legte sich am nächsten Tag ins Bett und schloß die Augen für immer, und Eva würde ihn niemals fragen können, ob er sich erinnerte, an ihre Mama und an Mamas kleine Freundin Sophia, auf dem Foto, in den dreißiger Jahren.

Doch immerhin, sie wurden alle eingeladen, auf einen Trauerkaffee mit Streuselkuchen bei der dickbusigen Nachbarin, der Tochter von Herrn Fritz, und ihrem Mann, dem Handelsvertreter für Entsafter, der früher Parteisekretär für Tiefbau gewesen war. Und die Kinder entdeckten die komplett eingerichtete, altmodische Frisierstube in der Garage, mit Dosen, Scheren und Glasflaschen, mit dem großen Spiegel und alten Werbeplakaten an den hellblau gestrichenen Wänden. Sie riefen Eva und Anka, um ihnen das zu zeigen. Die dickbusige Nachbarin in ihrer glänzenden schwarzen Bluse seufzte: »Hier hat er immer den Nachbarn det Haar jeschnitten und Welle jemacht, obwohl er ooch innem Sallon jearbeitet hat, da wo heute der Chinese ist, det Haus jipps nich mehr, und 'ne Zeit ooch noch inner Karl-Marx-Straße. Ick weeß nich, wohin mit dem Plunder.«

Natürlich bot Eva ihre Hilfe an. »Ich bin schließlich vom Fach.«

Hin und wieder dachte Eva daran, Sibylle und Ludwig anzurufen. Doch immer gab es etwas, das sie ablenkte und beschäftigte.

Manchmal lag sie am Nachmittag faul auf einer Liege im Garten und sah in den wolkenlosen Himmel. Sah den Vögeln zu, wie sie sich drehten und wiegten, wie sie mit einem Flügelschlag die Richtung änderten. Meistens fielen ihr die Augen zu und sie schlief ein. Als müßte sie den auf einer Reise versäumten Schlaf nachholen, nur daß die Reise ihr eigenes Leben war. Sie vernachlässigte den Haushalt und überließ Anka die Kinder.

»Ich habe keine Lust mehr«, sagte Eva zu ihr, »nur zu rennen und alles in einen Tag zu quetschen. Sina ist jetzt zehn. Dreimal Babys, dreimal kleine Kinder. Zehn Jahre dieses verrückte Leben. Die Kinder, die Arbeit, der Haushalt, das ewige Hin- und Herschalten, ich weiß manchmal gar nicht mehr, wer ich bin.«

Eva fühlte ihre Füße seltsam schwer auf dem Boden; ihr Busen wurde runder.

»Das wird noch schlimmer«, sagte Nora. »Wart's nur ab. Du nimmst zu. Die Möpse werden dicker, deine BHs spannen. Du kaufst dir einen neuen, weil es nichts hilft, es zu ignorieren, und prompt schwillt der Busen wieder ab. Das sind die Hormone. Das ist unser Alter.«

Eva träumte mit offenen Augen. Manchmal blieb sie im Keller stehen, wenn sie aus der Waschküche zurückkam oder eine Flasche Saft oder Marmelade aus dem Vorratsraum holte. Im Keller, vor einem der ungenutzten Fenster, hatte sie den Kiefer eines Wildschweins stehen. Sie hatte ihn auf einer ihrer Wanderungen gefunden und, in ein Stück Butterbrotpapier gewickelt, mit nach Hause genommen. Der untere Teil des Kiefers war im Rucksack zerbrochen. Wenn sie jetzt im Keller an dem weißen, porösen Gebilde im Regal vorbeiging, fuhr sie mit der Zunge an der Innenseite ihrer eigenen Zähne entlang. Sie spürte die kompakten Backenzähne mit ihren Spitzen, sie tastete die schmaleren, empfindlichen Vorderzähne ab, deren Flächen manchmal Reste von Tee verrieten, die der Zahnarzt regelmäßig entfernte. Von außen fühlten sich die Zahnreihen kräftiger an, und während ihre Zunge sich wie eine Akrobatin von innen nach außen schlängelte und wieder zurück, schien Evas Kiefer zu wachsen. Die Gruppe der Kiefergelenkmuskeln bildete die kräftigste Muskelformation des Körpers. Das Wildschwein, das sie einmal aus der Nähe beobachtet hatte, hob mit seinem Maul enggeflochtenes Wurzelwerk aus dem Boden. Es riß die Fetzen, von denen Erde herabbröselte, heraus und schleuderte sie fort, auf der Suche nach Knollen. Sie hatte dem Tier einen Apfel zugeworfen und gestaunt, wie lange es brauchte, die kleine Frucht zu verzehren.

Wenn Evas eigener Kiefer im Keller genügend groß geworden war, sperrte sie ihn weit auf. Sie gähnte genüßlich und stieg in aller Ruhe die Treppen hinauf in ihre menschliche Behausung.

(6)

Manchmal sah Herr Munch ihr im Garten zu, zwischen den blühenden Büschen, den Apfelbäumen, an denen die Früchte langsam reiften, mit den Kindern.

»Sieh mich nicht an«, hätte er gern gesagt, »schau irgendwohin, dann wirkt es ungezwungener.«

Er liebte die Geste, in der sich Alltägliches verdichtete. Munch zeichnete in Gedanken ihr Haar, ihre Körperlinien, und flüsternd erzählte er ihr von seiner Einsamkeit im Alter, als er in seinem Haus auf Ekely saß, am Rande Oslos. Wo er Bilder in die Apfelbäume hängte, zum Trocknen und Verwittern, für das, was er Kristallisation nannte. Wo er die Bitterkeit malte in seinen Mundwinkeln, eine nach unten gekippte Mondsichel, die mit dem Zeiger auf der Standuhr korrespondierte, neben der er langsam schrumpfte. Er malte die Mörderin Charlotte Corday, in der er Tulla gesehen hatte, als ältere Frau im pflaumenblauen Kleid.

Und Munch, als er Eva betrachtete, dachte an sich selbst in ihrem Alter, als seine Unwissenheit und Zerrissenheit ihn nicht hatten erkennen lassen, wie weit die Strecke noch zu gehen sein würde, in diesem langen Leben.

Er dachte daran, wie er bei Linde in Lübeck gelebt und auf die roten Ziegel geschaut hatte, wie Eva jetzt auf die Wolken, und er wollte ihr zurufen, nicht denselben Weg zu nehmen wie er, fort von den anderen, fort von der Liebe. Lindes Kinder fielen ihm ein, die vier Söhne, die er gemalt hatte, überschattet von der traurigen Mutter, die am Tage bei zugezogenen Vorhängen durch das große, elegante Haus geisterte und die sich in der Nacht zwang, an ihre Leidenschaft für ihn, Munch, nicht zu denken. Neben ihrem Gatten, dem klugen Augenarzt und Kunstsammler Dr. Max Linde, der am liebsten zusah, wenn Munch es mit den Mädchen im Bordell trieb. Ja. So war es. Der Künstler tut es für uns alle.

Linde war stolz auf das Porträt, auf dem er Munchs dunkelblauen Segleranzug trug. Dann kam die Lithographie: Munch zeigte ihn mit seinem verhinderten Begehren, seiner Sehnsucht, ein Mädchen zu sein. Die zarte Haut, die verlangenden Augen. Linde hatte sich rächen müssen, an einem Morgen beim Frühstück.

»Warum guckst du so traurig, Onkel Munch?« fragte Theo, Lindes Ältester. Der Achtjährige sah Munch oft beim Malen zu, wenn er die Staffelei im Garten aufgebaut hatte.

»Theo«, sagte Linde streng, »so etwas fragt man nicht!«

»Warum denn nicht?« quakte Lothar dazwischen, das Kind in der roten Jacke, das immer ein Taschentuch mit sich herumtrug.

»Lassen Sie sie doch«, sagte Munch und trank seinen Cognac aus. Er lächelte Theo an und strich Lothar über den Kopf.

»Ich habe schlecht geträumt«, sagte er, »das ist alles.«

»Ich möchte Sie bitten, nach dem Frühstück in mein Empfangszimmer zu kommen«, sagte Linde angestrengt, »wir hätten da einiges zu besprechen, aber nicht vor den Kindern.«

Als ob die Kinder nichts begriffen. Er hatte alles begriffen, als Kind, und weil niemand mit ihm darüber hatte sprechen wollen, mußte er es immer wieder malen, dieses Kind, das am Bett der toten Mutter Fratzen sah und Stimmen hörte.

Munch nickte. Er wußte schon, was kam. Linde wies ihn zurecht, er solle nicht soviel trinken, schon gar nicht gleich beim Frühstück, was für ein Vorbild für die Jungen, die ihn bewundern und verehren. Er solle vernünftig sein, genügend schlafen, spazierengehen und seine Arbeit tun.

Er tat seine Arbeit, man sah es nur nicht. Er wanderte im Haus umher und sammelte die Blicke, die ihn berührten und einander nicht, er wanderte umher, das Tier, das sich die Reichen hielten, damit er für sie lebte, und die es nicht ertrugen, wie er lebte. Nackt. Wild. Wütend. Weil sie sich selbst nicht ertrugen, in diesen heimlichen Gedanken, *er sieht mich so wie ich bin ich halte es nicht aus daß mich einer so sieht,* die ihn brauchten – *aber einmal einmal will ich so gesehen sein.* Er wanderte umher, eine Woche oder zwei, in dieser verrückten, ihnen unverständlichen und von ihnen angebeteten, luziden Spannung. Dann fing er an, malte, konzentriert. Das Trinken machte die Gesichter präziser.

Munch haßte Linde, als dieser glaubte, ihn maßregeln zu dürfen, nur weil er in seinem Haus zu Gast war. Alle, die ihm Geld gaben, wollten ihn erziehen. Es sei denn, er verkaufte ihnen fertige Bilder. Sie wollten ihn, wegen seiner Kunst, und dann wollten sie, daß er ein anderer wäre. Weniger trinken, mehr malen. Dieses malen und jenes nicht.

Linde hatte ihm einiges abgekauft. War mit seiner schönen, verhaltenen Frau Marie nach Berlin gekommen, um seine Bilder zu sehen, im Atelier in der Lützowstraße. Marie hatte Munch sofort an seine Schwester Inger erinnert, später an seine Mutter, mit den vielen kleinen Kindern um sie herum. Die unterdrückte Körperlichkeit, die ihr in den Augen stand, in den Lippen. Als er später ihr Porträt machte, sah sie ihn manchmal an, als bäte sie um Erlösung. Dann wieder schien sie sich geradezu lustvoll in diesen unerlösten Zustand hineinzulehnen. Munch hörte sie in den Nächten umhergehen.

»Was bleibt in der Kunst«, hatte Linde einmal im Bordell gesagt, »ist das von uns nicht Gelebte.«

Max Liebermann hatte ihn mit roten Bäckchen gemalt.

Die roten Dächer, die knorrigen alten Bäume am Wasser. Munch zieht sich im Hotelzimmer, in dem er arbeitet, den Kittel aus und die blaue Jacke an, er bindet sich das Tuch um den Hals, er reibt sich den Pigmentstaub von den Schuhen. Er nimmt die Schultern zurück, macht sich auf den Weg zu Lindes. Das Wasser kräuselt sich auf der Trave. Das Licht: wie es nur an solchen Herbsttagen leuchten kann. Das Leben ist richtig, das Leben ist falsch. Er wird Linde sagen, daß er geht.

Munch sah Eva zu, die in ihrem hellen Kleid barfuß unter den Bäumen umherging und Spielsachen aufhob. Sie hatte das Haar hochgebunden. Schwerwiegende Veränderungen in einem Leben vollziehen sich langsam, dachte er, dachte sie, sie vollziehen sich behutsam, unmerklich. Sie horchte auf, wie auf den Wind.

»Munch«, sagte sie, »was wird aus dir und Tulla? Und was soll ich tun?«

(7)

Eva ging mit Anka ins Brücke-Museum. Anka wollte es unbedingt; Eva hatte sich gesträubt; seit Munch sie so ins Mark getroffen hatte, hatte sie fast Angst, Bilder anzusehen. Noch unangenehmer war es ihr, Reproduktionen von Kunstwerken zu begegnen. Überall hing Kunst. Van Gogh im Wohnzimmer und Chagall in der Gästetoilette. Die Kunst, dachte sie, das war doch etwas anderes, als dieses Herumhängen in Küchen und Wohnzimmern.

Die Schwestern wanderten durch die Nolde-Ausstellung. Eva sah ihre Schwester von der Seite an, es kam ihr wie ein Wunder vor, daß sie da war. Sie war da, und sie war wieder weg. Wenn sie da war, konnte sie sich nicht vorstellen, wie es ohne sie wäre, und umgekehrt. Als junges Mädchen, auch als junge Frau, hatte Anka immer einen alten Parka getragen, in den Taschen Bücher, Nüsse und Bleistiftstummel. Anka las ständig, in Bus und U-Bahn, sie las Tschechow, Puschkin, Tolstoi, Flaubert. War der Parka zu klein, bekam Anka einen neuen. In solchen Dingen war ihre Mutter ausgesprochen entspannt. Anka war in den Augen ihrer Schwester ein Glückskind. Eva hoffte, eines ihrer Kinder könnte so werden. Die Kinder liebten Anka.

Nolde porträtierte mit großer Sorgfalt Individuen, auch in den scheinbar leicht hingeworfenen Skizzen. »Farbige Notizen«, hatte Ada Nolde die Aquarelle ihres Mannes genannt.

»Ein hübscher Name«, sagte Anka.

Auf der Reise ins »Kaiser-Wilhelm-Land«, zu den »Bismarckinseln«, hielt er seine Eindrücke fest, so wie man heute fotografieren würde. Er aquarellierte exotische Tiere, Schlangen, Eidechsen, sibirische Füchse; er hielt die Dschunken fest, mit denen er fuhr, sie hüpften in hellen Farben über das bewegte Wasser, das aus drei, vier lockeren Linien bestand; er zeichnete drei sibirische Bauern, fast roh, aber heiter; er streichelte mit dem Pinsel drei indische Tänzerinnen. Vermutlich konnte er gar nicht so rasch seine Bilder anfertigen, wie die Eindrücke auf ihn einstürmten; manche Bilder, so hieß es auf einer der Texttafeln, habe er im nachhinein aus der Erinnerung gemalt.

»Sieh mal«, sagte Anka, »Nolde hat 23 000 Mark für die Reise ausgegeben, für ein Jahr, und als er zurückkam, hatte er 10 000 Mark Schulden. Er hatte noch vierhundert Mark in der Tasche, und zweihundert davon mußte er für gezeichnete Kriegsanleihen hergeben.«

»Und dann?«

»Er hatte zum Glück vor der Reise ein halbverfallenes Bauernhaus gekauft. Darin konnten sie leben.«

»Oh«, sagte Eva lächelnd, »ich sehe es genau. Sie kommen zurück, braungebrannt, voller Erlebnisse, bis zum Hals in einem anderen Klima. Es regnet. Die Nordsee peitscht ans Ufer, sie stehen vor dem Haus. Das Dach ist kaputt, es regnet herein.«

»Jetzt hör doch mal auf! Ein Haus war immerhin ein Haus. Damals konnte man beim Reparieren improvisieren, es gab auch mal Sachen ganz billig, bei den Nachbarn, beim Trödler, beim Lumpen- und Eisensammler. Nicht wie heute, wo du jeden Stein und jedes kleine Stück Holz im Baumarkt kaufen mußt. Außerdem hatte er diese Bilder, fünfzig davon hat ihm das Außenministerium abgekauft.«

»Es hat sich gelohnt.«

»Ja, es hat sich gelohnt. Wir sind so kleinlich heutzutage.«

»Wie meinst du das?«

»Na, wir denken immer erst an unsere Sicherheit, haben immer Angst. Wir würden doch niemals einen Haufen Schulden machen, für eine einzige Reise.«

»Es soll Leute geben, die das tun«, sagte Eva. »Zum Glück war diesem Maler alles andere egal, zum Glück für uns ist er losgefahren und hat gemalt, zum Glück hatte er niemals Zweifel an der Tatsache, daß er malen wollte.«

»Vermutlich. Vielleicht ist es besser, einmal im Leben ein Jahr lang herumzureisen, als unsere dämlichen Pauschalurlaube zu machen.«

»Seit wann machst du Pauschalurlaube?«

»Ich meine ja nur.«

»Worauf willst du hinaus, Anka?«

»Ich weiß nicht, Eva, ich glaube, mit dir stimmt was nicht.«

»Bitte?«

»Ich weiß nicht.«

»Du meinst, daß ich zuwenig riskiere?«

»Vielleicht.«

Eva zuckte zurück. Sie fühlte sich ertappt. Sie wollte mit Anka reden, doch hätte sie mit ihr geredet, hätte sich das Gespräch in eine arg ernste Richtung bewegt. Sie fühlte sich zu wund, um über das zu sprechen, was sie bewegte, sie genoß diesen Augenblick, diesen ganzen Sommer mit Anka, und wollte ihn nicht zerstören.

»Was ist mit dir?« Eva lenkte ab. »Du hast keine Kinder!«

Anka begriff. Sie wollte die Schwester nicht quälen. Sie war nicht blind. Sie sah, daß etwas im Gange war. Es war schwierig einzuschätzen, da Eva nichts sagte. Sie wirkte nicht bedrückt, nur manchmal etwas still.

»Ich kann nicht malen.«

Eva lachte. »Du kannst nicht mal eine gerade Linie zeichnen! Aber du kannst doch andere Sachen!«

Eva war plötzlich auf ungewohnte Weise vergnügt. Zum erstenmal sah sie ihre Schwester mit einem leidenschaftslosen Abstand, frei davon, sich durch sie in Frage gestellt oder herausgefordert zu fühlen. Sie freute sich über sie, wie sie dastand, begeistert, glühend, die Haut am Haaransatz ein wenig feucht von der Aufregung; das heller gewordene, rotbraune Haar kräuselte sich, das Tuch, das sie hineingebunden hatte, war verrutscht und bedeckte ihr linkes Ohr. Sie trug die Korallenkette (»Eva, Korallen stehen unter Naturschutz!«), die sie ihr in Sizilien gekauft hatte, wo man Korallen als Schutz gegen böse Einflüsse und alle Arten von Unheil ansah; sie hob sich schimmernd von ihrer nur leicht gebräunten Haut ab. Eva hatte Anka, seit sie da war, viel von Sizilien erzählt. »Du mußt da auch einmal hin; du wirst begeistert sein.«

Anka sah schmal und gelenkig aus in ihrem grünen, altmodischen Kleid, das locker ihre Taille umspielte, vermutlich wieder ein Fund vom Flohmarkt. Wie immer trug sie braune Lederstiefel, denen man ihre Wanderungen über nasse Waldwege und steinige Berge ansah. »Unser Körper beschwert sich, wenn wir in die Irre gehen«, hatte sie einmal gesagt. Vielleicht könnte sie Anka von ihrer Begegnung mit Munch erzählen.

Anka hätte wirklich eine Ada sein können, dachte Eva, eine verrückte und bezaubernde Muse, die mit dem Künstler um die Welt reist. Sie war sehr pragmatisch, wie die meisten Frauen von Malern. Irgend jemand mußte sich schließlich um die banalen Dinge des Lebens kümmern.

(8)

Eines Tages, als Anka die Kinder hütete und Eva allein zum Schwimmen an den See fuhr, geschah etwas Seltsames.

Eva kannte den See gut, wußte, an welchen Stellen die Sonne zu welcher Zeit das Ufer beschien, wo sich selten andere Menschen aufhielten, wo besonders tiefe Stellen waren; sie liebte das weiche, klare Wasser, sie dehnte und entspannte sich darin, wenn sie den See durchquerte. Sie tauchte unter und drehte sich im Wasser um ihre eigene Achse. Sie stieß hoch, an die Oberfläche, die aus lauter Wasserspritzern bestand. Sie waren so hell, daß sie die Farbe des Wassers auflösten. Das Wasser, das vom Ufer aus viele Schattierungen von Blau, Grau und Grün aufwies.

Manchmal war sie mit Karl hier spazierengegangen; sie hatten im dichten niedrigen Buschwerk miteinander geschlafen, die Haut schwitzig und bröselig von kleinen Ästen und Blättern, die sie danach im Wasser verloren. Eva schien diese Zeit unendlich weit entfernt.

An diesem Tag war es besonders schwül.

Eva war in der Mitte des Sees angelangt, da entdeckte sie eine Frau am Ufer, gerade dort, wo sie ihre eigenen Sachen abgelegt hatte. Sie ärgerte sich. Der See war doch groß genug. Sie haßte es, in den Momenten des Lebens, in denen sie allein sein konnte, gestört zu werden. Sie wandte sich der offenen Fläche des Sees zu. Bestimmt würde die andere nicht lange schwimmen; wenn sie ihre eigene Rückkehr ein wenig hinauszögerte, würde sie fort sein. Solche Frauen erfrischten sich meistens nur, schwammen mit hochgezogenen Schultern, um ihr Haar nicht naß werden zu lassen, und wanderten, zufrieden mit sich, gemächlich nach Hause. Eva sah über die Schulter zurück. Die andere stand da, ohne sich auszuziehen oder sonst etwas zu tun. Sie stand da und sah zu ihr hin.

Was sollte das denn werden? Eva fluchte, ihre meditative Stimmung war hinüber. Entschlossen schwamm sie auf das Ufer zu, tauchte dabei unter Wasser, kam hoch, tauchte hinunter, wie immer. Sie warf ihr Haar nach hinten, wischte das Wasser aus den Augen. Vielleicht würde die andere verschwinden, wenn sie näher kam. Sie wirkte seltsam bedrohlich. Allein wegen ihrer Beharrlichkeit. Sie war mittelgroß und schlank, sie trug lockere Hosen und ein T-Shirt. Was wollte sie nur? Geld hatte sie keines in der Tasche. Evas Herz schlug schneller. Sie wird mich nicht aus dem Wasser lassen! Sie wird mich verhexen und mich jämmerlich ertrinken lassen! Ich muß zur anderen Seite des Sees.

Eva sah sich schon nackt nach Hause laufen, als sie beschloß, sich nicht verjagen zu lassen. Sie freute sich an ihren kräftigen, ausdauernden Schultern und schwamm näher. Die Frau hatte langes, silbern schimmerndes Haar. Eigentlich sah sie sympathisch aus, nicht so alt, wie Eva zu Anfang gedacht hatte. Sie bückte sich lediglich wie eine, die wußte, wie leicht man sich etwas im Rücken verknacksen konnte. So würde sie, Eva, aussehen, wenn sie älter wäre. So würde sie gern aussehen. Frei und aufrecht. Beweglich. Sie müßte nur genug Yoga machen. Die Frau schüttelte ihr Haar und warf es in den Nakken. Eva durchfuhr es wie ein Blitz; sie verschluckte sich und hustete und keuchte. Diese wildfremde Frau war gar nicht älter als sie selbst! Sie hatte die gleiche schlanke, aber kräftige Statur, die gleiche seltsame Art, sich zu bewegen und die gleichen grausilbernen Fäden im Haar! O nein!

Ein heißer Strahl lief durch ihren ausgekühlten Körper. Sie war wie diese Frau! In der Mitte ihres Lebens! Sie sah lebendig aus, warm, beweglich! Nicht todesähnlich und vertrocknet und häßlich! So war es!

Eine Last fiel von ihr ab. Sie war überrascht und glücklich. Sie hatte große Eile, nach Hause zu kommen, und zugleich überhaupt keine Eile, mit nichts mehr. Eva lachte und spuckte Wasser in hohem Bogen in die Luft.

Die Frau am Ufer war verschwunden.

11. Kapitel

Die Töchter der Waldläuferin

(1)

»Erzähl mir von Mama«, sagt Anka. Wir liegen in meinem Zimmer auf dem Bett unter dem Baldachin. »Erzähl mir von ihr.«

Früher haben wir solche Gespräche oft in der Badewanne geführt, in der wir lagen, bis das Wasser kühl wurde und uns die aufgelöste Seife an der Haut klebte. Ich erzähle ihr also von ihrer feinen Nase und ihren Fledermausohren und davon, wie sehr sie die Vögel liebte.

»Sie beobachtete sie stundenlang. Die Strandläufer in Norwegen. Die Möwen an der Ostsee. Die Störche, die aus Sibirien kamen.«

»Weiter«, sagt Anka.

»Wenn wir auf Schiffen fuhren, lehnte sie sich oft weit über die Reling. Ich hielt sie fest. Ich war fünf oder sechs. Sie sagte: Sieh nur, wie die Wellen springen, wie sie sich zusammenziehen, wie sie Muster bilden! Es sind die Verwandten der Undine, sagte Papa, die sie hinabziehen wollen. Paß auf! Und später, als wir älter, und wie er glaubte, verständiger waren, sagte er: Es gibt Menschen, die sind empfänglicher für die Zerbrechlichkeit der Existenz als andere.«

»Das hast du dir gemerkt?«

»Ja«, sage ich. »Und du?«

»Ach, ich«, sagt Anka, »ich sehe sie immer im Garten stehen und lauschen. Sie konnte die Vogelstimmen unterscheiden, sie hat mich darauf aufmerksam gemacht. Sie hat nie geschimpft, wenn ich völlig vermoddert aus dem Wald kam, vom Spielen oder Klettern, wenn meine Schuhe dreckig und schlammig waren.«

Ich erinnere mich, wie oft sich Anka herumtrieb, um mit Fröschen, Vogelleichen und Insekten nach Hause zu kommen, während ich mit meinen Freundinnen spielte oder zum Ballett ging. Einmal schleppte sie sogar einen toten Hasen an, langgestreckt und steif. Zu Hause haben wir zu dritt am Küchentisch gesessen und ihre Sachen gezeichnet. Mama zeigte uns, wie man mit Feder und Tinte umgeht. Anka fragte sie aus, wie sie die Tiere unterscheiden konnte, an ihren Stimmen, Spuren, Fellresten. Kein Wunder, daß sie Biologin wurde.

»Ich glaube«, sage ich vorsichtig, weil ich Ankas Rationalismus fürchte, »Mama hat gedacht, daß die Vögel mit ihr sprechen. Und der Wind. Wie oft sie gesagt hat: Horcht mal. Überall waren Stimmen.«

Anka nickt nur. Manchmal überrascht sie mich.

Ich zeige Anka Mamas Buch mit den Bobrowski-Gedichten und lese ihr daraus vor.

»Ich mag diese Gedichte«, sagt sie leise.

»Ich auch«, sage ich, »vor allem diese Landschaft. Das klingt verwunschen, doch es gibt sie. An der Kurischen Nehrung, ein Teil davon liegt in Litauen, einer in Rußland. Vor allem aber in diesen Gedichten. Eichen, Birken, Steppen. Pirole, Holunder, Gehölze. Wie er in dieser Landschaft drin ist, in den Worten.«

Ich zeige Anka die Anstreichungen, die Mama gemacht hat, die Stelle, an die sie mit dem Bleistift *Alma* daneben geschrieben hat.

»Die Zeile heißt: *Ruf und Gegenruf*. Das Gedicht ist grausam. Es spricht von Jägern mit zerstörten Augen, die in Wäldern umgehen.«

»Die Nazis,« sagt Anka und zieht ihre Augenbrauen zusammen. »Hab ich dir erzählt, daß diese komischen Kristallampen aus dem Himalaya direkt an Hitler anschließen?«

»Wie bitte?« Ich bin verdutzt. Immer kommt Anka mit solchen Geschichten.

»Ja«, sagt sie, »die Nazis gingen davon aus, daß die Weisheit der Menschen im Himalaya gespeichert wäre. Beim Weltuntergang sollten die Arier sich dorthin flüchten, natürlich nur die besten und reinsten. Dort würden sie das genetische Material dieser Superrasse überleben lassen.«

»Was für ein Quatsch«, sage ich, verärgert, weil sie ablenkt.

»Kein Quatsch. Esoterik war eine große Sache damals. Wir –«

»Jetzt hör mal auf damit«, sage ich, »das Kristallsalz war bestimmt vor den Nazis da. Die haben es einfach besetzt, wie alles mögliche andere auch. Ich will über Mama reden!«

»Ist schon gut«, sagt Anka und tut ein bißchen zerknirscht, »entschuldige. Aber diese Sachen beschäftigen mich wirklich. Wir können ja morgen drüber reden.«

Das ist wieder typisch Anka. Ich habe den Faden verloren, es fällt mir ohnehin schwer, diese Dinge anzusprechen.

»Komm schon«, sagt Anka, »was hast du dir überlegt?«

Komisch. Anka hat nie soviel über Mama sprechen wollen. Sie war so wütend, daß sie fort war. Damals hat sie immer wieder Sachen gegen die Wand geworfen und im Schlaf geschrieen, es war gräßlich. Und später hat sie bockig geschwiegen. Bis auf die wenigen Male, wenn wir viel geredet und sehr viel getrunken hatten, tief in der Nacht –

»Ich habe oft über die Gedichte nachgedacht«, sage ich. »Der Sprechende verwandelt sich in einen Vogel. *Nun geh ich mit Krallen im Jägerschlaf*, sagt er. Ich weiß nichts von einer Alma. Ich weiß nur, daß Mamas beste Freundin in der Schulzeit Sophia hieß. Hier, hier siehst du sie.«

Ich zeige Anka das Foto mit dem anderen kleinen Mädchen und der schönen langhaarigen Frau.

»Warum hast du mir das nie gezeigt?« fragt Anka. »Du bist wie sie! Hast alles in dir verschlossen!«

Sie betrachtet das Foto.

»Was? Nein!« Ich bin verwirrt.

»Doch. Du bist eine verdammte Einzelgängerin. Egal. Weißt du was, das wird natürlich Sophias Mutter sein, wer denn sonst?«

»Ach so.«

»Ja, Mädel, wieso bist du nicht darauf gekommen? Du siehst doch genauso aus auf den Bildern mit deinen Kindern.«

Ich sehe mir das Foto noch einmal an. Die beiden kleinen Mädchen. Die große, aufrechte Frau, die auf die Schultern der Mädchen ihre Hände legt, eine links, eine rechts.

»Mamas Mutter hat das Foto gemacht, und die andern drei –«

»Du hast recht«, sage ich. »Daß ich daran nicht gedacht habe. Das muß Alma sein.«

»Erzähl mir mehr,« sagt Anka und setzt sich im Schneidersitz hin.

»Ich weiß nicht weiter.«

»Wie, du weißt nicht weiter?« Anka wird ungeduldig. Ich habe manchmal Angst vor ihr, weil sie unvermittelt wütend wird.

Eines Tages kam unsere Mutter von ihrem Spaziergang im Wald nicht wieder zurück. Es war zwischen Weihnachten und Neujahr, Schnee war gefallen, getaut und gefallen. Sie war, wie so oft, nach dem Frühstück aufgebrochen. Wir waren es gewohnt, daß sie verschwand, manchmal für Stunden, manchmal für einen Tag.

»Ich stelle mir Mama vor«, sage ich zu Anka. »Mama im Winter, im Wald.«

Anka sieht mich erwartungsvoll an.

»Schnee ist gefallen«, sage ich, »getaut und gefallen. Das denkt sie. Weich ist er unter meinen Stiefeln. Mama lauscht auf die leisen Geräusche in der Stille des Waldes, ein Knacken, der Wind, ihre Schritte im Schnee. Um diese Zeit ist es still hier, denkt sie. Sie läuft weiter hinein in den Wald, am Wasser entlang zunächst. Sie entfernt sich vom Wasser und von den vorgezeichneten Wegen.«

»Nichts schöner als das«, sagt Anka, »die Wege zu verlassen.«

»Mich treiben zu lassen. Durch Landschaften, die ich mit mir herumtrage, im Körper, in den Träumen. Ich höre die Namen von Orten, höre Schlesien und Böhmen und Sarmatien und hör den Klang, die Flaschenpost in diesen Worten, die Weizenfelder und den Klatschmohn, die Hitze und den Harz.«

Wir sprechen noch lange miteinander, meine kleine Schwester und ich, und wir weinen, und irgendwann schlafen wir ein.

(2)

Drei Tage später kommt Papa zu Besuch, ohne Elke, seine Lebensgefährtin. Stefan ist unterwegs. Sina, David und Lucie springen an ihrem Großvater hoch, wollen auf seinen Schoß und bekommen kleine Mitbringsel. Sie werden ausgefragt und bewundert, wie groß sie geworden sind. Lucie zeigt ihre Geige und macht ein paar Töne darauf.

»Ich habe sie gefunden«, sagt sie.

»Nanu«, sagt Papa, fragt aber nicht weiter. Lucie sagt auch nichts weiter dazu.

»Die Geige muß jetzt schlafen gehen«, erklärt sie kurz. »Die Geige schläft in meinem Bett.«

»Soso«, sagt Papa, »geht die da nicht kaputt?« Er wendet sich an die anderen beiden. »Und was gibt es bei euch Neues?«

Papa ist noch braungebrannt und vergnügt von seiner Reise; er zeigt uns Fotos und erzählt von seinen Eindrücken.

»Am schönsten war es in Vietnam«, sagt er, »die Reisfelder,

die europäische Atmosphäre, die schönen Frauen!« Er zwinkert uns zu und lacht. Er sieht gut aus, mit seinen dunklen Augen und dem graumelierten Haar, aufgerichtet und in Schuß.

»Wie ihr beide!« sagt er und küßt uns. Seit Papa mit Elke lebt, ist er sehr entspannt. Er arbeitet weniger. Er hat sein Geschäft einem Jüngeren übergeben, den er berät.

Anka und ich haben gekocht, Kalbsgeschnetzeltes mit Paprikagemüse und Reis, wir wissen, daß Papa dieses Essen liebt. Die Kinder sind im Bett. Es ist heiß, doch Papa möchte lieber drin essen, er haßt die Mücken und Wespen. Anka, er und ich sitzen noch am Tisch. Wir haben zwei Flaschen Wein getrunken, Gewürztraminer, und öffnen eine dritte. Wir haben über Ankas Arbeit in Bochum gesprochen, Reparaturen am Haus, die Nachbarn, den Sturm. Ich fasse mir ein Herz und frage Papa nach Mama.

Papa zögert lange, bevor er zu sprechen beginnt.

»Eure Mutter trug etwas in sich«, sagt er und streicht sich über das graue Haar, »über das sie nicht sprechen konnte. Wenn es sie überfiel, ging sie fort.« Er zieht seine hohe Stirn mit den Geheimratsecken in Falten. Sein Mund wird schmal.

»Hatte sie Sorgen?« fragt Anka. »Ging sie vielleicht, wenn es Streit gab zwischen euch oder eine Verstimmung? War es immer dann?«

»Nein, nein«, sagt er, »es gab keinen solchen Zusammenhang. Es konnte aus heiterem Himmel kommen.«

»Wie seltsam. Was hast du gemacht, als sie damit anfing?« fragt Anka.

»Es fiel mir nicht gleich auf. Erst, als sie einmal am Abend nicht zurückkam.«

»Wie schrecklich«, sagen Anka und ich wie aus einem Munde. Es ist selten, daß wir auf diese Weise miteinander sprechen. Mit unserem Vater.

»Ihr könnt euch meine Sorge nicht vorstellen«, sagt er.

»Doch, Papa, doch!« sagen wir wie aus einem Mund.

»Wir haben jedesmal gezittert«, sage ich, »wenn sie weg

war. Wir haben es nur nicht gezeigt. Es war ja auch irgendwie normal.«

»Als ihr noch klein wart, sorgte sie dafür, daß ihr nicht allein bliebt. Ich habe keine Ahnung, wie sie das planen konnte, es schien mir jedesmal eine Überraschung, daß sie ging und wie sie ging. Sie wirkte nie so, als ob sie es geplant hätte. Das war seltsam. Wenn ich sie darauf ansprach, tat sie so, als wüßte sie gar nicht, wovon ich spreche.«

Papa schweigt. Sein Schweigen nimmt Anka und mich gefangen.

Bis Anka unvermittelt sagt: »Normal wie die Ängste in der Liebe.«

»Normal wie die was?«

Papa und ich sehen sie fragend an. Ich spüre, daß es Papa peinlich ist. Das Gespräch ist ihm unangenehm.

»Ich bin ihr gefolgt«, sagt er langsam. »Am Anfang etliche Male. Später nicht mehr. Ich wollte ihr schließlich nicht hinterherspionieren. Sie lief in den Wald. Immer tiefer. Sie lief nicht auf den Wegen. Sie schlug sich in die Büsche. Sie hatte eine enorme Ausdauer.«

Er spricht so, als läge all dies nicht über zwanzig Jahre zurück. Er hat rote Flecken im Gesicht.

»Warst du eifersüchtig?« frage ich, für mich selbst überraschend.

»Eifersüchtig?« Papa lacht, wird wieder ernst. »Du hast recht. Am Anfang glaubte ich, daß sie mich betrügt. Es war mir vollkommen rätselhaft, wir waren doch noch nicht lange zusammen, und ich fühlte mich auch von ihr geliebt. Trotzdem. Was hätte ich vermuten sollen?«

»Was hat sie nur gesucht?« fragt Anka nachdenklich. Es kommt mir für einen Moment so vor, als sprächen wir über eine sonderbare Bekannte und nicht über Mama. Ich sehe mich in unserem Wohnzimmer um, sehe die Bilder, das Bücherregal, den großen roten Teppich, die Blumen in der Vase. Alles ist mir vertraut und fremd zugleich.

»Ich weiß es nicht«, antwortet Papa, »ich weiß es nicht. Ich sagte mir: Gut, sie geht spazieren. Soll sie spazierengehen.«

»Das soll wohl ein Witz sein«, sagt Anka.

»Hast du sie denn nicht gefragt?«

»Ich habe es versucht.«

»Und?«

»Ihr wißt es doch selbst.«

»Wir wissen es und doch nicht.«

Mama im Wald. Manchmal fühle ich sie in mir.

»Es hat sie traurig gemacht«, fährt Papa fort, »wenn ich sie fragte. Vertraust du mir nicht, hat sie gefragt, und ihre Stimme hat gezittert wie ein Vogel in der Hand.«

»Diese Vogelleidenschaft«, sage ich. »Was hat sie eigentlich gemacht, bevor wir auf die Welt kamen? Ich kann mich gar nicht daran erinnern.«

»Sie hat in einem Zoogeschäft gearbeitet, was sonst!« sagt Papa.

»Ach nee«, sagt Anka.

»Sie hat Vögel verkauft und andere Tiere.«

»Hat es sie nicht gestört, daß die Vögel in Käfigen saßen?«

»Doch«, sagt Papa, »aber sie hat immer gesagt: Daran kann ich sowieso nichts ändern. Irgendwann hat das Geschäft zugemacht, und zu dieser Zeit war sie schon sosehr mit ihren Waldläufen und euch beschäftigt, daß sie wohl keine Lust hatte, sich nach einer anderen Arbeit umzusehen.«

»Hätte sie mal«, sagt Anka, »dann wäre sie nicht so allein gewesen.«

Ich denke es auch.

»Du hättest ihr dazu raten sollen! Du mußt doch gemerkt haben –«

Anka läßt nicht locker.

»Ich habe immer gehofft, daß es wieder aufhört. Es war kompliziert. Was ist schon dabei, wenn eine Frau gern spazierengeht? Bei jeder anderen hätte man gesagt, sie wandert gern, was ist daran sonderbar.«

»Nur daß Mama nicht so war wie jede andere«, sage ich leise.

»Richtig«, sagt Papa und trinkt ein halbes Glas Wein auf einmal aus, »nur: Du mußt dir vorstellen ... ich habe es nicht wahrhaben wollen. Ich wollte so gern daran festhalten, daß alles in Ordnung ist.«

Ich denke sofort an Stefan und mich. Ich hoffe auch immerzu, daß es besser wird, anders, daß es nicht wahr ist, was ich fühle.

»Im Alltag schiebt man so etwas auch weg«, fährt Papa fort, er sieht uns beide dabei im Wechsel an. Sein Blick ist fast bittend. »Und dann war es ja wochenlang gut. Sie ging nicht einmal fort. Sie erledigte ihre Dinge, traf Freundinnen, kümmerte sich um euch. Sie war lustig und ausgelassen, und ich habe aufgeatmet. Ich habe«, er stockt, überlegt, wie er es sagen soll, »ich habe es regelrecht vergessen!«

Manchmal verschwand sie, ohne fortzugehen, denke ich. Wir schweigen alle drei. Es kommt mir unwirklich vor, was wir hier sprechen.

»Ich habe eure Mutter so entsetzlich vermißt, als sie fort war, manchmal war es mir am liebsten, überhaupt nicht an früher zu denken. Ich wäre sonst verrückt geworden.« Papa schluckt. Er sieht traurig aus. Er senkt den Blick. Er ist ein großer, gutaussehender Mann, auch mit seinen zweiundsiebzig Jahren. Mein Vater.

»Apropos«, sagt Anka. Ihre Stimme klingt mit einemmal ganz metallisch. »Ich habe mit jemandem darüber gesprochen«, sagt sie.

»Mit jemandem?« Papa sieht sie an.

»Mit einem Arzt.«

Papa wird bleich, Zorn tritt in seine sonst so sanften Augen.

»Wie konntest du das tun?« sagt er und dreht sein Gesicht fort.

Wieder entsteht eine beklemmende Stille. Sie ist beklemmend, doch ich bin froh, daß keiner von uns sie unterbricht.

Ich denke an Eisblumen an den Fenstern, an die unbekannte Landschaft, aus der die Kraniche kommen, im nördlichen, östlichen Land mit Scheunen, Ställen, Mooren. Ich sehe das Fenster in unserem Dachboden und denke daran, wie oft ich traurig bin, weil die Männer, die ich liebe, mich nicht ganz wollen. Als ich noch jünger war, habe ich es wie Anka gemacht, mit allen geschlafen, einfach so. Diese Eva kommt mir weiter entfernt vor als die Mutter, die vor über zwanzig Jahren verschwand. Ich bin ganz durcheinander mit der Zeit. Mehr geht nicht, muß ich gedacht haben. Mir wird schwindelig.

»Sie geht Hand in Hand mit dem Glück, diese Angst«, sagt Papa still.

Ich habe den Anschluß an das Gespräch verpaßt. Von welcher Angst haben wir gesprochen? In meinem Kopf und in meinem Körper wächst eine Spannung, als wollte meine Haut aus sich selbst heraus. Als wäre sie nur ein dünner, allzu dünner Schutz gegen dieses sonderbare Leben, das wir alle leben. In dem wir lachen und weinen und arbeiten und Kinder großziehen, und das mir in diesem Moment so fremd scheint und ohne jede Sicherheit. Ich denke an Munch. Ich sehe, wie er vor mir sitzt und mit mir spricht. Ich möchte schrecklich gern wieder mit ihm sprechen. Ich will ihn fragen –

»Ich habe Mama oft beobachtet«, sagt Anka, »wenn sie dachte, sie wäre allein. Sie saß an manchen Tagen vor dem Spiegel und betrachtete ihre Haut, die Haut in ihrem Gesicht.«

»Ich hätte nicht gedacht, daß Kinder das sosehr merken«, sagt Papa.

»Wie sollte man die Liebe nicht bemerken«, sage ich, »wenn sie sich auf die Haut der Mutter legt.«

»Wieso denkst du an Liebe?« fragt Anka und sieht mich streng an. Sie ist sehr hellhörig.

»Dann sag eben Sehnsucht«, sage ich unwirsch und spüre, daß ich rot werde.

»Du spürst es in den Bewegungen«, sagt Anka, während

mein Vater uns ansieht, als sähe er uns zum erstenmal. Plötzlich legt er den Kopf in seine Hände, hat die Ellenbogen auf den Tisch gestützt.

»Du siehst es in den Gesten. Du kannst es nur nicht benennen.«

»Es gibt sehr seltene Formen der Epilepsie«, fängt Anka nun wieder an und schenkt uns allen Wein ein. Mir schmeckt er nicht mehr.

»Hör auf damit«, sage ich, »du siehst doch, wie es Papa quält.«

»Es gibt diese seltene Form der Epilepsie«, sagt Anka, »die darin besteht, daß jemand für einen längeren Zeitraum sein Bewußtsein verliert, ohne es zu verlieren. Das heißt, dieser Mensch ist bei vollem Verstand, auch sein Gefühl ist da, aber er oder sie fällt aus der Zeit heraus.«

»Toll! Großartig!« sagt Papa und springt auf. »Was nutzt es uns, das Verhalten eurer Mutter neurologisch zu erklären? Kannst du mir das sagen? Ihr immer mit euren scheißrationalen Erklärungen, das kotzt mich wirklich an! Ich gehe jetzt!«

»Papa«, sage ich und greife nach seinem Handgelenk, »bitte setz dich wieder, geh nicht weg, dieses eine Mal laß uns reden. Ich bitte dich!«

»Ich bin Naturwissenschaftlerin«, sagt Anka,«ich finde, es ist keine Schande, sich über die biologischen Ursachen eines Verhaltens Gedanken zu machen. Alles hängt miteinander zusammen. Mir helfen Erklärungen. An Mama war so vieles unerklärlich. Ich bin froh, wenn ich mir nur irgend etwas erklären kann. Wir haben noch nicht einmal einen Totenschein. Es ist absurd.«

»Jede Erklärung hilft uns«, sage ich kleinlaut. Mir ist ganz schlecht.

Papa tut mir leid, ich fühle mich hundeelend, obwohl ich es wie Anka wissen will. All die Jahre habe ich diesen Wunsch weggeschoben, ihn für unwichtig erklärt. Jetzt steigt er mit einer solchen Wucht in mir hoch, daß mir schwindelig wird.

Als würde sich die ganze Landschaft meiner Existenz verändern, wenn ich diesen weißen Fleck füllen könnte, dieses Stück unbemalte Leinwand.

»Was glaubt ihr«, fragt Papa, »was sie gesagt hätte, wenn ich mit ihr zu einem Psychiater gegangen wäre? Es hätte sie verrückt gemacht! Sie war so froh, wenn sie die Dinge des Alltags bewältigte! Wenn sie mit euch gut klarkam, und sie kam mit euch klar! Ihr seid gut in die Welt gegangen, was wollt ihr? Ihr rennt heute alle zum Psychiater, aber wir damals –«

»Jetzt hab ich aber genug«, brüllt Anka und knallt die flache Hand auf den Tisch, »wie du das alles runterspielst! In meinem Epilepsiebuch steht: Die Ehe ist keine Nervenheilanstalt. Du hättest mit ihr zu einem Arzt gehen müssen!« Anka und Papa starren sich haßerfüllt an.

Es trifft mich wie ein Schlag. Ich weiß es.

»Die Züge fahren nach Plan«, sage ich. »Die Vögel ziehen nach ihrer inneren Uhr, die Wärme, die Kälte, die Sterne weisen ihnen den Weg, die Anziehungskräfte der Erde. Die Züge vom Bahnhof Wannsee. Die Deportationen. Sie fuhren nach Osten. Alma kam aus dem Memelland, nicht weit von Königsberg, deshalb die Bücher von Bobrowski. Der schreibt darüber. Das war ihre Landschaft. Die Störche kommen von Königsberg. Sie fliegen wieder dorthin. Mama war ganz versessen auf die Störche. Mama wollte niemals zum Haus der Wannseekonferenz. Dabei haben wir in der Nähe gewohnt. 1942 wird dort die Deportation und Vernichtung aller in Deutschland verbliebenen Juden beschlossen. Grausame Jäger dringen ein in die langsame Landschaft Sarmatien. Mama wollte nie auf der Seite des Wannsees spazierengehen, wo nicht weit vom Haus der Wannseekonferenz die Villen von Liebermann und Oppenheimer stehen. Und sie wollte nie nach Kleinmachnow, damals noch im Gebiet der DDR, um das Haus ihrer Eltern zu sehen, das von fremden Menschen bewohnt war. Weißt du«, frage ich Papa, »ob die kleine Freundin, die Mama als Kind hatte, ein jüdisches Kind war? Sophia?«

Anka und Papa sehen mich überrascht an.

»Was redest du denn da?«

Papa sieht mich entsetzt an.

»Das wird es sein«, denke ich laut, »Mama hatte eine kleine jüdische Freundin, die deportiert wurde. Vielleicht gehörte die Kindergeige ihr!«

»Die kann doch auch von anderen Mietern sein«, sagt Anka.

»Was ist das mit Bobrowski?« fragt Papa.

»Das Buch von Bobrowski«, sagt Anka, »Eva hat es von Mama. Und die Schallplatten und das Foto von 1938 mit dem anderen kleinen Mädchen. Vielleicht –«

»O Gott«, sagt Papa.

Die Zeit bleibt stehen. Wir fallen durch die Zeit. Wir sehen uns um, in diesem Haus in Kleinmachnow, in dem wir den ›Völkischen Beobachter‹ von den Wänden gekratzt haben, unter dem ›Neuen Deutschland‹. Wer hier lebte, wer sich verbarg, wer floh, wer einen Persilschein erhielt und wer –

»Was hat Mamas Vater überhaupt gemacht?« frage ich. »Was sind das für Karten im Keller?«

»Was für Karten?« Papa ist wie gelähmt von allem, was er gehört hat. Zum Glück sagt er nicht, daß ich spinne. Er hat alles begriffen. Ich begreife in diesem Augenblick, daß ich immer Mitleid mit ihm hatte. Nicht mit Anka oder mir, sondern mit ihm. Er war es, der mir verlassen vorgekommen war, als Mama verschwand. Anka und ich gingen hinaus ins Leben, wie es so schön heißt, aber er blieb zurück. Schon vorher hatte ich Mitleid mit ihm. Als verließe Mama ihn und nicht auch uns.

»Wer hat hier eigentlich gewohnt?« fragt Anka. »Ich meine, vor der Wende?«

»Jetzt mal langsam«, sage ich, »darüber später. Ich will jetzt wissen, was Mamas Vater gemacht hat.«

»Ihr Vater war Ingenieur. Er arbeitete für Bosch. Bosch hatte eine riesige Tochterfirma in Kleinmachnow, mit Werksgelände und allem Drum und Dran. Er entwickelte Zündkerzen, Anlasser, Zündmagneten für Benzinmotoren und ähnliche Sachen, eigentlich für Automotoren. Was für Karten?«

»Ich hole sie gleich«, sage ich aufgeregt, »aber erst will ich die Geschichte hören!«

»Diese Tochterfirma wurde irgendwann in den dreißiger Jahren eingerichtet und während des Krieges, wie viele technische Firmen, auf die Produktion von Waffen umgestellt. Es gab dreitausend Zwangsarbeiter dort.«

»Dreitausend?« fragt Anka fassungslos.

»Na ungefähr, ja. Polinnen vor allem, Leute aus dem KZ Theresienstadt, die hierhergebracht wurden, viele Frauen aus Ravensbrück. Die Nazis nannten sie ›Fremdarbeiter‹. Später im Krieg war das Firmengelände der Drei-Linden-Maschinenbau, so hieß die Niederlassung, sogar vorübergehend ein Außenlager von Sachsenhausen.«

»Du kannst in diesem Land keinen Schritt zurück zu deiner eigenen Oma machen, ohne daß du auf diese Scheißgeschichte stößt. Wie ich das hasse.« Anka schnauft. Sie macht eine neue Flasche Wein auf und trinkt Wasser aus der Flasche. Das macht sie am liebsten, Wasser aus der Flasche trinken.

»Daß es dreitausend waren«, sagt Papa, »oder wenigstens zweitausendfünfhundert, aber meistens kannst du etwas draufschlagen, habe ich erst kürzlich in der Zeitung gelesen. Sie waren in Baracken untergebracht, am Rande des Ortes, hinten, wo heute die Biologische Bundesanstalt für Forstwirtschaft ist, und ich glaube auch da, wo heute dieser Hügel aufgeschüttet ist, ihr wißt schon, gleich, wenn man von der Autobahn kommt. Man hat alles gesprengt. Im Krieg haben sie wohl alles in den Wald dort verlagert, ich weiß das nicht so genau, man suchte sogenannte ›Schattenstandorte‹. Deshalb wurde der Ort unter anderem so heftig bombardiert, wegen der Rüstungsindustrie.«

»Ich glaub es nicht«, sagt Anka, »dreitausend oder mehr! Kleinmachnow hatte ja selber nur –«

»– zwölftausend Einwohner«, sage ich und stelle mir die Baracken vor, wie ich sie im Fernsehen gesehen habe, in den Filmen über die Konzentrationslager, »du hast völlig recht.«

Ich schaue auf das Bücherregal, unser altes Klavier, alles kommt mir verrückt vor.

»Mama hat erzählt«, sagt Papa, »daß ihre Mutter ihren Mann dazu bewegen wollte, die Firma zu verlassen, das Land sogar. Ich habe eure Großmutter ja noch kennengelernt, aber wir haben kaum darüber geredet. Sie müssen sich darüber sehr gestritten haben, sie und ihr Mann. Eure Mutter hat es als Kind kaum verstanden. Sie hat sich aber dafür geschämt. Deshalb wollte sie von diesem Haus hier nichts wissen. Sie hat gesagt: es stinkt. Er hat das Geld dafür bei den Nazis verdient. Mit dem Krieg.«

»Jaja«, sagt Anka, mehr zu sich selbst, »das ist die schöne Neutralität der Ingenieure.«

Es ist alles so lange her, denke ich. Und ich denke an die dickbusige Nachbarin mit ihrem Mann, dem Handelsvertreter, der früher einmal Parteisekretär für Tiefbau war.

»Sie hatte nur ein Foto von ihm«, erzählt Papa weiter, »ein großer Mann im zweireihigen Wintermantel, der neben einem Fahrrad stand. Ich weiß nicht, wo es hingekommen ist. Er wurde eingezogen und ist gefallen. Das war das Ende. Eure Mutter meinte, ihre Eltern hätten sich sonst sicher getrennt. Es muß aber noch etwas anderes gegeben haben, einen Streit oder irgend etwas, was mit der Freundin ihrer Mutter zu tun hatte, dieser Musikerin.«

»Alma«, sagt Anka nachdenklich.

»Einer Cellistin?« frage ich.

»Wie kommst du darauf? Ich bin mir nicht sicher.«

»Mama hatte doch eine ganze Sammlung von Cello-Konzerten.«

»Das habe ich vergessen. Sie wollte ja nie Musik hören.«

»Hier!«

Ich springe auf und hole ein paar von den alten Platten, das

Foto und das Buch und zeige sie Papa. Ich begreife nicht, wie wir nie darüber haben sprechen können. Ich komme mir vor, als würde ich mir all das ausdenken. Ich sehe Anka an und meinen Vater und diesmal ist es, als fiele ich aus der Zeit heraus, aber wohin, wohin, ich will nicht fallen –

»Ich weiß nichts von dieser Freundin,« sagt Papa, »was aus ihr wurde, ob da etwas war. Wir haben einfach gelebt, euch großgezogen, unsere Freunde gehabt. Um die Wahrheit zu sagen: Ich war froh, nicht darüber zu sprechen. Ich war froh, wenn sie wieder zu Hause war. Und ich glaube, sie auch. Wir konnten nicht darüber sprechen. Wenn ich es mir recht überlege, vielleicht hatten die Spaziergänge etwas mit dem Tod ihrer Mutter zu tun. Sie hat sie irrsinnig geliebt. Sie starb so früh. Vielleicht hat sie damals mit dem Laufen angefangen, ich weiß es einfach nicht mehr so genau. Ich hatte Angst vor ihrer Schwermut, ich zog mich immer mehr zurück. Auch von euch Kindern. Es tut mir so leid. Wir dachten, es würde schon irgendwie gehen. Sie und ich. Wir dachten, wir respektierten aus Liebe das Schweigen und den Rückzug.«

Und ward nicht mehr gesehen, und ward nicht mehr gesehen –

Eines Tages kam unsere Mutter nicht mehr von einem ihrer Spaziergänge zurück. Schnee war gefallen, getaut, gefallen.

So sehr hat er sie respektiert.

Nun geh ich mit Krallen im Jägerschlaf.

Ich habe oft vor den Häusern fremder Menschen gestanden und hineingestarrt, als könnte ich etwas über ein Leben erfahren, in dem man sich vertraut. Mir ist so vieles unzugänglich, von meinem eigenen Leben.

Wie Blatt zu Blatt / legt meine Stimme sich / an deine Stimme, heißt es im Gedicht von Bobrowski, neben das Mama Almas Namen schrieb. Das ist so. Ruf und Gegenruf.

Ich suche diese Stimme.

Das ist das Haus, in dem ich lebe.

12. Kapitel

Der Tanz des Lebens

(1)

Der Sommer war so lang und heiß wie Evas Gezaudere, sich von ihrem Mann zu trennen, was sie in einer ungewöhnlich stürmischen Yogastunde beschlossen hatte. So ist das mit dem Menschenherzen. Es braucht seine Zeit, sich an schwierige Gedanken zu gewöhnen. Es schwankt. Klammert sich an Möglichkeiten. Auch wenn sich diese Möglichkeiten viele Jahre lang als Illusionen erwiesen haben. Das Herz ist ein unbelehrbares Ding.

Eva spielte im Geiste den seelischen wie sozialen Zustand »alleinerziehende Mutter mit drei Kindern« durch. (War sie es nicht schon?) Allein Handwerker bestellen, Reifen wechseln, Versicherungen organisieren. Formulare ausfüllen. Immer wieder gab es Formulare im Leben. Allein die Nächte im knackenden Haus verbringen, bei abgesperrter Tür. Allein alle Einkäufe erledigen (das wäre keine große Veränderung). Realistisch betrachtet, blieben die Formulare (nicht so oft) und die Nächte. Allen sagen, daß. An den Trennungsschmerz der Kinder mochte sie nicht denken, es hätte ihr wankelmütiges Herz sofort zurückgepfiffen und gerügt wie einen durchgegangenen Jagdhund.

Evchen also schlich herum, in diesem unsinnig heißen Sommer, und wartete auf eine Gelegenheit. Immer fiel ihr etwas ein, weshalb es unmöglich war, es Stefan zu sagen. Manchmal tat Eva so, als müßte sie es gar nicht sagen; an besonders heißen Tagen ging die Phantasie mit ihr durch. Sie stellte sich vor, er käme, sähe sie traurig, doch entschlossen an und sagte, er habe sich in eine Geigerin verliebt und wolle fortan mit ihr leben.

Aber i wo! Wo sich schon zwei Männer nicht gerührt hatten, Eva eine Entscheidung abzunehmen, blieb ihr böses Karma konsequent.

Es war ihr so komplex dabei zumute, daß sie weder mit Nora noch Anka darüber sprechen konnte. Mit Nora hatte es sich von selbst erledigt; sie war mit ihrem Kind in die Ferien gefahren. Und Anka? Anka sah sich die Sache an und wartete. Sie leistete dem blöden Karma Gesellschaft. Armes Evchen.

Wenigstens gab es das Auktionshaus. Hitze hin, Hitze her, die Geschäfte mußten weiter betrieben werden. Alleinerziehend oder nicht. Als Eva an einem Donnerstag Anfang August das Auktionshaus Spoerli betrat, um wie gewohnt mit den anderen die Vorbesichtigung für die Samstagsauktion zu betreuen, bot sich ihr ein sonderbarer Anblick.

Eine Jugendstilkommode und eine barocke Wäschetruhe versperrten den Eingang. Sie mußte sich daran vorbeiquetschen. Gleich dahinter hockten Rehweiler und Wieland an einem aufpolierten Tisch aus dem Biedermeier und spielten Schach mit Figuren, die nach Gründerzeit aussahen. Um sie herum standen mindestens zehn leere Bierflaschen, ein Karton mit Pizzaresten, mehrere Pappbecher mit den bräunlichen Spuren von Milchkaffee und zerknüllte Papiertüten vom Bäkker zwei Häuser weiter. Wieland trug ein ärmelloses Unterhemd über seinen eleganten Sommerhosen und hatte den Kopf schwer in die Hand gestützt; und Rehweiler, sonst gerade aufgerichtet und korrekt gekleidet, hing auf dem Stuhl wie ein Schluck Wasser, das Hemd am Kragen aufgeknöpft, Schuhe und Socken vor sich hingeworfen. Sie tranken das Bier direkt aus der Flasche. Um sie herum lagen und standen angelaufene silberne Leuchter, Schalen und Zigarettenetuis, die sie wohl hätten putzen sollen. Die Pflegetücher lagen so zerknüllt neben den Flaschen mit dem Silberputzzeug wie die Papiertüten vom Bäcker.

Die Hitze, dachte Eva, die Hitze. Das »guten Morgen« blieb ihr im Halse stecken. Weder Rehweiler noch Wieland sahen auf. Eva nahm den restlichen Ausstellungsraum in Augenschein. Es sah aus wie eine Rumpelkammer. In einer Stunde würde das Haus fürs Publikum geöffnet!

»Fällt die Auktion aus?« fragte sie. »Ist etwas passiert?«

Eva dachte an ihren Gebrauchtwagenhändler Herrn Karl. Mit Herrn Karl hätte sie ein schönes Geschäft führen können. Antikes & mehr. Ihr Gedanke brachte sie ins Straucheln. Oder nein. Der Staubsauger war es. Der Staubsauger lag im Weg. Eva fing sich und ging durch die vorderen Räume nach hinten. Immerhin: Die Schlepper hatten ihre weißen Mäntel angezogen und rollten Teppiche ein. Eva nickte ihnen anerkennend zu. Sie zuckten mit den Achseln und verdrehten die Augen in alle Richtungen. Das Schiff sank, sie erfüllten ihre Pflicht. Sie rollten und stapelten. Hinten in der verstaubten Bibliothek mit dem blinden Fenster saß Albrecht. Vor ihm lag ein Stapel Papiere. Eva erkannte die Vordrucke, die sie für die Beschreibungen der Gegenstände für die Auktionen benutzten. Albrecht knurrte. Eva legte ihren Stapel mit Beschreibungen, die sie zu Hause angefertigt hatte, auf den Tisch.

»Die sind drüben«, sagte Albrecht kurz und nickte mit dem Kopf in die Richtung des Büros.

»Was ist denn nur los, Albrecht? Wo ist Frau Spoerli?«

»Frau Spoerli liegt mit einem Herzanfall im Krankenhaus«, antwortete Albrecht beleidigt, als hätte Frau Spoerli ihn böswillig im Stich gelassen.

»Was?«

»Geh rüber«, brummte Albrecht, »ich habe zu tun. Du siehst ja, wie es hier aussieht.«

Eva wurde mulmig. Albrecht war kein unfreundlicher Mensch. Es mußte schon ziemlich schlimm sein.

Die Sache verhielt sich wie folgt: Ein neuer Kunde war bei einer Schätzung mit einer kostbaren Uhr fortgerannt, einem wirklich seltenen Stück aus dem 19. Jahrhundert, und Frau Spoerli hatte sich über die Unachtsamkeit ihrer Angestellten und die Unverschämtheit des Kunden so aufgeregt, daß sie einen Herzanfall erlitten hatte.

Sie lag seit Dienstag im Krankenhaus. Niemand hatte sich bemüßigt gefühlt, Eva davon in Kenntnis zu setzen. Sie stand nun etwas dusselig vor der Tür von Frau Spoerlis Büro. Sie hörte die Stimmen der beiden Damen Schattenfroh und Spoerli junior, Schattenfrohs trillernden Sopran und Spoerli juniors ruppigen Alt. Sie zankten. Staub stieg Eva in die Nase. Gleich würde sie niesen. Eva klopfte an und öffnete die Tür.

Brigitta Spoerli junior saß auf dem Platz ihrer Mutter, und Frau Schattenfroh, ihre Geliebte, scharwenzelte aufgeregt um sie herum. Fanny Schattenfroh hatte das Haar mit Gel nach hinten gekämmt und zu einem Dutt gedreht; es sah scheußlich aus. An ihren Ohren baumelten indianische Gehänge; sie trug ein lila Kleid ohne Ärmel und mit einem auf Höhe der Knie schräg angesetzten Volant. Eva fühlte eine leichte Übelkeit in sich aufsteigen. Die Ventilatoren rauschten.

»Wie geht es ihr?« fragte Eva. Hinter Brigitta türmten sich Papiere und Bücher in den alten Regalen. Eva erkannte: Es roch nach Kaffee und schwerem Tabak. Brigitta rauchte einen Zigarillo! Das hatte in diesem Raum noch nie jemand getan! Evas Kopf geriet auf Trab.

»Es wird schon wieder«, sagte Brigitta und hielt den Zigarillo apart vor den Mund. »Wir sollen alles weitermachen wie immer, hat sie gesagt.«

Brigitta hatte eine neue Frisur! Sie hatte ihre Fransen abgeschnitten! Sie trug einen silbergrauen Stiftekopf, der ihr Gesicht ganz anders wirken ließ. Ihre Augen glänzten eigenartig; Eva mußte an ein Raubtier denken. Aha, dachte sie, hier geschieht etwas. Etwas Unvorhergesehenes. Allerorts ein Sommer der Veränderungen.

»Wer macht die nächste Auktion?« fragte sie. »Wird sie wieder fit sein?«

Brigitta Spoerli junior räusperte sich.

Daß Brigitta Spoerli junior nicht geeignet wäre, Auktionen mit Würde, Strengc und jenem zum Kauf anreizenden Sex-Appeal zu gestalten, war offensichtlich. Obwohl, mit dieser Frisur, wer weiß? Niemand würde wie Frau Spoerli senior mit dem gewissen Etwas in der Stimme zu den Männern in den weißen Kitteln, die die Möbel zum Vorzeigen hereintrugen, sagen: »Wenn ihr mal kippen könntet, danke.« Niemand würde »Hier haben wir einen wunderbaren Tisch mit Klauenfüßen«, aussprechen wie sie, mit einem Tonfall, der zwischen Ironie und echter Bewunderung genau die Waage hielt, die das gute Stück zur heißbegehrten Beute werden ließ. Und niemand konnte, in einer stillen Minute, bei einem starken löslichen Kaffee, anregende Reflexionen über die immerwährende Sehnsucht nach einer bürgerlichen Einrichtung zum besten geben wie sie.

»Nun«, sagte Brigitta und blies wie gelangweilt Rauch aus, »wir diskutieren noch darüber. Am Samstag springt –«

»Brigitta überlegt, ob –«

Frau Schattenfrohs Stimme schoß in die Höhe.

»Bitte!«

Brigitta fuhr ihrer aufgeregten Gefährtin über den Mund. Lebensabschnittsgefährtin, dachte Eva, ein Wort wie getöntes Haar und sich verfärbende Zähne.

»Sie, liebe Eva, machen Ihre Arbeit wie immer. Jetzt müssen Sie schnell hinaus, die Auktion muß vorbereitet werden, und die Jungs lassen sich gehen. Wir haben eine Stunde Zeit, dann kommen die Leute zum Anschauen.«

Die Jungs lassen sich gehen, na wunderbar. Eva fiel das Lieblingsbuch ihrer Jugend ein, in dem ein junges Mädchen in einer Abbruchbude auf einen fremden Mann traf. Am Ende war es aus mit dem Mann, und das Mädchen legte Feuer in dem verlassenen Haus.

Zwei Stunden später war der erste Teil der Schlacht halbwegs geschlagen.

»Vorn wartet die Dame, die noch eine Kommode einreichen möchte.« Rehweiler kam zu Eva. »Sie ist eigentlich zu spät, aber wir machen eine Ausnahme. Sie ist ja in den Katalog aufgenommen. Kannst du dich mal kümmern?«

Eva ging nach vorn.

Die Frau, die mit ihrer Kommode neben dem Eingang stand, war auffallend schön, mit hellem, stark gekräuseltem Haar, einem feinen, beweglichen Gesicht, das einen aufmerksamen, fragenden Ausdruck trug. Zugleich war etwas Stolzes darin, das Eva unnahbar schien, dabei lächelte sie freundlich. Der Stolz, dachte Eva, sitzt tief innen, so tief, daß sie selbst ihn vielleicht nicht einmal wahrnimmt. Aber er ist da. Er kommt von weit her, von einer Mutter, die in einem anderen Land geboren wurde, in einer Gesellschaft, in die sie nicht paßte, und einem Vater, der sehr schlank und aufrecht war, der diese Frau abgöttisch liebte, es ihr jedoch niemals recht machen konnte. Ich bin sicher, dachte Eva weiter, während sie die Formulare für die schöne Fremde ausfüllte, daß es Brüche gab in der Familie, heftige Brüche, innen, außen, klar und eindeutig.

Brüche, die sie sich manchmal gewünscht hätte, weil es für sie das schwierigste war, daß es bei allen Ungereimtheiten und Störungen immer weiterging, ohne daß sie es begreifen konnte und ohne daß sie das Gefühl hatte, einen Einfluß darauf zu nehmen. Es ist dein Talent zum Versöhnlichen, sagte Nora oft zu ihr, aber es war dieses Talent, das Eva die häufigsten Kopfschmerzen bescherte. Das ihr Entscheidungen schwermachte, insbesondere, wenn klar war, daß einem anderen diese Entscheidung nicht passen würde. Andererseits hatte sie sich etliche Male über alles und jeden hinweggesetzt, ohne mit der Wimper zu zucken. Ich kann nicht sagen, wer ich bin. Eva seufzte.

»Ist etwas nicht in Ordnung?« fragte die Fremde, »soll ich meinen Namen noch einmal buchstabieren?«

»Das wäre nett«, sagte Eva, dankbar, daß sie aus ihrem Film geweckt wurde.

»K-ö-r-t-e-s-y«, buchstabierte die schöne Dame, »Orsolya.« Sie lispelte leicht.

»Sind Sie aus Ungarn?« fragte Eva.

»Ich nicht, aber mein Vater. Ihm gehörte die Kommode, ich bedaure, daß ich sie fortgebe, aber ich will unbedingt eine große Reise machen«, antwortete sie. Sie sah Eva neugierig an.

»Orsolya«, wiederholte Eva, »was für ein schöner Name! Er klingt nach verwunschenen Schlössern und Seen!«

Orsolya lachte, sie wollte gerade etwas sagen, als Brigitta zu Eva kam, sie ungehalten ansprach. »Wie lange brauchen Sie denn noch, Eva, da ist ein Kunde für Sie am Telefon, beeilen Sie sich bitte!«

Orsolya nahm Evas Hand, drehte sie rasch um und schrieb eine Zahl auf die Innenfläche. »Ruf mich an«, flüsterte sie, »ich freu mich.« Und weg war sie. Eva sah ihr nach, ihrer eleganten, märchenhaften Erscheinung, die, weil sie so knochig war, etwas Altersloses hatte. Eva dachte an ihre eigene neue Rundlichkeit. Sie hatte den Eindruck, über das vergangene Jahr eine andere geworden zu sein. Als wären in diesem Jahr fünf Jahre vergangen, als wäre sie zuvor fünf Jahre lang die geblieben, die sie mit fünfunddreißig gewesen war, um plötzlich einen solchen Sprung zu machen. Außen werde ich immer weicher, knurrte sie, und innen immer härter, daran muß ich mich erst gewöhnen.

Sie griff zum Hörer, nannte Zahlen, hörte Zahlen, nannte Zahlen. Sie sah um sich herum nur tote Dinge. Sie fragte sich, wie ihr diese Arbeit wohl gefiele, wenn sie sich nicht ständig etwas ausdachte.

Nachdem die Besichtigung beendet worden war, am Nachmittag, entbrannte ein heftiger Streit zwischen Brigitta und Rehweiler, der als Dienstältester, wie er sich verstand, seine Rechte und seine Ausstrahlung geltend machte und für sich selbst als Auktionator plädierte. Frau Schattenfroh scharwenzelte um alle herum, denn irgendwie schien sie sich nicht sicher, wer nun letztlich bestimmen würde. An wen sie sich zu halten hätte. Offenbar sorgte die neue Brigitta mit ihrem Stiftekopf für Unruhe in ihrem gemeinsamen Leben. Wer weiß, am Ende würde sie sich noch nach einer neuen Liebschaft umsehen? Eva entschuldigte sich, sie müsse nach Hause, zu den Kindern.

In Wirklichkeit besuchte Eva die Chefin im Krankenhaus. Klein und zart lag sie in den weißen Kissen. Eva konnte es nicht fassen. Die Olympionikin mit ihrer hochtoupierten Frisur wirkte so winzig und wie eine Königin, die ihr Reich verloren hat. In Wirklichkeit, dachte Eva erschrocken, wäre das Auktionshaus ohne Frau Spoerli ein verlorenes Reich, wüst und zerstritten, und sie selbst würde darin nichts als unglücklich sein.

»Sie dürfen nicht aufgeben«, sagte Eva. »Es ist grauenhaft, sie zanken sich wie verrückt. Wir brauchen Sie!«

Frau Spoerli kicherte.

»Sollen sie sich zanken, ich komme schon rechtzeitig wieder, und dann wolln wir mal sehen. Wenn ick abdanke, dann mit dem Hammer in der Hand, da können Se Jift drauf nehmen. Ick habe noch jar keene Lust, die Radieschen von unten anzukieken, meine Süße, nu machen Se ma nich son Jesicht.«

(2)

Bald nach dem Sturm kam die große Flut. Die Elbe trat im August über ihre Ufer und setzte weite Teile Mitteldeutschlands unter Wasser. Sibylle starrte kopfschüttelnd in den Fernseher. Sie sah, wie Betten, Fernseher, allerlei Möbel und Sachen, Bilder, Pässe, Fotoalben und Briefe aus den Häusern gerissen und fortgeschwemmt wurden. Ein Fluthelfer überreichte einer aufgelösten Frau einen ebenso aufgelösten Paß. Die Frau brach in Tränen aus, Sibylle auch. Sie spendete für die Flutopfer. Dresden stand unter Wasser.

Seit sie eine Nacht fortgeblieben war, behandelte ihre Familie sie mit Respekt. Sibylle hingegen arbeitete weiter an ihrem Wunsch, die Praxis zu verkaufen und umzuziehen. Doch nun lag viel freie Zeit vor Sibylle. Die Kinder hatten Ferien, und sie würden erst in der zweiten Häfte zu Sibylles Mutter fahren. Ludwig konnte sich im Krankenhaus nicht freinehmen. Also mußte Sibylle es tun. (So ist das für berufstätige Mütter meistens.) Die freie Zeit staute sich vor ihr wie die Hitze in den Straßen. Das schlechte Gewissen, das Sibylle aus vielerlei Gründen plagte wie Geheimnisse aller Art, staute sich proportional zu dieser Zeit.

Es kamen ein paar unerwartet milde Tage. Sibylle wollte den Kindern etwas bieten und besuchte mit ihnen den Botanischen Garten. Neugierig betraten sie das Museum zum erstenmal. Sibylle mochte Herbarien und andere naturwissenschaftliche Sammlungen, neben denen fein säuberlich lateinische und griechische Namen standen. Der erste Saal bot Aufschluß über die Zeitalter der Erde, die ersten Pflanzen, die nach Entstehung des Sauerstoffs durch die Meeresbewohner wuchsen. Sibylle erklärte den Kindern die Zeitschichten.

Dreiundsechzig Millionen Jahre ging es zurück, schwindelerregende Zahlen.

Sibylle las den Kindern vor, was an der Seite der Kästen über die jeweilige Epoche geschrieben stand. Jenni zerrte ungeduldig an ihrer Hand; Fabian war begeistert. Sibylle betrachtete die in Kalkspat aufbewahrten Blätter frühzeitlicher Pflanzen und dachte an ihren Studienfreund Pieter Brunswick. Pieter hatte ihr von seiner Leidenschaft für Fossilien erzählt und davon, wie er als Junge in schlammigen Feldern herumgestapft war, eingesunken bis zum Knie, ja bis zur Hüfte, um Fossilien zu finden. Wie er dagestanden hatte, mit diesen uralten Zeugnissen des Lebens, wie er durch den Schlamm nach Hause gewatet, dann gerannt war, um dort in einer Zeitschrift nachzusehen, um was für Fundstücke es sich handelte.

Sibylle wünschte sich plötzlich, Pieter hielte sie an der Hand, um ihr die Erdzeitalter zu erläutern. Sie dachte daran, wie sie mit Ludwig, als sie sich noch nicht lange kannten, zusammen am Meer gewesen waren. Er hatte ihr von Goethes Studien über die Erde erzählt, über den Streit seiner Epoche, ob die Erde nun durch Vulkane oder das Wasser entstanden sei. Sibylle hatte eine große Schwäche für Männer, die etwas wußten. Damals hatte sie sich unsterblich in Ludwig verliebt.

Und jetzt wanderte sie mit Ludwigs Kindern an der Hand durch den künstlichen Dschungel und dachte an einen anderen.

Als sie durch das Schauhaus mit den Kakteen liefen, vorbei an den Schildkröten mit den schwarz-roten Hälsen und Füßen, die sich emsig bewegten, sich von einem feuchten Stein ins Wasser fallen ließen, zu den großen Fischen, die hoch zur Oberfläche kamen und mit ihren deutlich gezeichneten Mäulern nach Luft schnappten, als sie die Ländernamen las, Peru, Ecuador, Brasilien, befiel sie die lebhafte Phantasie, sie könnte mit Pieter dem Wissenschaftler weit fortgehen. In ein fremdes Land voller Hitze und Staub. Eine hitzige Welle erfaßte Sibylle und rollte durch ihren ganzen Körper. Sie konnte sich nicht dagegen wehren. In ihrem Kopf entstand ein Film. Sie sah sich mit Pieter Brunswick in einem Restaurant sitzen und romantische Musik hören. Er würde sagen: Ich habe ein Angebot, nach Ecuador zu gehen. Komm mit mir. (So ist das mit den sachlichen Frauen.)

Sibylle blieb stehen. Vor den australischen Sukkulenten.

Auf Sibylle war Verlaß.

Ich bin ja völlig durchgeknallt! dachte sie. Jetzt gehen aber langsam die Gäule mit mir durch. Wieso denke ich denn so einen Unsinn? Wieso überhaupt Pieter? Wieso nicht Stefan? Warum nicht gleich der Mann mit dem Schlapphut? Jahrelang habe ich nie an irgendwelche Männer auch nur gedacht, und jetzt verliebe ich mich offenbar alle Nase lang in einen! Das ist doch alles nicht seriös! Abgesehen davon könnte ich auch ohne einen Mann ein Leben in diesen Ländern führen, durchschoß es sie, mit einem hübschen Aufbegehren. Die Kinder könnten woanders genausogut in die Schule gehen, sie lernen schnell in diesem Alter, und Ärztinnen sind auf der ganzen Welt gefragt.

Sibylle schüttelte den Kopf über all die Regungen, die sich ihrer neuerdings so hemmungslos bemächtigten. Waren es womöglich doch schon die Vierzigerhormone? Sie hatte die Fische vor Augen, die seelenruhig und regelmäßig nach Luft schnappten, und dachte an den seltsamen Lauf des Lebens. Ihr Leben war so ruhig dahingeflossen, bevor sie nach Sizilien gefahren waren. Diese verrückte Vulkaninsel hatte schuld! An diesen seltsamen Rissen und Sprödigkeiten und Aufregungen, die sie verwirrten.

Sibylle betrachtete ihre Kinder. Sie saßen selten einträchtig nebeneinander, auf einem Steinmäuerchen. Sie bewunderten die zehn Meter hohen Kakteen mit den zwanzig Zentimeter langen Stacheln. Sie tranken abwechselnd aus der Wasserflasche. Sie schwitzten sichtbar in der feuchten Schwüle des Treibhauses. Ihre Haare klebten ihnen an der Stirn. Jenni schnaufte laut.

»Ich würde gern in einem so heißen Land leben«, sagte sie gerade, einigermaßen überraschend, »so wie hier.«

»Ich auch«, sagte Sibylle, doch da setzte Jenni hintennach: »Aber jetzt habe ich genug und will wieder raus!«

So war das mit den Wünschen. Waren sie heftig, hörten sie bald wieder auf. Sibylle schüttelte den Kopf ein weiteres Mal, nun über ihr ungestümes Töchterchen. Immerhin war sie nicht in das Fischbecken gefallen.

Als sie an den Teebäumen aus Neuseeland vorbeikamen, kurz vor dem Ausgang, hatte Sibylle einen neuen Anfall, wie sie es jetzt schon nannte. Sie sah Hände in ihre verkrallt, in einem stillen Liebesakt, bei dem jede Bewegung zuviel war. Bei dem die Berührung genügte, um beide zum Höhepunkt zu bringen. Sie konnte nicht erkennen, ob diese Hände Pieter, Stefan oder Ludwig gehörten oder irgendeinem wunderbaren Unbekannten.

Die Hitze, dachte sie, die Hitze. Dabei war es an diesem Tag gar nicht so heiß. Die monatelange Hitze war wohl eine Art Zustand geworden.

Bevor sie den Botanischen Garten verließen, blieben Sibylle und die Kinder vor den Rosenbüschen stehen; sie standen in voller Pracht. Sibylle sah die Rosen an und schauderte. Die Schönheit der Rosen ließ sie an ihre Zweifel denken, an ihre Fehlschläge und Halbherzigkeiten. Wie eine alte Frau, die sich beim Anblick einer jüngeren an ihren Tod erinnerte. Doch irgend etwas daran stimmte Sibylle auch froh.

Am Abend faßte sie sich ein Herz und rief Eva an. Sie hätte ihr gern gesagt, daß sie neuerdings von Tagträumen heimgesucht wurde wie sonst sie, Eva, und daß sie sie ihr so gern erzählen würde. Hey du, ich hab mich in deinen Mann verknallt. Aber ich glaub, ich bin wieder drüber.

Das Band sprang an, sie legte wieder auf.

Ludwig hatte Spätdienst. Die Kinder schliefen.

Sie setzte sich auf das klapprige Sofa in ihrem Zimmer und blätterte in ihren esoterischen Gesundheitsbüchern. Sie blieb in einem Buch über Archetypen beim Stichwort »Buschseele« hängen und kam zu den Seiten über die »Anima«, deren farbige Darstellungen sie liebte. Sie fragte sich kurz, welches Tier ihrem inneren Selbst entsprach und wie es um ihre eigene Ganzwerdung stand. Sie murmelte und seufzte. Warf die Bücher zu den Staubmäusen unter das Sofa.

Sie ging zu Bett.

Sie dachte an das Alter der Erde. Der Mensch ist sein eigenes Fossil, hatte Pieter gesagt. Was konnte das alles bedeuten.

Sibylle betrachtete ihre eckigen Hände, mit den kurzgeschnittenen, klar lackierten Fingernägeln. Sie strich an ihrem nackten Körper entlang, sie legte eine Hand auf ihren Schamhügel mit den kräuselig weichen Haaren, die andere auf ihre Brust. Ein Gefühl von Zeitlosigkeit breitete sich in ihr aus. Sie dachte an magische Steine, heilende Kristalle und Fossilien. Und plötzlich durchströmte sie wieder dieses leichte Brennen, eine Gewißheit wie an jenem frühsommerlichen Nachmittag, an dem sie auf dem Weg zur Oper diesen Anfall von Lebensfreude erlebt hatte, wie einen Schub, verrückt und intensiv, und sie erinnerte sich an das schöne Gefühl in ihrem Rückgrat, als sie so leicht und federnd gegangen war. Und mit diesem Brennen fühlte sie wieder ihre eigentümliche Verbindung mit Stefan, der doch so weit weg war. Und sie dachte an die Augenblicke der Verwirrung im Botanischen Garten. An die Krankheit der letzten Monate. Sie wollte wieder so glücklich sein wie an jenem Nachmittag! Sie wollte das Leben mit dieser erwartungsvollen Hoffnung leben! Nicht kleingemacht und eingeengt von Zweifeln und Verbotsschildern! Vielleicht müßte sie es wenigstens einmal riskieren, mit Stefan zu schlafen! Oder mit einem anderen! Vielleicht müßte sie es einfach einmal ausprobieren, was noch alles möglich war!

Sibylle richtete sich im Bett wieder auf. Sie konnte unmöglich schlafen. Sie schaltete das Licht an, stand auf, zog sich ihr Kleid über, schlüpfte in die Sandalen. Sie ging ins Bad und betrachtete ihr Gesicht. Sie fand sich nicht schön. Sie fand ihr Kinn zu kräftig, ihre Nase uneben und ihren Mund zu schmal. Sie fuhr sich durch das Haar. Sie schob das Haar hinter die Ohren. Sie sah angespannt aus. Sie lächelte sich an. Sie zog das Kleid wieder aus, leichte Hosen und ein Hemd an und begann, auf dem Teppich Gymnastik zu machen. Ihr Gesicht wurde rot, ihr Körper heiß. Sie empfand eine angenehme Klarheit. Sibylle wurde auf eine neue Weise sachlich. Mit sich selbst. Sie schob nichts fort. Das Botanische hatte ihr gutgetan. Sibylle liebte die Medizin. Sie dachte: Vielleicht geht es gar nicht um die Männer. Vielleicht geht es um mein Leben, das ich in die Hand nehmen muß.

Ganz beschwingt wurde die sachliche Sibylle von diesem Gedanken. Sie fühlte sich so leicht wie nie zuvor in ihrem Leben. (Eine Haut fiel ab, könnte man sagen.)

Sie ging wieder ins Bad und sah sich an. Schon besser, dachte sie. Irgendwie gesund. Lebendig.

Plötzlich bemerkte sie, daß sie beobachtet wurde. Sie erschrak.

Ludwig stand in der Tür. Etwas an ihm irritierte sie. Er lächelte sie so offen an.

»Wie schön du bist«, sagte er.

Sie sah zu ihrer Verwunderung, daß er mit Tränen kämpfte.

»Ludwig!«

Sie sah ihn an. Er kam langsam auf sie zu. (Er flehte zu Gott, an den er nicht glaubte, er möge ihm helfen, nicht gleich wieder der alte zu sein.)

»Liebste«, flüsterte er. »Liebste.«

Sibylle sah ihn fragend an. Er zog sie sachte an sich, behutsam, sie wehrte sich, doch sie war so erhitzt, das Blut pulste so vergnügt durch ihre Adern, ein unbekannter Übermut befiel sie, und als er sie umarmte und mit der einen Hand ihren Po berührte, küßte sie ihn voller Lust und Leidenschaft. Sie küßte ihn, wie sie ihn in all den Jahren niemals geküßt hatte. Und er küßte ihren ganzen Körper, so wie sie es sich immer gewünscht hatte, und sie hörten überhaupt nicht mehr auf damit, sich im Badezimmer auf dem Boden zu küssen und zu berühren und zu entdecken und zu lieben.

(3)

Ende August sollte das jährliche Sommerfest der Musiker stattfinden, zu dem Stefan seine besten Freunde aus der Oper einlud. Eva wußte, daß es ihr letztes sein würde. Ich bin feige, dachte sie. Aber nein, das Fest würde nicht stattfinden, teilte sie Stefan ihren Entschluß vorher mit. Das brächte rein gar nichts, und es wäre schade darum.

Der Tag begann mit dreißig Grad im Schatten, um halb acht. Siebenunddreißig sollten es werden. Man hatte manchmal mitten im Hochsommer so ein Gefühl für den Herbst. Eine Art Hitzemelancholie.

Eva öffnete die Terrassentür. Der Kater wartete schon. Er schnurrte. Er hatte eine schöne braune Maus mit schwarzem Streifen vor die Tür gelegt und sah Eva erwartungsvoll an.

»Ach, Eberhard«, sagte Eva und streichelte ihn, »du weißt doch, daß ich Mäuse zum Frühstück nicht mag.«

Eva sprengte den Rasen; sie goß die Blumen, hielt den Schlauch eine Weile unter den Bäumen gegen den Stamm. Sie deckte den Tisch auf der Terrasse. Anka kochte im Nachthemd Kaffee. Stefan schlief. Nacheinander kamen die Kinder die Treppe herunter. Clara war zu Besuch, ein Mädchen aus Sinas Klasse.

»Wir kriegen Zwillinge«, verkündete sie zwischen zwei Bissen in ein Marmeladenbrot.

»Ach«, sagte Eva, »das ist ja eine Überraschung.«

»Toll!« sagte David.

»Können wir auch Zwillinge kriegen?« fragte Lucie und sah ihre Mutter neugierig an. Eva wurde schlecht. Lucie würde sie hassen.

»Dann weißt du«, sagte Sina, »wie das ist, sich mit so kleinen Kröten von Geschwistern rumzuschlagen.«

Die beiden großen Mädchen kicherten.

»Claras Geschwister werden viel kleiner sein«, sagte Anka, »der Altersabstand ist doch so groß!«

»Ja«, sagte Clara kauend. »Eigentlich wollte Mama gar keine Kinder mehr.«

»Ach«, sagte Eva noch einmal. Was würden die Eltern in der Schule zu ihrer Trennung sagen. O Gott, o Gott. Am besten wäre es, sie zöge gleich weg.

»Nee«, sagte Clara, »sie hat gesagt, sie würde doch gern noch mal was anderes in ihrem Leben machen, als Hausfrau und Mutter zu sein. Aber dann warn wir in den Osterferien und da isses dann passiert.«

Sina und Clara kicherten erneut.

»Deine Eltern waren sicher ganz überrascht«, kicherte jetzt auch Anka.

»Sie hatten keine Gummis mit«, sagte Clara gelassen.

Das Gespräch wurde zunehmend interessanter. Clara, die langes rotes Haar und Sommersprossen hatte, kannte sich in diesen Dingen offensichtlich aus.

»Wir waren neulich bei Clemens«, fuhr sie fort. Oh, sie genoß ihre Position, ihre geheimen Kenntnisse, ihr wunderbares Wissen und schob sich das dritte Brot in den Mund. »Da hat uns Clemens die Schublade gezeigt, in dem seine Eltern die Gummis aufbewahren.«

Anka bekam einen Lachkrampf.

»Das ist ja großartig«, brüllte sie, »wieviel Kinder waren denn dabei?«

»Sechs«, sagte Clara und zählte die Namen auf.

»Die vögeln immer sonntags zwischen zehn und zwölf«, beendete sie ihre Auskunft, »die Kinder dürfen dann fernsehen.«

Jetzt mußte auch Eva kichern. Sie fing geradezu hysterisch an zu lachen. Sie stellte sich Clemens' Mutter vor, die vermutlich nicht ahnte, wie ihr Liebesleben kolportiert wurde. Sie wirkte immer sehr angespannt. Sie war offensiv ungeschminkt, führte Listen für die Elternabende und wußte, wer sich vor Putzaktionen und anderen beliebten Elternbeschäftigungen drückte. Eva hielt sich die Rippen vor Lachen. Anka machte sonderbare Geräusche mit der Nase. Clara das Biest mimte die Ungerührte, das gab ihnen den Rest.

»Ich stelle mir den nächsten Muttibastelnachmittag vor«, prustete Eva. »Alle wissen alles über Clemens' Mutters Liebesleben, nur Clemens' Mutter weiß nicht, daß alle es wissen.«

»Die Arme«, sagte Anka gackernd. Plötzlich blieb Eva das Lachen im Hals stecken.

»Scheiße«, sagte sie leise und floh in die Küche.

Die Kinder sahen ihr erstaunt hinterher.

Die Himbeeren hingen reif an den Büschen. Es bahnte sich etwas an.

Eva sah in die blühenden Dolden des Rittersporns, die vor dem Küchenfenster wucherten, und in das rötlichbraune Haar ihrer Schwester, die in der Küche laut klappernd alle verfügbaren Töpfe mit Kartoffeln aufsetzte. In ihrem Herzen flüsterte jemand das gemeine Wort vom letzten Mal. Anka und Eva fuhren mit den Kindern zum Supermarkt und kauften für die Musiker und ihre Frauen Berge von Grillfleisch, Tomaten und Spreegurken. Ketchup, Senf, Salat. Käse und Baguette. Anka redete ununterbrochen. Sie freute sich, bei diesem Fest dabeizusein. Sie hatte schon viel davon gehört. Ihre blaugrauen Augen sprühten. Übermut war im Anzug. Eva ahnte es. Es ließ sich nicht verhindern. Wozu auch? Es war der Lauf der Dinge.

Anka fragte Eva nach den engeren Freunden Stefans aus, und Eva erzählte von Ernst, Matthias und Tobias. Sie sprudelte nicht gerade. Die drei Musiker kamen früher, bestens gelaunt, zum Helfen. Stefan schüttelte allen die Hände. Eva ließ sich von allen auf die Wange küssen.

Tobias sah Anka zum erstenmal und blieb wie angewurzelt stehen. Er sah von Eva zu Anka und von Anka zu Eva und sagte schließlich: »Das gibt's doch nicht. Eine schöner als die andre.«

Doch die eine, oder war's die andre, steckte schon wie ein Pfeil in ihm, durch eine zerstreut und unabsichtlich offengelassene Herzenstür hereingeschossen.

Matthias, Ernst und Stefan lachten. Anka gab sich kokett und wurde doch ein bißchen rot. Dann fuhren die vier Männer zur Freiwilligen Feuerwehr und holten Tische, Bänke und einen Tanzboden. Sie bauten alles im Garten auf.

Eva beobachtete sie und bezweifelte, ob es wirklich eine so gute Idee gewesen war, das Fest noch zu machen. Ihr Herz ging wie ein müder alter Gaul. Bockig. Am Wegrand stehenbleibend. Den Kopf schaukelnd.

Sie stand mit Anka in der Küche und schälte Berge von Äpfeln, Gurken und Kartoffeln. Die vier Klarinettisten schleppten Getränkekisten herbei, Bier, Wasser, Wein. Eva wischte sich manchmal über die Augen und Anka sah sie fragend an. »Von den Zwiebeln, blöde Kuh!« sagte Eva. Sie kletterte im Garten auf die Leiter und hängte Lampions an die Leinen, die Stefan gespannt hatte. Und wieder flüsterte die gemeine Stimme in ihr: zum letzten Mal. Halt doch den Mund, sagte Eva, ich kann mich noch immer anders entscheiden!

Matthias, der erste Klarinettist, der Stefan wie ein Bruder ähnelte, blieb hin und wieder im Getümmel stehen und sah versonnen vor sich hin. Seine Freundin, die er liebte, erwartete ihn in New York. Das hier war alles schon ganz fern.

Mittags aßen die Erwachsenen Mozzarella mit Tomaten und tranken Weinschorle, die Kinder bekamen kalte Würstchen. Sie saßen an einem der langen Tische unter den Apfelbäumen und erzählten sich Geschichten aus der vergangenen Spielzeit. Sie machten alte Witze und lachten, als wären es neue.

»Wo liegt eine Klarinette am besten?« fragte Ernst.

»Im Kaminfeuer«, antwortete Tobias und alle kicherten.

»Was ist der Unterschied zwischen Gott und einem Dirigenten?«

»Gott weiß, er ist kein Dirigent!«

»Warum hatte Bach so viele Kinder und Kant kein einziges?«

»Weil Bach sich auf die Kunst der Fuge verstand, während Kant nur das Ding an sich betrachtete!«

Die Männer johlten. Eva wurde wütend. Da saßen sie und gackerten und merkten nicht, daß sie hier wichtige Lebensentscheidungen traf! Das war doch allerhand. Sie sah Stefan aus den Augenwinkeln an. Wie konnte er nur so sorglos sein? Sie wurde richtig grimmig.

Stefan hielt seine geheime Ahnung für unwirklich gegenüber all der prallen Wirklichkeit, die ihn umgab, die Blumen, der Garten, die Kinder, die Freunde, die hübschen Frauen. Er klatschte in die Hände und rief: »Weiter, Jungs, wir sind noch nicht fertig!« Und baute den Grill auf der Terrasse auf.

Ernst half in der Küche mit dem Schnippeln und unterhielt sich mit Eva. Er mochte sie. Fand sie ungewohnt still an diesem Tag. Schob es auf die Hitze. War sich nicht sicher. Wollte sie im Auge behalten.

»Sie ist einfach wie die Nacht«, hatte er einmal zu Matthias gesagt, als sie nach einer Premiere mit ihnen gefeiert hatte. »Sie ist nicht raffiniert. Sie ist direkt. Sie ist so eine, die versinkt in Küssen, gibt sich hin, schlingt Arme und Beine um dich rum und nimmt dich freundlich auf. Das ist es. Das macht alles auf.«

»Woher weißt du das so genau?« hatte Matthias irritiert zurückgegeben. Er hatte schon einen ziemlichen sitzen.

»Ich sehe das«, sagte Ernst und wiegte sein Haupt, »ich sehe das.«

Matthias sah nun auch hin. Sah aber nicht so gut.

»Du hast sicher recht«, nuschelte er.

Und damit war es gut.

Anka hingegen, selbst von schwerelosem Naturell, sah durchaus, daß etwas im Gang war. Es war nun aber schon im Gange, seit sie hier war, und sie hatte auch so ihren Verdacht. Doch wieso sollten sich die Dinge an diesem Tage zuspitzen? Sie konnten ebensogut weitergehen. Für die ernsten Dinge ist morgen auch noch Zeit, sagte sie zu sich selbst (an diesem Tag fanden offenbar zahllose Selbstgespräche statt). Sie wird ja nicht ausgerechnet heute auf dumme Ideen kommen. Heute ist das Fest, und damit basta.

Im Grunde hatte sie sich immer gefragt, weshalb Eva so erpicht darauf war, mit einem einzigen Mann zu leben, statt es so zu halten wie sie selbst. Noch dazu mit einem, der so in sich gekehrt war, auch wenn er anfallsweise redete wie ein Wasserfall. Er konnte mitten im Gespräch abtauchen, irgendwohin, und seine dunklen Augen sahen nur noch nach innen. Es muß eine Musikerkrankheit sein, dachte Anka. Die anderen Musiker hatten auch so etwas an sich.

Eva ließ sich zeitweise von Ankas Leichtigkeit anstecken, doch immer wieder hörte sie das flüsternde und wispernde »zum letzten Mal«. Die Kinder stellten Windlichte, Mückenkerzen und Aschenbecher auf die Tische, legten Bestecke auf die Plätze und rannten aufgeregt herum. Die Tische mit den weißen Papierdecken sahen einladend aus zwischen all dem Grün und den blühenden Blumen, den rosa Akeleien, dem blauen Rittersporn und dem roten Mohn.

Der Abend kam, alle duschten und zogen sich um, denn für ein wirklich schönes Fest muß man sich vorbereiten.

Anka hatte in den Tagen vor dem Fest Evas Schrank auseinandergenommen. Hatte Kleider herausgerissen und wieder hineingestopft, hatte anprobiert und aufs Bett geworfen, war geschimpft worden, sie solle alles wieder einräumen, hatte gelacht und weiter ausprobiert. Nun kam sie im roten Kleid herunter, mit schwingendem Rock und tiefem Ausschnitt, ärmellos, und ihren Korallen um den Hals. Tobias machte

Augen. Die anderen Herren pfiffen und riefen oho. Die Dame in Rot!

Alle sahen auf ihre Füße. Anka hatte zur Feier des Tages ein Paar hochgeschnürte Sandalen von Eva angezogen. Nun übte sie das Laufen darin, zum Vergnügen aller. Tobias glühte und wußte nicht, wohin; so nahm er Lucies Hände, betrachtete sie lang und sagte: »Richtige Geigenfingerchen hast du.« Lucie zog die Finger weg und rannte davon.

Eva hatte die Kleiderwahl aufgeschoben. Nun saß sie nackend vor dem Schrank, in ihrer Höhle mit dem Lüsterweibchen, und wäre gern weit fortgegangen. Hätte sich in den Tümpel nebenan gelegt, zu den Enten und Fröschen, Seerosen ihr einziger Schmuck. Am Horizont dieser Wellen in einem Teiche zog das blasse Bild eines verregneten Tages in einem verregneten Land vor langer, langer Zeit vorbei. Zog vorbei wie eine Wolke am Himmel.

Nach dieser gründlichen Meditation seufzte sie tief und gab sich einen Ruck, mit ihrem altvertrauten »es hilft ja nichts«. Nahm vom hintersten Bügel im Schrank, eingehüllt in Plastik, ihr Eugen-Onegin-Tatjana-Kleid hervor. Sie hatte es kein einziges Mal getragen. Weil es von der blöden Raus-bist-du-Opernkuh geschneidert worden war.

Sie zerrte die Plastikfolie ab. Nun zog sie es an. Zum erstenmal. Stieg vorsichtig hinein. Mit den Füßen zuerst. Zog den Rock hoch zur Taille. Streifte das ärmellose Oberteil über die Arme. Zog den Reißverschluß am Rücken hoch. Lockerte die Falten am gerafften Hinterteil. Betrachtete sich im Spiegel. Wie eine Fremde. Eine, die sie nie gewesen und niemals sein würde.

Sie band die böhmische Granatkette ihrer Großmutter um den Hals. Sie schob einen goldenen Armreif über das Handgelenk. Ein Geschenk von Stefan zu ihrem dreißigsten Geburtstag. Sie zupfte ein paar Strähnen aus der hochgesteckten Frisur und erinnerte sich. An die schrecklichen Träume am

Anfang ihrer Liebe, in denen sie Stefan verloren hatte. Zwischen den Regalen eines Supermarktes. In den Gängen eines Schiffes. In den unbekannten Straßen einer Stadt. Als sie die Sache mit der Opernkuh entdeckte, fand sich endlich ein realer Grund für ihren sonderbaren, ungenauen Schmerz. Es war doch besser, wegen eines richtigen Ereignisses traurig zu sein, als ständig wegen »Nichts« aus der Fassung zu geraten.

Eva tuschte die ohnehin dunklen Wimpern, legte einen kirschroten Lippenstift auf. Sie dachte an das Bild von Munch, »Omega weint«. An die überwucherte Alraune. So wie sie, allein mit aufgerissenem Körper und aufgerissener Seele, würde sie sich fühlen, solange sie bei Stefan bliebe. Auch wenn er es gut meinte und sie auf seine Weise liebte.

Eva wollte weinen und alles fortspülen. Da sah sie im Spiegel einen Kopf in der Tür, die einen Spalt geöffnet war. David. Der Fünfjährige mit dunklem Lockenkopf und braunem Gesichtchen stand dort und bestaunte seine Mutter. Er erschrak, als sie ihn bemerkte.

»Komm nur«, sagte Eva und streckte die Hand nach ihm aus. Vorsichtig kam er hereingeschlichen. Er sah sie ungläubig an.

»Mama«, sagte er, »du siehst aus wie eine Fee!«

Eva gab ihm einen Kuß und knöpfte einen Knopf an seinem Hemd zu. David sah sie an. Im September kam er in die Schule. David fand die Welt der Erwachsenen nicht weiter erwähnenswert. Wer weiß, wie lange er dagestanden und seine Mutter betrachtet hatte.

Wie Anka und ich dort standen, dachte Eva. Nur daß Mama uns nie bemerkt hat. Nur daß sie eingesperrt war in ihre Traurigkeit. Und plötzlich wußte Eva, daß es richtig war, aus dieser Ehe fortzugehen. Daß es der einzige Weg war, ihre Kinder vor dieser Traurigkeit zu schützen. Ihnen vorzuleben, daß es anders ging. Sie zu bewahren vor einer unglücklichen Mutter. Eine unglückliche Mutter war das Schlimmste. Für den Rest des ganzen Lebens.

Eine unglückliche Mutter war das Allerletzte.

»Du siehst aus wie eine Fee«, sagte David noch mal, »du bist wunderschön.«

Er sagte es andächtig, als sähe er sie zum erstenmal, und Eva lächelte und gab ihm einen Kuß.

»Danke«, sagte sie, »danke dir.«

Was für ein entzückendes Kind sie da hatte! Sie würde ihm beibringen zu schnitzen. Gleich morgen. Mit dem Schweizer Taschenmesser, das er immer aus der Schublade zog und das er so gern haben wollte. Er war jetzt groß genug.

In diesem Moment hörten sie Anka unten rufen.

»Die Gäste kommen! Eva! Wo bist du? Komm schnell! Die Gäste kommen!«

Und Eva und David lachten und liefen, so schnell Eva in diesem Feenkleid es konnte, die Treppe (die eng war und knochenbrecherisch) hinunter und begrüßten ihre Gäste. Die Frauen der Klarinettisten, die schon da waren. Holger, der erste Fagottist mit den wackelnden Ohren und dem roten Haar seiner irischen Mutter, mit seiner brandneuen Freundin Elli, die Budapester Schuhe in der Friedrichstraße verkaufte. Die anderen Fagottisten (eine Fagottistin war auch dabei) mit ihren Gesponsen, alle in luftigen Kleidern, leichten Hosen und Hemden. Der Schlagzeuger, den alle mochten, und der lange, dünne Cellist mit seiner Geliebten, die sie später mit einer Gesangseinlage beglücken würde. Heinrich, der treue Bratschist, kam mit Elena, der nervösen Flöte.

Alle riefen: »Wie schön es hier ist« und »Wie heiß!« und sie küßten einander die Wangen und freuten sich auf dieses Alle-Jahre-Wiedersehen-im-Garten. Stefan sah braungebrannt aus und ein bißchen schlanker als an Ostern, er war ganz liebenswürdig-eleganter Gastgeber, charmant und aufgeräumt. Er war kurz rot geworden, als er Eva im Eugen-Onegin-Tatjana-Kleid sah. Nun stand sie neben ihm, und er war stolz auf sie. Sie waren ein schönes Paar, das sprang in die Augen, beide mit ihrem dunklen Haar, sie etwas blasser, wegen ihrer hellen

Haut und ihren grünen Augen (Undinenaugen), in ihrer von allen bewunderten Robe aus heller Seide. Stefan sah sie einmal kurz begeistert an, und ihr brach es bald das Herz, warum es denn nicht gehen wollte. Als wäre sie verrückt und alles nicht wahr. Ihre einsamen Nächte nicht, auf der Treppe im Flur, mit dem Fenster zur hohen Kiefer. Ihre Besuche bei Herrn Karl nicht oder irgendeinem anderen Mann in roten Laken und vor großen Spiegeln.

Sina stand im rosa Kleid neben ihren Eltern und bot den Gästen ein Glas an. Sie hatte die Lippen angemalt und sah sehr frühreif aus. Sie hatte eine Blume in ihr Haar gesteckt und lächelte kindlich. Sie war sosehr mit ihrem wuchernden Wachstum befaßt, daß es im Wechsel Ironie und Geheul aus ihr hervorschüttelte. Der Geist wuchs schneller als die Seele. Erste Hormonschübe befielen sie. Es war ein heilloses Ins-Kraut-Schießen. David hielt eine Flasche in der Hand und wollte nachschenken, noch bevor aus den Gläsern getrunken wurde. David war in seine Mama verliebt. Doch bald war er fort und lief zwischen den gedeckten Tischen umher. Lucie trug ein hellblaues Kleid und hielt ihre Geige in der Hand. Die freie Hand gab sie den Gästen. Sie machte einen Knicks. Eva grinste. Sie hatte es ihr einmal erzählt. Daß man das früher so gemacht hatte.

Der Garten füllte sich mit Lachen, Musik und Gesprächen. Eva lachte besonders laut und trank besonders viel, ging umher, von einem zum andern, bot Getränke an und ihre Schönheit, in ihrem Haar das erste Grau, und die Männer liebten sie wie eh und je. Und manchmal drehte sie sich weg, in einem Satz, mittendrin, holte eine Schüssel in der Küche, ein neues Glas, und hörte den Vogel wispern: ein letztes Mal, ein letztes Mal.

Es war, wie es war.

Die Sonne sank spät, die Sonne sank langsam. Als die ersten Sterne glänzten, war es noch hell, die Klarinettisten baten um Gehör und spielten. Matthias und Stefan, die hochgewachsenen

Brüder, wiegten sich wie Schilf an einem See im Sommerwind, und alle waren gerührt. Matthias ging nun endgültig fort, nach Amerika zu seiner Freundin. Tobias spielte nur für Anka, und Ernst blies seinen gefühligen Baß, voll Grübeleien und Gedanken über die Geheimnisse des menschlichen Herzens.

Man klatschte Dank. Die drei zurückbleibenden Klarinettisten, alle außer Ernst in hellen Hemden und Hosen, überreichten ihrem davonziehenden Freund Matthias ein großes Geschenk und spielten gleich hinterdrein, damit es nicht zu traurig wurde, ein paar Nummern Swing, zu denen man hübsch tanzte.

Anka im roten Kleid tanzte mit allen, sie lachte und legte ihren Kopf schräg. Sie spürte, daß Tobias für sie spielte, und war durchaus erfreut.

Bald wollten die Musiker selber tanzen. Sie legten die Instrumente in den Kasten und die Schallplatten auf. Tobias bat Anka um einen Salsa, er führte sie und sie brannte in seinen Armen wie eine Lilie dunkelblau aus einer andren Zeit.

Frösche quakten vom Tümpel her. Mücken bissen. Die Nachtigall sang.

Männer küßten ihre Frauen. Legten den Arm um ihre Taillen, Feuchtigkeiten entstanden hier und da. Unter Apfelbäumen und Lampions saßen sie an den weiß gedeckten Tischen, tranken Bier, Wasser und Wein, sahen in die Windlichte und sagten weißt du noch, weißt du noch. Wie wir da den Einsatz vergaßen, alle drei oder vier. Weißt du noch, wie wir im Nußknacker leise mitgesungen haben, ganz hinten, wo die Melodie so klingt wie dieser alte Schlager, du sollst mein Glücksstern sein, und wie Petrowicki anschließend zischte und schrie. Dann wurde der eine oder andre still und flüsterte weißt du noch, weißt du noch, wie dein Haar nach Hyazinthen roch. Es wurde dunkel und die Luft stand still in dieser heißen Sommernacht.

Um Mitternacht trällerte die Geliebte des Cellisten ›Ich bin die fesche Lola‹ und die ›Barcarole‹ (›Liebesnacht, o schöne Nacht‹) aus ›Hoffmanns Erzählungen‹ und verneigte sich wie eine echte Diva.

Tobias' Herz glühte wie sonst seine rebellischen Pullover. Er fraß der schönen Anka in Rot aus der Hand und konnte nicht von ihr lassen.

Eva sah es, und Stefan sah es. Er sah Eva an und zog die Brauen in die Höhe, und sie sah ihn an und zuckte mit den Achseln.

»Das wird doch nix«, sagte Stefan, und Eva kam seinem Gesicht ganz nah, und er küßte sie nicht und er küßte sie nicht.

Sie drehte sich um und ging ins Haus, in dem sich die Kinder längst eingerollt hatten und schliefen wie kleine müde Katzen.

Einer ging ihr hinterher. Ernst. Kam in die Küche, in der Eva Weißwein aus dem Kühlschrank holte, sah sie mit großen wasserblauen Augen an und legte ihr die Hand auf die Schulter.

»Eva«, sagte er, »es tut mir leid.« Nicht mehr und nicht weniger. Und Eva stürzte in den Keller und weinte vor dem Wildschweinkiefer.

Ernst nahm die kalte Weißweinflasche und ging hinaus zu den anderen. Stellte die Flasche ab und nahm Ruth in den Arm, seine Frau. Tanzte mit Ruth ganz wunderbar. Auf den ausgelegten Brettern auf dem märkischen Sand, auf dem Kiefern wuchsen und Häuser hielten. Ruth hatte eine schöne Erdenschwere bei gleichzeitig lebhaftem Geist. Sie hatte etwas von weiten Feldern mit Roggen und Hafer. Sie roch danach. Würzig. Selbst wenn er einmal techtelte und mechtelte, er kehrte gern zu ihr zurück.

Das ist der Tanz des Lebens, dachte Ernst. Ein jeder tanzt ihn auf seine Weise.

Man kehrt nicht zurück zu etwas, das nicht gewesen ist. Oder doch?

Stefan der Unachtsame wurde betrunken und alberte unter den dunkler werdenden Bäumen mit allen herum. Er flüsterte Anka beim Tanzen ins Ohr, paß mal auf du, mit dem Tobias, und wußte selbst nicht genau, warum. Er war vergnügt und dachte nicht an morgen oder gestern. Er kam zu Eva, legte seinen Arm um ihre Schultern, anziehend in ihrem weißen Kleid und ihrer Schwermut in den grünen Augen, grad wie in einem russischen Sommerstück. Und er sagte, halb zu seinen Freunden hin am Tisch, an dem sie standen:

»Na, Eva, vielleicht kriegen wir noch mal ein Kind?«

Und alle klatschten, und Ernst runzelte die Stirn unter den hohen Geheimratsecken, und Tobias war mit seinen Gedanken bei einer ganz anderen Weibsperson und ganz anderen Kindern, süßen kleinen rotblonden Kindern. Wo war sie überhaupt, diese Person, er mußte sie gleich suchen gehen, ah, da kam sie ja, was für ein Glück!

Und Stefan hob Eva hoch und sie lachte. Er stellte sie wieder ab und warf sich ins Getümmel und tanzte mit all den schönen Frauen in dieser schönen Sommernacht. Und er tanzte fort und fort und fort und das Meisje

fiel aus seinem Blick
und ihr Herz baumelte
ganz ohne Wind und Lüftchen
in den Zweigen ihres Kirschbaums
für einen kurzen Augenschlag
und kam sogleich zu ihr zurück
in ihren hellen atmenden Körper.

Und Eva stand still und sah Stefan nach, winkte unsichtbar, zu einem allerletzten Mal. Und der Garten duftete und duftete und die Gesichter der Redenden und Lachenden und Tanzenden leuchteten wie die Lampions, die Mückenkerzen und Windlichter, und am Himmel glänzten die Sterne.

13. Kapitel

Und es glänzten die Sterne

(1)

Eva fiel die Trennung von Stefan äußerst schwer. Stefan fragte nur: »Da ist wohl nichts zu machen?« und weinte, und Eva nickte und weinte auch.

»Ein Alptraum«, sagte Sina und heulte los.

»Kommt jetzt ein neuer Mann zu uns?« fragte David und sah auf den Wannsee, an dessen Ufer Eva es den Kindern sagte.

Lucie schmiegte sich still an Eva und sagte nichts.

(2)

An seinem fünfundvierzigsten Geburtstag besuchte Eva Stefan in Matthias' Wohnung, in die er vorübergehend gezogen war. Ernst und Tobias hatten ihm geholfen. Es roch nach Kaffee und Ei im Eingang; gestaute Wärme schlug ihr entgegen. Er freute sich; doch nach wenigen Minuten bebte sein Kinn und sein Mund wurde gerade. (Nun war er der Mann mit der tropfenden Herzblume.) Seine Noten lagen über den Fußboden verstreut; er hatte sie auch auf dem Tisch liegen, an dem er aß. Er hatte den Tisch immer nur um der Kinder willen gedeckt, nie für sich allein; er hatte Eva über die Schulter geschaut und es ihr nachgemacht, wie man es sich im Leben einrichtete.

Mitleid überflutete Eva; ihr Kopf tat weh, Tränen stiegen ihr in die Augen. Sie hatte das Gefühl, ihn aus dem Paradies verstoßen zu haben; die ganze Zeit rumorte es in ihr. Manchmal, wenn sie abends allein auf dem Sofa saß, schrak sie hoch, weil sie dachte, sie hätte sein Gesicht an der Scheibe gesehen. Und manchmal dachte sie, es wäre vielleicht besser gewesen, eine einsame Alraune zu sein, als ihm dies anzutun.

Dann wieder lief eine ungestüme Hitze durch ihren Körper; sie lachte ohne Grund. Sie hockte auf den Knien und schmirgelte den Holzboden in ihrem alten Schlafzimmer ab, das nun Davids Zimmer werden sollte. Der Schleifer puckerte in ihrer Hand. Sie grundierte und strich die alten Dielen; sie wachste Möbel und strich Wände. Einmal tanzte sie mit Lucie durchs Wohnzimmer und schämte sich sofort; aber ach, dachte sie dann, laß es laufen, das ist das Leben.

Nur Sina sah sie manchmal wütend an, sagte aber kein einziges Wort.

(3)

An ihrem gemeinsamen Hochzeitstag Anfang Oktober, es wäre der elfte gewesen, übernahm Stefan bei der Probe zum erstenmal seinen Platz als erster Klarinettist in ›Tosca‹. Es war ein sonniger, bunter Herbsttag.

Seit Beginn der Spielzeit hatte Stefan viel und konzentriert geübt. Er glaubte noch immer, daß Eva wie Rohrhammer eine Schleife drehen und zurückkehren würde. Daß sie ihn zurückholen würde, zurück in ihr Haus. Daß sie mit dem Auto vor der Tür stehen würde, sagen, komm wir packen alles ein, es ist vorbei.

So schob Stefan alles fort und arbeitete. Blieb abends länger in der Oper, aß in der Kantine. Morgens tat er so, als wohnte er vorübergehend im Hotel. Ernst und Tobias, auch andere, waren für ihn da, machten wie gewohnt nicht viele Worte. Sie hatten zu tun. Die Premiere von ›Figaros Hochzeit‹ hatten sie hinter sich, sie bereiteten Offenbachs ›Orpheus in der Unterwelt‹ vor. Die Wiederaufnahme von Alban Bergs ›Wozzeck‹ war gut gelaufen (Stefan mochte dieses Stück); die von Schostakowitsch stand bevor. Alles gelang Stefan leicht; er erfaßte schnell den neuen Blick auf Partituren, die er aus einer anderen Perspektive kannte. Das Schwierigste für ihn war der neue zweite Klarinettist. Aber auch das ging einigermaßen. Alles ging gut. Bis zur Wiederaufnahmeprobe von ›Tosca‹ Anfang Oktober.

Im Probensaal hatte jemand einen Zettel an die Wand geklebt. »*Mimi's last poem*«, stand darauf, »*you can run, but you can't hide.*«

Der Neue war klein und dick und hieß Werner. Er hatte eine Halbglatze und ein nervöses Naturell. Er hatte in Halle und Leipzig gespielt; ein schneller, pointierter Rhythmus lag ihm näher als ein gefühlig melodisches Spiel. Stefan hatte ihm zu Beginn der Spielzeit seine Noten überreicht, mit allen Anmerkungen, die er gemacht hatte. Werner hörte im Sitzen einen Kopf unterhalb seines eigenen auf, das verwirrte Stefan, er war es gewohnt, mit Matthias auf einer Höhe hin- und herzuschaukeln. Auch schaukelte Werner nicht gern hin und her; er spielte auf Stefan zu, mit dem Oberkörper zu ihm hingewendet, was diesen noch mehr irritierte.

Bis zu diesem Tag hatte etwas in Stefan, etwas zutiefst Organisches könnte man sagen, stur an der Empfindung festgehalten, Matthias sitze neben ihm. An diesem Tag war es nicht mehr möglich. Werner spielte so lebhaft, daß Stefan gar nichts machen konnte. Er geriet in allem durcheinander. Er hatte das Gefühl, nackt und allein dazusitzen.

Neben ihm saß Holger, der erste Fagottist, und sah ihn mit

Besorgnis an. Holger (der Mann mit der blassen Haut seiner irischen Mutter) war ein langsamer Mensch und richtete sich gern nach seinem Nachbarn. Sein Nachbar aber wirkte wie ein geknicktes Rohr im Wind.

»Hast du denn gar keine Freude?« fragte Ernst, als Petrowicki die Probe kurz unterbrach, um mit der Orchestermanagerin etwas zu klären. »Allein diese phantastische Stelle, wenn du mit Cavaradossi ein Solo hast. Was gäbe ich darum, die einmal zu spielen!«

Stefan sah ihn an, als wüßte er nicht, wovon er sprach.

O Gott, dachte Ernst, da hilft ja gar nichts mehr. Ernst hatte schon beim Hereinkommen bemerkt, daß Stefan abwesend wirkte.

Petrowicki hatte schlechte Laune. Petrowicki dirigierte Puccini, als wäre er der Erfinder der seriellen Musik. Auf Tempo. Zerrissen. Ultramodern. Petrowicki war ein großer Dirigent, vor allem, wenn es darum ging, russische Komponisten zu entstauben. Dafür achtete ihn das Publikum. Aber Puccini. Puccini lag ihm heute irgendwie quer. Das Orchester stöhnte. Nur Werner zeigte sich erfreut. Der Maestro lobte den Neuen für sein abgehacktes Spiel.

In Takt 25 stellte Stefan sich vor, daß Eva einen Unfall hatte. Er sah die Scheibe bersten und ihren Kopf auf das Lenkrad aufschlagen. Flöten und Celli spielten ein melodiöses Andante. In Takt 26 legten sich die Streicher ins Zeug. In Takt 27 sah Stefan Evas schönes Gesicht von Scherben entstellt und erschrak zutiefst über sich selbst. In Takt 31 hörte er die Sirenen des Krankenwagens und nicht die Sextole der Flöte, nicht die Achtel, die sein kleines Solo einleiteten. Er verpaßte den Einsatz in Takt 32. Es war das Motiv der blonden Frauen, von denen Cavaradossi sang. Es fiel aus. Die Blonden fielen aus.

Petrowicki aber wollte die blonden Frauen. Er liebte blonde Frauen. Blonde Frauen mit großem, mütterlichem Busen und weißer, edler Haut.

Er ließ den Stock sinken und sah Stefan knurrend an.

»Wir haben da eine neue Stelle«, sagte er sarkastisch, »die kennen Sie vielleicht noch nicht.«

Stefan machte eine entschuldigende Geste. Seine braunen Augen wurden noch dunkler als sonst. Er schwitzte. Ernst legte ihm beruhigend die Hand aufs Knie. Holger sah ihn an und nickte. Er hatte selber Angst.

Im zweiten Akt spürte Stefan sein Herz flattern. Er wünschte sich umzukippen. Er wünschte sich, zusammen mit Eva auf einer Trage getragen und mit dem Blaulicht weit fortgebracht zu werden. Er versuchte, an die Kinder zu denken. Die Kinder brauchten ihn, er konnte sich nicht aus dem Staub machen. Stefan verpaßte den Einsatz *a tempo* in Takt 5. Er schwitzte noch mehr. Seine Ohren brannten.

»Was ist denn heute los?« Petrowicki korrigierte Stefan. Schlug mit dem Taktstock auf das Pult. Behielt ihn scharf im Auge.

Stefan hangelte sich durch die Probe. Nach der Pause ging es besser. Er verstand nicht, was heute los war mit ihm. Ein neues kurzes Solo mit Triolen kam auf ihn zu. Petrowicki zerlegte die Stelle.

»Sie müssen die Trrriolen überrrbinden«, sagte er und rollte mit den Augen. Er klopfte die Achtel. Hart. Noch einmal. Noch einmal. Stefan spielte. Er konnte nichts machen. Er wußte nicht mehr, welchen Komponisten er spielte. Die Welt zerfiel in gehackte Achtel. Die Lichter des Probensaals blendeten. Die Musiker um ihn herum zerfielen in gehackte Achtel, helle und dunkle. Stefan sah zerhackte schwarze Linien.

»Sie müssen Ihre Kraft besser einteilen, wir haben noch eine weite Strecke vor uns.«

Ja, Herr Petrowicki. Selbstverständlich, Herr Petrowicki.

Sie bewegten sich weiter durch die Oper. Stefan hörte auf zu zählen. Gleichgültigkeit überkam ihn. Petrowicki unterbrach die Flöten, er unterbrach die Streicher. Elena die nervöse Flöte unterdrückte Tränen; Heinrich die Bratsche litt mit seiner zarten Geliebten. Die Stimmung wurde angespannt. Das Orchester lehnte sich auf wie Kinder gegen einen ungerechten Vater. Etwas braute sich zusammen. Kiefer knirschten. Augen wurden zu Schlitzen. ›Tosca‹ war eine Oper über Gewalt und Herrschaft. Jawohl. Es gab eine Solidarität unter Musikern. Sie spielten die komplizierte Strecke, in der Scarpia mit Tosca diskutierte, während Cavaradossis Schreie unter der Folter zu hören waren. Stefans Herz schlug ihm im Hals. Sein Brustkorb spannte und schmerzte. Er fühlte eine Angina kommen. Das Ende der Welt war nah.

»Nein, nein, nein«, sagte Petrowicki. Er sah zu Stefan hin. »Achten Sie darauf, daß Sie mit den Streichern zusammen sind!«

»Ich achte darauf«, murmelte Stefan.

»Wie bitte?« fragte Petrowicki. »Ich habe Sie nicht verstanden.«

Er funkelte Stefan böse an. Das Orchester lag auf der Lauer. Was würde noch kommen?

»Ich habe nichts gesagt«, sagte Stefan mit brüchiger Stimme.

Er haßte Petrowicki. Petrowicki sah es ihm an. Er peitschte das Orchester durch die Oper.

Als sie sich Stefans großem Solo näherten, dem Auftakt zu Cavaradossis Abschied vom Leben, im Kerker vor seiner Hinrichtung, spürte Stefan ein merkwürdiges Zerren an seinem Zwerchfell. Es war seine eigene Hinrichtung. Es war ein Fehler gewesen, die erste Klarinette zu übernehmen. Er hatte sich überschätzt. Er schämte sich. Elena drehte sich kurz um und sah ihn aufmunternd an. Das gab ihm den Rest. Kläglich drangen die Töne der Klarinette in den Raum; Wasser war in einer Klappe. Ein hängengebliebener Tropfen. Zu all dem anderen Unglück auch noch das. Das kam vor, wenn die Luftfeuchtigkeit hoch war. Vom vielen Schwitzen. Stefan wurde schwindelig; verschwommen sah er, daß Petrowicki unwirsch abbrach.

»Verdammt noch mal!« schrie er. »Was ist denn jetzt los? Sie haben ja überhaupt keine Kondition!«

Das Orchester duckte sich. Petrowicki hatte Verstopfung. Er hatte immer jähzornige Ausbrüche, wenn er Verstopfung hatte. Alle wußten das. Aber heute übertrieb Petrowicki. Auch wenn er einen Grund hatte. Stefan spielte tatsächlich schwach. Wochenlang hatte er an seiner Kondition gearbeitet; es war viel härter, die ganze Oper bei vollem Einsatz durchzuspielen als zuvor, als zweite Klarinette. Aber ein Tropfen in der Klappe, der konnte beim besten Musiker hängenbleiben.

»Das war Pech«, flüsterte Ernst. »Komm schon.«

Stefan ließ das Instrument sinken. Er spielte zu mickrig. Es würde ein Debakel am Abend. Er hatte kein Selbstvertrauen. Alles war vorbei. Eva hatte ihn rausgeworfen. Sie hatte ihn verlassen. Sie würde ihn nicht wieder zurückholen. Petrowicki verwandelte sich in einen gefährlichen Gnom aus einem russischen Märchen. Stefan hörte nichts und sah nichts. Er vermißte seine Kinder. Er wollte sterben. Petrowicki brüllte, mit hochrotem Kopf, er sprang vor dem Orchester auf und ab.

Ernst schubste Stefan.

»Stefan«, sagte er.

Petrowicki kam einen Moment zur Ruhe, erinnerte sich offenbar an seine Position, wischte sich mit dem Taschentuch über die Stirn, schlug mit dem Taktstock an das Pult.

»Los, noch mal«, befahl er »wir machen die Phrase noch mal!«

Wie in Trance schraubte Stefan die Klarinette auseinander. Die anderen sahen ihn entsetzt an. Er würde doch nicht etwa gehen. Die Luft im Saal brannte.

»Einen Augenblick, bitte«, sagte plötzlich Werner, der Neue, »könnten Sie mir bitte noch einmal sagen, wie Sie die letzte Stelle dirigieren, wenn ich dazukomme? Ich habe es mir noch nicht notiert.«

Ernst und Holger sahen ihn überrascht an, ebenso Petrowicki.

»Äh ja, also«, Petrowicki war überrumpelt. Er hatte mit dem Neuen gut angefangen; er mußte ihm nun antworten.

Stefan wachte aus seiner Trance auf. Der Neue hatte für ihn Zeit gewinnen wollen! Er hätte nichts Besseres tun können. Stefan zog schnell das Tuch durch die Klarinette, um die Feuchtigkeit zu entfernen, während Petrowicki seine Erklärung abgab. Stefan lächelte Werner dankbar an. Werner nickte.

Es half nicht viel. Stefan spielte zu leise. Stefan spielte zu schnell.

»Halten Sie sich an den Rhythmus!« schrie Petrowicki. »Orientieren Sie sich an Ihrem Nachbarn, wenn es nicht anders geht! Wenn es nicht besser wird, besetzen wir um! Ihr Nachbar versteht etwas von Rhythmus!«

»Krümelkacker«, sagte Ernst mit ungerührtem Gesicht.

»Pfennigfuchser«, sagte Werner, ebenso ungerührt. Doch das Witzeln war ihnen vergangen. Stefan saß die Angst im Nacken, er bekam sie nicht in den Griff. Die Musiker wußten, was das hieß.

Petrowicki tobte.

»Das wird eine Katastrophe heute abend! Reißen Sie sich zusammen! Sonst muß ich Ersatz suchen!«

Auch wenn es keinen Gott gab, so war er dennoch ein gerechter. An diesem Nachmittag jedenfalls zeigte er sich, als er dem so unangemessen zornig gewordenen Alexej Petrowicki auf dem Weg zu dem Restaurant, in dem er sich verabredet hatte, einen unachtsamen Radfahrer schickte. Dieser konnte bei voller Fahrt nicht ausweichen und nicht anhalten, als der erhitzte Dirigent über die Friedrichstraße rannte, sondern nietete ihn regelrecht um. Der verdutzte Maestro blieb am Boden liegen; er hatte sich zwei Rippen und die Hand gebrochen; der linke Fuß hatte sich unglücklich verdreht; und am Kopf hatte er einen heftigen, wenn auch nicht gefährlichen Aufschlag erlitten.

Bis zum Abend war nicht klar, wer übernehmen würde. Die Musiker waren in Aufruhr. Es würde nicht einmal eine Anspielprobe geben. Stefan saß in der Kantine reglos auf seinem Stuhl. Er brachte nichts herunter.

»Trink mal einen Schnaps«, riet Tobias. Tobias spielte nicht mit in ›Tosca‹, war aber gekommen, um in der Nähe seines Freundes zu sein. Tobias saß nun schon seit Wochen in der Kantine und träumte von Anka. Er sagte es nicht, er wollte Stefan nicht dauernd an Eva erinnern, indem er von ihrer verrückten Schwester erzählte, in die er sich in einer langen Sommernacht verliebt hatte und die er nicht vergessen konnte. Ihren schönen Körper, ihre geschlossenen Augen, im Dachboden, als der Tag begann und er sich fortgeschlichen hatte. Nun war sie fort, er wußte nicht, wohin. Nur ihr Geruch hing ihm sonderbar hartnäckig in der Nase.

In der Kantine, hier auf Erden, roch es nach Gulasch und Zigaretten.

Stefan schüttelte den Kopf. Er ging wortlos in die Garderobe, legte sich auf die Pritsche mit der alten bunten Wolldecke, starrte an die Decke und wartete auf den Tod.

»Wir lassen ihn besser in Ruhe«, sagte Ernst und schloß die Tür, »manchmal hilft schlafen.« Die Bläser ließen ihn in Ruhe. Nun kamen sie wieder, um sich vorzubereiten.

»Du mußt jetzt aufstehen«, sagte Ernst zu Stefan. Es war sieben Uhr am Abend. Um halb acht begann die Vorstellung. Die Vorstellung war ausverkauft.

Stefan erhob sich wie ein Schlafwandler. Es war beängstigend. Die anderen beobachteten ihn aus dem Augenwinkel. Er stand in dem engen, vertrauten Raum mit den schmalen Spinden und den Tischen in der Mitte, als wäre er nicht vorhanden. Er zog sich um. Zog das weiße Hemd an, die schwarze Hose, die schwarze Jacke, band die Fliege um. Kämmte das Haar glatt. Putzte sich die Zähne. Gurgelte. Spülte aus. Trank ein Glas Wasser.

»Ich gehe zu meiner eigenen Beerdigung«, sagte er laut.

Holger fing an zu lachen, hörte wieder auf.

»Mensch, Junge, es wird schon. Atme mal tief durch. Du spielst, so gut du kannst, wir werden es schon überleben. Ich brauche dich.«

»Du kannst auf mich rechnen«, sagte Werner, der kleine Dicke. »Ich unterstütze dich.«

»Es ist mir alles so peinlich«, sagte Stefan. Er taute ein bißchen auf.

»Hör zu«, sagte Ernst, »das hilft uns auch nicht weiter. Konzentrier dich jetzt. Das ist eine ›Tosca‹ von vielen. Neues Spiel, neues Glück!«

Keiner glaubte daran, daß Stefan sich berappeln könnte. Allen war klar, daß es die Trennung von Eva war, die ihn bedrückte. Es war unmöglich, beides zu verkraften, Pech im Spiel und Pech in der Liebe.

»Tut mir leid, Jungs«, sagte Stefan. Er hätte sich gern übergeben. Aber er hatte nichts im Magen.

»Wahrscheinlich spielen wir heute ohne Dirigenten«, sagte Heinrich der Bratschist im Gang, als sie alle sich mit den anderen Musikern auf den Weg in den Orchestergraben machten. Niemand hatte etwas gehört.

»Siehst du«, sagte Holger und wackelte aufgeregt mit den Ohren, »wir gehen alle zu unserer eigenen Beerdigung.«

Stefan lachte. Dann wurde er wieder bleich.

»Mir ist schlecht«, sagte er.

»Vergiß es«, sagte Ernst, »dafür ist jetzt keine Zeit mehr.«

Die Freunde wichen nicht von Stefans Seite. Der vertraute Geruch in den unterirdischen Gängen mit den dicken gelben Heizungsrohren, von denen Lucie dachte, daß Musik aus ihnen quoll, legte sich wie ein Mantel um Stefan. Er fühlte sich wie ein körperloser Geist, doch seine Gedärme tobten und sein Herz hatte seinen Rhythmus verloren.

Das Orchester nahm nervös Platz. Das Haus war voll. Die Musiker stimmten die Instrumente. Die Oboe gab das A an. Stille. Erwartungsvolles Schweigen im Publikum.

Rohrhammer, der ewige Regieassistent, betrat die Bühne.

»Meine sehr verehrten Damen und Herren, wegen eines Unfalls heute nachmittag ist Herr Petrowicki leider nicht imstande zu dirigieren.«

Ein Raunen ging durch das Publikum. Soviel wußten die Musiker auch schon.

»Otar Georgidis, der diesem Hause eng verbunden ist, hat die Liebenswürdigkeit, für ihn einzuspringen. Wir wünschen Ihnen einen angenehmen Abend.«

Das Publikum raunte erneut, applaudierte, Georgidis kam schwungvoll in den Orchestergraben gelaufen, die Musiker atmeten erleichtert auf. Glück im Unglück! Georgidis war chaotisch, aber entspannt, er war in dieser Situation hilfreicher als jeder andere. Sie sahen ihn erwartungsvoll an, zuckten erneut zusammen: Er hatte die Partitur vergessen! Auch das noch! Sie sahen ihn beunruhigt an. Er winkte ab, er würde auswendig dirigieren. Er brauchte keine Partitur.

»Na dann man zu«, sagte Ernst.

Das Publikum klatschte, das Licht im Saal erlosch. Nichts war mehr zu machen. Der Vorhang ging auf, die Oper begann.

Beim ersten Auftakt entspannte sich das Orchester.

Das Publikum ahnte nicht, daß es keinerlei Vorbereitung mit Georgidis gegeben hatte. Daß Georgidis im letzten Moment in Amsterdam in die Maschine nach Berlin gesprungen war. In Amsterdam hatte er Berlioz' ›Symphonie Fantastique‹ einstudiert; er mußte ein wenig umschalten. Aber Georgidis hatte ›Tosca‹ an die achtzigmal dirigiert, er liebte diese Oper, er kannte jede Note. Er freute sich. Er freute sich auch auf das Orchester. Die letzte gemeinsame Arbeit, Schostakowitschs ›Lady Macbeth von Minsk‹, war ein Erfolg und ein Vergnügen gewesen. Er sah sich während der ersten Takte um, registrierte die Besetzung – und bemerkte, daß es eine neue erste und eine neue zweite Klarinette gab. Er wußte, was dies für die Oper bedeutete. Die Klarinetten trugen den Gesang, sie bildeten zahlreiche Hauptmotive, sie gaben zusammen mit den Querflöten die Atmosphäre an. Er nickte Stefan und Werner zu.

Stefan faßte etwas Hoffnung. Er hatte Georgidis bei ihren Schostakowitschproben ins Herz geschlossen. Georgidis war ein erfahrener Mann. Man spürte es sofort. Es würde keine penible, mathematische Übung werden. Es würde auch kein Pathos geben.

»Heute wird mal richtig Musik gemacht«, sagte Ernst bei der ersten Gelegenheit leise. »Er haut uns raus«, fügte er bei der nächsten hinzu.

»Er rettet uns«, sagte Holger. Um auch mal was zu sagen.

Unter Georgidis' freundlichen Blicken atmeten alle leichter. Selbst diejenigen, die mit Georgidis' lässigem Stil Schwierigkeiten hatten. Alle sahen den unordentlichen Dirigenten aufmerksam an.

Georgidis dirigierte mit weichen, flüssigen Bewegungen. Stefan überließ sich ihm wie ein Kind. Er war in seiner Erstarrung auf der Pritsche durch sonderbare innere Zustände gewandert, ohne Klänge, wie er es sonst gewohnt war. Es war eine Zone absoluter Leere, grauenhaft, gläsern, als zersplitterte er. Als fiele er in die trübsten Zeitzonen seines Lebens. So war es manchmal gewesen, wenn er sich zu Hause in sein Zimmer zurückgezogen und geübt hatte und ihm nichts glücken wollte. Er hatte keinen Grund für diesen Rückzug, es überkam ihn einfach so. Er erinnerte sich nicht an Streitigkeiten, eine Zurückweisung seines Vaters oder eines Freundes oder eine Lieblosigkeit seiner Mutter, die manchmal vergaß, die Türen zu schließen, wenn er probierte. Ich kann mich nicht konzentrieren, sagte er dann zu ihr. Am Rand seiner Verwirrung tauchte sie auf und nickte ihm zu. Er hatte es seinen Eltern bis kurz vor seinem Auszug verschwiegen, daß Eva sich von ihm getrennt und ihn aus dem Haus geworfen hatte. Stefan war auf der Pritsche kurz eingeschlafen. Vielleicht hatte er geträumt, nackt im Orchestergraben zu sitzen, doch er konnte sich selten an Träume erinnern. Als er erwachte, ohne den

Unterschied zum Schlaf so recht zu bemerken, tauchte in ihm das Schulorchester auf, bei seinem ersten Konzert. Es war, als hätte sich das Rad des Lebens gedreht und er finge wieder von vorn an. Ein sonderbares Gefühl.

Georgidis warf ihm freundliche, aufmunternde, bestätigende Blicke zu. Er führte das Orchester mit Schwung durch den ersten Akt. Seine Art, allem ein wenig Zirkusatmosphäre abzugewinnen, tat der Oper gut. Das Publikum ging lebhaft mit. Stefan spürte fast so etwas wie Volksfestatmosphäre herüberwehen, etwas Leichtes. Man brauchte schließlich eine Weile, ehe man begriff, daß Unheil im Verzug war. Bei Petrowicki, der eine dicke Partitur mit hundert Bleistifteintragungen hatte, saß das Unheil immer schon in den Falten einer jeden Kadenz, bevor es überhaupt losging.

Auch die Sänger fühlten sich bei dem gelassenen Georgier mit den grauen Locken und dem verlebten Gesicht aufgehoben. Diana Reanescu, eine temperamentvolle Rumänin, sang die Tosca. Sie hatte einen großen, weißen Busen, den sie gern zeigte. Sie war begeistert von Georgidis und legte sich ins Zeug. Er spürte ihren Übermut und zog ihr freundlich Grenzen, wovon sie noch begeisterter war. So eine Diva möchte den Maestro schließlich fühlen! Mit ihm singt sie ihre eigentlichen Duette! Er ist der Dritte in jeder Liebesszene, eifersüchtig, erotisierend und entspannend. Florian Hoffstetter, ein sonst eher etwas gleichmütiger Cavaradossi, reagierte wie auf einen Rivalen, hitzig und aufgeregt.

Das Publikum war gewonnen. Georgidis steigerte langsam die Intensität. Er war eben ein älterer, erfahrener Mann. Er hatte Zeit, er konnte abwarten, dosieren, die Hingabe lenken. Das Orchester schnurrte. Und wie jeder gute Liebhaber verstand Georgidis, allen die Empfindung zu geben, wunderschön und gut zu sein, ganz so, wie sie alle waren. Selbst Elena hörte auf, sich nervös ins Haar zu greifen. Georgidis mußte niemandem etwas beweisen. Er war da, er liebte die Musik, er dirigierte ohne Partitur. Stellen, über die sie sich zuvor hinweggequält hatten, kamen nun leicht und flüssig. Georgidis klammerte sich nicht an jede Achtelnote wie Petrowicki, er bildete die großen Linien und ließ allen Luft. Er ließ sie musizieren, *spielen* im wahrsten Sinne des Wortes. Er reagierte auf die Sängerin und die Sänger, hob an, zog an, glich aus, führte alles zusammen in einen dichten Klang.

Stefan ließ allmählich los. Georgidis nahm ihn mit, und er spielte. Die Töne kamen rein und sicher. Er trat allmählich stärker in den Vordergrund und nahm das erste Solo mit der angemessenen Intensität. Er ahnte sogar ein wenig von der Lust, von der Ernst gesprochen hatte. Er achtete darauf, nicht wieder seinen Einsatz nach den Sextolen zu verpassen. Werner sah vorsichtshalber zu ihm hin; er nickte, registrierte die Unterstützung, die der Neue ihm gab. Stefans Stimme, die Klarinette, erhob sich an seinen Solostellen, getragen von den anderen, und er freute sich, danach wieder in das große Tutti des Orchesters einzutauchen. Dort fühlte er sich geborgen.

Stefan war so erleichtert, daß er seine alte Abneigung gegen ›Tosca‹ vergaß. Wie durch ein Wunder war er wieder da, wo er sich aufgehoben fühlte: In der Musik. Und plötzlich geschah etwas Unerwartetes. Er entdeckte eine völlig neue Oper. Zum erstenmal hörte er in Toscas Rufen nicht ihr nervendes Unterbrechen, sondern ihre Liebe. Er vernahm Cavaradossis Spannung, als Maler all die schönen Frauen zu lieben (»Oh wunderbare Vielfalt!«), und als Mann einzig Tosca. Tosca, die immer Theater zu spielen schien und doch aufrichtig war.

Plötzlich begriff Stefan, wie sehr Puccini das Singen selbst thematisierte, die Gefährdung der Gattung Oper, wenn die Wirklichkeit in die Kunst eindrang wie Scarpia mit seiner Macht in das Leben der Sängerin. Der die Eifersucht benutzte, um sie zu manipulieren.

Stefan begleitete Tosca, Cavaradossi und Scarpia. Die Klarinette war wichtig für alle. Aber Stefan haßte Scarpia, seine Vitalität und seine Machtgier. Scarpia begehrte Tosca, und er sprach von ihr als seiner Beute. Solche Männer gab es. Sie nahmen und ließen fallen. Sie setzten in Flammen und rannten fort. Stefan verabscheute diese Form der Sexualität, dieses Grausame; er hatte Angst vor der Sexualität überhaupt und ihrer unberechenbaren Kraft. Er erkannte an diesem Abend, an dem er sie alle spielte, daß er oft Angst vor Eva gehabt hatte. Eva war so herausfordernd, so überschwenglich körperlich. Es durchdrang ihr Wesen, das er liebte und floh.

Er begriff etwas von Evas Not in Toscas Not. Tosca, die auch mit dem Körper lebte, ganz Körper war, litt mit Cavaradossi, der unter der Folter schrie, als wäre sie an seiner Stelle, als erlebte sie es selbst. Und Tosca litt, weil Scarpia verlangte, daß sie sich ihm hingab, mit ihrem Körper, um Cavaradossi zu retten. Sie, der die Hingabe alles war, erlebte einen entsetzlichen Konflikt. (Das hätte Stefan niemals sagen können, doch er fühlte es in den Phrasen, die diese Empfindungen zu einem Klang verbanden.) Für ihren Geliebten würde sie Gott vergessen. So war sie, und vollkommen sicher darin. Und so war Eva, und deshalb konnte sie mit ihm nicht leben, weil sie dieses sonderbare körperliche Leben nicht teilten. Er konnte es nur in der Musik erfassen. Nirgends sonst.

Klarinetten und Flöten gaben das Motiv der Verfolgung, das ganz am Ende den Tod ankündigen würde. Stefan spielte in diesem Moment ganz überraschend mit dem Oberkörper zu Werner hin; Stefan tat es intuitiv, es gab ihm Halt. Die ganze Zeit hatte er noch Matthias' wiegenden Oberkörper gesucht. Ohne darüber nachzudenken, bewegte er sich jetzt auf Werner zu, und wie sie so zueinander hinspielten, entstand ein ganz neuer Klang.

Tosca sang in der höchsten Spannung das Credo ihres Lebens, ihr »Ich lebte der Kunst, ich lebte der Liebe allein«, *»vissi d'arte, vissi d'amor«*. Es durchdrang den Saal. Das Fagott, Holger, kam hinzu. Doch vor allem Stefan war es, der Toscas Stimme trug, mit den Tönen, die er machte, mit seiner Atmung, seinen Händen, seinem Körper. Seiner Tuttiliebe.

»In dieser schmerzensvollen Stunde,
warum, warum, o Herr,
warum belohnst du mich so?« sang Tosca.

(*Gesu, in quest' ora.* Sizilien war hundert Jahre weit zurück, der eisig kalte Wind bei der Prozession, Eva ein farbiger Fleck in der Menge. Warum nur hatte er nicht ihre Hand gegriffen? Ihr in die Augen gesehen?)

Georgidis ließ die Musik sich leicht und voller Sehnsucht entfalten, flüssig die Tempi, weich die Farben, die Stimme flog hoch, Tosca schluchzte auf, das Publikum applaudierte. Werner, Holger und Ernst scharrten leicht mit den Füßen; ein Zeichen der Anerkennung. Stefan beendete den zweiten Akt leise und klangvoll, Ernst kam mit seiner Baßklarinette hinzu, die beiden spielten gemeinsam, etwas Neues begann auch für sie.

In der Pause blieb Stefan gleich hinter der Wanne unter der Bühne. Er konnte nicht mit den anderen in die Kantine oder die Garderobe oder in die Gänge gehen. Das schwierigste Stück stand noch bevor. Cavaradossis Arie, sein Abschied von der Welt. Stefans großes Solo.

Die Gesichter im Publikum, das Glitzern des Leuchters, der erlosch. Ein Stich in Stefans Herzen, Eva könnte dort sitzen und ihn hören.

Er wünschte, es hätte keine Unterbrechung gegeben. Der dritte Akt begann mit dem Glockenläuten. Die Nervosität des Tages befiel ihn erneut. Als alle ihre Plätze wieder einnahmen, rieb er sich die Nase, kratzte sich die Wange, fühlte seine Hände feucht. Er geriet in Panik. Wenn wieder Wasser in die Klappe käme, nicht auszudenken! Werner saß ruhig neben ihm. Stefan spürte, wie sehr der Kollege sich um seinetwillen zusammennahm. Er hatte selbst Grund genug, nervös zu sein. Werner zog die Hose hoch, die verrutscht war, und nahm die abgestellte Klarinette wieder auf. Stefan ordnete seine Notenblätter, die längst geordnet auf dem Notenständer lagen. Georgidis lächelte ihn an.

Grau die Bühne, der Kerker. Sie spielten das Todes- und Sehnsuchtsmotiv an, das gleich in der großen Arie allein im Klarinettensolo und in Cavaradossis Stimme erklingen würde. Stefan spielte auf sein Solo zu, er mußte langsam Boden gewinnen, er konnte nicht von Null auf große Lautstärke kommen. Georgidis wußte es. Sie spielten das Motiv der Sterne an. Die Geigen vorneweg.

Cavaradossi, im blutbefleckten Hemd, nahm Platz am Tisch, an dem er seine letzten Worte an Tosca schreiben wollte. Er dachte nach, schrieb, zögerte.

Die Flöten setzten ein. Georgidis hielt sie zurück, *pianissimo*, und sah Stefan an. Stefan setzte an. Hochkonzentriert. Er fühlte die Spannung seiner Kollegen. Die Harfe gab den Auftakt. Zehn aufsteigende Töne, eine leise Phrase. Jetzt. Stefan atmete tief und eröffnete das Vorspiel. Die Klarinette kam, nicht zu schnell und nicht zu langsam. Nicht zu laut und nicht zu leise. Sanft gebunden. Er blies die Töne des Solos. Sie erhoben sich über die tiefer liegenden Streicher, erhoben sich dunkel und sehnsüchtig in den Raum. In ihnen war alles: Der Abschied eines Menschen von seinem Leben, von den Farben, in denen er gelebt hatte, von der Frau, die er liebte. Es waren nur wenige Sekunden.

Werner kam in der nächsten Phrase hinzu. Stefan spielte lauter, schwang sich hinauf zum B. Cavaradossi nahm den Klang der Klarinette auf und sang die ersten Worte der Arie: »Und es glänzten die Sterne.« Stefan spielte. Seine Augen brannten, er durfte nicht heftig atmen, nichts, sein Mund durfte nicht beben. *E lucevan le stelle*, »Und es glänzten die Sterne«. Er mußte den Atem halten und ausströmen lassen und alles in diese Töne geben.

»Du allein«, sang Cavaradossi, »verliehst den Dingen Farben und Worte.«

Stefan war in der Musik. Alle hörten ihn, hörten seine Klarinette. Die Klappen öffneten und schlossen sich leicht, er fühlte seinen Atem in die Klarinette strömen und als Klang wieder hinaus. Der Klang trug ihn. Flöten, Fagotte, Geigen kamen hinzu, begleiteten ihn und den Sänger.

»Ich sterbe verzweifelt«, sang Cavaradossi, »und ich habe doch das Leben nie sosehr geliebt.«

Dem Publikum stiegen die Tränen in die Augen, es ließ sich nichts dagegen machen, und es klatschte hingerissen am Ende der Arie. Die Kollegen scharrten mit den Füßen. Georgidis nickte Stefan zu und wischte sich den Schweiß von der Stirn.

»Danke«, sagte Stefan, halb zu Werner. Er schloß kurz die Augen und fühlte sein Herz schlagen. Es hatte seinen Rhythmus wieder. Er spielte den Rest der ›Tosca‹ leicht und gelöst.

Nie wieder würde er ein abfälliges Wort über Puccini verlieren.

14. Kapitel

Der vierzigste Geburtstag (Aus dem modernen Seelenleben)

(1)

Als Sibylle von Evas und Stefans Trennung hörte, durchzuckte es sie kurz. In ihren Ohren spürte sie ein seltsames Sausen, das sie an etwas Ungefähres erinnerte (Reiten durch frisches Grün, etwas in dieser Art).

Dann griff sie nach Ludwigs Hand und hielt sie fest.

Ludwig und Sibylle genossen ihr neues Glück.

Ludwig sah sich heimlich nach Häusern und Praxen in Kleinmachnow und anderen Außenbezirken um. Seit der Geschäftsführer der Klinik wegen seiner betrügerischen Haushaltsführung entlassen worden war (was war dagegen Armins kleines Laster gewesen!) und nicht nur über die Schließung der Santos-Klinik, sondern auch anderer Institutionen in Berlin diskutiert wurde, schien ihm die Idee einer eigenen Praxis nicht mehr so abwegig. Obwohl er es sich nur schwer vorstellen konnte, in einer Praxis *auf dem Land* zu arbeiten. Zu sehr liebte er die langen Gänge, das grünliche Licht am Abend, die OPs, die Räume mit den großen Untersuchungsapparaten, das Gebrumm des riesigen Gebäudes im Herzen der Stadt. Solange es möglich war, würde er dort bleiben. Doch für Sibylle sah er sich um. Gewöhnte sich an den Gedanken.

Sibylle hingegen gefiel es, einen Teil ihres extra verdienten Geldes in eine Reise zu zweit zu stecken. In Venedig sparte sie keinesfalls, nicht an den Restaurants, deren Luxus sie genoß, nicht an dem extravaganten Kleid, das sie sich mit passenden Schuhen leistete. Sie brauchte ja nun kein Geld mehr für den gutaussehenden Schamanen. Sie kaufte eine Reihe grüner und blauer Zierflaschen in Murano, aus dem berühmten venezianischen Glas; sie würde sie zu Hause in die Fenster stellen. Das Licht würde sich farbig in ihnen brechen und den Raum verwandeln. Dies sollte ihrem Zuhause etwas Geheimnisvolles verleihen.

(2)

Drei Tage vor ihrem vierzigsten Geburtstag lief Eva Robert über den Weg. Es war ein naßkalter Novembernachmittag, es war schon dunkel, Sprühregen fiel. Eva war auf dem Weg zur S-Bahn; sie kam vom Auktionshaus.

Sie hatten sich etliche Jahre nicht gesehen. Alles war anders, als sie es sich vorgestellt hatte. Robert kam ihr entgegen. Sie sah sein Gesicht, erkannte ihn sofort, erleichtert, daß er nicht dick geworden oder unmäßig gealtert war. Ihr wurde nicht heiß, ihr Herz schlug gemütlich weiter. Sie war nicht einmal besonders überrascht. Es schien ihr – und das war das einzige Überraschende daran – völlig selbstverständlich. Sie blieben beide stehen.

»Hier treffe ich dich also«, sagte sie und umarmte ihn. Einmal flüchtig, wie man einen Freund umarmt, den man oft sieht, und ein zweites Mal, fester.

»Ich freue mich«, sagte sie über seine Schulter hinweg.

»Ich auch«, sagte er, in ihr Ohr.

Sie wollte ihn an den Schultern fassen, laß dich einmal ansehen, wie man es zu Kindern sagt, wie groß bist du geworden, ist das aber lange her. Sie ließ es sein, dachte, wie klein kommt er mir vor, wie zerbrechlich. Als sie ihn umarmte, nahm sie ihren eigenen Körper wahr, als hätte sie nichts unter ihrem Mantel an. Spürte den Wind empfindlich kalt. Machte einen Schritt zurück, stellte sich woandershin.

»Es zieht hier so«, sagte sie und sah ihn an. Er schwieg und sah sie seltsam an.

Sie dachte an das Messer, mit dem er sein Schweigen gern zerschnitten hätte.

Er dachte an ihre haltlose Haut, weiß im Mondlicht.

So verschieden können Gedanken sein.

Er hielt den Kopf sonderbar schräg, als wären die Halsmuskeln auf der einen Seite verkürzt. Sie sprachen nicht viel.

Dachten beide kurz an einen Bürgersteig, auf dem sie unsichtbare Dinge mit der Fußspitze umhergekickt hatten.

»Ich lebe noch immer mit Ingrid«, sagte Robert und blinzelte mit seinen langen Wimpern, »und ihren Hunden.«

Er mußte kichern. Eva kicherte auch. Dann zog er sie plötzlich heftig an sich, küßte ihr Haar und sagte:

»Ruf nicht an, schreib nicht, ich bitte dich!«

Und weg war er. Eine Gestalt in der Dunkelheit, mit schräg gehaltenem Vogelkopf. Und Eva hüpfte durch die Pfützen auf ihrem Weg nach Hause.

(3)

»Manchmal frage ich mich, was aus uns beiden geworden wäre, wäre nicht Robert hereingeplatzt«, sagte Nora, als Eva ihr von der Begegnung erzählte. »Ich verfluche ihn noch heute! Der Mistkerl!« Damals hatte Nora sie verführt. »Ich habe es nie vergessen«, sagte Nora.

»Ich auch nicht«, sagte Eva. »Wie auch?«

»Wie besitzergreifend Robert war!« sagte Nora.

Eine Pause entstand. Eva sah ihre Freundin an, mit der Zigarette, die sie so unnachahmlich zwischen die Lippen schob. Sie sah zu, wie sie den Rauch aus dem hübschen schmalen Mund blies. Nora hatte ein blaues Tuch ins kastanienbraun gefärbte Haar gebunden.

»Weißt du was«, sagte Eva, »das ganze Alter juckt mich gar nicht mehr. Hauptsache, wir beide bleiben zusammen.«

»Wir beide?« lachte Nora. »Wir werden hier in der Küche hocken, bis wir völlig verrunzelt vom Stuhl fallen!«

(4)

An ihrem vierzigsten Geburtstag saß Eva abends allein in der Küche, als Herr Munch sich zu ihr gesellte.

Eva hatte den Nachmittag mit den Kindern verbracht. Nora war auf einen Kaffee vorbeigekommen. Sie hatte Eva einen neuen BH geschenkt, »für die neuen Möpse.«

»Wußtest du«, hatte Nora gefragt, »daß Dante seine ›Göttliche Komödie‹ mit vierzig begonnen hat?«

»Nein, das wußte ich nicht«, hatte Eva geantwortet. »Aber was soll mir das? Zu seiner Zeit war er ein uralter Mann!«

»Aber schau mal, ich habe extra ein Zitat für dich daraus abgeschrieben.«

Eva hatte die Geburtstagskarte umgedreht. In Noras markanter Handschrift war darauf geschrieben: »Auf halbem Wege unseres Erdenlebens / Mußt ich in Waldesnacht verirrt mich schauen / weil mir der rechte Pfad entging.«

»Na wirklich, das ist sehr aufbauend!«

»Nora ist eben eine echte Freundin«, sagte Anka am Telefon, »sie verweist dich auf die wichtigen Dinge des Lebens.«

Anka rief aus Sizilien an. Sie hatte Eva einen Charlie-Brown-Comic geschickt. Eva liebte Charlie Brown. Charlie Brown erzählte Lucy in diesem Comic, daß er sich über seinen Vater

Sorgen machte. »Er sitzt jeden Abend in der Küche, ißt Haferflocken und schaut sich Fotos von früher an.« – Lucy: »Wie alt ist dein Vater?« – »Ich glaube, er ist gerade vierzig geworden.« – Lucy: »Du brauchst dir keine Sorgen zu machen. Er ist genau im Plan.«

Von Sibylle und Ludwig hatte Eva eine Postkarte bekommen, Geburtstagsgrüße aus Venedig. Wir würden dich gern einmal besuchen, hatten die beiden hinten auf die Karte geschrieben. Und: Wir sind ohne die Kinder verreist.

Nora hatte Eva gefragt, ob sie nicht bleiben sollte, doch Eva hatte ihre Locken geschüttelt: »Ich will allein sein.«

Auch als Wilhelm von Herzberg anrief und sie zum Essen ausführen wollte, hatte sie dankend abgelehnt. »Am Wochenende«, hatte sie ihm versprochen.

Eva dachte daran, wie sie den anderen Eltern im Kindergarten und in der Schule gesagt hatte, daß sie sich von Stefan getrennt hatte. Anders als in der Stadt gab es hier erst wenige getrennt lebende Elternpaare.

Ria bekam leuchtende Augen. »Das ist ja toll«, sagte sie. »Ich würde mir das nicht zutrauen!«

»Ich überlege mir das schon lange«, sagte Margot und ließ ihre Schultern schwer herabsinken, selbst ihre Wangen wurden schlaff. Sie raffte sich auf zu einer unbestimmten, großen Geste. »Aber die Kinder und das Haus«, sagte sie.

Und der Hund und die Katze und die Lebensversicherung, dachte Eva. Ein Leben in Würde hat auch seinen Charme.

Franziska sah panisch um sich. »Wir streiten uns ganz oft«, sagte sie leise, als hätten die Wände Ohren.

»Es ist gut, wenn ihr euch streiten könnt«, antwortete Eva.

»Ich finde es schrecklich!« gab Franziska entsetzt zurück.

Manche Männer, die vorher mit Eva geflirtet hatten, waren nun vorsichtig; andere, vorher Desinteressierte, zeigten sich frech. Eva ließ sie einfach stehen. Eva dachte oft an ihre Großmutter allein nach dem Krieg und fragte ihren Vater nach ihr aus. Ihr Verhältnis zu ihrem Vater wurde enger, als es in den vielen Jahren gewesen war. Er und Elke, seine Lebensgefährtin, halfen Eva oft mit den Kindern.

Es war November, naß und kalt. Die Bäume hatten das Laub endgültig abgeworfen. Im Haus zog es. Eva hängte dicke Gardinen in den Windfang und an die Terrassentür. Sie klebte Tesamoll in die alten Fenster und beschloß, sie im Frühjahr auszubessern. Ihre dickbusige Nachbarin, die Tochter vom verstorbenen Herrn Fritz, der nun mit seinen Erinnerungen unter der Erde lag, hatte ihr geraten, neue Fenster einbauen zu lassen. Eva haßte neue Fenster. Sie hatten darüber diskutiert, als Eva für sie die Frisierstube auflöste. Eva hatte gehofft, etwas von ihrer Mutter zu finden, in der Garage vom alten Herrn Fritz, ein Foto, einen Gegenstand. Sie nahm eine Bonbonbüchse aus den dreißiger Jahren und zwei hübsche alte Kämme aus Horn an sich. Sie saß eine Weile in der alten Garage, strich mit den Fingern durch ihr langes Haar und fragte sich, wieso sie ihre Nase so gern in die Vergangenheit steckte. Sie fragte es sich natürlich in dem Moment, in dem sie sich eingestehen mußte, es überhaupt nicht mehr zu wollen. Wäre Frau Spoerli nicht so wacklig seit ihrem Herzanfall, hätte sie ihre Arbeit im Auktionshaus am liebsten schon geschmissen. Aber neue Fenster, das ging entschieden zu weit. Dann lieber Tesamoll.

Eva kam sich jetzt immer komisch vor, wenn sie mit niemandem zu besprechen hatte, wann sie dieses oder jenes tat. Das heißt, wenn sie es nicht mit Stefan zu besprechen hatte. Mit Stefan mußte sie nur besprechen, wann er die Kinder sah. Er war bleich und machte einen festen Mund, wenn er kam, um die Kinder abzuholen. Er sagte nie etwas zu ihr. Die Kinder waren schlecht gelaunt, wenn sie zurückkamen. Die Umstellung nahm sie mit. Eva fühlte sich mies. Sie erlebte den Verlust, den der Kinder und ihren eigenen, sehr hart.

»Ein Drittel der Zeit, die eine Beziehung gedauert hat«, hatte Nora sie belehrt, »dauert die Trauer.«

»Na, danke«, hatte Eva gesagt, »das ist wirklich ungerecht!«

Doch wenn sie morgens allein in ihrem Bett aufwachte, spürte sie sich erleichtert.

Nora machte wie immer ihre Witze.

»Jetzt brauchst du niemandem mehr treu zu sein«, sagte sie, aber Eva kümmerte sich nicht darum. Sie wollte auch nicht, daß Nora ihr die Karten legte. Sie wollte sich einfach nur ausruhen und neu sortieren. Sie hatte Lust aufzustehen und die Dinge des Tages zu erledigen. Sie hatte nach niemandem Sehnsucht; sobald sie die Kinder abends im Bett hatte, war sie gern allein und tat nichts. In ihr schwang eine seltsame große Musik nach, der sie bis zu ihrem Ende lauschen mußte.

Es war dunkel draußen. Die Kinder schliefen.

Herr Munch trug einen braunen Schal und lächelte sie freundlich an. Sein Gesicht war ruhig und blaß, seine graublauen Augen wirkten klar. Eva schien es, als wäre sein Haar weniger leuchtend als in Bergen.

»Ich möchte wissen«, sagte Eva, »was aus Tulla und dir geworden ist. Ich möchte wissen, was du im Leben anders machen würdest.«

Das Alraunenmädchen hing über dem Eßtisch, »Omega weint«. Die Alraune erinnerte Eva daran, daß sie nichts Halbes mehr wollte. In keinerlei Hinsicht. In der Mitte des Lebens, dachte Eva, ist es gut, sich ein Leben als Ganzes vorzustellen. Vom Ende her sozusagen.

»Ich war alt und verbittert«, sagte Munch, »in meinem Haus, auf Ekely. Viele Frauen standen mir Modell. Ich überließ einige Bilder der Zeit; ich stellte sie im Freien auf und ließ Regen, Stürme, Sonne und Schnee sie verändern. Sie verwitterten, ich bearbeitete sie. Ich wollte sehen, was die Natur zu sagen hatte. Ich malte mich selbst, nackt oder mit der großen Standuhr, neben der ich schrumpfte. Meine Mundwinkel waren nach unten gezogen wie eine umgekippte Mondsichel.

Manchmal kehrten alte Geister wieder, standen vor dem Fenster, so lebendig, daß ich sie mit dem Gewehr verjagen wollte. Meistens, wenn ich trank. Laura starb nach langer Umnachtung, und Tante Karen. Zu dieser Zeit begann mein Augenleiden. Das rechte war hinüber, und auf dem linken sah ich alles wie durch ein Gitter. Es löste sich wieder auf, ich konnte klar sehen, aber an anderen Tagen sah ich nur eine kreisrunde Fläche. Das Malen wurde immer schwieriger.

Ich erlebte, wie in meinem geliebten Deutschland die Nazis meine Bilder als ›entartet‹ erklärten. Zum zweitenmal warf mich dieses Land hinaus, in dem ich soviel Anerkennung erhalten hatte. Zum Glück konnten viele Bilder aus deutschen Museen gerettet werden; sie wurden in Oslo versteigert. Ich konnte einigen Künstlern helfen. Nicht nur meine Bilder wurden diffamiert. Die ganze moderne Kunst. Die Mächtigen hatten Angst vor ihr. Warum? Weil sie an ein anderes Leben erinnerte. Ein anarchisches Leben. Ein Leben, das aus unseren Sinnen hervorgeht und eigene Wahrnehmungen behauptet, das ihre Vorgaben und Ordnungen in Frage stellt.

Es war entsetzlich, als meine Augen erkrankten. Nicht zu sehen war wie Sterben. Als ich jünger war, hatte ich geglaubt, der Tod wäre meine eigentliche Geburt. Ich würde zerfallen, zu einer Blume werden und blühen.«

Die Wände des Hauses knackten. Draußen war es kälter geworden.

»Manchmal denke ich, ich war immer allein«, sagte er.

»Was hättest du gern noch getan?« fragte Eva. Sie fühlte sich leicht und jung. Das Gespräch strengte sie an. Das Reden über das Sterben. Sie öffnete das zusammengebundene Haar und massierte die angespannte Kopfhaut. Sie hatte das Gefühl, daß Munch aus ihrem Leben verschwinden würde. Daß neue Dinge auf sie zukommen würden. Sie freute sich auf diese Dinge.

»Was hast du bedauert?«

Er dachte einen Moment an Tante Karens Beerdigung. Er hatte sich in einem Wagen zum Friedhof fahren lassen. Er hatte das Fenster heruntergekurbelt. Der Wagen war langsam an den Trauernden vorbeigezogen, Munch hatte vom Fenster aus auf das Grab geblickt. Später hatte Inger nur gesagt: Ich habe dich gesehen.

»Ich habe bedauert«, sagte er, »daß ich meinen Lebensfries nicht vollenden konnte. Daß die Bilder, die ich für Max Reinhardt gemacht hatte, in alle Winde verstreut wurden. Ich hätte sie gern nebeneinandergehängt. ›Die Madonna‹, ›Der Kuß‹, ›Der Schrei‹, die Paare in einer ›Sommernacht am Strand‹, ›Der Tanz des Lebens‹, ›Die Frau in drei Stadien‹. Alle verschieden groß, verschieden im Aufbau, alle verbunden durch die Linie, die der Strand bildet.«

»Die Frau in drei Stadien«, sagte Eva, »ich habe sie fast vergessen.«

»Ich bin über die Trennung von Bildern und Menschen niemals hinweggekommen.«

Eva dachte an ihre Mutter und an Stefan, und ihr Herz krampfte sich zusammen wie die roten Blutklumpen auf Munchs Bildern.

»Malen ist ebenso abstrakt wie mit der Nase zu denken.«

»Was war denn das Bild für dich?«

Munch grinste. »Für mich?«

»Ja, für dich! Für dich muß es doch auch etwas bedeuten!«

Eva sah ihn an. Sie dachte an Lucie, die ganz offensichtlich eine Musikerin war, schon jetzt. Sie dachte an David, der Tiere und Pflanzen liebte wie Anka, und an Sina, die gern mit der Sprache spielte und schwamm wie sie und die ansonsten gar keine besonderen Neigungen zeigte, sondern ein ganz normales, nettes Kind war. Und die manchmal weinte, weil ihr Papa ausgezogen war.

»Für mich«, sagte Munch »war es ein Bild. Der lüsterne, weiße Körper gegen die schwarzen Farben der Trauer im mystischen Licht der hellen Sommernacht. Die helle Sommernacht, in der das Leben und der Tod, der Tag und die Nacht Hand in Hand gehen.«

»Der Tag und die Nacht«, sagte Eva.

»Das Leben und der Tod. Auch in der Liebe. Deshalb wollte ich im ersten Teil des Lebensfrieses das Erwachen der Liebe zeigen. ›Der Kuß‹ gehört dorthin. Dann Erblühen und Vergehen der Liebe, der Tod der Liebe. Dorthin gehört ›Die Sommernacht‹, und ›Mann und Frau im Wald‹ –«

»Warum hat die Frau auf diesem Bild keinen Mund?« fragte Eva.

»Sie hätte keinen?«

»Nein. Unter der erkennbaren Nasenlinie ist nur etwas angedeutet. Der Mann hat einen richtigen Mund.«

»Ich weiß es nicht«, sagte er.

»Es gibt einige Frauen ohne Mund bei dir«, sagte Eva, »auch bei den Modellen in Ekely. Du hast ihnen wohl deine eigene Sprachlosigkeit gemalt.«

»Oder das Leben mit den Augen«, sagte Munch.

Eva fragte sich, ob es eine Treue aus Vollständigkeit gab.

»Im Fries«, sagte er, »gab es die Angst vor dem Leben und als letzte Abteilung den Tod. Ich hängte die Bilder immer anders zusammen. ›Die Eifersucht‹ habe ich in Berlin der Angst zugeordnet und in Leipzig der Liebe. Die Idee blieb dieselbe. Der Fries ist eine Dichtung über Liebe, Tod und Leben. Als ich einen Teil davon in Berlin zeigen konnte, 1902, nannte ich den Zyklus ›Aus dem modernen Seelenleben‹. Das Seelenleben war damals sehr gefragt. Ich habe dreißig, vierzig Jahre an diesem Fries gearbeitet, in verschiedenen Techniken. Du mußt dir vorstellen, wo diese Bilder entstanden sind. Ein Bild in einer Dachkammer in Nizza, eines in einem dunklen Zimmer in Paris, eines in Berlin, andere im Freien in Norwegen. Ich wollte alle Stadien des Lebens festhalten, vom Kind bis zum Greis, ob

Mann oder Frau, Liebe und Haß. Davon war ich besessen. Der Fries sollte beweglicher sein, vielgestaltiger, mehr so wie ... wie –«

»Wie Musik?« fragte sie.

»Genau! Wie die Sätze einer Sinfonie, so sollte der Fries sein! Seine Töne sollten steigen und fallen, laut und leise, die Farben ein wechselnder Rhythmus! Manche Bilder wie Studien, andere ausgearbeitet, wie das Leben selbst. Einige Bilder sind durch die Linie des Strandes miteinander verbunden; die Sommernacht gibt ihnen den Ton. Wie liebte ich die Sommernächte! Bäume und Meer, senkrechte und waagrechte Linien, geben diesen Bildern die gemeinsame Struktur.«

Munch schwieg kurz. »Auf Ekely«, sagte er, »habe ich den Fries in meinem Garten aufgebaut oder in meinem Haus. Ich wanderte darin umher. Das war ich selbst. Ich war der Sohn von Seefahrern und Priestern. Ich sah mich immer anders, am Morgen, am Mittag, im wunderbaren Licht des Nachmittags.«

Eva dachte an den Seemann auf Sizilien, der sich vor der Madonna bekreuzigt hatte. Sie fragte sich, was sie sich am Ende wünschen würde. Was von ihr bleiben sollte. Sie glaubte nicht, daß sie zu einer Blume würde. Sie würde ja auch keine Unsterbliche werden und eines Tages bei irgendeiner fremden Person in der Küche sitzen und mit ihr über die Fragen des Lebens sprechen. Höchstens mit ihren Kindern.

»Es gibt viele Arten, in der Welt zu sein«, sagte Munch. »Ich war niemals gleichgültig. Als ich schon sehr alt war und die Deutschen unser Land besetzten, fuhr ich aus der Haut, vor Wut und Schmerz. Ich hatte Angst, sie würden mein Haus besetzen und alle meine Bilder zerstören.«

Er hielt einen Moment inne. Eva wurde wieder munter. Auch sie fände es schrecklich, ohne seine Bilder, ohne Bilder überhaupt zu leben, ohne Musik. Manchmal zweifelte sie an der Welt, in der sie lebte, in der alles dem Geld untergeordnet zu sein schien, sogar die Kunst. Vielleicht, dachte sie, sollte ich mich lieber mit zeitgenössischer Kunst befassen als mit dem alten Trödel bei Frau Spoerli!

»Die Wirklichkeit ist zersplitterter, als du es dir je hättest vorstellen können. Das Formale ist immer wichtiger geworden«, sagte Eva.

»Die Farbe hatte für mich immer ein geheimnisvolles Eigenleben. In Bewegung zu denken, mit dem Pinsel in der Hand, ist und bleibt etwas anderes, als in Worten zu denken.«

Oder mit dem Körper. Eva rieb sich die Nase. Wenn ich doch einen fände, dachte sie, mit dem ich durch die Haut sprechen könnte!

»Ich hatte niemanden zum Lieben, ich hatte nur meine Bilder. Sie füllten jeden Zentimeter in meinem Haus. Zu Weihnachten wurde der Osloer Hafen von den Deutschen bombardiert, die Fensterscheiben meines Hauses zersprangen. Ich erlitt einen Schock. Ich bin in den Keller gelaufen und habe mich erkältet. Meine Bilder wurden nicht zerstört. Viele wurden mit nach Deutschland genommen. Deutschland zieht meine Bilder an sich. Ich bin an einer Bronchitis gestorben. Mein Lebenswerk ist ein Torso geblieben«, sagte Munch, »so wie mein Leben selbst.«

Munchs Gesicht war wie durchscheinend. Eva sah, wie schön er war. Sein Mund hatte beim Sprechen eine gewisse Steifheit verloren. Sie hätte ihn gern geliebt. Nein, dachte sie, ich liebe ihn. Wie stark hatte er an dem festgehalten, was ihm wichtig war.

»Es gibt noch etwas, was ich bedaure«, sagte er leise.

»Ja?« fragte Eva gespannt. Nun komm schon, dachte sie, komm schon.

Munch schloß die Augen. Er wanderte weit nach Innen. Ihre Wege waren andere als Munchs Wege, das wußte sie.

Munch wanderte durch all seine Bilder. Er lief an seinen Modellen des Alters vorbei, kam zu Linde, der mit seinen Söhnen im Park spielte. Er lief am Strand entlang, vorbei an dem alten

Fischer mit seiner Tochter, die er in Lübeck gemalt hatte, und den Kindern in Warnemünde. Er sah auf dem Wasser in einem Boot seine Familie, seinen Vater, seine Mutter, seine Geschwister und Tante Karen. Sie winkten ihm. Liebe Sophie, rief er, liebste Laura! Er lief durch Bäume und Wälder, die er geliebt, in den hellen Sommernächten, er lief durch Blau, Grün, Gelb. Er strich Milly übers Haar und schickte der nackten Eva auf dem großen Bild mit den drei Frauen einen Kuß. Da veränderte sie ihr herausforderndes Lächeln, ließ es sanfter werden. Ihr Haar geriet in eine fließende Bewegung, ihr Gesicht wurde kantig und bekam hohe Wangenknochen. Schwere melancholische Lider schlugen den Blick auf.

»Tulla«, sagte er erfreut.

»Edvard«, sagte sie.

»Keine war wie du, Tulla.«

Tulla sah ihn überrascht an. Vielleicht hatte sie mit ihrem alten Spiel gerechnet. Dem üblichen »Geh weg!« Aber Edvard sah sie an, etwas Sehnsüchtiges in den Augen.

»Ich habe es nur nicht gewußt«, sagte er. »Das heißt, vielleicht habe ich es sogar geahnt. Vielleicht hätte ich dir später begegnen sollen.«

»Es wäre nicht so leidenschaftlich gewesen«, sagte Tulla. Sie hielt ihren Kopf wie als junge Frau, gerade, ihren Blick herausfordernd auf ihn gerichtet. Ihre Lippen hatten diesen leisen triumphierenden Zug, doch sie hielt ihn im Zaum, glich ihn aus mit entwaffnender Wärme.

»Wieso das?«

»Es wäre schlimmer gewesen, oder es wäre gar nicht geschehen.«

»Wie meinst du das?«

Munch sprach leise und vorsichtig. Er wollte nicht, daß sie wütend wurde. Ihr Haar fiel in sanften Locken auf ihre Schultern.

»Du wärst noch –«

»Noch?«

Tulla zögerte. Sie senkte ein wenig ihre schweren Lider. Der Blick, den er liebte. Der ihn verführt hatte.

»Noch –«

»Noch sturer gewesen? Ist es das, was du sagen willst? Sag es ruhig! Sprich es ruhig aus!«

Munch lachte fast.

»Nein, nein«, sagte sie. »Du hättest dich noch weiter eingerichtet, verschanzt, verkrustet, in deinen Kasten verkrochen. Du weißt schon, erinnere dich an das Bild, auf dem Omega mit der Schlange spielt und Alpha mit aufgerissenen Augen in einem Kasten sitzt.«

Munch nickte. Worauf wollte sie hinaus? Sie sah so schön aus, es machte ihn verrückt.

»Sie spielt mit der Schlange«, sagte er langsam und sah sie voll Verlangen an, »er ist eifersüchtig.«

»Ja«, sagte Tulla, »er ist eifersüchtig. Aber es ist noch etwas anderes: er zieht sich in sich selbst zurück. Halb sieht er ihr zu, halb starrt er ins Nichts, in das schreckliche Nichts seiner Angst.«

»Ich dachte immer, du hättest nichts von mir verstanden.«

Tulla sah ihn freundlich an. Der Stolz war nicht zu finden in ihrem Gesicht. Munch begriff es nicht; es ergriff ihn, ein Gefühl, das ihn wie eine Welle im Meer trug. Wären sie beide damals nicht so stolz gewesen!

Tulla schwieg.

Munch sah sie verwundert an. Tulla schwieg nie. Er sah, wie ihre Erscheinung etwas blasser wurde.

»Tulla«, sagte er.

Er griff nach ihrer Hand. Er sah, daß ihre Hände sich berührten. Er fühlte es nicht. Er hatte nur die verdammte Erinnerung, wie glücklich ihre Haut ihn gemacht hatte.

Auch Tulla sah die ineinandergreifenden Hände. »Vielleicht«, flüsterte sie, »wenn wir die Handflächen aneinanderlegen. Versuch es einmal!«

Sie löste ihre Hand aus der seinen, bog sie im Handgelenk

um, streckte sie aus. Ihre rechte Hand. Munch zögerte. Er hob seine linke Hand mit dem kaputten Mittelfinger, hielt sie in der Luft, als wüßte er nicht, wohin damit. Tulla machte eine überraschende Bewegung. Sie nahm die Hand und schob den verletzten Finger in den Mund. Munch verzog verdutzt das Gesicht. Er sah, wie sie den Finger zärtlich in ihrem Mund bewegte, ein bißchen lasziv. Es war eine Berührung, in der Zärtlichkeit und Erregung in eins fielen. Als lösten sie sich ineinander auf. Eine vollständige Empfindung. Es hatte keine Rolle gespielt, ob sie seinen Zeh, seinen Finger, seine Nase, sein Ohrläppchen oder sein Glied in den Mund genommen hatte. Ob er ihren Mund oder ihre Brüste geküßt hatte; seine Zunge hatte die Häute der Mundhöhle nicht anders wahrgenommen als die Innenhäute ihrer Scheide.

Munchs Augen brannten, er merkte dies an einer leichten Veränderung des Sehens. An der Veränderung des Sehens las er die Empfindung ab.

»Tulla«, sagte er seltsam gerührt.

Jeglicher Spott war aus ihrer Miene gewichen, Tulla war still. Ihre Augenlider schienen weiter geöffnet, ein neuer, weicher Ausdruck.

Er zog die Hand aus ihrem Mund und legte die Handfläche an ihre.

»Es ist nicht die Hand«, sagte Tulla, »es ist nicht die andere Hand, es ist die hauchdünne Fläche, auf der sie sich berühren.«

»Ich fühle es«, sagte er.

»Munch«, sagte Tulla, »ich liebe dich.«

»Ich liebe dich auch.«

Sie beugten sich zueinander hin und legten ihre Lippen in der gleichen Weise aneinander wie die Handflächen. Sie rückten näher zueinander, ohne Lippen und Hände voneinander zu lösen. Ihre Kleider lösten sich auf. Sie verschwanden wie ein Bild, das übermalt wird, nur: der unsichtbare Pinsel bildete keine neue Schicht, sondern legte etwas frei. Ihre nackten Körper wurden sichtbar. Es waren ihre Körper, als sie dreißig und fünfunddreißig Jahre alt waren, die Zeit, in der sie sich im Leben geliebt hatten. Kräftige Körper, mit straffer, zarter Haut, helle Körper, die im Begriff waren, eine außerordentliche Erfahrung zu machen.

Munch umarmte Tulla, ohne die Hand von ihrer zu lösen, er bildete mit seinem Oberkörper eine Rundung um sie herum, in die sie sich hineinlehnen konnte. Er legte seinen Kopf schräg. Vorsichtig schob er die Zunge an ihre, so daß sie sich auf die gleiche Weise berührten wie die Lippen, am äußersten Ende ihrer Haut.

Sie hielten inne und lauschten ihrer Empfindung, und plötzlich – begannen ihre Körper zu altern.

Der Alterungsprozeß, der sich sonst über Jahrzehnte entwickelt, vollzog sich in wenigen Minuten.

Die Haut wurde schlaff und mürbe, durchsichtig, trocken wie Papier, die Spannung in der Muskulatur ließ nach und beide knickten ein wenig ein, ohne ihre Haltung aufzugeben. Ihre Gesichter bekamen Falten und Furchen. Tullas Pobacken sanken tiefer, ihre Beine wurden weich; Munchs Knie wurden eckig und sein Geschlecht fiel schwerer nach unten. Es ging schnell vor sich, und es war, als schwebten beide, als wären sie in einem alten Bild, in dem die Farben hell und zart waren, wie von einem Holzstock, der auf eine Zeichnung gelegt wurde, mit einem Hauch von Gelb vielleicht, und rötlichem Braun. Das Bild weitete sich und wurde zu dem Wald, den Munch so oft gemalt und in Kupfer gerissen hatte und vor dem ein Paar stand, als zögerte es, ihn zu betreten.

Aber nun, mit Tulla schwebend, hatte Munch keine Angst; er verschwand mit ihr in den geheimnisvollen Wald, der sein Herz war und ihres, seine Seele und ihre, und sie lösten sich auf, ihre gealterten, gestorbenen Körper in das blasse Grün, das tiefe Grau des Waldes

und ihre Körper und Seelen und Herzen und Häute
zerfielen nun endlich zu Staub
und Stille
und
Pigment.

Und Eva hatte den Kopf auf den Küchentisch gelegt und war eingeschlafen und träumte dieses Bild.

15. Kapitel

Wohin wir gehen

(1)

Im Januar starb Ludwigs Vater. Überraschend. Der alte Herr (wir haben ihn leider nicht näher kennengelernt) mußte unbedingt bei klirrender Kälte, Glatteis und Schnee mit dem Fahrrad zum Zeitungskiosk fahren. Er fuhr immer mit dem Fahrrad. Er war ein Offizier der Bundeswehr gewesen. So war er. Er stürzte und fluchte. Oberschenkelhalsbruch. Bei der Untersuchung fielen dem Arzt Unregelmäßigkeiten auf. Er untersuchte den widerspenstigen alten Herrn. Der Vater des Krebsspezialisten hatte Krebs. Er war dreiundachtzig Jahre alt. Knochenkrebs. Die Diagnose war nicht günstig. Ludwigs Vater mißtraute dem Arzt. Er mißtraute allen Ärzten. Er wurde ins Krankenhaus eingewiesen. Die Schwester bat ihn, sich umzuziehen, da man sofort weitere Untersuchungen an ihm vornehmen wolle. Sie sagte, sie käme in einer halben Stunde wieder. »Jetzt ziehen wir uns mal schön aus«, hatte sie vielleicht gesagt. Etwas in der Art, etwas, das Ludwigs Vater reizte. Das denkst du dir so, dachte der alte Herr, du kleine Zivilistin. Der Offizier a.D. hatte heftige Affekte. Er war allein im Zimmer. Er zog sich nicht um. Er sah aus dem Fenster. Das Zimmer lag im fünften Stock. Es gab einen Vorsprung. Ludwigs Vater war dreiundachtzig Jahre alt und liebte es, selbst über sich zu bestimmen. Er kletterte aus dem Fenster, ging ein paar Schritte über den Vorsprung. Er sah kurz nach unten und sprang.

Er war sofort tot. Die entspannten Falten um seinen Mund, die geschlossenen Augen und die Blässe seines Gesichtes verliehen ihm einen weißen Ausdruck von Einsamkeit und Würde.

Ludwig wußte von alledem erst im nachhinein.

Nach dem Tod seines Vaters fiel eine Last von Ludwig ab; Heiterkeit durchströmte ihn. Er liebte seine Kinder anders als bis dahin.

Sibylle gab ihren Wunsch, ein Haus zu kaufen, in dem Moment auf, in dem Ludwig es ihr anbot. Sie lachten beide und schüttelten die Köpfe.

»Ich war in mir selbst nicht zu Hause, deshalb wollte ich ein Haus«, sagte Sibylle. Höchst sibyllinisch. Mit maliziösem Lächeln.

»Und das sollte jetzt anders sein?« fragte Ludwig und grinste. Ihr neuartiges Verhältnis machte sie beide verlegen.

Sibylle nickte und fuhr mit der Hand durch ihr kurzes, blondiertes Haar.

»Es drängt jedenfalls nicht mehr«, schränkte sie ein bißchen ein. Sie dachte an ihre Nacht in dem Haus, in dem die Tannenzapfen auf das Dach geplumpst waren. Das Flüstern der Äste.

»Darüber müssen wir uns unterhalten«, sagte Ludwig und ließ seinen *Leatherman* aufschnappen. Nur so zum Spaß.

Sibylle lachte. Sie küßte Ludwig sogar. Es lag nun ein leiser Zug zur Unterwerfung in Ludwigs Liebe zu Sibylle. Sie mißtraute diesem; da sie jedoch ihre neue (sehr erotische) Liebe genoß, die da nach all den Stürmen und Lüftchen des vergangenen Jahres ihnen zugewachsen war, versuchte sie, seiner Sehnsucht gerecht zu werden. Sie mußte dann sehr streng sein. Und anderes. Hin und wieder jedenfalls. Wie im geheimen vor ihr selbst.

»Gut«, sagte sie, »und wenn sie nicht gestorben sind, dann zanken sie noch heute.«

(2)

Der Winter war gläsern und blau.

Schnee fiel, taute und fiel. Die Seen froren zu. Eva brachte ihren Kindern das Schlittschuhlaufen bei. Zuerst auf dem Tümpel neben ihrem Haus, dann auf dem Wannsee. Der Wannsee fror nicht jeden Winter zu, es war etwas Besonderes. Die Sonne glitzerte auf der riesigen, hellen Fläche; das Eis knackte und sang. An den Rändern das blonde Schilf, die vertäuten Boote, die alten Villen. Läufer, große und kleine, glitten auf den geschliffenen Kufen über den See wie im Sommer die Boote mit ihren Segeln. Evas langer Mantel wehte. Die Kinder waren glücklich. Sie tranken heißen Tee und aßen Kekse, zwischendurch. Sie wollten nicht aufhören, über die gefrorene weiße Fläche dahinzufliegen.

Ein neuer Frühling kam. Erstes Grün, erste Tulpen, Graugänse am Himmel, ein würziger Geruch. Eva rief Johan Ellefsen in Bergen an.

»Meisje«, rief er, »Meisje!«

Zwei Wochen später stand Johan vor der Tür; er hatte nicht gewollt, daß sie ihn vom Flughafen abholte, »ich finde den Weg zu dir«. Sein Gesicht strahlte. Fältchen lagen um seine dunkelblauen Augen. Er war nicht sehr groß und hatte kräftige Schultern. Eva war entzückt.

Die Kinder schliefen.

Eva und Johan küßten sich sofort.

Sie bat ihn, ihr zur Hand zu gehen, als wäre er schon immer da. Er sagte: »Es steht dir gut«, und meinte den Salat, den sie wusch. Er küßte sie über dem Waschbecken. Eva lachte. Sie schleuderte den Salat in einem Handtuch. Er preßte eine Zitrone aus.

»Reich mir bitte mal die Schüssel«, sagte sie und sah ihn neugierig an.

»Leg das mal beiseite«, sagte er.
»Ich leg das mal beiseite«, sagte sie.
Er küßte sie. Er nahm ihre Hand und führte sie zum Sofa (sie wollten die Kinder oben nicht wecken).

Das Sofa schwebte. Es fuhr durch die Nacht wie ein Schiff über Wellen.

Sie aßen erst viel später. Wie die Spatzen, so wenig.

Am nächsten Tag hatte Eva kurz ein Bild vor Augen, von Anna Magnani in einem alten italienischen Film. Wie sie die Hand in die Hüfte stemmte und ihrem Liebsten die Meinung sagte, wie sie polterte vor lauter Liebe und der Forderung, das Leben in die Hand zu nehmen. Und wie sie gleich darauf dieselbe Hüfte, die doch eben noch für den unausweichlichen Ernst des Lebens gestanden hatte, kokett wiegte, bis ihrem Liebsten ganz anders wurde und er sie packte und küßte. Eva amüsierte sich, daß sie eine so große Schwäche für die romantische Liebe hatte, die ihr soviel realer und vielschichtiger schien als jede andere. Und am Abend sah sie erneut zu, wie Johan die Zitrone auspreßte und sie ansah und packte.

Zunächst kam er, wenn die Kinder schliefen. Er kam, sie aßen und sprachen zusammen, vielleicht ein Stündchen lang. Manchmal war das Stündchen auch kürzer. Dann liebten sie sich auf dem Sofa. Von zehn Uhr abends bis morgens früh um vier. Sie ließen ihre Körper miteinander sprechen. Stundenlang. Johan und Eva. Eva und Johan. Sie wurden ein Liebespaar. Sie lag auf ihm und flüsterte. Das Sofa war durchfeuchtet von Liebe und Schweiß. Wenn es hell wurde und die Vögel sangen, verließ Johan das Haus. Der Kinder wegen. Sie sollten Zeit haben.
Eva lag still in ihrem Bett und brannte.
Ein regelrechtes Liebesfieber hatte sie.
Sie schlief kaum.

»Ich will noch einmal mit dir all den Sex haben«, sagte er, »den du jemals hattest.«

(Oh!)

Sie verstand. Er wollte ihr einziger Mann sein. Ohne die anderen Männer im Haar. Doch die Männer stiegen auf aus ihrem Haar, einer nach dem anderen. Und es war viel Platz in diesem langen, vollen, dunkellockigen Haar mit den ersten grauen Strähnchen! Und es roch so verlockend, dieses Haar! Die Männer meldeten sich bei ihr zurück, als müßte sie noch einmal, überhaupt erst einmal, von ihnen Abschied nehmen, sie entlassen, aus ihren gegenwärtigen Poren. In ihrer Haut war nun kein Platz mehr für sie. Dies war für Eva schwer zu fassen. Manchmal wurde sie ganz nervös davon. Zumal die Männer sich so plastisch zeigten. Womöglich mittendrin mit Johan. In einer Geste. Einfach so. Als Erinnerung. Also wirklich! Es war empörend. Eva wurde böse. Dann mißtrauisch. War dies eine neue Form ihrer Treulosigkeit? Eine neue raffinierte Spielart, sich ein Hintertürchen offenzulassen?

Aber nein.

Vor lauter Aufregung wurde Eva gleich am Anfang scheinschwanger. Diese Hormone! Als ob der ganze Körper innehielt und lauschte, was denn da Sonderbares geschah.

Johan eroberte Eva mit seinem hingebungsvollen, zärtlichen Spieltrieb. Er hatte unendlich viel Zeit, als ob ihn das Ziel der Sache gar nicht interessierte, zu dem es so viele Männer treibt, die dann herumstöbern ohne Entdeckerlust und eher zufällig jene besonderen Stellen treffen, in denen das Entzücken der Frauen wohnt und wartet. Johan aber liebte das Reisen. Manchmal war das Reisen so intensiv, daß Eva am nächsten Tag alles weh tat, innen wie außen. Alle Häute waren aufs äußerste gereizt und in Schwingung gebracht. Sie hatte das Gefühl, in ihrer Umgebung müßte die Temperatur ansteigen, einfach so, nur weil sie da war. Bestimmte Wörter konnte sie nicht hören oder denken, ohne in unmäßige Schwingung zu geraten.

Sie nahm kiloweise ab. Dabei fühlte sie sich seltsam rund. Sie brauchte keinen Schlaf. Sie federte. Hatte Wahrnehmungen wie nie.

Immer öfter blieben die anderen Männer weg aus ihrem Haar. Es gab dann nur noch ihn und sie. Ganz allein waren sie. Eva und Johan. Johan und Eva. Ihr Haar bildete ein Zelt für ihn allein.

Eva gab sich langsam hin. Ungestüm, doch auch vorsichtig. Man konnte nie wissen. Sie war eine einsame alte Luchsin. Sie hatte es gar nicht gemerkt. Sie war wohl eine geworden mit der Zeit. Johan sagte es ihr auf den Kopf zu. Es amüsierte ihn.

»Ich bin mit solchen Tieren großgeworden«, sagte er lächelnd, etwas Herausforderndes darin. Seine tiefblauen Augen leuchteten so tief wie die Nordsee und der Atlantik zusammen, an den allerschönsten Meerestagen. Eva ärgerte sich nicht über seine Keßheit. Sonst hätte sie ihm was Hübsches über Katzenhalter erzählt. Doch seine kundigen Hände überzeugten sie (nicht nur die). Das war etwas anderes. Johan war kein Katzenhalter.

(Katzenhalter, wie Eva sie meinte, verstanden ja überhaupt nichts von Katzen. Sie liebten es nur, sich mit den Tierchen zu brüsten.)

Wenn Johan fort war, schrieben sie sich Briefe. Eva zitterte und flatterte, wenn sie zum Briefkasten ging. Sie konnte es kaum erwarten. Johan schrieb, halb deutsch, halb englisch, und er rief an. Er telefonierte sehr lange mit ihr, die halbe Nacht.

Am Morgen, wenn sie mit Johan zusammengewesen war, trug sie den Geruch seiner Haut auf der ihren. Er wusch sich nicht fort, er blieb. Und Johan sagte das gleiche von ihrem Geruch auf seiner Haut. Sie fuhr mit dem Wagen auf den Parkplatz des Supermarktes; sie hievte die Kästen mit Wasser und Saft in den Kofferraum, sie klapperte mit ihren Absätzen und schob den schweren Einkaufswagen. Ja, wie hieß es bei Hegel: Nur wer die Strümpfe selber stopfen kann, kann ein Philosoph sein!

Eva machte eine Philosophie des Körpers. Ganz begeistert war sie davon. Sie fühlte Johan in ihrem Körper. Johans Leben, Johans Landschaft. In ihrem Körper. Wirklich! Sie sah den Hof, den Fjord, die Wiesen in Norwegen, und noch mehr, weiter zurück in der Zeit, die Johan wiederum in seiner Haut trug. Manchmal fragte sie sich, wieso es mit den anderen nicht so hatte sein können. Hatte ein schlechtes Gewissen, als hätte es an ihr gelegen. Aber es liegt eben nicht an einem Mensch allein.

Soviel Öffnung brachte auch Ängste.

Manchmal schreckte Johan zurück. Eifersucht überfiel ihn, auf ihre Vergangenheit. Angst, sich in ihr zu verlieren. Angst, sie könnte sich entziehen (es gab einen gewissen Hang zum Verschwinden in dieser Familie, er spürte es, bevor er es wußte. Johan war ein kluger Mann.) Eva wiederum fürchtete, von ihm verschlungen zu werden. Hineingezogen zu werden in ein unbekanntes Dunkel in ihm. Das Dunkle in seiner Geschichte, das an das Dunkle in ihrer Geschichte rührte. Eva war nicht gern im Dunkeln. Manchmal tänzelte sie davon, gewohnt, allein zurechtzukommen. Doch spürte sie seinen Schrecken, flüsterte sie: »Pack mich, pack mich!« Und er packte sie an ihrer Mähne und zog sie zu sich heran. Sie nahmen einander an der Hand, in unzähligen Nächten, und gingen gemeinsam in den Wald, den Munch gemalt hatte. Sie wußten, was geschehen könnte, wenn sie es nicht tun würden.

So kam manches zur Sprache. Nicht mehr dieses »O Wort, das mir fehlt«. Nicht mehr das Nichts. Nein. Eine schöne Fülle tat sich auf.

Johan war der erste Mann in Evas Leben, der seine Mutter liebte. Er trug ein Foto von ihr in seiner Brieftasche, und er sprach mit großer Zärtlichkeit von ihr. Sie lebte nicht mehr. Er zeigte ihr Fotografien von ihr, von seiner Familie. Er erzählte von der Welt, in der er Kind gewesen war. Vor Evas Auge entspann sich die Landschaft, in der er großgeworden war. Johans Erinnerung liebte sonderbare Einzelheiten, die Eva entzückten, wie die Unterhose seiner Großmutter, die im Schritt noch offen war, oder der Freund seines Großvaters, der Krähen das Genick mit einem Biß brechen konnte (»nach jeder Krähe gab es einen Schnaps!«).

Eva mußte lachen, Eva gruselte sich. Alles wuchs ihr ans Herz, als wäre es ein Teil von ihr. Wenn sie sich liebten in der Nacht, hatte sie das Gefühl, in seiner Haut, seiner Wärme, seinem Körper zu versinken. Dieser Körper war erfüllt von seiner Geschichte. Von allem, was er jemals gewesen war, und wovon er ihr darin erzählte, noch bevor er es in Worte faßte. Eva spürte geradezu die Berge, durch die Johans Mutter gelaufen war, als junge Frau, als sie sich in Johans Vater verliebt hatte. Ein Handwerker, der als Kind einige Zeit im Waisenhaus verbracht und der Johans Mutter zutiefst gerührt hatte. Als das Kind, das er gewesen war. Dieses Kind hatte sie in ihre weichen Arme genommen, er versank in ihnen, bis er sich vertrieben sah oder glaubte aus diesem Paradies, als nämlich Johan geboren wurde. Johan wußte all das.

»Ich habe viel Zeit zum Nachdenken gehabt«, sagte er, »wenn ich allein auf den Bohrinseln saß, in der Nordsee, und der Wind um uns herum heulte.«

Eva sah ihn voll Erstaunen an. Sie streichelte sein Gesicht. Sein blondes Haar. Sie küßte seine Augen. Seine tiefblauen Augen, leuchtend wie das weite Meer.

»Du hast die Haut meiner Mutter«, sagte Johan zu Eva, »die gleiche helle, weiche Haut.«

Er hatte es schon damals in Bergen geflüstert.

Man muß die Mutter verlassen, um sie zu finden, dachte Eva, man muß sie finden, um sie zu verlassen.

So sprachen die beiden, in ihren Nächten auf dem Sofa und ihren Nächten am Telefon. Johan in Evas Haar, Eva an Johans Haut. Stimme an Stimme. Das also bedeutete zu lieben mit Haut und Haar.

Johans Mutter hatte den Verlust der Liebe von Johans Vater so wenig verschmerzt wie Evas Mutter den Verlust ihrer Mutter.

»Ich muß wissen, wer du bist«, sagte Johan. »Ich will alles wissen.«

Manchmal schnaufte Eva erschöpft von soviel Wollen.

In einer Nacht wurde sie am Telefon zu ihrer Mutter. Sie ging, leise sprechend, in den verschneiten Wald und er begleitete sie.

»Weißt du«, sagte Johan, »vielleicht war es nicht nur der Mensch, Sophia, oder ihre Mutter, Alma, die deine Mutter vermißte. Vielleicht war es ihr Zuhause. Vielleicht waren die beiden etwas in ihr selbst, das ihr abhanden gekommen war und das sie nicht wiederfinden konnte.«

»Vielleicht«, sagte Eva, »ist unserem ganzen Land das alles abhanden gekommen.«

Sie dachte besonders an die Musik, die Komponisten, Sänger, Instrumentalisten, obwohl es für vieles galt. Manchmal hatte sie das Gefühl, die Geschichten aller Vertriebenen, Geflohenen und Ausgewanderten steckten in ihr. Wenigstens die Europas, dessen Grenzen sich so oft veränderten. Sie hatte eine alte Karte in ihrem Flur hängen und stand hin und wieder grübelnd davor, mit dem Zeigefinger wandernd.

»Vielleicht«, sagte Johan ernst. »Das ist sehr traurig.«

Eva liebte es, wie Johan das *r* aussprach. Wie er überhaupt die Worte aussprach.

Am Ende der nächtlichen Telefonate ließen Eva und Johan ihre Körper miteinander sprechen. Sie atmeten leise, für einander hörbar, und öffneten ihre Haut. Die Liebe strömte warm durch sie hindurch.

Johan lehrte Eva, daß die Liebe Zeit braucht.

Er verlangte von ihr, der Liebe Raum zu geben.

(Oh, wie leicht können Mütter kleiner Kinder dies vergessen! Die Wäsche, das Kochen, die Rufe, das Spielen! Das Geldverdienen, das Saubermachen, das Leben!)

Eva dachte nur noch selten an das schreckliche Vergehen der Zeit.

Die meiste Zeit war es das reine besoffene Glück.

Denn Johan ließ das Meisje fliegen, auf dem Sofa, Nacht für Nacht, und er hielt sie dabei fest.

So ging es Wochen und Monate, Beine um Hüften, Arme um Beine, Stimme an Stimme. So ging es.

Nora spottete wie immer.

»Jaja«, sagte sie, »so eine Fernbeziehung ist eine praktische Sache. Schön eng, wenn er da ist, und wenn er fort ist, genug Luft zum Atmen. So wird es selbst der kleinen Eva nicht zu nah.«

Aber Eva, glücklich Verliebte, lächelte nur und zauselte der Freundin das Haar. Evas Augen groß und schön, als hätte sie Belladonna hineingetröpfelt.

»Mir kann gar nichts geschehen«, flüsterte sie, »alle Valenzen sind besetzt!« Und sie kicherte vergnügt.

Manchmal schmerzte Eva das abgerissene Moos an ihrer Rinde. Das Stefanmoos.

Sie hatte Stefan und seine Musik aus ihrem Haus vertrieben.

Es tat ihr weh. Sie hatte Vertrautheiten zerrissen. Sie vermißte die Musik. Wenn sie im Radio eine Klarinette hörte, wechselte sie den Sender. Jetzt mach ich es schon wie Mama, knurrte sie sich selber an. Und besuchte jedes neue Konzert und jede neue Oper, in der er spielte. Sie saß auf den hintersten Plätzen, oben im zweiten Rang, damit er sie nicht sehen konnte.

(3)

Stefan erholte sich schwer von diesem Abreißen des Mooses von der Rinde. In zwölf Jahren war eine ganze Menge Moos gewachsen. Er sah die Kinder häufig, doch er unternahm keinen Versuch, Eva näherzukommen.

(4)

Eva war abwechselnd traurig, wütend und erleichtert. Sie dachte oft an Munchs Telefonkabel, die Haare, die Pinselstriche, sie dachte an Verbindung und Loslösung zugleich (das konnte ganz hübsch anstrengend sein). Das Moos hatte so seine eigene Zeit. Das Durcheinander, das Gleichzeitig all dieser Gefühle verwirrte sie.

Das ist das ganz normale Leben, dachte Eva, es hat Höhen und Tiefen, und alles zur selben Zeit. Die Höhen, das ist nicht nur der Liebesrausch. Das ist, wenn du dein Kind einfach nur gerade auf dem Stuhl sitzen siehst und es fernsieht und du denkst, wie schön gerade es sitzt, welch ein Wunder, daß es mein Kind ist. Oder wenn es am Nachmittag Momente des Einklangs gibt, einfach so, die Kinder malen und plappern, und du antwortest und kritzelst Einkaufszettel oder nähst einen Knopf an. Die Höhen, das sind vielleicht besonders gelungene Resultate in deiner Arbeit, eine glücklich durchgeführte Operation, ein gut gespieltes Stück Musik (das erlebte sie nun schon mit Lucie). Aber öffnet sich in dieser Höhe nicht auch gleich die Tür für den Zweifel? Die Tiefen, zweifelsohne, sind auch das Normale, wenn dein Mann fremdgeht, wenn du zu Hause mit dem neuen Baby sitzt und dem eifersüchtigen Kleinkind und du ihn erst Jahre später deswegen verläßt oder wegen etwas ganz anderem, das du kaum erklären kannst. Wenn du frisch verliebt bist und mitten in der Nacht auf dem Sofa das Gefühl hast, dein verlassener Ehemann steht draußen am Fenster und schaut traurig herein, und es zerreißt dir fast das Herz.

Das ist das ganz normale Leben, dachte Eva, zu dumm nur, daß es mir niemand gesagt hat! Oder habe ich es nicht hören wollen?

Ach, Eva, möchte man ihr zurufen, hör doch mit dem vielen Denken auf und freu dich! Komm von der blöden Treppe weg!

Dabei war sie gar keine Treppensitzerin mehr! Das war endgültig vorbei!

(5)

In der Oper fand Stefan sich in seine neue Position gut ein.

Alexej Petrowicki kehrte zurück, angeschlagen von seinem Unfall, mit schmerzenden Rippen. Seine linke Hand bewegte sich nicht mehr so grazil wie früher, doch er übte. Etwas war anders geworden an ihm. Stefan traf ihn eines Tages auf dem Weg zu den Proben (sie probten Rachmaninow; Petrowicki liebte Rachmaninow). Der Maestro blinzelte ihn kurz an, war fast an Stefan vorbei, hielt an und Stefan am Ärmel fest.

»Es tut mirr leid, wegen neulich«, sagte er, »ich hätte nicht so hitzig sein dürrfen, Sie warren ja schließlich ganz neu!«

Fort war er. Stefan sah ihm verdutzt hinterher. Nanu! dachte er, so was!

(6)

Wilhelm von Herzberg nahm Eva mit in ein Konzert von Boulez. Boulez dirigierte selbst. Bald achtzigjährig, vital wie ein Mann in seinen besten Jahren. Das gab dem Opernsänger zu denken. (Er hatte Boulez kennengelernt, nicht wahr, als junger Student, eine Ewigkeit war's her.) Sie hörten und sahen ›Le Marteau sans Maître‹, für Alt und sechs Instrumente. Mit dem Text von René Char. Ein bizarres Spiel freigewordener Töne, voller blinkender Reflexe, mit einer Atmosphäre wie der eines alten, herben Parfüms. Von surrealer Zauberkraft. So etwa. Eigenwillige Klangmuster. Eva gefielen sie gut.

»Er bricht die alten geschlossenen Formen auf«, sagte Wilhelm, »aber du spürst den Wunsch, alles möge aufeinander verweisen. Daß das entstehende Muster einen Sinn macht, und wenn es nur der der Schönheit ist oder der ihrer Verweigerung, die dann wiederum auf die Schönheit verweist.«

Eva hörte aufmerksam zu. Sie liebte es, wenn er ihr etwas über die Musik erzählte.

»Alles steckt in diesen Reflexen. Wir kommen davon nicht los. Es ist ungefähr so, wie ... wie ... Na, so wie wir leitmotivisch träumen!«

Eva lachte. Sie träumte oft vom Pinkeln. Vom Pinkeln in Gesellschaft.

»Ich möchte etwas mit Jüngeren machen«, sagte Wilhelm, »du mußt mir dabei helfen.«

Und Wilhelm dachte an das Rad der Zeit, und wie jung er gewesen war, einst in Paris, als Jean-Louis ihn liebte und er ihn.

(7)

Johan schenkte Eva ein Bild von sich selbst, als er ein Junge war. Er stand darauf im Schnee und lächelte.

»Da war ich glücklich«, sagte er, »ich war voller Erwartung auf das Leben. Einfacher als das wird es nicht. Aber wer hat gesagt, daß es einfach sein muß.«

Er schenkte ihr ein Bild von sich als junger Mann.

»Ich hätte mich sofort in dich verliebt«, sagte Eva.

Sie küßten sich sehr tief.

Aha, dachte sie, jetzt weiß ich, warum die Dichter immer die Ewigkeit beschwören, wenn sie von der Liebe reden! Obwohl es doch sicher die Liebe war, die zuerst da war und die Leute dann auf die Idee der Ewigkeit brachte! Ja, so war es! Eva war sich ganz sicher. So mußte sie schmecken, die Ewigkeit, wie dieser süße, verheißungsvolle Kuß, dieses sarmatische Ineinanderlauschen und Antworten, so und so. Und o wie schön das war. Johans Haut wuchs über ihre und ihre Haut wuchs über seine.

Eva kündigte bei Frau Spoerli.

»Aber Kindchen, wieso denn jetzt?« fragte die alte Dame.

»Ich habe keine Lust mehr, mit alten Sachen zu handeln. Sie machen mir Alpträume.«

Frau Spoerli senior wiegte das Haupt. Ihr Gesicht war durchscheinend neuerdings.

»Sie können jederzeit wiederkommen, Eva«, sagte sie.

Eva wollte neue Kunst. Sie besuchte Galerien und bewarb sich an Orten für die Gegenwartskunst, für die Arbeit mit Kindern und Erwachsenen. Sie schlug Wilhelm von Herzberg vor, seine Sammlung für Jugendliche kostenlos zu öffnen. Wilhelm fand Gefallen an der Idee, wollte er doch gern das Seine zum kulturellen Aufschwung der Stadt beitragen. Kinder und Jugendliche strömten in die Wohnung. Junge Mädchen trugen hüfttiefe Hosen, die armen Nieren dem kalten Lufthauch ausgesetzt, nur von körpereigenem Speck geschützt. Die jungen Männer hatten die Hosen halb am Po und die Haare in langen Strähnen quer über die Stirn. Sie stöpselten ihre Walkmen aus und schlurften in Pantoffeln über das Parkett. Der Opernsänger war begeistert. Es roch nach Pubertät. Eva und er erläuterten die Bilder im Wechsel. Nur ins Schlafzimmer zur Giacometti-Büste durfte niemand.

(8)

Eines noch.

Im Oktober war Anka nach Sizilien geflogen. Eva hatte ihr begeistert von Sizilien erzählt, und als der Ätna im Oktober mit überraschender Heftigkeit spuckte und nicht aufhörte und man an seiner Gutmütigkeit zu zweifeln begann, hatte sich Anka beim Katastrophenschutz gemeldet. Wegen der nicht enden wollenden Serie von Vulkanausbrüchen wurde jede Hilfe gebraucht.

Anka flog nach Palermo. Sie fuhr mit dem Zug bis Fiumefreddo zu Füßen des Mongibello (»Schöner Berg«), der gar nicht schön aussah, sondern von dunklen Aschewolken verhangen, und von dort mit den Männern der örtlichen Polizei in die gefährdeten Gebiete. Sie baute Zelte für die evakuierte Bevölkerung von Linguaglossa. Sie teilte Essen aus und tröstete weinende Kinder. Sie lernte schnell, welche Maßnahmen für wen dringend notwendig und wie sie zu organisieren waren. Die Carabinieri waren beeindruckt von ihren Fähigkeiten und ihrer Liebenswürdigkeit. Sie nahmen sie dorthin mit, wo die frische heiße Lava Bäume in Brand setzte und die Erde unbegehbar aufheizte. Anka sah rot glühende Flüsse.

Sie lernte Vulkanologen kennen, die sie sogleich ausfragte und beobachtete und die durchaus eine weitere Person gebrauchen konnten, die wußte, welche Rückschlüsse der Gehalt an Schwefeldioxid in den Rauchfahnen auf die Vulkantätigkeit zuließ, und die keineswegs zimperlich war, wenn es darum ging, Meßinstrumente herumzuschleppen. Anka glühte selbst. Das Chaos einer Naturkatastrophe, das war es, was sie glücklich machte! Ihr rotbraunes Haar band sie zurück; ihr Parka und ihre Stiefel waren genau das richtige. Sie hatte das Gefühl, am rechten Ort zu sein und an keinen anderen der Welt zu wollen.

Sie lernte leicht Italienisch, war mitfühlend und aufbauend und stellte nichts in Frage. Die Leute mochten ihre lebhafte Art und ihre hübschen graublauen Augen.

Anka sah weißen Ascheregen wie Schnee auf ausgebrannten Feldern liegen. Sie sah, wie die Bewohner der kleinen Dörfer an den Hängen des alten Vulkans die Heiligen aus den Kirchen holten und sie mit dem Gesicht zum Vulkan hin durch die Gassen trugen. Sie nahm schwarz werdende, kratzige Lavabrocken in die Hand, die nur langsam auskühlten. Sie lernte die Namen der Starterpflanzen, die auf den abgekühlten Lavaflächen eines Tages wachsen würden, spontan und unerklärlich und ausgesprochen fruchtbar. Die Fruchtbarkeit dieses Landstriches war in den selbstgemachten Marmeladen ihrer Vermieterin zu schmecken, die vom Zorn des Lavagottes sprach und einen Altar mit schützenden Figürchen in ihrem Garten aufgebaut hatte. Anka wohnte bei ihr in einem Haus aus altem Lavagestein. In ihrem hohen Zimmer mit dem eisernen Bettgestell brannte ein uralter Ofen. Nachts fühlte sie den Vulkan, dessen Inneres nicht zur Ruhe kommen wollte.

Im Dezember ließ sie sich mit Fabrizio ein, einem liebeshungrigen Vulkanologen mit intelligenten Augen aus Mailand, der zu Hause sein erstes Kind erwartete. Er erzählte von winzigen Kraterinseln vor Stromboli, die eines Tages aus dem Meer aufgetaucht waren. Sofort waren Italiener, Franzosen und Holländer angerannt gekommen und hatten ihre Fahnen gehißt. Jeder wollte ein Stückchen Land als das seine deklarieren. Das Meer fand dies lächerlich und verschluckte zwei Tage später dieselben Inselchen, die es hervorgebracht hatte. Anka fand die Geschichte großartig und klatschte in die Hände.

»Laß bloß die Finger von dem«, sagte Eva am Telefon (es rauschte in der Leitung), »das ist der klassische Schwangerschaftsfremdgang! Der geht zurück zu seiner Frau und du hast das Nachsehen!«

Anka aber lachte nur.

»Ich hoffe doch, daß er das tut!« rief sie. »Meinst du, ich wollte ihn mit nach Hause bringen? Und einen Stall voller Kinder kriegen?«

»Warte, bis du vierzig wirst!« sagte Eva und lachte.

Anka hingegen erinnerte sich, wie überfordert sie gewesen war, als Evas Kinder noch sehr klein waren und sie manchmal auf sie aufgepaßt hatte.

Eines Tages, Sina war gute fünf, David keine zwei und Lucie ein halbes Jahr alt, hatte es bei Stefan und Eva geklingelt. Eva war kurz zum Einkaufen gefahren und Anka hütete die Kinder. Mit dem hungrigen Baby auf dem Arm, David quengelnd im Schlepptau, war Anka zur Tür gegangen.

Eine stattliche ältere Frau stand vor ihr, Ende Sechzig, vielleicht über Siebzig, aufgetakelt, als käme sie direkt aus einem amerikanischen Film. Hochtoupiertes, hell gefärbtes Haar, Gold am Hals, Gold an den Händen, hochhackige Schuhe.

Die alte Dame begrüßte Anka, die sagte, ihre Schwester sei gerade nicht da. Die Besucherin nannte ihren Namen, Anka paßte nicht richtig auf.

»Kann ich einmal hereinkommen?« fragte die Dame und lächelte gewinnend.

Anka war verblüfft, ließ sie herein. Lucie schrie ein schönes Babyschreien. Anka entschuldigte sich, sie müsse dem Baby die Flasche geben. Sie rannte in die Küche und holte das Fläschchen, das sie aufgewärmt hatte, und lief hinter der Fremden her.

»Ja«, sagte diese, »hier war das Wohnzimmer.«

Sie ging weiter.

»Hier war Mariannes Zimmer.« Sie zeigte auf das kleine Zwischenzimmer, in dem bis unter die Decke Bücherregale befestigt und vollgestopft waren. Sie ging in die Küche mit dem blau-schwarz gesprenkelten Terrazzoboden.

»Sie haben ja gar nichts verändert«, sagte sie und strich über die Fläche neben dem Spülbecken, auf der sich schmutziges Geschirr stapelte. Die alte Dame war sichtlich gerührt und atmete schwer.

»Möchten Sie vielleicht ein Glas Wasser?« fragte Anka. Sie hielt Lucie auf dem Arm. Lucie saugte kräftig die Milch aus dem Fläschchen.

Die alte Dame sah aus dem Fenster. (Vielleicht war ihr Haar einst straßenköterblond.)

»Sogar das Vogelhäuschen ist noch da. Hatten Sie denn nicht das Gefühl, alles müßte einmal anders werden?«

Anka sah sie entschuldigend an.

»Ich, ich, meine Schwester, also –«

Sie stotterte. David brabbelte zu ihren Füßen.

»Will Bot haben, Dadi auch Hunger.«

»Sprich ordentlich«, zischte Anka den Kleinen an.

»Darf ich bitte auch nach oben?« fragte die Frau, die eine seltsame Mischung aus sehr altem Deutsch, wie man es in Spielfilmen von früher manchmal hören kann, und amerikanischem Akzent sprach, etwas schwerfällig.

Anka nickte, wunderte sich über alles und gar nichts und kletterte ihr in den ersten Stock hinterher, Lucie auf dem Arm, David an ihr zerrend. Wo war überhaupt Sina?

»Wer ist das?« fragte Sina in diesem Augenblick. Das hätte Anka auch gern gewußt. Im Schlafzimmer murmelte die Fremde etwas, verließ es rasch wieder, um sich über die enge Treppe nach oben zum Dachboden zu bewegen. Sie keuchte etwas. Die Stufen waren hoch. Anka hielt es für klüger zu warten, mit den Kindern wäre sie die Treppe sicher auf halbem

Weg heruntergefallen. Außerdem war im Dachboden nicht viel Platz. Es war Anka peinlich, daß sie ihr Bett nicht gemacht hatte. Anka dachte an all die alten Dinge, die sie dort oben gefunden hatten, das Spielzeug, den Koffer; sie fragte sich, ob etwas davon der alten Dame gehörte. Sie wollte sie gleich fragen. Die alte Frau stürzte die Treppe herunter zu Anka und drückte ihren Arm.

»Vielen Dank, vielen Dank«, sagte sic hastig. »Sie müssen mehr nach Ihrem Vater kommen!« und schwupp war sie vorbeigestürzt an Anka mit Lucie auf dem Arm. Anka stürmte nun ihrerseits hinterher, »Ihren Namen, Ihren Namen«, rief sie, da war die Dame schon in das wartende Taxi gestiegen und davongefahren.

»Mist«, hatte Anka geflucht, »so ein Mist! Eva bringt mich um!«

Die Kinder brüllten jetzt im Chor, ihr blieb nichts anderes übrig, als sie in die Küche zu schubsen und ihnen etwas zu essen zu machen. Sie setzte Lucie in den Kinderhochstuhl und schmierte Brötchen. Die Alte hatte geweint; sie hatte es gesehen. Ihr Gesicht wirkte um Jahre älter; zugleich war etwas Maskenhaftes von ihr abgefallen, so daß sie wiederum lebendiger aussah. Anka war erschüttert. Eva würde sie umbringen, daß sie die Alte hatte gehen lassen, ohne eine Adresse zu erfahren. Eva wollte alles immer genau wissen. Sie hätte sie sicher festgehalten, ihr einen Kaffee gekocht und sie ausgefragt. Alles war zu überraschend und die alte Dame zu schnell für Anka. Halb aus Angst vor einem Donnerwetter, halb, weil die Kinder sie in Anspruch nahmen, hatte Anka es bis zum Abend vergessen. Sie vergaß es, Eva zu erzählen, und dann hatte sie es so gründlich vergessen, daß es ihr nicht einmal eingefallen war, als sie mit Eva und ihrem Vater so intensiv über das Haus und ihre Mutter gesprochen hatten! Das gab es!

Jetzt fiel es Anka wieder ein, als sie verkohlte Baumstämme schleppte und zum rauchenden Berggipfel aufsah, der sonst sanft und weiß in der Sonne glitzerte. Sie müßte sich die Zeit nehmen und Eva davon schreiben; es war nichts für das Telefon, außerdem würde Eva sich irrsinnig aufregen. Anka lächelte über den Hitzkopf von einer Schwester. Sie spürte eine Aufwallung von Zärtlichkeit in ihrem Inneren und wischte ein Tränchen weg. Ich wünsch dir Glück, dachte sie, und winkte den Männern zu, die ihr von weitem Zeichen gaben und riefen, daß ihre Schicht nun beendet sei.

(9)

In den letzten Jahren war Eva einige Male von Männern geküßt worden, die nicht die ihren waren. Martin mit den roten Laken hatte sie mit fordernden Lippen geküßt, leicht feucht. Karl hatte sie ohne Umschweife geküßt, die Zunge immer ganz vorn. Bei Karl war sie in der letzten Zeit oft nervös geworden, tänzelnd, und sie hatte ihren Mund im Spiegel gesehen, eine große leuchtende Blume.

Johan küßte sie offen und fest. Bei ihrem ersten Kuß hatte er sie gebissen. Sie hatte keinen Moment Angst davor gehabt, wie er sie sehen würde, die Stellen am Bauch, an denen sich die Haut bei bestimmten Bewegungen oder wenn sie müde war, kräuselte. Die runden Schenkel, die schmalen Risse am Po. Bei Johan war sie von Anfang an sorglos. Sie spürte, daß er sie schön fand. Sie schön finden würde, nackt. Er würde ihre Brüste zart und lebendig finden, sie in der Hand vorsichtig halten und sie selbstvergessen streicheln. Er würde seinen Kopf auf eine Weise an ihren Bauch schmiegen, die sie glücklich machen würde.

Und so war es. Johan ließ Eva fliegen, jede Nacht auf dem Sofa. Er hielt sie, wenn sie erschrak, wegen eines Gesichts am Fenster oder einer Geste, und wartete geduldig, bis sie wieder vollständig bei ihm war. Er ließ sie nicht aus seinem Blick. Das war der ganze Trick. Na. Das Mädchen war im Grunde einfach wie die Nacht.

Einmal flog Eva zu Johan für ein Wochenende nach Bergen. Sie besuchte mit ihm zusammen die ›Frau in drei Stadien‹, genaugenommen die Nackte in der Mitte, die doch im Grunde recht einsam und ausgeschnitten auf dem großen Bilde stand.

Johan und Eva.

Nach einigen Monaten war Eva gläsern vor Müdigkeit und Glück. Manchmal faltete sie die Hände wie Lucie, wenn sie Mozart hörte, und lauschte. Sie wollte die Zeit anhalten und sie wollte immer weiter in ihr gehen, um zu sehen, ob sie es diesmal schaffte, mit der Liebe.

Bald würde Eva es den Kindern sagen. Und neues Durcheinander erleben. Kindliche Eifersucht. Irritation. Vielleicht würde Sina Mamas Beine entdecken, verknotet mit ihr unbekannten Männerbeinen.

Vielleicht würde David sagen: »Bist du der neue Mann, der jetzt zu uns kommt?«

Johan würde nicken.

»Welches Instrument spielst du?«

»Keines«, müßte Johan zugeben.

»Mh«, würde David machen. »Was kannst du dann?«

»Mh«, würde Johan machen, »ich kann Sachen reparieren.«

»Gut«, würde David sagen und den kaputten Kran aus seinem Zimmer holen.

So etwa. Und Lucie?

Das ganz normale Leben hat oft lose Enden, und so können wir nur Vermutungen darüber anstellen; auch darüber, wann Anka ihrer Schwester von jener geheimnisvollen alten Dame erzählen würde. Ob sie dem nachgehen würden. Ob sie versuchen würden, eine gewisse Sophia zu finden, oder etwas über eine schöne baltisch-jüdische Cellistin namens Alma in Erfahrung zu bringen. Vielleicht würde es eine neue Geschichte geben, in der von Alma erzählt würde, vielleicht hätte sie es geschafft, mit ihrem Kind auszuwandern, nach Chile oder Israel. Vielleicht hätte sie sogar nach dem Krieg Briefe nach Kleinmachnow geschrieben, die aufgrund der vielen Verwerfungen der Zeit in diesem Lande unbeantwortet verlorengegangen wären. Wer weiß!

Vielleicht würde Eva aber auch gar nichts unternehmen, sondern nur winken, einer Figur, die am Horizont auftauchte und wieder verschwände. Vielleicht, würde sie sich sagen, sind all diese Geschichten in mir eingelagert wie Fossilien in einem weichen Kalkstein. In Angewohnheiten und Träumen. Wer weiß?

Der Mensch ist und bleibt (gewiß sogar als Klon) ein überraschendes Wesen, zum Glück. Plötzlich ist da eine Musik oder ein Streit, oder das Licht fällt anders an diesem Tag, in diese Straße, in dieses Zimmer, und schon nimmt die Sache einen anderen Lauf. In Büchern wollen wir gern eine anständige Lösung am Ende, das beruhigt die Nerven und schenkt uns eine Ordnung, die das Leben nicht hat, oder doch, nur wir merken's nicht, weil wir mal wieder unachtsam sind und so leicht abzulenken.

Die Erdbeeren duften, die Kornblumen blühen, Kriege kommen, Freunde gehen, und umgekehrt. Die Liebe ist ein böhmischer Vogel. Eine Geschichte endet, eine neue beginnt.

Die Kapitel

dtv

Irene Dische

Großmama packt aus

Roman

Übersetzt von Reinhard Kaiser

ISBN 978-3-423-**13521**-4
und dtv großdruck
ISBN 978-3-423-**25282**-9

»›Großmama packt aus‹ zeigt das Gesamtbild bürgerlicher Familienkatastrophen. Unbarmherzig, liebevoll, hinreißend.«
Michael Naumann in der ›Zeit‹

Bekanntlich verstrickt sich jeder, der über sein eigenes Leben schreiben will, in ein Lügenknäuel. Der Kunstgriff, mit dem Irene Dische diesem Dilemma entgeht, ist genial: an ihrer Statt erzählt Großmutter Elisabeth Rother, genannt Mops, und die Enkelin setzt sich lustvoll ihrem süffisanten, gnadenlos vorurteilsbeladenen Blick aus.

»Bei dieser Tragikomödie bleibt kein Auge trocken. Wir sind verblüfft, wir lachen, wir sind gerührt von dieser deutsch-jüdischen Geschichte aus dem schrecklichen zwanzigsten Jahrhundert.«
Hans Magnus Enzensberger

»Irene Dische schreibt so leicht und immer ein wenig ungeduldig flink. Sie besitzt einen Humor, der nicht den Zeigefinger hebt, sondern angelsächsisch hurtig ein Zwinkern vorzieht.«
Rolf Michaelis in der ›Zeit‹

Julia Franck im dtv

»Julia Francks Erzählen besitzt eine sinnliche Wahrnehmungskraft mit zuweilen apokalyptischen Ausmaßen.«
Sophia Willems in der ›Westdeutschen Zeitung‹

Bauchlandung
Geschichten zum Anfassen
ISBN 978-3-423-**12972**-5

Es klingelt. »Das wird Paul sein. Vielleicht ist ihm eingefallen, dass er meine Lippen vermisst und meine Hände.« Doch vor der Tür steht Emily, die beste Freundin und ... die Freundin von Paul. – Wunderbare Geschichten voll Sinnlichkeit und Erotik, weiblicher Gefühle und Lust, geschrieben mit einem ungeniert voyeuristischen Blick, der eiskalt wirkt und gleichzeitig erhitzt.

Lagerfeuer
Roman
ISBN 978-3-423-**13303**-6

»Du hast vielleicht den Osten verlassen, aber wo bist du gelandet? Du meinst, hier drinnen, im Innern der Mauer, ist der goldene Westen, die große Freiheit?« Notaufnahmelager Marienfelde, Nadelöhr zwischen den beiden deutschen Staaten und zwischen den Blöcken des Kalten Krieges: Vier Menschen an einem Ort der Ungewissheit und des Übergangs, dort, wo sich Lebensgeschichten entscheiden. »›Lagerfeuer‹ ist spannend wie ein Thriller, vor allem aber: ein Sprachkunstwerk.« (Neue Zürcher Zeitung)

Brigitte Kronauer im dtv

»Brigitte Kronauer ist die beste
Prosa schreibende Frau der Republik.«
Marcel Reich-Ranicki

Die gemusterte Nacht
Erzählungen
ISBN 978-3-423-**11037**-2

Berittener Bogenschütze
Roman
ISBN 978-3-423-**11291**-8

Ein Junggeselle, Literaturwissenschaftler, auf der Suche nach dem »schönen Quentchen Verheißung«. »Voller Leben, Gegenwart, direkt, komisch, sinnlich.« (Frankfurter Allgemeine Zeitung)

Rita Münster
Roman
ISBN 978-3-423-**11430**-1

Die Frau in den Kissen
Roman
ISBN 978-3-423-**12206**-1

Frau Mühlenbeck im Gehäus
Roman
ISBN 978-3-423-**12732**-5 und
ISBN 978-3-423-**19113**-5

Die Lebensgeschichten zweier Frauen, kunstvoll und spannend erzählt. »Zwei Möglichkeiten, Wirklichkeit zu erleben.« (Salzburger Nachrichten)

Das Taschentuch
Roman
ISBN 978-3-423-**12888**-9

Die Geschichte eines Apothekers. »Die Galerie kunstvoll-lebensnah erzählter Porträts aus der bürgerlich-mittelständischen westdeutschen Gesellschaft ist um ein packendes Beispiel reicher.« (Süddeutsche Zeitung)

Schnurrer
Geschichten
ISBN 978-3-423-**12976**-3

Teufelsbrück
Roman
ISBN 978-3-423-**13037**-0

»Ein großer poetischer Roman über die Elbe, die Liebe und die Romantik in unromantischer Zeit.« (Die Zeit)

Verlangen nach Musik und Gebirge
Roman
ISBN 978-3-423-**13511**-5

»Ein Buch über die Macht der Verführung, im Leben wie in der Kunst – und eine Herzklopfen verursachende Lektüre.« (Focus)